王阳明著述序跋辑录

连玉明　陈红彦　主编

李文洁　贾大伟　刘　悦
李　坚　卢芳玉　徐　慧　编纂

王阳明馆藏文献典籍普查、复制和研究丛书

學苑出版社

图书在版编目（CIP）数据

王阳明著述序跋辑录 / 李文洁等编纂. -- 北京 ：学苑出版社，2019.5

（王阳明馆藏文献典籍普查、复制和研究丛书 / 连玉明，陈红彦主编）

ISBN 978-7-5077-5696-8

Ⅰ. ①王… Ⅱ. ①李… Ⅲ. ①王守仁（1472–1528）–专题文献–序跋–汇编 Ⅳ. ①B248.2

中国版本图书馆CIP数据核字(2019)第088745号

责任编辑：战葆红
出版发行：学苑出版社
社　　址：北京市丰台区南方庄 2 号院 1 号楼
邮政编码：100079
网　　址：www.book001.com
电子信箱：xueyuanpress@163.com
联系电话：010–67601101（营销部）　67603091（总编室）
经　　销：新华书店
印 刷 厂：北京赛文印刷有限公司
开本尺寸：787 × 1094　1/16
印　　张：22.75
字　　数：400 千字
版　　次：2019 年 5 月第 1 版
印　　次：2019 年 5 月第 1 次印刷
定　　价：248.00 元

編委會

總 序

習近平總書記指出："體現一個國家綜合實力最核心的、最高層的，還是文化軟實力，這事關一個民族精氣神的凝聚。我們要堅持道路自信、理論自信、制度自信，最根本的還有一個文化自信。"同時，他指出王陽明的心學正是中國傳統文化中的精華，也是增強中國人文化自信的切入點之一。

王陽明（1472—1529）名守仁，字伯安，浙江余姚人，由他所弘揚的心學，力倡"心即是理"，在中國優秀傳統文化的發展中獨樹一幟。他的學術思想，在當時即有衆多弟子傳習，在江浙、湘贛、閩粤等地形成不同的學派，並傳至日本、朝鮮半島等東亞地區。他的講學語録和詩文序記，由其門人整理匯編，通過《傳習録》《陽明先生文録》《王文成公全書》等流傳至今。王陽明的學術思想有着廣泛而深遠的影響，他所倡導的"致良知""知行合一"，對當今社會仍有重要的現實意義。

王陽明少年立志，以"讀書學聖賢"爲第一等事。28歲，登進士第，授刑部主事。34歲，因觸犯逆宦劉瑾，貶謫貴州龍場。在瘴癘蟲毒、衣食難繼的惡劣環境下，陽明從容自持，成就了"龍場悟道"的突破。他重新闡釋《大學》格物致知之旨，云："始知聖人之道，吾性自足，向之求理於事物者，誤也。"此處的"反求諸心"是王陽明心學體系建立的基礎，"致良知""知行合一""心即是理"等心學要語，一義貫通而有所遞進，使得陽明心學的理念愈發明晰和完善。王陽明以勤王、平叛建立卓越功勛，但卻仕宦起伏、百死千難，更加磨礪了他身心性命之學，所謂"自經宸濠、忠、泰之變，益信良知真足以忘患難、出生死”。王陽明一生的經歷正可爲“知行合一”做一個很好的注腳。

正德元年（1506）王陽明被貶爲貴州龍場驛驛丞，三年（1508）春至龍場，五年（1510）三月升江西廬陵知縣，王陽明在貴州大約生活兩年，寫下《居夷詩》百余首，《五經臆説序》《龍場生問答》《象祠記》《何陋軒記》《瘞旅文》等書信、序記、墓誌銘、祭文等30余篇。謫居貴州期間的“龍場悟道”，是陽明心學體系建立的重要標誌；而王陽明於貴州，亦開興文重教之風氣。王陽明先後在龍崗書院、貴陽書院講學，使當時“連峰際天”“飛鳥不通”之地從此文教漸興。身處多民族聚居的貴州，王陽明不僅教當地百姓以土木築房，從最初的言語不通到日漸親狎，而且調和思州太守與當地百姓的矛盾，勸誡水西宣慰使平叛安民。貴陽市修文縣城東棲霞山，至今保存着“陽明洞”遺跡，以紀念王陽明。

基於王陽明與貴州的深厚淵源，貴陽市委於2015年10月批準成立陽明文化（貴陽）國際文獻研究中心，重點開展陽明文化文物文獻普查、整理與研究工作。該工作得到了國家文物局的大力支持，並發函要求國家圖書館對陽明文化文物文獻的資料收集與復制工作給予支持與協助。2016年6月，貴陽市委致函國家圖書館，希望雙方聯合普查王陽明相關文物、文獻，並開展相應的復制和研究。國家圖書館迅疾予以回應並開始進行文獻摸查、專家討論等工作。同年11月，國家圖書館接受貴陽市政府的委托，開展國家圖書館藏王陽明相關古籍特藏文獻普查、研究和高仿復制工作。陽明文化（貴陽）國際文獻研究中心作爲代貴陽市政府行使該項目職責的單位，配合國家圖書館古籍館，積極參與文獻的普查、整理與研究，在該工作的開展過程中發揮了重要作用。經過兩年的艱苦努力，已形成《王陽明文獻普查目録》《王陽明著述篇目索引》《王陽明著述序跋輯録》《王陽明著述提要》四個重要研究成果。

《王陽明文獻普查目録》全面揭示國家圖書館所藏王陽明相關古籍文獻現狀，同時重點普查含香港、臺灣地區在内的15家圖書館收藏情況，所涉文獻按載體形態分古籍、碑帖兩部分，其中古籍按内容分爲王陽明著述、王陽明著述整理闡釋類文獻、譜傳資料三類。古籍部分在調查各館館藏的基礎上，以《中國古籍善本書目》《中國古籍總目》進行核查和增補，對各家著録方式進行適當規範、歸並。碑帖部分則僅就大陸已公布的收藏信息加以著録。普查目録同時搜輯方誌輯録詩文和王陽明弟子、後學著述，二者可從零篇散帙和王學整體兩個角度，爲王陽明研究提供更多資料。

王陽明著述以别集、全集、選輯、叢編等不同方式纂輯，在流傳過程中形成不同版本，各版本所收篇目的多少、編輯的次序，一定程度上反映了王陽明著述在流傳過程中的内容變化和版本源流。《王陽明著述篇目索引》旨在通過篇目分析、對比列目的方式，展示王陽明著述的單篇文章在各書中的收録情况。索引的"篇目對照"，以國家圖書館所藏王陽明著述爲文獻基礎，以明隆慶六年（1572）謝廷傑刻《王文成公全書》爲篇目對照基準，列出各書收録此篇的情况，並簡要標明篇題異名、節略增改等情况；"音序索引"按音序排列各篇，並注明所屬書籍，以便檢索。索引另列《王文成公全書》未收而見於他書的篇目約170條，按語録、詩文、公移的順序排列，可爲王陽明詩文的輯佚工作提供線索。

《王陽明著述序跋輯録》輯録國家圖書館所藏王陽明著述序跋，以期直觀反映王陽明著述的編撰緣起、刊刻始末，並進一步明了王陽明著述對當時的影響及後世的流傳。本書從60余種王陽明著述（含年譜2種）輯出古籍序跋260多篇、碑序跋10篇。先分類排序，再一一録出書内序跋。如某一序跋爲多書所收，録出較早版本中的序跋文字，再次出現時如文字差異較小，以校記反映。爲便於比勘查考，《序跋輯録》以圖文對照的方式，示以序跋書影、迻録相應文字。爲便於閱讀和利用，序跋録文加以句讀、分節。

《王陽明著述提要》以版本提要的方式展示王陽明著述的基本情况和整體面貌，旨在爲學界進一步研究陽明文化提供可靠的文獻依據。提要涉及國家圖書館所藏古籍、碑帖中王陽明著述的各個版本及兩部重要王陽明年譜，適當合並相同或相近版本後，共計有古籍提要67篇、碑刻提要12篇、法帖提要33篇。提要詳細著録書名、著者、版本、行款，及卷端、扉葉、序跋等基本信息，以反映原書面貌及特征；提要概述各書内容編次、成書經過、考訂版本，以反映王陽明著述的結集和刊刻情況。碑帖部分，另釋讀碑帖原文，並附以書影，以便於研讀。

王陽明相關文獻的復制、數字化和研究工作，具有重要的學術價值和現實意義。國家圖書館以館藏文獻爲基礎，從多個角度進行廣泛調查和深入研究。如果説《王陽明文獻普查目録》通過普查範圍和普查内容之廣泛，力圖反映王陽明學術思想整體面貌；《王陽明著述篇目索引》通過逐篇分析之細密，反映王陽明著述在流傳過程中的變化；《王陽明著述序跋輯録》通過序跋資料之近切，反映王陽明著述的成書、刊刻及後人的評價；那麼，《王陽明著述提要》則通過著録、考訂之翔實，提供可靠的文獻依據。王陽明文獻研究的四個角度相輔相成，爲王陽明的進一步研究提供了基礎而豐富的文獻資料。

在此項工作進行中，貴陽市委、市政府的領導和國家圖書館領導給予了大力支持和悉心指導，貴陽市委宣傳部和貴陽市文化和旅遊局全力配合相關工作的開展，成爲項目得以完成的關鍵，在此一並感謝。

國家圖書館古籍館
陽明文化（貴陽）國際文獻研究中心
2019 年 4 月

凡例

一、本書輯録中國國家圖書館所藏王陽明著述中的刊刻序跋，以期直觀反映王陽明著述的編撰緣起、刊刻始末，並進一步明了王陽明著述在當時及後世的影響和流傳。

二、本書輯錄古籍、碑帖兩類文獻中的刊刻序跋。以陽明著述的纂輯方式分類，按刊刻年代先後排序。如國圖藏本原無序跋，僅保留書目信息。

三、一書内之多篇序跋，約略按撰序時間排序；如無撰作時間，則以書中出現先後爲序。

四、如某一序跋爲多書所收，録出較早版本中的序跋文字。相同序跋在較晚版本再次出現時，若文字差異較大，則亦録全文；文字差異較小，則以校記反映。

五、序跋以圖文對照的方式，示以序跋書影，逐録相應文字，以便於比勘和查考。

六、序跋以繁體字録文，異體字改爲通用繁體字，以便於閱讀。

七、序跋録文加以句讀、分節，以便於讀者阅讀和利用。

目 録

一、古籍 / 1

二、王陽明碑刻題跋 /327

一、古籍

居夷集三卷

明嘉靖三年（1524）丘養浩刻本

國家圖書館 5094（善本）

嘉靖三年（1524）丘養浩《叙居夷集》

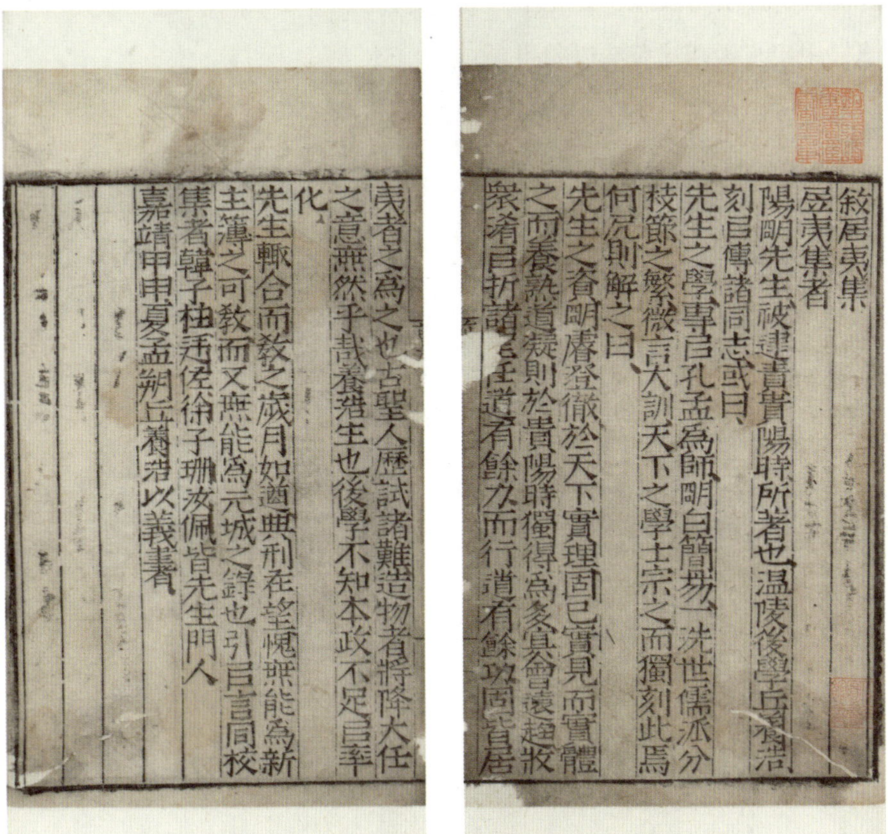

敘居夷集
居夷集者
陽明先生被逮謫貴陽時所著也温陵後學丘養浩
刻以傳諸同志或曰
先生之學專以孔孟為師明白簡易一洗世儒派分
枝節之繁微言大訓天下之學士宗之而獨刻此焉
何况則解之曰
先生之資明睿登徹於天下實理固已實見而實體
之而養熟道凝則於貴陽時獨得為多其會遠趣救
衆諸以折諸生道有餘力而行道有餘功固足居
夷者之為之也古聖人歷試諸難造物者將降大任
之意焉然乎哉養浩生也後學不知本政不足以聿
化
先生輒合而教之歲月如適典刑在望愧無能為新
主簿之可教而又無能為元城之錚也引以言同校
集者韓子柱廷佐徐子珊汝佩皆先生門人
嘉靖甲申夏孟朔丘養浩以義書

《居夷集》者，陽明先生被逮謫貴陽時所著也。温陵後學丘養浩刻以傳諸同志。

或曰："先生之學專以孔孟爲師，明白簡易，一洗世儒派分枝節之繁。微言大訓，天下之學士宗之。而獨刻此焉，何居？"

則解之曰："先生之資明睿澄徹，於天下實理，固已實見而實體之。而養熟道凝，則於貴陽時獨得爲多，實會遠趨、收衆淆，以折諸聖。任道有餘力，而行道有餘功，固皆居夷者之爲之也。古聖人歷試諸難，造物者將降大任之意，無然乎哉？"

養浩生也後，學不知本，政不足以率化，先生輒合而教之。歲月如遒，典刑在望，愧無能爲新主簿之可教，而又無能爲元城之録也。引以言、同校集者，韓子柱廷佐、徐子珊汝佩，皆先生門人。

嘉靖甲申夏孟朔丘養浩以義書。

《附居夷集卷之終》(識語二則)

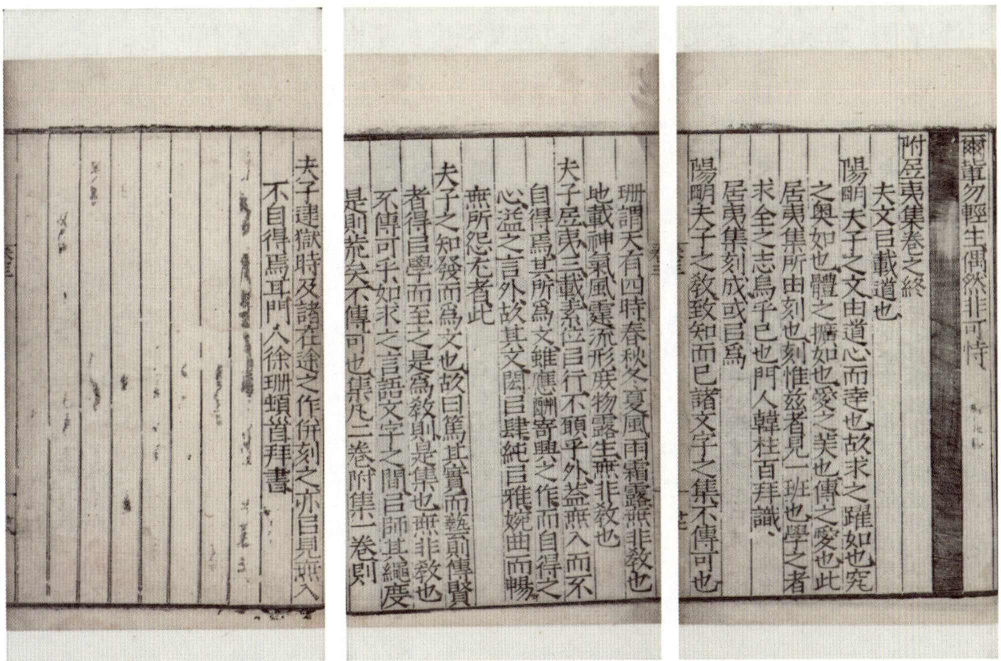
爾輩勿輕生偶然非可恃

附居夷集卷之終
夫文以載道也
陽明夫子之文由道心而達也故求之躍如也究
之奧如也體之擴如也愛之美也傳之愛也此
居夷集所由刻也刻惟兹者見一班也學之者
求全之志烏乎已也門人韓柱百拜識
居夷集刻成或以爲
陽明夫子之教致知而已諸文字之集不傳可也
珊謂天有四時春秋冬夏風雨霜露無非教也
地載神氣風霆流形庶物露生無非教也
夫子居夷三載素位以行不願乎外蓋無入而不
自得焉其所爲文雖應酬寄興之作而自得之
心溢之言外故其文閎以肆純以雅婉曲而暢
無所怨尤者此
夫子之知發而爲文也故曰篤其實而藝前傳賢
者得以學而至之是爲教則是集也無非教也
不傳可乎如求之言語文字之間以師其繩度
是則荒矣不傳可也集凡二卷附集一卷則
夫子逮獄時及諸在途之作併刻之亦以見無入
不自得焉耳門人徐珊頓首拜書

韓柱識

夫文以載道也。陽明夫子之文，由道心而達也，故求之躍如也，究之奧如也，體之擴如也，愛之美也，傳之愛也，此《居夷集》所由刻也。刻惟茲者，見一班也，學之者求全之志，烏乎已也。

門人韓柱百拜識。

徐珊識

《居夷集》刻成，或以爲陽明夫子之教，致知而已，諸文字之集，不傳可也。珊謂天有四時，春秋冬夏，風雨霜露，無非教也。地載神氣，風霆流形，庶物露生，無非教也。夫子居夷三載，素位以行，不願乎外，蓋無入而不自得焉。其所爲文，雖應酬寄興之作，而自得之心，溢之言外。故其文閎以肆，純以雅，婉曲而暢，無所怨尤者，此夫子之知發而爲文也。

故曰篤其實而藝則傳，賢者得以學而至之，是爲教。則是集也，無非教也，不傳可乎？如求之言語文字之間，以師其繩度，是則荒矣，不傳可也。

集凡二卷。附集一卷，則夫子逮獄時及諸在途之作，並刻之，亦已見無入不自得焉耳。

門人徐珊頓首拜書。

陽明先生則言二卷

明嘉靖十六年（1537）薛侃刻本

國家圖書館 17592（善本）

應良《則言叙》

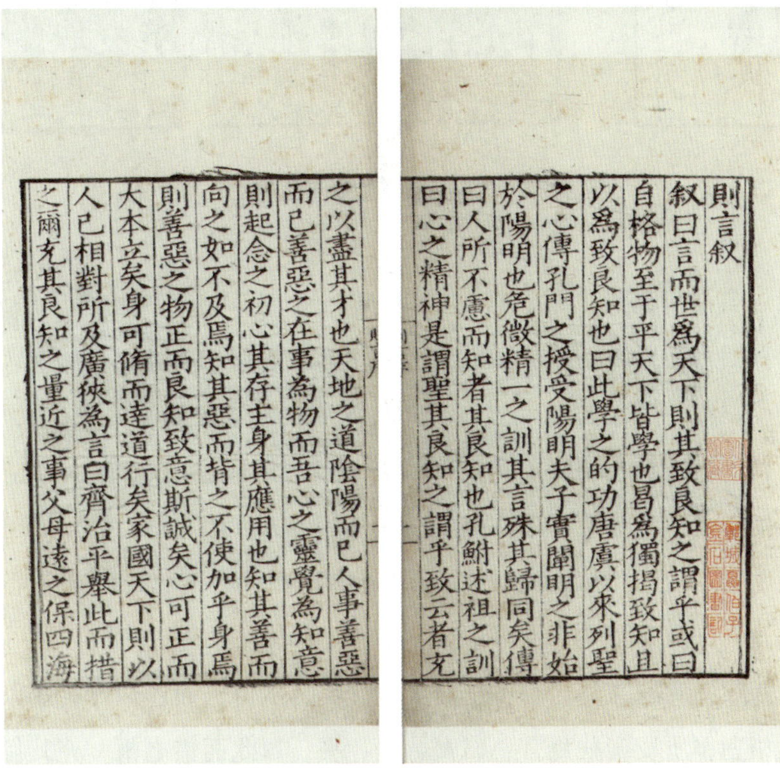

則言叙

叙曰言而世爲天下則其致良知之謂乎或曰自格物至于平天下皆學也曷爲獨揭致知且以爲致良知也曰此學之的功唐虞以來列聖之心傳孔門之授受陽明夫子實闡明之非始於陽明也危微精一之訓其言殊其歸同矣傳曰人所不慮而知者其良知也孔鮒述祖之訓曰心之精神是謂聖其良知之謂乎致云者充之以盡其才也天地之道陰陽而已人事善惡而已善惡之在事為物而吾心之靈覺為知意則起念之初心其存主身其應用也知其善而向之如不及焉知其惡而背之不使加乎身焉則善惡之物正而良知致意斯誠矣心可正而大本立矣身可脩而達道行矣家國天下則以人己相對所及廣狹為言曰齊治平舉此而措之爾充其良知之量近之事父母遠之保四海

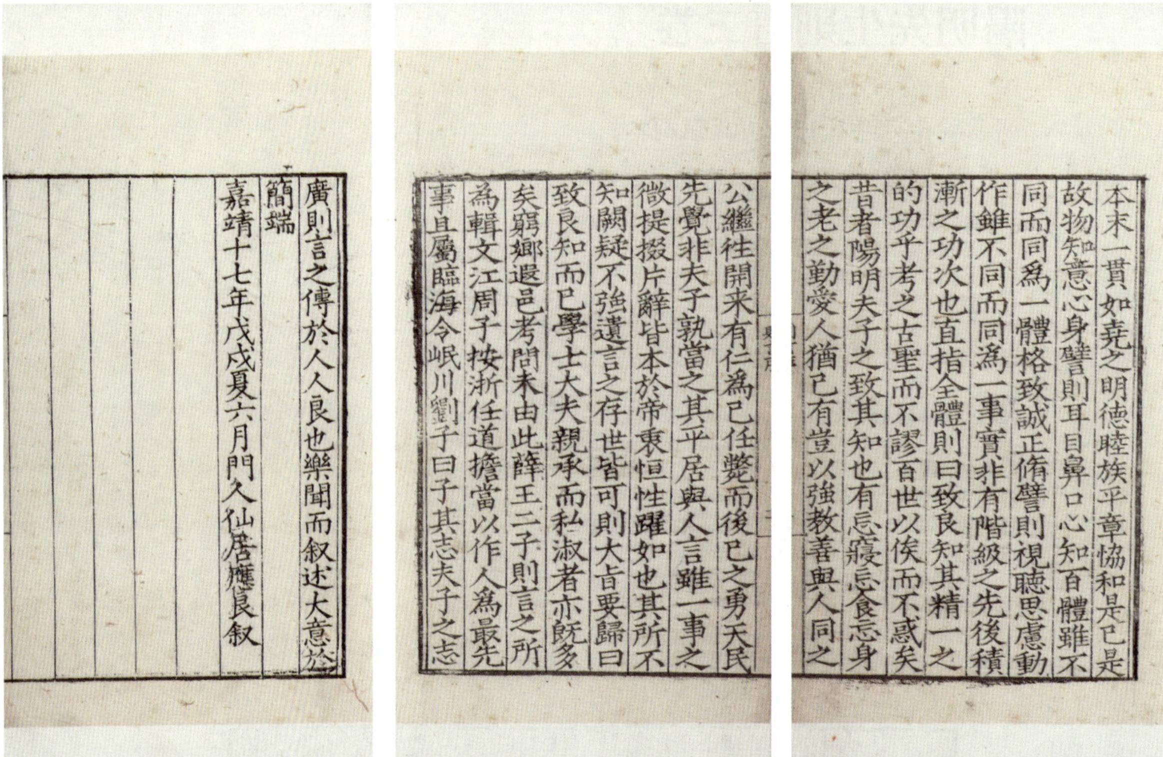
本末一貫如堯之明德睦族平章協和是已是
故物知意心身譬則耳目鼻口心知百體雖不
同而同爲一體格致誠正脩譬則視聽思慮動
作雖不同而同爲一事實非有階級之先後積
漸之功次也直指全體則曰致良知其精一之
的功乎考之古聖而不謬百世以俟而不惑矣
昔者陽明夫子之致其知也有忘寢忘食忘身
之老之勤愛人猶己有豈以強教善與人同之

公繼往開来有仁爲己任斃而後已之勇天民
先覺非夫子孰當之其平居與人言雖一事之
微提掇片辭皆本於帝衷恒性躍如也其所不
知闕疑不強遺言之存世皆可則大旨要歸曰
致良知而已學士大夫親承而私淑者亦既多
矣窮鄉遐邑考問未由此薛王二子則言之所
爲輯文江周子按浙任道擔當以作人爲最先
事且屬臨海令岷川劉子曰子其志夫子之志

廣則言之傳於人人良也樂聞而敘述大意於
簡端
嘉靖十七年戊戌夏六月門人仙居應良敘

敘曰：言而世爲天下則，其致良知之謂乎？或曰：自格物至於平天下皆學也，曷爲獨揭致知且以爲致良知也？曰：此學之的功。唐虞以來，列聖之心傳，孔門之授受，陽明夫子實闡明之，非始於陽明也。危微精一之訓，其言殊，其歸同矣。傳曰，人所不慮而知者，其良知也。孔鮒述祖之訓曰：心之精神是謂聖，其致良知之謂乎？致云者，充之以盡其才也。天地之道，陰陽而已。人事，善惡而已。善惡之在事爲物，而吾心之靈覺爲知意。則起念之初，心其存主，身其應用也。知其善而向之如不及焉，知其惡而背之不使加乎身焉，則善惡之物正而良知致，意斯誠矣。心可正而大本立矣，身可修而達道行矣。家國天下，則以人己相對，所及廣狹爲言，曰齊、治、平，舉此而措之爾。充其良知之量，近之事父母，遠之保四海，本末一貫。如堯之明德睦族，平章協和是已。

是故物知意心身，譬則耳目鼻口心知百體，雖不同而同爲一體。格致誠正修，譬則視聽思慮，動作雖不同而同爲一事，實非有階級之先後，積漸之功次也。直指全體則曰致良知，其精一之的功乎。考之古聖而不謬，百世以俟而不惑矣。昔者陽明夫子之致其知也，有忘寢忘食忘身，之老之勤，愛人猶己有，豈以强教，善與人同之。公繼往開來，有仁爲己任，斃而後已之勇。天民先覺，非夫子孰當之。其平居與人言，雖一事之微，提掇片辭，皆本於帝衷，恒性躍如也。其所不知，闕疑不强。遺言之存世皆可則，大旨要歸曰致良知而已。學士大夫親承而私淑者亦既多矣，窮鄉遐邑，考問未由。此薛王二子則言之所爲輯。文江周子按浙任，道擔當以作人爲最先事，且屬臨海令岷川劉子曰，子其志夫子之志，廣則言之傳於人人，良也。樂聞而叙述大意於簡端。

嘉靖十七年戊戌夏六月門人仙居應良叙。

薛侃《陽明先生則言序》

先生之言始鋟自贑，曰《傳習録》，紀其答問語也。鋟於廣德，曰《文録》，紀其文辭者也。鋟於姑蘇，益之曰《别録》，紀其政略者也。録既備，行者不易挾，遠者不易得。侃與汝中萃其簡切爲二帙，曰《則言》。蓋先生之教貴知本也，大本立而達道行。則天地以位，萬物以育，乃天則也。學者患無志焉，爾能志乎此則，戒慎恐懼而致其中和，自不容已矣。孰戒慎，孰恐懼，此良知也。孰云爲中，良知廓然而弗倚者也。孰云爲和，良知順應而無滯者也。是故天曰太虚，聖曰通明。虚明者，良知之謂也。致也者，去其蔽，全其本體之謂也。去其蔽者非謂有減也，蔽去則知行一、人己一，本體復矣。本體復非謂有增也，吾之性本無方，體無窮盡者也，能復其性，則可以撫世，可與酬物矣，夫是之謂學。

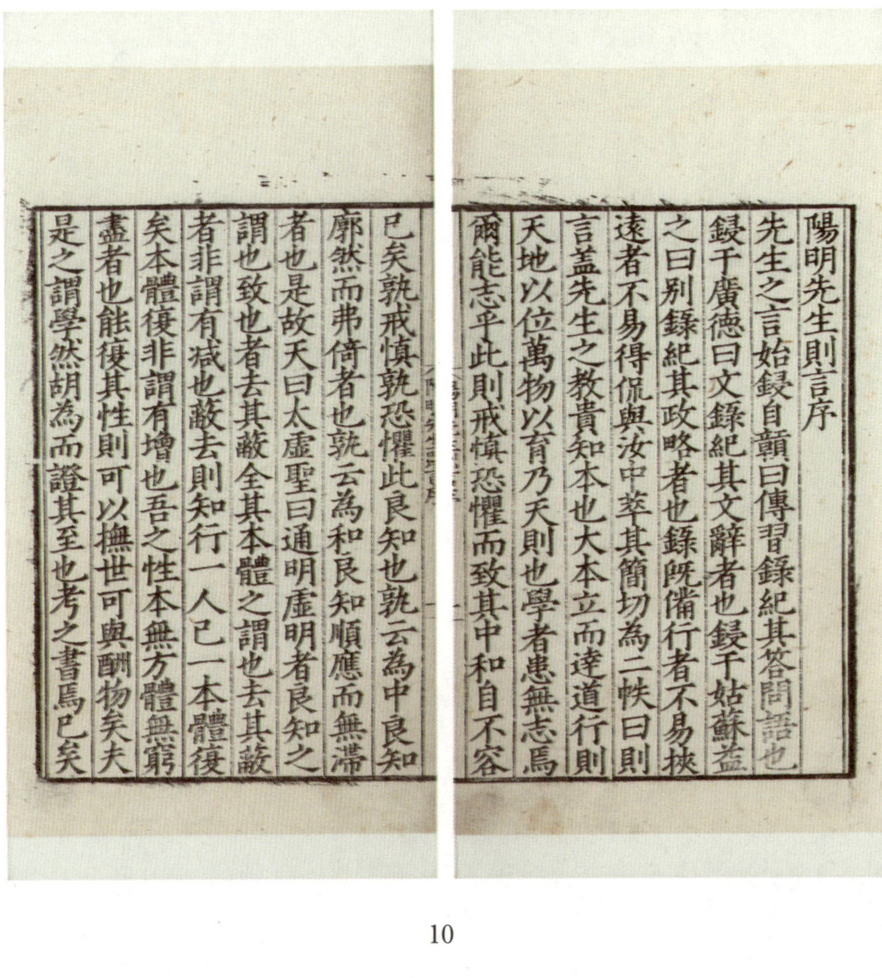

陽明先生則言序
先生之言始鋟自贑曰傳習錄紀其答問語也
鋟于廣德曰文錄紀其文辭者也鋟于姑蘇益
之曰別錄紀其政略者也錄既備行者不易挾
遠者不易得侃與汝中萃其簡切為二帙曰則
言蓋先生之教貴知本也大本立而達道行則
天地以位萬物以育乃天則也學者患無志焉
爾能志乎此則戒慎恐懼而致其中和自不容
已矣孰戒慎孰恐懼此良知也孰云為中良知
廓然而弗倚者也孰云為和良知順應而無滯
者也是故天曰太虛聖曰通明虛明者良知之
謂也致也者去其蔽全其本體之謂也去其蔽
者非謂有減也蔽去則知行一人已一本體復
矣本體復非謂有增也吾之性本無方體無窮
盡者也能復其性則可以撫世可與酬物矣夫
是之謂學然胡為而證其至也考之書焉已矣

然胡爲而證其至也，考之書焉已矣，質諸聖焉已矣，資諸師友焉已矣，夫是之謂問。學問之道無他，致其良知而已矣，此則言之意也。

或曰：先生之學不厭不倦，其道蕩蕩，其思淵淵，士羨墻而民尸祝矣。誦其遺言皆可則也，譬之樹然，芽甲花實皆生意也。子獨摘其實而遺餘焉，無乃不可乎？曰：道之在吾人也，孰彼此焉。而其見於言也孰衆寡焉。惟其切於吾之用也，則一言一藥矣，而況於全乎！如其弗用也，則六籍亦粕爐爾，而況於一言乎！且夫樹之生也，居者玩焉，繪者象焉，有國有家者梁焉棟焉。今子之愛樹也，則將若是焉已乎。抑亦摘而藝之，俾復生生已乎。或質諸周子文規，曰：然。遂命録之。

嘉靖十六年丁酉臘月朔門人薛侃謹識。

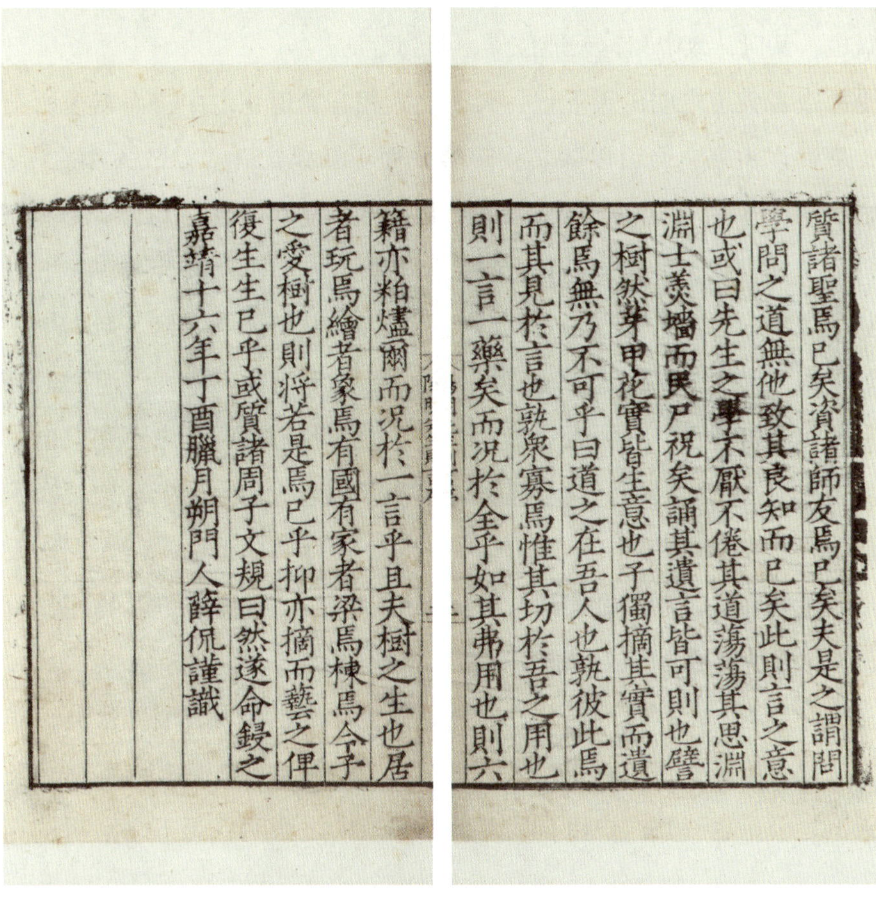
質諸聖焉已矣資諸師友焉已矣夫是之謂問學問之道無他致其良知而已矣此則言之意也或曰先生之學不厭不倦其道蕩蕩其思淵淵士羨墻而民尸祝矣誦其遺言皆可則也譬之樹然芽甲花實皆生意也子獨摘其實而遺餘焉無乃不可乎曰道之在吾人也孰彼此焉而其見於言也孰衆寡焉惟其切於吾之用也則一言一藥矣而況於全乎如其弗用也則六籍亦粕爐爾而況於一言乎且夫樹之生也居者玩焉繪者象焉有國有家者梁焉棟焉今子之愛樹也則將若是焉已乎抑亦摘而藝之俾復生生已乎或質諸周子文規曰然遂命録之

嘉靖十六年丁酉臘月朔門人薛侃謹識

傳習録三卷續録二卷

明刻本

國家圖書館 13300（善本）

嘉靖三年（1524）南大吉《刻傳習録序》

天地之間，道而已矣。道也者，人物之所由以生者也。是故人之生也，得其秀而最靈。以言乎性，則中矣，以言乎情，則和矣，以言乎萬物，則備矣。由聖人至於途人，一也。故曰，人者，天地之德，陰陽之交，鬼神之會，五行之秀氣也。又曰，致中和，天地位焉，萬物育焉。

是故古者大道之明於天下也，天下之人相忘於道化之中，而無復所謂邪慝者焉，率性以由之，修道以誠之，皞皞乎而不知爲之者。是故大順之所積也，以天則不愛其道也，以地則不愛其寶也，以人則不愛其情也，以物則不愛其靈也。聖人於此夫何言哉，恭己無爲而已矣。至其後也，道不明於天下，天下之人相交於物化之中，而邪慝興焉。失其性而不求，舍其道而不知修。斯人也，日入於禽獸之歸，而莫之知也。是故萬物弗序，而天地弗官矣。聖人，生而知道者也，賢人，學而知道者也，其視天地萬物，無一而非我。而斯人之不知道也，若已推而入之鳥獸之群也。理有所不可隱，心有所不容忍，惡能已於言哉！故孟子曰："予豈好辯哉，予不得已也。"故夫聖賢之言，將以明斯道而示諸人，使天下之人曉然知道之在是，而庶民興焉。庶民興則邪慝息，邪慝息則萬物序，而天地官矣，夫然後聖賢之心始安，而其言始已也。

是故其言也，求其是則已矣，非以爲聞見之高也；求其明則已矣，非以爲門户之高也，而後之爲聖賢之學者。其初也，執聞見以自是，而不知聖人之所是者天下之公是也；立門户以自明，而不知聖人之所明者天下之同明也。故其

刻傳習錄序

天地之間道而已矣道也者人物之所由以生者也是故人之生也得其秀而最靈以言乎性則中矣以言乎情則和矣以言乎萬物則備矣由聖人至於途人一也故曰人者天地之德陰陽之交鬼神之會五行之秀氣也又曰致中和天地位焉萬物育焉是故古者大道之明於天下也天下之人相忘於道化之中而無復所謂邪慝者焉率性以由之脩道以誠之皡皡乎而不知為之者是故大順之所積也以天則不愛其道也以地則不愛其寶也以人則不愛其情也以物則不愛其靈也聖人於此夫何言哉恭已無為而已矣至其後也道不明於天下天下之人相交於物化之中而邪慝興焉失其性而不求舍其道而不知脩斯人也日入於禽獸之歸而莫之知也是故萬物弗序而天地弗官矣聖人生而知道者也賢人學而知道者也其視天地萬物無一而非我而斯人之不知道也若已推而入之鳥獸之群也理有所不可隱心有所不容忍惡能已於言哉故孟子曰予豈好辯哉予不得已也故夫聖賢之言將以明斯道而示諸人使天下之人曉然知道之在是而庶民興焉庶民興則邪慝息邪慝息則萬物序而天地官矣夫然後聖賢之心始安而其言始已也是故其言也求其是則已矣非以為聞見之高也求其明則已矣非以為門戶之高也而後之為聖賢之學者其初也執聞見以自是而不知聖人之所是者天下之公是也立門戶以自明而不知聖人之所明者天下之同明也故其後也言愈多而愈支支則不可行矣門愈高而愈小小則不可通矣皆意也已也勝心之為也而世之號為豪傑者方皆溺於其中而莫之知也其亦可哀也已矣夫天之命於我而我之具於心者自有真是真非至明而不容有蔽者也故天下之言道者至不一也苟以平心觀之易氣玩之則其是是非非自不能遁吾心之真知也唯夫聞見已執於未觀之先而門戶又高於既玩之際則其言雖是也蔽於聞見之私而不知其是指雖明也隔於門戶之異而不通其明道之不明於天下治之所以不能追復前古者其所由來遠矣是録也門弟子録陽明先生問答之辭討論之書而刻以示諸天下者也吉也從遊宮墻之下其後於是録也朝觀而夕玩口誦而心求蓋亦自信之篤而竊見夫所謂道者置之而塞乎天地溥之而橫乎四海施諸後世而無朝夕人心之所同然者也故命逢吉弟校續而重刻之以傳諸天下天下之於是録也但勿以聞見梏之而平心以觀其意勿以門戶隔之而易氣以玩其辭勿以録求録也而以我求録也則吾心之本體自見而凡斯録之言皆其心之所固有而無復可疑者矣則夫大道之明於天下而天下之所以平者將亦可竢也已

嘉靖三年冬十月十有八日

賜進士出身中順大夫紹興府門人渭北南大吉謹序

後也，言愈多而愈支，支則不可行矣；門愈高而愈小，小則不可通矣。皆意也，己也，勝心之爲也。而世之號爲豪傑者，方皆溺於其中，而莫之知也，其亦可哀也已矣。夫天之命於我，而我之具於心者，自有真是真非，至明而不容有蔽者也。故天下之言道者，至不一也。苟以平心觀之，易氣玩之，則其是是非非，自不能遁吾心之真知也。唯夫聞見已執於未觀之先，而門户又高於既玩之際，則其言雖是也，蔽於聞見之私，而不知其是；指雖明也，隔於門户之異，而不通其明。道之不明於天下，治之所以不能追復前古者，其所由來遠矣。

是録也，門弟子録陽明先生問答之辭、討論之書，而刻以示諸天下者也。吉也從游宫墻之下，其後於是録也，朝觀而夕玩，口誦而心求。蓋亦自信之篤，而竊見夫所謂道者，置之而塞乎天地，溥之而横乎四海，施諸後世而無朝夕，人心之所同然者也。故命逢吉弟校續而重刻之，以傳諸天下。天下之於是録也，但勿以聞見牿之，而平心以觀其意；勿以門户隔之，而易氣以玩其辭；勿以録求録也，而以我求録也，則吾心之本體自見，而凡斯録之言，皆其心之所固有，而無復可疑者矣。則夫大道之明於天下，而天下之所以平者，將亦可俟也已。

嘉靖三年冬十月十有八日，賜進士出身中順大夫紹興府門人渭北南大吉謹序。

徐愛《傳習録序》並南逢吉識

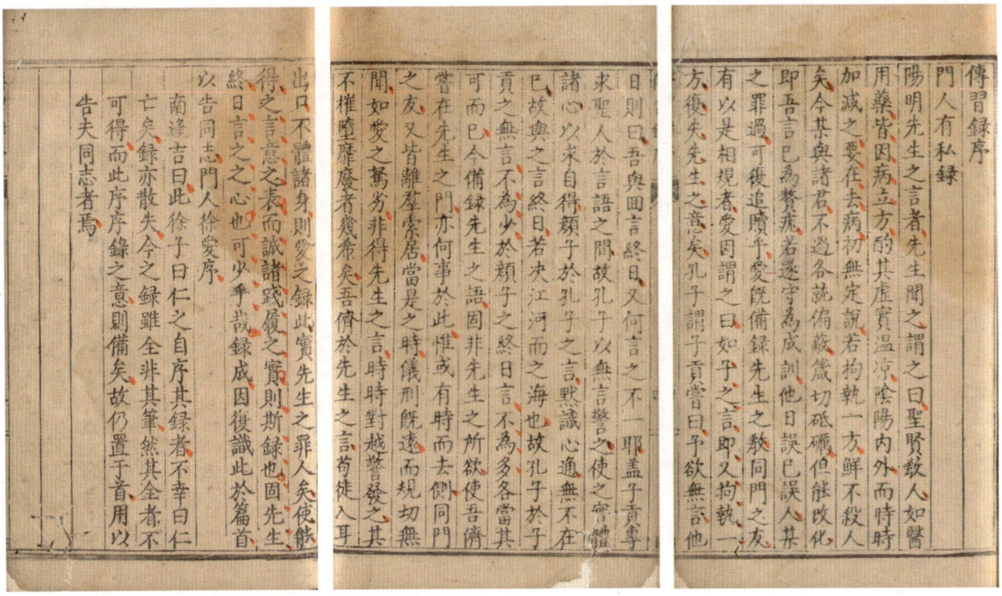
傳習録序
門人有私録陽明先生之言者先生聞之謂之曰聖賢教人如醫用藥皆因病立方酌其虛實温凉陰陽内外而時時加減之要在去病初無定説若拘執一方鮮不殺人矣今某與諸君不過各就偏蔽箴切砥礪但能改化即吾言已爲贅疣若遂守爲成訓他日誤已誤人某之罪過可復追贖乎愛既備録先生之教同門之友有以是相規者愛因謂之曰如子之言即又拘執一方復失先生之意矣孔子謂子貢嘗曰予欲無言他日則曰吾與回言終日又何言之不一耶蓋子貢專求聖人於言語之間故孔子以無言警之使之實體諸心以求自得顔子於孔子之言默識心通無不在已故與之言終日若决江河而之海也故孔子於子貢之無言不爲少於顔子之終日言不爲多各當其可而已今備録先生之語固非先生之所欲使吾儕嘗在先生之門亦何事於此惟或有時而去側同門之友又皆離羣索居當是之時儀刑既遠而規切無聞如愛之駑劣非得先生之言時時對越警發之其不摧墮廢者幾希矣吾儕於先生之言苟徒入耳出口不體諸身則愛之録此實先生之罪人矣使能得之言意之表而誠諸踐履之實則斯録也固先生終日言之之心也可少乎哉録成因復識此於篇首以告同志門人徐愛序
南逢吉曰此徐子曰仁之自序其録者不幸曰仁亡矣録亦散失今之録雖全非其筆然其全者不可得而此序序録之意則備矣故仍置于首用以告夫同志者焉

門人有私録陽明先生之言者，先生聞之，謂之曰："聖賢教人，如醫用藥，皆因病立方，酌其虛實、温凉、陰陽、内外，而時時加減之。要在去病，初無定説，若拘執一方，鮮不殺人矣。今某與諸君，不過各就偏蔽，箴切砥礪，但能改化，即吾言已爲贅疣，若遂守爲成訓，他日誤已誤人，某之罪過，可復追贖乎？"

愛既備録先生之教，同門之友有以是相規者，愛因謂之曰："如子之言，即又拘執一方，復失先生之意矣。"孔子謂子貢，嘗曰"予欲無言"，他日則曰"吾與回言終日"，又何言之不一耶？蓋子貢專求聖人於言語之間，故孔子以無言警之，使之實體諸心，以求自得；顔子於孔子之言，默識心通，無不在己，故與之言終日，若决江河而之海也。故孔子於子貢之無言不爲少，於顔子之終日言不爲多，各當其可而已。

今備録先生之語，固非先生之所欲，使吾儕嘗在先生之門，亦何事於此。惟或有時而去側，同門之友又皆離群索居，當是之時，儀刑既遠，而規切無聞，如愛之駑劣，非得先生之言，時時對越警發之，其不摧墮靡廢者幾希矣。吾儕於先生之言，苟徒入耳出口，不體諸身，則愛之録此，實先生之罪人矣。使能得之言意之表，而誠諸踐履之實，則斯録也，固先生終日言之之心也，可少乎哉？録成，因復識此於篇首以告同志。門人徐愛序。

南逢吉曰：此徐子曰仁之自序其録者。不幸曰仁亡矣，録亦散失。今之録雖全非其筆，然其全者不可得，而此序序録之意則備矣。故仍置於首，用以告夫同志者焉。

嘉靖三十三年（1554）錢德洪《續刻傳習録序》

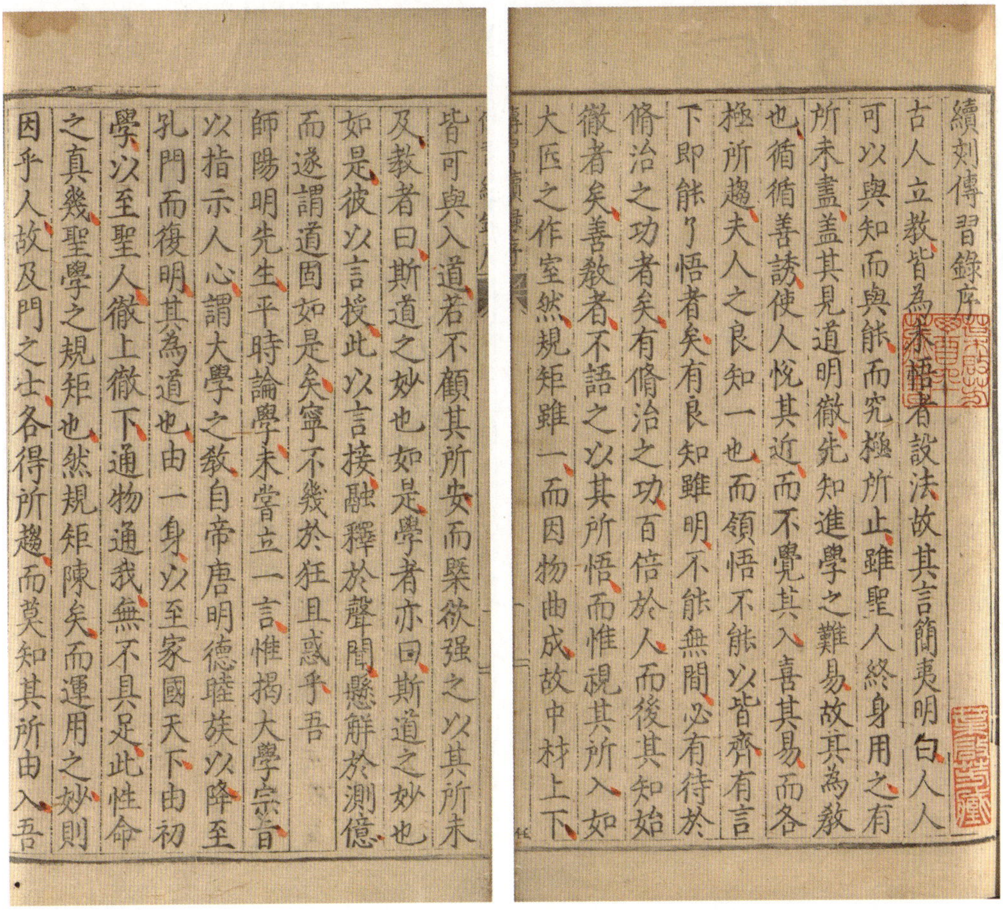

續刻傳習錄序
古人立教皆為未悟者設法故其言簡夷明白人人
可以與知而與能而究極所止雖聖人終身用之有
所未盡蓋其見道明徹先知進學之難易故其為教
也循循善誘使人悅其近而不覺其入喜其易而各
極所趨夫人之良知一也而領悟不能以皆齊有言
下即能了悟者矣有良知雖明不能無間必有待於
脩治之功者矣有脩治之功百倍於人而後其知始
徹者矣善教者不語之以其所悟而惟視其所入如
大匠之作室然規矩雖一而因物曲成故中材上下
皆可與入道若不顧其所安而槩欲强之以其所未
及教者曰斯道之妙也如是學者亦曰斯道之妙也
如是彼以言授此以言接融釋於聲聞懸解於測億
而遂謂道固如是矣寧不幾於狂且惑乎吾
師陽明先生平時論學未嘗立一言惟揭大學宗旨
以指示人心謂大學之教自帝唐明德睦族以降至
孔門而復明其為道也由一身以至家國天下由初
學以至聖人徹上徹下通物通我無不具足此性命
之真幾聖學之規矩也然規矩陳矣而運用之妙則
因乎人故及門之士各得所趨而莫知其所由入吾

古人立教，皆爲未悟者設法，故其言簡夷明白，人人可以與知而與能，而究極所止，雖聖人終身用之，有所未盡。盖其見道明徹，先知進學之難易，故其爲教也，循循善誘，使人悦其近而不覺其入，喜其易而各極所趨。夫人之良知一也，而領悟不能以皆齊。有言下即能了悟者矣，有良知雖明，不能無間，必有待於修治之功者矣；有修治之功百倍於人，而後其知始徹者矣。善教者，不語之以其所悟，而惟視其所入，如大匠之作室然，規矩雖一，而因物曲成，故中材上下，皆可與入道。若不顧其所安，而概欲强之以其所未及，教者曰“斯

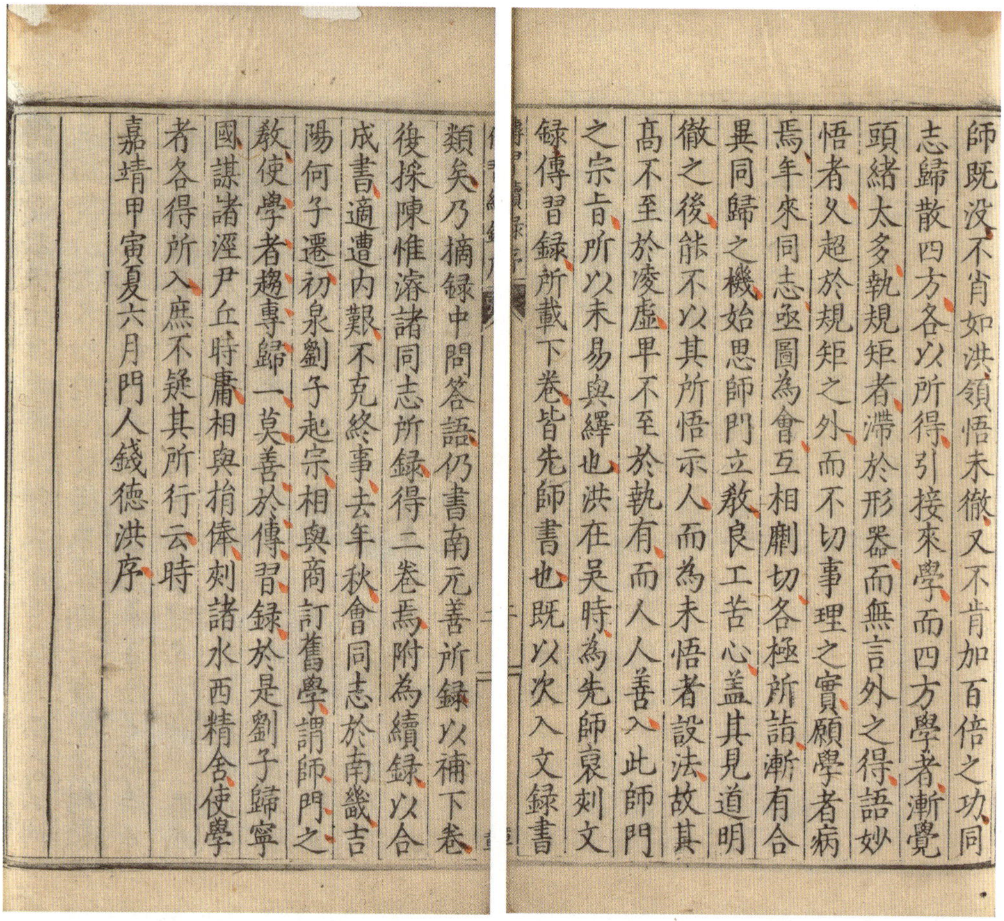

道之妙也如是”，學者亦曰“斯道之妙也如是”，彼以言授，此以言接，融釋於聲聞，懸解於測億，而遂謂道固如是矣，寧不幾於狂且惑乎？

吾師陽明先生，平時論學，未嘗立一言，惟揭《大學》宗旨，以指示人心。謂《大學》之教，自帝唐明德睦族以降，至孔門而復明，其爲道也，由一身以至家國天下，由初學以至聖人，徹上徹下，通物通我，無不具足，此性命之真幾，聖學之規矩也。然規矩陳矣，而運用之妙，則因乎人，故及門之士，各得所趨，而莫知其所由入。

吾師既没，不肖如洪，領悟未徹，又不肯加百倍之功。同志歸散四方，各以所得，引接來學，而四方學者，漸覺頭緒太多。執規矩者，滯於形器，而無言外之得；語妙悟者，久超於規矩之外，而不切事理之實，願學者病焉。年來同志亟圖爲會，互相劘切，各極所詣，漸有合異同歸之機。始思師門立教，良工苦心，盖其見道明徹之後，能不以其所悟示人，而爲未悟者設法，故其高不至於凌虚，卑不至於執有，而人人善入，此師門之宗旨所以未易與繹也。

洪在吴時，爲先師裒刻《文録》。《傳習録》所載下卷，皆先師書也。既以次入《文録》書類矣，乃摘録中問答語，仍書南元善所録，以補下卷，復采陳惟濬諸同志所録，得二卷焉，附爲《續録》，以合成書。適遭内艱，不克終事。去年秋，會同志於南畿，吉陽何子遷、初泉劉子起宗，相與商訂舊學，謂師門之教，使學者趨專歸一，莫善於《傳習録》。於是劉子歸寧國，謀諸涇尹丘時庸，相與捐俸，刻諸水西精舍，使學者各得所入，庶不疑其所行云。

時嘉靖甲寅夏六月，門人錢德洪序。

傳習録三卷

明李益大刻本

國家圖書館 17492（普通古籍）

嘉靖三年（1524）冬十月十有八日南大吉《刻傳習録序》

見明刻本《傳習録》三卷《續録》二卷。（索書號：13300）

校記：

1.“討論之書”，此本“書”作“辭”。

2.“其後於是録也”，此本脱“後”字。

3.“但勿以聞見牿之”，此本“牿”作“梏”。

徐愛《傳習録序》

見明刻本《傳習録》三卷《續録》二卷。（索書號 13300）

校記：

1.“使吾儕嘗在先生之門”，此本“嘗”作“常”。

2. 此本無南逢吉識語。

王陽明先生傳習録三卷

民國十六年（1927）上海掃葉山房石印本

國家圖書館 149218（普通古籍）

徐愛《序》

見明刻本《傳習録》三卷《續録》二卷。（索書號 13300）

校記：

1. “又何言之不一耶”，此本“耶”作“邪”。

2. “使吾儕嘗在先生之門”，此本“嘗”作“常”。

3. “因復識此於篇首”，此本“篇首”作“首篇”。

4. 此本無南逢吉識語。

王陽明先生傳習録論三卷附集一卷

清順治刻本

國家圖書館 14397（普通古籍）

順治三年（1646）王應昌《傳習録總論》

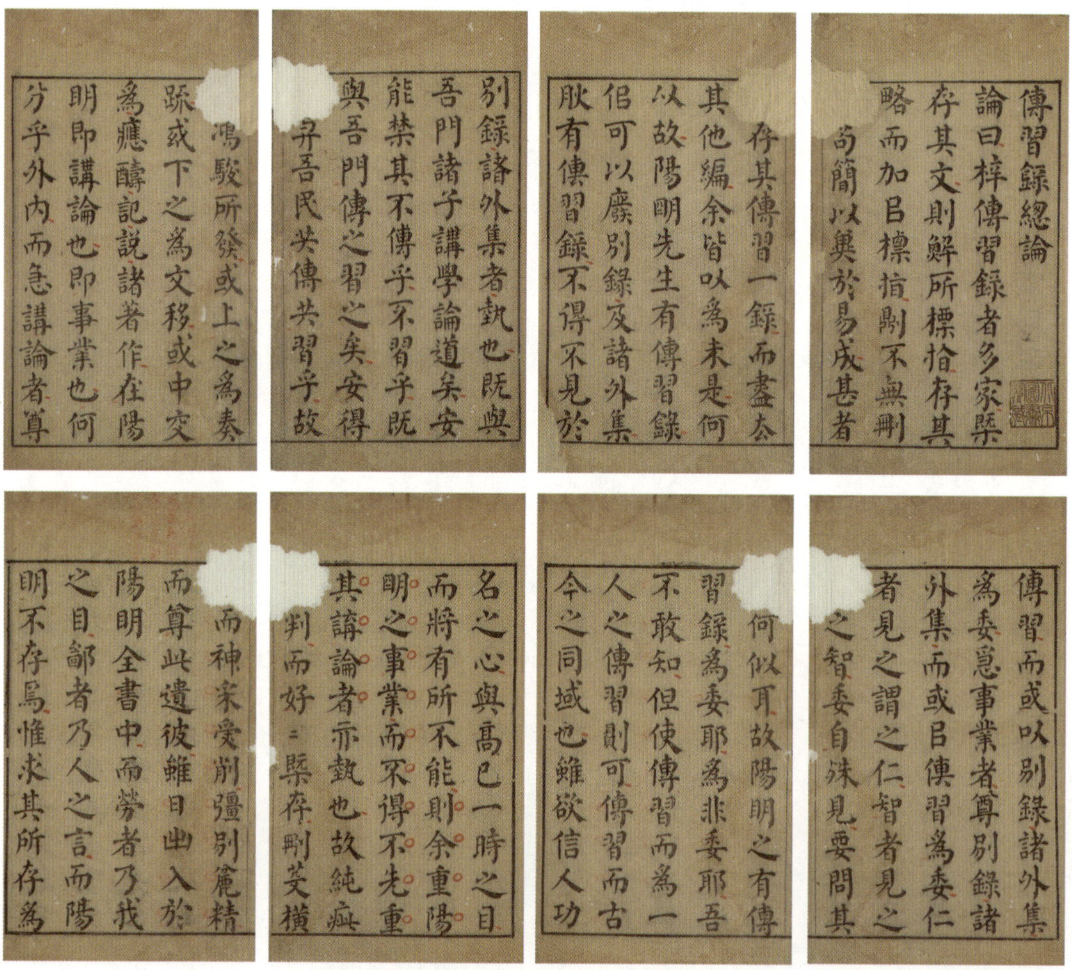

傳習録總論
論曰梓傳習録者多家槩
存其文則觧所標拾存其
略而加吕標指剔不無刪
苟簡以異於易成甚者
存其傳習一録而盡去
其他編余皆以為未是何
以故陽明先生有傳習録
佀可以廢別録及諸外集
肰有傳習録不得不見於
別録諸外集者孰也既與
吾門諸子講學論道矣安
能禁其不傳乎不習乎既
與吾門傳之習之矣安得
弃吾民共傳共習乎故
鴻駿所發或上之為奏
疏或下之為文移或中交
為應酬記說諸著作在陽
明即講論也即事業也何
分乎外內而急講論者尊
傳習而或以別録諸外集
為委𢙣事業者尊別録諸
外集而或吕傳習為委仁
者見之謂之仁智者見之
之智委自殊見要問其
何似耳故陽明之有傳
習録為委耶為非委耶吾
不敢知但使傳習而為一
人之傳習則可傳習而古
今之同域也雖欲信人功
名之心與高己一時之目
而將有所不能則余重陽
明之事業而不得不先重
其講論者亦孰也故純疵
判而好ゝ槩存刪芟橫
而神采受削彊別篦精
而尊此遺彼雖日出入於
陽明全書中而勞者乃我
之目鄙者乃人之言而陽
明不存焉惟求其所存為

古今之所共存者而已然則究不自知其原與曰奚而不知也無善無惡是心之體有善有惡是意之動善知惡是良知為善去

是格物此四句者非陽明所云宗旨乎四句教出兩部論語會為一篇四句宗旨幽而語錄別錄正集外集不得復分之為三十

八卷矣故教之有四句猶大地山嶽之有水也水紗大犖山嶽而為言而外大地以為川源外山嶽以為髓吾知其不能有人於

彼欲希聖截取四句教告之謂之即聖可乎彼欲學為陽明先生截取四句宗旨告之謂之即陽明先生可乎然舍此而與其希

聖冀其別有以學為陽明先生又不可江海之合冰水之泮吁嗟乎難言之矣故惟陽明知傳習與外習所以异惟陽明知其所

與而异之而庶乎不累其同則傳習錄所不言者外集有時乎或用外集中所有餘於為王為侯者或有時不足於言是皆陽明

之神明其學而不令後之人淺相求也蓋嘗就執濠一節論之先未奉命聞變起義可謂律乎同日具疏請命將一請鬆省風雲

矣然以質諸天佑下民惟其克相上帝則未為悖也爾無不信朕不食言盡人知之但是時宸濠定謀南昌一克星馳金陵隨襲

薆薊苟不以權空部咨權空塘報多方疑之兩都寡備噬臍及乎故一師卦也出諸我純用變不用律梶彼純執言詐不執言誠

明不云乎蘇秦張儀都從良知上磨勘得十分玲瓏所以策發功舉惜乎其不正用耳只此一語便知良知是用世之書非僅〻

正性命之書矣故讀書之法論世為上不論其世而能讀其書者無有也余欲傚論孟序邑論世為總論又致戒於存概存畧之

盡是回如編年例目雖只二三册然十可八九得矣故復纂李譜於左用冠是錄以括總論之未括曷言乎總論將以別夫

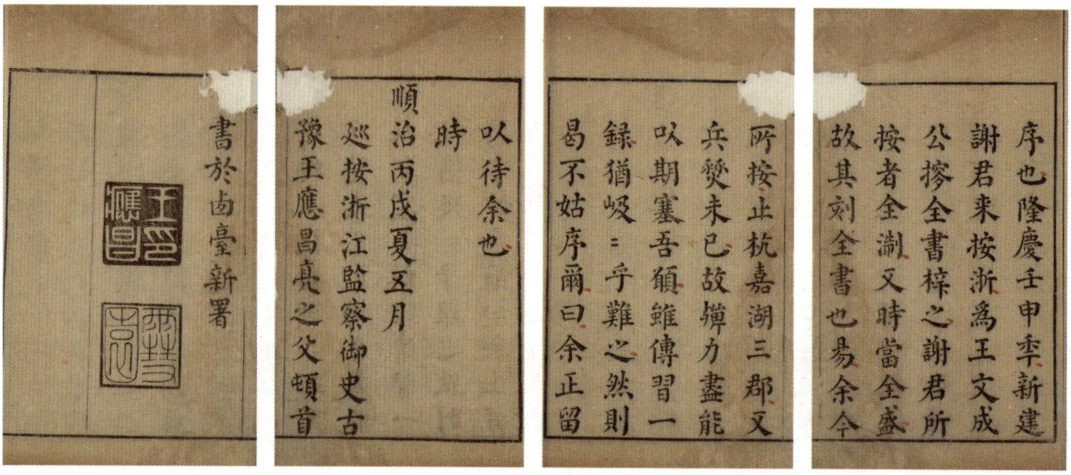
序也隆慶壬申季新建
謝君来按浙爲王文成
公撿全書梓之謝君所
按者全浙又時當全盛
故其刻全書也易余今
所按止杭嘉湖三郡又
兵燹未已故殫力盡能
以期蹇吾傾雖傳習一
録猶岌岌乎難之然則
曷不姑序爾曰余正留
以待余也
時
順治丙戌夏五月
巡按浙江監察御史古
豫王應昌真之父頓首
書於卤臺新署

論曰，梓《傳習録》者多家，概存其文，則解所標指；存其略而加以標指，則不無删□（殘缺）。苟簡以冀於易成，甚者□（殘缺）存其《傳習》一録，而盡去其他編。余皆以爲未是，何以故？陽明先生有《傳習録》，似可以廢《别録》及諸外集，然有《傳習録》不得不見於《别録》、諸外集者，勢也。既與吾門諸子講學論道矣，安能禁其不傳乎、不習乎？既與吾門傳之習之矣，安得□（殘缺）（與）吾民共傳共習乎？

故□（殘缺）鴻駿所發，或上之爲奏疏，或下之爲文移，或中交爲應酬、記、説諸著作，在陽明即講論也，即事業也，何分乎外内？而急講論者，尊《傳習》，而或以《别録》、諸外集爲委；急事業者，尊《别録》、諸外集，而或以《傳習》爲委。仁者見之謂之仁，智者見之□（殘缺，應爲“謂”）之智，委自殊見，要問其□（殘缺）何似耳。故陽明之有《傳習録》，爲委耶，爲非委耶，吾不敢知。但使《傳習》而爲一人之傳習則可，傳習而古今之同域也，雖欲信人功名之心，與高己一時之目，而將有所不能，則余重陽明之事業，而不得不先重其講論者，亦勢也。

故純疵□（殘缺）判，而好好概存，删芟横□（殘缺），而神采受削，强别粗精，而尊此遺彼。雖日出入於陽明全書中，而勞者乃我之目，鄙者乃人之言，而陽明不存焉。惟求其所存，爲古今之所共存者而已。

然則究不自知其原與？曰："奚而不知也？無善無惡是心之體，有善有惡是意之動，□（殘缺，應爲'知'）善知惡是良知，爲善去□（殘缺，應爲'惡'）是格物。"此四句者非陽明所云宗旨乎？四句教出，兩部《論語》會爲一篇，四句宗旨出，而《語録》、《别録》、《正集》、《外集》不得復分之爲三十八卷矣。

故教之有四句，猶大地山嶽之有水也。水妙大塋山嶽而爲言，而外大地以爲川源，外山嶽以爲□（殘缺）髓，吾知其不能。有人於□（殘缺）彼欲希聖，截取四句教告之，謂之即聖可乎？彼欲學爲陽明先生，截取四句宗旨告之，謂之即陽明先生可乎？然舍此而冀其希聖、冀其别有以學爲陽明先生，又不可。江海之合，冰水之泮，吁嗟乎難言之矣。故唯陽明知傳習與外習□（殘缺）所以异，惟陽明知其所□（殘缺）異而异之，而庶乎不累其同，則《傳習録》所不言者，《外集》有時乎或用，《外集》中所有餘於爲王爲侯者，或有時不足於言，是皆陽明之神明其學，而不令後之人淺相求也。

盖嘗就執濠一節論之，先未奉命，聞變起義，可謂律乎？同日具疏，□（殘缺）請命將，一請歸省，風雲□（殘缺）矣。然以質諸天佑下民，惟其克相上帝，則未爲悖也。爾無不信，朕不食言，盡人知之，但是時宸濠定謀，南昌一克，星馳金陵，隨襲燕薊，苟不以權宜部咨，權宜塘報，多方疑之，兩都寡備，噬臍及乎？故一師卦也，出諸我，純用變，不用律，梔□（殘缺）彼，純執言詐，不執言誠。□（殘缺，應爲"陽"）明不云乎："蘇秦、張儀都從良知上磨勘得十分玲瓏，所以策發功舉，惜乎其不正用耳。"只此一語，便知良知是用世之書，非僅僅正性命之書矣。

故讀書之法，論世爲上，不論其世而能讀其書者無有也。余欲倣論孟序，以論世爲總論，□（殘缺）又致戒於存概存略之□（殘缺）盡。是因如編年例目，雖只二三册，然十可八九得矣。故復纂年譜於左，用冠是録，以括總論之未括。

曷言乎總論？將以别夫序也。隆慶壬申年，新建謝君來按浙，爲王文成公搜全書梓之，謝君所按者全浙，又時當全盛，故其刻《全書》也易。余今所按止杭、嘉、湖三郡，又兵燹未已，故殫力盡能，以期塞吾願，雖《傳習》一録，猶岋岋乎難之。然則曷不姑序爾？曰：余正留以待余也。

時順治丙戌夏五月。巡按浙江監察御史古豫王應昌亮之父頓首書於西臺新署。

順治三年（1646）李際期《傳習録論序》

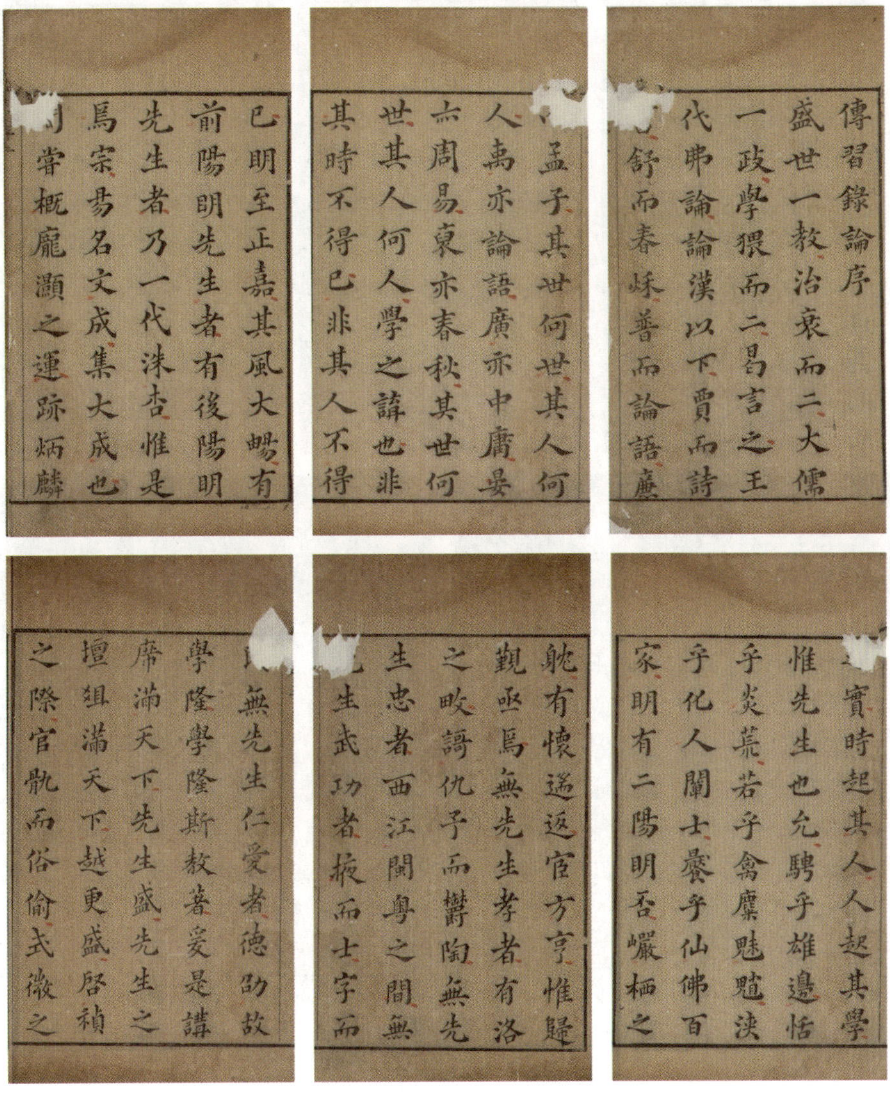

傳習録論序
盛世一教治衰而二大儒
一政學猥而二昌言之王
代彿論論漢以下賈而詩
舒而春秌普而論語廣

孟子其世何世其人何
人焉亦論語廣亦中庸晏
六周易東亦春秋其世何
世其人何人學之諱也非
其時不得已非其人不得

已明至正嘉其風大暢有
前陽明先生者有後陽明
先生者乃一代洙杏惟是
馬宗易名文成集大成也
嘗概龐灝之運跡炳麟

實時起其人人起其學
惟先生也允騁乎雄邉恬
乎炎蕉若乎禽麋魅魑泆
乎化人闖士饕乎仙佛百
家明有二陽明吾巘栖之

眈有懷遙返宦方亨惟疑
覲亟焉無先生孝者有洛
之畋謌仇予而欝陶無先
生忠者西江閩粤之間無
生武功者掖而士字而

無先生仁愛者德劭故
學隆學隆斯教着爰是講
席滿天下先生盛先生之
壇組滿天下越更盛啓禎
之際宦骫而俗偷式微之

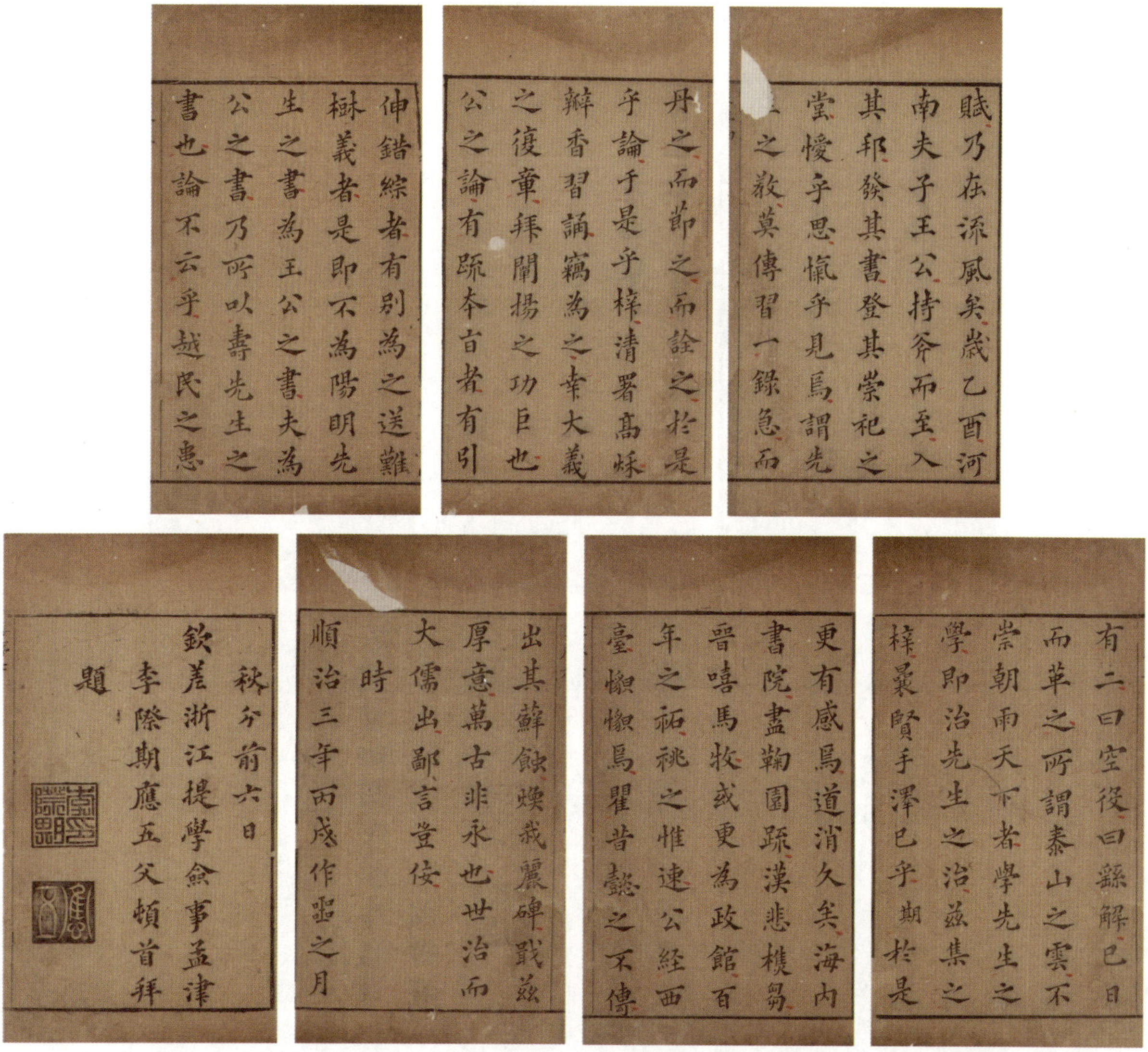
賦乃在沵風矣歲乙酉河
南夫子王公持斧而至入
其邦發其書登其崇祀之
堂慢乎思慨乎見焉謂先
王之教莫傳習一錄急而
丹之而節之而詮之於是
乎論乎是乎梓清署高炑
辯香習誦竊為之幸大義
之復章拜闡揚之功巨也
公之論有跡本旨者有引
伸錯綜者有別為之送難
極義者是即不為陽明先
生之書為王公之書夫為
公之書乃所以壽先生之
書也論不云乎越民之患
有二曰空役曰繇解已日
而革之所謂泰山之雲不
崇朝而天下者學先生之
學即治先生之治茲集之
梓彙賢乎澤已乎期於是
更有感焉道消久矣海內
書院盡鞠園跡漢悲樓舅
晉嘻焉牧或更為政館百
年之祏祧之惟速公經西
臺懶懶焉瞿昔懿之不傳
出其蘇蝕蠖裁曬碑戢茲
厚意萬古非永也世治而
大儒出鄙言豈佞
時
順治三年丙戌作噩之月
秋分前六日
欽差浙江提學僉事孟津
李際期應五父頓首拜
題

盛世一教，治衰而二，大儒一政，學猥而二。曷言之？王代弗論，論漢以下，賈而《詩》(□（殘缺，應爲“書”》，舒而《春秋》，普而《論語》，廉□（殘缺，應爲“而”)《孟子》，其世何世，其人何人？禹亦《論語》，廣亦《中庸》，晏亦《周易》，袁亦《春秋》，其世何世，其人何人？

學之講也，非其時不得已，非其人不得已。明至正、嘉，其風大暢，有前陽明先生者，有後陽明先生者，乃一代洙杏，惟是焉宗。易名文成，集大成也。□（殘缺）嘗概龐灝之運，迹炳麟□（殘缺）實，時起其人，人起其學，惟先生也允。騁乎雄邊，恬乎炎荒，若乎禽麋魅魈，浹乎化人闡士，饜乎仙佛百家。明有二陽明否？巖栖之耽，有懷遄返，宦方亨，惟歸覲亟焉，無先生孝者；有洛之畋，謌仇予而鬱陶，無先生忠者；西江閩粤之間，無□（殘缺，應爲“先”）生武功者；掖而士，字而□（殘缺），無先生仁愛者。德劭故學隆，學隆斯教著，爰是講席滿天下。先生盛，先生之壇俎滿天下，越更盛，啓、禎之際，官骪而俗偷，式微之賦，乃在流風矣。

歲乙酉河南夫子王公持斧而至，入其邦，發其書，登其崇祀之堂，僾乎思，愾乎見焉。謂先□（殘缺，應爲“生”）之教，莫《傳習》一録急，而丹之，而節之，而詮之，於是乎論，於是乎梓。清署高秋，瓣香習誦。竊爲之幸，大義之復章，拜闡揚之功巨也。

公之論，有疏本旨者，有引伸錯綜者，有別爲之送難樹義者。是即不爲陽明先生之書，爲王公之書。夫爲公之書，乃所以壽先生之書也。論不云乎：越民之患有二，曰空役、曰繇解，已日而革之，所謂泰山之雲，不崇朝雨天下者。

學先生之學，即治先生之治。茲集之梓，曩賢手澤已乎？期於是更有感焉。道消久矣，海內書院，盡鞠園疏，漢悲樵芻，晉嘻馬牧，或更爲政館，百年之祏，祧之惟速。公經西臺，懇懇焉，瞿昔懿之不傳，出其蘚蝕，焕我麗碑，戢茲厚意，萬古非永也。世治而大儒出，鄙言豈佞。

時順治三年丙戌作噩之月，秋分前六日。欽差浙江提學僉事孟津李際期應五父頓首拜題。

唐九經《評傳習録論說》

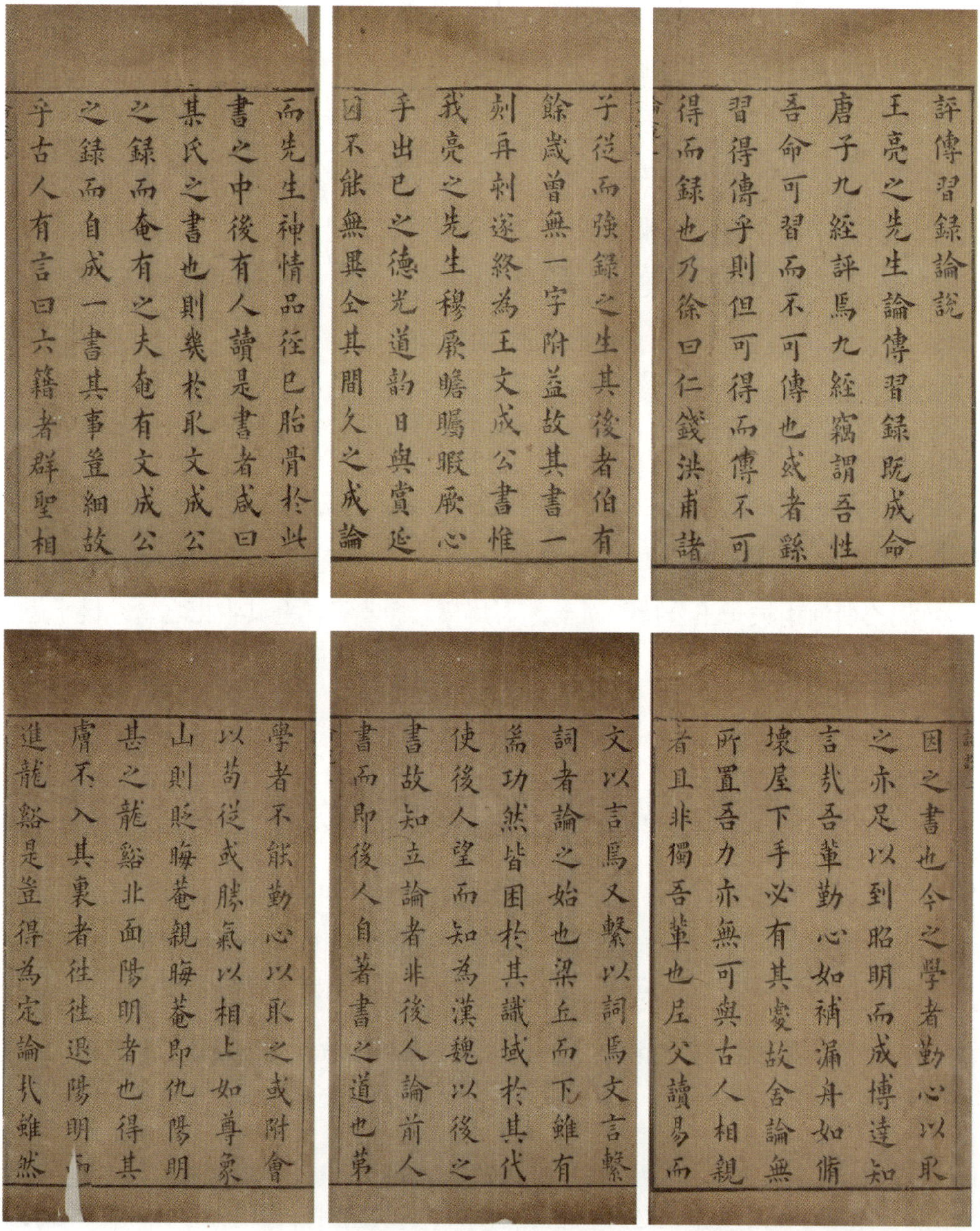

評傳習録論說
王亮之先生論傳習録既成命唐子九經評焉九經竊謂吾性吾命可習而不可傳也或者繇習得傳乎則但可得而傳不可得而録也乃徐曰仁錢洪甫諸子從而強録之生其後者伯有餘歲曾無一字附益故其書一刻再刻遂終為王文成公書惟我亮之先生穆厥瞻矚暇厥心手出已之德光道韵日與賞延因不能無異仝其間久之成論而先生神情品徑已胎骨於此書之中後有人讀是書者咸曰某氏之書也則幾於取文成公之録而奄有之夫奄有文成公之録而自成一書其事豈細故乎古人有言曰六籍者群聖相因之書也今之學者勤心以取之亦足以到昭明而成博達知言哉吾輩勤心如補漏舟如備壞屋下手必有其處故舍論無所置吾力亦無可與古人相親者且非獨吾輩也尼父讀易而文以言焉又繫以詞焉文言繫詞者論之始也梁丘而下雖有為功然皆困於其識域於其代使後人望而知為漢魏以後之書故知立論者非後人論前人書而即後人自著書之道也第學者不能勤心以取之或附會以苟從或勝氣以相上如尊象山則貶晦菴親晦菴即仇陽明甚之龍谿北面陽明者也得其膚不入其裏者往往退陽明而進龍谿是豈得為定論哉雖然

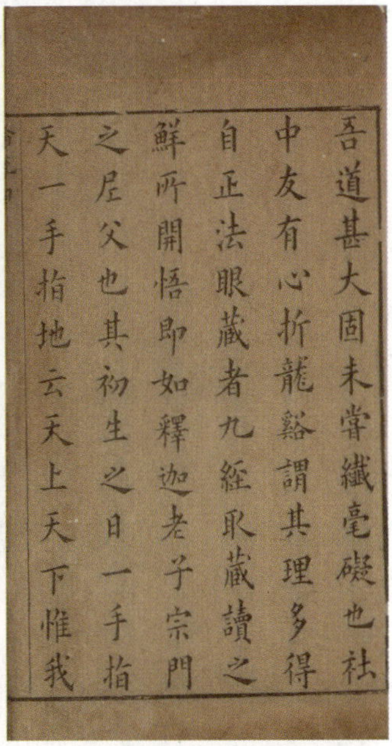

吾道甚大固未嘗纖毫礙也杜
中友有心折龍谿謂其理多得
自正法眼藏者九經取藏讀之
鮮所開悟即如釋迦老子宗門
之居父也其初生之日一手指
天一手指地云天上天下惟我

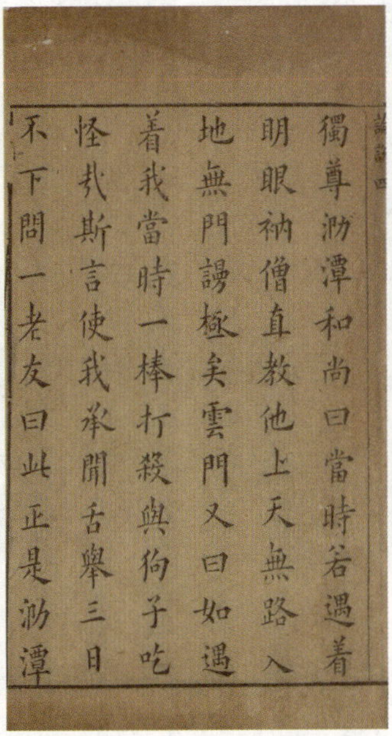

獨尊泐潭和尚曰當時若遇着
明眼衲僧直教他上天無路入
地無門謗極矣雲門又曰如遇
着我當時一棒打殺與狗子吃
怪哉斯言使我承聞舌舉三日
不下問一老友曰此正是泐潭

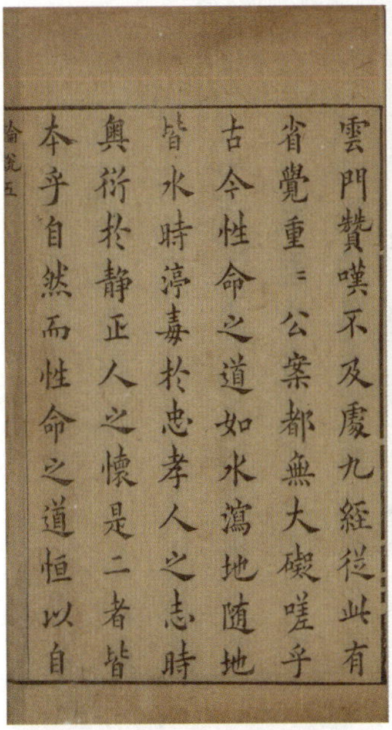

雲門贊嘆不及處九經從此有
省覺重重公案都無大礙嗟乎
古今性命之道如水瀉地隨地
皆水時渟毒於忠孝人之志時
與衍於靜正人之懷是二者皆
本乎自然而性命之道恒以自

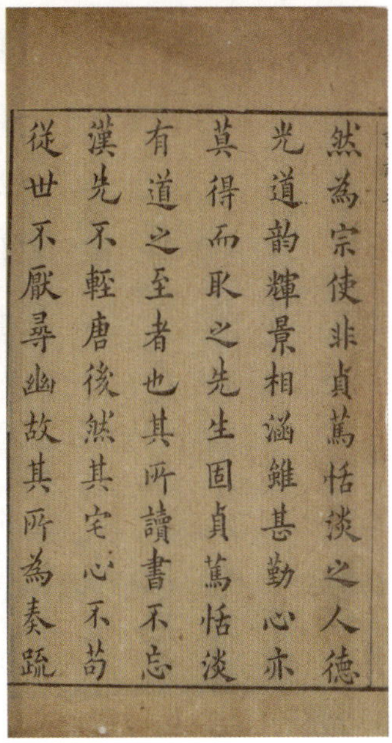

然為宗使非貞篤恬淡之人德
光道韵輝景相涵雖甚勤心亦
莫得而取之先生固貞篤恬淡
有道之至者也其所讀書不忘
漢先不輕唐後然其宅心不苟
從世不厭尋幽故其所為奏疏

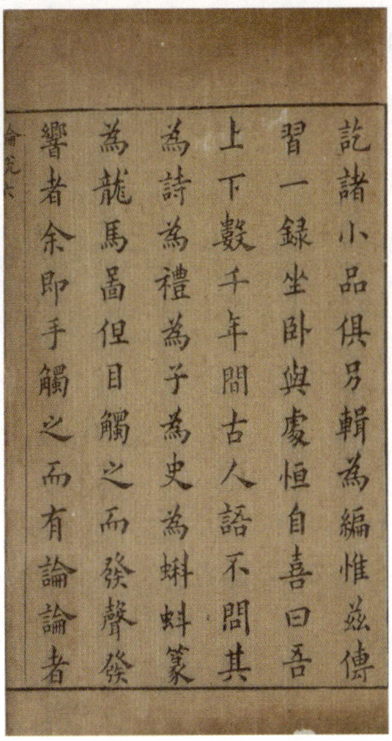

訖諸小品俱另輯為編惟茲傳
習一錄坐臥與處恒自喜曰吾
上下數千年間古人語不問其
為詩為禮為子為史為蝌蚪篆
為龍馬啚但目觸之而發聲發
響者余即手觸之而有論論者

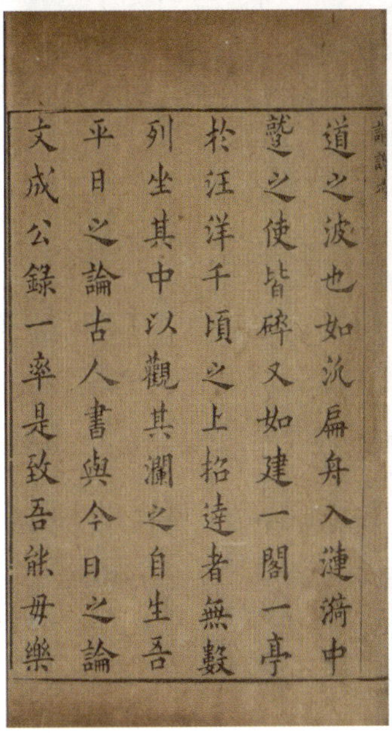

道之波也如沉扁舟入漣漪中
蹩之使皆碎又如建一閣一亭
於汪洋千頃之上招達者無數
列坐其中以觀其瀾之自生吾
平日之論古人書與今日之論
文成公錄一率是致吾能毋樂

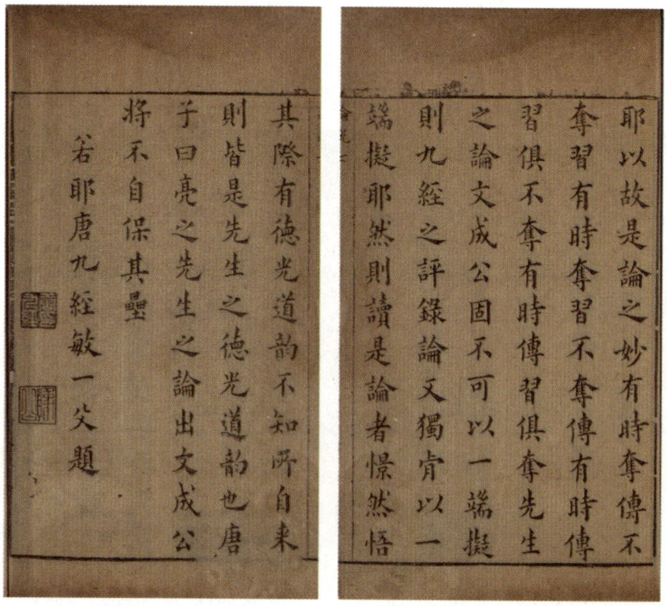
耶以故是論之妙有時奪傳不
奪習有時奪習不奪傳有時傳
習俱不奪有時傳習俱奪先生
之論文成公固不可以一端擬
則九經之評録論文獨肯以一
端擬耶然則讀是論者憬然悟
其際有德光道韵不知所自来
則皆是先生之德光道韵也唐
子曰亮之先生之論出文成公
将不自保其壘
若耶唐九經敏一父題

王亮之先生論《傳習録》既成，命唐子九經評焉。九經竊謂吾性吾命可習而不可傳也，或者繇習得傳乎，則但可得而傳，不可得而録也，乃徐曰仁、錢洪甫諸子從而强録之。生其後者，伯有餘歲，曾無一字附益，故其書一刻再刻，遂終爲《王文成公書》。惟我亮之先生穆厥瞻矚，暇厥心手。出己之德光道韵，日與賞延，因不能無異仝其間，久之成論，而先生神情品徑已胎骨於此書之中。後有人讀是書者，咸曰某氏之書也，則幾於取文成公之録而奄有之。夫奄有文成公之録而自成一書，其事豈細故乎？

古人有言曰："六籍者，群聖相因之書也，今之學者勤心以取之，亦足以到昭明而成博達。"知言哉！吾輩勤心如補漏舟，如修壞屋，下手必有其處，故舍論無所置吾力，亦無可與古人相親者。且非獨吾輩也，尼父讀《易》而文以言焉，又繫以詞焉，文言、繫詞者，論之始也。梁丘而下，雖有耑功，然皆困於其識，域於其代，使後人望而知爲漢魏以後之書。故知立論者，非後人論前人書，而即後人自著書之道也。

第學者不能勤心以取之，或附會以苟從，或勝氣以相上。如尊象山則貶晦庵，親晦庵即仇陽明，甚之龍溪，北面陽明者也，得其膚不入其裏者，往往退陽明而進龍溪。是豈得爲定論哉？雖然，吾道甚大，固未嘗纖毫礙也。社中友有心折龍溪，謂其理多得自正法眼藏者，九經取藏讀之，鮮所開悟。即如釋迦、老子，宗門之尼父也。其初生之日，一手指天，一手指地，云天上天下惟我獨尊，潙潭和尚曰："當時若遇着明眼衲僧，直教他上天無路、入地無門"，謾極矣。雲門又曰："如遇着我，當時一棒打殺與狗子吃"，怪哉斯言，使我承聞，舌舉三日不下。問一老友，曰："此正是潙潭、雲門贊嘆不及處。"九經從此有省覺，重重公案都無大礙。

嗟乎，古今性命之道，如水瀉地，隨地皆水，時渟毒於忠孝人之志，時奥衍於静正人之懷。是二者皆本乎自然，而性命之道恒以自然爲宗，使非貞篤恬淡之人，德光道韵輝景相涵，雖甚勤心亦莫得而取之。先生固貞篤恬淡有道之至者也，其所讀書，不忘漢先，不輕唐後，然其宅心，不苟從世，不厭尋幽。故其所爲奏疏，訖諸小品，俱另輯爲編。惟兹《傳習》一録，坐卧與處，恒自喜。曰："吾上下數千年間古人語，不問其爲詩、爲禮、爲子、爲史、爲蝌蚪篆、爲龍馬圖，但目觸之而發聲發響者，余即手觸之而有論。論者，道之波也，如汎扁舟入漣漪中，蹩之使皆碎，又如建一閣一亭於汪洋千頃之上，招達者無數列坐其中，以觀其瀾之自生。吾平日之論古人書，與今日之論文成公録，一率是致，吾能毋樂耶？"

以故，是論之妙，有時奪傳不奪習，有時奪習不奪傳，有時傳習俱不奪，有時傳習俱奪。先生之論文成公固不可以一端擬，則九經之評録論又獨肯以一端擬耶？然則讀是論者，憬然悟其際有德光道韵不知所自來，則皆是先生之德光道韵也。唐子曰："亮之先生之論出文成公，將不自保其壘。"

若耶唐九經敏一父題。

王應昌《跋》

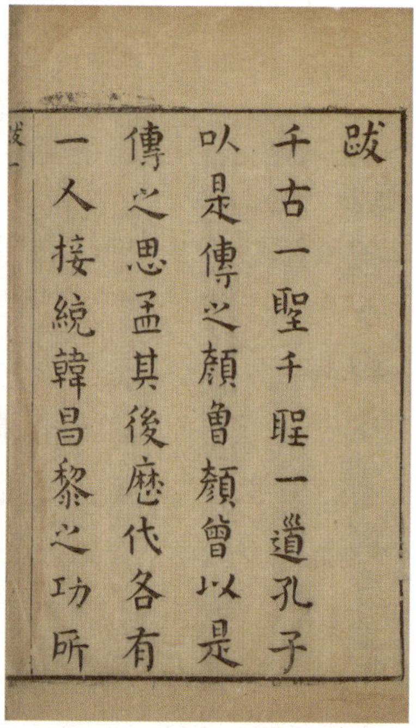

跋

千古一聖千聖一道孔子
以是傳之顏曾顏曾以是
傳之思孟其後歷代各有
一人接統韓昌黎之功所

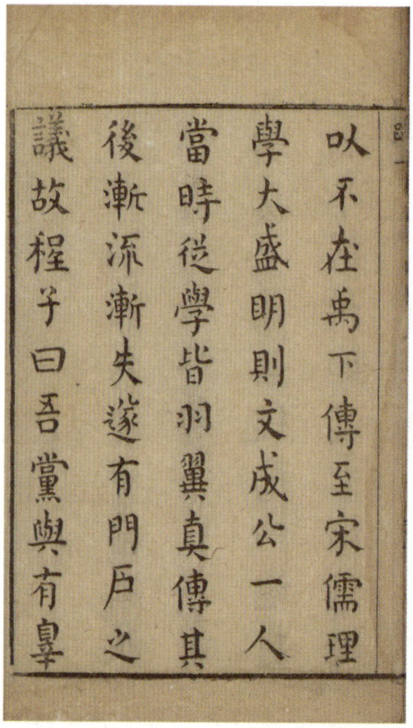

以不在禹下傳至宋儒理
學大盛明則文成公一人
當時從學皆羽翼真傳其
後漸派漸失遂有門戶之
議故程子曰吾黨與有辠

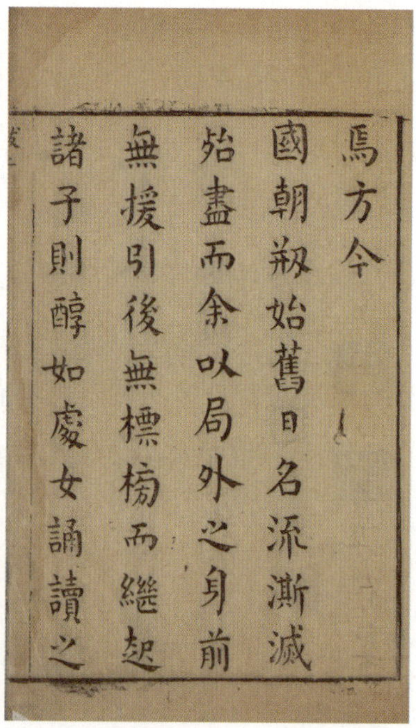

馬方今
國朝叔始舊日名派漸滅
始盡而余以局外之身前
無援引後無標榜而繼起
諸子則醇如處女誦讀之

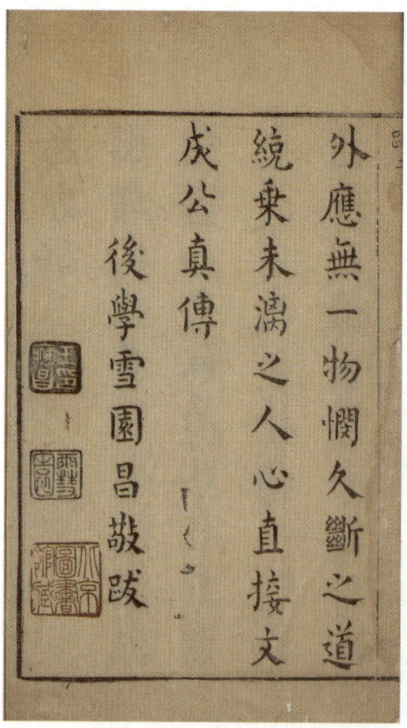

外應無一物惘久斷之道
統乘未濡之人心直接文
成公真傳
後學雪園昌敬跋

千古一聖，千聖一道。孔子以是傳之顔、曾，顔、曾以是傳之思、孟，其後歷代各有一人接統。韓昌黎之功所以不在禹下，傳至宋儒，理學大盛，明則文成公一人，當時從學皆羽翼真傳，其後漸流漸失，遂有門户之議，故程子曰“吾黨與有辠焉？”方今國朝創始，舊日名流澌滅殆盡，而余以局外之身前無援引、後無標榜，而繼起諸子，則醇如處女，誦讀之外，應無一物。憫久斷之道統，乘未漓之人心，直接文成公真傳。

後學雪園昌敬跋。

朱子晚年定論一卷王文成公示弟立志説

清光緒十九年（1893）周文桂刻本

國家圖書館 56994（普通古籍）

道光十一年（1831）費熙《朱子晚年定論評述序》

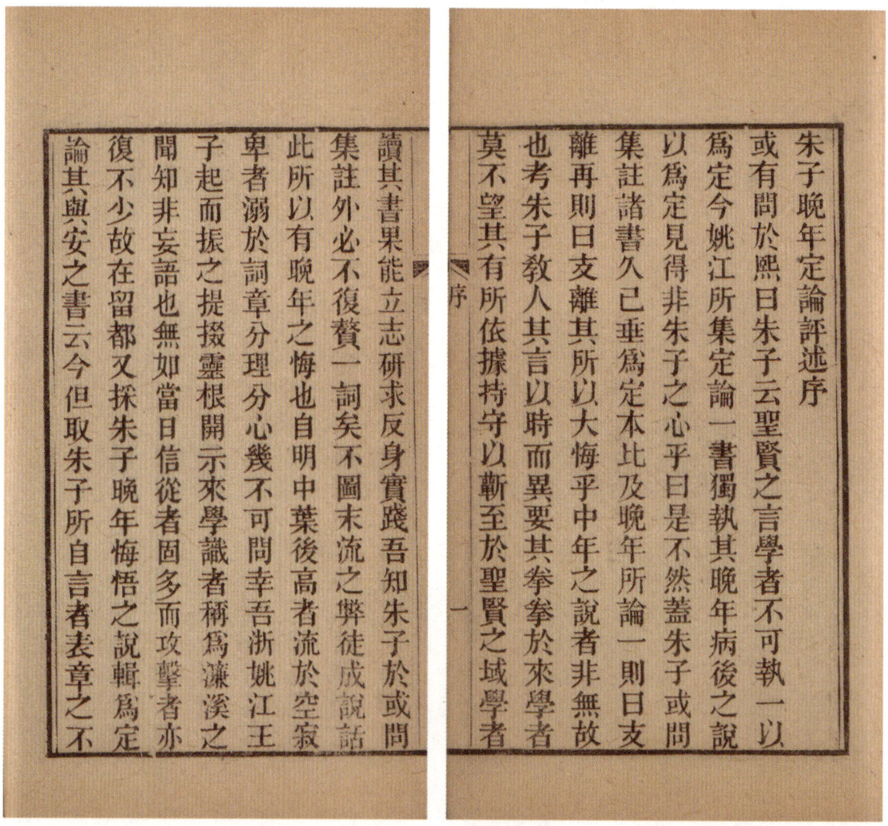

朱子晚年定論評述序

或有問於熙曰朱子云聖賢之言學者不可執一以爲定今姚江所集定論一書獨執其晚年病後之說以爲定見得非朱子之心乎曰是不然蓋朱子或問集註諸書久已垂爲定本比及晚年所論一則曰支離再則曰支離其所以大悔乎中年之說者非無故也考朱子教人其言以時而異要其拳拳於來學者莫不望其有所依據持守以蘄至於聖賢之域學者

序　一

讀其書果能立志研求反身實踐吾知朱子於或問集註外必不復贅一詞矣不圖末流之弊徒成說話此所以有晚年之悔也自明中葉後高者流於空寂卑者溺於詞章分理分心幾不可問幸吾浙姚江王子起而振之提撥靈根開示來學識者稱爲濂溪之間知非妄語也無如當日信從者固多而攻擊者亦復不少故在留都又採朱子晚年悔悟之說輯爲定論其與安之書云今但取朱子所自言者表章之不

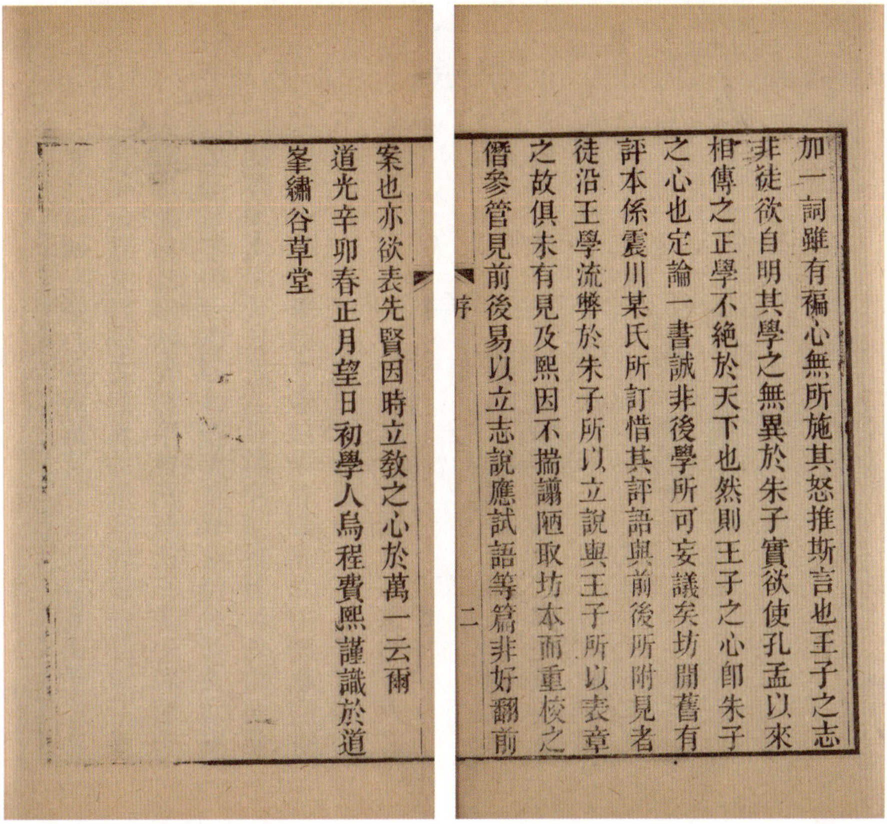

加一詞雖有褊心無所施其怒推斯言也王子之志非徒欲自明其學之無異於朱子實欲使孔孟以來相傳之正學不絕於天下也然則王子之心卽朱子之心也定論一書誠非後學所可妄議矣坊閒舊有評本係震川某氏所訂惜其評語與前後所附見者徒沿王學流弊於朱子所以立說與王子所以表章之故俱未有見及熙因不揣譾陋取坊本而重校之僭參管見前後易以立志說應試語等篇非好翻前

序　二

案也亦欲表先賢因時立教之心於萬一云爾

道光辛卯春正月望日初學人烏程費熙謹識於道峯繡谷草堂

或有問於熙曰:“朱子云‘聖賢之言,學者不可執一以爲定’。今姚江所集《定論》一書,獨執其晚年病後之説以爲定見,得非朱子之心乎?”

曰:“是不然。蓋朱子《或問》《集注》諸書久已垂爲定本,比及晚年所論,一則曰支離,再則曰支離,其所以大悔乎中年之説者,非無故也。考朱子教人,其言以時而異,要其拳拳於來學者,莫不望其有所依據持守,以蘄至於聖賢之域。學者讀其書,果能立志研求、反身實踐,吾知朱子於《或問》《集注》外必不復贅一詞矣。不圖末流之弊,徒成説話,此所以有晚年之悔也。

“自明中葉後,高者流於空寂,卑者溺於詞章,分理分心,幾不可問。幸吾浙姚江王子起而振之,提掇靈根,開示來學,識者稱爲濂溪之聞,知非妄語也。無如當日信從者固多,而攻擊者亦復不少,故在留都又采朱子晚年悔悟之説,輯爲定論。其《與安之書》云：‘今但取朱子所自言者表章之，不加一詞，雖有褊心無所施其怒’。推斯言也，王子之志，非徒欲自明其學之無異於朱子，實欲使孔孟以來相傳之正學不絕於天下也。然則王子之心即朱子之心也，《定論》一書，誠非後學所可妄議矣。”

坊間舊有評本，係震川某氏所訂。惜其評語與前後所附見者，徒沿王學流弊，於朱子所以立説與王子所以表章之故，俱未有見及。熙因不揣譾陋，取坊本而重校之，僭參管見。前後易以《立志説》《應試語》等篇。非好翻前案也，亦欲表先賢因時立教之心於萬一云爾。

道光辛卯春正月望日，初學人烏程費熙謹識於道峰繡谷草堂。

光緒十九年（1893）孫廷翰《跋》

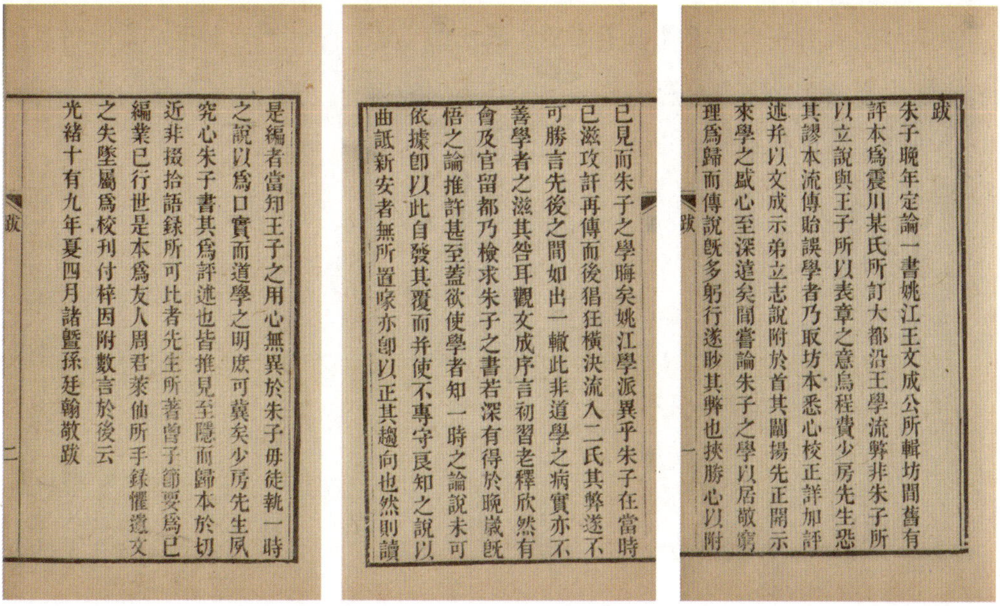

跋

朱子晚年定論一書姚江王文成公所輯坊間舊有評本爲震川某氏所訂大都沿王學流弊非朱子所以立說與王子所以表章之意烏程費少房先生恐其謬本流傳貽誤學者乃取坊本悉心校正詳加評述并以文成示弟立志說附於首其闡揚先正開示來學之盛心至深遠矣聞嘗論朱子之學以居敬窮理爲歸而傳說既多躬行遂眇其弊也挾勝心以附

跋　一

已見而朱子之學晦矣姚江學派異乎朱子在當時已滋攻訐再傳而後猖狂橫決流入二氏其弊遂不可勝言先後之間如出一轍此非道學之病實亦不善學者之滋其咎耳觀文成序言初習老釋欣然有會及官留都乃檢求朱子之書若深有得於晚歲既悟之論推許甚至蓋欲使學者知一時之論說未可依據卽以此自發其覆而并使不專守良知之說以曲詆新安者無所置喙亦卽以正其趨向也然則讀

是編者當知王子之用心無異於朱子毋徒執一時之說以爲口實而道學之明庶可冀矣少房先生夙究心朱子書其爲評述也皆推見至隱而歸本於切近非掇拾語録所可比者先生所著曾子節要爲已編業已行世是本爲友人周君萊仙所手録懼遺文之失墜屬爲校刊付梓因附數言於後云

光緒十有九年夏四月諸曁孫廷翰敬跋

跋　二

《朱子晚年定論》一書，姚江王文成公所輯。坊間舊有評本，爲震川某氏所訂，大都沿王學流弊，非朱子所以立説與王子所以表章之意。烏程費少房先生，恐其謬本流傳，貽誤學者，乃取坊本悉心校正，詳加評述，並以文成示弟《立志説》附於首。其闡揚先正、開示來學之盛心至深遠矣。

聞嘗論朱子之學以居敬窮理爲歸，而傳説既多，躬行遂眇。其弊也，挾勝心以附己見，而朱子之學晦矣。姚江學派異乎朱子，在當時已滋攻訐，再傳而後，猖狂横决，流入二氏，其弊遂不可勝言。先後之間，如出一轍。此非道學之病，實亦不善學者之滋其咎耳。

觀文成序言，初習老、釋，欣然有會，及官留都，乃檢求朱子之書，若深有得於晚歲既悟之論，推許甚至。蓋欲使學者知一時之論説未可依據，即以此自發其覆，而並使不專守良知之説，以曲詆新安者無所置喙，亦即以正其趨向也。然則讀是編者，當知王子之用心無異於朱子，毋徒執一時之説以爲口實，而道學之明庶可冀矣。

少房先生夙究心朱子書，其爲評述也，皆推見至隱而歸本於切近，非掇拾語録所可比者。先生所著《曾子節要》爲已編，業已行世，是本爲友人周君萊仙所手録，懼遺文之失墜，屬爲校刊付梓。因附數言於後云。

光緒十有九年夏四月，諸暨孫廷翰敬跋。

光緒十九年（1893）周文桂跋

右《朱子晚年定論評述》吾太夫子費少房先生所著也。自講學者分門别户，專事口説，或假姚江之名以攻訐新安者衆矣。先生獨潛心正學，闇然自修，不爲異端曲説所遷。觀其評述，皆深切著明，務爲實踐，並欲使天下學人知王子之學無異於朱子。其有功於世道人心，爲何如也。

文桂少受業於周一庵師，師爲先生之高第，弟子其所稱説皆先生之緒言。是編昔曾手録，藏諸篋笥久矣。年届垂暮，忽忽無成，命提之訓，恍然在耳。懼遺編之失墜，我太夫子扶持正學之盛心或隱没不傳也，爰爲校正付梓，以公於世，期無負乎師資之所自爾。

光緒癸巳孟夏，小門人周文桂敬跋。

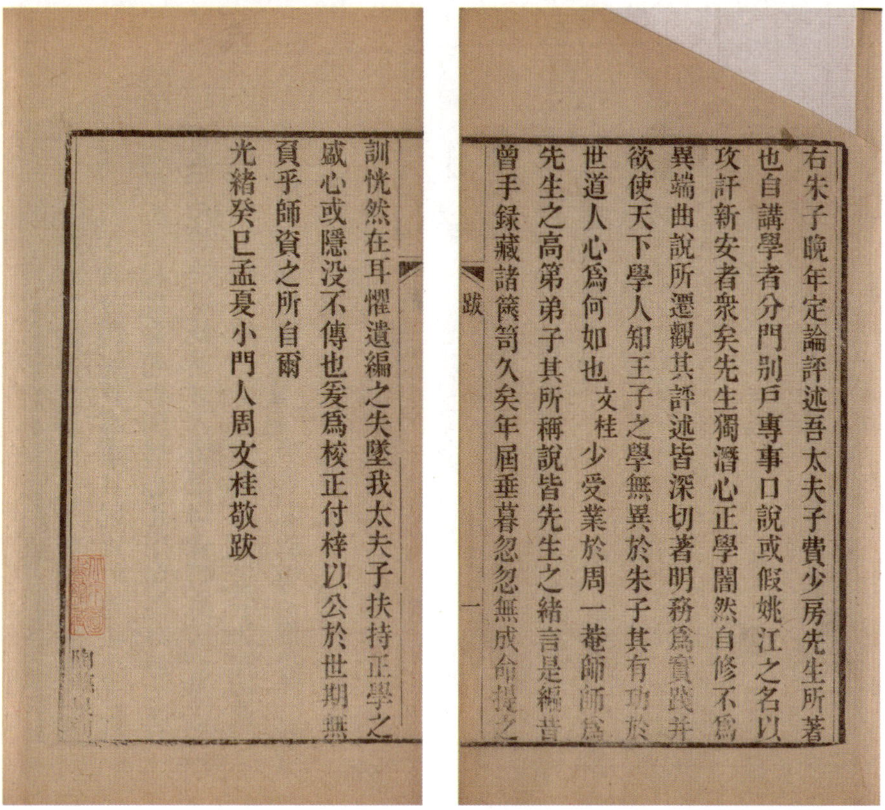
右朱子晚年定論評述吾太夫子費少房先生所著
也自講學者分門别戶專事口說或假姚江之名以
攻訐新安者衆矣先生獨潛心正學闇然自修不爲
異端曲說所遷觀其評述皆深切著明務爲實踐并
欲使天下學人知王子之學無異於朱子其有功於
世道人心爲何如也 文桂少受業於周一菴師師爲
先生之高第弟子其所稱說皆先生之緒言是編昔
曾手録藏諸篋笥久矣年屆垂暮忽忽無成命提之
跋 一
訓恍然在耳懼遺編之失墜我太夫子扶持正學之
盛心或隱沒不傳也爰爲校正付梓以公於世期無
負乎師資之所自爾
光緒癸巳孟夏小門人周文桂敬跋

新刻世史類編四十五卷首一卷

明萬曆三十四年（1606）書林余彰德刻本

國家圖書館 8816（善本）

彭好古《新刻便蒙類編舉業理學正史全書三皇五帝三王十一代皇帝世史》

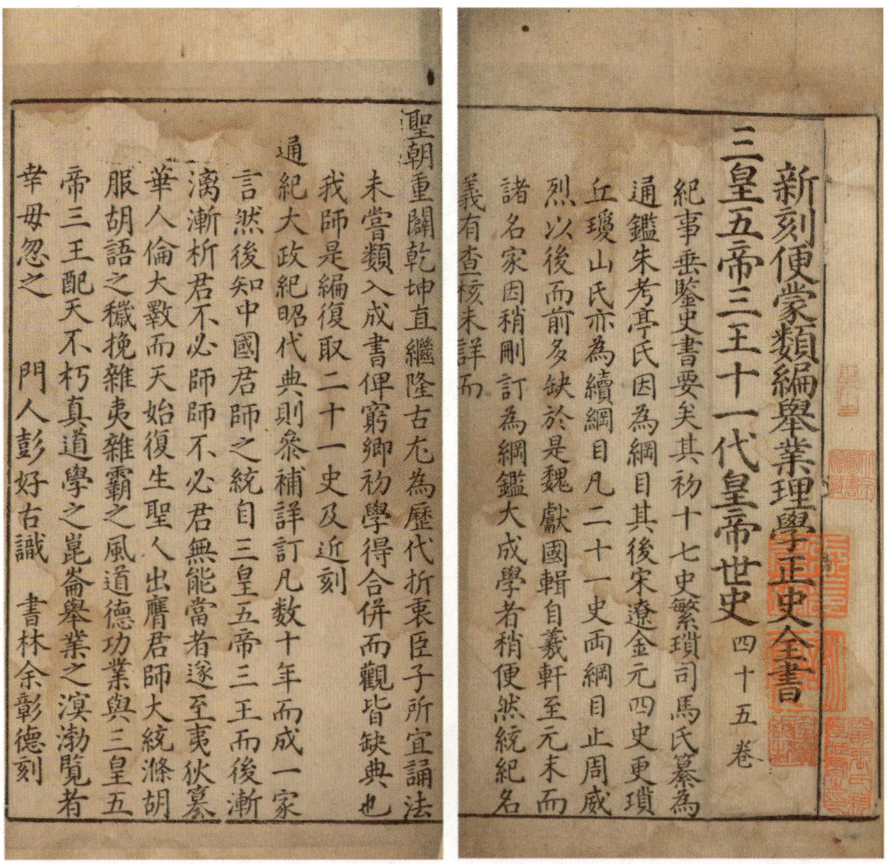
新刻便蒙類編舉業理學正史全書
三皇五帝三王十一代皇帝世史　四十五卷
紀事垂鑒史書要矣其初十七史繁瑣司馬氏纂為通鑑朱考亭氏因為綱目其後宋遼金元四史更瑣丘瓊山氏亦為續綱目凡二十一史而綱目止周威烈以後而前多缺於是魏獻國輯自羲軒至元末而諸名家因稍刪訂為綱鑑大成學者稍便然統紀名義有杳核未詳而
聖朝重闢乾坤直繼隆古尤為歷代折衷臣子所宜誦法未嘗類入成書俾窮鄉初學得合併而觀皆缺典也我師是編復取二十一史及近刻通紀大政紀昭代典則參補詳訂凡數十年而成一家言然後知中國君師之統自三皇五帝三王而後漸漓漸析君不必師師不必君無能當者遂至夷狄纂華人倫大斁而天始復生聖人出膺君師大統滌胡服胡語之穢挽雜夷雜霸之風道德功業與三皇五帝三王配天不朽真道學之崑崙舉業之溟渤覽者幸毋忽之
門人彭好古識　書林余彰德刻

紀事垂鑒，史書要矣。其初十七史繁瑣，司馬氏纂爲《通鑑》，朱考亭氏因爲《綱目》。其後，宋遼夏金元四史更瑣，丘瓊山氏亦爲《續綱目》。凡二十一史，兩《綱目》，止周威烈以後，而前多缺。於是魏獻國輯自羲軒至元末，而諸名家因稍删訂爲《綱鑑大成》，學者稍便。然統紀名義，有查核未詳。而聖朝重闢乾坤，直繼隆古，尤爲歷代折衷，臣子所宜誦法。未嘗類入成書，俾窮鄉初學得合並而觀，皆缺典也。我師是編復取二十一史及近刻《通紀》《大政紀》《昭代典則》，參補詳訂，凡數十年而成一家言。然後知中國君師之統，自三皇五帝三王而後，漸漓漸析。君不必師，師不必君，無能當者。逐至夷狄篡華，人倫大斁。而天始復生聖人出，膺君師大統，滌胡服胡語之穢，挽雜夷雜霸之風，道德功業與三皇五帝三王，配天不朽。真道學之崑崙，舉業之溟渤，覽者幸毋忽之。門人彭好古識，書林余彰德刻。

曹于汴《李師五經世史便蒙引》

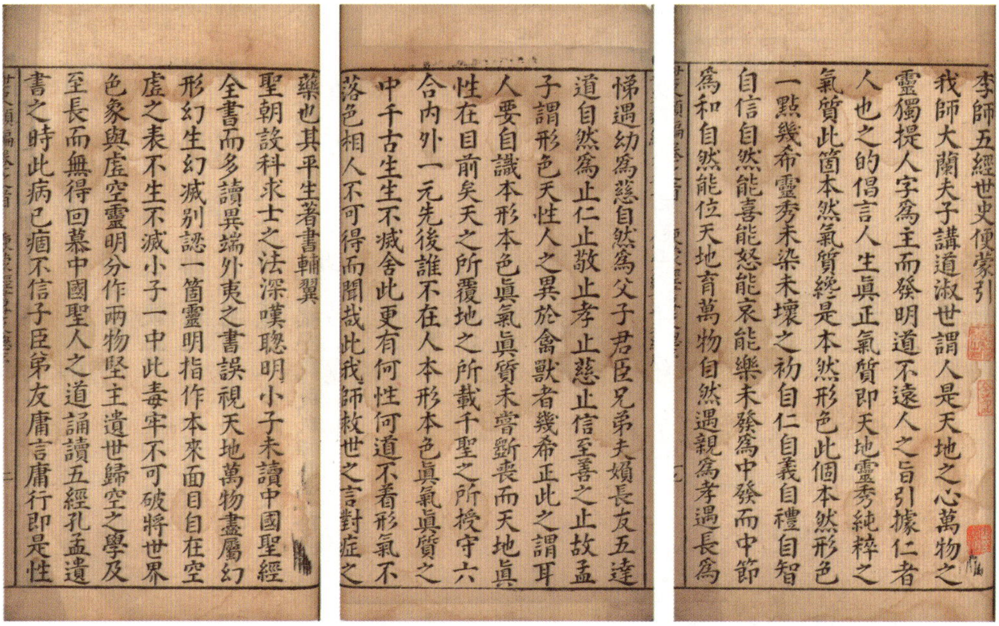
李師五經世史便蒙引
我師大蘭夫子講道淑世謂人是天地之心萬物之
靈獨提人字爲主而發明道不遠人之旨引據仁者
人也之的倡言人生眞正氣質即天地靈秀純粹之
氣質此箇本然氣質纔是本然形色此個本然形色
一點幾希靈秀未染未壞之初自仁自義自禮自智
自信自然能喜能怒能哀能樂未發爲中發而中節
爲和自然能位天地育萬物自然遇親爲孝遇長爲
悌遇幼爲慈自然爲父子君臣兄弟夫婦長友五達
道自然爲止仁止敬止孝止慈止信至善之止故孟
子謂形色天性人之異於禽獸者幾希正此之謂耳
人要自識本形本色眞氣眞質未嘗斲喪而天地眞
性在目前矣天之所覆地之所載千聖之所授守六
合内外一元先後誰不在人本形本色眞氣眞質之
中千古生生不滅舍此更有何性何道不着形氣不
落色相人不可得而聞哉此我師救世之言對症之
藥也其平生著書輔翼
聖朝設科求士之法深嘆聰明小子未讀中國聖經
全書而多讀異端外夷之書誤視天地萬物盡屬幻
形幻生幻滅别認一箇靈明指作本來面目自在空
虛之表不生不滅小子一中此毒牢不可破將世界
色象與虛空靈明分作兩物堅主遺世歸空之學及
至長而無得回慕中國聖人之道誦讀五經孔孟遺
書之時此病已痼不信子臣弟友庸言庸行即是性

我師大蘭夫子講道淑世，謂人是天地之心，萬物之靈。獨提人字爲主，而發明道不遠人之旨，引據仁者人也之的，倡言人生真正氣質，即天地靈秀純粹之氣質。此個本然氣質，纔是本然形色。此個本然形色，一點幾希，靈秀未染未壞之初，自仁自義自禮自智自信自然，能喜能怒能哀能樂，未發爲中，發而中節，爲和自然，能位天地、育萬物，自然遇親爲孝，遇長爲悌，遇幼爲慈，自然爲父子君臣兄弟夫婦長友五達道，自然爲止仁止敬止孝止慈止信至善之止。故孟子謂形色天性，人之異於禽獸者幾希，正此之謂耳。人要自識本形本色、真氣真質，未嘗斲喪，而天地真性在目前矣。天之所覆，地之所載，千聖之所授，守六合内外一元先後。誰不在人本形本色真氣真質之中，千古生生不滅，舍此更有何性何道。不着形氣，不落色相，人不可得而聞哉。此我師救世之言，對症之藥也。

其平生著書，輔翼聖朝設科求士之法。深嘆聰明小子未讀中國聖經全書，

命即是天載而強裡無聲無臭不覩不聞何思何慮
不識不知等語作爲性命本体如夷教中本來面目
相似且證以子貢所云性道不可得聞夫子所云中
人以下未可語上民可使由不可使知中庸所云鮮
能知味孟子所云終身由之而不知等語以合于夷
教所云下乘中乘之外自有上乘不可思議之宗而
天下萬世人人良知良能人人共知共能人人易知
易能人人當知當能之聖學亂矣我師憂之於是類

編六經便蒙全文令門人小子年長而識定者附以
舊註新解使各徧覽以正其志又編世史便蒙全集
參以金仁山綱鑑前編朱考亭丘瓊山通鑑綱目而
會歸于
聖朝統紀上下數千年間編爲成書間有推廣綱目
未盡志事以垂大訓使初學讀之即知如此爲盛朝
如彼爲亂世如此爲中國正道如彼爲夷裔邪風一
生精神千古道脉關係舉業人心最爲喫緊誠不可

一日不讀不可一人不讀者稿成在笥而一時
廟堂崇正闢邪之命檄下海内都邑然後知我師之
慮深計遠蓋已先得之矣我師之書不爲世儒高奇
迂濶道學之書而爲制科舉業平常達道得志可以
澤加於民不得志可以脩身見於世之學故言珙
壁種種競傳近刻禮記分章庭授新意人爭購覽立
令紙貴而別有武德全書自萬曆丁亥始行徽歙天
下競買不知幾千百萬至今已番刊舊本者三矣昨

孔孟類編刊於南康星子而購覽轉行無慮千億何
啻士人受益即書商受賜亦無筭也今經史編行朝
發戶庭夕遍海隅茍志於學誰能舍之豈止幾千百
萬哉所謂義利兩得人已俱便陰積淑世之功德陽
享兼人之富厚者此編此刻也已而我師之嘉惠安
可忘也門人曹于汴謹識 曹山西運城人壬辰進士

而多讀異端外夷之書。誤視天地萬物盡屬幻形幻生幻滅，别認一個靈明指作本來面目，自在空虚之表，不生不滅。小子一中此毒，牢不可破，將世界色象與虚空靈明分作兩物，堅主遺世歸空之學。及至長而無得，回慕中國聖人之道，誦讀五經孔孟遺書之時，此病已痼。不信子臣弟友，庸言庸行，即是性命，即是天載而强揑，無聲無臭，不覩不聞，何思何慮，不識不知等語作爲性命本体。如夷教中本來面目相似，且證以子貢所云性道不可得聞，夫子所云中人以下未可語上，民可使由，不可使知，《中庸》所云鮮能知味，孟子所云終身由之而不知等語，以合於夷教所云下乘中乘之外自有上乘，不可思議之宗。而天下萬世人人良知良能、人人共知共能、人人易知易能、人人當知當能之聖學亂矣。

我師憂之，於是類編六經便蒙全文，令門人小子年長而識定者，附以舊注新解，使各遍覽以正其志。又編《世史便蒙全集》，參以金仁山《綱鑑前編》，朱考亭、丘瓊山《通鑑綱目》，而會歸於聖朝，統紀上下數千年間，編爲成書。間有推廣《綱目》未盡志事以乘大訓。使初學讀之，即知如此爲盛朝，如彼爲亂世。如此爲中國正道，如彼爲夷裔邪風。一生精神，千古道脉，關係舉業人心，最爲喫緊。誠不可一日不讀，不可一人不讀者。稿成在笥，而一時廟堂崇正闢邪之命，檄下海内都邑，然後知我師之慮深計遠，蓋已先得之矣。

我師之書不爲世儒高奇迂闊道學之書，而爲制科舉業平常達道，得志可以澤加於民，不得志可以修身見於世之學。故言言珙璧，種種競傳。近刻《禮記》，分章庭授新意，人争購覽，立令紙貴，而别有《武德全書》，自萬曆丁亥始行徽歙，天下競買，不知幾千百萬。至今已番刻舊本者三矣。昨《孔孟類編》刊於南康星子，而購覽轉行，無慮千億，何啻士人受益。即書商受賜，亦無筭也。今經史編行，朝發户庭，夕遍海隅。苟志於學，誰能舍之，豈止幾千百萬哉！所謂義利兩得，人己俱便，陰積淑世之功德，陽享兼人之富厚者，此編此刻也已。而我師之嘉惠，安可忘也！門人曹于汴謹識（曹山西運城人，壬辰進士）。

馮夢禎《世史便蒙集叙》

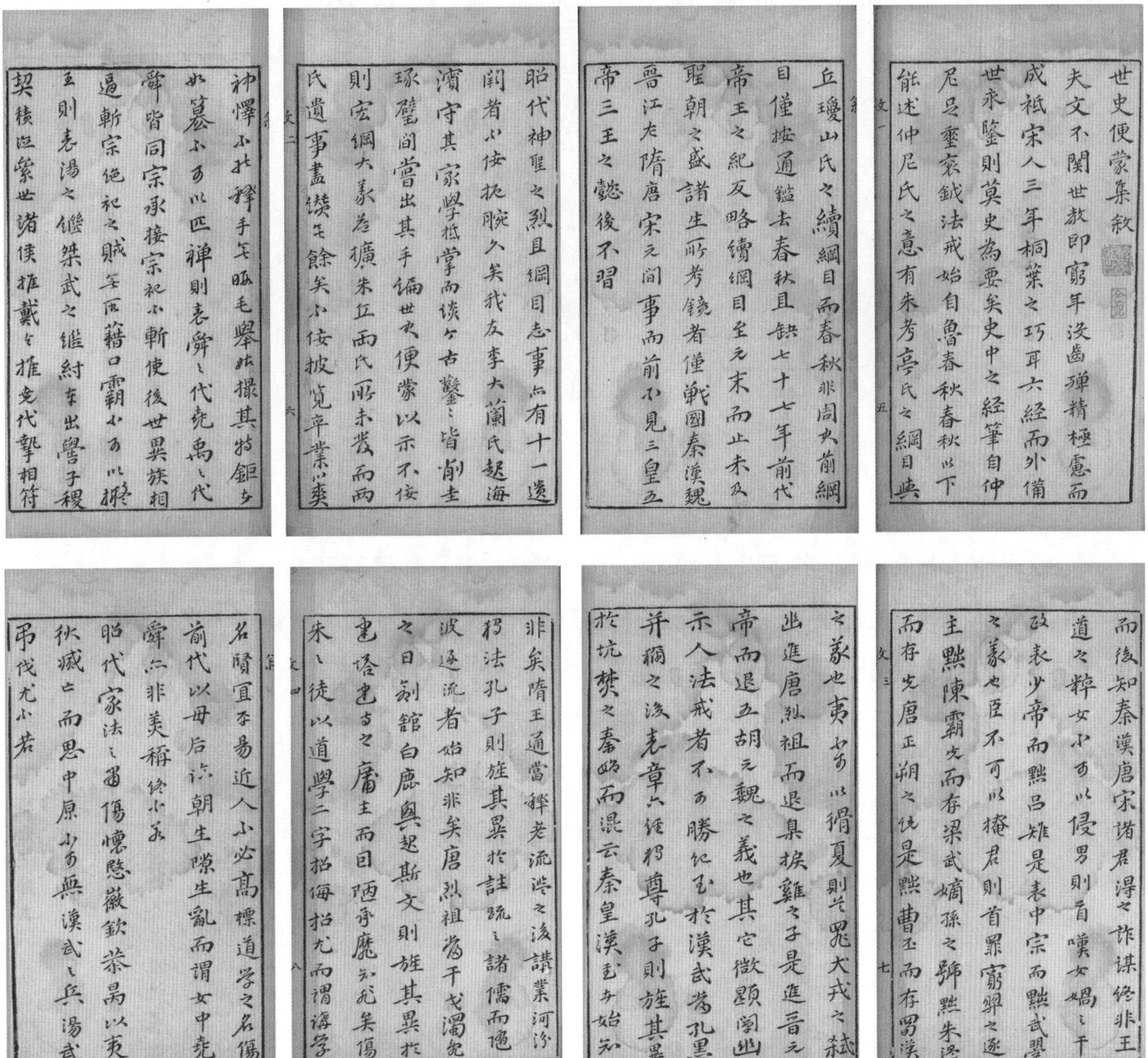

世史便蒙集敘
夫文不關世教即窮年没齒殫精極慮而
成祇宋人三年桐葉之巧耳六經而外備
世永鑒則莫史為要矣史中之經筆自仲
尼亡韋袞鉞法戒始自魯春秋春秋以下
能述仲尼氏之意有朱考亭氏之綱目與

丘瓊山氏之續綱目而春秋非周史前綱
目僅按通鑑去春秋且缺七十七年前代
帝王之紀反略續綱目至元末而止未及
聖朝之盛諸生所考鏡者僅戰國秦漢魏
晉江左隋唐宋元間事而前不見三皇五
帝三王之懿後不習

昭代神聖之烈且綱目志事亦有十一遺
闕者不佞抱腕久矣我友李大蘭氏起海
濱守其家學抵掌而談今古鑿鑿皆削圭
琢璧間嘗出其手編世史便蒙以示不佞
則宏綱大義若擴朱丘兩氏所未發而兩
氏遺事盡攬無餘矣不佞披覽卒業以奕

神懌不能釋手乎既毛舉如撮其特鉅者
如篡不可以匹禪則表舜々代堯禹々代
舜皆同宗承接宗祀不斬使後世異族相
逼斬宗絶祀之賊無所藉口霸不可以擬
王則表湯之繼桀武之繼紂本出嚳子稷
契稷從黎世諸侯推戴乃推堯代摯相符

而後知秦漢唐宋諸君得之詐謀終非王
道之粹女不可以侵男則首嘆女媧々干
政表少帝而黜呂雉是表中宗而黜武曌
之篡也臣不可以掩君則首罪窮羿之逐
主黜陳霸先而存梁武嫡孫之號黜朱溫
而存先唐正朔之統是黜曹丕而存蜀漢

之篡也夷不可以猾夏則首罪犬戎之弒
幽進唐烈祖而退梟獍雞之子是進晉元
帝而退五胡元魏之義也其它微顯闡幽
示人法戒者不可勝紀至於漢武崇孔墨
並稱之後表章六經獨尊孔子則旌其異
於坑焚之秦始而混云秦皇漢武者始知

非矣隋王通當釋老流漫之後講業河汾
獨法孔子則旌其異於註疏々諸儒而追
波逐流者始知非矣唐烈祖當干戈溷亂
之日創館白鹿興起斯文則旌其異於
患俗患古之庸主而曰陋乎麗知非矣傷
宋々徒以道學二字掊侮掊尤而謂道學

名賢宜不易近人不必高標道学之名傷
前代以母后亂朝生隙生亂而謂女中堯
舜亦非美稱餘不及
昭代家法々當傷懷愍徽欽恭帝以夷
狄滅亡而思中原不可無漢武々兵湯武
弔伐尤不若

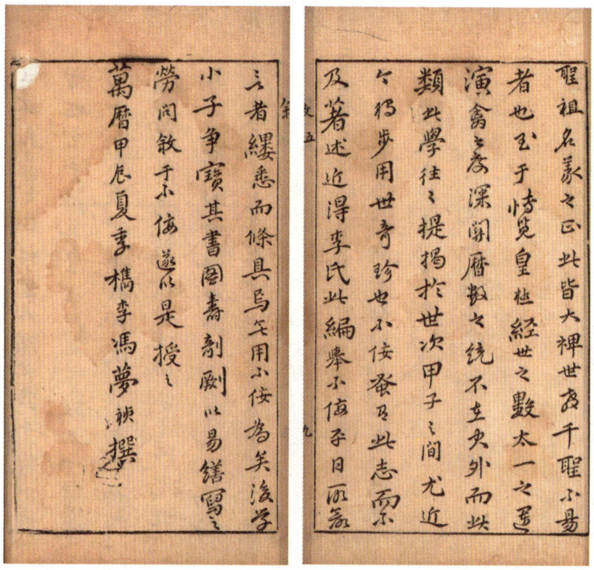

聖祖名義之正此皆大裨世教千聖不易者也至于博覽皇極經世之數太一之運演禽之家深閱曆數之統不出史外而此類此學往往提揭於世次甲子之間尤近今得步用世奇珍也不佞發及此志而不及著述近得李氏此編舉不佞平日所欲言者纓悉而條具焉無用不佞為矣後學小子爭寶其書圖壽剞劂以易繕寫之勞問敘于不佞遂以是授之

萬曆甲辰夏季檇李馮夢禎撰

夫文不關世教，即窮年没齒，殫精極慮，而成祇宋人三年桐葉之巧耳。六經而外，備世永鑒，則莫史爲要矣。史中之經，筆自仲尼，足垂衮鉞。法戒始自魯《春秋》,《春秋》以下，能述仲尼氏之意，有朱考亭氏之《綱目》與邱瓊山氏之《續綱目》。而《春秋》非周史，前《綱目》僅按《通鑑》，去春秋且缺七十七年，前代帝王之紀反略。《續綱目》至元末而止，未及聖朝之盛，諸生所考镜者，僅戰國、秦、漢、魏、晉、江左、隋、唐、宋、元之間事，而前不見三皇五帝三王之懿，後不習昭代神聖之烈，且《綱目》志事亦有十一遺闕者，不佞扼腕久矣。

我友李大蘭氏起海濱，守其家學，抵掌而談，今古鑿鑿，皆削圭琢璧。間嘗出其手編《世史便蒙》以示不佞，則宏綱大義，益擴朱丘兩氏所未發，而兩氏遺事盡纘無餘矣。不佞披覽卒業，心爽神懌，不能釋手，無暇毛舉，姑撮其特巨者，如篡不可以匹禅，則表舜之代堯，禹之代舜，皆同宗承接，宗祀不斬，使後世異族相逼，斬宗絕祀之賊，無所藉口。霸不可以擬王，則表湯之繼桀，武之繼紂。奉出嚳子稷、契，積德累世，諸侯推戴，今推堯代摯相符，而後知秦漢唐宋諸君得之詐謀，終非王道之粹。女不可以侵男，則首嘆女媧之干政，表少帝而黜吕雉，是表中宗而黜武曌之義也。臣不可以掩君，則首罪窮羿之逐主，黜陳霸先而存梁武嫡孫之號，黜朱温而存先唐正朔之統，是黜曹丕而存蜀漢之義也。夷不可以猾夏，則首罪犬戎之弑幽，進唐烈祖而退梟捩雞之子，是進晉元帝而退五胡元魏之義也。其它微顯闡幽，示人法戒者不可勝紀。至於漢武當孔墨並稱之後，表章六經，獨尊孔子，則旌其異於坑焚之秦始，而混云秦皇漢武者始知非矣。隋王通當釋老流濫之後，講業河汾，獨法孔子，則旌其異於注疏之諸儒，而隨波逐流者始知非矣。唐烈祖當干戈濁亂之日，創館白鹿，興起斯文，則旌其異於建塔建寺之庸主，而因陋承靡知非矣。傷朱之徒，以道學二字招侮招尤，而謂講學名賢宜平易近人，不必高標道學之名。傷前代以母后臨朝，生隙生亂，而謂女中堯舜亦非美稱，終不若昭代家法之肅。傷懷愍徽欽恭㬎，以夷狄滅亡而思中原，不可無漢武之兵，湯武吊伐，尤不若聖祖名義之正：此皆大裨世教，千聖不易者也。至於博覽《皇極經世》之數，太一之運，演禽之度，深關曆數之統，不在史外，而此類此學往往提揭於世次甲子之間，尤近今獨步用世奇珍也。

不佞蚤召此志而不及著述，近得李氏此編，舉不佞平日所欲言者，縷悉而條具焉，無用不佞爲矣。後學小子争寶其書，圖壽剞劂以易繕寫之勞。問叙於不佞，遂以是授之。

萬曆甲辰夏季檇李馮夢禎撰。

葉從文《李大蘭先生便蒙世史叙》

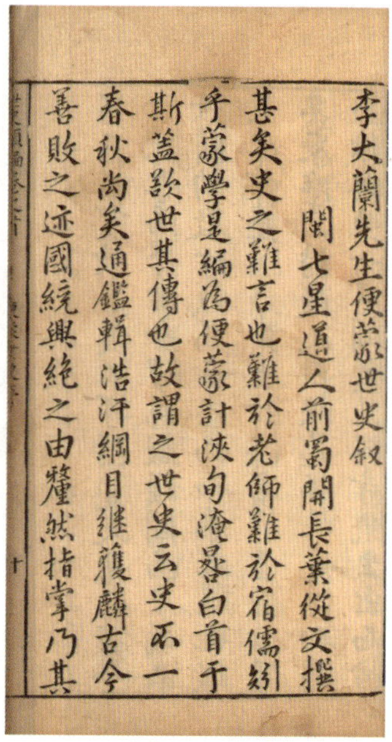
李大蘭先生便蒙世史叙
閩七星道人前蜀開長葉從文撰
甚矣史之難言也難於老師難於宿儒矧
乎蒙學是編爲便蒙計浹旬淹晷白首于
斯蓋欲世其傳也故謂之世史云史不一
春秋尚矣通鑑輯浩汗綱目繼獲麟古今
善敗之迹國統興絶之由釐然指掌乃其

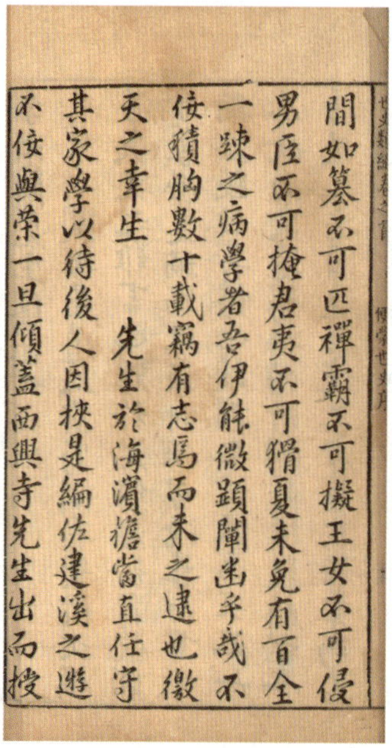
間如篡不可匹禪霸不可擬王女不可侵
男臣不可掩君夷不可猾夏未免有百全
一疎之病學者吾伊能徹題闡凿乎哉不
佞積胸數十載竊有志焉而未之逮也徼
天之幸生　先生於海濱擔當直任守
其家學以待後人因挾是編佐建溪之遊
不佞與榮一旦傾蓋而興寺先生出而授

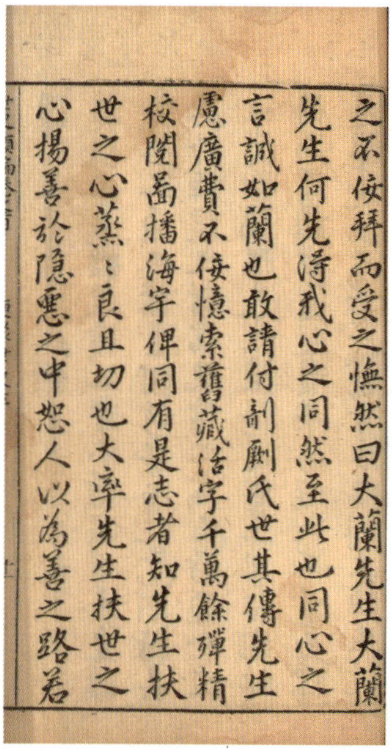
之不佞拜而受之憮然曰大蘭先生大蘭
先生何先得我心之同然至此也同心之
言誠如蘭也敢請付剞劂氏世其傳先生
慮廣費不佞憶索舊藏活字千萬餘殫精
校閲畾播海宇俾同有是志者知先生扶
世之心蒸蒸良且切也大率先生扶世之
心揚善於隱惡之中恕人以爲善之路若

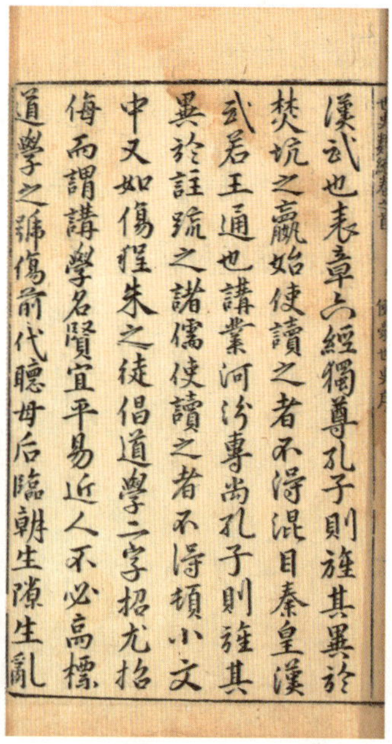
漢武也表章六經獨尊孔子則旌其異於
焚坑之嬴始使讀之者不得混目秦皇漢
武若王通也講業河汾專尚孔子則旌其
異於註疏之諸儒使讀之者不得頓小文
中又如傷程朱之徒倡道學二字招尤掊
侮而謂講學名賢宜平易近人不必高標
道學之號傷前代聽母后臨朝生隙生亂

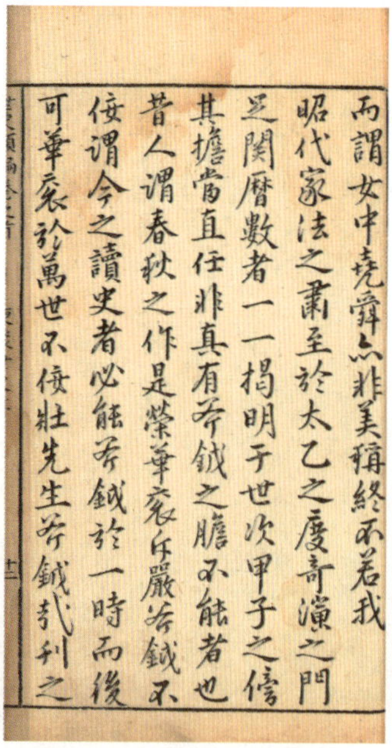
而謂女中堯舜亦非美稱終不若我
昭代家法之肅至於太乙之度奇演之門
足関曆數者一一揭明于世次甲子之信
其擔當直任非真有斧鉞之膽不能者也
昔人謂春秋之作是榮華衮斥嚴斧鉞不
佞謂今之讀史者必能斧鉞於一時而後
可華衮於萬世不佞壯先生斧鉞哉刊之

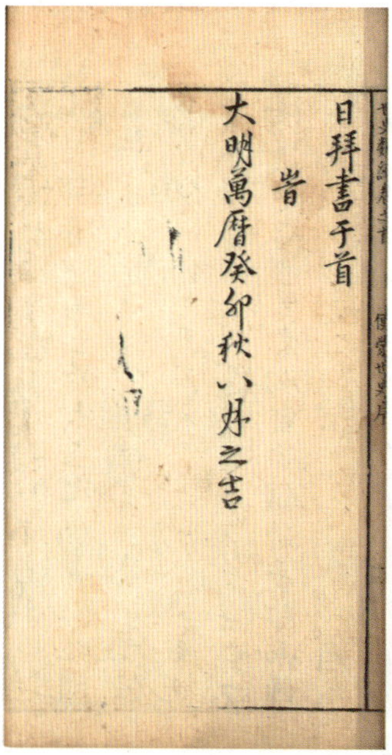
日拜書于首
旹
大明萬曆癸卯秋八月之吉

閩七星道人前蜀開長葉從文撰

甚矣！史之難言也。難於老師，難於宿儒，矧乎蒙學。是編爲便蒙計，浹旬淹晷，白首於斯，蓋欲世其傳也，故謂之世史云。史不一，《春秋》尚矣。《通鑑》輯浩汗，《綱目》繼獲麟。古今善敗之迹，國統興絕之由，釐然指掌，乃其間如簒不可匹禪，霸不可擬王，女不可侵男，臣不可掩君，夷不可猾夏，未免有百全一疏之病。學者吾伊能微顯闡幽乎哉？

不佞積胸數十載，竊有志焉，而未之逮也。徼天之幸，生先生於海濱，擔當直任，守其家學以待後人。因挾是編佐建溪之游，不佞與榮，一旦傾蓋西興寺。先生出而授之，不佞拜而受之。憮然曰：大蘭先生！大蘭先生！何先得我心之同然至此也。同心之言，誠如蘭也，敢請付剞劂氏世其傳。先生慮廣費，不佞憶索舊藏活字千萬餘，殫精校閱，圖播海宇，俾同有是志者，知先生扶世之心蒸蒸，良且切也。大率先生扶世之心，揚善於隱惡之中，恕人以爲善之路。若漢武也。表章六經，獨尊孔子，則旌其異於焚坑之嬴始，使讀之者不得混目秦皇漢武。若王通也，講業河汾，專尚孔子，則旌其異於注疏之諸儒，使讀之者不得頓小文中。又如傷程朱之徒，倡道學二字招尤招侮，而謂講學名賢宜平易近人，不必高標道學之號，傷前代聽。母后臨朝生隙生亂，而謂女中堯舜亦非美稱，終不若我昭代家法之肅。至於太乙之度，奇演之門，足關曆數者，一一揭明於世次甲子之傍。其擔當直任，非真有斧鉞之膽不能者也。昔人謂《春秋》之作，是榮華衮斥嚴斧鉞，不佞謂今之讀史者必能斧鉞於一時，而後可華衮於萬世。不佞壯先生斧鉞哉！刊之日拜書於首。

時大明萬曆癸卯秋八月之吉。

李槃《正學堂類編世史便蒙集序》

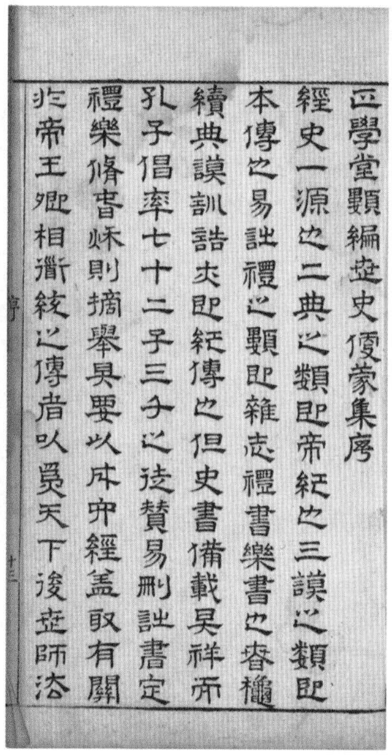
正學堂類編世史便蒙集序
經史一源也二典之類即帝紀也三謨之類即
本傳也易詩禮之類即雜志禮書樂書也春秋
續典謨訓誥者即紀傳也但史書備載其詳而
孔子倡率七十二子三千之徒贊易刪詩書定
禮樂脩春秋則摘舉其要以成爲經蓋取有關
於帝王興相衡較之傳者以爲天下後世師法

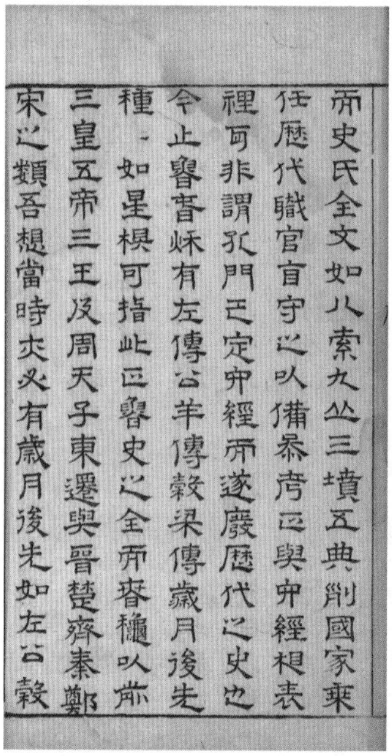
而史氏全文如八索九丘三墳五典削國家乘
任歷代職官自守之以備參考正與爲經相表
裡可非謂孔門已定爲經而遂廢歷代之史也
今止魯春秋有左傳公羊傳穀梁傳歲月後先
種種如星棋可指此正魯史之全而春秋以常
三皇五帝三王及周天子東遷與晉楚齊秦鄭
宋之類吾想當時亦必有歲月後先如左公穀

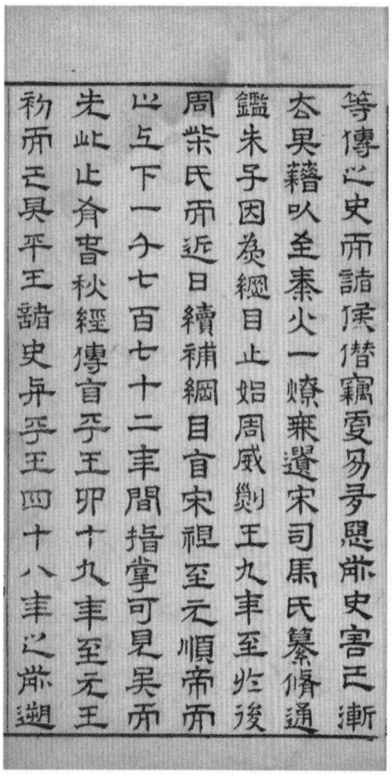
等傳之史而諸侯僭竊更易尋思常史害已漸
去其籍以至秦火一燎兼遭宋司馬氏纂脩通
鑑朱子因爲綱目止始周威烈王九年至於後
周柴氏而近日續補綱目自宋祖至元順帝而
上下一千七百七十二年間指掌可見其而
先此止有春秋經傳自平王卯十九年至元王
初而已其平王諸史并平王四十八年之常邇

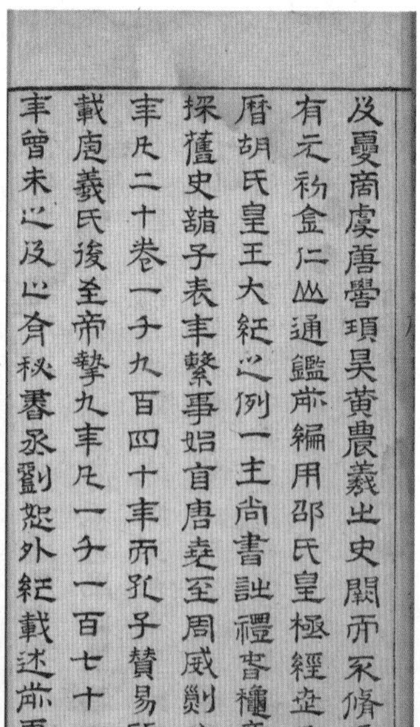
及夏商虞唐嚳頊昊黃農羲之史闕而不脩近
有元初金仁山通鑑前編用邵氏皇極經世之
曆胡氏皇王大紀之例一主尚書詩禮春秋旁
採舊史諸子表年繫事始自唐堯至周威烈王
年凡二十卷一千九百四十年而孔子贊易所
載庖羲氏後至帝摯九年凡一千一百七十一
年曾未之及也有秋書承劉恕外紀載述前事

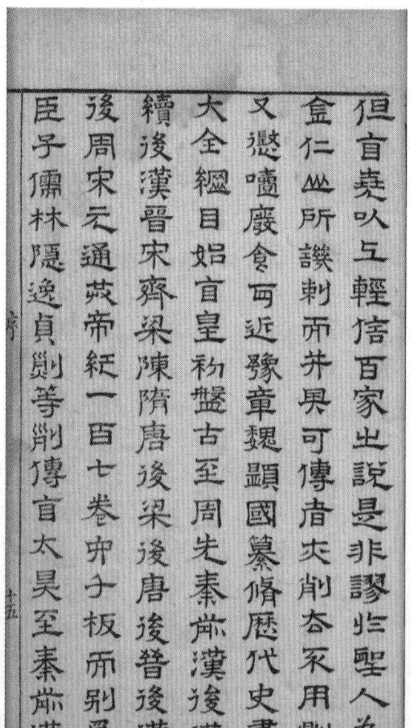
但自堯以上輕信百家之說是非謬於聖人爲
金仁山所譏制而并其可傳者亦削去不用劇
又懲噎廢食可近豫章魏顯國纂脩歷代史書
大全綱目始自皇初盤古至周先秦前漢後漢
續後漢晉宋齊梁陳隋唐後梁後唐後晉後漢
後周宋元通前帝紀一百七卷爲千板而別爲
臣子儒林隱逸貞烈等削傳自太昊至秦前漢

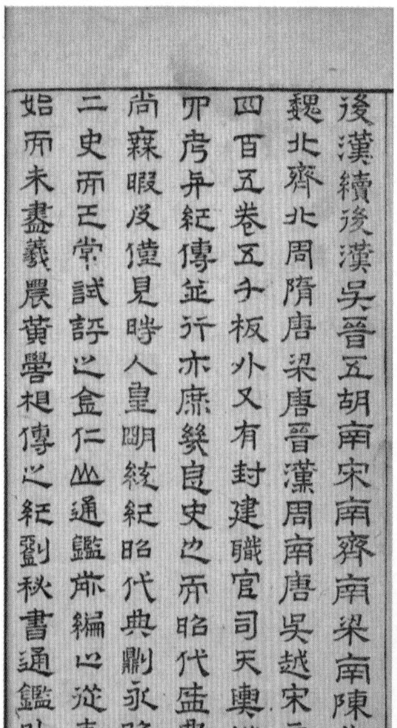
後漢續後漢吳晉五胡南宋南齊南梁南陳北
魏北齊北周隋唐梁唐晉漢周南唐吳越宋元
四百五卷五千板外又有封建職官司天輿地
取其并紀傳並行亦庶幾良史也而昭代盛典
尚竊暇及俟見時人皇明校紀昭代典則永昭
二史而已嘗試評之金仁山通鑑前編以從堯
始而未盡羲農黃嚳相傳之紀劉恕書通鑑外

紀雖始上古而未紀羲農黃帝之元司馬通鑑
雖詳威烈以後而誤帝曹魏未正蜀漢劉氏帝
冑之統朱子綱目雖尊蜀漢劉氏而仍遺蕭梁
中宗南唐烈祖兩帝出冑魏顯國史書大全綱
目自皇初至元會通為一輔以削傳四序曲盡
詞事亦嘗辨論蕭梁李唐之故而仍未改削陳
霸先朱梁石晉劉漢郭柴後周纂僞爝火之緒

唐末斉晉王存朂仍稱昭宣天祐正朔討賊梁
賊混一中原卒延高祖太宗僖宗昭宗之祀固
宜削梁稱唐如漢王討項羽五年常即先削項
稱漢之例且項有君虔梁無人倫而史臣於漢
初削項於唐末進梁殊失輕重至於儒生敷揚
昭代盛美非史莫序外若皇極一元太一五元
演禽七元之數皆關曆數甲子之運并非用世

正學不在史外亦宜會為一編似不兼待於聖
賢君子而竟未之見也槃欲周歷四方求聖賢
君子一全宗盟而歲月蹉跎恐遂失此大義莫
之表明且兼以傳示家塾啟豕蒙童不揣鄙陋
祖述昔穢通鑑編年綱目尊帝蜀漢及先儒表
揚當代之意推廣補葺私竊訂正輔翼聖經後
先備序為便蒙史集蓋專訓子姪蒙童使知顛

末而大經大灋通行天下萬世者自有聖賢君
子豈壇折衷鄙吾未敢知也李槃序

經史一源也，二典之類即帝紀也，三謨之類即本傳也，《易》《詩》《禮》之類，即雜志、禮書、樂書也。《春秋》續典謨訓誥，亦即經傳也。但史書備載昊祥，而孔子倡率七十二子、三千之徒，贊《易》删《詩》《書》，定禮樂，修《春秋》，則摘舉其要以成六經。盖取有關於帝王卿相道統之傳者，以爲天下後世師法。而史氏全文如八索九丘、三墳五典，列國家乘，任歷代職官，自守之以備參考，正與六經相表裡耳，非謂孔門已定六經而遂廢歷代之史也。今止魯《春秋》有《左傳》《公羊傳》《穀梁傳》，歲月後先，種種如星檏，可指此正魯史之全，而《春秋》以前，三皇五帝三王及周天子東遷，與晉楚齊秦鄭宋之類，吾想當時亦必有歲月後先，如左、公、穀等傳之史，而諸侯僭竊更易，多惡前史害己，漸去典籍，以至秦火一燎無遺。

宋司馬氏纂修《通鑑》，朱子因爲《綱目》，止始周威烈王九年，至於後周柴氏，而近日續補《綱目》自宋祖至元順帝而止，上下一千七百七十二年間，指掌可見矣。而先此止有《春秋》經傳，自平王四十九年至元王初而已。其平王諸史與平王四十八年之前，溯及夏商虞唐嚳頊昊黄農羲之史，闕而不修。近有元初金仁山《通鑑前編》，用邵氏《皇極經世》之曆，胡氏《皇王大紀》之例，一主《尚書》《詩》《禮》《春秋》，旁采舊史諸子表年，繫事始自唐堯，至周威烈八年，凡二十卷一千九百四十年；而孔子贊《易》所載庖羲氏，後至帝摯九年，凡一千一百七十一年，曾未之及之。有秘書丞劉恕《外紀》載述前事，但自堯以上，輕信百家之説，是非謬於聖人，爲金仁山所譏刺。而並其可傳者，亦削去不用，則又懲噎廢食耳。近豫章魏顯國纂修《歷代史書大全綱目》，始自皇初盤古，至周先秦前漢後漢續後漢晉宋齊梁陳隋唐後梁後唐後晉後漢後周宋元，通共帝紀一百七卷六千板，而别爲臣子、儒林、隱逸、貞烈等列傳，自太昊至秦前漢後漢續後漢吴晉五胡南宋南齊南梁南陳北魏北齊北周隋唐梁唐晉漢周南唐吴越宋元，四百五卷五千板，外又有封建、職官、司天、輿地四考，與紀傳並行，亦庶幾良史也。而昭代盛典尚無暇及，僅見時人《皇明統紀》《昭代典則》，永昭二史而已。常試評之金仁山《通鑑前編》，止從堯始，而未盡羲農黄嚳相傳之紀。劉秘書《通鑑外紀》雖始上古，而未紀羲農黄帝之元。司馬《通鑑》雖詳威烈以後，而誤帝曹魏，未正蜀漢劉氏帝胄之統。朱子《綱目》雖尊蜀漢劉氏，而仍遺蕭梁中宗南唐烈祖兩帝之胄。魏顯國《史書大全綱目》自皇初至元會通爲一，輔以列傳、四考，曲盡詞事，亦嘗辨論蕭梁李唐之故，而仍未改削陳霸先、朱梁、石晉、劉漢、郭柴後周，篡僞爝火之緒。唐末有晉王存勗仍稱昭宣，天祐正朔，討滅梁賊，混一中原。卒延高祖太宗僖宗昭宗之祀，固宜削梁稱唐，如漢王討項羽五年前，即先削項稱漢之例，且項有君度，梁無人倫，而史臣於漢初削項，於唐末進梁，殊失輕重，至於儒生敷揚昭代盛美，非史莫考。外若皇極一元、太一五元、演禽七元之數，皆關曆數甲子之運，無非用世正學，不在史外，亦宜會爲一編，似不無待於聖賢君子，而竟未之見也。

槃欲周歷四方，求聖賢君子，一至宗盟，而歲月蹉跎，恐遂失此大義，莫之表明，且無以傳示家塾，啓發蒙童，不揣鄙陋，祖述《春秋》《通鑑編年綱目》，尊帝蜀漢及先儒，表揚當代之意，推廣補葺，私竊訂正，輔翼六經，後先備考，爲《便蒙史集》。盖專訓子姓蒙童，使知顛末，而大經大法通行天下萬世者，自有聖賢君子登壇折衷，則吾未敢知也。李槃序。

余應虬、余昌祚《世史類編引》

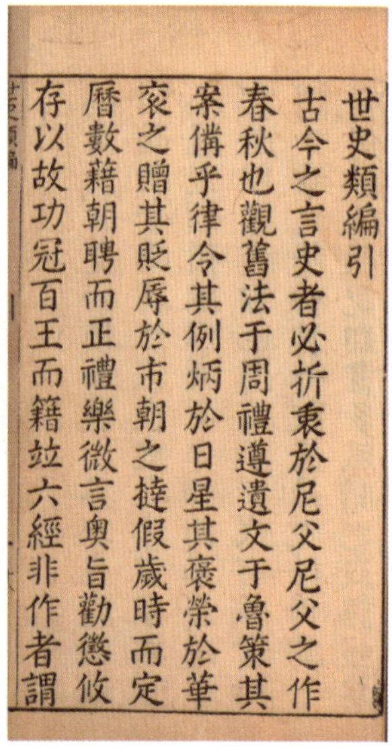
世史類編引
古今之言史者必祈衷於尼父尼父之作
春秋也觀舊法于周禮遵遺文于魯策其
寀備乎律令其例炳於日星其褒榮於華
衮之贈其貶辱於市朝之撻假歲時而定
曆數藉朝聘而正禮樂微言奥旨勸懲攸
存以故功冠百王而籍竝六經非作者謂

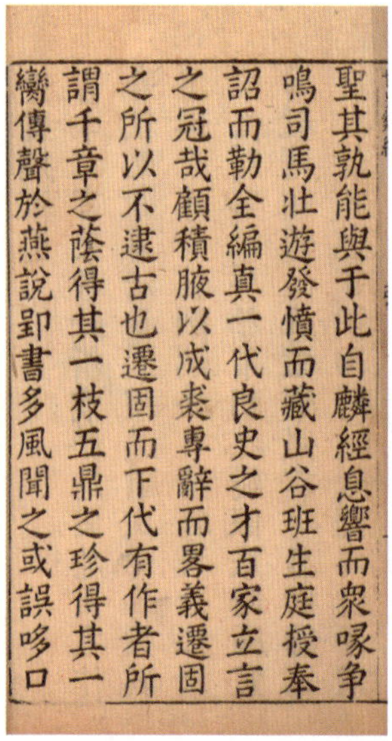
聖其孰能與于此自麟經息響而衆喙争
鳴司馬壯遊發憤而藏山谷班生庭授奉
詔而勒全編真一代良史之才百家立言
之冠哉顧積腋以成裘專辭而畧義遷固
之所以不逮古也遷固而下代有作者所
謂千章之蔭得其一枝五鼎之珍得其一
臠傳聲於燕説郢書多風聞之或誤哆口

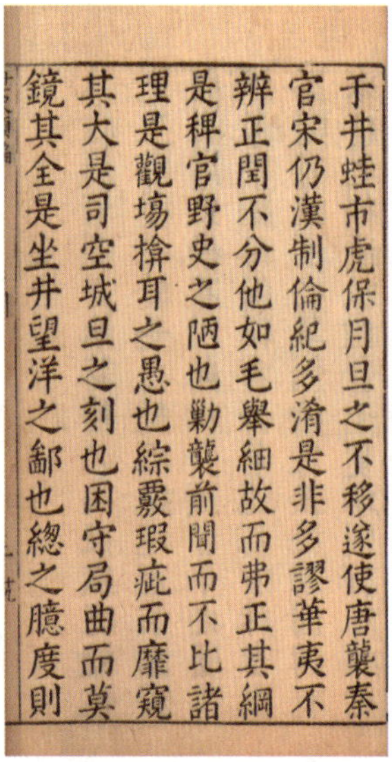
于井蛙市虎保月旦之不移遂使唐襲秦
官宋仍漢制倫紀多淆是非多謬華夷不
辨正閏不分他如毛舉細故而弗正其綱
是稗官野史之陋也勦襲前聞而不比諸
理是觀場捹耳之愚也綜覈瑕疵而靡窺
其大是司空城旦之刻也困守局曲而莫
鏡其全是坐井望洋之鄙也總之臆度則

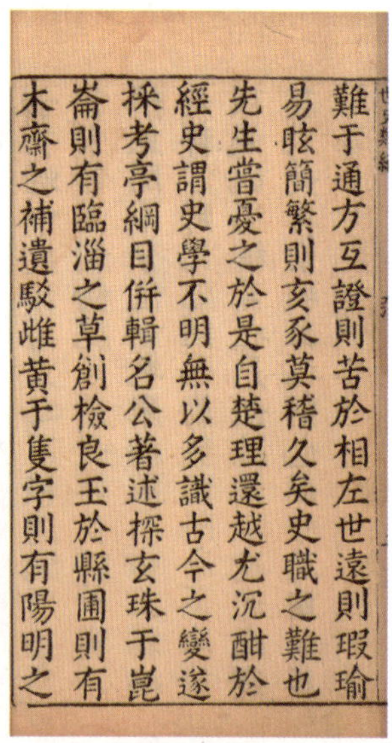
難于通方互證則苦於相左世遠則瑕瑜
易眩簡繁則亥豕莫稽久矣史職之難也
先生嘗憂之於是自楚理還越尤沉酣於
經史謂史學不明無以多識古今之變遂
採考亭綱目併輯名公著述探玄珠于崑
崙則有臨淄之草創檢良玉於縣圃則有
木齋之補遺駁雌黄于隻字則有陽明之

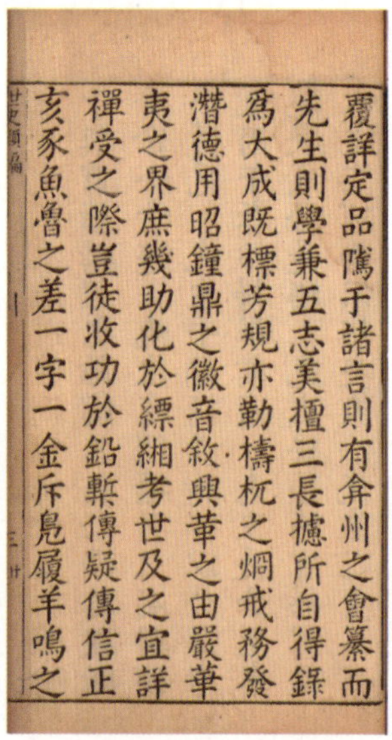
覆詳定品隲于諸言則有弇州之會纂而
先生則學兼五志美擅三長據所自得録
爲大成既標芳規亦勒檮杌之烱戒務發
潛德用昭鐘鼎之徽音敘興華之由嚴華
夷之界庶幾助化於縹緗考世及之宜詳
禪受之際豈徒收功於鉛槧傳疑傳信正
亥豕魚魯之差一字一金斥鳧履羊鳴之

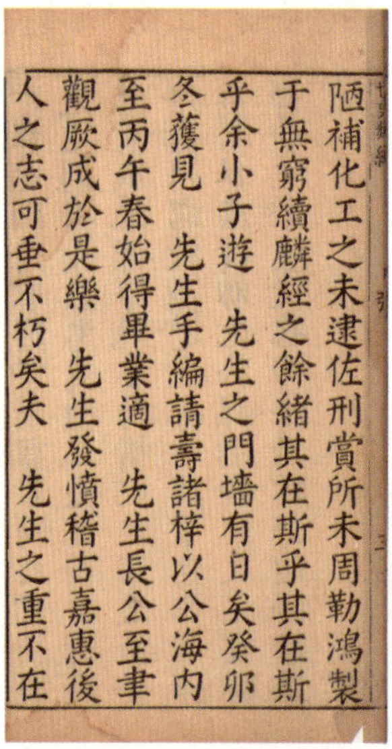
陋補化工之未逮佐刑賞所未周勒鴻製
于無窮續麟經之餘緒其在斯乎其在斯
乎余小子遊　先生之門墻有日矣癸卯
冬獲見　先生手編請壽諸梓以公海内
至丙午春始得畢業適　先生長公至聿
觀厥成於是樂　先生發憤稽古嘉惠後
人之志可垂不朽矣夫　先生之重不在

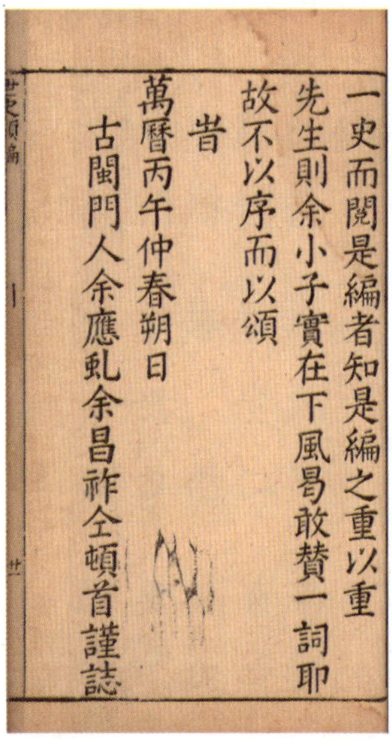
一史而閲是編者知是編之重以重
先生則余小子實在下風曷敢贊一詞耶
故不以序而以頌
旹
萬曆丙午仲春朔日
古閩門人余應虬余昌祚仝頓首謹誌

古今之言史者，必折衷於尼父。尼父之作《春秋》也，觀舊法於《周禮》，遵遺文於魯策，其案備乎律令，其例炳於日星，其褒榮於華衮之贈，其貶辱於市朝之撻。假歲時而定曆數，藉朝聘而正禮樂，微言奥旨，勸懲攸存，以故功冠百王，而籍並六經。非作者謂聖，其孰能與於此。自麟經息響，而衆喙争鳴。司馬壯游，發憤而藏山谷，班生庭授，奉詔而勒全編，真一代良史之才，百家立言之冠哉！顧積腋以成裘，專辭而略義。遷、固之所以不逮古也。遷固而下，代有作者。所謂千章之蔭，得其一枝，五鼎之珍，得其一臠。傳聲於燕説郢書，多風聞之。或誤哆口於井蛙市虎，保月旦之不移。遂使唐襲秦官，宋仍漢制，倫紀多淆，是非多謬，華夷不辨，正閏不分。他如毛舉細故而弗正其綱，是稗官野史之陋也。剿襲前闻而不比諸理，是觀場揜耳之愚也。綜核瑕疵而靡窺其大，是司空城旦之刻也。困守局曲而莫镜其全，是坐井望洋之鄙也。總之臆度則難於通方，互証則苦於相左，世遠則瑕瑜易眩，簡繁則亥豕莫稽。久矣！史職之難也。

先生嘗憂之，於是自楚理還越，尤沉酣於經史。謂史學不明，無以多識古今之變，遂采考亭《綱目》，並輯名公著述。探玄珠於崑崙，則有臨淄之草創；檢良玉於縣圃，則有木齋之補遺；駁雌黄於隻字，則有陽明之覆詳；定品隲於諸言，則有弇州之會纂。而先生則學兼五志，美擅三長，攄所自得，録爲大成。既標芳規，亦勒檮杌之炯戒，務發潛德，用昭鐘鼎之徽音，叙興革之由，嚴華夷之界，庶幾助化於縹緗。考世及之宜詳。禪受之際，豈徒收功於鉛槧。傳疑傳信，正亥豕魚魯之差。一字一金，斥皃履羊鳴之陋補，化工之未逮。佐刑賞所未周，勒鴻製於無窮，續麟經之餘緒。其在斯乎！其在斯乎！

余小子游先生之門墻有日矣，癸卯冬，獲見先生手編，請壽諸梓，以公海内。至丙午春始得畢業，適先生長公至，聿觀厥成。於是樂先生發憤稽古，嘉惠後人之志，可垂不朽矣。夫先生之重不在一史，而閲是編者，知是編之重以重先生，則余小子實在下風，曷敢贊一詞耶，故不以序而以頌。

時萬曆丙午仲春朔日古閩門人余應虬、余昌祚仝頓首謹志。

周之錦《聖紀世史便蒙類編後跋》

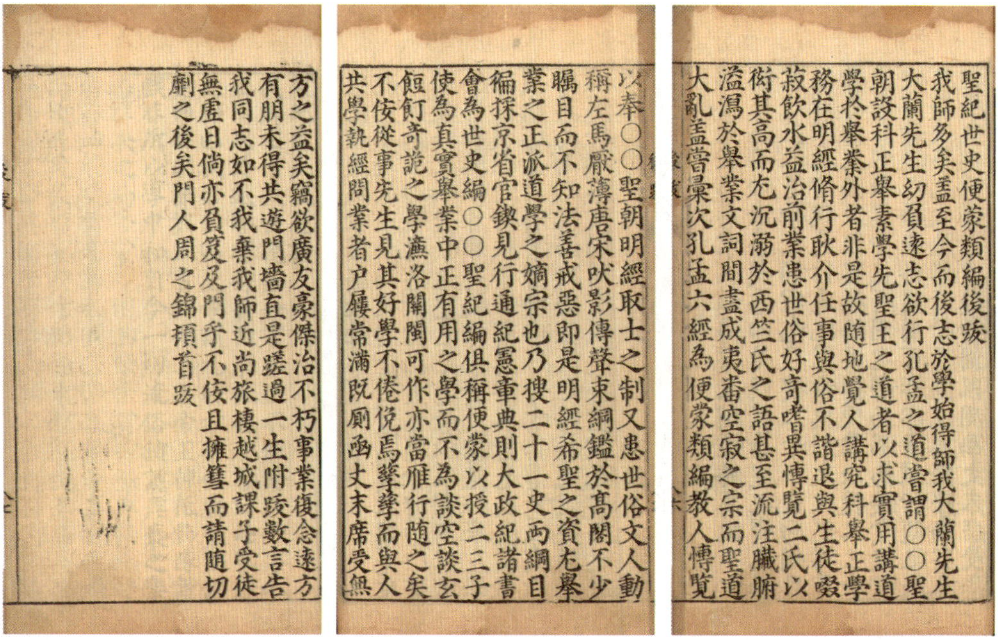
聖紀世史便蒙類編後跋
我師多矣盖至今而後志於學始得師我大蘭先生
大蘭先生幼負遠志欲行孔孟之道嘗謂○○聖
朝設科正舉素學先聖王之道者以求實用講道
學於舉業外者非是故隨地覺人講究科舉正學
務在明經脩行耿介任事與俗不諧退與生徒啜
菽飲水益治前業患世俗好奇嗜異博覽二氏以
衒其高而尤沉溺於西竺氏之語甚至流注臟腑
溢瀉於舉業文詞間盡成夷番空寂之宗而聖道
大亂盖嘗彙次孔孟六經為便蒙類編教人博覽
以奉○○聖朝明經取士之制又患世俗文人動
稱左馬厭薄唐宋吠影傳聲束綱鑑於高閣不少
矚目而不知法善戒惡即是明經希聖之資尤舉
業之正派道學之嫡宗也乃搜二十一史兩綱目
徧採京省官鍥見行通紀憲章典則大政紀諸書
會為世史編○○聖紀編俱稱便蒙以授二三子
使為真實舉業中正有用之學而不為談空談玄
餖飣奇詭之學濂洛關閩可作亦當雁行隨之矣
不佞從事先生見其好學不倦悦焉擧葦而與人
共學執經問業者戶屨常滿既厠函丈末席受無
方之益矣竊欲廣友豪傑治不朽事業復念遠方
有朋未得共遊門墻直是蹉過一生附贅數言告
我同志如不我棄我師近尚旅棲越城課子受徒
無虗日倘亦負笈及門乎不佞且擁篲而請隨切
劘之後矣門人周之錦頓首跋

我師多矣！盖至今而後，志於學，始得師我大蘭先生。大蘭先生幼負遠志，欲行孔孟之道，嘗謂○○聖朝設科，正舉素學先聖王之道者，以求實用，講道學於舉業外者非是。故隨地覺人，講究科舉正學，務在明經修行，耿介任事，與俗不諧。退與生徒啜菽飲水，益治前業。患世俗好奇，嗜異博覽。二氏以衒其高，而尤沉溺於西竺氏之語，甚至流注臟腑，溢瀉於舉業文詞間。盡成夷番空寂之宗，而聖道大亂。盖嘗彙次孔孟六經爲《便蒙類編》，教人博覽以奉○○聖朝明經取士之制。又患世俗文人動稱左馬，厭薄唐宋，吠影傳聲，束《綱鑑》於高閣，不少矚目，而不知法善戒惡，即是明經希聖之資，尤舉業之正派，道學之嫡宗也。乃搜二十一史、兩《綱目》，遍采京省官鍥見行通紀，憲章典則，《大政紀》諸書，會爲世史編○○聖紀編，俱稱便蒙，以授二三子，使爲真實舉業中正有用之學，而不爲談空談玄、餖飣奇詭之學。濂洛關閩可作，亦當雁行隨之矣。

不佞從事先生，見其好學不倦俛焉，孳孳而與人共學執經問業者，户屨常滿，既厕函丈末席，受無方之益矣。竊欲廣友豪傑，治不朽事業，復念遠方有朋未得共游門墻，直是蹉過一生。附跋數言告我同志，如不我棄，我師近尚旅棲越城，課子受徒無虚日，倘亦負笈及門乎，不佞且擁篲而請隨切劘之後矣。門人周之錦頓首跋。

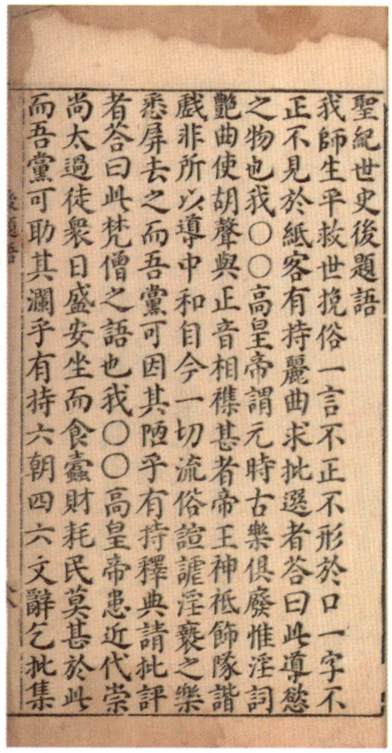
聖紀世史後題語
我師生平救世挽俗一言不正不形於口一字不
正不見於紙客有持麗曲求批選者荅曰此導慾
之物也我○○高皇帝謂元時古樂俱廢惟淫詞
艷曲使胡聲與正音相𠏉甚者帝王神祇飾𨻶諧
戲非所以導中和自今一切流俗諠譊淫褻之樂
悉屏去之而吾黨可因其陋乎有持釋典請批評
者荅曰此梵僧之語也我○○高皇帝患近代崇
尚太過徒衆日盛安坐而食蠹財耗民莫甚於此
而吾黨可助其瀾乎有持六朝四六文辭乞批集

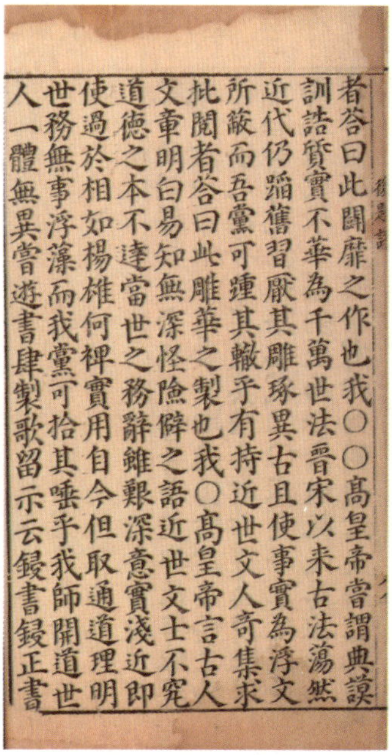
者荅曰此闒靡之作也我○○高皇帝嘗謂典謨
訓誥質實不華為千萬世法晋宋以来古法蕩然
近代仍蹈舊習厭其雕琢異古且使事實為浮文
所蔽而吾黨可踵其轍乎有持近世文人奇集求
批閱者荅曰此雕華之製也我○高皇帝言古人
文章明白易知無深怪險僻之語近世文士不究
道德之本不達當世之務辭雖艱深意實淺近即
使過於相如楊雄何裨實用自今但取通道理明
世務無事浮藻而我黨可拾其唾乎我師開道世
人一體無異嘗遊書肆製歌留示云鋟書鋟正書

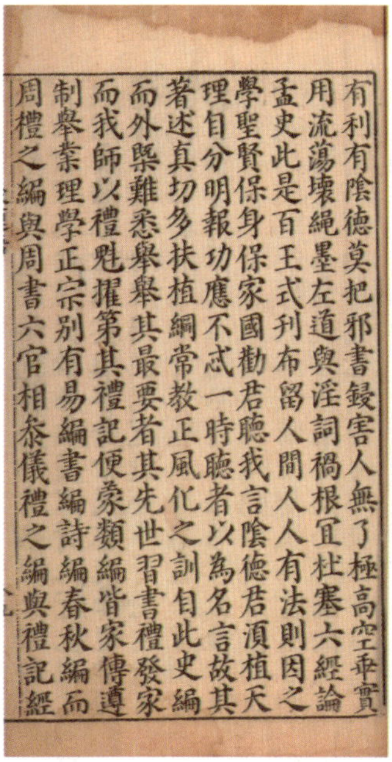
有利有陰德莫把邪書鋟害人無了極高空乖實
用流蕩壞繩墨左道與淫詞禍根宜杜塞六經論
孟史此是百王式刋布留人間人人有法則因之
學聖賢保身保家國勸君聽我言陰德君須植天
理自分明報功應不忒一時聽者以為名言故其
著述真切多扶植綱常教正風化之訓自此史編
而外槩難悉舉舉其最要者其先世習書禮發家
而我師以禮魁擢第其禮記便蒙類編皆家傳遵
制舉業理學正宗别有易編書編詩編春秋編而
周禮之編與周書六官相參儀禮之編與禮記經

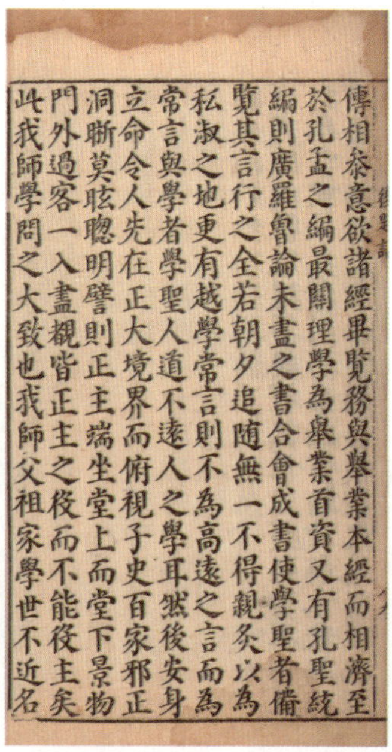
傳相參意欲諸經畢覽務與舉業本經而相濟至
於孔孟之編最關理學為舉業首資又有孔聖統
編則廣羅魯論未盡之書合會成書使學聖者備
覽其言行之全若朝夕追隨無一不得親炙以為
私淑之地更有越學常言則不為高遠之言而為
常言與學者學聖人道不遠人之學耳然後安身
立命令人先在正大境界而俯視子史百家邪正
洞晰莫眩聰明譬則正主端坐堂上而堂下景物
門外過客一入盡覩皆正主之役而不能役主矣
此我師學問之大致也我師父祖家學世不近名

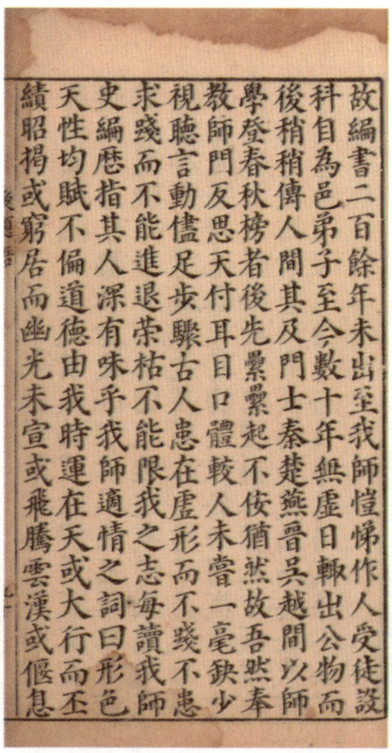
故編書二百餘年未出至我師愷悌作人受徒設
科自為邑弟子至今數十年無虚日輙出公物而
後稍稍儁人間其及門士秦楚燕晋吴越間以師
學登春秋榜者後先纍纍起不佞猶然故吾然奉
教師門反思天付耳目口體較人未嘗一毫缺少
視聽言動儘足步驟古人患在虚形而不幾不患
求幾而不能進退榮枯不能限我之志每讀我師
史編歷指其人深有味乎我師適情之詞曰形色
天性均賦不偏道德由我時運在天或大行而丕
績昭揭或窮居而幽光未宣或飛騰雲漢或偃息

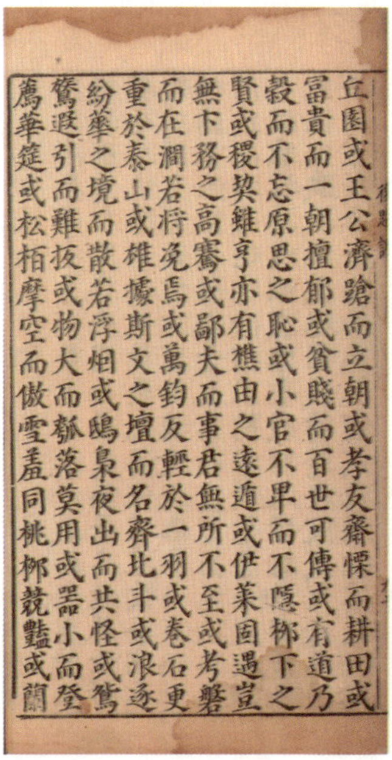
丘園或王公濟蹌而立朝或孝友龠慄而耕田或
富貴而一朝擅郁或貧賤而百世可傳或有道乃
穀而不忘原思之恥或小官不卑而不隱柳下之
賢或稷契雖亨亦有樵由之遠遁或伊萊固遇豈
無下務之高騫或鄙夫而事君無所不至或考槃
而在澗若將浼焉或萬鈞反輕於一羽或拳石更
重於泰山或雄據斯文之壇而名齊北斗或浪逐
紛華之境而散若浮烟或鵰梟夜出而共怪或鸑
鷟遐引而難扳或物大而瓠落莫用或器小而登
薦華筵或松栢摩空而傲雪盖同桃李競豔或蘭

蕙無人而自馥不與春草爭妍或自視不凡抱負擔當直包宇宙而無外或視人甚藐怨忘遺棄委如草芥之無干或行隳而譽生不虞或德立而毀出求全或衆口譁而精金頊鑠或三人吪而市虎交喧或有孔方兄沖霄倚漢能隱顯然之瑕而嫁禍倖福或無垂鯁友投荒擯凉竟遭非已之玷而多穽寡援或他室殺人坐惡名於曾子或甑中取塵疑竊狀於顏淵或宣尼蒙匡人之圍而陽虎拍掌或潛善脫江上之罵而黄鍔含冤或寧死不負乎翟黑或偷鈴掩耳而靦顏或池魚受殃於城門之

失火或林木被禍於楚國之亡猿或排鸞鳳以護燕雀或飾燕石而掩瑚璉皂白自古以多亂誰復青眼而垂憐蓋人事不齊故運數屢愆雖聖人亦無如之柰惟達者能不為之牽設置身於境外即現境可作劇戲而同看苟怡神於性中將率性盡成樂地而無邊是以蓬戶勝廣厦之壯麗敝緼有狐貉之不寒瓢飲不讓乎五齊之醲厚簞食未劣於九鼎之烹鮮蓋貴在人生之天爵則何取世上之冕軒其實可以自適泰心可以延年著述可以不朽歌咏可以長安樹旁標於八極寄雅思於一

編太和藹藹清福綿綿視饜足於外來之利達終不易吾至富至貴之無右而無先此我師適情之詞也又有味乎我師論文之詞曰天生我輩而為人較之萬物而得全遭時遇主德澤布而聲譽宣投散置閒師友集而教學延斯文宗派請為子言蓋自古著作何止億千總有兩道各習所便或典謨而後盛世儒先以六經為領以諸史為緣周爲孔鏞顏鑰孟鍵必中乃語必正乃傳簡易明白如我○○高皇帝之聖詮洩陰陽鬼神之秘昭綱常倫理之銓厚重如嵩如華浩瀚如海如淵詞林舞

鳳藝圃名駕君子用之德業逾茂小人用之罪過日悛則百王至寶中國令篇若乃左國以降衰世兢妍屈平宋玉班固史遷相如吹簫子雲擊籥風靡波湧戶引家牽泰以晉宋之俳優而屈曲長短以逃其比耦之病錯以老釋之虛蕩而依附強合以護其頗僻之愆盜字竊句吮唾餂涎拾非有先生之殘核披無是公之舊穢撿陳叔寶江總君相遺留之穢收李後主張泊上下未臧之殰割離大雅爭鬪嫘娟極奢窮麗驚郁賣芊炫耳耀目壞法汙箋詭局誕體連連綿綿亂性亂命談空談玄縱

淫縱慾托佛托僊皆我○○高皇帝所行禁戒而惓惓彼且自謂騷人墨客懷璧握璇入作者之室奪絕技之園不自知其犯叔季之乖態畫藝文之陋諓雖愚昧之所駭實達士之所捐夫其或韶而或鄭允宜一出而一還况吾與予仰○○高皇帝再揭之日月遊○○高皇帝重關之坤乾正當識邪正之辨進粹古之前何能含高而崇卑奧我執中之權吾將掃妖氛於六合回淑氣於千年且夫富貴紛華外來之物我所不得而取必者一任上天之分付古今學問性中之具天所降生而授命

者固賴我黨之幹旋我誠不敢棄天而褻天故頗與吾黨小子講習而竊研倘有志於斯文乎試三復乎吾之類編此我師論文之詞也不佞和而歌之氣激神揚嘗想丈夫真有以自負得志澤加於民不見少加於吾不得志脩身見於世不見少損於吾吾不愧天吾不愧人吾不愧我明師不以不足教鄙我良朋不以不足友棄我我終不以數奇不得學聖人與我同然之學也我知我師我師知我矣故我為我師類編末簡備言之門人武林朱京頓首書

世史類編後題語終

朱京《聖紀世史後題語》

我師生平救世挽俗，一言不正不形於口，一字不正不見於紙。客有持麗曲求批選者，答曰：此導慾之物也。我〇〇高皇帝謂元時古樂俱廢，惟淫詞艷曲，使胡聲與正音相襍，甚者帝王神祇，飾隊諧戲，非所以導中和。自今一切流俗喧譊淫褻之樂悉屏去之，而吾黨可因其陋乎！有持釋典請批評者，答曰：此梵僧之語也。我〇〇高皇帝患近代崇尚太過，徒衆日盛，安坐而食，蠹財耗民，莫甚於此，而吾黨可助其瀾乎！有持六朝四六文辭乞批集者，答曰：此門靡之作也。我〇〇高皇帝嘗謂典謨訓誥，質實不華，爲千萬世法。晉宋以來，古法蕩然，近代仍蹈舊習，厭其雕琢異古，且使事實爲浮文所蔽，而吾黨可踵其轍乎！有持近世文人奇集求批閱者，答曰：此雕華之製也。我〇高皇帝言古人文章明白易知，無深怪險僻之語，近世文士不究道德之本，不達當世之務，辭雖艱深，意實淺近，即使過於相如、楊雄，何裨實用？自今但取通道理明世務，無事浮藻，而我黨可拾其唾乎！

我師開道，世人一體無異，嘗游書肆製歌留示，云：鋟書鋟正書，有利有陰德，莫把邪書鋟，害人無了極。高空乖實用，流蕩壞繩墨。左道與淫詞，禍根宜杜塞。六經論孟史，此是百王式。刊布留人間，人人有法則。因之學聖賢，保身保家國。勸君聽我言，陰德君須植。天理自分明，報功應不忒。一時聽者以爲名言，故其著述真切，多扶植綱常，教正風化之訓。自此史編而外，概難悉舉。舉其最要者，其先世習《書》《禮》發家，而我師以禮魁擢第，其《禮記便蒙類編》皆家傳，遵制舉業，理學正宗，別有《易編》《書編》《詩編》《春秋編》。而《周禮之編》與《周書·六官》相參，《儀禮》之編與《禮記》經傳相參。意欲諸經畢覽，務與舉業本經而相濟。至於孔孟之編，最關理學，爲舉業首資。又有《孔聖統編》，則廣羅魯論未盡之書，合會成書，使學聖者備覽其言行之全。若朝夕追隨，無一不得親炙，以爲私淑之地。更有《越學常言》，則不爲高遠之言而爲常言，與學者學聖人道不遠人之學耳。然後安身立命，令人先在正大境界，而俯視子史百家，邪正洞晰，莫眩聰明，譬則正主端坐堂上，而堂下景物，門外過客，一入盡覩，皆正主之役而不能役主矣。此我師學問之大致也。

我師父祖家學，世不近名，故編書二百餘年未出。至我師愷悌作人，受徒設科，自爲邑弟子，至今數十年無虚日，輒出公物而後稍稍傳人間。其及門士秦楚燕晉吴越間以師學登春秋榜者，後先累累起，不佞猶然。故吾然奉教師門，反思天付耳目口體，較人未嘗一毫缺少，視聽言動，僅足步驟古人。患在虚形而不踐，不患求踐而不能，進退榮枯，不能限我之志。每讀我師史編，歷指其人，深有味乎！

我師適情之詞曰：形色天性，均賦不偏，道德由我，時運在天，或大行而丕積昭揭，或窮居而幽光未宣，或飛騰雲漢，或偃息丘園，或王公濟蹌而立朝，或孝友齋慄而耕田，或富貴而一朝擅郁，或貧賤而百世可傳，或有道乃穀而不忘原思之耻，或小官不卑而不隱柳下之賢，或稷契雖亨亦有樵由之遠遁，或伊萊固遇豈無卞務之高騫，或鄙夫而事君無所不至，或考磐而在澗若將浼焉，或萬鈞反輕於一羽，或卷石更重於泰山，或雄據斯文之壇而名齊北斗，或浪逐紛華之鏡而散若浮烟，或鴟梟夜出而共怪，或鴛鷺遐引而難扳，或物大而瓠落莫用，或器小而登薦華筵，或松柏摩空而傲雪，羞同桃柳競艷，或蘭蕙無人而自馥、不與春草争妍，或自視不凡、抱負擔當直包宇宙而無外，或視人甚藐、忽忘遺棄委如草芥之無干，或行隳而譽生不虞，或德立而毁出求全，或衆口嘩而精金頓鑠，或三人比而市虎交喧，或有孔方兄冲霄倚漢、能隱顯然之瑕而嫁禍幸福，或無垂鯁友投荒擯凉、竟遭非己之玷而多阱寡援，或他室殺人坐惡名於魯子，或甑中取塵疑竊狀於顔淵，或宣尼蒙匡人之圍而陽虎拍掌，或潜善脱江上之罵而黄鍔含冤，或寧死不負乎翟黑，或偷鈴掩耳而靦顔，或池魚受殃於城門之失火，或林木被禍於楚國之亡猿，或排鸞鳳以護燕雀，或飾燕石而掩瑚璉。皂白自古以多亂，誰復青眼而垂憐。蓋人事不齊，故運數屢愆，雖聖人亦無如之奈，惟達者能不爲之牽。設置身於境外，即現境可作劇戲而同看。苟怡神於性中，將率性盡成樂地而無邊。是以蓬户勝廣厦之壯麗，敝緼有狐貉之不寒。瓢飲不讓乎五齊之醲厚，簞食未劣於九鼎之烹鮮。蓋貴在人生之天爵，則何取世上之冕軒耳。貧可以自適，泰心可以延年，著述可以不朽，歌咏可以長安。樹芳標於八極，寄雅思於一編，太和藹藹，清福綿綿。視餍足於外來之利達，終不易吾至富至貴之無右而無先。此我師適情之詞也。

又有味乎我師論文之詞曰：天生我輩而爲人，較之萬物而得全，遭時遇主，德澤布而聲譽宣，投散置閑，師友集而教學延。斯文宗派，請爲子言。盖自古著作何止億千，總有兩道各習所便，或典謨而後盛，世儒先以六經爲領，以諸史爲緣。周扃孔鐍顔鑰孟鍵，必中乃語，必正乃傳，簡易明白。如我○○高皇帝之聖詮，洩陰陽鬼神之秘，昭綱常倫理之銓，厚重如嵩如華，浩瀚如海如淵。詞林舞鳳，藝圃名鴛。君子用之，德業逾茂，小人用之，罪過日悛，則百王至寶，中國令篇。若乃左國以降，衰世兢妍，屈平宋玉班固史遷。相如吹籥，子雲擊鼓，風靡波涌，户引家牽。参以晉宋之俳優，而屈曲長短，以逃其比耦之病錯，以老釋之虚蕩而依附强合，以護其頗僻之愆。盜字竊句，吮唾餂涎。拾非有先生之殘核，披無是公之舊禈，檢陳叔寶、江總君相遺留之穢，收李後主、張洎上下未滅之羶。割離大雅，争鬥嬛娟，極奢窮麗，鬻鬱賣芊，炫耳耀目，壞法污箋，詭局誕體，連連綿綿，亂性亂命，談空談玄，縱淫縱慾，托佛托僊，皆我○○高皇帝所行禁戒而惓惓。彼且自謂騷人墨客，懷璧握璇，入作者之室，奪絕技之園，不自知其犯叔季之乖態，盡藝文之陋淺，雖愚昧之所駭，實達士之所捐。夫其或韶而或鄭，允宜一出而一遷，况吾與子仰○○高皇帝再揭之日月，游○○高皇帝重闢之坤乾，正當識邪正之辨，進粹古之前，何能舍高而崇卑，爽我執中之權。吾將掃妖氛於六合，回淑氣於千年。且夫富貴紛華，外來之物，我所不得而取必者，一任上天之分付；古今學問，性中之具，天所降生而授命者，固賴我黨之斡旋。我誠不敢棄天而褻天，故願與吾黨小子講習而窮研，倘有志於斯文乎，試三復乎吾之類編。此我師論文之詞也。

不佞和而歌之，氣激神揚，嘗想丈夫真有以自負，得志澤加於民，不見少加於吾，不得志修身見於世，不見少損於吾。吾不愧天，吾不愧人，吾不愧我。明師不以不足教鄙我，良朋不以不足友棄我，我終不以數奇不得學，聖人與我同然之學也。我知我師，我師知我矣。故我爲我師類編，末簡備言之。門人武林朱京頓首書。

世史類編後題語終。

大學古本旁注一卷

清刻本

國家圖書館 3139（普通古籍）

李調元《序》

《大學古本》一卷，獻王后蒼所傳，在戴聖《禮記》中。宋仁宗取以賜及第王拱辰，即此本也。然傳者絕少，今所行者朱子訂本。此外諸家所傳改本，率多僞雜無足取，而古本之完善者，唯王文成旁注尚存，朱竹垞《經義考》盛稱之。今以鋟板，亦復古者所有事也。綿州童山李調元贊庵序。

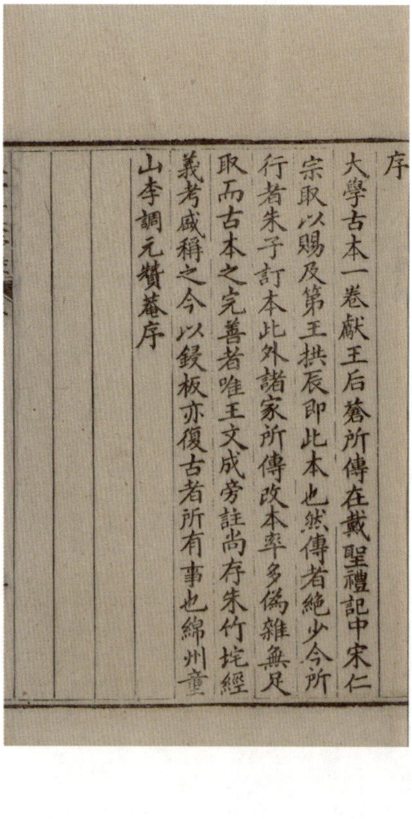
序
大學古本一卷獻王后蒼所傳在戴聖禮記中宋仁
宗取以賜及第王拱辰即此本也然傳者絶少今所
行者朱子訂本此外諸家所傳改本率多僞雜無足
取而古本之完善者唯王文成旁註尚存朱竹垞經
義考咸稱之今以鋟板亦復古者所有事也綿州童
山李調元贊菴序

王守仁《自序》

見清乾隆綿州李調元刻《函海》本《大學古本旁注》一卷。（索書號 7618:26 ）

大學古本一卷

民國六年（1917）太原文蔚閣鉛印本

國家圖書館 3138（普通古籍）

王守仁《大學古本叙》

（此序最早見於清乾隆綿州李調元刻《函海》本《大學古本旁注》一卷。索書號：37618:26）

大學之要，誠意而已矣；誠意之功，格物而已矣。誠意之極，止至善而已矣。止至善之則，致知而已矣。正心，復其體也；修身，著其用也。以言乎己，謂之明德；以言乎人，謂之親民；以言乎天地之間，則備矣。是故至善也者，心之本體也。動而後有不善，而本體之知，未嘗不知也。意者，其動也；物者，其事也。致其本體之知，而動無不善，然非即其事而格之，則亦無以致其知。故致知者，誠意之本也；格物者，致知之實也。物格則知致意誠，而有以復其本體，是之謂止至善。聖人懼人之求之於外也，而反覆其辭，舊本析而聖人之意亡矣。是故不務於誠意而徒以格物者，謂之支；不事於格物而徒以誠意者，謂之虚;不本於致知而徒以格物誠意者，謂之妄。支與虚與妄，其於至善也遠矣。合之以經而益綴，補之以傳而益離。吾懼學之日遠於至善也，去分章而復舊本，旁爲之什，以引其義。庶幾復見聖人之心，而求之者有其要。噫！乃若致知，則存乎心；悟致知焉，盡矣。

讀陽明書先須知其訓詁之例物事也格正也凡所交接事物必使事得其理物合其則方謂之格物故曰誠意之功格物而已矣

大學古本叙

大學之要誠意而已矣誠意之功格物而已矣誠意之極止至善而已矣止至善之則致知而已矣正心復其體也修身著其用也以言乎己謂之明德以言乎人謂之親民以言乎天地之間則備矣是故至善也者心之本體也動而後有不善而本體之知未嘗不知也意者其動也物者其事也致其本體之知而動無不善然非即其事而格之則亦無以致其知故致知者誠意之本也格物者致知之實也物格則知致意誠而有以復其本體是之謂止至善聖人懼人之求之於外也而反覆其辭舊本析而聖人之意亡矣是故不務於誠意而徒以格物者謂之支不事於格物而徒以誠意者謂之虛不本於致知而徒以格物誠意者謂之妄支與虛與妄其於至善也遠矣合之以經而益綴補之以傳而益離吾懼學之日遠於至善也去分章而復舊本旁爲之什以引其義庶幾復見聖人之心而求之者有其要噫乃若致知則存乎心悟致知焉盡矣

徐廣軒

致良知歸到悟字，其旨微矣。一貫之傳，非悟不得。致良知即一貫之真詮也。其旨微，故須體驗而心悟，不可言辭以解明。此與《親民堂記》《答羅整庵書》，皆先生用意所撰，整編文章，校隨時答問之説，更爲周備。讀此三篇，先生之學之大旨，亦可以了然矣。性善之旨不明，致良知之説不能信也。性善之固然者，孟子詳矣。其所以然，則在易之圖書，乾坤彖爻象傳文言繫詞，並《中庸》一書，須兼考深究，方信得及良知二字。僅得良知，而陽明之旨不煩言而得矣。徐廣軒批。

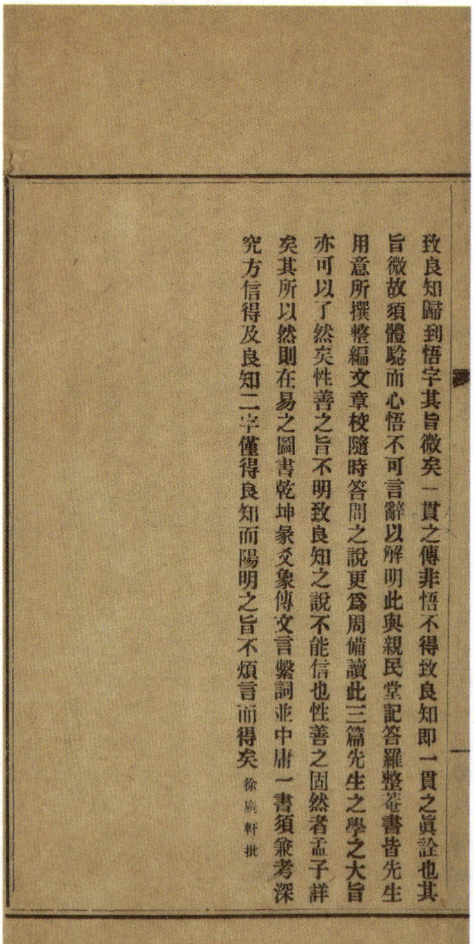
致良知歸到悟字其旨微矣一貫之傳非悟不得致良知即一貫之眞詮也其旨微故須體驗而心悟不可言辭以解明此與親民堂記答羅整菴書皆先生用意所撰整編文章校隨時答問之說更爲周備讀此三篇先生之學之大旨亦可以了然矣性善之旨不明致良知之說不能信也性善之固然者孟子詳矣其所以然則在易之圖書乾坤彖爻象傳文言繫詞並中庸一書須兼考深究方信得及良知二字僅得良知而陽明之旨不煩言而得矣 徐廣軒批

古本大學集説三卷

民國八年（1919）榆次常氏石印本

國家圖書館 3144（普通古籍）

民國八年榆次常贊春《序》

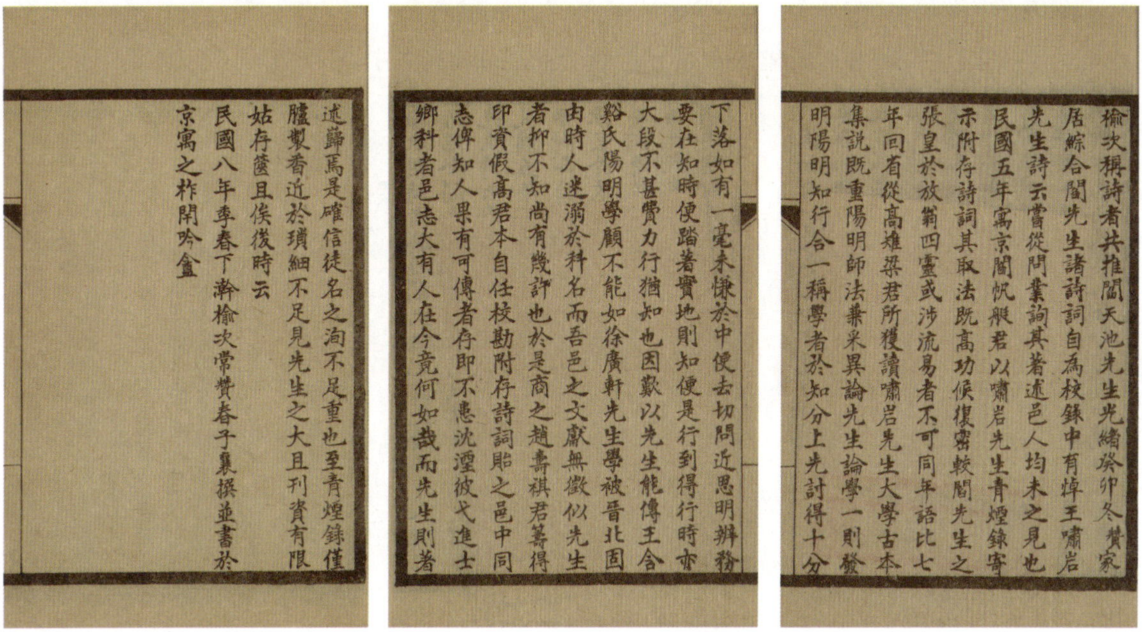
榆次稱詩者共推閻天池先生光緒癸卯冬贊家居綜合閻先生諸詩詞自爲校録中有悼王嘯岩先生詩云嘗從問業詢其著述邑人均未之見也民國五年寓京閻帆艇君以嘯岩先生青煙録寄示附存詩詞其取法既高功候復密較閻先生之張皇於放翁四靈或涉流易者不可同年語比七年回省從高雉梁君所獲讀嘯岩先生大學古本集説既重陽明師法兼采異論先生論學一則發明陽明知行合一稱學者於知分上先討得十分下落如有一毫未慊於中便去切問近思明辨務要在知時便踏着實地則知便是行到得行時亦大段不甚費力行猶知也因歎以先生能傳王合谿氏陽明學顧不能如徐廣軒先生學被晋北固由時人迷溺於科名而吾邑之文獻無徵似先生者抑不知尚有幾許也於是商之趙壽祺君籌得印貲假高君本自任校勘附存詩詞貽之邑中同志俾知人果有可傳者存即不患沈湮彼弋進士鄉科者邑志大有人在今竟何如哉而先生則著述歸焉是確信徒名之洵不足重也至青煙録僅臚製香近於瑣細不足見先生之大且刊資有限姑存篋且俟後時云

民國八年季春下澣榆次常贊春子襄撰並書於京寓之柞開吟盦

榆次稱詩者共推閻天池先生。光緒癸卯冬，贊家居，綜合閻先生諸詩詞自爲校録，中有悼王嘯岩先生詩云：嘗從問業，詢其著述，邑人均未之見也。民國五年寓京，閻帆艇君以嘯岩先生《青烟録》寄示，附存詩詞。其取法既高，功候復密，較閻先生之張皇於放翁、四靈，或涉流易者不可同年語。比七年回省，從高雉梁君所獲，讀嘯岩先生《大學古本集説》，既重陽明師法，兼采異論。先生論學，一則發明陽明知行合一，稱學者於知分上先討得十分下落，如有一毫未慊於中，便去切問、近思、明辨，務要在知時便踏著實地。則知便是行，到得行時，亦大段不甚費力，行猶知也。因嘆以先生能傳王含溪氏陽明學，顧不能如徐廣軒先生學被晉北，固由時人迷溺於科名。而吾邑之文獻無徵，似先生者抑不知尚有幾許也。於是，商之趙壽祺君籌得印資，假高君本自任校勘，附存詩詞，貽之邑中同志。俾知人果有可傳者存，即不患沈湮，彼弋進士鄉科者，邑志大有人在，今竟何如哉？而先生則著述巋焉。是確信徒名之洵不足重也。至《青烟録》僅臚製香，近於瑣細，不足見先生之大，且刊資有限，姑存篋且俟後時云。

民國八年季春下澣榆次常贊春子襄撰並書於京寓之柞閒吟盦。

嘉慶十五年（1805）王祁《序》

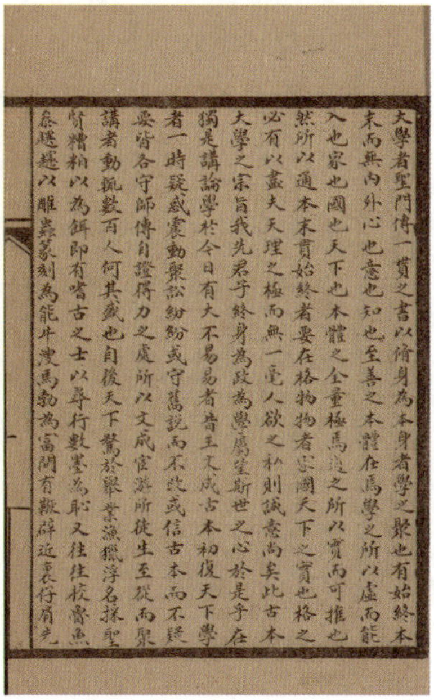
大學者聖門傳一貫之書以脩身為本身者學之聚也有始終本末而無內外心也意也知也至善之本體在焉學之所以虛而能入也家也國也天下也本體之全量極焉道之所以實而可推也然所以通本末貫始終者要在格物物者家國天下之實也格之必有以盡夫天理之極而無一毫人欲之私則誠意尚矣此古本大學之宗旨我先君子終身為政為學屬望斯世之心於是乎在獨是講論學於今日有大不易易者昔王文成古本初復天下學者一時疑惑震動聚訟紛紛或守舊說而不改或信古本而不疑要皆各守師傳自證得力之處所以文成宦游所徒生至從而聚講者動輒數百人何其盛也自後天下騖於舉業漁獵浮名采聖賢糟粕以為餌即有嗜古之士以尋行數墨為恥又往往校魯魚參趧趧以雕蟲篆刻為能牛溲馬勃為富問有鞭辟近裏仔肩先

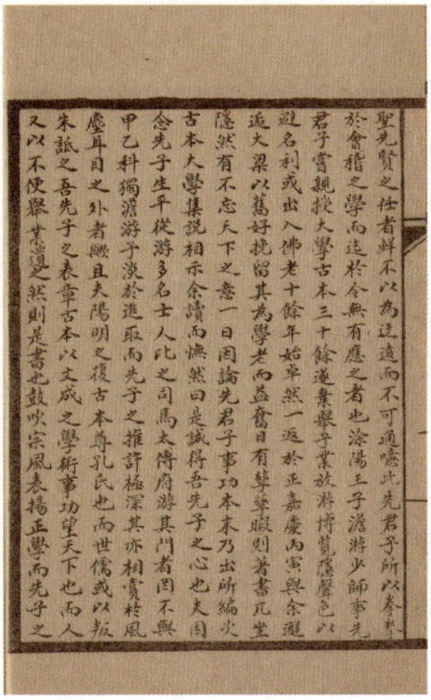
聖先賢之任者鮮不以為迂遠而不可通噫此先君子所以拳拳於會稽之學而迄於今無有應之者也涂陽王子濬游少師事先君子嘗親授大學古本三十餘遂棄舉子業放游博覽聲色以逃名利或出入佛老十餘年始卒然一返於正嘉慶丙寅與余邂逅大梁以舊好挽留其為學老而益奮日有孳孳暇則著書凡堂隱然有不忘天下之意一日因論先君子事功本末乃出所編次古本大學集說相示余讀而憮然曰是誠得吾先子之心也夫因念先子生平從游多名士人比之司馬太傅府游其門者罔不與甲乙科獨濬游子淡於進取而先子之推許極深其亦相賞於風塵耳目之外者歟且夫陽明之復古本尊孔氏也而世儒或以叛朱詆之吾先子之表章古本以文成之學術事功望天下也而人又以不便舉業遺之然則是書也鼓吹宗風表揚正學而先子之

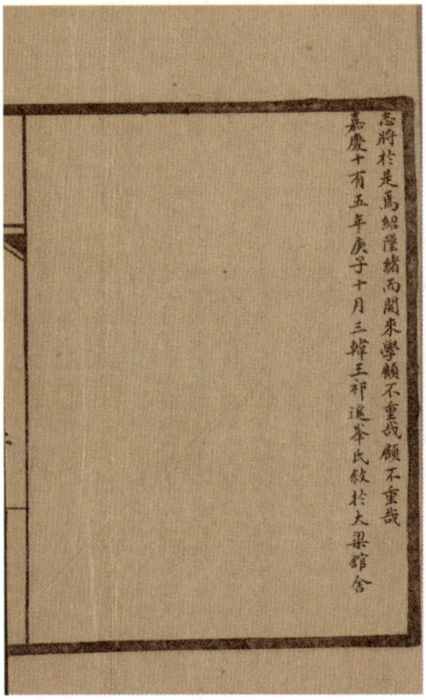
志將於是焉紹墜緒而闡來學顧不重哉顧不重哉
嘉慶十有五年庚子十月三韓王祁逸岑氏敘於大梁館舍

大學者，聖門傳一貫之書，以修身爲本身者。學之聚也，有始終本末，而無内外。心也、意也、知也，至善之本體在焉，學之所以虛而能入也。家也、國也、天下也，本體之全量極焉，道之所以實而可推也。然所以通本末貫始終者，要在格物。物者，家國天下之實也。格之必有以盡夫天理之極，而無一毫人欲之私，則誠意尚矣。此古本大學之宗旨。

我先君子終身爲政、爲學，屬望斯世之心，於是乎在。獨是講論學於今日有大不易易者。昔王文成古本初復，天下學者一時疑惑震動，聚訟紛紛，或守舊説而不改，或信古本而不疑。要皆各守師傳，自證得力之處。所以文成宦游所，徒生至從而聚講者，動輒數百人，何其盛也。自後天下騖於舉業、漁獵浮名，采聖賢糟粕以爲餌，即有嗜古之士，以尋行數墨爲耻。又往往校魯魚参趧趧，以雕蟲篆刻爲能，牛溲馬勃爲富。問有鞭辟近裏，仔肩先聖先賢之任者，鮮不以爲迂遠而不可通。噫！此先君子所以拳拳於會稽之學，而迄於今無有應之者也。

涂陽王子澹游少師事先君子，嘗親授大學古本三十餘，遂棄舉子業，放游博覽，隱聲色以避名利。或出入佛老，十餘年始卓然一返於正。嘉慶丙寅，與余邂逅大梁，以舊好挽留，其爲學老而益奮，日有孳孳，暇則著書兀坐，隱然有不忘天下之意。一日因論先君子事功本末，乃出所編次《古本大學集説》相示。余讀而憮然曰：是誠得吾先子之心也。夫因念先子生平從游多名士，人比之司馬太傅府，游其門者，罔不與甲乙科。獨澹游子淡於進取，而先子之推許極深，其亦相賞於風塵耳目之外者歟。且夫陽明之復古，本尊孔氏也，而世儒或以叛朱詆之。吾先子之表章古本，以文成之學術事功望天下也，而人又以不便舉業遺之。然則是書也，鼓吹宗風，表揚正學，而先子之志將於是焉。紹墜緒而開來學，顧不重哉，顧不重哉！

嘉慶十有五年庚子十月三韓王祁遥峰氏叙於大梁館舍。

嘉慶十五年（1805）王訢《自叙》

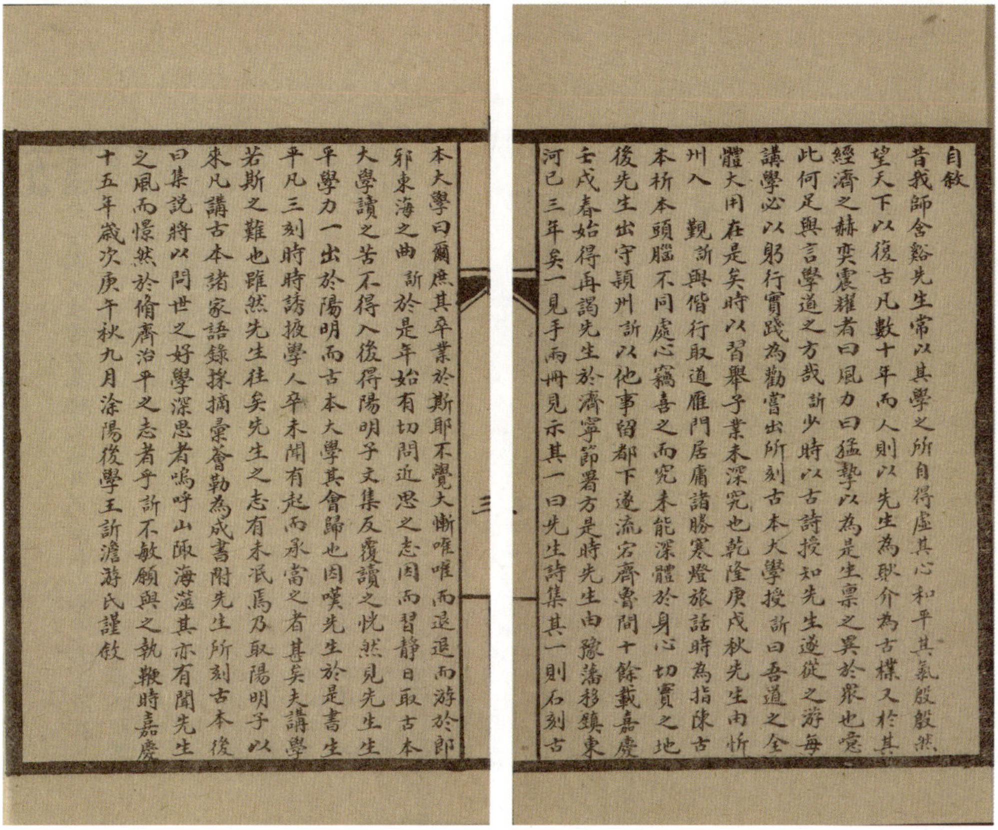

自敘

昔我師含谿先生常以其學之所自得虛其心和平其氣殷殷然望天下以復古凡數十年而人則以先生為耿介為古樸又於其經濟之赫奕震耀者曰風力曰猛摯以為是生稟之異於衆也噫此何足與言學道之方哉 訢少時以古詩授知先生遂從之游每講學必以躬行實踐為勸嘗出所刻古本大學授 訢曰吾道之全體大用在是矣時以習舉子業未深究也乾隆庚戌秋先生由忻州入 覲 訢與偕行取道雁門居庸諸勝寒燈旅話時為指陳古本析本頭腦不同處心竊喜之而究未能深體於身心切實之地後先生出守潁州 訢以他事留都下遂流宕齊魯間十餘載嘉慶壬戌春始得再謁先生於濟寧節署方是時先生由豫藩移鎮東河已三年矣一見手兩册見示其一曰先生詩集其一則石刻古本大學曰爾庶其卒業於斯耶不覺大慚唯唯而退退而游於郎邪東海之曲 訢於是年始有切問近思之志因而習靜日取古本大學讀之苦不得入後得陽明子文集反覆讀之恍然見先生生平學力一出於陽明而古本大學其會歸也因嘆先生於是書生平凡三刻時時誘掖學人卒未聞有起而承當之者甚矣夫講學若斯之難也雖然先生往矣先生之志有未泯焉乃取陽明子以來凡講古本諸家語錄擇摘彙萃勒為成書附先生所刻古本後曰集說將以問世之好學深思者嗚呼山陬海澨其亦有聞先生之風而憬然於脩齊治平之志者乎 訢不敏願與之執鞭時嘉慶十五年歲次庚午秋九月涂陽後學王訢澹游氏謹敘

昔我師含溪先生常以其學之所自得，虛其心，和平其氣，殷殷然望天下以復古，凡數十年。而人則以先生爲耿介、爲古樸，又於其經濟之赫奕震耀者，曰風力、曰猛摯。以爲是生稟之異於衆也。噫！此何足與言學道之方哉。訢少時以古詩授知先生，遂從之游。每講學必以躬行實踐爲勸，嘗出所刻古本《大學》授訢曰：吾道之全體大用在是矣。時以習舉子業，未深究也。乾隆庚戌秋，先生由忻州入覲。訢與偕行，取道雁門、居庸諸勝，寒燈旅話，時爲指陳古本、析本頭腦不同處，心竊喜之，而究未能深體於身心切實之地。後先生出守潁州，訢以他事留都下，遂流宕齊魯間十餘載。嘉慶壬戌春，始得再謁先生於濟寧節署。

方是時，先生由豫藩移鎮東河已三年矣。一見，手兩册見示，其一曰先生詩集，其一則石刻古本大學。曰：爾庶其卒業於斯耶！不覺大慚，唯唯而退，退而游於郎邪東海之曲。訢於是年始有切問近思之志，因而習静，日取古本《大學》讀之，苦不得入。後得陽明子《文集》反覆讀之，恍然見先生生平學力一出於陽明，而古本《大學》其會歸也。因嘆先生於是書生平凡三刻，時時誘掖學人，卒未聞有起而承當之者。甚矣，夫講學若斯之難也。雖然先生往矣，先生之志有未泯焉。乃取陽明子以來凡講古本諸家語録，采摘彙薈，勒爲成書，附先生所刻古本後，曰《集説》，將以問世之好學深思者。嗚呼！山陬海澨，其亦有聞先生之風而憬然於修齊治平之志者乎！訢不敏，願與之執鞭。時嘉慶十五年歲次庚午秋九月涂陽後學王訢澹游氏謹叙。

《例言》

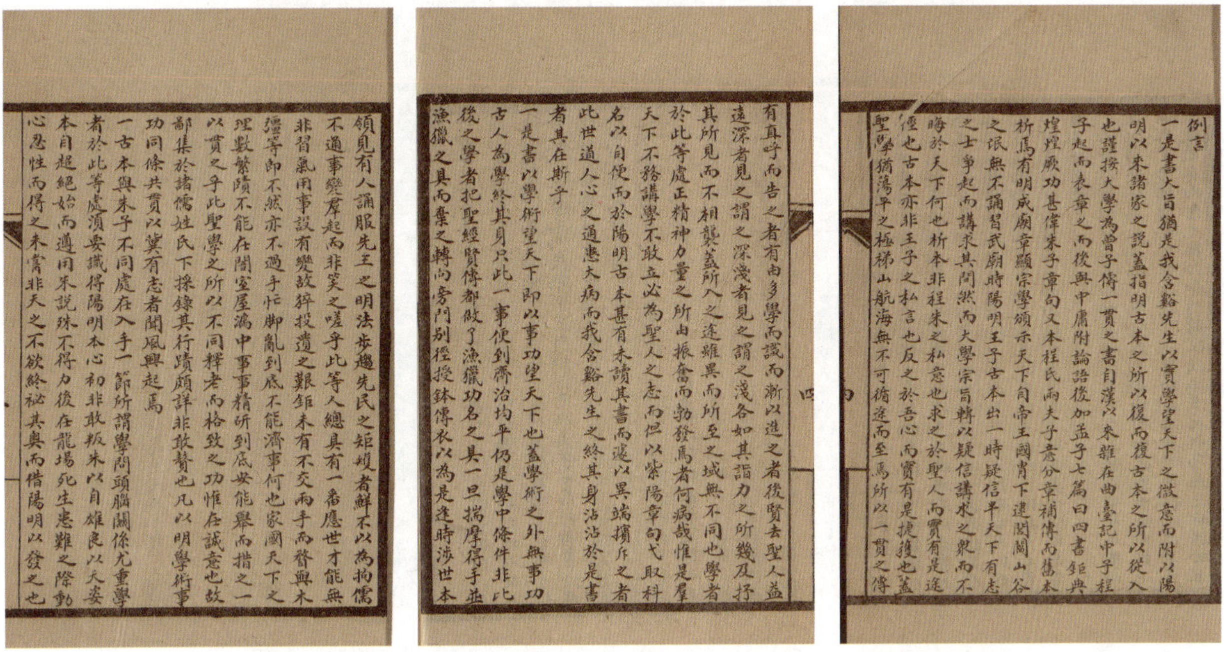
例言

一是書大旨猶是我含谿先生以實學望天下之微意而附以陽明以來諸家之說蓋指明古本之所以復而復古本之所以從入也謹按大學為曾子傳一貫之書自漢以來雜在曲臺記中子程子起而表章之而後與中庸附論語後加孟子七篇曰四書鉅典煌煌厥功甚偉朱子章句又本程氏兩夫子意分章補傳而舊本析焉有明成廟章顯宗學頒示天下自帝王國胄下逮閭閻山谷之氓無不誦習武廟時陽明王子古本出一時疑信半天下有志之士爭起而講求其間然而大學宗旨轉以疑信講求之衆而不晦於天下何也析本非程朱之私意也求之於聖人而實有是途徑也古本亦非王子之私言也反之於吾心而實有是捷獲也蓋聖學猶蕩平之極梯山航海無不可循途而至焉所以一貫之傳有直呼而告之者有由多學而識而漸以進之者後賢去聖人益遠深者見之謂之深淺者見之謂之淺各如其詣力之所幾及抒其所見而不相襲蓋所入之途雖異而所至之域無不同也學者於此等處正精神力量之所由振奮而勃發焉者何病哉惟是犀天下不務講學不敢立必為聖人之志而但以紫陽章句弋取科名以自便而於陽明古本甚有未讀其書而遽以異端擯斥之者此世道人心之通患大病而我含谿先生之終其身汩汩於是書者其在斯乎

一是書以學術望天下即以事功望天下也蓋學術之外無事功古人為學終其身只此一事使到齊治均平仍是學中條件非比後之學者把聖經賢傳都做了漁獵功名之具一旦揣摩得手並漁獵之具而棄之轉向旁門別徑授鉢傳衣以為是途時涉世本領見有人誦服先王之明法步趨先民之矩矱者鮮不以為拘儒不通事變羣起而非笑之嗟乎此等人總具有一番應世才能無非習氣用事設有變故猝投遺之艱鉅未有不交兩手而瞀與木偶等即不然亦不過手忙腳亂到底不能濟事何也家國天下之理數繁賾不能在閨室屋漏中事事精研到底安能舉而措之一以貫之乎此聖學之所以不同釋老而格致之功惟在誠意也故鄙集於諸儒姓氏下採錄其行蹟頗詳非敢贅也凡以明學術事功同條共貫以冀有志者聞風興起焉

一古本與朱子不同處在入手一節所謂學問頭腦關係尤重學者於此等處須要識得陽明本心初非敢叛朱以自雄良以天姿本自超絕始而遵同朱說殊不得力後在龍場死生患難之際動心忍性而得之未嘗非天之不欲終祕其奧而借陽明以發之也

一、是書大旨猶是我含溪先生以實學望天下之微意，而附以陽明以來諸家之説，蓋指明古本之所以復，而復古本之所以從入也。謹按《大學》爲曾子傳一貫之書，自漢以來雜在《曲臺記》中，子程子起而表章之，而後與《中庸》附《論語》後，加《孟子》七篇，曰《四書》。巨典煌煌，厥功甚偉。《朱子章句》又本程氏兩夫子意，分章補傳，而舊本析焉。有明成廟章顯宗學，頒示天下，自帝王國胄下逮閭閻山谷之氓無不誦習。武廟時陽明王子古本出，一時疑信半天下，有志之士争起而講求其間。然而大學宗旨轉以疑信，講求之衆而不晦於天下。何也？析本非程朱之私意也，求之於聖人而實有是途徑也。古本亦非王子之私言也，反之於吾心而實有是捷獲也。蓋聖學猶蕩平之極，梯山航海，無不可循途而至焉。所以一貫之傳有直呼而告之者，有由多學而識而漸以進之者。後賢去聖人益遠，深者見之謂之深，淺者見之謂之淺，各如其詣力之所幾。及抒其所見而不相襲，蓋所入之途雖異而所至之域無不同也。學者於此等處正精

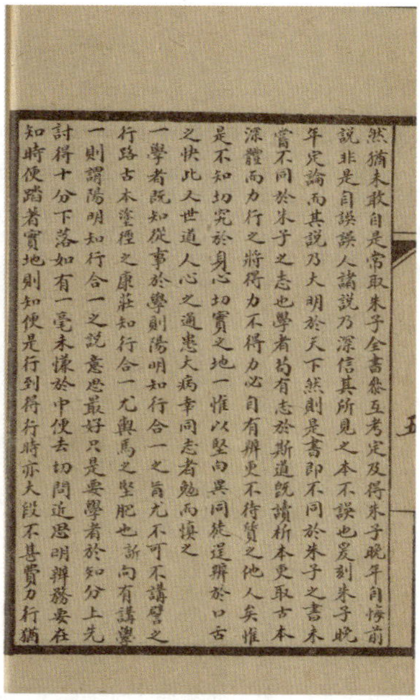
然猶未敢自是常取朱子全書參互考定及得朱子晚年自悔前說非是自誤誤人諸說乃深信其所見之本不誤也爰刻朱子晚年定論而其說乃大明於天下然則是書即不同於朱子之書未嘗不同於朱子之志也學者苟有志於斯道既讀析本更取古本深體而力行之將得力不得力必自有辨更不待贅之他人矣惟是不知切究於身心切實之地一惟以堅白異同徒逞辨於口舌之快此又世道人心之通患大病幸同志者勉而慎之

一學者既知從事於學則陽明知行合一之旨尤不可不講譬之行路古本塗徑之康莊知行合一尤與馬之堅肥也新向有講學一則謂陽明知行合一之說意思最好只是要學者於知分上先討得十分下落如有一毫未慊於中便去切問近思明辨務要在知時便踏著實地則知便是行到得行時亦大段不甚費力行猶

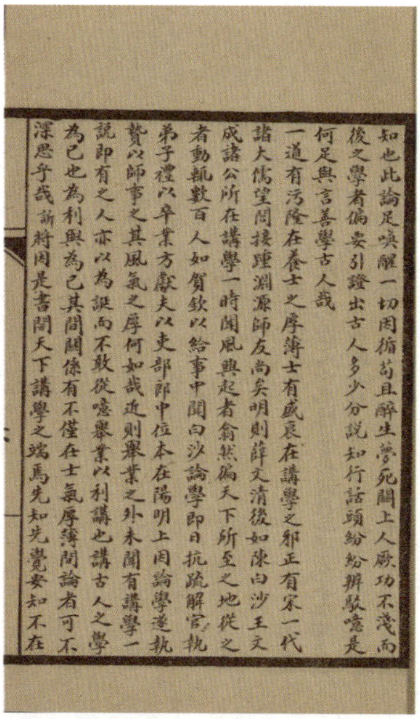
知也此論足喚醒一切因循苟且醉生夢死闒上人厥功不淺而後之學者偏要引證出古人多少分說知行話頭紛紛辨駁噫是何足與言善學古人哉

一道有污隆在養士之厚薄士有盛衰在講學之邪正有宋一代諸大儒望閭接踵淵源師友尚矣明則薛文清後如陳白沙王文成諸公所在講學一時聞風興起者翕然徧天下所至之地從之者動輒數百人如賀欽以給事中聞白沙論學即日抗疏解官執弟子禮以卒業方獻夫以吏部郎中位本在陽明上因論學遂執贄以師事之其風氣之厚何如哉近則舉業之外未聞有講學一說即有之人亦以為誕而不敢從噫舉業以利講也講古人之學為己也為利與為己其間關係有不僅在士氣厚薄間論者可不深思乎哉新將因是書聞天下講學之端焉先知先覺要知不在

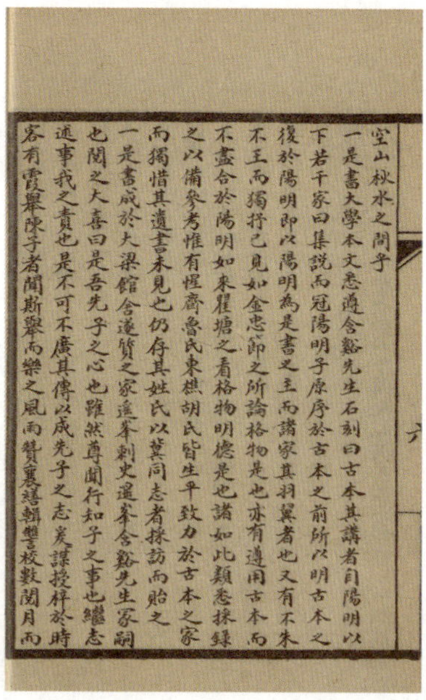
空山秋水之間乎

一是書大學本文悉遵含谿先生石刻曰古本其講者自陽明以下若干家曰集說而冠陽明子原序於古本之前所以明古本之復於陽明即以陽明為是書之主而諸家其羽翼者也又有不朱不王而獨抒己見如金忠節之所論格物是也亦有適用古本而不盡合於陽明如來瞿塘之看格物明德是也諸如此類悉採錄之以備參考惟有惺齋魯氏東樵胡氏皆生平致力於古本之家而獨惜其遺書未見也仍存其姓氏以冀同志者採訪而貽之

一是書成於大梁館舍遂質之家進峯刺史還峯含谿先生冢嗣也聞之大喜曰是吾先子之心也雖然尊聞行知子之事也繼志述事我之責也是不可不廣其傳以成先子之志爰謀授梓於時客有霞舉陳子者聞斯舉而樂之風雨贊襄繕輯讐校數閱月而

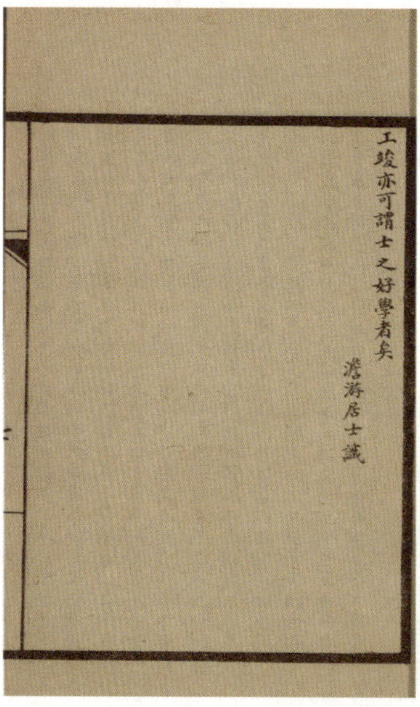
工竣亦可謂士之好學者矣

澹游居士識

神力量之所由振奮而勃發焉者，何病哉！惟是群天下不務講學，不敢立必爲聖人之志，而但以紫陽章句弋取科名以自便，而於陽明古本甚有未讀其書而遽以異端擯斥之者，此世道人心之通患大病，而我含溪先生之終其身沾沾於是書者，其在斯乎。

一、是書以學術望天下，即以事功望天下也，蓋學術之外無事功。古人爲學，終其身只此一事，便到齊治均平，仍是學中條件。非比後之學者，把聖經賢傳都做了漁獵功名之具，一旦揣摩得手，並漁獵之具而棄之，轉向旁門别徑，授鉢傳衣，以爲是逢時涉世本領。見有人誦服先王之明法，步趨先民之矩矱者，鮮不以爲拘儒，不通事變，群起而非笑之。嗟乎！此等人總具有一番應世才能，無非習氣用事。設有變故，猝投遺之艱巨，未有不交兩手而瞀與木彊等。即不然，亦不過手忙脚亂，到底不能濟事。何也？家國天下之理數繁賾，不能在闇室屋漏中事事精研到底，安能舉而措之，一以貫之乎？此聖學之所以不同釋老，而格致之功惟在誠意也。故鄙集於諸儒姓氏下，采録其行迹頗詳，非敢贅也。凡以明學術事功、同條共貫以冀有志者，聞風興起焉。

一、古本與朱子不同處，在入手一節，所謂學問頭腦，關係尤重，學者於此等處，須要識得陽明本心，初非敢叛朱以自雄，良以天姿本自超絕，始而遵用朱説，殊不得力，後在龍場死生患難之際，動心忍性而得之。未嘗非天之不欲終秘其奥，而借陽明以發之也。然猶未敢自是，常取《朱子全書》參互考定，及得朱子晚年自悔前説，非是自誤誤人諸説，乃深信其所見之本不誤也。爰刻朱子晚年定論，而其説乃大明於天下。然則是書即不同於朱子之書，未嘗不同於朱子之志也。學者苟有志於斯道，既讀析本，更取古本，深體而力行之，將得力不得力，必自有辨，更不待質之他人矣。惟是不知切究於身心切實之地，一惟以堅白異同徒逞辨於口舌之快，此又世道人心之通患大病。幸同志者勉而慎之。

一、學者既知從事於學，則陽明知行合一之旨尤不可不講。譬之行路，古本塗徑之康莊，知行合一，尤輿馬之堅肥也。訢向有講學一則，謂陽明知行合一之説，意思最好，只是要學者於知分上先討得十分下落，如有一毫未慊於中，便去切問近思明辨，務要在知時便踏著實地，則知便是行，到得行時，亦大段不甚費力，行猶知也。此論足唤醒一切因循苟且醉生夢死關上人，厥功不淺。而後之學者偏要引證出古人多少分説知行話頭，紛紛辨駁。噫！是何足與言善學古人哉！

一、道有污隆，在養士之厚薄，士有盛衰，在講學之邪正。有宋一代，諸大儒望閭接踵，淵源師友，尚矣。明則薛文清，後如陳白沙、王文成，諸公所在講學，一時聞風興起者翕然遍天下，所至之地，從之者動輒數百人。如賀欽以給事中聞白沙論學，即日抗疏解官，執弟子禮以卒業。方獻夫以吏部郎中，位本在陽明上，因論學遂執贄以師事之，其風氣之厚何如哉！近則舉業之外，未聞有講學一説，即有之，人亦以爲誕而不敢從。噫！舉業以利講也，講古人之學爲己也。爲利與爲己，其間關係有不僅在士氣厚薄間，論者可不深思乎哉！訢將因是書開天下講學之端焉。先知先覺，安知不在空山秋水之間乎？

一、是書大學本文悉遵含溪先生石刻，曰古本。其講者自陽明以下若干家，曰集説，而冠陽明子原序於古本之前，所以明古本之復於陽明，即以陽明爲是書之主，而諸家其羽翼者也。又有不朱不王而獨抒己見，如金忠節之所論格物是也；亦有遵用古本而不盡合於陽明，如來瞿塘之看格物明德是也。諸如此類，悉采録之以備參考。惟有惺齋魯氏、東樵胡氏，皆生平致力於古本之家，而獨惜其遺書未見也，仍存其姓氏，以冀同志者采訪而貽之。

一、是書成於大梁館舍，遂質之家遥峰刺史，遥峰，含溪先生冢嗣也。閲之大喜曰：是吾先子之心也。雖然，尊聞行知，子之事也，繼志述事，我之責也，是不可以不廣其傳以成先子之志。爰謀授梓於時，客有霞舉陳子者，聞斯舉而樂之。風雨贊襄，繕輯讎校，數閲月而工竣，亦可謂士之好學者矣。

澹游居士識。

王守仁《陽明先生初刻大學古本原序》

（此序最早見於清乾隆綿州李調元刻《函海》本《大學古本旁注》一卷。索書號：37618:26 ）

大學之要，誠意而已矣；誠意之功，格物而已矣。誠意之極，止至善而已矣。止至善之極則，致知而已矣。正心，復其體也；修身，著其用也。以言乎己，謂之明德；以言乎人，謂之親民；以言乎天地之間，則備矣。是故至善也者，心之本體也。動而後有不善，而本體之知，未嘗不知也。意者，其動也；物者，其事也。致其本體之知，而動無不善，然非即其事而格之，則亦無以致其知。故致知者，誠意之本也；格物者，致知之實也。物格則知致意誠，而有以復其本體，是之謂止至善。聖人懼人之求之於外也，而反覆其辭，舊本析而聖人之意亡矣。是故不務於誠意而徒以格物者，謂之支；不事於格物而徒以誠意者，謂之虛；不本於致知而徒以格物誠意者，謂之妄。支與虛與妄，其於至善也遠矣。合之以經而益綴，補之以傳而益離。吾懼學之日遠於至善也，去分章而復舊本，傍爲之什，以引其義。庶幾復見聖人之心，而求之者有其要。噫！乃若致知，則存乎心;悟致知焉，盡矣。

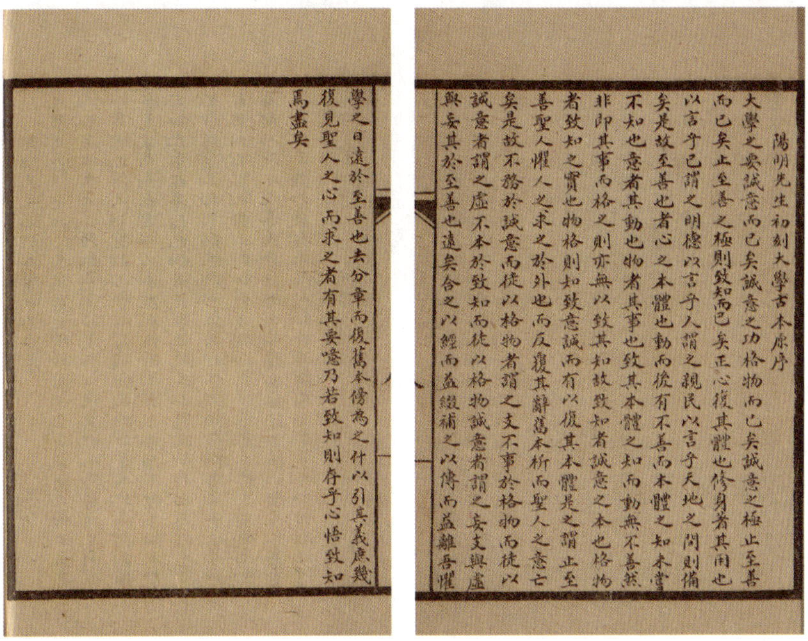
陽明先生初刻大學古本原序
大學之要誠意而已矣誠意之功格物而已矣誠意之極止至善而已矣止至善之極則致知而已矣正心復其體也修身著其用也以言乎己謂之明德以言乎人謂之親民以言乎天地之間則備矣是故至善也者心之本體也動而後有不善而本體之知未嘗不知也意者其動也物者其事也致其本體之知而動無不善然非即其事而格之則亦無以致其知故致知者誠意之本也格物者致知之實也物格則知致意誠而有以復其本體是之謂止至善聖人懼人之求之於外也而反覆其辭舊本析而聖人之意亡矣是故不務於誠意而徒以格物者謂之支不事於格物而徒以誠意者謂之虛不本於致知而徒以格物誠意者謂之妄支與虛與妄其於至善也遠矣合之以經而益綴補之以傳而益離吾懼學之日遠於至善也去分章而復舊本傍為之什以引其義庶幾復見聖人之心而求之者有其要噫乃若致知則存乎心悟致知焉盡矣

陽明先生文録五卷外集九卷别録十卷

明嘉靖十四年（1535）聞人詮刻本

國家圖書館 9116（善本）

嘉靖十四年（1535）黄綰《陽明先生文録序》

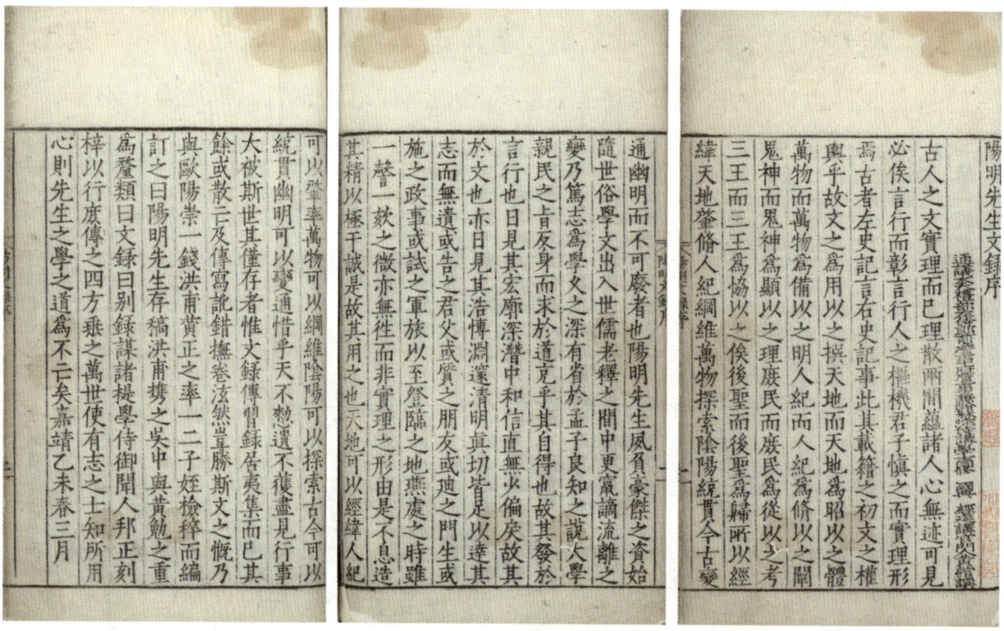

陽明先生文録序

通議大夫禮部左侍郎前詹事府詹事兼翰林院侍講學士同修 國典經筵講官門人黄綰撰

古人之文實理而已理散兩間蘊諸人心無迹可見必俟言行而彰言行人之樞機君子慎之而實理形焉古者左史記言右史記事此其載籍之初文之權輿乎故文之爲用以之撰天地而天地爲昭以之體萬物而萬物爲備以之明人紀而人紀爲脩以之關鬼神而鬼神爲顯以之理庶民而庶民爲從以之考三王而三王爲協以之俟後聖而後聖爲歸所以經緯天地肇脩人紀綱維萬物探索陰陽統貫今古變通幽明而不可廢者也陽明先生夙負豪傑之資始隨世俗學文出入世儒老釋之間中更竄謫流離之變乃篤志爲學久之深有省於孟子良知之説大學親民之旨反身而求於道充乎其自得也故其發於言行也日見其宏廓深潛中和信直無少偏戾故其於文也亦日見其浩博淵邃清明真切皆足以達其志而無遺或告之君父或質之朋友或廸之門生或施之政事或試之軍旅以至登臨之地燕處之時雖一聲一欬之微亦無往而非實理之形由是不息造其精以極于誠是故其用之也天地可以經緯人紀可以肇脩萬物可以綱維陰陽可以探索古今可以統貫幽明可以變通惜乎天不憖遺不獲盡見行事大被斯世其僅存者惟文録傳習録居夷集而已其餘或散亡及傳寫訛錯撫卷泫然豈勝斯文之慨乃與歐陽崇一錢洪甫黄正之率一二子姪檢粹而編訂之曰陽明先生存稿洪甫携之吴中與黄勉之重爲釐類曰文録曰別録謀諸提學侍御聞人邦正刻梓以行庶傳之四方垂之萬世使有志之士知所用心則先生之學之道爲不二矣嘉靖乙未春三月

通議大夫禮部左侍郎前詹事府詹事兼翰林院侍講學士同修 國典經筵講官門人黄綰撰

古人之文，實理而已。理散兩間，蘊諸人心，無迹可見，必俟言行而彰。言行，人之樞機，君子慎之，而實理形焉。古者左史記言，右史記事。此其載籍之初，文之權輿乎？故文之爲用，以之撰天地而天地爲昭，以之體萬物而萬物爲備，以之明人紀而人紀爲修，以之闡鬼神而鬼神爲顯，以之理庶民而庶民爲從，以之考三王而三王爲協，以之俟後聖而後聖爲歸。所以經緯天地，肇修人紀，綱維萬物，探索陰陽，統貫今古。變通幽明而不可廢者也。陽明先生夙負豪傑之資，始隨世俗學文，出入世儒、老、釋之間，中更竄謫流離之變，乃篤志爲學。久之，深有省於孟子良知之説，《大學》親民之旨，反身而求於道，克乎其自得也。故其發於言行也，日見其宏廓深潛，中和信直，無少偏戾。故其於文也，亦日見其浩博淵邃，清明真切，皆足以達其志而無遺。或告之君父，或質之朋友，或迪之門生，或施之政事，或試之軍旅。以至登臨之地，燕處之時，雖一謦一咳之微，亦無往而非實理之形。由是不息造其精以極於誠。是故其用之也，天地可以經緯，人紀可以肇率，萬物可以綱維，陰陽可以探索，古今可以統貫，幽明可以變通。

惜乎！天不憖，遺不獲，盡見行事，大被斯世，其僅存者惟《文録》《傳習録》《居夷集》而已，其餘或散亡。及傳寫訛錯，撫卷泫然，豈勝斯文之慨。乃與歐陽崇一、錢洪甫、黄正之率一二子侄，檢稡而編訂之，曰《陽明先生存稿》。洪甫攜之吴中，與黄勉之重爲釐類，曰《文録》、曰《别録》。謀諸提學侍御聞人邦正刻梓以行，庶傳之四方，垂之萬世。使有志之士知所用心。則先生之學之道爲不亡矣。嘉靖乙未春三月。

嘉靖十五年（1536）鄒守益《陽明先生文録序》

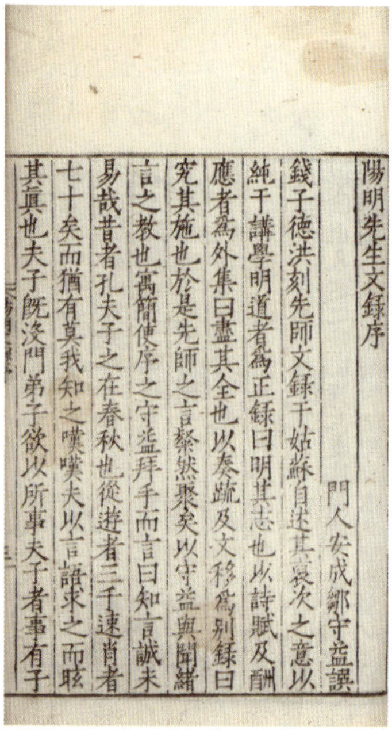
陽明先生文録序
門人安成鄒守益譔
錢子德洪刻先師文録于姑蘇自述其裒次之意以
純于講學明道者爲正録曰明其志也以詩賦及酬
應者爲外集曰盡其全也以奏疏及文移爲別録曰
究其施也於是先師之言粲然聚矣以守益與聞緒
言之教也寓簡使序之守益拜手而言曰知言誠未
易哉昔者孔夫子之在春秋也從遊者三千速肖者
七十矣而猶有莫我知之嘆嘆夫以言語求之而眩
其眞也夫子既沒門弟子欲以所事夫子者事有子

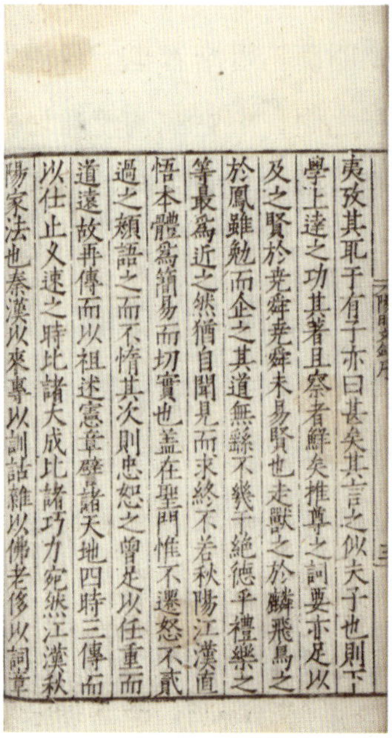
夷攷其恥于有子亦曰甚矣其言之似夫子也則下
學上達之功其著且察者鮮矣推尊之詞要亦足以
及之賢於堯舜堯舜未易賢也走獸之於麟飛鳥之
於鳳雖勉而企之其道無繇不幾于絶德乎禮樂之
等最爲近之然猶自聞見而求終不若秋陽江漢直
悟本體爲簡易而切實也蓋在聖門惟不遷怒不貳
過之類語之而不惰其次則忠恕之曾是以任重而
道遠故再傳而以祖述憲章譬諸天地四時三傳而
以仕止久速之時比諸大成比諸巧力宛然江漢秋
陽家法也秦漢以來專以訓詁雜以佛老侈以詞章

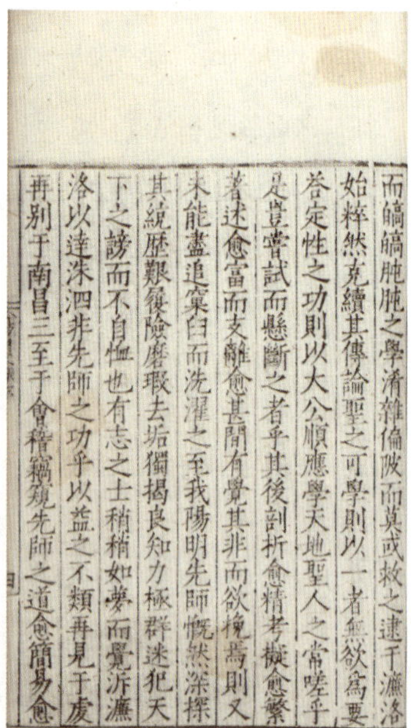
而皜皜肫肫之學淆雜偏陂而莫或救之逮于濂洛
始粹然克續其傳論聖之可學則以一者無欲爲要
荅定性之功則以大公順應學天地聖人之常嗟乎
是豈嘗試而懸斷之者乎其後剖析愈精考擬愈繁
著述愈富而支離愈甚間有覺其非而欲挽焉則又
未能盡追窠臼而洗濯之至我陽明先生慨然深探
其統歷艱履險磨瑕去垢獨揭良知力極群迷犯天
下之謗而不自恤也有志之士稍稍如夢而覺泝濂
洛以達洙泗非先師之功乎以益之不類再見于虔
再別于南昌三至于會稽竊窺先師之道愈簡易愈

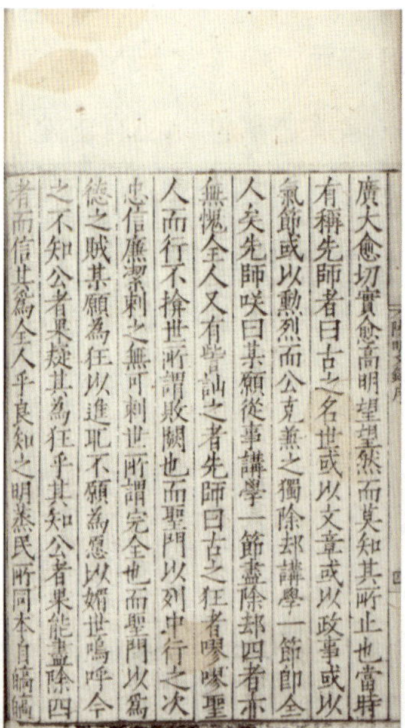
廣大愈切實愈高明望望然而莫知其所止也當時
有稱先師者曰古之名世或以文章或以政事或以
氣節或以勳烈而公克兼之獨除却講學一節即全
人矣先師咲曰某願從事講學一節盡除却四者亦
無愧全人又有訾訕之者先師曰古之狂者嘐嘐聖
人而行不揜世所謂敗闕也而聖門以列中行之次
忠信廉潔刺之無可刺世所謂完全也而聖門以爲
德之賊某願爲狂以進取不願爲愿以媚世嗚呼今
之不知公者果疑其爲狂乎其知公者果能盡除四
者而信其爲全人乎良知之明烝民所同本自皜皜

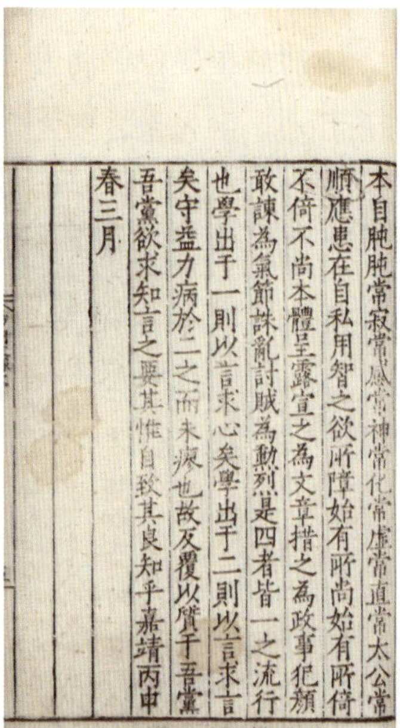
本自肫肫常寂常感常神常化常虛常直常太公常
順應患在自私用智之欲所障始有所尚始有所倚
不倚不尚本體呈露宣之爲文章措之爲政事犯顏
敢諫爲氣節誅亂討賊爲勳烈是四者皆一之流行
也學出于一則以言求心矣學出于二則以言求言
矣守益力病於二之而未瘳也故反覆以質于吾黨
吾黨欲求知言之要其惟自致其良知乎嘉靖丙申
春三月

門人安成鄒守益撰錢子德洪刻先師《文録》於姑蘇，自述其裒次之意，以純於講學明道者爲正録，曰明其志也。以詩賦及酬應者爲外集，曰盡其全也。以奏疏及文移爲别録，曰究其施也。於是先師之言粲然聚矣，以守益與聞緒言之教也，寓簡使序之。守益拜手而言曰：知言誠未易哉！昔者孔夫子之在春秋也，從游者三千，速肖者七十矣，而猶有莫我知之嘆，嘆夫以言語求之而眩其真也。夫子既没，門弟子欲以所事夫子者事有子，夷考其取於有子，亦曰甚矣。其言之似夫子也，則下學上達之功，其著且察者鮮矣！推尊之詞要亦足以及之賢於堯舜，堯舜未易賢也。走獸之於麟，飛鳥之於鳳，雖勉而企之，其道無繇不幾於絶德乎。禮樂之等最爲近之，然猶自聞見而求終，不若秋陽江漢，直悟本體，爲簡易而切實也。

蓋在聖門，惟不遷怒、不貳過之顔，語之而不惰。其次則忠恕之曾，足以任重而道遠。故再傳而以祖述憲章，譬諸天地四時，三傳而以仕止，久速之時，比諸大成、比諸巧力，宛然江漢秋陽家法也。秦漢以來專以訓詁，雜以佛老，侈以詞章，而皜皜肫肫之學，淆雜偏陂而莫或救之。逮於濂洛，始粹然克續其傳。論聖之可學，則以一者無欲爲要。答定性之功，則以大公順應學天地聖人之常。嗟乎！是豈嘗試而懸斷之者乎。其後剖析愈精，考擬愈繁，著述愈富，而支離愈甚。間有覺其非而欲挽焉，則又未能盡追窠臼而洗濯之。

至我陽明先師，慨然深探其統，歷艱履險，磨瑕去垢，獨揭良知，力極群迷，犯天下之謗而不自恤也。有志之士稍稍如夢而覺，沂濂洛以達洙泗，非先師之功乎！以益之不類，再見於虔、再别於南昌、三至於會稽。竊窺先師之道，愈簡易愈廣大，愈切實愈高明，望望然而莫知其所止也。當時有稱先師者曰：古之名世或以文章，或以政事，或以氣節，或以勛烈，而公克兼之，獨除却講學一節，即全人矣！先師嘆曰：某願從事講學一節，盡除却四者，亦無愧全人。又有訾訕之者，先師曰：古之狂者，嘐嘐聖人而行不揜，世所謂敗闕也，而聖門以列中行之次。忠信廉潔，刺之無可刺，世所謂完全也，而聖門以爲德之賊。某願爲狂以進取，不願爲惡以媚世。

嗚呼！今之不知公者，果疑其爲狂乎。其知公者果能盡除四者而信其爲全人乎！良知之明，蒸民所同，本自皜皜，本自肫肫，常寂常感，常神常化，常虚常直，常太公常順應，患在自私用智之欲所障，始有所尚，始有所倚，不倚不尚，本體呈露，宣之爲文章，措之爲政事。犯顔敢諫爲氣節，誅亂討賊爲勛烈，是四者皆一之流行也。學出於一，則以言求心矣。學出於二，則以言求言矣。守益力病於二之而未瘳也。故反覆以質於吾黨，吾黨欲求知言之要，其惟自致其良知乎。嘉靖丙申春三月。

陽明先生文録五卷外集九卷别録十卷傳習録二卷則言二卷

明嘉靖刻本

國家圖書館 23048（普通古籍）

嘉靖十四年（1535）黄綰《陽明先生文録序》

見明嘉靖十四年（1535）聞人詮刻本《陽明先生文録》五卷《外集》九卷《别録》十卷。（索書號 9116）

嘉靖十五年（1536）鄒守益《陽明先生文録序》

見明嘉靖十四年（1535）聞人詮刻本《陽明先生文録》五卷《外集》九卷《别録》十卷。（索書號 9116 ）

明嘉靖三年（1524）南大吉《刻传习録序》

見明刻本《傳習録》三卷《續録》二卷。（索書號 13300 ）

校記：

1. “門弟子録陽明先生問答之辭，討論之書”，此本“討”誤作“計”。

2. “從游宫墻之下，其後於是録也”，此本“其後於”作“其於”。

3. “賜進士出身中順大夫紹興府門人渭北南大吉謹序”，此本“紹興府”作“紹興府知府”。

明嘉靖二十九年（1550）王畿《重刻傳習録序》

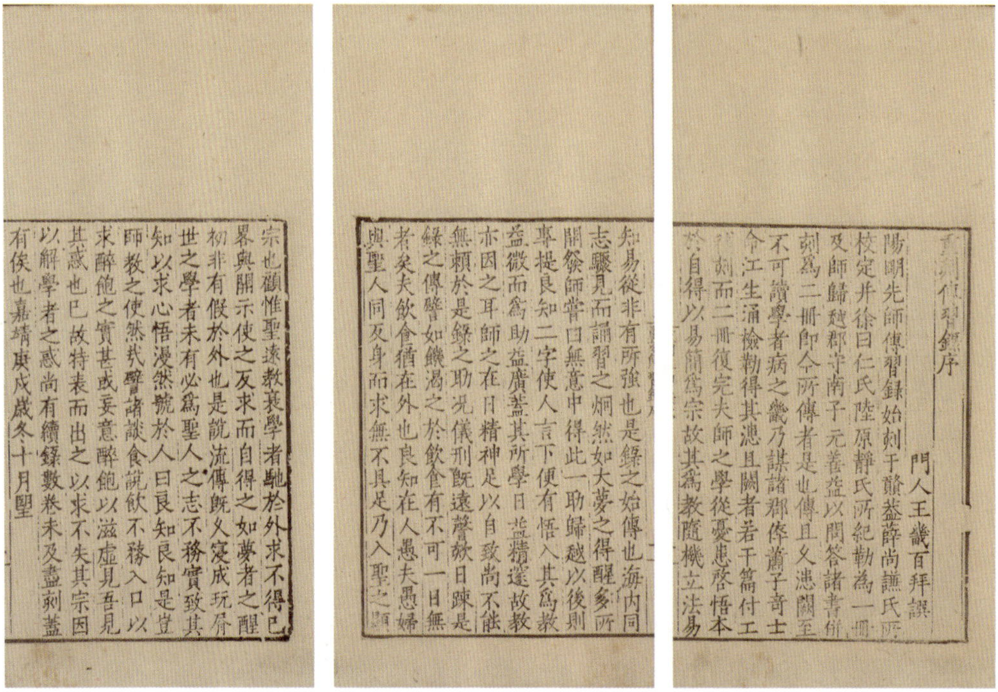
重刻傳習録序
門人王畿百拜譔
陽明先師傳習録始刻于贛蓋薛尚謙氏所校定并徐曰仁氏陸原靜氏所紀勒為一冊及師歸越郡守南子元善益以問答諸書并刻為二冊即今所傳者是也傳且久漶闕至不可讀學者病之畿乃謀諸郡倅蕭子奇士令江生涌撿勒得其漶且闕者若干篇付工補刻而二冊復完夫師之學從憂患啓悟本於自得以易簡為宗故其為教隨機立法易知易從非有所強也是録之始傳也海內同志驟見而誦習之炯然如大夢之得醒多所開發師嘗曰無意中得此一助歸越以後則專提良知二字使人言下便有悟入其為教益微而為助益廣蓋其所學日益精邃故教亦因之耳師之在日精神足以自致尚不能無賴於是録之助況儀刑既遠謦欬日踈是録之傳譬如饑渴之於飲食有不可一日無者矣夫飲食猶在外也良知在人愚夫愚婦與聖人同反身而求無不具足乃入聖之頭宗也顧惟聖遠教衰學者馳於外求不得已畧與開示使之反求而自得之如夢者之醒初非有假於外也是說流傳既久寖成玩[illegible]世之學者未有必為聖人之志不務實致其知以求心悟漫然號於人曰良知良知是豈師教之使然哉譬諸談食說飲不務入口以求醉飽之實甚或妄意醉飽以滋虛見吾見其惑也已故特表而出之以求不失其宗因以解學者之惑尚有續録數卷未及盡刻蓋有俟也嘉靖庚戌歲冬十月望

《重刻傳習録序》門人王畿百拜撰

陽明先師《傳習録》始刻於贛，蓋薛尚謙氏所校定，並徐曰仁氏、陸原静氏所紀，勒爲一册。及師歸越郡，守南子元善益以問答諸書並刻爲二册，即今所傳者是也。傳且久，漶闕至不可讀，學者病之，畿乃謀諸郡倅蕭子奇士，命江生涌檢勒，得其漶且闕者若干篇付工補刻，而二册復完。

夫師之學，从憂患啓悟，本於自得，以易簡爲宗，故其爲教，隨機立法，易知易從，非有所强也。是録之始傳也，海内同志驟見而誦習之，炯然如大夢之得醒，多所開發。師嘗曰：無意中得此一助，歸越以後則專提良知二字，使人言下便有悟入，其爲教益微而爲助益廣。蓋其所學日益精邃，故教亦因之耳。師之在日，精神足以自致，尚不能無賴於是録之助，况儀刑既遠，謦咳日踈，是録之傳，譬如饑渴之於飲食，有不可一日無者矣。夫飲食猶在外也，良知在人，愚夫愚婦與聖人同，反身而求，無不具足，乃入聖之顯宗也。顧惟聖遠教衰，學者馳於外，求不得已，略與開示，使之反求而自得之，如夢者之醒，初非有假於外也。是説流傳既久，寖成玩屑。世之學者未有必爲聖人之志，不務實致其知以求心悟，漫然號於人曰良知。良知是豈師教之使然哉？譬諸談食説飲，不務入口，以求醉飽之實，甚或妄意醉飽以滋虛見，吾見其惑也已。故特表而出之，以求不失其宗。因以解學者之惑，尚有續録數卷未及盡刻，蓋有俟也。嘉靖庚戌歲冬十月望。

明嘉靖十六年（1537）薛侃《陽明先生則言序》

見明嘉靖十六年（1537）薛侃刻本《陽明先生則言》二卷。（索書號 17592）

校記：

1.“鋟於廣德曰文録，紀其文辭者也”，此本“文辭”作“文詞”。

2.“侃與汝中萃其簡切”，此本“汝中”作“王子汝中”。

3.“貴知本也”，此本“知本”作“知要”。

4.“貴知本也”下接“大本立而達道行。則天地以位，萬物以育，乃天則也。學者患無志焉，爾能志乎此則，戒慎恐懼而致其中和，自不容已矣。孰戒慎，孰恐懼，此良知也。孰云爲中，良知廓然而弗倚者也。“孰云爲和，良知順應而無滯者也。是故天曰太虚，聖曰通明。虚明者，良知之謂也。致也者，去其蔽，全其本體之謂也。去其蔽者非謂有減也，蔽去則知行一，人己一，本體復矣，本體復非謂有增也，吾之性本無方，體無窮盡者也，能復其性，則可以撫世，可與酬物矣，夫是之謂學。然胡爲而證其至也，考之書焉已矣，質諸聖焉已矣，資諸師友焉已矣，夫是之謂問。學問之道無他，致其良知而已矣，此則言之意也”。

5.“子獨摘其實而遺餘焉”，此本作“子之擇而取之也”。

6.“則六籍亦粕燼耳，而況於一言乎”，下接“且夫樹之生也，居者玩焉，繪者象焉，有國有家者梁焉棟焉。今予之愛樹也，則將若是焉已乎。抑亦摘而藝之，俾復生生已乎。或質諸周子文規，曰：然。遂命鋟之。嘉靖十六年丁酉臘月朔門人薛侃謹識”，此本作“此則言之意也。或質諸周子文規，曰：然。遂命鋟之。嘉靖丁酉冬十二月朔門人薛侃序”。

河东重刻陽明先生文録五卷外集九卷别録十卷

明嘉靖三十二年（1553）宋儀望刻本

國家圖書館 109546（普通古籍）

嘉靖三十二年（1553）宋儀望《河東重刻陽明先生文集序》

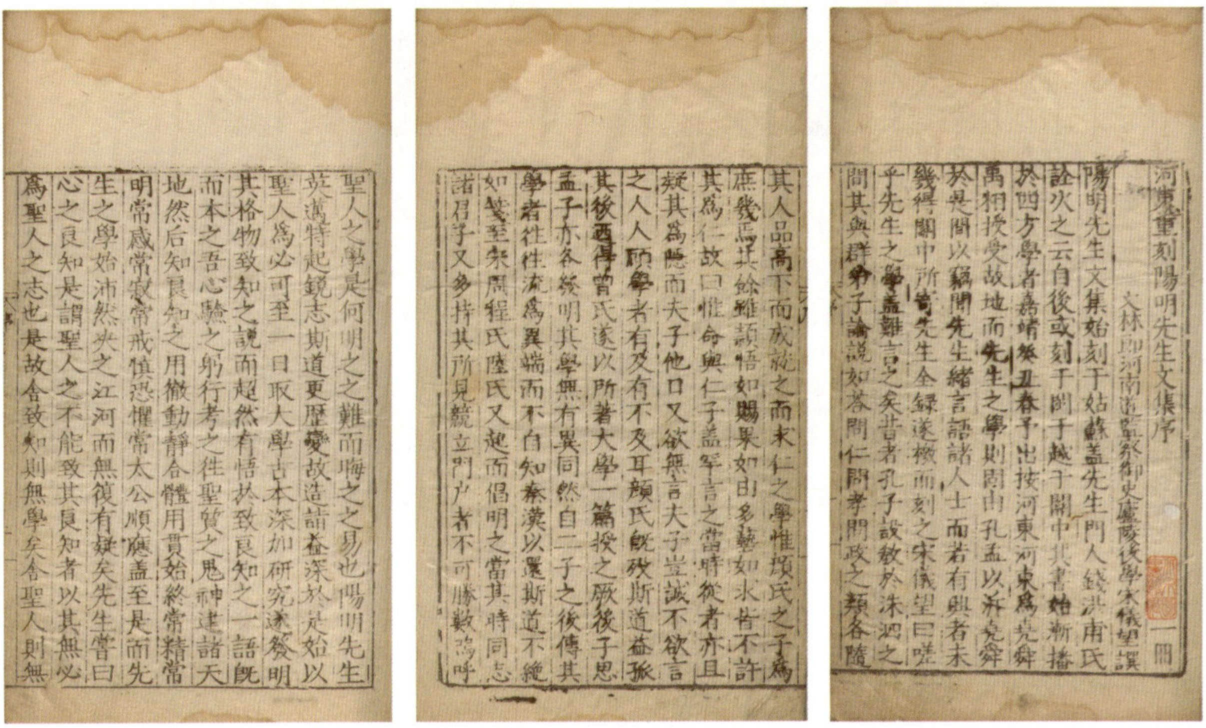
河東重刻陽明先生文集序　一冊
文林郎河南道監察御史廬陵後學宋儀望譔
陽明先生文集始刻于姑蘇蓋先生門人錢洪甫氏
詮次之云自後或刻于閩于越于關中其書始漸播
於四方學者嘉靖癸丑春予出按河東河東爲堯舜
禹相授受故地而先生之學則固由孔孟以泝堯舜
於是間以竊聞先生緒言語諸人士而若有興者未
幾得關中所刻先生全録遂檄而刻之宋儀望曰嗟
乎先生之學蓋難言之矣昔者孔子設教於洙泗之
間其與群弟子論說如荅問仁問孝問政之類各隨
其人品高下而成就之而未仁之學惟顔氏之子爲
庶幾焉其餘雖頴悟如賜果如由多藝如求皆不許
其爲仁故曰惟命與仁子盖罕言之當時從者亦且
疑其爲隱而夫子他日又欲無言夫子豈誠不欲言
之人人所學者有及有不及耳顔氏既歿斯道益孤
其後西得曾氏遂以所著大學一篇授之厥後子思
孟子亦各發明其學無有異同然自二子之後傳其
學者往往流爲異端而不自知秦漢以還斯道不絶
如綫至宋周程氏陸氏又起而倡明之當其時同志
諸君子又多持其所見競立門户者不可勝數嗚呼
聖人之學是何明之之難而晦之之易也陽明先生
英邁特起銳志斯道更歷變故造詣益深於是始以
聖人爲必可至一日取大學古本深加研究遂發明
其格物致知之說而超然有悟於致良知之一語既
而本之吾心驗之躬行考之往聖質之鬼神建諸天
地然后知良知之用徹動靜合體用貫始終常精常
明常感常寂常戒慎恐懼常太公順應蓋至是而先
生之學始沛然若決江河而無復有疑矣先生嘗曰
心之良知是謂聖人之不能致其良知者以其無必
爲聖人之志也是故舍致知則無學矣舍聖人則無

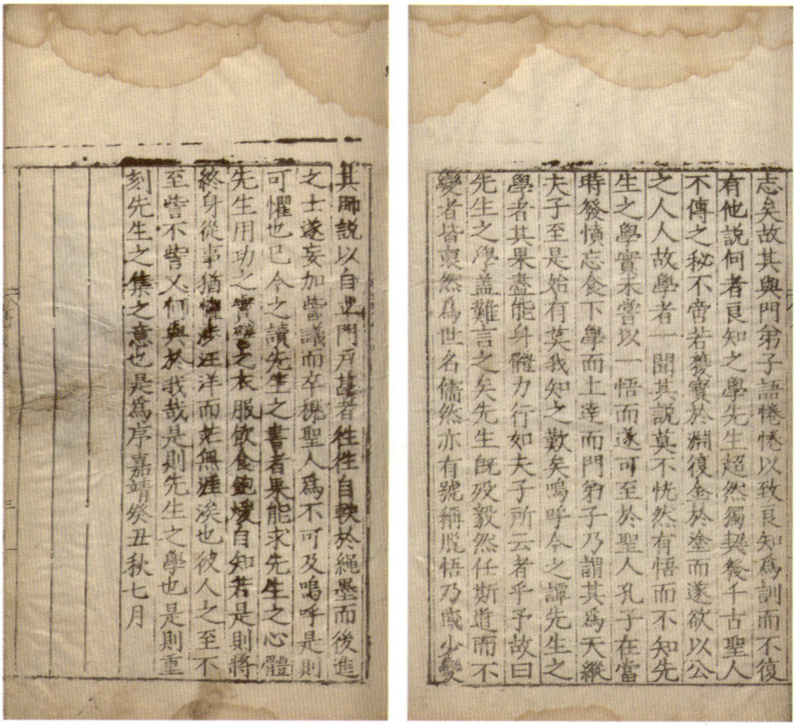
志矣故其與門弟子語惓惓以致良知爲訓而不復
有他說何者良知之學先生超然獨契幾千古聖人
不傳之秘不啻若獲寶於淵復金於塗而遂欲以公
之人人故學者一聞其說莫不恍然有悟而不知先
生之學實未嘗以一悟而遂可至於聖人孔子在當
時發憤忘食下學而上達而門弟子乃謂其爲天縱
夫子至是始有莫我知之歎矣嗚呼今之譚先生之
學者其果盡能身體力行如夫子所云者乎予故曰
先生之學蓋難言之矣先生既歿毅然任斯道而不
變者皆裒然爲世名儒然亦有號稱脫悟乃或少變
其師說以自立門戶甚者往往自軼於繩墨而後進
之士遂妄加訾議而卒視聖人爲不可及嗚呼是則
可懼也已今之讀先生之書者果能求先生之心體
先生用功之實雖是衣服飲食飽煖自知若是則將
終身從事猶懼步汪洋而若無涯涘也彼人之至不
至訾不訾又何與於我哉是則先生之學也是則重
刻先生之集之意也是爲序嘉靖癸丑秋七月

陽明先生文集始刻於姑蘇，盖先生門人錢洪甫氏詮次之，云自後或刻於閩、於越、於關中，其書始漸播於四方學者。嘉靖癸丑春，予出按河東，河東爲堯舜禹相授受故地，而先王之學則固由孔孟以泝堯舜。於是間以竊聞先生緒言語諸人士而若有興者。未幾，得關中所寄先生全録，遂檄而刻之。宋儀望曰：嗟乎！先生之學，盖難言之矣。昔者孔子設教於洙泗之間，其與群弟子論說，如答問仁問孝問政之類，各隨其人品高下而成就之，而求仁之學惟顔氏之子爲庶幾焉。其餘雖穎悟如賜，果如由，多藝如求，皆不許其爲仁，故曰惟命與仁，子盖罕言之。當時從者亦且疑其爲隱，而夫子他日又欲無言，夫子豈誠不欲言之人人，顧學者有及有不及耳。顔氏既歿，斯道益孤。其後乃得曾氏，遂以所著《大學》一篇授之。厥後子思、孟子亦各發明其學，無有異同。然自二子之後，傳其學者往往流爲異端而不自知。秦漢以還，斯道不絕如綫，至宋周程氏陸氏又起而倡明之，當其時，同志諸君子又多持其所見，競立門户者不可勝數。嗚呼！聖人之學是何明之之難，而晦之之易也。

陽明先生英邁特起，鋭志斯道，更歷變故，造詣益深，於是始以聖人爲必可至。一日取《大學》古本深加研究，遂發明其格物致知之説，而超然有悟於致良知之一語。既而本之吾心，驗之躬行，考之往聖，質之鬼神，逮諸天地，然後知良知之用，徹動静，合體用，貫始終，常精、常明、常感、常寂、常戒慎恐懼、常太公順應。盖至是而先生之學始沛然决之江河，而無復有疑矣。先生嘗曰：心之良知，是謂聖人之不能致其良知者，以其無必爲聖人之志也。是故舍致知則無學矣，舍聖人則無志矣。故其與門弟子語，惓惓以致良知爲訓，而不復有他説，何者？良知之學，先生超然獨契，發千古聖人不傳之秘，不啻若獲寶於淵、復金於塗，而遂欲以公之人人，故學者一聞其説，莫不恍然有悟，而不知先生之學，實未嘗以一悟而遂可至於聖人。孔子在當時發憤忘食，下學而上達，而門弟子乃謂其爲天縱夫子。至是始有莫我知之嘆矣。

嗚呼！今之譚先生之學者，其果盡能身體力行如夫子所云者乎。予故曰：先生之學，盖難言之矣。先生既殁，毅然任斯道而不變者皆裒然爲世名儒，然亦有號稱脱悟乃或少變其師説以自立門户，甚者往往自軼於繩墨而後進之士，遂妄加訾議，而卒視聖人爲不可及。嗚呼！是則可懼也已。今之讀先生之書者，果能求先生之心體，先生用功之實，譬之衣服、飲食，飽暖自知，若是則將終身從事，猶懼涉汪洋而茫無涯涘也。彼人之至不至，訾不訾，又何與於我哉。是則先生之學也，是則重刻先生之集之意也。是爲序。嘉靖癸丑秋七月。

《陽明先生文録序》黄綰撰　嘉靖乙未（十四年，1535）春三月

見明嘉靖十四年（1535）聞人詮刻本《陽明先生文録》五卷《外集》九卷《别録》十卷。（索書號 9116）

《陽明先生文録序》鄒守益撰 嘉靖丙申（十五年，1536）春三月

見明嘉靖十四年（1535）聞人詮刻本《陽明先生文録》五卷《外集》九卷《别録》十卷。（索書號 9116）

陽明先生文録十七卷語録三卷

明嘉靖二十六年（1547）范慶刻本

國家圖書館 2690（善本）

嘉靖十二年（1533）黄綰《陽明先生存稿序》

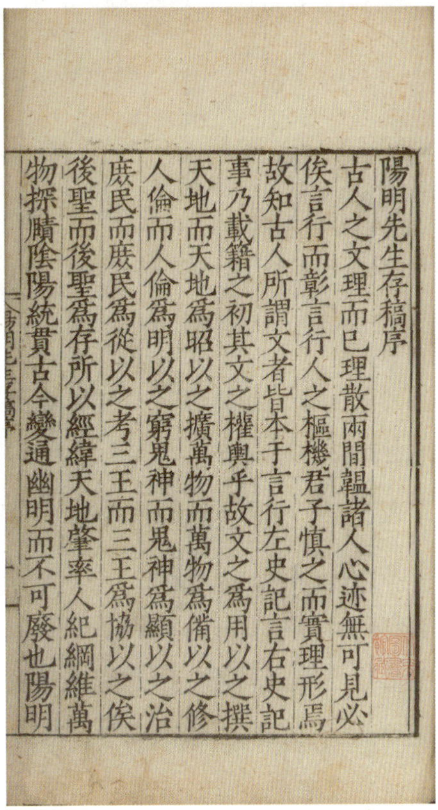

陽明先生存稿序

古人之文理而已理散兩間藴諸人心迹無可見必
俟言行而彰言行人之樞機君子慎之而實理形焉
故知古人所謂文者皆本于言行左史記言右史記
事乃載籍之初其文之權輿乎故文之爲用以之撰
天地而天地爲昭以之擴萬物而萬物爲備以之修
人倫而人倫爲明以之窮鬼神而鬼神爲顯以之治
庶民而庶民爲從以之考三王而三王爲協以之俟
後聖而後聖爲存所以經緯天地肇率人紀綱維萬
物探賾陰陽統貫古今變通幽明而不可廢也陽明

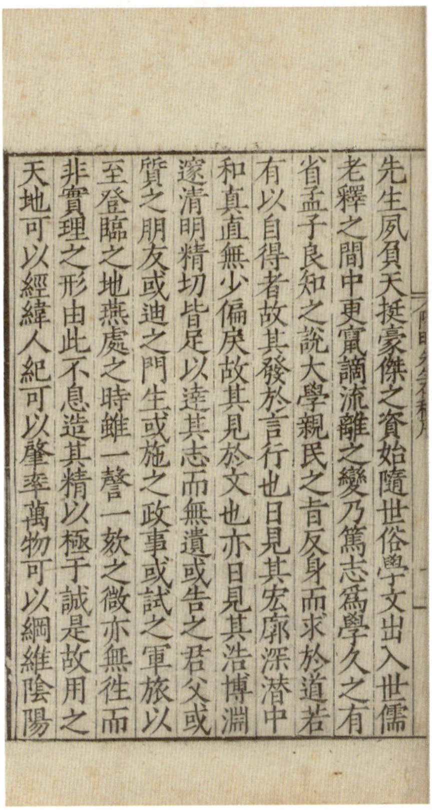

先生夙負天挺豪傑之資始隨世俗學文出入世儒
老釋之間中更寵謫流離之變乃篤志爲學久之有
省孟子良知之說大學親民之旨反身而求於道若
有以自得者故其發於言行也日見其宏廓深潛中
和真直無少偏戾故其見於文也亦日見其浩博淵
邃清明精切皆足以達其志而無遺或告之君父或
質之朋友或迪之門生或施之政事或試之軍旅以
至登臨之地燕處之時雖一謦一欬之微亦無往而
非實理之形由此不息造其精以極于誠是故用之
天地可以經緯人紀可以肇率萬物可以綱維陰陽

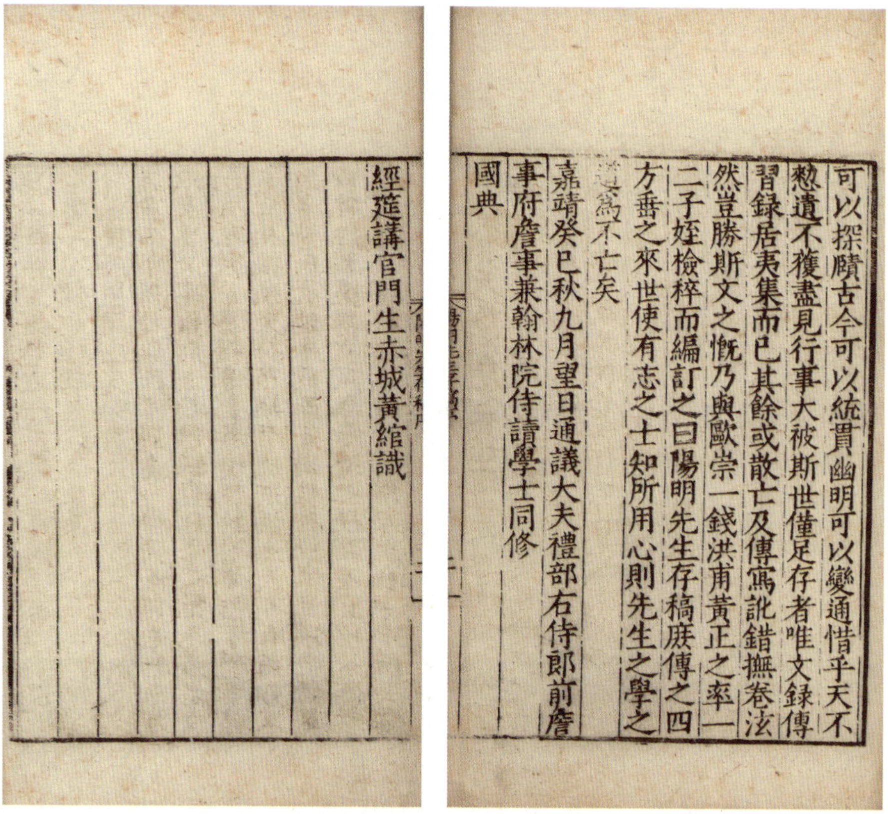
可以探賾古今可以統貫幽明可以變通惜乎天不
憖遺不獲盡見行事大被斯世僅足存者唯文録傳
習録居夷集而已其餘或散亡及傳寫訛錯撫卷泫
然豈勝斯文之慨乃與歐崇一錢洪甫黃正之率一
二子姪檢粹而編訂之曰陽明先生存稿庶傳之四
方垂之來世使有志之士知所用心則先生之學之
道爲不亡矣
嘉靖癸巳秋九月望日通議大夫禮部右侍郎前詹
事府詹事兼翰林院侍讀學士同修
國典
經筵講官門生赤城黃綰識

注：與明嘉靖十四年（1535）聞人詮刻本之嘉靖十四年（1535）黃綰《陽明先生文録序》稍有異。

古人之文，理而已。理散兩間，韞諸人心，迹無可見，必俟言行而彰。言行，人之樞機，君子慎之，而實理形焉。故知古人所謂文者，皆本於言行。左史記言，右史記事，乃載籍之初，其文之權輿乎？故文之爲用，以之撰天地而天地爲昭，以之擴萬物而萬物爲備，以之修人倫而人倫爲明，以之窮鬼神而鬼神爲顯，以之治庶民而庶民爲從，以之考三王而三王爲協，以之俟後聖而後聖爲存。所以經緯天地、肇率人紀、綱維萬物、探賾陰陽、統貫古今、變通幽明而不可廢也。

陽明先生夙負天挺豪傑之資，始隨世俗學文，出入世儒老釋之間，中更竄謫流離之變，乃篤志爲學，久之，有省孟子良知之説、《大學》親民之旨，反身而求於道，若有以自得者。故其發於言行也，日見其宏廓深潛、中和真直，無少偏戾；故其見於文也，亦日見其浩博淵邃、清明精切，皆足以達其志而無遺。或告之君父，或質之朋友，或迪之門生，或施之政事，或試之軍旅，以至登臨之地、燕處之時，雖一謦一咳之微，亦無往而非實理之形。由此不息，造其精以極於誠。是故用之，天地可以經緯，人紀可以肇率，萬物可以綱維，陰陽可以探賾，古今可以統貫，幽明可以變通。惜乎天不憖遺，不獲盡見行事，大被斯世，僅足存者，唯《文録》《傳習録》《居夷集》而已，其餘或散亡，及傳寫訛錯，撫卷泫然，豈勝斯文之慨。乃與歐崇一、錢洪甫、黄正之率一二子侄，檢粹而編訂之，曰《陽明先生存稿》。庶傳之四方，垂之來世，使有志之士知所用心，則先生之學之道爲不亡矣。

嘉靖癸巳秋九月望日，通議大夫禮部右侍郎前詹事府詹事兼翰林院侍讀學士同修國典經筵講官門生赤城黄綰識。

嘉靖二十六年（1547）范慶《陽明先生文録跋》

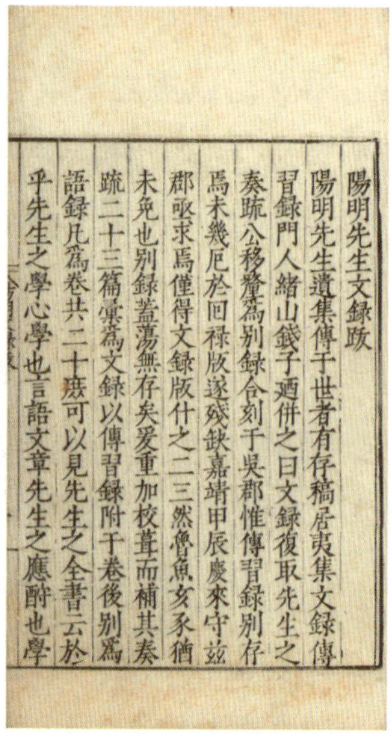

陽明先生文録跋
陽明先生遺集傳于世者有存稿居夷集文録傳
習録門人緒山錢子廼併之曰文録復取先生之
奏疏公移彙爲別録合刻于吳郡惟傳習録別存
焉未幾厄於回禄版遂殘缺嘉靖甲辰慶來守兹
郡亟求焉僅得文録版什之二三然魯魚亥豕猶
未免也別録蓋蕩無存矣爰重加校葺而補其奏
疏二十三篇彙爲文録以傳習録附于卷後別爲
語録凡爲卷共二十庶可以見先生之全書云於
乎先生之學心學也言語文章先生之應酧也學

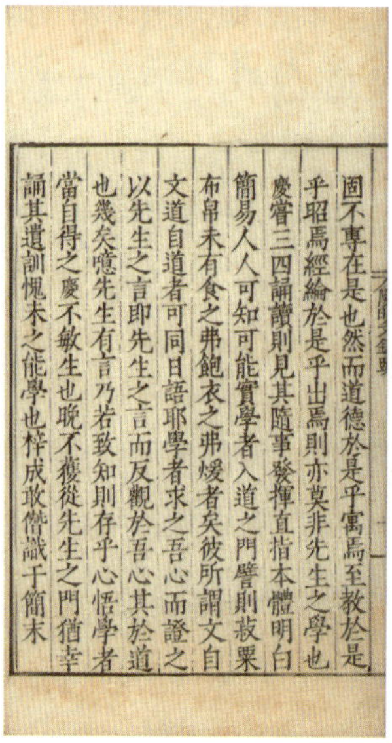

固不專在是也然而道德於是乎寓焉至教於是
乎昭焉經綸於是乎出焉則亦莫非先生之學也
慶嘗三四誦讀則見其隨事發揮直指本體明白
簡易人人可知可能實學者入道之門譬則菽粟
布帛未有食之弗飽衣之弗煖者矣彼所謂文自
文道自道者可同日語耶學者求之吾心而證之
以先生之言即先生之言而反觀於吾心其於道
也幾矣噫先生有言乃若致知則存乎心悟學者
當自得之慶不敏生也晚不獲從先生之門猶幸
誦其遺訓愧未之能學也梓成敢僭識于簡末

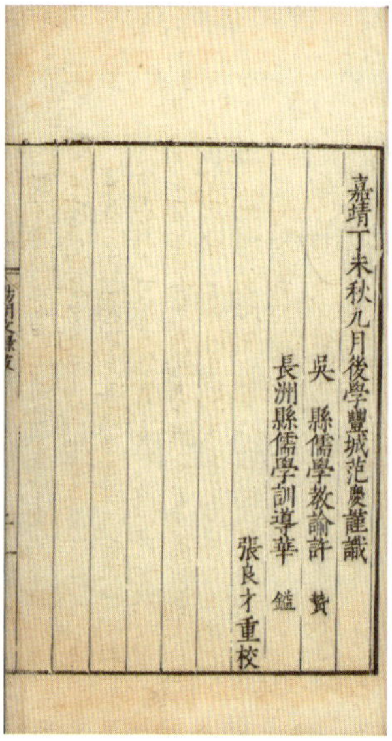

嘉靖丁未秋九月後學豐城范慶謹識
吳　縣儒學教諭許　贊
長洲縣儒學訓導華　鎰
張良才重校

陽明先生遺集傳於世者，有《存稿》《居夷集》《文録》《傳習録》。門人緒山錢子乃並之曰《文録》，復取先生之奏疏、公移，彙爲《別録》，合刻於吴郡，惟《傳習録》别存焉。未幾厄於回禄，版遂殘缺。嘉靖甲辰慶來守茲郡，亟求焉，僅得《文録》版什之二三，然魯魚亥豕猶未免也，《别録》蓋蕩無存矣。爰重加校葺，而補其奏疏二十三篇，彙爲《文録》，以《傳習録》附於卷後，别爲《語録》，凡爲卷共二十，庶可以見先生之全書云。

於乎，先生之學，心學也，言語文章，先生之應酬也，學固不專在是也，然而道德於是乎寓焉，至教於是乎昭焉，經綸於是乎出焉，則亦莫非先生之學也。慶嘗三四誦讀，則見其隨事發揮，直指本體，明白簡易，人人可知可能，實學者入道之門。譬則菽粟布帛，未有食之弗飽，衣之弗暖者矣。彼所謂文自文、道自道者，可同日語耶？學者求之吾心而證之以先生之言，即先生之言而反觀於吾心，其於道也幾矣。噫，先生有言乃若致知則存乎心，悟學者當自得之。

慶不敏，生也晚，不獲從先生之門，猶幸誦其遺訓，愧未之能學也。梓成，敢僭識於簡末。嘉靖丁未秋九月後學豐城范慶謹識。

吴縣儒學教諭許贊、長洲縣儒學訓導華鎰、張良才重校。

陽明先生文録五卷外集九卷別録十四卷

明嘉靖二十九年（1550）閭東刻本

國家圖書館 102813（普通古籍）

明嘉靖二十九年（1550）閭東《重刻陽明先生文集序》

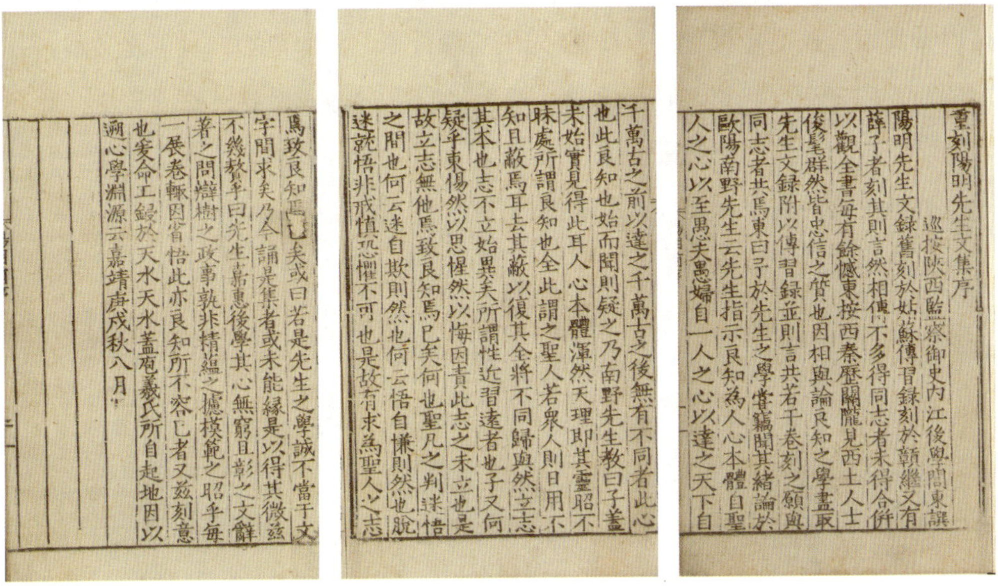
重刻陽明先生文集序
巡按陝西監察御史内江後學閭東譔
陽明先生文録舊刻於姑蘇傳習録刻於贛繼又有
薛子者刻其則言然相傳不多得同志者未得合併
以觀全書每有餘憾東按西秦歷關隴見西土人士
俊髦群然皆忠信之質也因相與論良知之學盡取
先生文録附以傳習録並則言共若干卷刻之願與
同志者共焉東曰予於先生之學嘗竊聞其緒論於
歐陽南野先生云先生指示良知為人心本體自聖
人之心以至愚夫愚婦自一人之心以達之天下自
千萬古之前以達之千萬古之後無有不同者此心
也此良知也始而聞則疑之乃南野先生教曰子蓋
未始實見得此耳人心本體渾然天理即其靈昭不
昧處所謂良知也全此謂之聖人若衆人則日用不
知且蔽焉耳去其蔽以復其全將不同歸與然立志
其本也志不立始異矣所謂性近習遠者也予又何
疑乎東惕然以思懼然以悔因責此志之未立也是
故立志無他焉致良知焉已矣何也聖凡之判迷悟
之間也何云迷自欺則然也何云悟自慊則然也脫
迷就悟非戒慎恐懼不可也是故有求為聖人之志
焉致良知焉已矣或曰若是先生之學誠不當干文
字間求矣乃今誦是集者或未能緣是以得其微兹
不幾贅乎曰先生嘗患後學其心無窮且彰之文辭
著之問辯樹之政事孰非精蘊之攄模範之昭乎每
一展卷輙因省悟此亦良知所不容已者又兹刻意
也爰命工鋟於天水天水蓋宓羲氏所自起地因以
溯心學淵源云嘉靖庚戌秋八月

巡按陝西監察御史内江後學閭東撰

《陽明先生文録》舊刻於姑蘇，《傳習録》刻於贛，繼又有薛子者刻其《則言》，然相傳不多，得同志者未得合並以觀全書，每有餘憾。東按西秦，歷關、隴，見西土人士俊髦，群然皆忠信之質也。因相與論良知之學，盡取先生《文録》，附以《傳習録》並《則言》共若干卷刻之，願與同志者共焉。

東曰：予於先生之學，嘗竊聞其緒論於歐陽南野先生，云："先生指示良知爲人心本體，自聖人之心以至愚夫愚婦，自一人之心以達之天下，自千萬古之前以達千萬古之後，無有不同者，此心也，此良知也。”始而聞則疑之，乃南野先生教曰：“子蓋未始實見得此耳。人心本體，渾然天理，即其靈昭不昧處，所謂良知也。全此謂之聖人。若衆人，則日用不知，且蔽焉耳。去其蔽以復其全，將不同歸與？然立志，其本也，志不立，始異矣。所謂性近習遠者也，子又何疑乎？”東惕然以思，惺然以悔，因責此志之未立也。是故立志無他焉，致良知焉已矣。何也？聖凡之判，迷悟之間也。何云迷？自欺則然也。何云悟？自慊則然也。脱迷就悟，非戒慎恐懼不可也。是故有求爲聖人之志焉，致良知焉已矣。”或曰：“若是，先生之學誠不當於文字間求矣，乃今誦是集者或未能，緣是以得其微，茲不幾贅乎？”曰：“先生嘉惠後學，其心無窮，且彰之文辭，著之問辯，樹之政事，孰非精藴之攄、模範之昭乎？每一展卷，輒因省悟，此亦良知所不容已者，又茲刻意也。”

爰命工鋟於天水。天水蓋庖羲氏所自起地，因以溯心學淵源云。

嘉靖庚戌秋八月。

明嘉靖十四年（1535）黄綰《陽明先生文録序》

見明嘉靖十四年（1535）聞人詮刻本《陽明先生文録》五卷《外集》九卷《別録》十卷。（索書號 9116）

明嘉靖十五年（1536）鄒守益《陽明先生文録序》

見明嘉靖十四年（1535）聞人詮刻本《陽明先生文録》五卷《外集》九卷《別録》十卷。（索書號 9116）

陽明先生文録五卷外集九卷别録十四卷

明嘉靖刻本

國家圖書館 13534（善本）

嘉靖十二年（1533）黄綰《陽明先生存稿序》

見明嘉靖二十六年（1547）刻本《陽明先生文録》十七卷《語録》三卷。（索書號 2690 ）

校記：

1.“撫卷泫然，豈勝斯文之慨”，此本“斯”誤作“期”。

陽明先生文録五卷外集九卷別録十卷

明刻本

國家圖書館 3237（善本）

《陽明先生文録序》

見明嘉靖十四年（1535）聞人詮刻本《陽明先生文録》五卷《外集》九卷《別録》十卷。（索書號 9116）

《刻文録叙説》錢德洪等撰　乙未年（嘉靖十四年，1535）正月

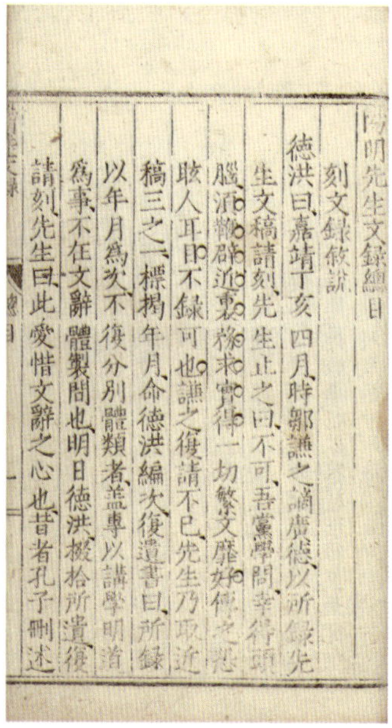

陽明先生文録續目
刻文録叙説
德洪曰嘉靖丁亥四月時鄒謙之謫廣德以所録先
生文稿請刻先生止之曰不可吾黨學問幸得頭
腦須鞭辟近裏務求實得一切繁文靡好傳之恐
眩人耳目不録可也謙之復請不已先生乃取近
稿三之一標揭年月命德洪編次復遺書曰所録
以年月爲次不復分別體類者蓋專以講學明道
爲事不在文辭體製間也明日德洪掇拾所遺復
請刻先生曰此便是愛惜文辭之心也昔者孔子刪述

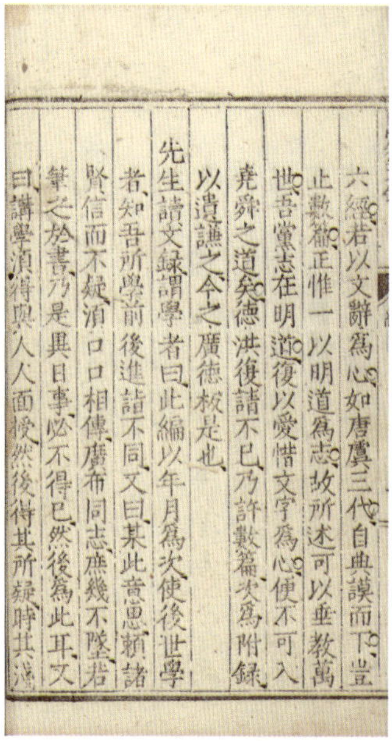

六經若以文辭爲心如唐虞三代自典謨而下豈
止數篇正惟一以明道爲志故所述可以垂教萬
世吾黨志在明道復以愛惜文字爲心便不可入
堯舜之道矣德洪復請不已乃許數篇次爲附録
以遺謙之今之廣德板是也
先生讀文録謂學者曰此編以年月爲次使後世學
者知吾所學前後進詣不同又曰某此意思賴諸
賢信而不疑須口口相傳廣布同志庶幾不墜若
筆之於書乃是異日事必不得已然後爲此耳又
曰講學須得與人人面授然後得其所疑時其淺

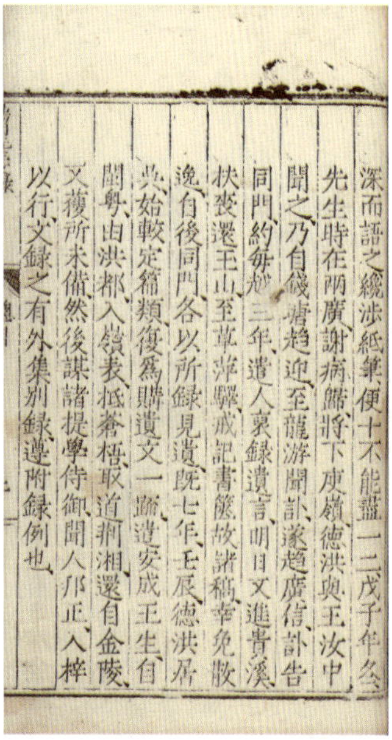

深而語之纔涉紙筆便十不能盡一二戊子年冬
先生時在兩廣謝病歸將下庾嶺德洪與王汝中
聞之乃自錢塘趨迎至龍游聞訃遂趨廣信訃告
同門約每越三年遣人裒録遺言明日又進貴溪
扶喪還玉山至草萍驛戒記書篋故諸稿幸免散
逸自後同門各以所録見遺既七年壬辰德洪居
吳始較定篇類復爲購遺文一疏遣安成王生自
閩粤由洪都入嶺表抵蒼梧取道荆湘還自金陵
又獲所未備然後謀諸提學侍御聞人邦正入梓
以行文録之有外集別録遵附録例也

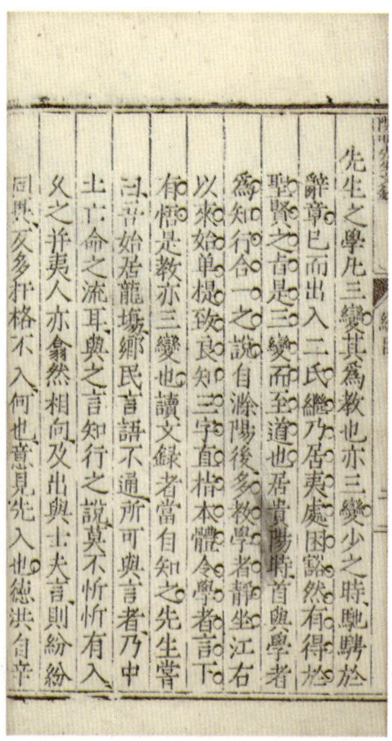

先生之學凡三變其爲教也亦三變少之時馳騁於
辭章已而出入二氏繼乃居夷處困豁然有得於
聖賢之旨是三變而至道也居貴陽時首與學者
爲知行合一之說自滁陽後多教學者靜坐江右
以來始單提致良知三字直指本體令學者言下
有悟是教亦三變也讀文録者當自知之先生嘗
曰吾始居龍場鄉民言語不通所可與言者乃中
土亡命之流耳與之言知行之說莫不忻忻有入
久之并夷人亦翕然相向及出與士夫言則紛紛
同異反多扞格不入何也意見先入也德洪自辛

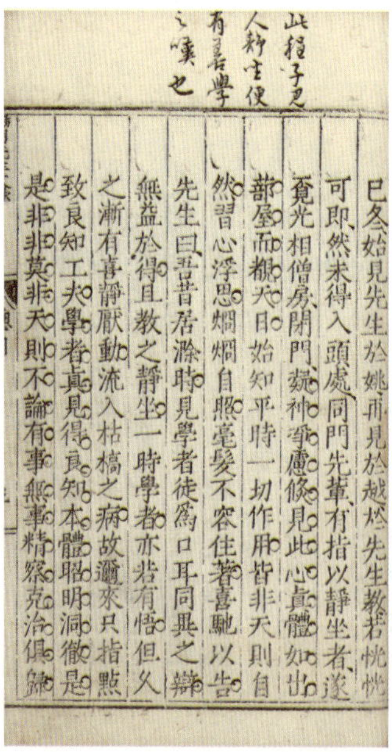

此程子見
人靜坐便
有善學
之嘆也

巳冬始見先生於姚再見於越於先生教若恍恍
可即然未得入頭處同門先輩有指以靜坐者遂
覓光相僧房閉門凝神淨慮倏見此心真體如出
蔀屋而覩天日始知平時一切作用皆非天則自
然習心浮思炯炯自照毫髮不容住著喜馳以告
先生曰吾昔居滁時見學者徒爲口耳同異之辯
無益於得且教之靜坐一時學者亦若有悟但久
之漸有喜靜厭動流入枯槁之病故邇來只指點
致良知工夫學者真見得良知本體昭明洞徹是
是非非莫非天則不論有事無事精察克治俱歸

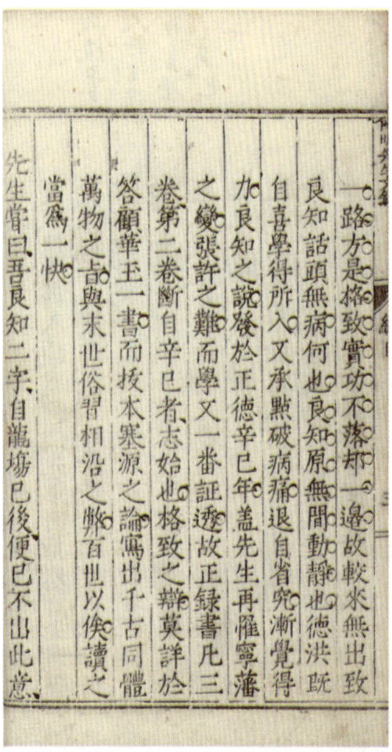

一路方是格致實功不落却一邊故較來無出致
良知話頭無病何也良知原無間動靜也德洪既
自喜學得所入又承點破病痛退自省究漸覺得
加良知之說發於正德辛巳年蓋先生再罹寧藩
之變張許之難而學又一番證透故正録書凡三
卷第二卷斷自辛巳者志始也格致之辯莫詳於
答顧華玉一書而拔本塞源之論寫出千古同體
萬物之旨與末世俗習相沿之弊百世以俟讀之
當爲一快
先生嘗曰吾良知二字自龍場已後便已不出此意

只是點此二字不出於學者言費却多少辭說今幸見出此意一語之下洞見全體直是痛快不覺手舞足蹈學者聞之亦省卻多少尋討功夫學問頭腦至此已是說得十分下落但恐學者不肯直下承當耳又曰某於良知之說從百死千難中得來非是容易見得到此此本是學者究竟話頭可惜此體淪埋已久學者苦於聞見障蔽無入頭處不得已與人一口說盡但恐學者得之容易只把作一種光景玩弄孤負此知耳

甲申年先生居越中秋月白如洗乃燕集群弟子於天泉橋上時在侍者百十人酒半行先生命歌詩諸弟子比音而作翕然如協金石少間能琴者理絲善簫者吹竹或投壺聚算或鼓棹而歌遠近相答先生顧而樂之遂即席賦詩有曰鏗然舍瑟春風裏點也雖狂得我情之句既而曰昔孔門求中行之士不可得苟求其次其惟狂者乎狂者志存古人一切聲利紛華之染無所累其衷真有鳳凰翔于千仞氣象得是人而裁之使之克念日就平易切實則去道不遠矣予自鴻臚以前學者用功尚多拘局自吾揭示良知頭腦漸覺見得此意者多可與裁矣

先生自辛巳年初歸越明年居考喪德洪輩在侍者蹤跡尚寥落既後四方來者日衆癸未已後環先生之室而居如天妃光相能仁諸僧舍每一室常合食者數十人夜無卧所更番就席歌聲徹昏旦南鎮禹穴陽明洞諸山遠近古刹徙足所到無非同志遊寓之地先生每臨席諸生前後左右環坐而聽常不下數百人送往迎來月無虛日至有在侍更歲不能遍記其姓字者諸生每聽講出門未嘗不踴躍稱快以昧入者以明出以疑入者以悟出以憂憤愊憶入者以融釋脫落出嗚呼休哉不圖講學之至於斯也嘗聞之同門南都以前從遊者雖衆未有如在越之盛者雖講學日久孚信漸博要亦先生之學益進感召之機亦自不同也今觀文錄前後論議大畧亦可想見

先生嘗語學者曰作文字亦無妨工夫如詩言志只看爾意向如何意得處自不能不發之於言但不必在詞語上馳騁言不可以偽為且如不見道之人一片粗鄙心安能說出和平話總然都做得後一兩句露出病痛便覺破此文原非充養得來若養得此心中和則其言自別

門人有欲汲汲立言者先生聞之歎曰此弊溺人其來非一日矣不求自信而急於人知正所謂以己昏昏使人昭昭也恥其名之無聞於世而不知知道者視之反自貽笑耳宋之儒者其制行磊犖本足以取信於人故其言雖未盡人亦崇信之非專以空言動人也但一言之誤至於誤人無窮不可勝救亦豈非汲汲於立言者之過耶

或問先生所答示門人書稿刪取歸併作數篇訓語以示將來如何先生曰有此意但今學問自覺所進未止且終日應酬無暇他日結廬山中得如諸賢有筆力者聚會一處商議將聖人至緊要之語發揮作一書然後取零碎文字都燒了免致累人

德洪事先生在越七年自歸省外無日不侍左右有所省豁每得於語默作止之間或聞時訕議有動於衷則益自奮勵以自植有疑義即進見請質故樂於面炙一切文辭俱不收錄每見文稿出示比之侍坐時精神鼓舞歉然常見不足以是知古人書不盡言言不盡意非欺我也不幸先生既沒謦欬無聞儀刑日遠每思印證茫無可即然後取

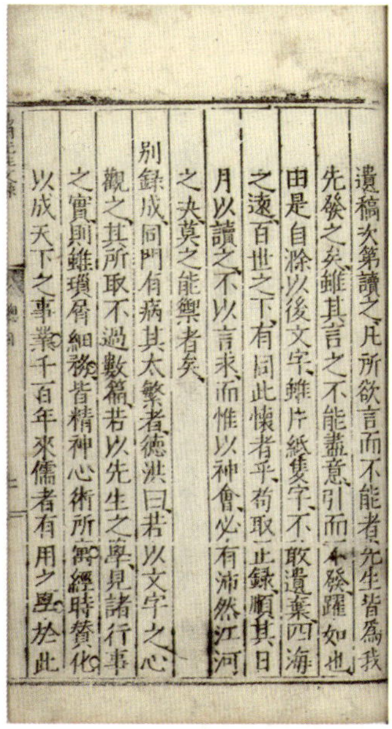
遺稿次第讀之凡所欲言而不能者先生皆為我
先發之矣雖其言之不能盡意引而不發躍如也
由是自滁以後文字雖片紙隻字不敢遺棄四海
之遠百世之下有同此懷者乎苟取是録順其日
月以讀之不以言求而惟以神會必有沛然江河
之決莫之能禦者矣
別録成同門有病其太繁者德洪曰若以文字之心
觀之其所取不過數篇若以先生之學見諸行事
之實則雖瑣屑細務皆精神心術所寓經時贊化
以成天下之事業千百年來儒者有用之學於此

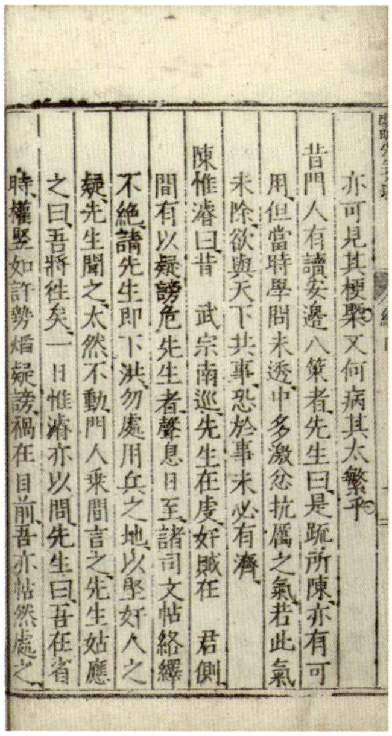
亦可見其梗槩又何病其太繁乎
昔門人有讀安邊八策者先生曰是疏所陳亦有可
用但當時學問未透中多激忿抗厲之氣若此氣
未除欲與天下共事恐於事未必有濟
陳惟濬曰昔　武宗南巡先生在虔奸賊在　君側
間有以疑謗危先生者聲息日至諸司文帖絡繹
不絕請先生即下洪勿處用兵之地以堅奸人之
疑先生聞之太然不動門人乘間言之先生姑應
之曰吾將往矣一日惟濬亦以間先生曰吾在省
時權竪如許勢焰疑謗禍在目前吾亦帖然處之

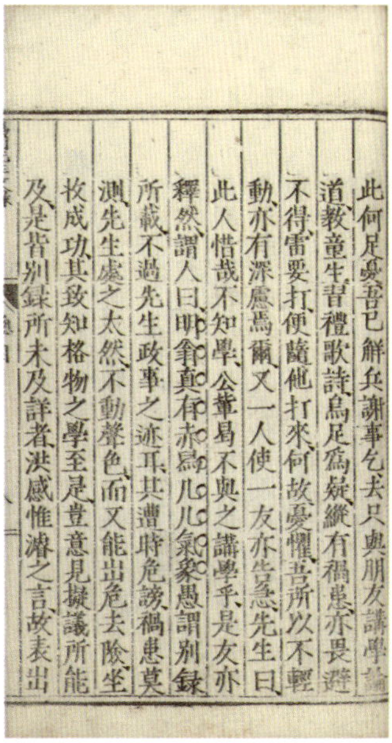
此何足憂吾已解兵謝事乞去只與朋友講學論
道教童生習禮歌詩烏足為疑縱有禍患亦畏避
不得雷要打便隨他打來何故憂懼吾所以不輕
動亦有深慮焉爾又一人使一友亦告急先生曰
此人惜哉不知學公輩曷不與之講學乎是友亦
釋然謂人曰卬今真有赤舄几几氣象愚謂別録
所載不過先生政事之迹耳其遭時危謗禍患莫
測先生處之太然不動聲色而又能出危去險坐
收成功其致知格物之學至是豈意見擬議所能
及是皆別録所未及詳者洪感惟濬之言故表出

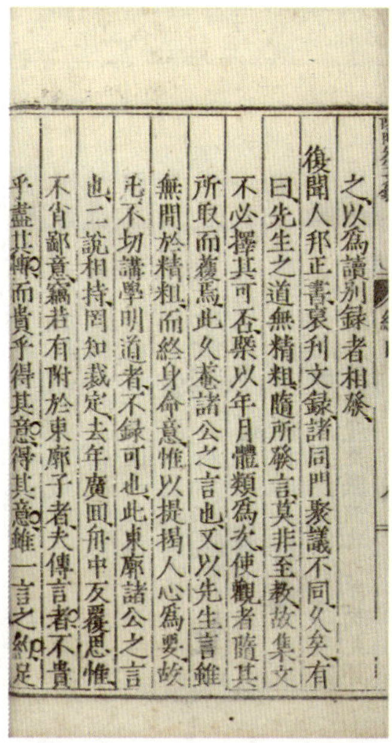
之以為讀別録者相發
後聞人邦正書裒刊文録諸同門聚議不同久矣有
曰先生之道無精粗隨所發言莫非至教故集文
不必擇其可否槩以年月體類為次使觀者隨其
所取而獲焉此久菴諸公之言也又以先生言雖
無間於精粗而終身命意惟以提揭人心為要故
凡不切講學明道者不録可也此東廓諸公之言
也二說相持罔知裁定去年廣囬舟中反覆思惟
不肖鄙意竊若有附於東廓子者夫傳言者不貴
乎盡其博而貴乎得其意得其意雖一言之約足

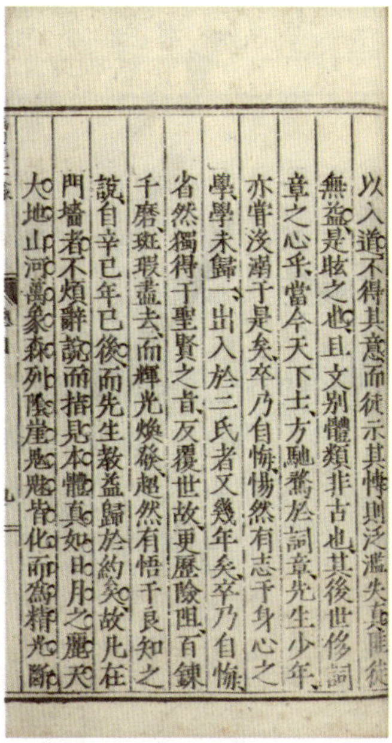
以入道不得其意而徒示其博則泛濫失真匪徒
無益是眩之也且文別體類非古也其後世修詞
章之心乎當今天下士方馳騖於詞章先生少年
亦甞溺于是矣卒乃自悔惕然有志于身心之
學學未歸一出入於二氏者又幾年矣卒乃自悔
省然獨得于聖賢之旨反覆世故更歷險阻百鍊
千磨斑瑕盡去而輝光煥發超然有悟于良知之
說自辛巳年已後而先生教益歸於約矣故凡在
門墻者不煩辭說而指見本體真如日月之麗天
大地山河萬象森列陰崖魅魃皆化而為精光斷

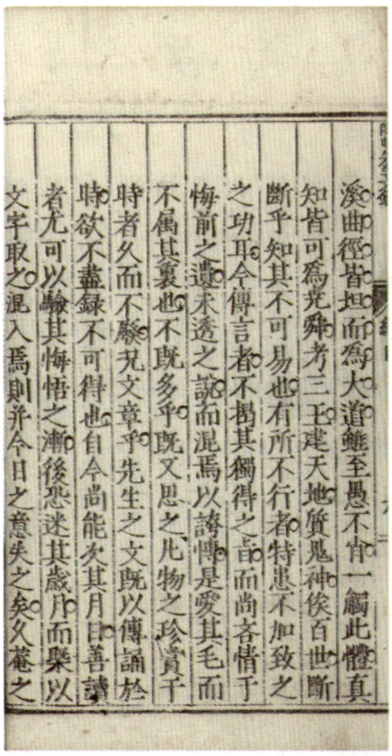
溪曲徑皆坦而為大道雖至愚不肖一觸此體真
知皆可為堯舜考三王建天地質鬼神俟百世斷
斷乎知其不可易也有所不行者特患不加致之
之功耳今傳言者不揭其獨得之旨而尚吝情于
悔前之遺未透之說而混焉以誇博是愛其毛而
不屬其裏也不既多乎既又思之凡物之珍貴于
時者久而不彰況文章乎先生之文既以傳誦於
時欲不盡録不可得也自今尚能次其月日善讀
者尤可以驗其悔悟之漸後恐迷其歲月而槩以
文字取之混入焉則并今日之意失之矣久菴之

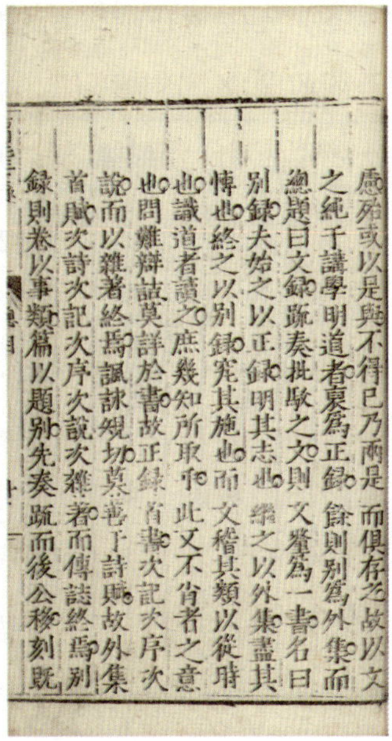
慮殆或以是與不得已乃兩是而俱存之故以文之純于講學明道者裒爲正録餘則别爲外集而總題曰文録疏奏批駁之文則又釐爲一書名曰别録夫始之以正録明其志也繼之以外集盡其情也終之以别録究其施也而文稽其類以從時也識道者讀之庶幾知所取乎此又不肖者之意也問難辯詰莫詳於書故正録首書次記次序次說而以雜著終焉諷詠規切莫善于詩賦故外集首賦次詩次記次序次說次雜著而傳誌終焉别録則卷以事類篇以題别先奏疏而後公移刻既

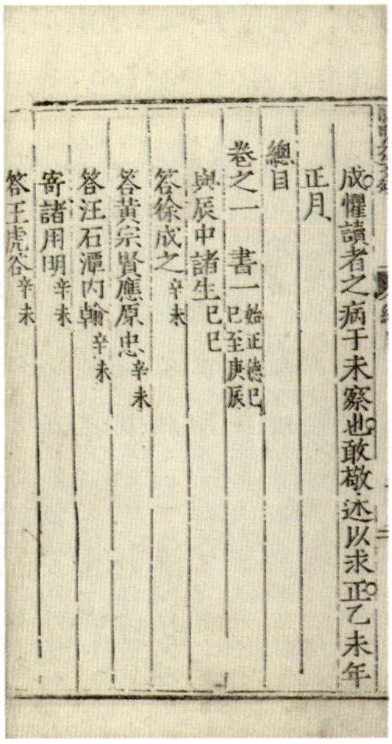
成懼讀者之病于未察也敢敬述以求正乙未年正月

總目

卷之一　書一 始正德己巳至庚辰

與辰中諸生 己巳

答徐成之 辛未

答黃宗賢應原忠 辛未

答汪石潭内翰 辛未

寄諸用明 辛未

答王虎谷 辛未

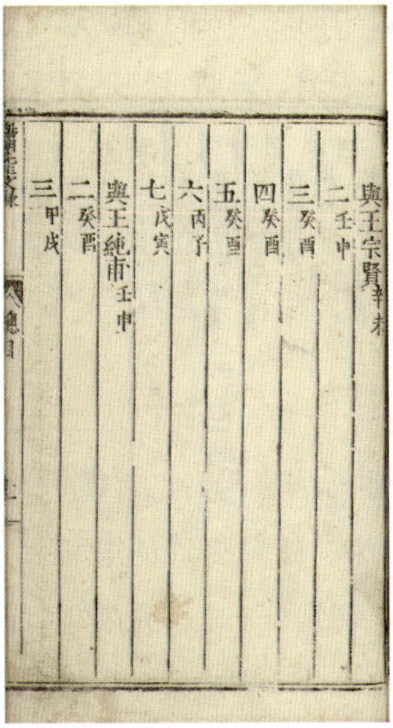
與王宗賢 辛未

二 壬申

三 癸酉

四 癸酉

五 癸酉

六 丙子

七 戊寅

與王純甫 壬申

二 癸酉

三 甲戌

德洪曰：嘉靖丁亥四月，時鄒謙之謫廣德，以所録先生文稿請刻。先生止之曰：不可！吾黨學問幸得頭腦，須鞭辟近裏，務求實得，一切繁文靡好，傳之恐眩人耳目，不録可也。謙之復請不已，先生乃取近稿三之一，標揭年月，命德洪編次。復遺書曰：所録以年月爲次，不復分别體類者，蓋專以講學明道爲事，不在文辭體製間也。明日，德洪掇拾所遺復請刻。先生曰：此愛惜文辭之心也，昔者孔子删述六經，若以文辭爲心，如唐虞三代，自典謨而下，豈止數篇。正惟一以明道爲志，故所述可以垂教萬世。吾黨志在明道，復以愛惜文字爲心，便不可入堯舜之道矣。德洪復請不已，乃許數篇次爲附録，以遺謙之，今之廣德板是也。

先生讀《文録》，謂學者曰：此編以年月爲次，使後世學者知吾所學前後進詣不同。又曰：某此意思，賴諸賢信而不疑，須口口相傳，廣布同志，庶幾不墜。若筆之於書，乃是異日事，必不得已，然後爲此耳。又曰：講學須得與人人面授，然後得其所疑，時其淺深而語之，纔涉紙筆，便十不能盡一二。戊子年冬，先生時在兩廣，謝病歸，將下庾嶺，德洪與王汝中聞之，乃自錢塘趨迎，至龍游聞訃，遂趨廣信，訃告同門，約每越三年，遣人裒録遺言。明日又進貴溪，扶喪還玉山，至草萍驛，戒記書篋，故諸稿幸免散逸。自後同門各以所録見遺。既七年，壬辰，德洪居吴，始較定篇類，復爲購遺文一疏，遣安成王生自閩粤，由洪都入嶺表，抵蒼梧，取道荆湘，還自金陵，又獲所未備。然後謀諸提學侍御聞人邦正，入梓以行，《文録》之有外集、别録，遵附録例也。

先生之學凡三變，其爲教也亦三變。少之時馳騁於辭章，已而出入二氏，繼乃居夷處困，豁然有得於聖賢之旨，是三變而至道也。居貴陽時，首與學者爲知行合一之説。自滁陽後，多教學者静坐。江右以來，始單提致良知三字。直指本體，令學者言下有悟，是教亦三變也，讀《文録》者當自知之。先生嘗曰：吾始居龍場，鄉民言語不通，所可與言者，乃中土亡命之流耳。與之言知行之説，莫不忻忻有入，久之並夷人亦翕然相向。及出與士夫言則紛紛同異，反多扞格不入，何也？意見先入也。德洪自辛巳冬始見先生於姚，再見於越，於先生教，若恍恍可即。然未得入頭處，同門先輩，有指以静坐者。遂覓光相僧房，閉門凝神浄慮，倏見此心真體如出蔀屋而覩天日，始知平時一切作用，皆非天則自然。習心浮思，炯炯自照，毫髮不容住著，喜馳以告。先生曰：吾昔居滁時，見學者徒爲口耳同異之辯，無益於得，且教之静坐，一時學者亦未有悟，但久之漸有喜静厭動流入枯槁之病。故邇來只指點致良知工夫，學者真見得良知本體，昭明洞徹，是是非非，莫非天則，不論有事無事，精察克治，俱歸一路，方是格致實功不落却一邊。故較來無出致良知話頭，無病，何也？良知原無間動静也，德洪既自喜學得所入，又承點破病痛，退自省究，漸覺得力。良知之説發於正德辛巳年，蓋先生再罹寧藩之變，張許之難，而學問又一番証透。故正録書凡三卷，第二卷斷自辛巳者，志始也。格致之辯，莫詳於答顧華玉一書。而拔本塞源之論，寫出千古同體萬物之旨，與末世俗習相沿之弊，百世以俟，讀之當爲一快。

先生嘗曰：吾良知二字自龍場已後，便已不出此意，只是點此二字不出，於學者言，費却多少辭説。今幸見此意，一語之下，洞見全體，直是痛快，不覺手舞足蹈。學者聞之，亦省却多少尋討功夫。學問頭腦，至此已是説得十分下落，但恐學者不肯直下承當耳。又曰：某於良知之説，從百死千難中得來，非是容易見得到此。此本是學者究竟話頭，可惜此體淪埋已久。學者苦於聞見障蔽，無入頭處，不得已與人一口説盡，但恐學者得之容易，只把作一種光景玩弄，孤負此知耳。

甲申年先生居越，中秋月白如洗，乃燕集群弟子於天泉橋上，時在侍者百十人。酒半行，先生命歌詩。諸弟子比音而作，翕然如協金石。少間，能琴者理絲，善簫者吹竹，或投壺聚筭，或鼓掉而歌，遠近相答。先生顧而樂之，遂即席賦詩，有曰“鏗然舍瑟春風裏，點也雖狂得我情”之句。既而曰：昔孔門求中行之士不可得，苟求其次，其惟狂者乎？狂者志存古人，一切聲利紛華之染，無所累其衷，真有鳳凰翔於千仞氣象。得是人而裁之，使之克念，日就平易切實，則去道不遠矣。予自鴻臚以前，學者用功，尚多拘局，自吾揭示良知頭腦，漸覺見得此意者，多可與裁矣。

先生自辛巳年初歸越，明年居考喪，德洪輩在侍者，踪迹尚寥落。既後四方來者日衆，癸未已後，環先生之室而居，如天妃、光相、能仁諸僧舍，每一室常合食者數十人，夜無卧所，更番就席，歌聲徹昏旦。南鎮禹穴陽明洞諸山遠近古刹，徙足所到，無非同志游寓之地。先生每臨席，諸生前後左右，環坐而聽，常不下數百人。送往迎來，月無虚日，至有在侍更歳不能遍記其姓字者。諸生每聽講出門，未嘗不踴躍稱快，以昧入者以明出，以疑入者以悟出，以憂憤愊憶入者以融釋脱落出。嗚呼休哉！不圖講學之至於斯也。嘗聞之同門，南都以前從游者雖衆，未有在越之盛者。雖講學日久，孚信漸博，要亦先生之學益進，感召之機亦自不同也。今觀《文録》前後論議大略，亦可想見。

先生嘗語學者曰：作文字亦無妨工夫，如詩言志，只看爾意向如何，意得處自不能不發之於言，但不必在詞語上馳騁。言不可以僞爲，且如不見道之人，一片粗鄙心，安能説出和平話。總然都做得，後一兩句露出病痛，便覺破此文，原非充養得來，若養得此心中和，則其言自别。

門人有欲汲汲立言者，先生聞之，嘆曰：此弊溺人，其來非一日矣，不求自信，而急於人知。正所謂以己昏昏，使人昭昭也，耻其名之無聞於世，而不知知道者視之，反自貽笑耳。宋之儒者，其制行磊犖，本足以取信於人，故其言雖未盡，人亦崇信之，非專以空言動人也。但一言之誤，至於誤人無窮，不可勝救，亦豈非汲汲於立言者之過錯耶。

或問先生所答示門人書稿，删取歸並作數篇訓語，以示將來如何？先生曰：有此意，但今學問，自覺所進未止，且終日應酬無暇，他日結廬山中，得如諸賢有筆力者，聚會一處商議，將聖人至緊要之語發揮作一書。然後取零碎文字，都燒了，免致累人。德洪事先生在越七年，自歸省外，無日不侍左右，有所省豁，每得於語默作止之間。或聞時訕議，有動於衷，則益自奮勵以自植。有疑義即進見請質，故樂於面炙。一切文辭，俱不收録，每見文稿出示，比之侍坐時精神鼓舞，歉然常見不足，以是知古人書不盡言，言不盡意，非欺我也。不幸先生即没，謦咳無聞，儀刑日遠，每思印證，茫無可即。然後取遺稿次第讀之，凡所欲言而不能者，先生皆爲我先發之矣。雖其言之不能盡意，引而不發，躍如也，由是自滁以後文字，雖片紙隻字，不敢遺棄。四海之遠，百世之下，有同此懷者乎。苟取正録，順其日月以讀之，不以言求，而惟以神會，必有沛然江河之決，莫之能御者矣。

别録成，同門有病其太繁者。德洪曰：若以文字之心觀之，其所取不過數篇，若以先生之學，見諸行事之實，則雖瑣屑細務，皆精神心術所寓。經時贊化，以成天下之事業。千百年來儒者有用之學，於此亦可見其梗概，又何病其太繁乎。

昔門人有讀安邊八策者，先生曰：是疏所陳，亦有可用，但當時學問未透，中多激忿抗厲之氣，若此氣未除，欲與天下共事，恐於事未必有濟。

陳惟濬曰：昔武宗南巡先生在虔，奸賊在君側，間有以疑謗危先生者，聲息日至，諸司文帖絡繹不絶，請先生即下洪，勿處用兵之地，以堅奸人之疑。先生聞之，太然不動，門人乘間言之。先生姑應之曰：吾將往矣。一日，惟濬亦以問，先生曰：吾在省時，權竪如許勢焰疑謗，禍在目前，吾亦帖然處之，此何足憂。吾已解兵謝事乞去，只與朋友講學論道，教童生習禮歌詩，烏足爲疑。縱有禍患，亦畏避不得，雷要打，便隨他打來，何故憂懼。吾所以不輕動，亦有深慮焉爾。又一人使一友亦告急，先生曰：此人惜哉！不知學，公輩曷不與之講學乎？是友亦釋然，謂人曰：明翁真有赤舄几几氣象。愚謂《别録》所載，不過先生政事之迹耳，其遭時危謗，禍患莫測，先生處之太然，不動聲色，而又能出危去險，坐收成功。其致知格物之學至是，豈意見擬議所能及，是皆《别録》所未及詳者。洪感惟濬之言，故表出之，以爲《别録》者相發。

復聞人邦正書，裒刊文録，諸同門聚議不同。久矣，有曰：先生之道無精粗，隨所發言，莫非至教。故集文不必擇其可否，概以年月體類爲次，使觀者隨其所取而獲焉，此久庵諸公之言也。又以先生言雖無間於精粗，而終身命意，惟以提揭人心爲要，故凡不切講學明道者，不録可也，此東廓諸公之言也。二説相持，罔知裁定，去年廣回，舟中反覆思惟，不肖鄙意，竊若有附於東廓子者。夫傳言者，不貴乎盡其博，而貴乎得其意。得其意，雖一言之約，足以入道，不得其意而徒示其博，則泛濫失真。匪徒無益，是眩之也，且文别體類非古也，其後世侈詞章之心乎。當今天下士，方馳鶩於詞章，先生少年，亦嘗没溺於是矣。卒乃自悔，惕然有志於身心之學，學未歸一，出入於二氏者又幾年矣。卒乃自悔，省然獨得於聖賢之旨。反覆世故，更歷險阻，百煉千磨，斑瑕盡去，而輝光焕發，超然有悟於良知之説。自辛巳年已後，而先生教益歸於約矣。故凡在門墻者，不煩辭説，而指見本體，真如日月之麗天，大地山河，萬象森列，陰崖鬼魅，皆化而爲精光，斷溪曲徑，皆坦而爲大道。雖至愚不肖，一觸此體，真知皆可爲堯舜。考三王，建天地，質鬼神，俟百世，斷斷乎知其不可易也。有所不行者，特患不加致之之功耳。今傳言者，不揭其獨得之旨，而尚吝情於悔前之遺，未透之説，而混焉以誇博，是愛其毛而不屬其裹也，不既多乎。既又思之，凡物之珍賞於時者久而不廢，況文章乎。先生之文既以傳誦於時，欲不盡録，不可得也。自今尚能次其月日，善讀者尤可以驗其悔悟之漸。後恐迷其歲月，而概以文字取之混入焉，則並今日之意失之矣。久庵之慮，殆或以是與，不得已乃兩是而俱存之。故以文之純於講學明道者，裒爲正録，餘則别爲外集，而總題曰《文録》，疏奏批駁之文，則文釐爲一書，名曰别録。夫始之以正録，明其志也，繼之以外集，盡其博也，終之以别録，究其施也。而文稽其類以從時也，識道者讀之，庶幾知所取乎，此又不肖者之意也。問難辯詰，莫詳於書，故正録首書，次記、次序、次説，而以雜著終焉。諷咏規切，莫善於詩賦。故外集首賦，次詩、次記、次序、次説、次雜著，而傳志終焉。别録則卷以事類，篇以題别，先奏疏而後公移，刻既成，懼讀者之病於未察也，敢敬述以求正。乙未年正月。

陽明先生别録十三卷

明刻本

國家圖書館 1016（善本）

無序跋

王文成公全書三十八卷

明隆慶六年（1572）謝廷傑刻本

國家圖書館 13925（善本）

徐階《王文成公全書序》

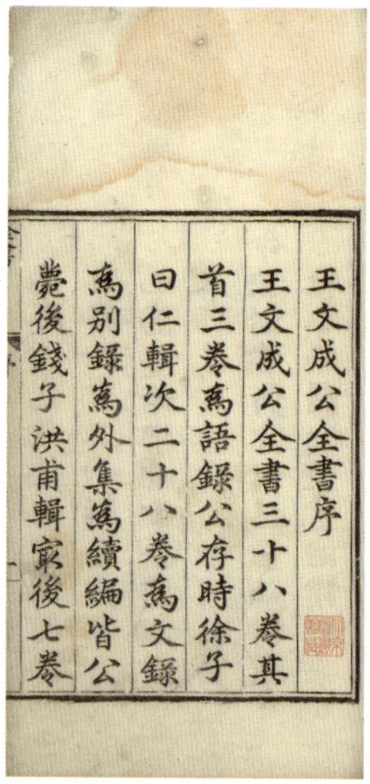

王文成公全書序

王文成公全書三十八卷其首三卷爲語録公存時徐子曰仁輯次二十八卷爲文録爲別録爲外集爲續編皆公薨後錢子洪甫輯冢後七卷

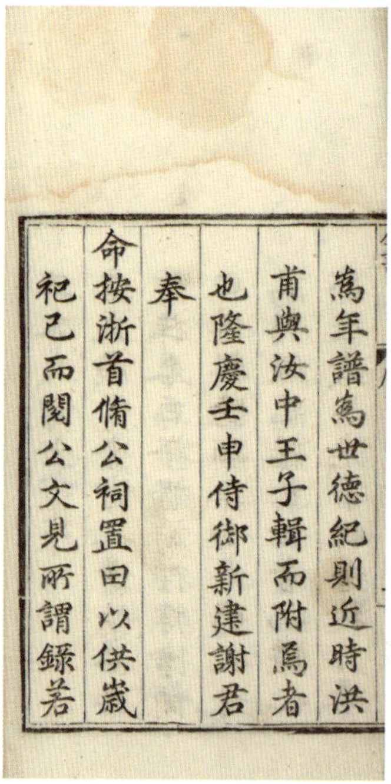

爲年譜爲世德紀則近時洪甫與汝中王子輯而附焉者也隆慶壬申侍御新建謝君奉

命按浙首脩公祠置田以供歲祀已而閲公文見所謂録若

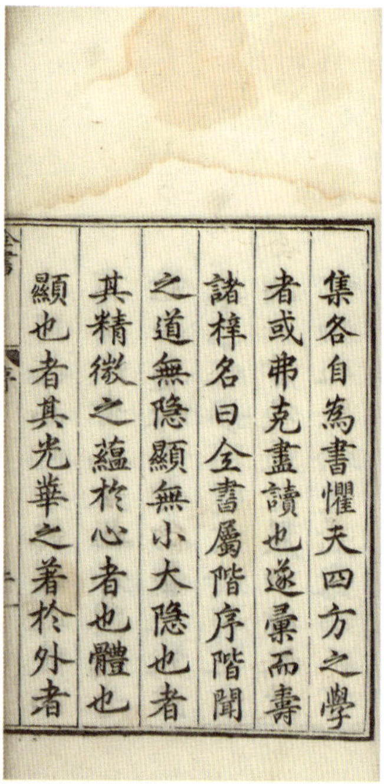

集各自爲書懼夫四方之學者或弗克盡讀也遂彙而壽諸梓名曰全書屬階序階聞之道無隱顯無小大隱也者其精微之藴於心者也體也顯也者其光華之著於外者

也用也小也者其用之散而
爲川流者也大也者其體之
斂而爲敦化者也譬之天然
不已之妙默運於於穆之中
而日月星辰之麗四時之行
百物之生爍然呈露而不可

掩是道之全也古昔聖人具
是道於心而以時出之或爲
文章或爲勳業至其所謂文
者或施之朝廷或用之邦國
或形諸家庭或見諸師弟子
之問答與其日用應酬之常

雖製以事殊語以人異然莫
非道之用也故在言道者必
該體用之全斯謂之善言在
學道者亦必淂體用之全斯
謂之善學嘗觀論語述孔子
心法之傳曰一貫既已一言

盡之而其紀孔子之文則自
告時君告列國之卿大夫告
諸弟子告避世之徒以及對
陽貨詢庬人答問饋之使無
一弗錄將使學者由顯與小
以淂其隱與大爲是善言道

者之準也而其爲學曰亦可
以見矣惟文成公奮起聖遠
之後慨世之言致知者求知
於見聞而不可與酬酢不可
與佑神於是取孟子所謂良
知合諸大學以爲致良知之

說其大要以謂人心虛靈莫
不有知惟不以私欲蔽塞其
虛靈者則不假外索而於天
下之事自無所感而不通無
所措而不當蓋誠意正心脩
身齊家治國平天下必先致

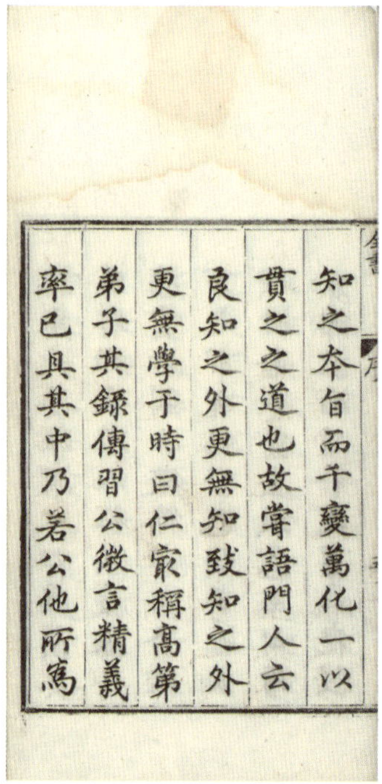
知之本旨而千變萬化一以貫之之道也故嘗語門人云良知之外更無知致知之外更無學于時曰仁家稱高第弟子其録傳習公微言精義率已具其中乃若公他所為

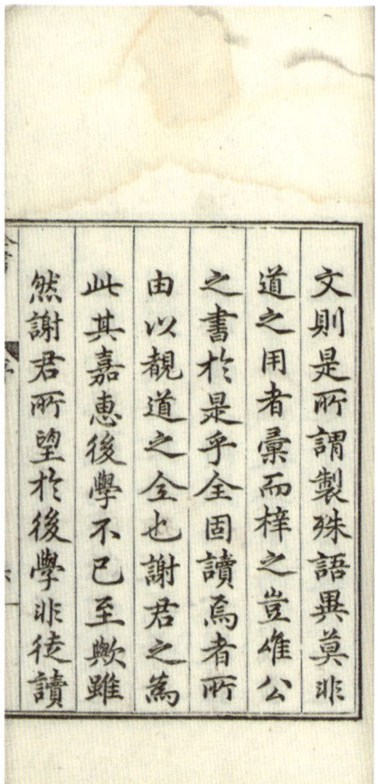
文則是所謂製殊語異莫非道之用者彙而梓之豈惟公之書於是乎全固讀焉者所由以覩道之全也謝君之為此其嘉惠後學不已至歟雖然謝君所望於後學非徒讀

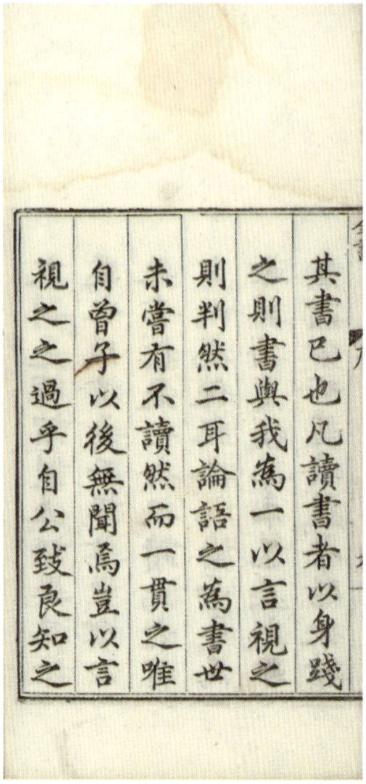
其書已也凡讀書者以身踐之則書與我為一以言視之則判然二耳論語之為書世未嘗有不讀然而一貫之唯自曾子以後無聞焉豈以言視之之過乎自公致良知之

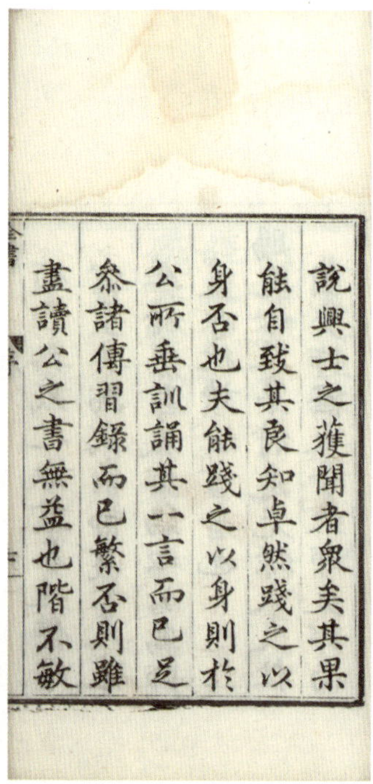
說興士之獲聞者眾矣其果能自致其良知卓然踐之以身否也夫能踐之以身則於公所垂訓誦其一言而已足參諸傳習録而已繁否則雖盡讀公之書無益也階不敏

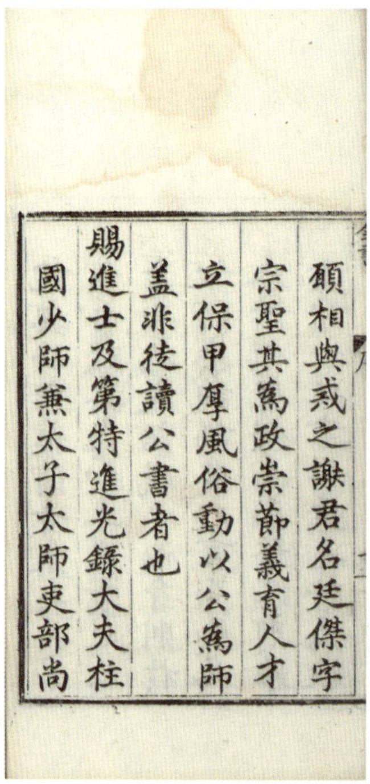
頎相與戒之謝君名廷傑字宗聖其為政崇節義育人才立保甲厚風俗動以公為師蓋非徒讀公書者也賜進士及第特進光祿大夫柱國少師兼太子太師吏部尚

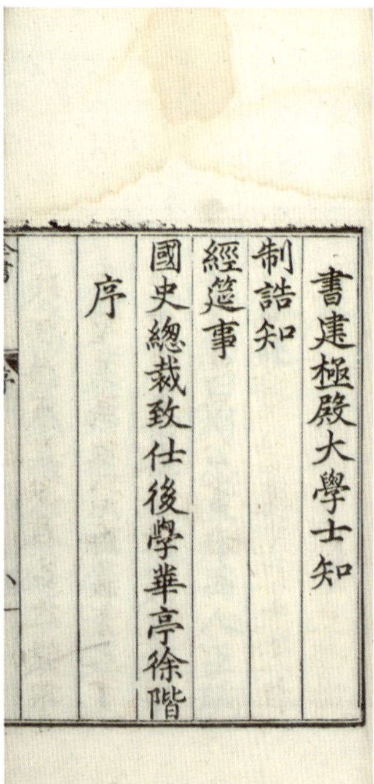
書建極殿大學士知制誥知經筵事國史總裁致仕後學華亭徐階序

《王文成公全書》三十八卷，其首三卷爲語録，公存時徐子曰仁輯；次二十八卷爲文録，爲别録，爲外集，爲續編，皆公薨後錢子洪甫輯；最後七卷爲年譜，爲世德紀，則近時洪甫與汝中王子輯而附焉者也。

隆慶壬申，侍御新建謝君奉命按浙，首修公祠，置田以供歲祀。已而閲公文，見所謂録若集，各自爲書，懼夫四方之學者或弗克盡讀也。遂彙而壽諸梓，名曰全書，屬階序。

階聞之，道無隱顯，無小大。隱也者，其精微之藴於心者也，體也；顯也者，其光華之著於外者也，用也；小也者，其用之散而爲川流者也；大也者，其體之歛而爲敦化者也。譬之天然不已之妙，默運乍於穆之中，而日月星辰之麗，四時之行，百物之生，燦然呈露而不可掩，是道之全也。古昔聖人具是道於心而以時出之，或爲文章，或爲勛業。至其所謂文者，或施之朝廷，或用之邦國，或形諸家庭，或見諸師弟子之問答，與其日用應酬之常，雖製以事殊，語因人異，然莫非道之用也。故在言道者，必該體用之全，斯謂之善言；在學道者，亦必得體用之全，斯謂之善學。嘗觀《論語》述孔子心法之傳，曰一貫。既已一言盡之，而其紀孔子之文，則自告時君，告列國之卿大夫，告諸弟子，告避世之徒，以及對陽貨，詢厩人，答問饋之使，無一弗録，將使學者由顯與小以得其隱與大焉。是善言道者之準也，而其爲學，因亦可以見矣。唯文成公奮起聖遠之後，慨世之言致知者求知於見聞，而不可與酬酢，不可與佑神，於是取孟子所謂良知合諸大學，以爲致良知之説。其大要以謂人心虚靈莫不有知，唯不以私欲蔽塞其虚靈者，則不假外索，而於天下之事，自無所感而不通，無所措而不當。蓋誠意、正心、修身、齊家、治國、平天下，必先致知之本旨，而千變萬化，一以貫之之道也。故嘗語門人云：良知之外更無知，致知之外更無學。於時曰仁最稱高第弟子，其録傳習，公微言精義率已具其中。乃若公他所爲文，則是所謂製殊語異，莫非道之用者。彙而梓之，豈唯公之書於是乎全，固讀焉者所由以覩道之全也。謝君之爲此，其嘉惠後學不已至歟？雖然，謝君所望於後學，非徒讀其書已也。凡讀書者，以身踐之，則書與我爲一；以言視之，則判然二耳。

《論語》之爲書，世未嘗有不讀，然而一貫之唯，自曾子以後無聞焉。豈以言視之之過乎？自公致良知之説興，士之獲聞者衆矣，其果能自致其良知，卓然踐之以身否也？夫能踐之以身，則於公所垂訓，誦其一言而已足，參諸《傳習録》而已繁。否則，雖盡讀公之書，無益也。階不敏，願相與戒之。

謝君名廷傑，字宗聖。其爲政崇節義，育人才，立保甲，厚風俗，動以公爲師，蓋非徒讀公書者也。

賜進士及第、特進光禄大夫、柱國、少師兼太子太師、吏部尚書、建極殿大學士、知制誥、知經筵事、國史總裁致仕後學華亭徐階序。

隆慶二年（1568）《誥命》

奉
天承運
皇帝制曰竭忠盡瘁固人臣職
分之常崇德報功實國家激
勸之典矧通侯班爵崇亞上
公而節恵易名榮逾華衮事

必待手論定恩豈容以久虛
爾故原任新建伯南京兵部
尚書兼都察院左都御史王
守仁維岳降靈自天佑命爰
從弱冠屹爲宇宙人豪甫拜
省郎獨奮乾坤正論身瀕危

而志愈壯道處困而造彌深
紹尧孔之心傳微言式闡倡
周程之道術來學攸宗蘊蓄
既宏猷爲丕著遺艱投大隨
試皆宜戡亂解紛無施弗効
閩粵之箐巢盡掃而擒縱如

神東南之黎庶舉安而文武
足憲爰及逆藩稱亂尤資伏
鉞淵謀旋凱奏功速于吳楚
之三月出奇決勝邁彼淮蔡
之中霄是嘉社稷之偉勳申
盟帶礪之異數既復撫夷兩

廣旋致格苗七旬謗起功高
賞移罰重爰遵
遺詔兼采公評續相國之生封
時而旌伐追曲江之歿卹庶
以酬勞茲特贈爲新建侯謚
文成錫之

誥命於戲鍾鼎勒銘嗣美東征
之烈券綸昭錫世登南國之
功永爲一代之宗臣實耀千
年之史冊寔靈不昧寵命其
承
隆慶二年十月十七日

奉天承運，皇帝制曰：

竭忠盡瘁，固人臣職分之常；崇德報功，實國家激勸之典。矧通侯班爵，崇亞上公，而節惠易名，榮逾華衮。事必待乎論定，恩豈容以久虚！爾故原任新建伯、南京兵部尚書兼都察院左都御史王守仁，維岳降靈，自天佑命。爰從弱冠，屹爲宇宙人豪；甫拜省郎，獨奮乾坤正論。身瀕危而志愈壯，道處困而造彌深。紹堯孔之心傳，微言式闡；倡周程之道術，來學攸宗。藴蓄既宏，猷爲丕著；遺艱投大，隨試皆宜；戡亂解紛，無施弗效。閩粤之箐巢盡掃，而擒縱如神；東南之黎庶舉安，而文武足憲。爰及逆藩稱亂，尤資仗鉞淵謀。旋凱奏功，速於吴、楚之三月；出奇决勝，邁彼淮、蔡之中霄。是嘉社稷之偉勛，申盟帶礪之異數。既復撫夷兩廣，旋致格苗七旬。謗起功高，賞移罰重。爰遵遺詔，兼采公評，續相國之生封，時而旌伐；追曲江之殁卹，庶以酬勞。兹特贈爲新建侯，謚文成，錫之誥命。於戲！鍾鼎勒銘，嗣美東征之烈；券綸昭錫，世登南國之功。永爲一代之宗臣，實耀千年之史册。冥靈不昧，寵命其承！隆慶二年十月十七日。制誥之寶。

《傳習録序》徐愛撰

見明刻本《傳習録》三卷《續録》二卷。（索書號：13300）

校記：

1. "吾與回言終日，又何言之不一耶"，此本"耶"作"邪"。

2. "使吾儕嘗在先生之門"，此本"嘗"作"常"。

《陽明先生文録序》鄒守益撰

見明嘉靖十四年（1535）聞人詮刻本《陽明先生文録》五卷《外集》九卷《别録》十卷。（索書號 9116）

校記：

1. "門人安成鄒守益撰"，此本作"門人鄒守益"。

2. "於是先師之言粲然聚矣"，此本"粲"作"燦"。

3. "良知之明，蒸民所同"，此本"蒸"作"烝"。

《陽明先生文録序》門人錢德洪撰

覆以質于吾黨吾黨欲求知言之要其惟自致其
良知乎嘉靖丙申春三月

陽明先生文録序　門人錢德洪撰

古之立教有三有意教有政教有言教太上之世
民涵真性嗜慾未涉聖人者特相示以意已矣若
伏羲陳奇偶以指象是也而民遂各以意會不逆
於心羣物以遊熙如也是之謂意教中古之民風
氣漸開示之以意若病不足矣聖人者出則為之
經制立法使之自厚其生自利其用自正其德而
民亦相忘於政化之中各足其願日入於善而不
知誰之所使是以政教之也自後聖王不作皇度
不張民失所趨俗非其習而聖人之意日湮以晦
懐世道者憂之而處非其任則嘵嘵以空言覺天
下是故始有以言教也噫立教而至於以言則難
矣昔者孔子之在春秋也其所與世諄諄者皆性
所同也然於習俗所趨無徵焉乃闡起而異之曰
是將奮吾之所習而蹶吾之所趨也或有非笑而
詆訾之者三千之徒其庶幾能自拔於流俗不與
衆非笑詆訾之者乎然而天下之大也其能自拔
於俗不與衆非笑詆訾者僅三千人焉豈非空言
動衆終不若躬見於政事之為易也夫三千之中
稱好學者顔氏之外又無多聞焉豈速肖之士知
自拔於俗矣尚未能盡脱乎俗習耶一洗俗習之
陋直超自性之真而盡得聖人千古不盡之意者
豈顔氏之所獨耶然而三千之徒其於夫子之言
也猶面授也秦火而後掇拾於漢儒者多似是而
失真矣後之儒者復以己見臆說盡取其言而支
離決裂之噫誠面授也尚未免於俗習焉并取其
言而亂之則後之懷世道者復將何恃以自植於
世耶吾師陽明先生蚤有志於聖人之道求之俗
習而無取也求之世儒之學而無得也乃一洗俗
習之陋世儒之說而自証以吾之心焉殫思力踐
竭精瘁志卒乃豁然有見於良知而千古聖人不
盡之意復得以大明於世噫亦難矣世之聞吾先
生之言者其皆肯自拔於流俗不與衆非笑詆訾
之乎其皆肯一洗俗習之陋世儒之說而獨証以

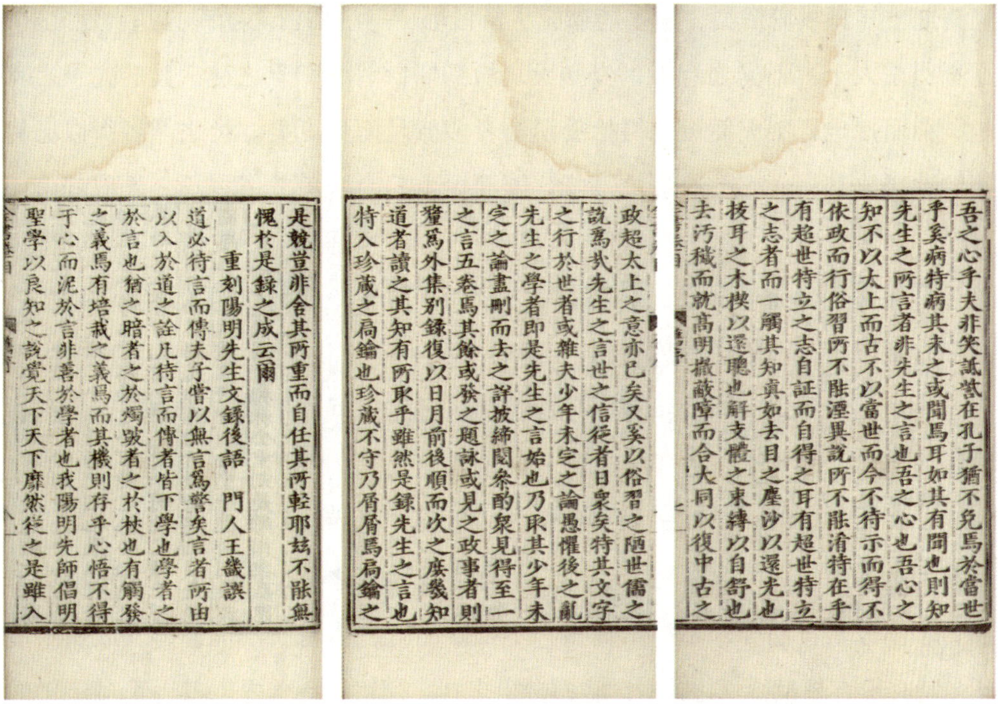

吾之心乎夫非笑詆訾在孔子猶不免焉於當世乎奚病特病其末之或聞焉耳如其有聞也則知先生之所言者非先生之言也吾之心也吾心之知不以太上而古不以當世而今不待示而得不依政而行俗習所不能湮異說所不能淆特在乎有超世特立之志自証而自得之耳有超世特立之志者而一觸其知眞如去目之塵沙以還光也拔耳之木楔以還聰也解支體之束縛以自舒也去汚穢而就高明撤蔽障而合大同以復中古之

政超太上之意亦已矣又奚以俗習之陋世儒之說爲哉先生之言世之信從者日衆矣特其文字之行於世者或雜夫少年未定之論愚懼後之亂先生之學者即是先生之言始也乃取其少年未定之論盡删而去之評披締閱參酌衆見得至一之言五卷焉其餘或發之題詠或見之政事者則釐爲外集別錄復以日月前後順而次之庶幾知道者讀之其知有所取乎雖然是錄先生之言也特入珍藏之扃鑰也珍藏不守乃屑屑焉扃鑰之

是競豈非舍其所重而自任其所輕耶茲不能無愧於是錄之成云爾

重刻陽明先生文錄後語 門人王畿譔

道必待言而傳夫子嘗以無言爲警矣言者所由以入於道之詮凡待言而傳者皆下學也學者之於言也猶之暗者之於燭跛者之於杖也有觸發之義焉有培栽之義焉而其機則存乎心悟不得于心而泥於言非善於學者也我陽明先師倡明聖學以良知之說覺天下天下靡然從之是雖入

古之立教有三，有意教、有政教、有言教。太上之世，民涵真性嗜欲未涉，聖人者特相示以意已矣，若伏羲陳奇偶以指象是也。而民遂各以意會，不逆於心，群物以遊，熙如也，是之謂意教。中古之民，風氣漸開，示之以意，若病不足矣。聖人者出則爲之經制、立法，使之自厚其生，自利其用，自正其德，而民亦相忘於政化之中。各足其願，日入於善，而不知誰之所使，是以政教之也。自後聖王不作，皇度不張，民失所趨，俗非其習，而聖人之意日湮以晦，懷世道者憂之而處，非其任則嘵嘵以空言覺天下。是故始有以言教也。噫！立教而至於以言則難矣。昔者孔子之在春秋也，其所與世諄諄者，皆性所同也，然於習俗所趨無徵焉。乃哄起而異之曰：是將奮吾之所習而蹶吾之所趨也。或有非笑而詆訾之者，三千之徒其庶幾能自拔於流俗，不與衆非笑詆訾之者乎。然而天下之大也，其能自拔於俗，不與衆非笑詆訾者，僅三千人焉，豈非空言動衆，終不若躬見於政事之爲易也。夫三千之中稱好學者，顏氏之外又無多聞焉，豈速肖之士知自拔於俗矣，尚未能盡脱乎俗習耶。一洗俗習之陋，直超自性之真，而盡得聖人千古不盡之意者，豈顔氏之所獨耶！然而三千之徒，其於夫子之言也，猶面授也，秦火而後，掇拾於漢儒者多似是而失真矣。後之儒者復以己見臆説，盡取其言而支離決裂之。噫！誠面授也，尚未免於俗習焉，拜取其言而亂之，則後之壞世道者，復將何恃以自植於世耶！吾師陽明先生蚤有志於聖人之道，求之俗習而無取也，求之世儒之學而無得也，乃一洗俗習之陋、世儒之説而自証以吾之心焉。殫思力踐，竭精瘁志，卒乃豁然有見於良知，而千古聖人不盡之意復得以大明於世。噫！亦難矣。世之聞吾先生之言者，其皆肯自拔於流俗不與衆非笑詆訾之乎，其皆肯一洗俗習之陋，世儒之説，而獨証以吾之心乎。夫非笑詆訾，在孔子猶不免焉於當世乎，奚病特病其未之或聞焉耳，如其有聞也，則知先生之所言者，非先生之言也。吾之心也，吾心之知不以太上而古，不以當世而今，不待示而得，不依政而行，俗習所不能湮，異説所不能淆。特在乎有超世特立之志，自証而自得之耳。有超世特立之志者，而一觸其知，真如去目之塵沙以還光也，拔耳之木楔以還聰也，解支體之束縛以自舒也。去污穢而就高明，撤蔽障而合大同，以復中古之政，超太上之意，亦已矣。又奚以俗習之陋，世儒之説爲哉！

先生之言，世之信從者日衆矣，特其文字之行於世者，或雜夫少年未定之論，愚懼後之亂先生之學者，即是先生之言始也。乃取其少年未定之論，盡删而去之。詳披締閲，參酌衆見，得至一之言五卷焉。其餘或發之題咏，或見之政事者，則釐爲外集、别録，復以日月前後順而次之。庶幾知道者讀之，其知有所取乎。雖然，是録先生之言也，特入珍藏之扃鑰也。珍藏不守，乃屑屑焉扃鑰之是競，豈非舍其所重而自任其所輕耶，茲不能無愧於是録之成云爾。

《重刻陽明先生文録後語》　門人王畿撰

道必待言而傳，夫子嘗以無言爲警矣。言者所由以入於道之詮，凡待言而傳者，皆下學也。學者之於言也，猶之暗者之於燭，跛者之於杖也。有觸發之義焉，有培栽之義焉，而其機則存乎心，悟不得於心而泥於言，非善於學者也。我陽明先師倡明聖學，以良知之説覺天下，天下靡然從之。是雖入道之玄詮，亦下學，事載諸録者詳矣。吾黨之從事於師説也，其未得之，果能有所觸發否乎；其得之也，果能有所栽培否乎；其得而玩之也，果能有所印正否乎。得也者，非得之於言，得之於心也。契之於心，忘乎言者也。猶之燭之資乎明，杖之輔乎行，其機則存乎目與足，非外物所得而與也。若夫玩而忘之，從容默識，無所待而自中乎道，斯則無言之旨，上達之機，固吾梅林公重刻是録，相與嘉惠而申警之意也。不然則聖學亡而先師之意荒矣。吾黨勗諸。

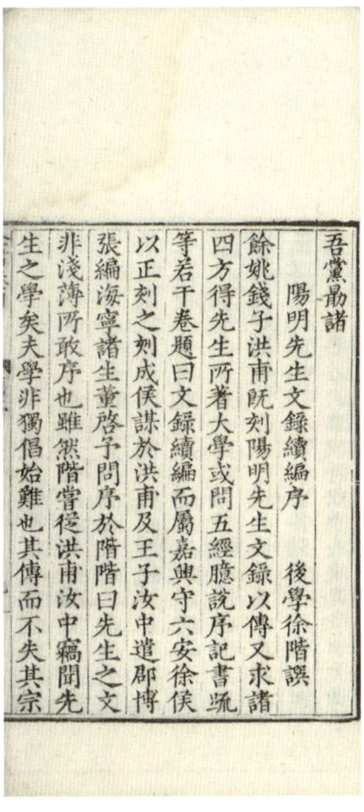
吾黨勗諸
陽明先生文錄續編序　後學徐階譔
餘姚錢子洪甫既刻陽明先生文錄以傳又求諸
四方得先生所著大學或問五經臆說序記書疏
等若干卷題曰文錄續編而屬嘉興守六安徐侯
以正刻之刻成侯謀於洪甫及王子汝中遣郡博
張編海寧諸生董啓予問序於階階曰先生之文
非淺薄所敢序也雖然階嘗從洪甫汝中竊聞先
生之學矣夫學非獨倡始難也其傳而不失其宗

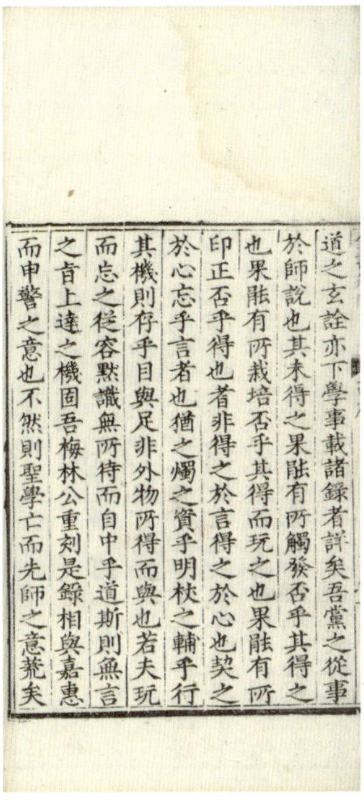
道之玄詮亦下學事載諸録者詳矣吾黨之從事
於師説也其未得之果能有所觸發否乎其得之
也果能有所栽培否乎其得而玩之也果能有所
印正否乎得也者非得之於言得之於心也契之
於心忘乎言者也猶之燭之資乎明杖之輔乎行
其機則存乎目與足非外物所得而與也若夫玩
而忘之從容默識無所待而自中乎道斯則無言
之旨上達之機固吾梅林公重刻是録相與嘉惠
而申警之意也不然則聖學亡而先師之意荒矣

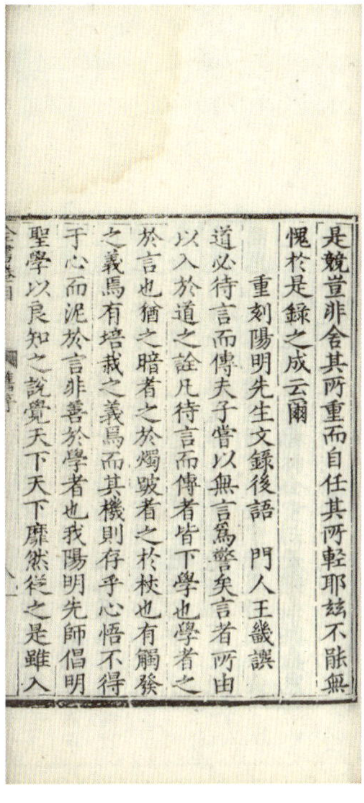
是競豈非舍其所重而自任其所輕耶茲不能無
愧於是錄之成云爾
重刻陽明先生文錄後語　門人王畿譔
道必待言而傳夫子嘗以無言爲警矣言者所由
以入於道之詮凡待言而傳者皆下學也學者之
於言也猶之暗者之於燭跛者之於杖也有觸發
之義焉有培栽之義焉而其機則存乎心悟不得
于心而泥於言非善於學者也我陽明先師倡明
聖學以良知之說覺天下天下靡然從之是雖入

《陽明先生文録續編序》 後學徐階撰

吾黨勗諸
陽明先生文錄續編序　　後學徐階譔
餘姚錢子洪甫既刻陽明先生文錄以傳又求諸
四方得先生所著大學或問五經臆說序記書疏
等若干卷題曰文錄續編而屬嘉興守六安徐侯
以正刻之刻成侯諜於洪甫及王子汝中遣郡博
張編海寧諸生董啓予問序於階階曰先生之文
非淺薄所敢序也雖然階嘗從洪甫汝中竊聞先
生之學矣夫學非獨倡始難也其傳而不失其宗

蓋亦不易焉自孔子沒大學格致之旨晦其在俗
儒率外心以求知終其身汨溺於見聞記誦而高
明之士又率纂径約貴自然淪入於二氏而不自
覺先生崛起千載之後毅然以謂致知者致吾心
之良知也吾心之良知不待慮而知不待學而能
是乃天命之性吾心靈昭明覺之本體也惟不自
欺其良知斯知致而意可誠矣格者正也正其不
正以歸於正也物者事也事各歸於正而吾良知
之所知始無虧缺障蔽得以極其致矣舉知而歸

諸良舉致知而歸諸正物蓋先生之學不汨於俗
亦不入於空如此于時聞者章知口耳之可耻然
其辟之或激於大過韋有見夫心體之嘗求然其
擬之或涉於太輕於是超頓之說與至舉踐履之
實積累之功盡詆以爲不足務脱於俗顧轉而趨
於空則先生之學有不待夫傳之既久乃始失其
宗者玆豈非學先生者之所憂乎洪甫輯爲是編
其志固將以救之其自序曰言近而旨遠此吾師
中行之證也又曰吾師之教平易切實而聖智神

化之機固已躍然不必更爲别說洪甫之於師傳
其闡明翼衛視先生之於孔氏有功等矣夫三代
以前學與政合而出於一虞廷之命官與其所陳
之謨皆精一執中之運用也故曰三代之治本於
道三代之道本於心而後世論學既指夫俗與空
者當之其論政又指夫期會簿書當之謬迷日甚
而未已也徐侯方從事於政獨能聚諸生以講先
生之學汲汲焉刻是編以詔之其異於世之爲者
歟使凡領郡者皆徐侯其人先生之學明而洪甫

之憂可釋也階生晚不及登先生之門然昔孟子
自謂於孔子爲私淑至其自任閑先生之道以承
孔子則雖見目爲好辯而不辭故輒以侯請僭爲
之序嗚呼觀者其尚亮階之志也夫

刻文錄敘說

德洪曰嘉靖丁亥四月時鄒謙之謫廣德以所
錄先生文稿請刻先生止之曰不可吾黨學
問幸得頭腦須鞭辟近裏務求實得一切繁
文靡好傳之恐眩人耳目不錄可也謙之復

餘姚錢子洪甫既刻《陽明先生文録》以傳，又求諸四方，得先生所著《大學或問》《五經臆説》序、記、書、疏等若干卷，題曰《文録續編》，而屬嘉興守六安徐侯以正刻之。刻成，侯謀於洪甫及王子汝中，遣郡博張編、海寧諸生董啓予問序於階。階曰：先生之文，非淺薄所敢序也。雖然，階嘗從洪甫、汝中竊聞先生之學矣。夫學非獨倡始難也，其傳而不失其宗，蓋亦不易焉。自孔子没，《大學》格致之旨晦，其在俗儒，率外心以求知，終其身汩溺於見聞記誦，而高明之士又率慕徑約貴，自然淪入於二氏而不自覺。先生崛起千載之後，毅然以謂致知者，致吾心之良知也。吾心之良知，不待慮而知，不待學而能，是乃天命之性。吾心靈昭明，覺之本體也，惟不自欺其良知，斯知致而意可誠矣。格者，正也，正其不正以歸於正也。物者，事也，事各歸於正，而吾良知之所知，始無虧缺障弊，得以極其致矣。舉知而歸諸良，舉致知而歸諸正物，蓋先生之學不汩於俗，亦不入於空。如此，於時聞者幸知口耳之可耻，然其辟之或激於大過，幸有見夫心體之當求，然其擬之或涉於太輕，於是超頓之説興。至舉踐履之實，積累之功，盡詆以爲不足。務脱於俗，顧轉而趨於空，則先生之學有不待。夫傳之既久，乃始失其宗者，茲豈非學先生者之所憂乎。洪甫輯爲是編，其志固將以救之。其自序曰：言近而旨遠，此吾師中行之證也。又曰：吾師之教，平易切實，而聖智神化之機，固已躍然，不必更爲别説。洪甫之於師傳，其闡明翼衛，視先生之於孔氏有功等矣。夫三代以前，學與政合而出於一，虞廷之命官與其所陳之謨，皆精一執中之運用也。故曰三代之治本於道，三代之道本於心。而後世論學，既指夫俗與空者當之，其論政又指夫期會簿書當之，謬迷日甚而未已也。徐侯方從事於政，獨能聚諸生以講先生之學，汲汲焉刻是編以詔之，其異於世之爲者歟？使凡領郡者皆徐侯其人，先生之學明，而洪甫之憂可釋也。階生晚，不及登先生之門。然昔孟子自謂於孔子爲私淑，至其自任，閑先生之道以承孔子，則雖見目爲好辯而不辭。故輒以侯請，僭爲之序。嗚呼！觀者其尚亮階之志也夫。

《刻文録叙説》錢德洪撰

見明刻本《陽明先生文録》五卷《外集》九卷《别録》十卷。（索書號3237）

校記：

1. “復請刻，先生曰：此愛惜文辭之心也”，此本“先生曰”作“先曰”。

王文成全書三十八卷

清文津閣四庫全書本

國家圖書館　四庫第 5131—35 函（善本）

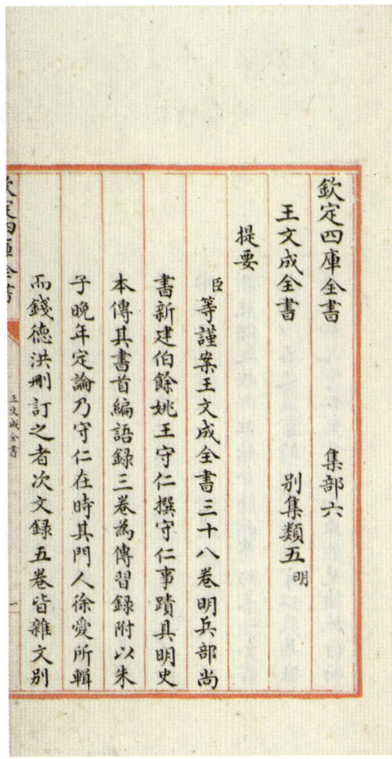

欽定四庫全書　集部六

王文成全書　別集類五 明

提要

臣等謹案王文成全書三十八卷明兵部尚書新建伯餘姚王守仁撰守仁事蹟具明史本傳其書首編語錄三卷為傳習錄附以朱子晚年定論乃守仁在時其門人徐愛所輯而錢德洪刪訂之者次文錄五卷皆雜文別

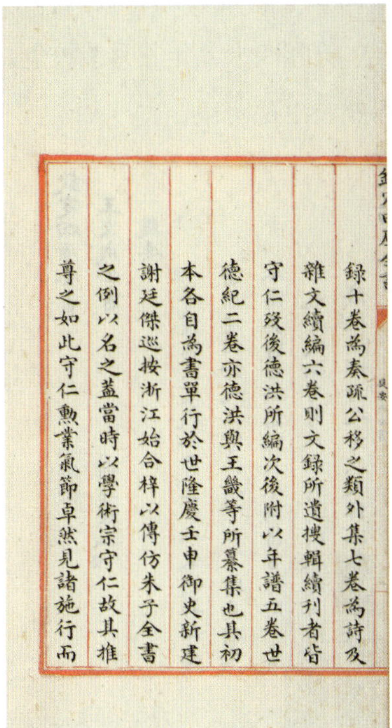

錄十卷為奏疏公移之類外集七卷為詩及雜文續編六卷則文錄所遺搜輯續刊者皆守仁歿後德洪所編次後附以年譜五卷世德紀二卷亦德洪與王畿等所纂集也其初本各自為書單行於世隆慶壬申御史新建謝廷傑巡按浙江始合梓以傳倣朱子全書之例以名之蓋當時以學術宗守仁故其推尊之如此守仁勲業氣節卓然見諸施行而

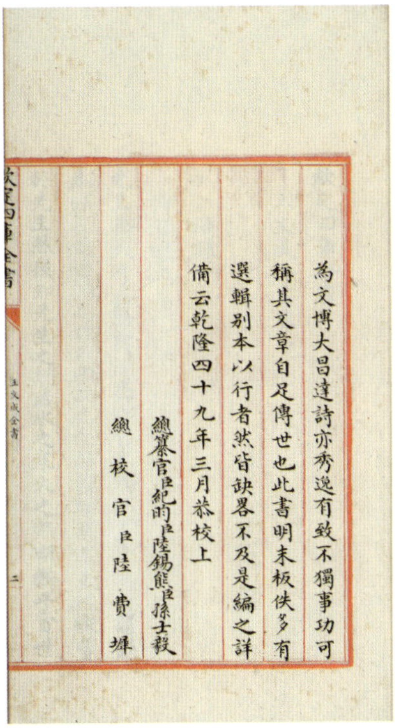

為文博大昌達詩亦秀逸有致不獨事功可稱其文章自足傳世也此書明末板佚多有選輯別本以行者然皆缺畧不及是編之詳備云乾隆四十九年三月恭校上

總纂官臣紀昀臣陸錫熊臣孫士毅

總　校　官臣陸　費墀

臣等謹案 :《王文成全書》三十八卷，明兵部尚書新建伯餘姚王守仁撰。守仁事迹具《明史》本傳。其書首編語録三卷爲傳習録，附以《朱子晚年定論》，乃守仁在時其門人徐愛所輯，而錢德洪刪訂之者。次文録五卷，皆雜文。別録十卷，爲奏疏公移之類。外集七卷，爲詩及雜文。續編六卷，則文録所遺。搜輯續刊者，皆守仁殁後德洪所編次。後附以年譜五卷，世德記二卷，亦德洪與王畿等所纂集也。其初本各自爲書，單行於世。隆慶壬申，御史新建謝廷傑巡按浙江，始合梓以傳，仿朱子全書之例以名之。蓋當時以學術宗守仁，故其推尊之如此。守仁勛業氣節卓然，見諸施行，而爲文博大昌達，詩亦秀逸有致，不獨事功可稱，其文章自足傳世也。此書明末板佚，多有選輯別本以行者。然皆缺略，不及是編之詳備云。乾隆四十九年三月恭校上。

總纂官臣紀昀、臣陸錫熊、臣孫士毅，

總校官臣陸費墀。

王文成公全書三十八卷

清光緒浙江書局刻本

國家圖書館 23052（普通古籍）

《王文成公全書序》徐階撰

見明隆慶六年（1572）謝廷傑刻本《王文成公全書》三十八卷。（索書號 13925）

校記：

1.“懼夫四方之學者或弗克盡讀也”，此本“之”作“正”。

《傳習録序》徐愛撰

見明刻本《傳習録》三卷《續録》二卷。（索書號 13300）

校記：

1.“傳習録序”，此本作“傳習録序，門人徐愛撰”。

2.“又何言之不一耶”，此本“耶”作“邪”。

3.“使吾儕嘗在先生之門”，此本“嘗”作“常”。

4.“因復識此於篇首”，此本“篇首”作“首篇”。

5.此本無南逢吉識語。

《陽明先生文録序》鄒守益撰 嘉靖丙申（十五年，1536）春三月

見明嘉靖十四年（1535）聞人詮刻本《陽明先生文録》五卷《外集》九卷《別

録》十卷。（索書號 9116）

校記：

1.“門人安成鄒守益撰”，此本作“門人鄒守益”。

2.“於是先師之言粲然聚矣”，此本“粲”作“燦”。

3.“至我陽明先師，慨然深探其統”，此本“師”作“生”。

4.“獨揭良知，力極群迷”，此本“極”作“拯”。

5.“先師嘆曰：某願從事講學一節”，此本“嘆”作“笑”。

6.“良知之明，蒸民所同”，此本“蒸”作“烝”。

《陽明先生文録序》錢德洪撰

見明隆慶六年（1572）謝廷傑刻本《王文成公全書》三十八卷。（索書號 13925）

校記：

1.“是將奮吾之所習而蹶吾之所趨也”，此本“奮”作“奪”。

2.“殫思力踐竭精瘁志”，此本“瘁”作“粹”。

3.“即是先生之言始也”，此本“是”作“自”。

《重刻陽明先生文録後語》王畿撰

見明隆慶六年（1572）謝廷傑刻本《王文成公全書》三十八卷。（索書號 13925）

校記：

1.“有培栽之義焉”，此本“培栽”作“栽培”。

《陽明先生文録續編序》徐階撰

見明隆慶六年（1572）謝廷傑刻本《王文成公全書》三十八卷。（索書號13925）

《刻文録叙説》錢德洪撰 嘉靖乙未（十四年，1535）

見明刻本《陽明先生文録》五卷《外集》九卷《别録》十卷。（索書號3237）

校記：

1. “先生曰：此愛惜文辭之心也”，此本脱“生”字。
2. “故邇來只指點致良知工夫”，此本“點”作“破”。
3. “或鼓掉而歌”，此本“掉”作“棹”。
4. “德洪輩在侍者”，此本脱“在”字。
5. “中多激忿抗厲之氣”，此本“多”作“心”。

《詔書》隆慶二年（1568）十月十七日

見明隆慶六年（1572）謝廷傑刻本《王文成公全書》三十八卷。（索書號13925）

王文成公全書三十八卷

清光緒浙江書局刻本

國家圖書館 88233（普通古籍）

《王文成公全書序》徐階撰

見明隆慶六年（1572）謝廷傑刻本《王文成公全書》三十八卷。（索書號 13925）

校記：

1.“懼夫四方之學者或弗克盡讀也”，此本“之”作“正”。

《傳習録序》徐愛撰

見明刻本《傳習録》三卷《續録》二卷。（索書號 13300）

校記：

1.“傳習録序”，此本作“傳習録序，門人徐愛撰”。

2.“又何言之不一耶”，此本“耶”作“邪”。

3.“使吾儕嘗在先生之門”，此本“嘗”作“常”。

4.“因復識此於篇首”，此本“篇首”作“首篇”。

5. 此本無南逢吉識語。

《陽明先生文録序》鄒守益撰　嘉靖丙申（十五年，1536）春三月

見明嘉靖十四年（1535）聞人詮刻本《陽明先生文録》五卷《外集》九卷《别

録》十卷。(索書號 9116)

校記：

1. “門人安成鄒守益撰”，此本作“門人鄒守益”。

2. “於是先師之言粲然聚矣”，此本“粲”作“燦”。

3. “至我陽明先師，慨然深探其統”，此本“師”作“生”。

4. “獨揭良知，力極群迷”，此本“極”作“拯”。

5. “先師嘆曰：某願從事講學一節”，此本“嘆”作“笑”。

6. “良知之明，蒸民所同”，此本“蒸”作“烝”。

《陽明先生文録序》錢德洪撰

見明隆慶六年(1572)謝廷傑刻本《王文成公全書》三十八卷。(索書號 13925)

校記：

1. “是將奮吾之所習而蹶吾之所趨也”，此本“奮”作“奪”。

2. “殫思力踐竭精瘁志”，此本“瘁”作“粹”。

3. “即是先生之言始也”，此本“是”作“自”。

《重刻陽明先生文録後語》王畿撰

見明隆慶六年(1572)謝廷傑刻本《王文成公全書》三十八卷。(索書號 13925)

校記：

1. “有培栽之義焉”，此本“培栽”作“栽培”。

《陽明先生文録續編序》徐階撰

見明隆慶六年（1572）謝廷傑刻本《王文成公全書》三十八卷。（索書號13925）

《刻文録叙説》錢德洪撰 嘉靖乙未（十四年，1535）

見明刻本《陽明先生文録》五卷《外集》九卷《别録》十卷。（索書號3237）

校記：

1.“先生曰：此愛惜文辭之心也”，此本脱“生”字。

2.“故邇來只指點致良知工夫”，此本“點”作“破”。

3.“或鼓掉而歌”，此本“掉”作“棹”。

4.“德洪輩在侍者”，此本脱“在”字。

5.“中多激忿抗厲之氣”，此本“多”作“心”。

《詔書》隆慶二年（1568）十月十七日

見明隆慶六年（1572）謝廷傑刻本《王文成公全書》三十八卷。（索書號13925）

王文成公全書三十八卷

民國二年（1913）上海中華圖書館石印本

國家圖書館 103102（普通古籍）

《王文成公全書序》徐階撰

見明隆慶六年（1572）謝廷傑刻本《王文成公全書》三十八卷。（索書號 13925）

校記：

1. “懼夫四方之學者或弗克盡讀也”，此本“之”作“正”。

《傳習録序》徐愛撰

見明刻本《傳習録》三卷《續録》二卷。（索書號 13300）

校記：

1. “又何言之不一耶”，此本“耶”作“邪”。
2. “使吾儕嘗在先生之門”，此本“嘗”作“常”。
3. “因復識此於篇首”，此本“篇首”作“首篇”。
4. 此本無南逢吉識語。

《陽明先生文録序》鄒守益撰　嘉靖丙申（十五年，1536）春三月

見明嘉靖十四年（1535）聞人詮刻本《陽明先生文録》五卷《外集》九卷《别録》十卷。（索書號 9116）

校記：

1. “於是先師之言粲然聚矣”，此本“粲”作“燦”。

2. “至我陽明先師，慨然深探其統”，此本“師”作“生”。

3. “獨揭良知，力極群迷”，此本“極”作“拯”。

4. “先師嘆曰：某願從事講學一節”，此本“嘆”作“笑”。

《陽明先生文録序》錢德洪撰

見明隆慶六年（1572）謝廷傑刻本《王文成公全書》三十八卷。（索書號 13925）

校記：

1. “是將奮吾之所習而蹶吾之所趨也”，此本“奮”作“奪”。

2. “即是先生之言始也”，此本“是”作“自”。

《重刻陽明先生文録後語》王畿撰

見明隆慶六年（1572）謝廷傑刻本《王文成公全書》三十八卷。（索書號 13925）

校記：

1. “有培栽之義焉”，此本“培栽”作“栽培”。

《陽明先生文録續編序》徐階撰

見明隆慶六年（1572）謝廷傑刻本《王文成公全書》三十八卷。（索書號 13925）

《刻文録叙説》錢德洪撰 嘉靖乙未（十四年，1535）

見明刻本《陽明先生文録》五卷《外集》九卷《别録》十卷。（索書號3237）

校記：

1.“故邇來只指點致良知工夫”，此本“點”作“破”。

2.“或鼓掉而歌”，此本“掉”作“棹”。

3.“德洪輩在侍者”，此本脱“在”字。

4.“中多激忿抗厲之氣”，此本“多”作“心”。

《詔書》隆慶二年（1568）十月十七日

見明隆慶六年（1572）謝廷傑刻本《王文成公全書》三十八卷。（索書號13925）

王文成公全書三十八卷

民國上海中華書局鉛印《四部備要》本

國家圖書館 10160：1392—1401（普通古籍）

《王文成公全書序》徐階撰

見明隆慶六年（1572）謝廷傑刻本《王文成公全書》三十八卷。（索書號13925）

校記：

1. “懼夫四方之學者或弗克盡讀也”，此本“之”作“正”。

《傳習録序》徐愛撰

見明刻本《傳習録》三卷《續録》二卷。（索書號 13300）

校記：

1. “又何言之不一耶”，此本“耶”作“邪”。
2. “使吾儕嘗在先生之門”，此本“嘗”作“常”。
3. “因復識此於篇首”，此本“篇首”作“首篇”。
4. 此本無南逢吉識語。

《陽明先生文録序》鄒守益撰　嘉靖丙申（十五年，1536）春三月

見明嘉靖十四年（1535）聞人詮刻本《陽明先生文録》五卷《外集》九卷《別録》十卷。（索書號 9116）

校記：

1.“於是先師之言粲然聚矣”，此本“粲”作“燦”。

2.“至我陽明先師，慨然深探其統”，此本“師”作“生”。

3.“獨揭良知，力極群迷”，此本“極”作“拯”。

4.“先師嘆曰：某願從事講學一節”，此本“嘆”作“笑”。

《陽明先生文録序》錢德洪撰

見明隆慶六年（1572）謝廷傑刻本《王文成公全書》三十八卷。（索書號13925）

校記：

1.“是將奮吾之所習而蹶吾之所趨也”，此本“奮”作“奪”。

2.“即是先生之言始也”，此本“是”作“自”。

《重刻陽明先生文録後語》王畿撰

見明隆慶六年（1572）謝廷傑刻本《王文成公全書》三十八卷。（索書號13925）

校記：

1.“有培栽之義焉”，此本“培栽”作“栽培”。

《陽明先生文録續編序》徐階撰

見明隆慶六年（1572）謝廷傑刻本《王文成公全書》三十八卷。（索書號13925）

《刻文録叙説》錢德洪撰 嘉靖乙未（十四年，1535）

見明刻本《陽明先生文録》五卷《外集》九卷《别録》十卷。（索書號3237）

校記：

1. “先生曰：此愛惜文辭之心也”，此本脱“生”字。

2. “故邇來只指點致良知工夫”，此本“點”作“破”。

3. “或鼓掉而歌”，此本“掉”作“棹”。

4. “德洪輩在侍者”，此本脱“在”字。

《詔書》隆慶二年（1568）十月十七日

見明隆慶六年（1572）謝廷傑刻本《王文成公全書》三十八卷。（索書號13925）

王文成公全書三十八卷

民國九至二十三年（1920–1934）上海中華書局鉛印二十三至二十五年（1934—1936）重印《四部備要》本

國家圖書館 37839:1516—1533（普通古籍）

見民國上海中華書局印《四部備要》本《王文成公主全書三十八卷》。（索書號 10160:1392–1401）

王陽明先生全集十卷首一卷

清康熙十二年（1673）俞嶙是政堂刻本

國家圖書館 T00255（善本）

康熙十二年（1673）王令《王陽明先生全集序》

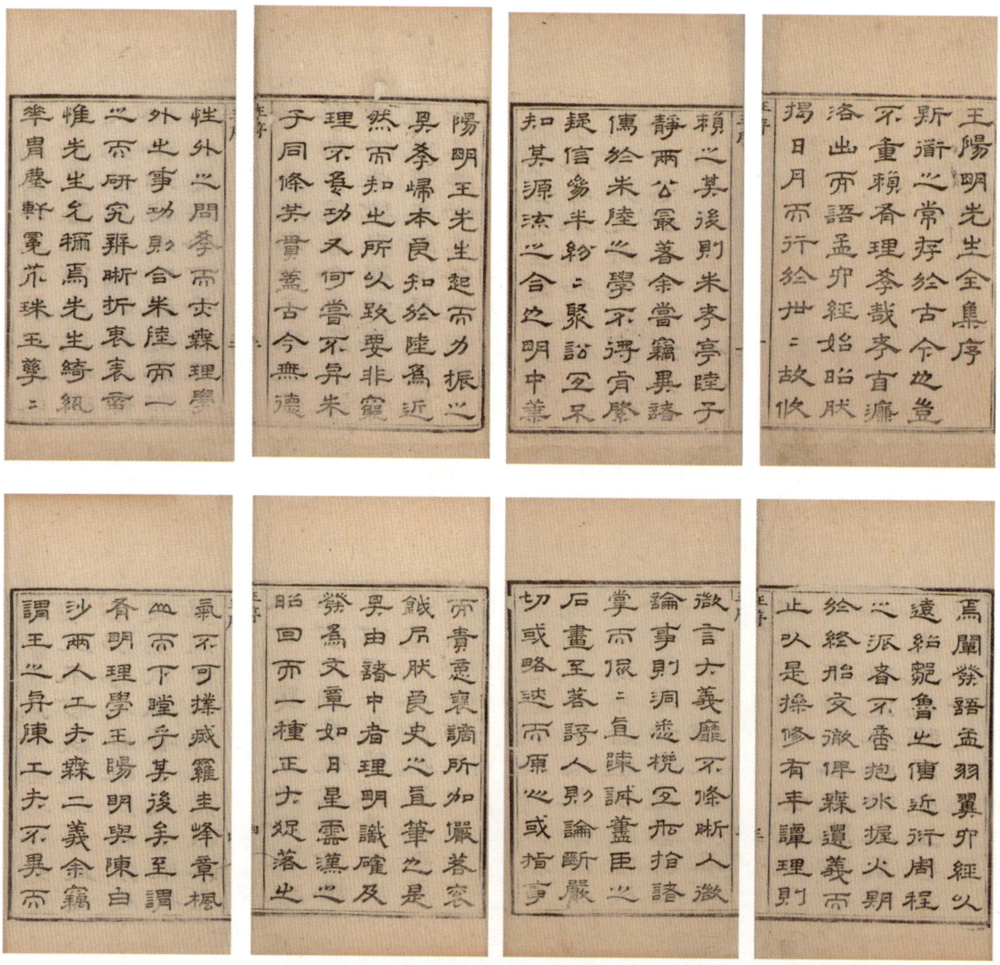

王陽明先生全集序
斯衛之常存於古今也豈
不重賴有理學哉自有濂
洛出而語孟六經始昭然
揭日月而行於世世故攸

賴之其後則朱考亭陸子
靜兩公最著余嘗竊異諸
儒於朱陸之學不得肯綮
疑信參半紛紛聚訟互異
知其源流之合也明中葉

陽明王先生起而力振之
學者歸本良知於陸爲近
然而知此所以致要非竊
理不急功又何嘗不異朱
子同條共貫蓋古今無德

性外之問學而求窮理學
外之事功則合朱陸而一
之而研究辨晰折衷衷當
惟先生允稱焉先生綺紈
華胄屣軒冕芥珠玉孳孳

爲闡發語孟羽翼六經以
遠紹鄒魯之傳近衍周程
之派者不啻抱冰握火朔
於綫胎文徽俾彝還義而
止以是操修有本譚理則

徵言大義靡不條晰入徼
論事則洞悉機宜而拾諸
掌而侃侃直諫誠藎臣之
石畫至著詩人則論斷嚴
切或略述而原心或指事

而責意褒譏所加儼若衮
鉞居然良史之直筆也是
其由諸中者理明識確及
發爲文章如日星雲漢之
昭回而一種正大綻落也

氣不可撲滅羅圭峰章楓
山而下暨乎其後矣至謂
有明理學王陽明與陳白
沙兩人工夫彝二義余竊
謂王之異陳工夫不異而

佐用不同而孟宗時先生
持正不阿親賦以身任之
而功存宗社雖周絳侯之
定燕代裴晉公之平淮蔡
韓魏公之威函夏而佐元

樞當不之過此無他先生
以致知格物之理成動心
忍性之功故不以危疑瞻
畏識不以險阻折其氣不
以常變得喪易其守故有

嘗功名盛大先生視若固
有豈時為人所齮齕先生
亦自處晏如往往手所覽
定極當當後世人所不能
措之手言所誅擊極當時

後世人所不敢出之言鑿
嚴威以求補過之原抒畏
患以為參稽之助以是參
以是教吏以是為治豈而
粵撫虞時五嶺而南皆其

祇教所至士沐流風民既
畏根茲今猶俎豆不祧也
會壬子秋粵闈策士嘗課
道統當余視藩蒙得董厥
事因思道統之傳自語孟

六經下逮濂洛以及考亭
子靜白沙諸先輩畏以文
章經濟兼袁著者指難多
屈感慨係之適同考官從
化寧俞君嵩菴為先生姪

孫繼起秋淑典型匪朝伊
夕念先生文集散失海內
有求遺書者幾不可得爰
搜正別外三錄彙為全集
重光棃棗不少理參文章

經濟之編第列奏記傳銘
書文之序蓋以體用無殊
同條共貫亦古今彝德性
外之間學術無理參外之
吏功之蘊也因屬序於余

余惟先生文錄先是梓於
於姑蘇沢於丞具實緒山
錢氏龍溪王氏與有力焉
則先生之教固無庸家喻
而戶曉也顧吏得茲集毋

乃斯道復倡於海嶠而闢
邪說集大成用以佐我
今上右文之治斯固粵韶人
士之幸抑寧止粵都人士
之幸已哉寧曰唯唯徵先

生言無以弁斯集且彝以
先斯參余不敏亦不敢辭
固陋乃敬述所聞而樂為
之云爾 旹
康熙十二年冬十一月關

中後參王令琴手題于
珠江官署

餘姚史章隸古

斯道之常存於古今也，豈不重賴有理學哉。考自濂洛出而語孟六經，始昭然揭日月而行於世，世故攸賴之。其後則朱考亭、陸子静兩公最著。余嘗竊異諸傳於朱陸之學不得肯綮，疑信參半，紛紛聚訟，宜不知其源流之合也。明中葉陽明王先生起而力振之，其學歸本良知，於陸爲近。然而知之所以致要，非窮理不急功，又何嘗不與朱子同條共貫。蓋古今無德性外之問學，而亦無理學外之事功，則合朱陸而一之，而研究、辨晰、折衷、表意，惟先生允稱焉。先生綺紈華胄，廛軒冕芥，珠玉孳孳焉，闡發語孟、羽翼六經以遠紹鄒魯之傳，近衍周程之派者，不啻抱冰握火，期於終始交徹，俾無遺義而止。以是操修有年，譚理則微言大義，靡不條晰入微，論事則洞悉機宜，如指諸掌而侃侃直陳，誠藎臣之石畫。至若評人則論斷嚴切，或略迹而原心，或指事而責意，褒譎所加，儼若衮鉞，居然良史之直筆也。是其由諸中者，理明識確，及發爲文章，如日星雲漢之昭回，而一種正大疏落之氣不可撲滅。羅圭峰、章楓山而下瞠乎其後矣。至謂有明理學，王陽明與陳白沙兩人工夫無二義。余竊謂王之與陳，工夫不異而作用不同，如武宗時先生持正不阿，毅然以身任之而功存宗社，雖周絳侯之定燕代，裴晉公之平淮蔡，韓魏公之威西夏而佐元樞，當不之過。此無他，先生以致知格物之理，成動心忍性之功，故不以危疑眩其識，不以險仄折其气，不以常變得喪易其守。故有時功名盛大，先生視若固有，即時爲人所齮齕，先生亦自處晏如，往往手所釐定，極當時後世人所不能措之手，言所誅擊，極當時後世人所不敢出之言，藉嚴威以求補過之原，存憂患以爲考稽之助，以是學，以是教，更以是爲治。即如其撫虔，時五嶺而南皆其聲教所至，士沐流風，民歌樂和，迄今猶俎豆不祧也。

會壬子秋粤闈策士，首課道統。時余視藩篆，得董厥事，因思道統之傳，自語孟六經，下逮濂洛，以及考亭、子静、白沙諸先輩，其以文章經濟兼表著者，指難多屈，感慨係之。適同考官從化宰俞君嵩庵爲先生枌榆繼起，私淑典型，匪朝伊夕，念先生文集散失，海内有求遺書者幾不可得，爰搜正、别、外三録彙爲全集，重光梨棗，不分理學、文章、經濟之編，第列奏、記、傳、銘、書、文之序，蓋以體用無殊，同條共貫，亦古今無德性外之問學，並無理學外之事功之意也。因屬序於余，余惟先生文録，先是梓昉於姑蘇，次於天真，實緒山錢氏、龍溪王氏與有力焉。則先生之教固無庸家喻而户曉也，顧更得茲集，毋乃斯道復倡於海嶠而闢邪説、集大成，用以佐我今上右文之治，斯固粵都人士之幸，抑寧止粵都人士之幸已哉！宰曰：唯唯。微先生言，無以弁斯集，且無以光斯舉。余不敏，亦不敢辭固陋，乃敬述所聞而樂答之云爾。時康熙十二年冬十一月關中後學王令拜手題於珠江官署。

王陽明先生全集二十二卷首一卷

清康熙十二年（1673）俞嶙刻餘姚敦厚堂黄氏印本

國家圖書館 91792（普通古籍）

清康熙十二年（1673）王令《王陽明先生全集序》

見清康熙十二年（1673）俞嶙刻是政堂印本《王陽明先生全集》十卷首一卷。（索書號 T00255）

清康熙十二年（1673）俞嶙《王陽明先生全集序》

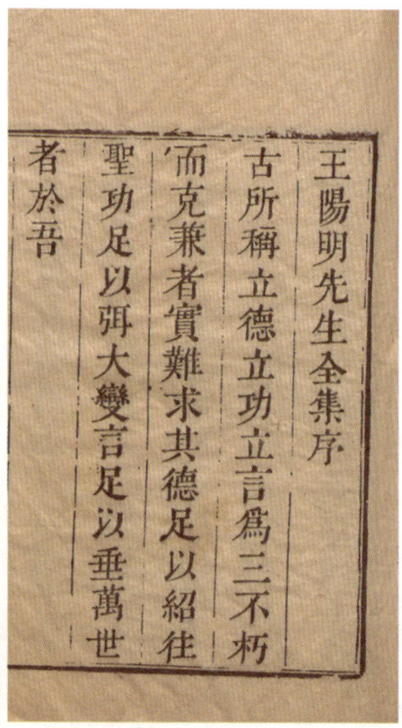
王陽明先生全集序
古所稱立德立功立言爲三不朽
而克兼者實難求其德足以紹往
聖功足以弭大變言足以垂萬世
者於吾

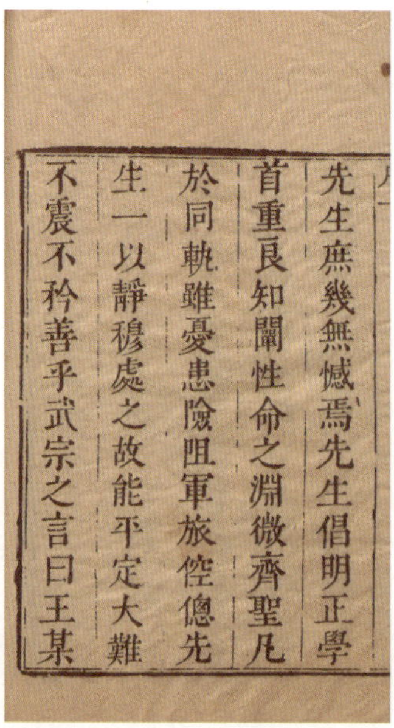
先生庶幾無憾焉先生倡明正學
首重良知闡性命之淵微齊聖凡
於同軌雖憂患險阻軍旅倥偬先
生一以靜穆處之故能平定大難
不震不矜善乎武宗之言曰王某

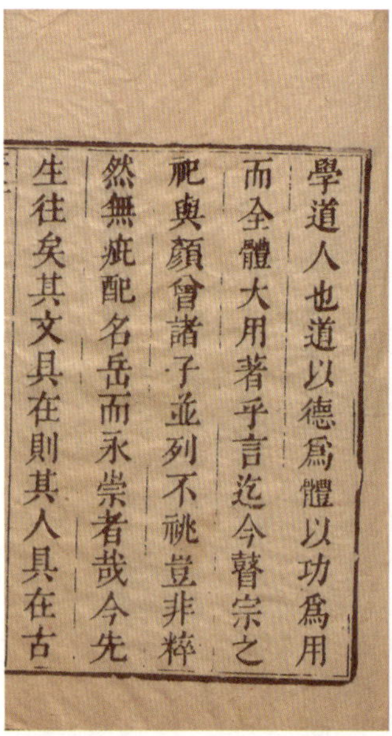
學道人也道以德爲體以功爲用
而全體大用著乎言迄今瞽宗之
祀與顔曾諸子並列不祧豈非粹
然無疵配名岳而永崇者哉今先
生往矣其文具在則其人具在古

云存則人亡則書其統一也予生也晚幸而同先生里居自腓角受書以來執鞭之慕斯夕以之第所傳文集二十卷兵燹之後原板灰燼予懼夫先生之文日久漸湮而後之學者將倀倀乎其靡所適從也故予甫及下車即取先生全集重付剞劂而詮次之夫一命初膺席尚未煖且徵調不時簿書日迫顧亟亟以此爲務鮮有不笑予之迂者不知先生之文其有關於風俗人心者正匪細也況先生當年駐節兩粵其恩威所被能使未拓之疆變爲樂土積梗之俗遷其夙心明德豐功淪膏浹髓雖年紀般遙直赫赫若前日事惜此間人士弟能述先生之德與功而竟不得一讀先生之文是猶覩鏞鐘蕢鼓而未獲攷擊聞聲也終非深知先生者也夫先生之文如日月然終古不變而光景常新雖布帛菽粟之恒言具有過化存神之至理爲之因其文以求其人則文章如面昔日之衣冠劍珮俱在我羹牆寤寐中矣寧僅傳說其功德云爾耶予以拙才而守茲巖邑惟恐羽籥未盡與刀犢未盡化雨膏未盡敷以上負

聖天子愛民至意倘藉先生之文而爲之振鐸宇內使善讀者深求乎

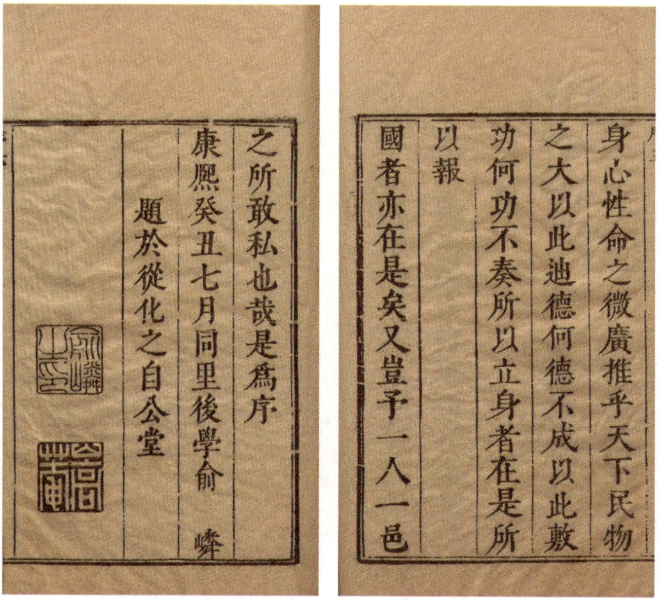
身心性命之微廣推乎天下民物
之大以此廸德何德不成以此敷
功何功不奏所以立身者在是所
以報
國者亦在是矣又豈予一人一邑
之所敢私也哉是爲序
康熙癸丑七月同里後學俞　嶙
題於從化之自公堂

古所稱立德立功立言爲三不朽，而克兼者實難。求其德足以紹往聖，功足以弭大變，言足以垂萬世者，於吾先生庶幾無憾焉。先生倡明正學，首重良知，闡性命之淵微，齊聖凡於同軌，雖憂患險阻，軍旅倥偬，先生一以静穆處之，故能平定大難，不震不矜，善乎！武宗之言曰："王某學道人也，道以德爲體，以功爲用，而全體大用著乎言。迄今瞽宗之祀與顔曾諸子並列不祧，豈非粹然無疵，配名岳而永崇者哉？"今先生往矣，其文具在，則其人具在。古云：存則人，亡則書，其統一也。

予生也晚，幸而同先生里居。自丱角受書以來，執鞭之慕，昕夕以之。第所傳文集二十卷，兵燹之後，原板灰燼。予懼夫先生之文日久漸湮，而後之學者將倀倀乎其靡所適從也。故予甫下車即取先生全集，重付剞劂，而詮次之。

夫一命初膺，席尚未暖，且徵調不時，簿書日迫，顧亟亟以此爲務，鮮有不笑予之迂者。不知先生之文，其有關於風俗、人心者，正匪細也。況先生當年駐節兩粤，其恩威所被，能使未拓之疆變爲樂土，積梗之俗還其夙心，明德豐功，淪膏浹髓，雖年紀殷遥，直赫赫若前日事。惜此間人士，第能述先生之德與功，而竟不得一讀先生之文，是猶睹鏞鐘蕢鼓，而未獲考擊聞聲也，終非深知先生者也。夫先生之文如日月然，終古不變，而光景常新，雖布帛菽粟之恒言，具有過化存神之至理。爲之，因其文以求其人，則文章如面，昔日之衣冠劍珮，俱在我羹墻寤寐中矣，寧僅傳説其功德云爾耶？予以拙才而守茲巖邑，惟恐羽籥未盡興，刀犢未盡化，雨膏未盡敷，以上負聖天子愛民至意。倘藉先生之文而爲之振鐸宇内，使善讀者深求乎身心性命之微，廣推乎天下民物之大，以此迪德，何德不成？以此敷功，何功不奏？所以立身者在是，所以報國者，亦在是矣。又豈予一人一邑之所敢私也哉？是爲序。

康熙癸丑七月，同里後學俞嶙題於從化之自公堂。

《陽明先生文集跋》

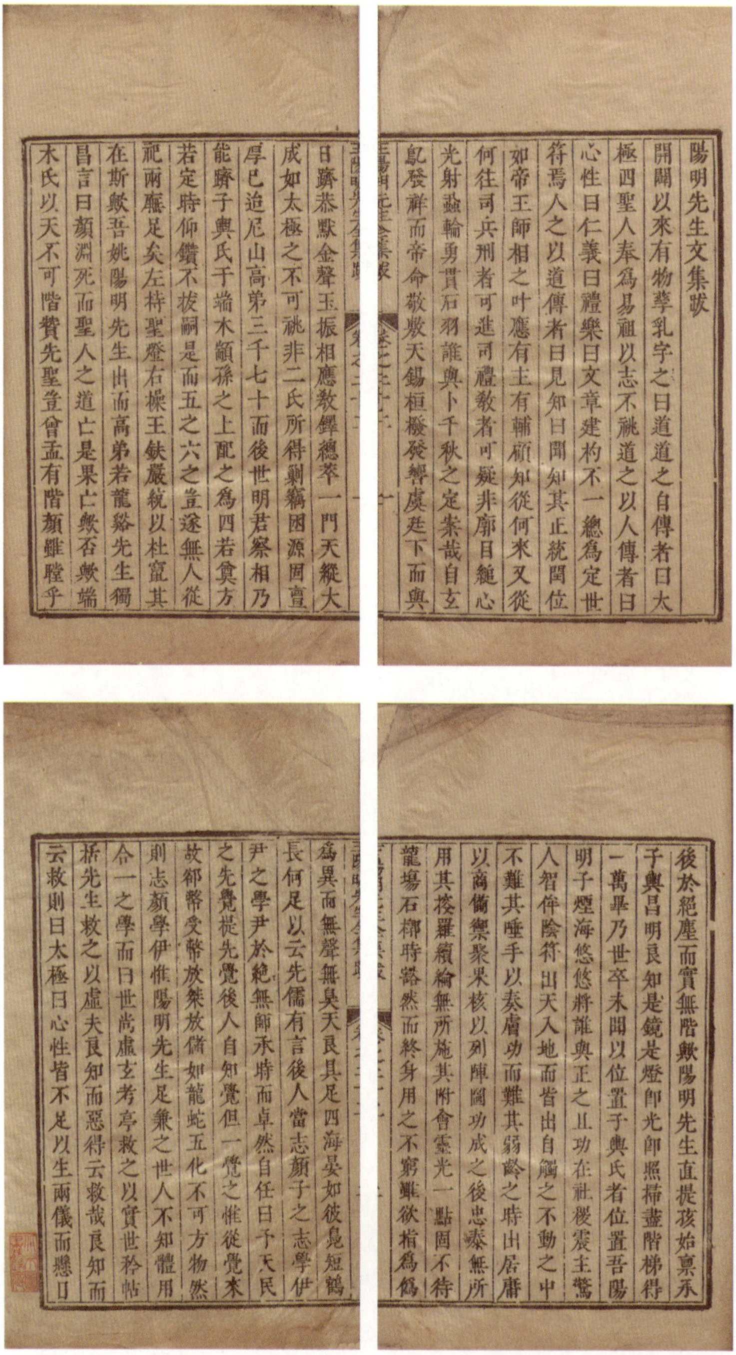
陽明先生文集跋
開闢以來有物孳乳字之曰道道之自傳者曰太
極四聖人奉爲易祖以志不祧道之以人傳者曰
心性曰仁義曰禮樂曰文章建杓不一總爲定世
符焉人之以道傳者曰見知曰聞知其正統閏位
如帝王師相之叶應有主有輔碩知從何來又從
何往司兵刑者可進司禮教者可疑非廓目纏心
光射蝨輪勇貫石羽誰與卜千秋之定案哉自玄
鳥發祥而帝命敬敷天錫桓撥發響虞廷下而與
日躋恭默金聲玉振相應教鐸總萃一門天縱大
成如太極之不可祧非二氏所得剽竊囿源固亶
厚已迨尼山高第三千七十而後世明君察相乃
能躋子輿氏于端木顓孫之上配之爲四若奠方
若定時仰鑽不拔嗣是而五之六之豈遂無人從
祀兩廡足矣左持聖燈右操王鈇嚴統以杜竄其
在斯歟吾姚陽明先生出而高弟若龍谿先生獨
昌言曰顏淵死而聖人之道亡是果亡歟否歟端
木氏以天不可階贊先聖豈曾孟有階顏雖躋乎
後於絕塵而實無階歟陽明先生直提孩始稟承
子輿昌明良知是鏡是燈即光即照掃盡階梯得
一萬畢乃世卒未聞以位置子輿氏者位置吾陽
明子煙海悠悠將誰與正之且功在社稷震主驚
人智倖險符出天入地而皆由自觸之不動之中
不難其唾手以奏膚功而難其弱齡之時由居庸
以商備禦聚果核以列陣圖功成之後忠泰無所
用其掞羅績綸無所施其附會靈光一點固不待
龍場石槨時豁然而終身用之不窮雖欲指爲僞
爲異而無聲無臭天良具足四海晏如彼鳧短鶴
長何足以云先儒有言後人當志顏子之志學伊
尹之學尹於絕無師承時而卓然自任曰予天民
之先覺提先覺後人自知覺但一覺之惟從覺來
故郤幣受幣放桀放儲如龍蛇五化不可方物然
則志顏學伊惟陽明先生足兼之世人不知體用
合一之學而曰世尚虛玄考亭救之以實世矜帖
括先生救之以虛夫良知而惡得云救哉良知而
云救則曰太極曰心性皆不足以生兩儀而懸日

開闢以來，有物孳乳，字之曰道，道之自傳者曰太極。四聖人奉爲易祖，以志不祧。道之以人傳者，曰心性，曰仁義，曰禮樂，曰文章，建杓不一，總爲定世符焉。人之以道傳者，曰見知，曰聞知，其正統閏位，如帝王師相之叶，應有主有輔，顧知從何來，又從何往，司兵刑者可進，司禮教者可疑，非廓目縋心，光射虱輪，勇貫石羽，誰與卜千秋之定案哉？！自玄匙發祥，而帝命敬敷，天錫桓撥，發響虞廷下，而與日躋恭默，金聲玉振，相應教鐸，總萃一門，天縱大成，如太極之不可祧，非二氏所得剿，竊囦源固亶厚已。迨尼山高弟三千七十，而後世明君察相乃能躋子輿氏於端木顓孫之上，配之爲四。若奠方，若定時，仰鑽不拔，嗣是而五之六之，豈遂無人從祀，兩廡足矣。左持聖燈，右操王鈇，嚴統以杜竄，其在斯歟？

吾姚陽明先生出，而高弟若龍溪先生獨昌言曰：顏淵死而聖人之道亡，是果亡歟？否歟？端木氏以天不可階贊先聖，豈曾孟有階，顏雖瞠乎後於絕塵而實無階歟？陽明先生直提孩始，稟承子輿，昌明良知，是镜是燈，即光即照，掃盡階梯，得一萬畢，乃世卒未聞。以位置子輿氏者位置吾陽明子，烟海悠悠，將誰與正之？且功在社稷，震主驚人，智侔陰符，出天入地，而皆出自觸之不動之中，不難其唾手以奏膚功，而難其弱齡之時，出居庸以商備御，聚果核以列陣圖。功成之後，忠泰無所用其搜羅，續綸無所施其附會。靈光一點，固不待龍場石槨時，豁然而終身用之不窮。雖欲指爲僞爲異，而無聲無臭，天良具足，四海晏如，彼鳧短鶴長，何足以云？

先儒有言：後人當志顏子之志，學伊尹之學。尹於絕無師承時而卓然自任，曰予天民之先覺，提先覺後，人自知覺，但一覺之，惟從覺來。故郤（應係“却”字之訛）幣受幣，放桀放儲，如龍蛇五化，不可方物。然則志顏學伊，惟陽明先生足兼之。世人不知體用合一之學，而曰世尚虛玄，考亭救之以實；世矜帖括，先生救之以虛。夫良知而惡得云救哉，良知而云救則曰太極，曰心性，皆不足以生兩儀而懸日（以下原缺）。

王陽明先生全集十六卷

清道光六年（1826）柳廷芳刻本

國家圖書館 23050（普通古籍）

清道光六年（1826）郭輝翰《重刻王陽明先生全集序》

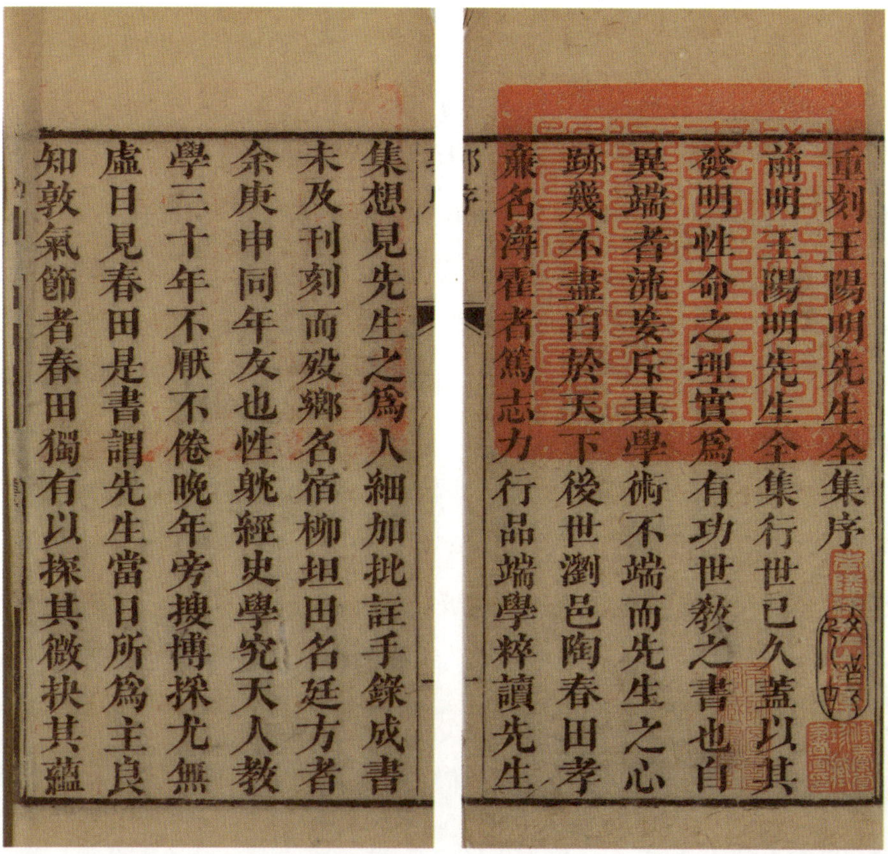

重刻王陽明先生全集序

前明王陽明先生全集行世已久蓋以其發明性命之理實爲有功世教之書也自異端者流妄斥其學術不端而先生之心跡幾不盡白於天下後世瀏邑陶春田孝亷名溥霍者篤志力行品端學粹讀先生

集想見先生之爲人細加批註手錄成書未及刊刻而殁鄉名宿柳坦田名廷方者余庚申同年友也性躭經史學究天人教學三十年不厭不倦晚年旁搜博採尤無慮日見春田是書謂先生當日所爲主良知敦氣節者春田獨有以探其微抉其蘊

郭序 一

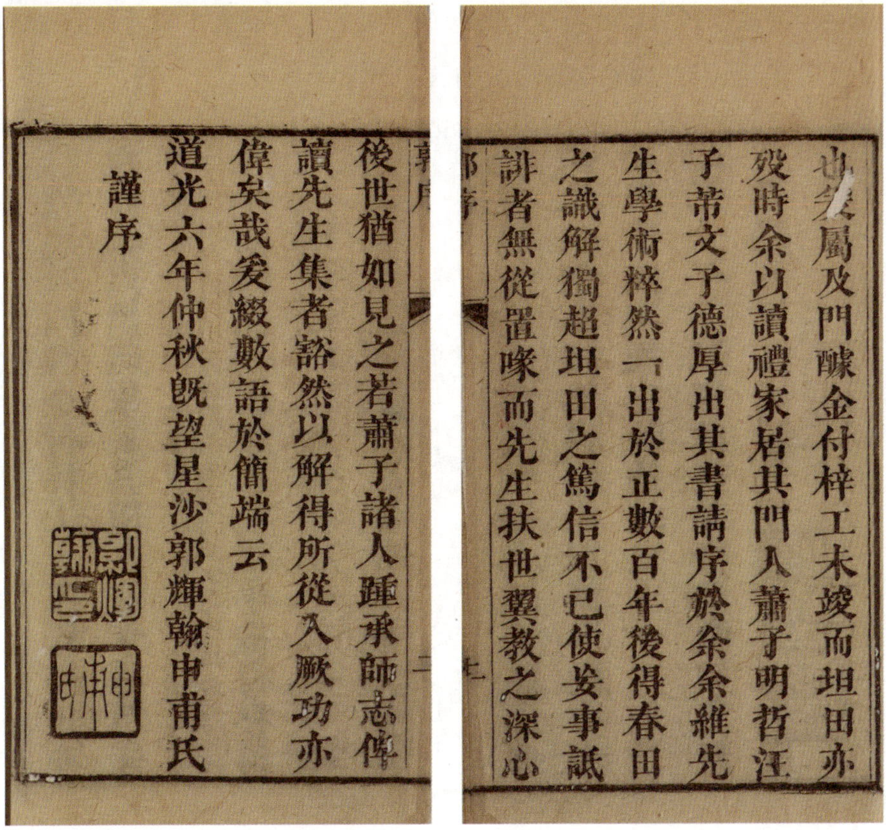

也爰屬及門醵金付梓工未竣而坦田亦
歿時余以讀禮家居其門人蕭子明哲汪
子芾文子德厚出其書請序於余余維先
生學術粹然一出於正數百年後得春田
之識解獨超坦田之篤信不已使妄事詆
誹者無從置喙而先生扶世翼教之深心
後世猶如見之若蕭子諸人踵承師志俾
讀先生集者豁然以解得所從入厥功亦
偉矣哉爰綴數語於簡端云
道光六年仲秋既望星沙郭輝翰申甫氏
謹序

前明《王陽明先生全集》行世已久，蓋以其發明性命之理，實爲有功世教之書也。自異端者流妄斥其學術不端，而先生之心迹幾不盡白於天下。後世瀏邑陶春田，孝廉名潯霍者，篤志力行，品端學粹，讀先生集，想見先生之爲人，細加批注，手録成書，未及刊刻而歿。鄉名宿柳坦田名廷方者，余庚申同年友也，性耽經史，學究天人，教學三十年，不厭不倦。晚年旁搜博采，尤無虚日。見春田是書，謂先生當日所爲主良知、敦氣節者，春田獨有以探其微，抉其藴也。爰屬及門醵金付梓。工未竣而坦田亦歿。時余以讀禮家居，其門人蕭子明哲、汪子芾、文子德厚出其書請序於余。余維先生學術粹然，一出於正，數百年後得春田之識解獨超，坦田之篤信不已，使妄事詆誹者無從置喙。而先生扶世翼教之深心，後世猶如見之。若蕭子諸人踵承師志，俾讀先生集者豁然以解得所從入，厥功亦偉矣哉。爰綴數語於簡端云。

道光六年仲秋既望，星沙郭輝翰申甫氏謹序。

李贄《陽明先生道學鈔原序》

見明萬曆三十七年（1609）武林繼錦堂刻本《陽明先生道學鈔》八卷。（書號 23055）

1.“何有是處上、處下、處常、處變之最上乘好手”，此本“最”作“寂”。

清康熙二十四年（1685）徐元文《原序》

蘇子瞻作《韓文公廟碑》謂其氣浩然獨存。朱子叙《王梅溪集》亦謂其得陽德剛明之氣。余嘗推論其説，以爲天地所以運化無窮者，陰陽二氣而已。人生而禀乎陽者爲剛健，爲光明，爲君子；禀乎陰者爲柔暗，爲邪辟，爲小人。此固若黑白之不容混，枘鑿之不相入，體之爲學術，發之爲文章，措之爲事功，亦各異趨不可同也。孔子嘗致慨於剛之未見矣。又孟子曰:“吾善養我浩然之氣。”蓋剛者，浩然之正氣也。既有是氣，又必養以克之。非是，則入於慾，入於慾則其學術、文章、事功之際雖或各有成就，然所謂客氣而非正氣也。

考諸近代，若前明北地李獻吉之才，始忤劉瑾，其後不能不屈於慾，與寧庶人交通，幾陷大逆，其文章亦自崛强而不能進於古，殆亦客氣使然也。是時，姚江王文成公亦忤劉瑾，投荒萬里之外，卒不自摧挫。後累任督撫，削平大寇。寧庶人之變，内通嬖幸，外結守臣，聲生勢張，動摇社稷。公經略措置，親冒矢石，不逾時而芟夸底定。由是嫉娼横興，讒口噂嗒，又能屏營惕息，深自斂退，處九三惕若之時，而不失乎剛健中正之體。惟其養之有素，故能措之皆得當。或乃謂其權詭縱横，抑何誣也。

原序

蘇子瞻作韓文公廟碑謂其氣浩然獨存朱子敘王梅溪集亦謂其得陽德剛明之氣余嘗推論其說以爲天地所以運化無窮者陰陽二氣而已人生而稟乎陽者爲剛德爲光明爲君子稟乎陰者爲柔暗爲邪僻爲小人此固若黑白之不容混枘鑿之不相入體之爲學術發之爲文章措之爲事功亦各異趨不可同也孔子嘗致慨於剛之未見矣又孟子曰吾善養我浩然之氣蓋剛者浩然之正氣也既有是氣又必養以克之非是則入於慾入於慾則其學術文章事功之際雖或各有成就然所謂客氣而非正氣也考諸近代若前明北地李獻吉之才始忤劉瑾其後不能不屈于慾與寧庶人交通幾陷大逆其文章亦自崛強而不能進于古殆亦客氣使然也是時姚江王文成公亦忤劉瑾投荒萬里之外卒不自摧挫後累任督撫削平大寇寧庶人之變內通嬖倖外結守臣聲生勢張動搖社稷公經畧措置親冒矢石不逾時而芟夷底定由是嫉媢橫興讒口噂沓又能屏營惕息深自斂退處九三惕若之時而不失乎剛健中正之體惟其養之有素故能措之皆得當或乃謂其權詭縱橫抑何誣也公少好讀書沉酣泛濫窮究百家其文章汪洋渾灝與唐宋八家抗行歸安茅順甫定爲有明第一宋金華而下不論也與北地同時者茶陵李文正新安程文敏倡明古學招致海內人士翕然歸之公屹起東南以學術事功顯而文章稍爲所掩順甫出而公之文始有定論幾幾乎軼茶陵新安而上之雖北地餘焰未息而學者知所向往韓子云其皆醇也而後肆爲公之文可謂醇而肆者矣先在南荒時究心理窟一日忽省於格物致知之旨此又孟子知言之學也故能吐其所得作爲文辭論者雖謂其雜于佛氏然要不可謂無其本者也公五世孫天鈞重輯而刻之屬序于余故謹論其大畧如此

康熙乙丑春三月崑山徐元文謹撰

公少好讀書，沈酣泛濫，穿穴百家。其文章汪洋渾灝，與唐宋八家抗行，歸安茅順甫定爲有明第一，宋金華而下不論也。與北地同時者，茶陵李文正、新安程文敏，倡明古學，招致海内人士翕然歸之。公屹起東南，以學術事功顯，而文章稍爲所掩。順甫出而公之文始有定論，幾幾乎軼茶陵、新安而上之。雖北地餘焰未息，而學者知所向往。韓子云："其皆醇也，而後肆焉。"公之文可謂醇而肆者矣。先在南荒時，究心《理窟》，一日忽省於格物致知之旨，此又孟子知言之學也，故能吐其所得，作爲文辭。論者雖謂其雜於佛氏，然要不可謂無其本者也。公五世孫天鈞重輯而刻之，屬序於余，故謹論其大略如此。

康熙乙丑春三月，昆山徐元文謹撰。

潘之彪《王文成公文集原叙》

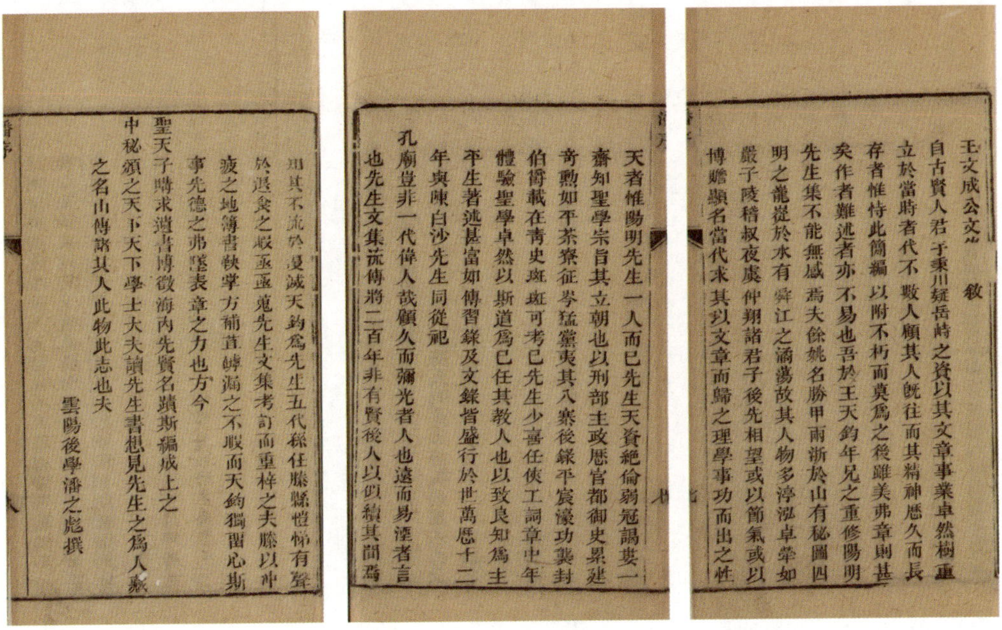

王文成公文集敘

自古賢人君子秉川疑岳峙之資以其文章事業卓然樹重立於當時者代不數人顧其人既往而其精神歷久而長存者惟恃此簡編以附不朽而莫爲之後雖美弗章則甚矣作者難述者亦不易也吾於王天鈞年兄之重修陽明先生集不能無感焉夫餘姚名勝甲兩浙於山有秘圖四明之龍蓯於水有舜江之滈蕩故其人物多渟泓卓犖如嚴子陵稽叔夜虞仲翔諸君子後先相望或以節氣或以博贍顯名當代求其以文章而歸之理學事功而出之性天者惟陽明先生一人而已先生天資絶倫弱冠謁婁一齋知聖學宗旨其立朝也以刑部主政歷官都御史累建奇勳如平茶寮征岑猛蕩夷其八寨後録平宸濠功襲封伯爵載在青史斑斑可考已先生少喜任俠工詞章中年體驗聖學卓然以斯道爲己任其教人也以致良知爲主平生著述甚富如傳習録及文録皆盛行於世萬歷十二年與陳白沙先生同從祀

孔廟豈非一代偉人哉顧久而彌光者人也遠而易湮者言也先生文集流傳將二百年非有賢後人以賡續其間爲翊其不流於漫滅天鈞爲先生五代孫任滕縣愷悌有聲於退食之暇亟亟蒐先生文集考訂而重梓之夫滕以沖疲之地簿書鞅掌方補苴罅漏之不暇而天鈞獨留心斯事先德之弗墜表章之力也方今

聖天子時求遺書博徵海内先賢名蹟斯編成上之

中秘頒之天下天下學士大夫讀先生書想見先生之爲人繇之名山傳諸其人此物此志也夫

雲陽後學潘之彪撰

自古賢人君子，秉川疑岳峙之資，以其文章事業卓然樹重立於當時者，代不數人。顧其人既往，而其精神歷久而長存者，惟恃此簡編以附不朽。而莫爲之後，雖美弗章，則甚矣。作者難，述者亦不易也。吾於王天鈞年兄之重修陽明先生集，不能無感焉。

夫餘姚名勝甲兩浙，於山有秘圖四明之龍蓯，於水有舜江之滈蕩，故其人物多渟泓卓犖，如嚴子陵、稽叔夜、虞仲翔諸君子，後先相望，或以節氣，或以博贍，顯名當代。求其以文章而歸之理學，事功而出之性天者，惟陽明先生一人而已。先生天資絶倫，弱冠謁婁一齋，知聖學宗旨。其立朝也，以刑部主政，歷官都御史，累建奇勛，如平茶寮，征岑猛，蕩夷其八寨。後録平宸濠功，襲封伯爵，載在青史，斑斑可考已。先生少喜任俠，工詞章，中年體驗聖學，卓然以斯道爲己任。其教人也，以致良知爲主，平生著述甚富，如《傳習録》及《文録》，皆盛行於世。萬曆十二年與陳白沙先生同從祀。

孔廟豈非一代偉人哉？顧久而彌光者，人也；遠而易湮者，言也。先生文集流傳將二百年，非有賢後人以似續其間，焉知其不流於漫滅。天鈞爲先生五代孫，任滕縣，愷悌有聲，於退食之暇，亟亟蒐先生文集，考訂而重梓之。夫滕以冲疲之地，簿書鞅掌，方補苴罅漏之不暇，而天鈞獨留心斯事，先德之弗墜，表章之力也。方今聖天子購求遺書，博徵海内先賢名迹，斯編成，上之中秘，頒之天下，天下學士大夫讀先生書，想見先生之爲人，藏之名山，傳諸其人，此物此志也夫。

雲陽後學潘之彪撰。

清康熙二十四年（1685）馬士瓊《王文成公文集原序》

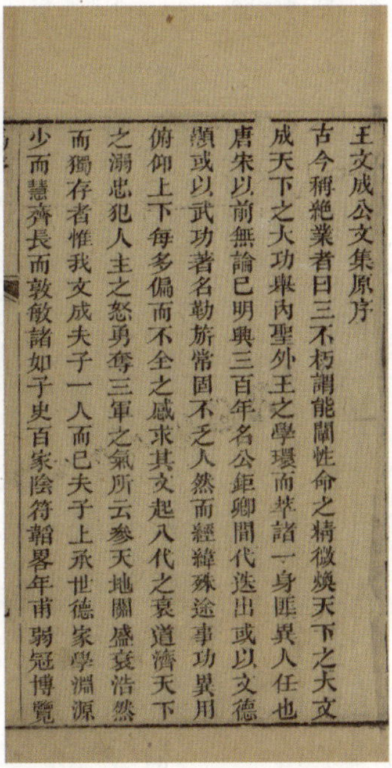

王文成公文集原序

古今稱絶業者曰三不朽謂能闡性命之精微煥天下之大文成天下之大功畢內聖外王之學璟而萃諸一身匪異人任也唐宋以前無論已明興三百年名公鉅卿閒代迭出或以文德顯或以武功著名勒旂常固不乏人然而經緯殊途事功異用俯仰上下每多偏而不全之感求其文起八代之衰道濟天下之溺忠犯人主之怒勇奪三軍之氣所云參天地關盛衰浩然而獨存者惟我文成夫子一人而已夫子上承世德家學淵源少而慧齊長而敦敏諸如子史百家陰符韜畧年甫弱冠博覽

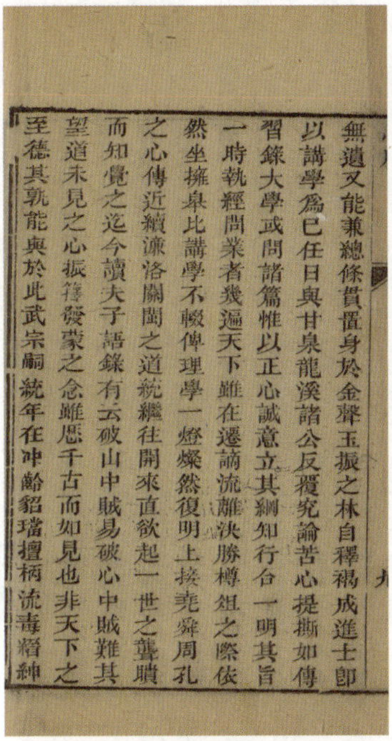

無遺又能兼總條貫置身於金聲玉振之林自釋褐成進士即以講學爲己任日與甘泉龍溪諸公反覆究論苦心提撕如傳習錄大學或問諸篇惟以正心誠意立其綱知行合一明其旨一時執經問業者幾遍天下雖在遷謫流離決勝樽俎之際依然坐擁臯比講學不輟俾理學一燈燦然復明上接堯舜周孔之心傳近續濂洛關閩之道統繼往開來直欲起一世之聾聵而知覺之迄今讀夫子語錄有云破山中賊易破心中賊難其望道未見之心振聾發蒙之念雖歷千古而如見也非天下之至德其孰能與於此武宗嗣統年在冲齡貂璫擅柄流毒搢紳

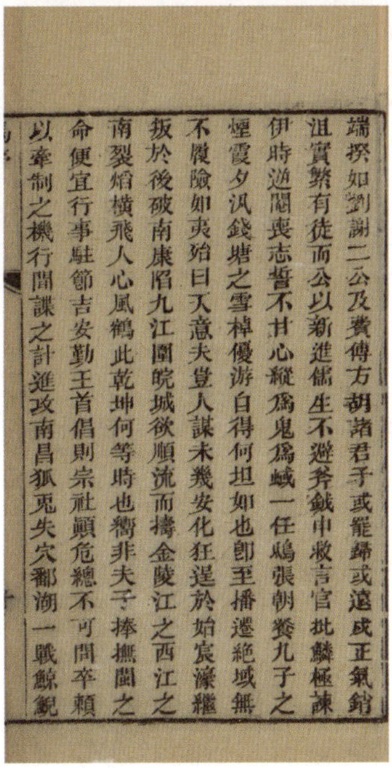

端揆如劉謝二公及黃傅方胡諸君子或罷歸或遠戍正氣銷沮實繁有徒而公以新進儒生不避斧鉞申救言官批鱗極諫伊時逆閹喪志誓不甘心縱爲鬼爲蜮一任鴟張朝養九子之煙霞夕汎錢塘之雪棹優游自得何坦如也即至播遷絶域無不履險如夷始曰天意夫豈人謀未幾安化狂逞於始宸濠繼扳於後破南康陷九江圍皖城欲順流而擣金陵江之西江之南裂焰横飛人心風鶴此乾坤何等時也微非夫子捧撫閩之命便宜行事駐節吉安勤王首倡則宗社顛危總不可問卒賴以牽制之機行閒諜之計進攻南昌孤兎失穴鄱湖一戰鯨鯢

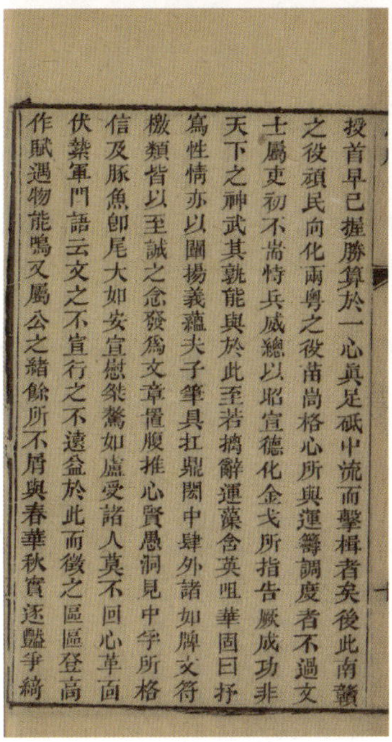

授首早已握勝算於一心眞足砥中流而擊楫者矣後此南贛之役頑民向化兩粵之役苗崗格心所與運籌調度者不過文士屬吏初不恃兵威總以昭宣德化金戈所指告厥成功非天下之神武其孰能與於此至若摛辭運藻含英咀華固曰抒寫性情亦以闡揚義藴夫子筆具扛鼎閎中肆外諸如牌文符檄類皆以至誠之念發爲文章置腹推心賢愚洞見中孚所格信及豚魚即尾大如安宣慰桀驁如盧受諸人莫不回心革面伏欵軍門語云文之不宣行之不遠益於此而徵之區區登高作賦遇物能鳴又屬公之緒餘所不屑與春華秋實逐豔爭綺

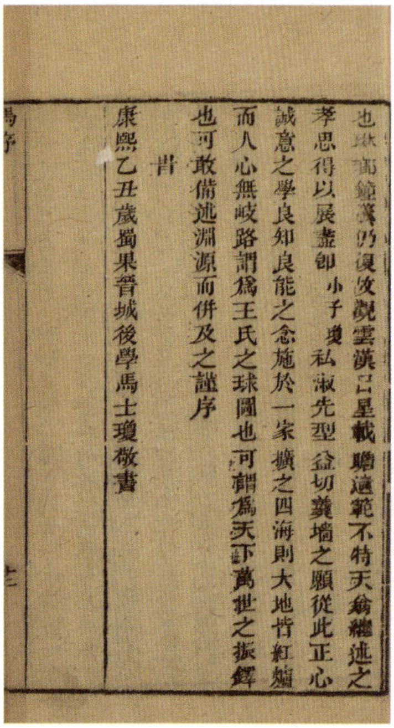
馬序
也歟觀鏡儀仍復攷觀雲漢昭星載瞻遺範不特天翁繼述之
孝思得以展盡卽小子瓊私淑先型益切羹墻之願從此正心
誠意之學良知良能之念施於一家擴之四海則大地皆紅爐
而人心無岐路謂爲王氏之球圖也可謂爲天下萬世之振鐸
也可敢備述淵源而併及之謹序
昔
康熙乙丑歲蜀果晉城後學馬士瓊敬書

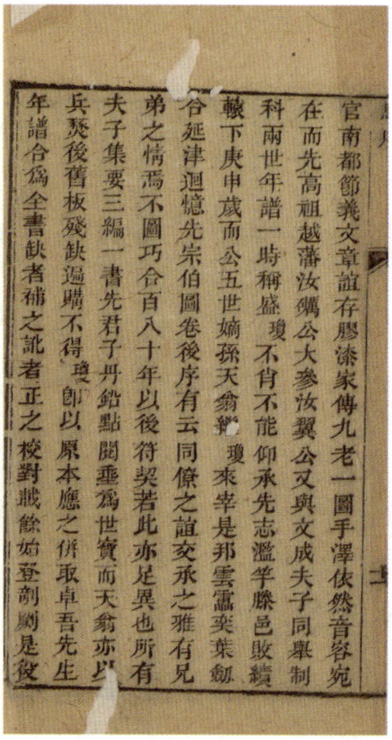
官南都節義文章誼存膠漆家傳九老一圖手澤依然音容宛
在而先高祖越藩汝礪公大參汝翼公又與文成夫子同舉制
科兩世年譜一時稱盛瓊不肖不能仰承先志濫竽滕邑敗績
轅下庚申歲而公五世嫡孫天翁繼瓊來宰是邦雲靄奕葉劒
谷延津迴憶先宗伯圖卷後序有云同僚之誼交承之雅有兄
弟之情焉不圖巧合百八十年以後符契若此亦足異也所有
夫子集要三編一書先君子丹鉛點閱垂爲世寶而天翁亦以
兵燹後舊板殘缺遍購不得瓊卽以原本應之併取卓吾先生
年譜合爲全書缺者補之訛者正之校對截餘始登剞劂是役

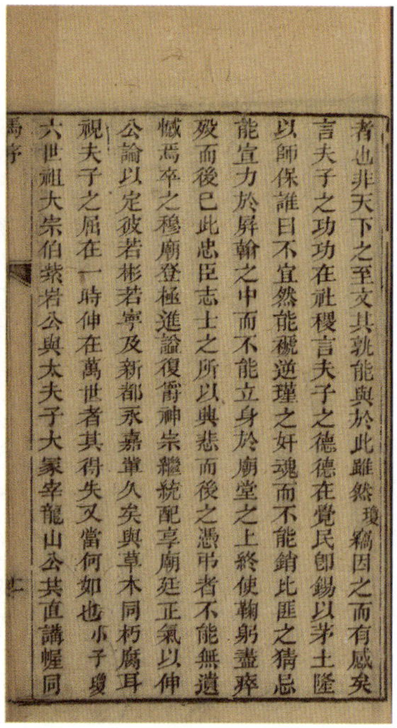
者也非天下之至文其孰能與於此雖然瓊竊因之而有感矣
言夫子之功功在社稷言夫子之德德在覺民卽錫以茅土隆
以師保誰曰不宜然能褫逆瑾之奸魂而不能銷此匪之猜忌
能宣力於屏翰之中而不能立身於廟堂之上終使鞠躬盡瘁
歿而後已此忠臣志士之所以興悲而後之憑弔者不能無遺
憾焉卒之穆廟登極進諡復爵神宗纘統配享廟廷正氣以伸
公論以定彼若彬若寧及新都永嘉輩久矣與草木同朽腐耳
視夫子之屈在一時伸在萬世者其得失又當何如也小子瓊
六世祖大宗伯紫岩公與太夫子大冢宰龍山公共直講幄同
馬序

古今稱絕業者曰“三不朽”，謂能闡性命之精微，焕天下之大文，成天下之大功。舉内聖外王之學，環而萃諸一身，匪異人任也。唐宋以前無論已，明興三百年，名公巨卿間代迭出，或以文德顯，或以武功著，名勒旂常，固不乏人，然而經緯殊途，事功異用，俯仰上下，每多偏而不全之感。求其文起八代之衰，道濟天下之溺，忠犯人主之怒，勇奪三軍之氣，所云參天地，關盛衰，浩然而獨存者，惟我文成夫子一人而已。

夫子上承世德，家學淵源，少而慧齊，長而敦敏，諸如子史百家、陰符韜略，年甫弱冠，博覽無遺。又能兼總條貫，置身於金聲玉振之林。自釋褐成進士，即以講學爲己任，日與甘泉、龍溪諸公反復究論，苦心提撕，如《傳習録》、《大學或問》諸篇，惟以正心誠意立其綱，知行合一明其旨，一時執經問業者幾遍天下。雖在遷謫流離，决勝樽俎之際，依然坐擁皋比，講學不輟。俾理學一燈，燦然復明，上接堯、舜、周、孔之心傳，近續濂、洛、關、閩之道統，繼往開來，直欲起一世之聾聵而知覺之。迄今讀夫子《語録》有云“破山中賊易，破心中賊難”，其望道未見之心，振籜發蒙之念，雖歷千古而如見也，非天下之至德，其孰能與於此？

武宗嗣統，年在冲齡，貂璫擅柄，流毒縉紳。端揆如劉、謝二公及費、傅、方、胡諸君子，或罷歸，或遠戍，正氣銷沮，實繁有徒。而公以新進儒生，不避斧鉞，申救言官，批鱗極諫。伊時逆閹喪志，誓不甘心，縱爲鬼爲蜮，一任鴟張，朝餐九子之烟霞，夕汎錢塘之雪棹，優游自得，何坦如也。即至播遷絕域，無不履險如夷，殆曰天意，夫豈人謀。未幾，安化狂逞於始，宸濠繼叛於後，破南康，陷九江，圍皖城，欲順流而搗金陵。江之西，江之南，裂焰横飛，人心風鶴，此乾坤何等時也。嚮非夫子捧撫閩之命，便宜行事，駐節吉安，勤王首倡，則宗社顛危，總不可問。卒賴以牽制之機，行間諜之計，進攻南昌，狐兔失穴；鄱湖一戰，鯨鯢授首，早已握勝算於一心，真足砥中流而擊楫者矣。後此南贛之役，頑民向化；兩粵之役，苗峒格心；所與運籌調度者，不過文士屬吏。初不耑恃兵威，總以昭宣德化，金戈所指，告厥成功，非天下之神武，其孰能與於此？至若措辭運藻，含英咀華，固曰抒寫性情，亦以闡揚義藴。夫子筆具扛鼎，閎中肆外，諸如牌文符檄類，皆以至誠之念發爲文章。置腹推心，賢愚洞見；中孚所格，信及豚魚；即尾大如安宣慰，桀驁如盧受諸人，莫不回心革面，伏縶軍門。語云：“文之不宣，行之不遠”，益於此而徵之。區區登高作賦，遇物能鳴，又屬公之緒餘所不屑與春華秋實逐豔争綺者也，非天下之至文，其孰能與於此？雖然，瓊竊因之而有感矣。

言夫子之功，功在社稷；言夫子之德，德在覺民。即錫以茅土，隆以師保，誰曰不宜！然能褫逆瑾之奸魂，而不能銷比匪之猜忌；能宣力於屏翰之中，而不能立身於廟堂之上；終使鞠躬盡瘁，歿而後已，此忠臣志士之所以興悲而後之憑吊者不能無遺憾焉。卒之穆廟登極，進謚復爵，神宗繼統，配享廟廷，正氣以伸，公論以定。彼若彬若寧及新都、永嘉輩久矣，與草木同朽腐耳。視夫子之屈在一時，伸在萬世者，其得失又當何如也！小子瓊六世祖大宗伯紫岩公與太夫子大冢宰龍山公共直講幄，同官南都，節義文章，誼存膠漆，家傳九老一圖，手澤依然，音容宛在，而先高祖越藩汝礪公、大参汝翼公，又與文成夫子同舉制科，兩世年譜，一時稱盛。瓊不肖，不能仰承先志，濫竽滕邑，敗績轅下。庚申歲，而公五世嫡孫天翁繼瓊來宰是邦，雲雷奕葉，斂合延津，回憶先宗伯圖卷後序有云："同僚之誼，交承之雅，有兄弟之情焉。"不圖巧合百八十年以後，符契若此，亦足異也。所有夫子《集要三編》一書，先君子丹鉛點閱，垂爲世寶，而天翁亦以兵燹後舊板殘缺，遍購不得，瓊即以原本應之，並取卓吾先生年譜，合爲全書，缺者補之，訛者正之，校對載餘，始登剞劂。是役也，琳琅鐘簴，仍復故觀，雲漢日星，載瞻遺範，不特天翁繼述之孝思得以展盡，即小子瓊私淑先型，益切羹牆之願。從此正心誠意之學，良知良能之念，施於一家，擴之四海，則大地皆紅爐，而人心無岐路，謂爲王氏之球圖也可，謂爲天下萬世之振鐸也可。敢備述淵源而並及之。謹序。

時康熙乙丑歲，蜀果晉城後學馬士瓊敬書。

王貽樂《文集紀略》

先文成陽明公全集舊有《傳習録》《文録》《别録》《外集》《續編》《附録》《世德紀》共三十六卷，嗣值兵燹之餘，原版散軼，僅存李卓吾先生手評《道學鈔》及大司馬峨雲先伯續刻論學諸篇而已。迨歷年既久，藏板又失其半，嗟嗟！先人之事功、理學、文章著述豈可使之日淪湮没乎？樂志切纘承，亟欲購輯其全，其如聞見未廣，蒐羅未獲何。及庚申歲，樂來牧滕陽，得晤舊尹書湖馬君，歷叙世誼，追念先徽，每以是集未全爲憾，書湖遂出所藏一集以示樂。乘政餘，即互爲參考，正訛補闕，分别類序，合成一部，共計一十六卷，付之剞劂，載餘告竣。雖論諸全書尚多闕略，而較諸所存稍稱裒益，倘後之人更能采輯而補全之，是又樂之所深望也。

五世孫貽樂敬識。

此書予訪之有年，未得。乾隆癸丑，问之京都书肆，亦不得。久之，乃於琉璃廠舊書店見此一集，如獲無價異寶，不虛北上一遭，下第非所計也。勉行。陶潯霍識。

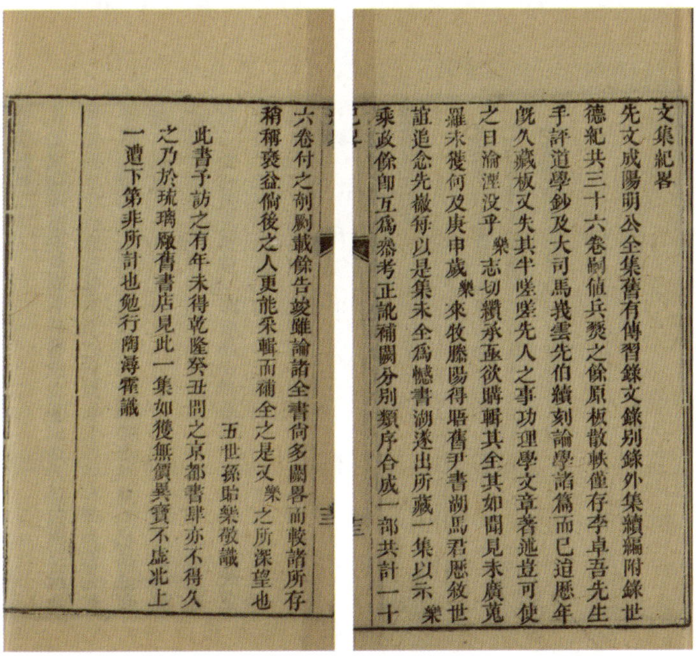
文集紀畧

先文成陽明公全集舊有傳習錄文錄別錄外集續編附錄世德紀共三十六卷嗣值兵燹之餘原板散軼僅存李卓吾先生手評道學鈔及大司馬峩雲先伯續刻論學諸篇而已迨歷年既久藏板又失其半嗟嗟先人之事功理學文章著述豈可使之日淪湮没乎樂志切纘承亟欲購輯其全其如聞見未廣蒐羅未獲何及庚申歲樂來牧滕陽得晤舊尹書湖馬君歷敘世誼追念先徽每以是集未全爲憾書湖遂出所藏一集以示樂乘政餘即互爲參考正訛補闕分別類序合成一部共計一十六卷付之剞劂載餘告竣雖論諸全書尚多闕畧而較諸所存稍稱裒益倘後之人更能采輯而補全之是又樂之所深望也

五世孫貽樂敬識

此書予訪之有年未得乾隆癸丑問之京都書肆亦不得久之乃於琉璃廠舊書店見此一集如獲無價異寶不虛北上一遭下第非所計也勉行陶潯霍識

《凡例》

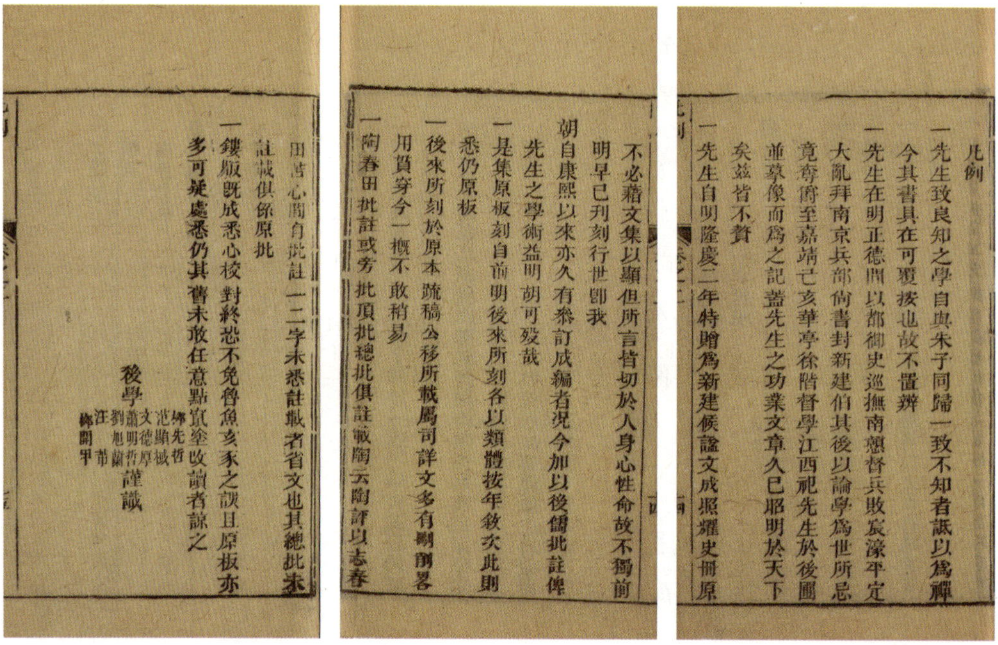

凡例
一先生致良知之學自與朱子同歸一致不知者詆以爲禪
今其書具在可覆按也故不置辨
一先生在明正德間以都御史巡撫南贛督兵敗宸濠平定
大亂拜南京兵部尚書封新建伯其後以論學爲世所忌
竟奪爵至嘉靖己亥華亭徐階督學江西祀先生於後圃
並摹像而爲之記蓋先生之功業文章久已昭明於天下
矣茲皆不贅
一先生自明隆慶二年特贈爲新建侯諡文成照耀史册原
不必藉文集以顯但所言皆切於人身心性命故不獨前
明早已刊刻行世即我
朝自康熙以來亦久有參訂成編者況今加以後儒批註俾
先生之學術益明胡可歿哉
一是集原板刻自前明後來所刻各以類體按年敘次此則
悉仍原板
一後來所刻於原本疏稿公移所載屬司詳文多有刪削畧
用貫穿今一槩不敢稍易
一陶春田批註或旁批頂批總批俱註明陶云陶評以志春
田苦心陶自批註一二字未悉註載者省文也其總批未
註載俱係原批
一鋟版既成悉心校對終恐不免魯魚亥豕之誤且原板亦
多可疑處悉仍其舊未敢任意點竄望改讀者諒之
後學 姚先哲 范顯楨 文德厚 蕭明哲 劉旭蘭 汪芾 楊開甲 謹識

一、先生致良知之學自與朱子同歸一致，不知者詆以爲禪。今其書具在可覆按也，故不置辨。

一、先生在明正德間以都御史巡撫南贛，督兵敗宸濠，平定大亂，拜南京兵部尚書，封新建伯。其後以論學爲世所忌，竟奪爵，至嘉靖己亥，華亭徐階督學江西，祀先生於後圃，並摹像而爲之記，蓋先生之功業、文章久已昭明於天下矣，玆皆不贅。

一、先生自明隆慶二年特贈爲新建侯，謚文成，照耀史册，原不必藉文集以顯，但所言皆切於人身心性命，故不獨前明早已刊刻行世，即我朝自康熙以來亦久有參訂成編者，况今加以後儒批注，俾先生之學術益明，胡可歿哉。

一、是集原板刻自前明，後來所刻各以類體按年叙次，此則悉仍原板。

一、後來所刻，於原本疏稿公移所載屬司詳文，多有删削，略用貫穿，今一概不敢稍易。

一、陶春田批注或旁批、頂批、總批俱注載“陶云”、“陶評”以志春田苦心。間有批注一二字未悉注載者，省文也。其總批未注載，俱係原批。

一、鏤版既成，悉心校對，終恐不免魯魚亥豕之誤，且原板亦多可疑處，悉仍其舊，未敢任意點竄塗改，讀者諒之。

後學柳先哲、范顯棫、文德厚、蕭明哲、劉旭蘭、汪芾、柳開甲謹識。

王陽明先生全集十六卷

清道光六年（1826）柳廷芳刻湖南湘潭王文德印本

國家圖書館 97132（普通古籍）

清道光六年（1826）郭輝翰《重刻王陽明先生全集序》

見清道光六年（1826）柳廷芳刻本《王陽明先生全集》十六卷。（書號 23050）

李贄《陽明先生道學鈔原序》

見明萬曆三十七年（1609）武林繼錦堂刻本《陽明先生道學鈔》八卷。（書號 23055）

1. "何有是處上、處下、處常、處變之最上乘好手"，此本"最"作"寂"。

清康熙二十四年（1685）徐元文《原序》

見清道光六年（1826）柳廷芳刻本《王陽明全集》十六卷 。（書號 23050）

1. "卒不自摧挫"，此本"摧"作"推"。

潘之彪《王文成公文集原叙》

見清道光六年（1826）柳廷芳刻本《王陽明全集》十六卷。（書號 23050）

清康熙二十四年（1685）馬士瓊《王文成公文集原序》

見清道光六年（1826）柳廷芳刻本《王陽明全集》十六卷。（書號 23050）

王貽樂《文集紀略》

見清道光六年（1826）柳廷芳刻本《王陽明先生全集》十六卷。（書號 23050）

《凡例》

見清道光六年（1826）柳廷芳刻本《王陽明先生全集》十六卷。（書號 23050）

陽明先生文選四卷

明萬曆趙友琴刻本

國家圖書館 2406（善本）

趙友琴《陽明先生文選序》

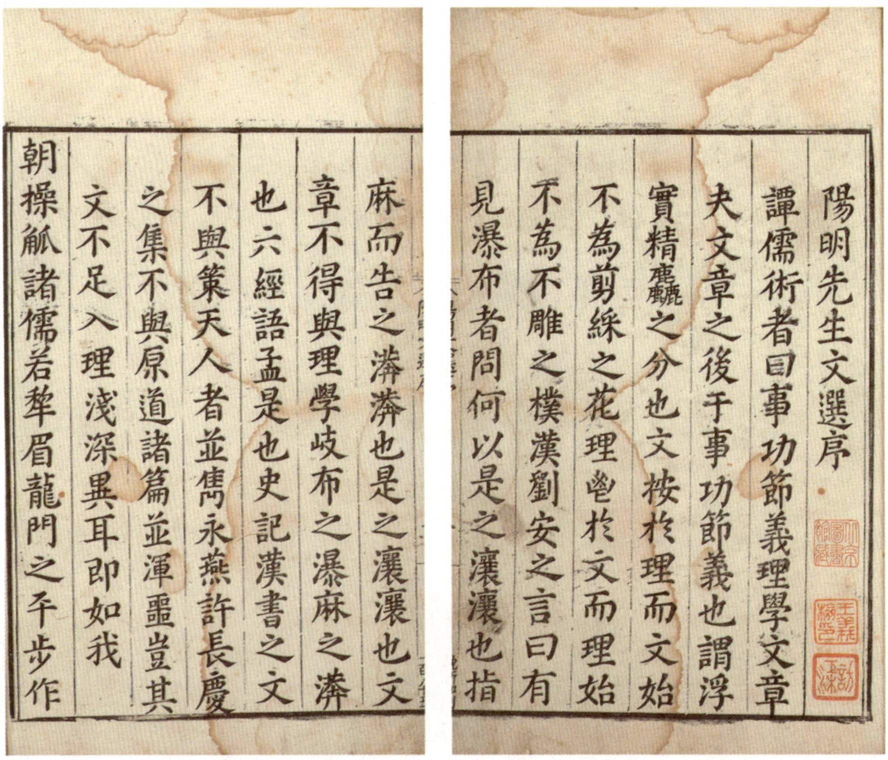
陽明先生文選序
譚儒術者曰事功節義理學文章
夫文章之後于事功節義也謂浮
實精麤之分也文按於理而文始
不為剪綵之花理包於文而理始
不為不雕之樸漢劉安之言曰有
見瀑布者問何以是之瀼瀼也指
麻而告之漭漭也是之瀼瀼也文
章不得與理學岐布之瀑麻之漭
也六經語孟是也史記漢書之文
不與策天人者並雋永燕許長慶
之集不與原道諸篇並渾噩豈其
文不足入理淺深異耳即如我
朝操觚諸儒若犖眉龍門之平步作

者壇也薛河東以讀書一録主張
斯文而雕蟲小技曾剡齒不能道
一字以是論文天下文章其莫大
乎是者有在已
文成先生崛起姚江仔肩吾道開來
繼往直接鄒魯見知之脉創揭良
知二字隱然與一貫相發明而盡
洗歷代勦拾之陋茲非聖門之巨
子而
昭代之名儒哉台鼎列茅理學兼事
功也提戈討叛氣節根忠義也而
文章一吷說者且傲然肆議謂其
落宋人巢臼而等為毘陵骫骳嗟
嗟是烏知文烏知先生文哉先生
之文詞不詰屈而平正通達造位
典謨調不高奇而爾雅醇融換魂
秦漢如尊經閣序程士録諸篇讀
之冲然如太羹玄酒使人酣且厭
而不作心脾障也恬然如布帛菽
粟使人衣且食而不必取陸珍海
錯于太山梁父之陰與神僊三島
之瀛也總之籟以大塊不以比竹
而于喁刁調足聽也織以雲母天
孫不以村媼里婦而霧縠霞組眩
然亂目也以今觀於方鉄諸人之
捐軀靖難也咸寧靖遠之破賊開
疆也孰能與先生絜長而度大乎
慶陽夒臺軟美矣而方之先生俊

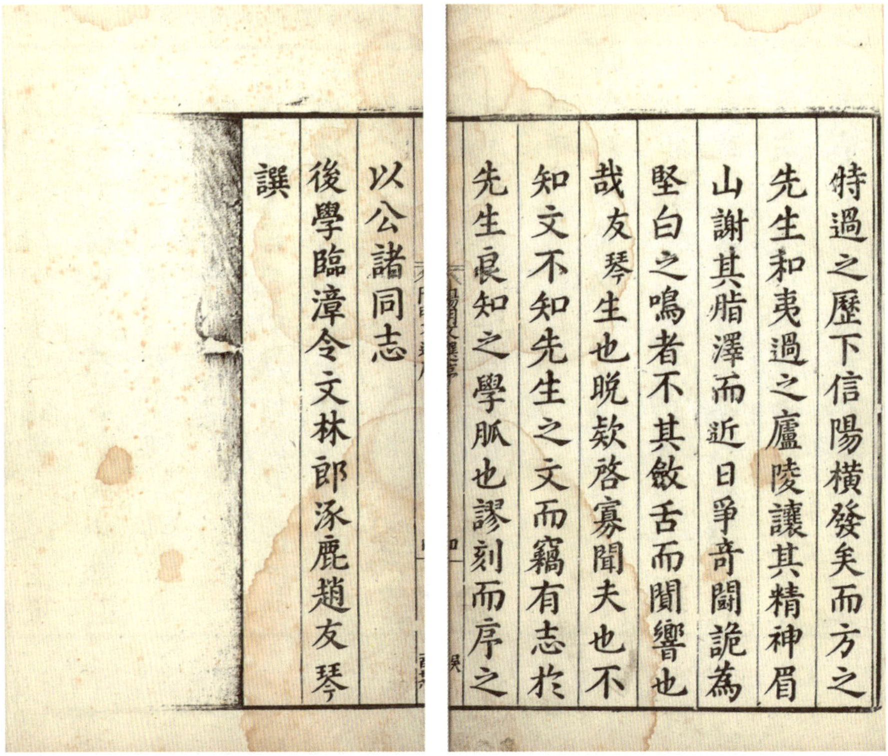
特過之歷下信陽橫發矣而方之
先生和夷過之廬陵讓其精神眉
山謝其腈澤而近日爭奇鬬詭為
堅白之鳴者不其歛舌而閴響也
哉友琴生也晚欵啓寡聞夫也不
知文不知先生之文而竊有志於
先生良知之學胍也謬刻而序之
以公諸同志
後學臨漳令文林郎涿鹿趙友琴
譔

譚儒術者曰事功、節義、理學、文章。夫文章之後於事功、節義也，謂浮實精粗之分也。文按於理，而文始不爲剪彩之花；理𢒈於文，而理始不爲不雕之樸。漢劉安之言曰，有見瀑布者，問何以是之瀼瀼也，指麻而告之，漭漭也，是之瀼瀼也。文章不得與理學岐，布之瀑、麻之漭也，《六經》《語》《孟》是也。《史記》《漢書》之文，不與《策》天人者並雋永，燕許、長慶之集，不與《原道》諸篇並渾噩，豈其文不足入理，淺深異耳。即如我朝操觚諸儒，若犁眉龍門之平步作者壇也，薛河東以讀書一録主張斯文，而雕蟲小技，曾刻齒不能道一字。以是論文，天下文章，其莫大乎是者有在已。

文成先生崛起姚江，仔肩吾道，開來繼往，直接鄒魯，見知之脉，創揭良知二字，隱然與一貫相發明，而盡洗歷代剿拾之陋。兹非聖門之巨子而昭代之名儒哉？台鼎列茅，理學兼事功也，提戈討叛，氣節根忠義也。而文章一呋，説者且傲然肆議，謂其落宋人之巢臼，而等爲昆陵骫骳嗟嗟，是烏知文、烏知先生文哉！

先生之文詞不詰屈而平正通達、造位典謨，調不高奇而爾雅醇融、換魂秦漢。如《尊經閣序》《程士録》諸篇，讀之冲然如太羹玄酒，使人酣且厭而不作心脾障也，恬然如布帛菽粟，使人衣且食而不必取陸珍海錯於太山梁父之陰與神仙三島之澳也。總之，籟以大塊，不以比竹，而於喁刁調足聽也；織以雲母天孫，不以村媪里婦，而霧縠霞組眩然亂目也。以今觀於方鉄諸人之捐軀靖難也，威寧、靖遠之破賊開疆也，孰能與先生挈長而度大乎？慶陽瓊臺軟美矣，而方之先生俊特過之；歷下信陽横發矣，而方之先生和夷過之。廬陵讓其精神，眉山謝其脂澤，而近日争奇鬥詭爲堅白之鳴者，不其歛舌而闃響也哉？

友琴生也晚，款啓寡聞。夫也不知文，不知先生之文，而竊有志於先生良知之學脉也，謬刻而序之，以公諸同志。

後學臨漳令文林郎涿鹿趙友琴撰。

文成先生文要五卷

明萬曆三十一年（1603）陸典等刻本

國家圖書館 109624（普通古籍）

明萬曆三十一年（1603）王時槐《陽明先生文選序》

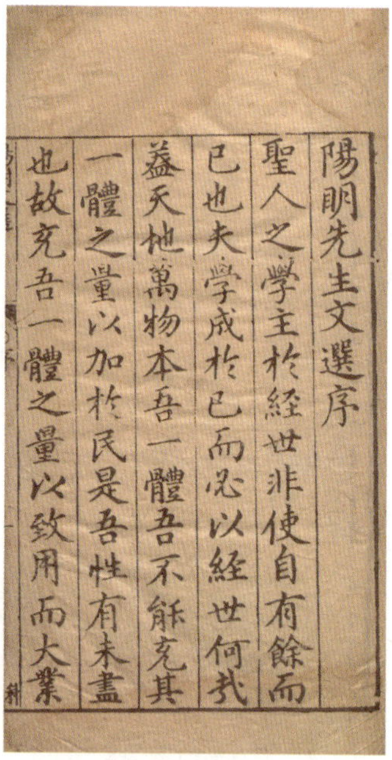

陽明先生文選序
聖人之學主於經世非使自有餘而
已也夫學成於己而必以經世何哉
蓋天地萬物本吾一體吾不能充其
一體之量以加於民是吾性有未盡
也故充吾一體之量以致用而大業

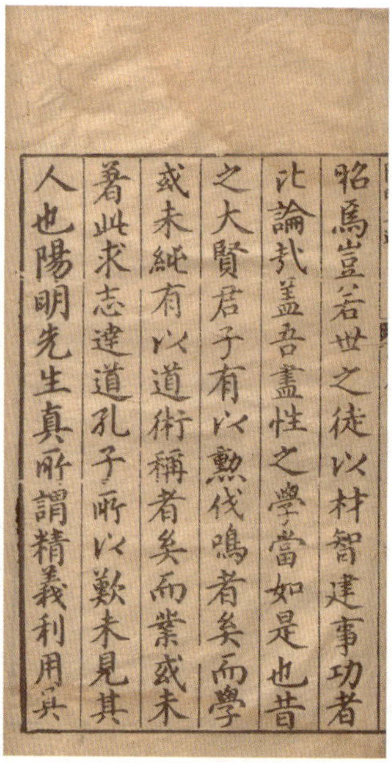

昭焉豈若世之徒以材智建事功者
比論哉蓋吾盡性之學當如是也昔
之大賢君子有以勳伐鳴者矣而學
或未純有以道術稱者矣而業或未
著此求志達道孔子所以歎未見其
人也陽明先生真所謂精義利用者

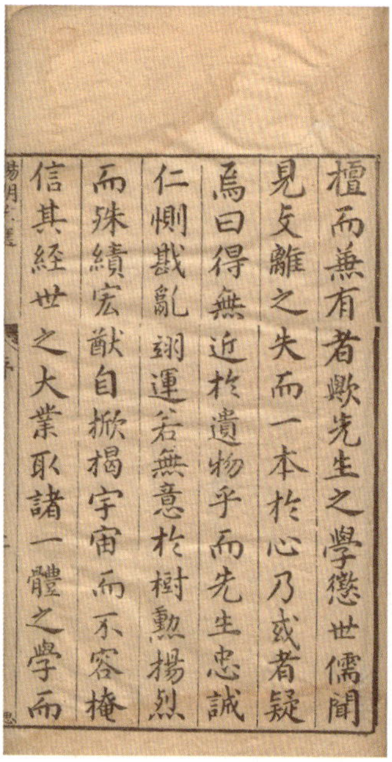

擅而兼有者歟先生之學懲世儒聞
見支離之失而一本於心乃或者疑
焉曰得無近於遺物乎而先生忠誠
仁惻戡亂翊運若無意於樹勳揚烈
而殊績宏猷自掀揭宇宙而不容掩
信其經世之大業取諸一體之學而

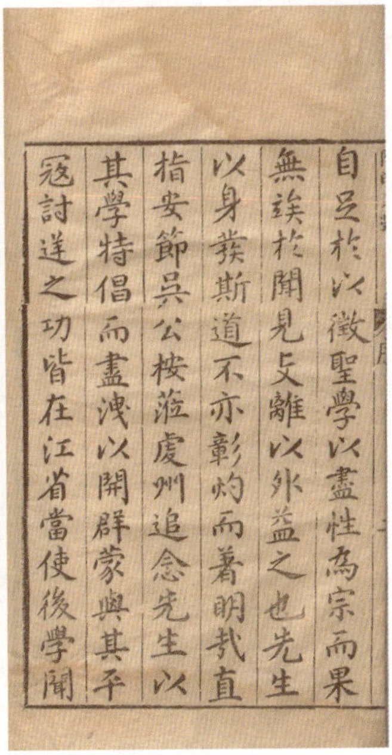
自足於以徵聖學以盡性為宗而果
無誒於聞見支離以外益之也先生
以身殉斯道不亦彰灼而著明哉直
指安節吳公按蒞虔州追念先生以
其學特倡而盡洩以開群蒙與其平
寇討逆之功皆在江省當使後學聞

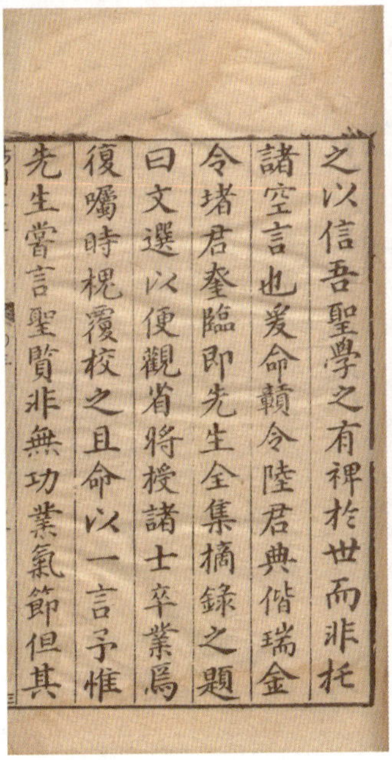
之以信吾聖學之有裨於世而非托
諸空言也爰命贛令陸君典偕瑞金
令堵君躬臨即先生全集摘錄之題
曰文選以便觀省將授諸士卒業焉
復囑時槐覆校之且命以一言予惟
先生嘗言聖賢非無功業氣節但其

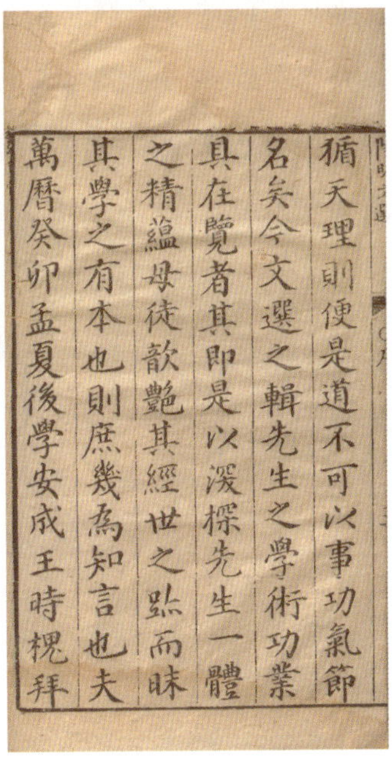
循天理則便是道不可以事功氣節
名矣今文選之輯先生之學術功業
具在覽者其即是以深探先生一體
之精蘊毋徒歆艷其經世之跡而昧
其學之有本也則庶幾為知言也夫
萬曆癸卯孟夏後學安成王時槐拜

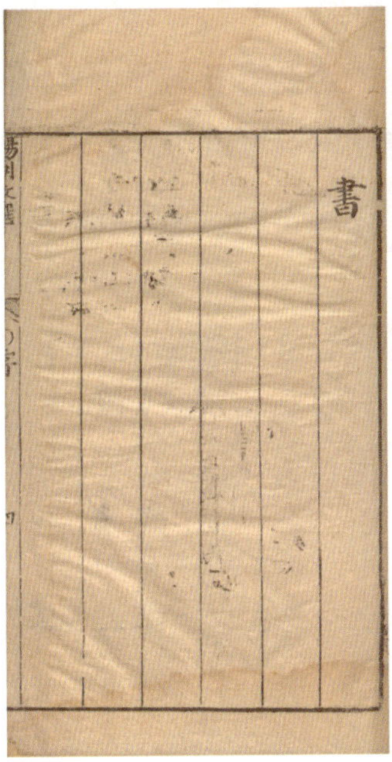
書

聖人之學，主於經世，非使自有餘而已也。夫學成於己，而必以經世，何哉？蓋天地萬物本吾一體，吾不能充其一體之量，以加於民，是吾性有未盡也。故充吾一體之量以致用，而大業昭焉，豈若世之徒以材智建事功者比論哉？蓋吾盡性之學，當如是也。

昔之大賢君子，有以勛伐鳴者矣，而學或未純；有以道術稱者矣，而業或未著。此求志達道，孔子所以嘆未見其人也。陽明先生真所謂精義利用，具擅而兼有者歟？先生之學，懲世儒聞見支離之失，而一本於心。乃或者疑焉，曰："得無近於遺物乎？"而先生忠誠仁惻，戡亂翊運，若無意於樹勛揚烈，而殊績宏猷，自掀揭宇宙而不容掩。信其經世之大業，取諸一體之學，而自足於以徵聖學，以盡性爲宗，而果無俟於聞見支離，以外益之也。先生以身發斯道，不亦彰灼而著明哉！

直指安節吴公按莅虔州，追念先生，以其學特倡，而盡洩以開群蒙。與其平寇討逆之功皆在江省，當使後學聞之，以信吾聖學之有裨於世，而非托諸空言也。爰命贛令陸君典偕瑞金令堵君奎臨即先生全集摘録之，題曰《文選》，以便觀省，將授諸士卒業焉。復囑時槐覆校之，且命以一言。予惟先生嘗言："聖賢非無功業氣節，但其循天理，則便是道，不可以事功氣節名矣。"今《文選》之輯，先生學術功業具在，覽者其即是以深探先生一體之精藴，毋徒歆艷其經世之迹而昧其學之有本也，則庶幾爲知言也夫。

萬曆癸卯孟夏，後學安成王時槐拜書。

明萬曆三十一年（1603）吴達可《題陽明先生文選序》

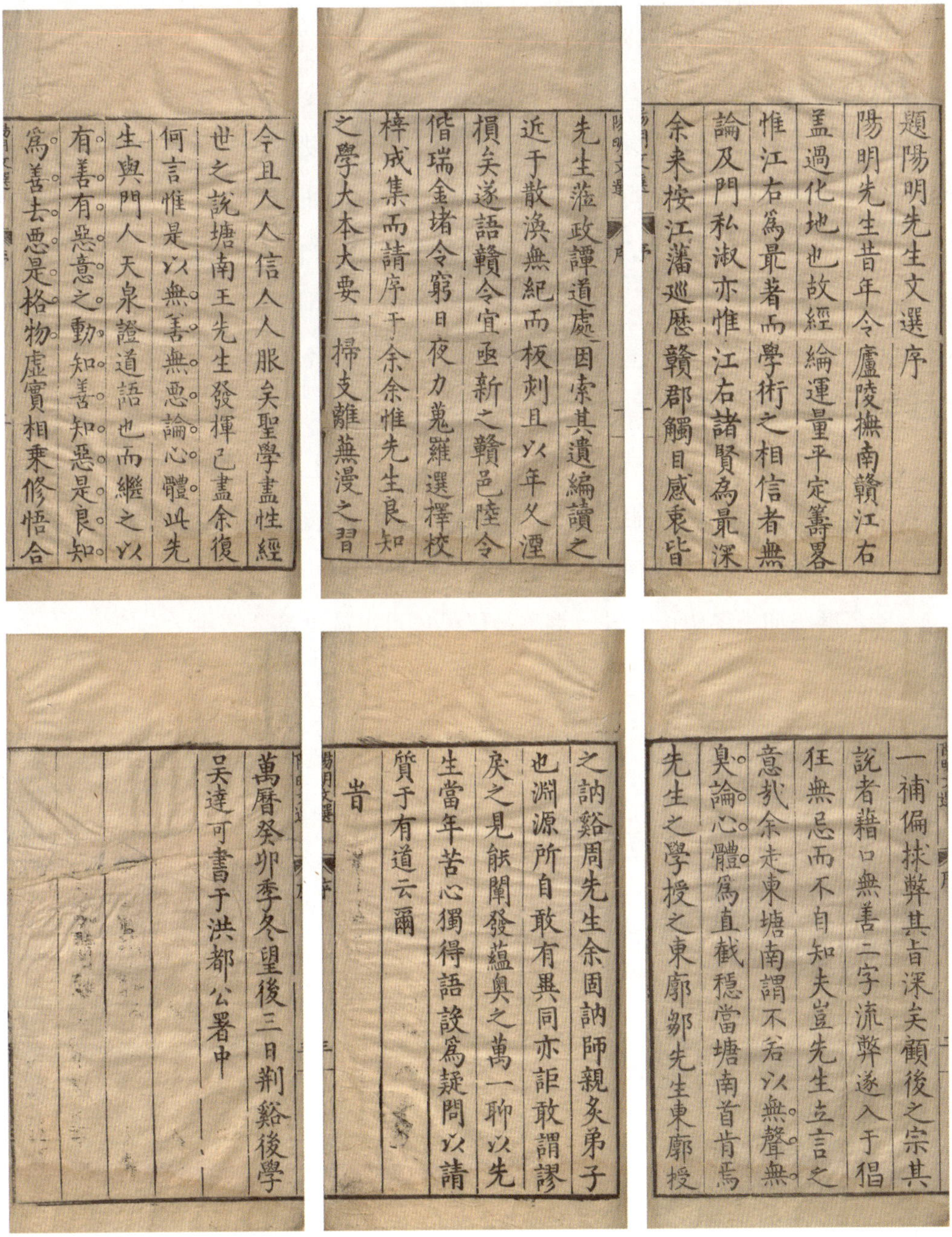

題陽明先生文選序

陽明先生昔年令廬陵撫南贛江右蓋過化地也故經綸運量平定籌畧惟江右爲最著而學術之相信者無論及門私淑亦惟江右諸賢爲最深余來按江藩巡歷贛郡觸目感衷皆先生蒞政譚道處因索其遺編讀之近于散渙無紀而板刻且以年久湮損矣遂語贛令宜亟新之贛邑陸令偕瑞金堵令窮日夜力蒐羅選擇校梓成集而請序于余余惟先生良知之學大本大要一掃支離蕪漫之習今且人人信人人服矣聖學盡性經世之說塘南王先生發揮已盡余復何言惟是以無善無惡論心體此先生與門人天泉證道語也而繼之以有善有惡意之動知善知惡是良知爲善去惡是格物虛實相乘修悟合一補偏捄弊其旨深矣顧後之宗其說者藉口無善二字流弊遂入于猖狂無忌而不自知夫豈先生立言之意哉余走東塘南謂不若以無聲無臭論心體爲直截穩當塘南首肯焉先生之學授之東廓鄒先生東廓授之訥谿周先生余固訥師親炙弟子也淵源所自敢有異同亦詎敢謂謬戾之見能闡發藴奥之萬一聊以先生當年苦心獨得語設爲疑問以請質于有道云爾

旹

萬曆癸卯季冬望後三日荆谿後學

吴達可書于洪都公署中

陽明先生昔年令廬陵，撫南贛、江右，蓋過化地也，故經綸運量，平定籌略，惟江右爲最著，而學術之相信者，無論及門、私淑，亦惟江右諸賢爲最深。

余來按江藩，巡歷贛郡，觸目感衷，皆先生莅政譚道處。因索其遺編讀之，近於散涣無紀，而板刻且以年久湮損矣。遂語贛令，宜亟新之。贛邑陸令偕瑞金堵令，窮日夜，力蒐羅選擇，校梓成集，而請序於余。余惟先生良知之學，大本大要，一掃支離蕪漫之習，今且人人信，人人服矣。聖學盡性經世之説，塘南王先生發揮已盡，余復何言？惟是以“無善無惡”論心體，此先生與門人天泉證道語也，而繼之以“有善有惡意之動，知善知惡是良知，爲善去惡是格物”，虚實相乘，修悟合一，補偏捄弊，其旨深矣。顧後之宗其説者，藉口“無善”二字，流弊遂入於猖狂無忌而不自知，夫豈先生立言之意哉？余走柬塘南，謂不若以無聲無臭論心體爲直截穩當。塘南首肯焉。

先生之學授之東廓鄒先生，東廓授之訥溪周先生。余固訥師親炙弟子也，淵源所自，敢有異同，亦詎敢謂謬戾之見能闡發藴奥之萬一。聊以先生當年苦心獨得語，設爲疑問，以請質於有道云爾。

時萬曆癸卯季冬望後三日，荆溪後學吴達可書於洪都公署中。

陸典《跋語》

文成集浩繁，苦無識力刪定。幸直指吴公淵源遠紹，以其事屬小子及堵元列氏。中丞李公謂虔刻未詳，復以刻於浙者，俾得遍搜，於是剪其煩文，存其切要，釐爲五卷。前三卷大率論學，後二卷則奏稿、公移。蓋文成提掇良知，掃支離末習，而定難安邦，又如陳同甫所云風雨雲雷交發而驟至，龍蛇虎豹變現而出没，本朝德業誠莫之或先。

愚故遵直指公命，徵於序次，中分款項。至向所標《語録》《文録》《别集》《外集》《續編》，悉刪去之，蓋道原無如許名目也。讀者各認自己良知求處，爲真儒出□善治，斯不負特梓意哉！

浙語溪後學陸典頓首拜識。

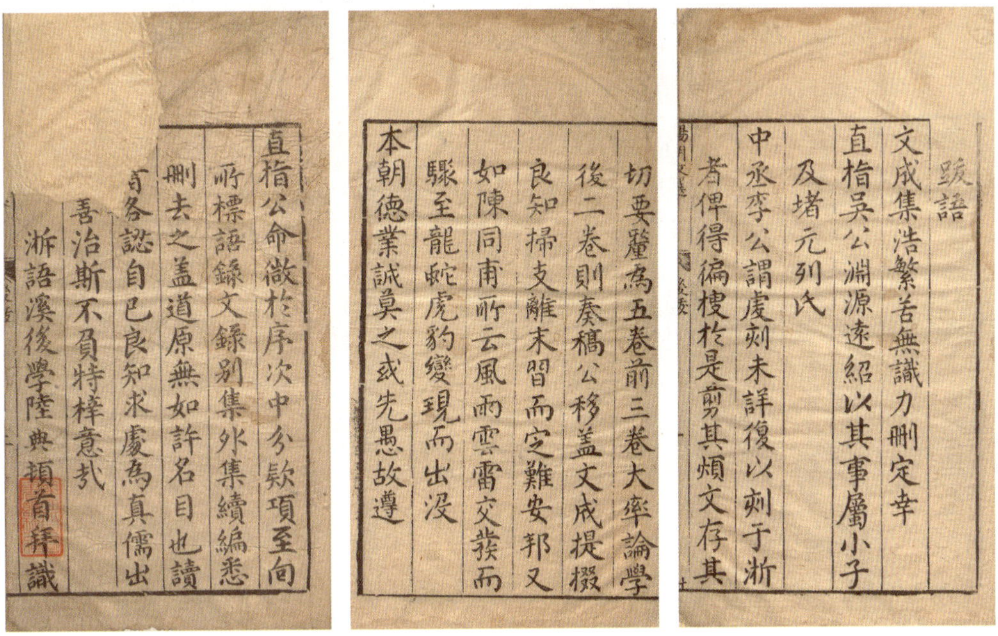
跋語
文成集浩繁苦無識力刪定幸
直指吴公淵源遠紹以其事屬小子
及堵元列氏
中丞李公謂虔刻未詳復以刻于浙
者俾得徧搜於是剪其煩文存其
切要釐爲五卷前三卷大率論學
後二卷則奏稿公移盖文成提掇
良知掃支離末習而定難安邦又
如陳同甫所云風雨雲雷交發而
驟至龍蛇虎豹變現而出没
本朝德業誠莫之或先愚故遵
直指公命徵於序次中分款項至向
所標語録文録别集外集續編悉
刪去之盖道原無如許名目也讀
者各認自己良知求處爲真儒出
善治斯不負特梓意哉
浙語溪後學陸典頓首拜識

王陽明遺书

明万历三十七年（1609）武林繼錦堂刻本

國家圖書館 14209（善本）

無序跋

陽明先生道學鈔八卷

明萬曆三十七年（1609）武林繼錦堂刻本

國家圖書館 23055（普通古籍）

李贄《陽明先生道學鈔序》

温陵李贄曰：余舊録有先生《年譜》，以先生書多不便攜持，故取《譜》之繁者删之，而録其節要，庶可挾之以行游也。雖知其未妥，要以見先生之書而已。

今歲庚子元日，余約方時化、汪本鈳、馬逢暘及山西劉用相，暫輟《易》，過吴明貢，擬定此日共適吾適，决不開口言《易》。而明貢書屋正有《王先生全書》，既已開卷，如何釋手？况彼己均一旅人，主者愛我，焚香煮茶，寂無人聲，余不起於坐，遂盡讀之。於是乃敢斷以先生之書爲足繼夫子之後，蓋逆知其從讀《易》來也。故余於《易》因之藁甫就，即令汪本鈳校録先生《全書》，而余專一手抄《年譜》。以譜先生者，須得長康點睛手，他人不能代也。抄未三十葉，工部尚書晉川劉公以漕務巡河，直抵江際，遣使迎余。余暫閣筆，起隨使者冒雨登舟，促膝未談，順風揚帆，已到金山之下矣。嗟嗟！余久不見公，見公固甚喜，然使余輟案上之紙墨，廢欲竟之全鈔，亦終不歡耳！於是遣人爲我取書。今書與譜抵濟上，亦遂成矣。

大参公黄與參、念東公於尚寶見其書與其譜，喜曰："陽明先生真足繼夫子之後，大有功來學也。"况是鈔僅八卷，百十有餘篇乎，可以朝夕不離，行坐與參矣。參究是鈔者，事可立辦，心無不竭於艱難禍患也。何有是處上、處下、處常、處變之最上乘好手，宜共序而梓行之，以嘉惠後世之君子乃可。晉川公曰：然余於江陵首内閣日，承乏督兩浙學政，特存其書院祠宇，不敢毁矣。

陽明先生道學鈔序

溫陵李贄曰余舊錄有先生年譜以先生書多不便携持故取譜之繁者刪之而錄其節要庶可挾之以行遊也雖知其未妥要以見先生之書而已今歲庚子元日余約方時化汪本鈳馬逢暘及山西劉用相暫輟易過吳明貢擬定此日共適吾適決不開口言易而明貢書屋正有王先生全書既已開卷如何釋手況彼已均一旅人主者愛我焚香煮茶寂無人聲余不起于坐遂盡讀之於是乃敢斷以先生之書爲足繼夫子之後蓋逆知其從讀易來也故余於易因之棄甫就即令汪本鈳校錄先生全書而余專一手抄年譜以譜先生者須得長康點睛手他人不能代也抄未三十葉工部尚書晉川劉公以漕務巡河直抵江際遣使迎余余暫閣筆起隨使者冒雨登舟促膝未談順風揚帆已到金山之下矣嗟嗟余久不見公見公固甚喜然使余輟案上之紙墨廢欲竟之全鈔亦終不歡耳於是遣人爲我取書令書與譜抵濟上亦遂成矣大參公黃與參念東公于尚寶見其書與其譜喜曰陽明先生眞足繼夫子之後大有功來學也況是鈔僅八卷百十有餘篇乎可以朝夕不離行坐與參矣參究是鈔者事可立辦心無不竭於艱難禍患也何有是處上處下處常處變之寂上乘好手宜共序而梓行之以嘉惠後世之君子乃可晉川公曰然余於江陵首內閣日承乏督兩浙學政特存其書院祠宇不敢毀矣

萬曆己酉春月武林繼錦堂梓

李贄《陽明先生年譜後語》（書末未署年）

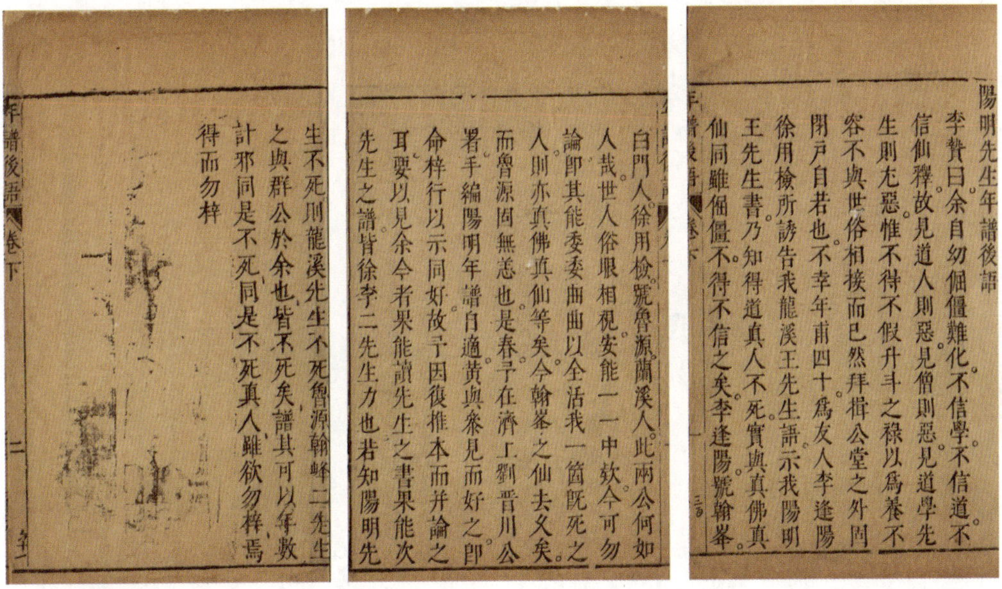
陽明先生年譜後語
李贄曰余自幼倔僵難化不信學不信道不信仙釋故見道人則惡見僧則惡見道學先生則尤惡惟不得不假升斗之祿以爲養不容不與世俗相接而已然拜揖公堂之外固閉戶自若也不幸年甫四十爲友人李逢陽徐用檢所誘告我龍溪王先生語示我陽明王先生書乃知得道真人不死實與真佛真仙同雖倔僵不得不信之矣李逢陽號翰峯白門人徐用檢號魯源蘭溪人此兩公何如人哉世人俗眼相視安能一一中款今可勿論即其能委委曲曲以全活我一箇既死之人則亦真佛真仙等矣今翰峯之仙去久矣而魯源固無恙也是春予在濟上劉晋川公署手編陽明年譜自適黃與參見而好之即命梓行以示同好故予因復推本而并論之耳要以見余今者果能讀先生之書果能次先生之譜皆徐李二先生力也若知陽明先生不死則龍溪先生不死魯源翰峯二先生之與群公於余也皆不死矣譜其可以年數計邪同是不死同是不死真人雖欲勿梓焉得而勿梓

李贄曰：余自幼倔僵（按：應爲“强”）難化，不信學，不信道，不信仙釋，故見道人則惡，見僧則惡，見道學先生則尤惡。惟不得不假升斗之禄以爲養，不容不與世俗相接而已。然拜揖公堂之外，固閉户自若也。不幸年甫四十，爲友人李逢陽、徐用檢所誘，告我龍溪王先生語，示我陽明王先生書，乃知得道真人不死，實與真佛、真仙同，雖倔僵（按：應爲“强”），不得不信之矣。

李逢陽，號翰峰，白門人。徐用檢，號魯源，蘭溪人。此兩公何如人哉？世人俗眼相視，安能一一中款？今可勿論。即其能委委曲曲以全活我一個既死之人，則亦真佛真仙等矣。今翰峰之仙去久矣，而魯源固無恙也。是春，予在濟上劉晋川公署，手編《陽明年譜》自適，黄與參見而好之，即命梓行以示同好，故予因復推本而並論之耳。要以見余今者果能讀先生之書，果能次先生之《譜》，皆徐、李二先生力也。若知陽明先生不死，則龍溪先生不死，魯源、翰峰二先生之與群公於余也皆不死矣。《譜》其可以年數計邪（按：應爲“耶”）？同是不死，同是不死真人，雖欲勿梓，焉得而勿梓！

王文成公文選八卷

明崇禎六年（1633）刻本

國家圖書館 19132（善本）

鍾惺《王文成公文選序》

王文成公文選序
經云敷奏以言蓋謂人之所性所學無以自見故托言而敷奏焉然有言之則是而考其行事則非者豈其言不足以盡其人耶非然也殆聽言者之觀察未審耳夫人之立言莫不假辭仁義抗聲道德以竊附於君子之高而苟非所有則雖同一理同一解而精神詞氣已流爲其人之所至何也蓋言者性命之流露而學問之精華也學問雜則議論不純性命乖則言詞多戾有非襲取者之能相掩也古之立言者不一家相如之詞賦班史之著述固文人也而文人之無論卽如申韓之刑名管晏之經國以及老莊之寓言豈不以聖人賢者自視而或流爲慘刻或逃於幽玄究竟適如其人而止而與所謂仁義道德者無加焉此猶曰不同道也

乃若賈生之痛哭流涕。仲舒之天人相與。其自負何如也。亦尊之漢之儒嘗至矣。謬

推王佐得乎等而上之。子與氏願學孔子者也。亦步亦趨。直承道統。而一間之未達。

終屬圭角之不融。寧可強哉。子與氏猶不可強。況其下焉者乎。近之立言者。稍陟韓

歐之境。輒號才人。器窺朱程之緒。便稱儒者。而試求其言之合道否也。不矯爲氣節

之偏則溺於聞見之陋。不遁入玄虛之域。則陷於邪僻之私。曾得以浮詞改聽哉。獨

陽明先生之爲言也。學繼千秋之大。識開自性之眞。辭旨藹粹。氣象光昭。出之簡易

而具足精微。博極才華而不離本體。自奏議而序記詩賦。以及公移批答。無精麤大

小。皆有一段聖賢義理於其中。使人讀之而想見其忠孝焉。仁恕焉。才能與道德焉。

此豈有他術而僥倖致此哉。蓋學問眞。性命正。故發之言爲眞文章。見之用爲眞經

濟。垂之訓爲眞名理。可以維風。可以持世。而無愧乎君子之言焉耳。使實有未至。而

徒以盜襲爲工。亦安能不矯不溺。不遁不陷。而醇正精詳有如是哉。李溫陵平生崛

強。至此亦帖然服膺。良有以也。世之論文者。動則曰某宋文也。何如某漢文也。何如。

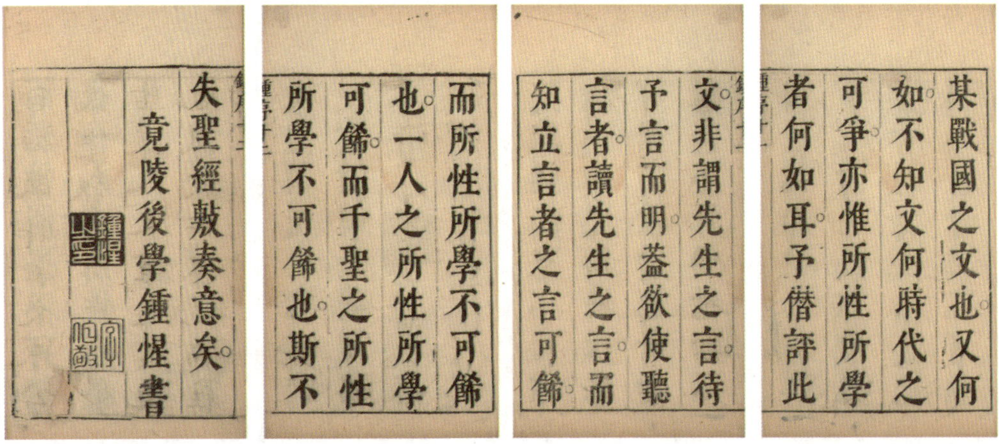
某戰國之文也又何如不知文何時代之可爭亦惟所性所學者何如耳予僭評此文非謂先生之言待予言而明蓋欲使聽言者讀先生之言而知立言者之言可飾而所性所學不可飾也一人之所性所學可飾而千聖之所性所學不可飾也斯不失聖經敷奏意矣

竟陵後學鍾惺書

《經》云：“敷奏以言。”蓋謂人之所性所學，無以自見，故托言而敷奏焉。然有言之則是，而考其行事則非者，豈其言不足以盡其人耶？非然也，殆聽言者之觀察未審耳。夫人之立言，莫不假辭仁義，抗聲道德，以竊附於君子之高。而苟非所有，則雖同一理，同一解，而精神詞氣已流爲其人之所至。何也？蓋言者，性命之流露，而學問之精華也。學問雜則議論不純，性命乖則言詞多戾，有非襲取者之能相掩也。

古之立言者不一家，相如之詞賦，班、史之著述，固文人也，而文人之無論，即如申、韓之刑名，管、晏之經國，以及老、莊之寓言，豈不以聖人賢者自視？而或流爲慘刻，或逃於幽玄，究竟適如其人而止，而與所謂仁義道德者無加焉。此猶曰不同道也。乃若賈生之痛哭流涕，仲舒之天人相與，其自負何如也？亦尊之漢之儒首至矣，謬推王佐得乎？等而上之，子輿氏願學孔子者也，亦步亦趨，直承道統，而一間之未達，終屬圭角之不融，寧可强哉？子輿氏猶不可强，况其下焉者乎？近之立言者，稍陟韓、歐之境，輒號才人；略窺朱、程之緒，便稱儒者。而試求其言之合道否也，不矯爲氣節之偏，則溺於聞見之陋；不遁入玄虚之域，則陷於邪僻之私，曾得以浮詞改聽哉？

獨陽明先生之爲言也，學繼千秋之大，識開自性之真，辭旨藹粹，氣象光昭，出之簡易而具足精微，博極才華而不離本體。自奏議而序、記、詩、賦，以及公移、批答，無精粗大小，皆有一段聖賢義理於其中，使人讀之而想見其忠孝焉，仁恕焉，才能與道德焉，此豈有他術而僥幸致此哉？蓋學問真，性命正，故發之言爲真文章，見之用爲真經濟，垂之訓爲真名理，可以維風，可以持世，而無愧乎君子之言焉耳。使實有未至，而徒以盜襲爲工，亦安能不矯不溺，不遁不陷，而醇正精詳，有如是哉？李温陵平生崛强，至此亦帖然服膺，良有以也。

世之論文者，動則曰：某宋文也何如，某漢文也何如，某戰國之文也，又何如。不知文何時代之可争，亦惟所性所學者何如耳！予僭評此文，非謂先生之言待予言而明，蓋欲使聽言者讀先生之言，而知立言者之言可飾，而所性所學不可飾也。一人之所性所學可飾，而千聖之所性所學不可飾也，斯不失聖經"敷奏"意矣！

竟陵後學鍾惺書。

明崇禎六年（1633）陶珽《鍾伯敬評王文成公文選叙》

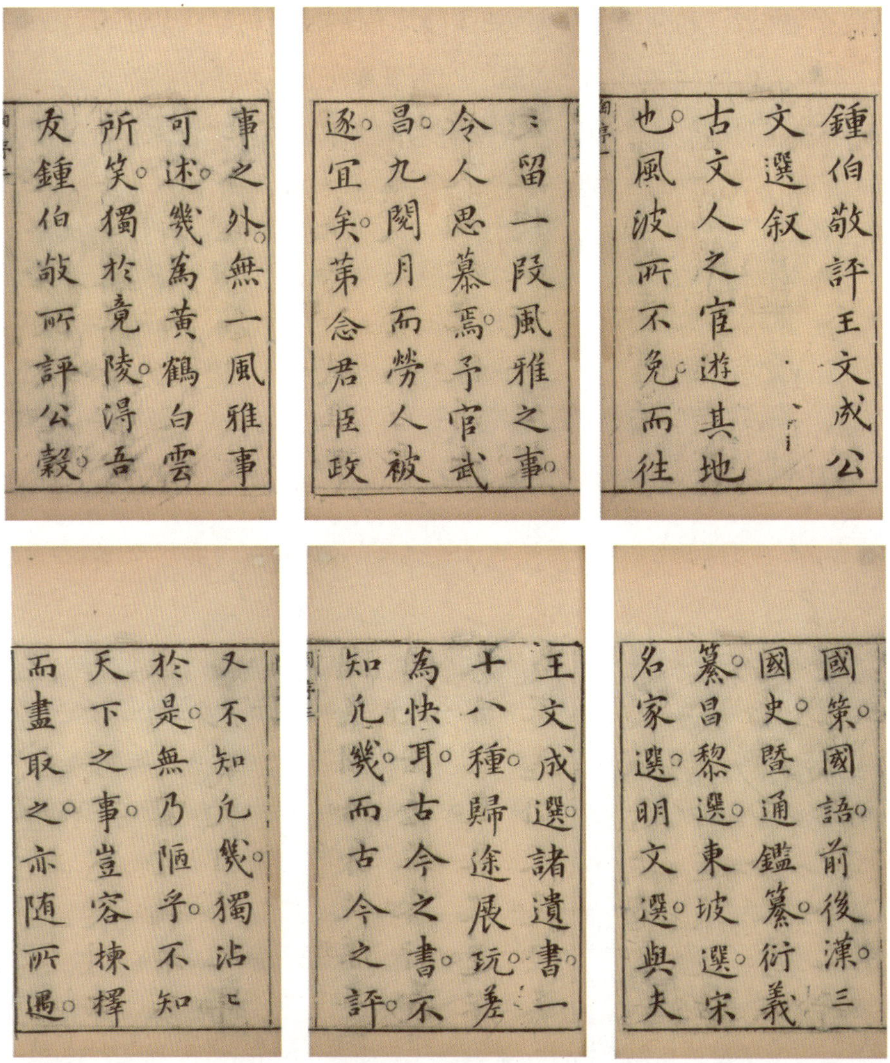

鍾伯敬評王文成公
文選叙
古文人之宦遊其地
也。風波所不免。而往
々留一段風雅之事。
令人思慕焉。予官武
昌。九閱月而勞人被
逐。宜矣。第念君臣政
事之外。無一風雅事
可述。幾為黃鶴白雲
所笑。獨於竟陵。得吾
友鍾伯敬所評公穀。
國策。國語。前後漢。三
國史。暨通鑑纂。衍義
纂。昌黎選。東坡選。宋
名家選。明文選。與夫
王文成選。諸遺書一
十八種。歸途展玩。差
為快耳。古今之書。不
知凡幾。而古今之評。
又不知凡幾。獨沾々
於是。無乃陋乎。不知
天下之事。豈容揀擇
而盡取之。亦隨所遇。

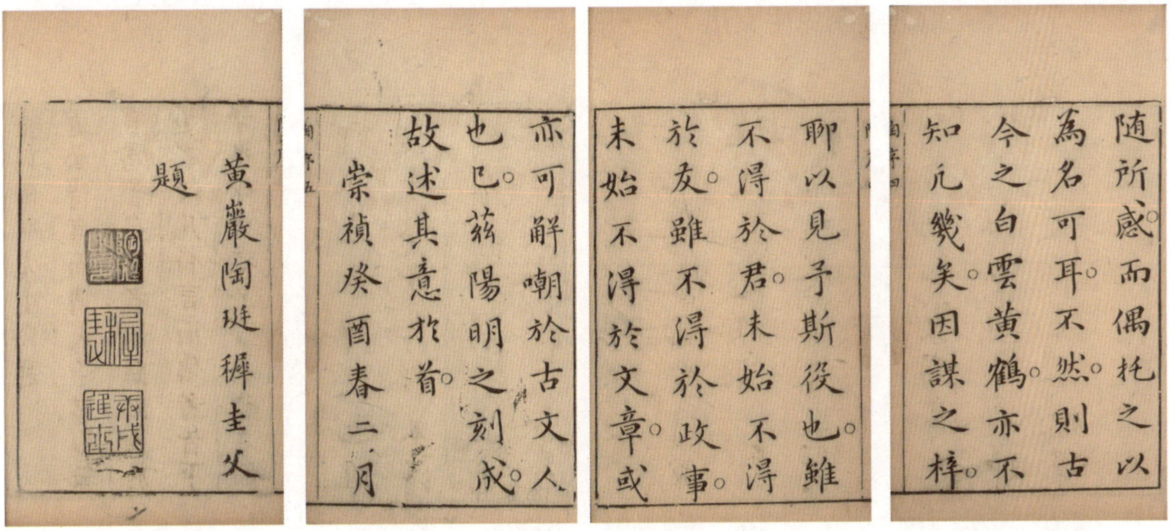
陶序四
隨所感。而偶托之以爲名可耳。不然。則古今之白雲黃鶴。亦不知凡幾矣。因謀之梓。
陶序
聊以見予斯役也。雖不得於君。未始不得於友。雖不得於政事。未始不得於文章。或
陶序五
亦可解嘲於古文人也已。茲陽明之刻成。故述其意於首。
崇禎癸酉春二月
黃巖陶珽稺圭父題

古文人之宦游其地也，風波所不免，而往往留一段風雅之事，令人思慕焉。予官武昌九閱月，而勞人被逐，宜矣。第念君臣政事之外，無一風雅事可述，幾爲黃鶴白雲所笑。獨於竟陵，得吾友鍾伯敬所評《公》《穀》《國策》《國語》《前後漢》《三國史》，暨《通鑒纂》《衍義纂》《昌黎選》《東坡選》《宋名家選》《明文選》，與夫《王文成選》諸遺 書一十八種，歸途展玩，差爲快耳。

古今之書，不知凡幾，而古今之評，又不知凡幾，獨沾沾於是，無乃陋乎？不知天下之事，豈容揀擇而盡取之？亦隨所遇，隨所感，而偶托之以爲名可耳。不然，則古今之白雲黃鶴，亦不知凡幾矣。因謀之梓，聊以見予斯役也。雖不得於君，未始不得於友；雖不得於政事，未始不得於文章，或亦可解嘲於古文人也已。茲陽明之刻成，故述其意於首。

崇禎癸酉春二月，黃巖陶珽稺圭父題。

王畿《重刻陽明先生文選》

重刻陽明先生文選

道必待言而傳夫子嘗以無言爲警矣言者所繇以入於道之詮凡待言而傳者皆下學也學者之於言也猶之暗者之於燭跛者之於杖也有觸發之義焉有裁培之義焉有印正之義焉而其機則存乎心悟不得于心而泥于言非善于學者也我陽明先師倡明聖學以良知之說覺天下天下靡然從之是雖入道之玄詮亦下學事載諸錄者詳矣吾黨之從事于師說其未得之也果能有所觸發否乎其得之也果能有所裁培否乎其得而玩之也果能有所印正否乎得也者非得之於言得之於心也契之於心忘乎言者也猶之燭之資乎明杖之輔乎行其機則存乎目與足非外物所得而與也若夫玩而忘之從容默識無所待而自中乎道斯則無言之旨上達之機固重刻是選相與嘉會而申警之意也不然則聖學亡而先師之意荒矣

門人王畿謹序

道必待言而傳，夫子嘗以無言爲警矣。言者，所繇以入於道之詮，凡待言而傳者，皆下學也。學者之於言也，猶之暗者之於燭，跛者之於杖也，有觸發之義焉，有栽培之義焉，有印正之義焉，而其機則存乎心悟。不得於心而泥於言，非善於學者也。

我陽明先師倡明聖學，以良知之説覺天下，天下靡然從之。是雖入道之玄詮，亦下學事，載諸録者詳矣。吾黨之從事於師説，其未得之也，果能有所觸發否乎？其得之也，果能有所栽培否乎？其得而玩之也，果能有所印正否乎？得也者，非得之於言，得之於心也。契之於心，忘乎言者也，猶之燭之資乎明，杖之輔乎行，其機則存乎目與足，非外物所得而與也。若夫玩而忘之，從容默識，無所待而自中乎道，斯則無言之旨，上達之機。固重刻是選，相與嘉會而申警之意也。不然，則聖學亡，而先師之意荒矣。

門人王畿謹序。

王川《跋》

跋

是集也先大夫龍溪公手錄以授及門曷爲而梓之梓之以公同志以存先賢之脉也先賢之脉不存則學問不明學問不明則世趨日下而聖道泯矣曷爲乎言之益學自精一垂統至格致大備及子輿氏没而教化衰漢晋以下習于訓詁艷于詞章著作日繁而違道日遠逮至濂洛始粹然續與如周之主靜程之定性則幾乎第未能直悟本體屏絶支離以開來學故不久復衰至我文成公歷艱履險磨瑕滌垢從九死一生中揭致良知三字以立教海內方翕然嚮風惜乎天不假年俾教化未敷而讒娼疾行是時世當疑信之際道在顯晦之間苟無繼述之人則已與之業岌岌乎殆矣惟我龍溪公首發師門之秘廣播天泉之傳與緒山先生招倈同志剖析羣迷建天眞爲講舍而四方則創者三十餘所摎遺稿爲文錄而先後行世者千百有奇于是私淑有人誦法有言而幾衰之緒又孜孜然興矣今濵海之民咸稱王氏章句之儒並言良知斯道大明而斯人少見何以然也葢世方逐科名趨功利而未暇誦其言不誦其言則無從想見其人羡慕其學又烏知其中之文章勳業超絶千古遂舍已之腐鼠而爲之哉頻年流寇洶湧連師莫制然跡其所爲謀術不及寧藩險固不及思田而甲兵之衆爲患之久更不若横水桶岡三浰八寨昔先賢于彼皆旬月底定未聞如今

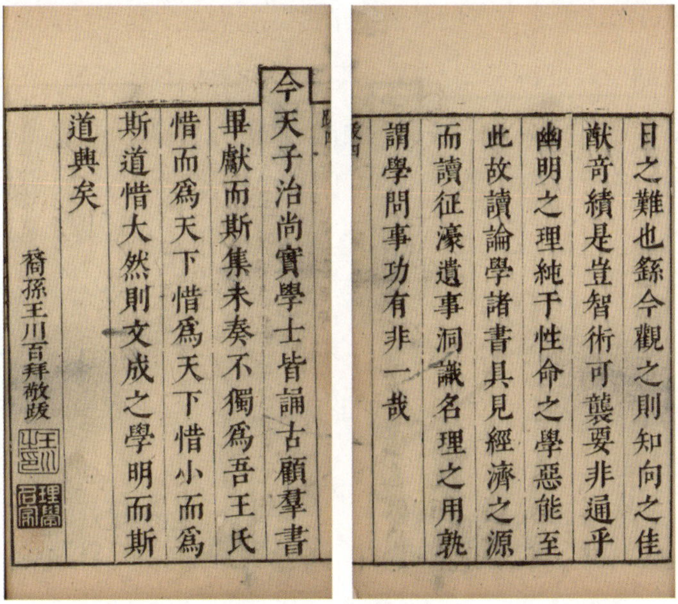
日之難也繇今觀之則知向之佳猷奇績是豈智術可襲要非通乎幽明之理純于性命之學惡能至此故讀論學諸書具見經濟之源而讀征濠遺事洞識名理之用孰謂學問事功有非一哉

今天子治尚實學士皆誦古顧羣書畢獻而斯集未奏不獨爲吾王氏惜而爲天下惜爲天下惜小而爲斯道惜大然則文成之學明而斯道興矣

裔孫王川百拜敬跋

是集也，先大夫龍溪公手録以授及門。曷爲而梓之？梓之以公同志，以存先賢之脉也。先賢之脉不存，則學問不明；學問不明，則世趨日下而聖道泯矣。曷爲乎言之？蓋學自精一垂統至格致大備，及子輿氏没而教化衰。漢晉以下習於訓詁，艷於詞章，著作日繁而違道日遠。逮至濂、洛，始粹然續興，如周之主静，程之定性，則幾乎第未能直悟本體，屏絶支離，以開來學，故不久復哀。至我文成公歷艱履險，磨瑕滌垢，從九死一生中揭“致良知”三字以立教海内，方翕然嚮風。惜乎天不假年，俾教化未敷而讒娼疾行。是時世當疑信之際，道在顯晦之間，苟無繼述之人，則已興之業岌岌乎殆矣。

惟我龍溪公首發師門之秘，廣播天泉之傳，與緒山先生招徠同志，剖析群迷，建天真爲講舍，而四方則創者三十餘所。搜遺稿爲《文録》，而先後行世者千百有奇，於是私淑有人，誦法有言，而幾衰之緒又孜孜然興矣。

今濱海之民，咸稱王氏章句之儒，並言良知。斯道大明，而斯人少見，何以然也？蓋世方逐科名，趨功利，而未暇誦其言。不誦其言，則無從想見其人，羡慕其學，又烏知其中之文章勛業超絶千古，遂捨己之腐鼠而爲之哉。

頻年流寇洶湧，連師莫制。然迹其所爲，謀術不及寧藩，險固不及思田，而甲兵之衆爲患之久，更不若横水、桶岡、三浰、八寨。昔先賢於彼，皆旬月底定，未聞如今日之難也。繇今觀之，則知向之佳猷奇績，是豈智術可襲？要非通乎幽明之理，純於性命之學，惡能至此？故讀論學諸書，具見經濟之源；而讀征濠遺事，洞識名理之用，孰謂學問、事功有非一哉。今天子治尚實學，士皆誦古。顧群書畢獻，而斯集未奏，不獨爲吾王氏惜，而爲天下惜。爲天下惜小，而爲斯道惜大。然則文成之學明，而斯道興矣。

裔孫王川百拜敬跋。

王文成公文選八卷

民國七年（1918）上海新學會社鉛印本

國家圖書館 93441（普通古籍）

明崇禎六年（1633）陶珽《鍾伯敬評王文成公文選叙》

見明崇禎六年（1633）刻本《王文成公文選》八卷。（索書號 19132）

鍾惺《王文成公文選序》

見明崇禎六年（1633）刻本《王文成公文選》八卷。（索書號 19132）

王畿《重刻陽明先生文選》

見明崇禎六年（1633）刻本《王文成公文選》八卷。（索書號 19132）

校記：

1.“言者，所繇以入於道之詮”，此本“言者”誤作“者言”。

王陽明先生文鈔二十卷

清康熙致和堂刻本

國家圖書館 85399（普通古籍）

清康熙二十八年（1689）張問達《序》

見知聞知之統，至孟子而息，千五百餘年，而周程諸子追尋其緒。又五百餘年，而陽明先生揭良知之學，使學者求理於吾心，而無復有逐物騖外、支離蕪蔓之病，而聖道於是乎復昭。

蓋良知者，明德也，致良知者，明明德也。明德具於吾心，外吾心而求物理，無所爲物理也，舍物理而求吾心，吾心又何從見耶？此仁者所以天地萬物爲一體也。明明德於天下，致良知而已矣。致良知之極，止至善而已矣。性無不善，故德無不明。動於意而後有不善，人心惟危也，意雖有不善，而明德之根於天良者未嘗不知也。孟子曰："人之所不學而知者，良知也。"致其本明之良知於意，則亦隨其意所在之物，而正其不善，以止於至善。而知乃有據，而意乃非虚。君臣父子，視聽言動，無不皆然，則物我無間，至誠無息矣。此之謂明善誠身，此之謂精一執中。聖門顔子，有不善未嘗不知，知之未嘗復行，蓋知行相爲終始者也。不終何以爲始，不行何以爲知，知行合一，又何疑乎！

問達幼不自揆，見先生之文章，而頌法焉，聞先生之功業，而向往焉。積之二十年，而後窺見先生之學，其功業文章，皆良知之實用，根於心而無待於外，燦然如日月經天，而莫之掩也，沛然如江河行地，而莫之御也，浩浩乎如太和元氣之充周，時行物生，而不見化工之迹也。夫先生豈有異於人哉？操之於戒慎恐懼之微，而放之於天下國家之大。先知先觉，惟恐吾人不聞斯道，而萬物一體之仁，汲汲終身。人徒見其《大學古本》之復，知行合一之説，格致誠正

序

見知聞知之統至孟子而息千五百餘年而周程諸子追尋其緒又五百餘年而陽明先生揭良知之學使學者求理于吾心而無復有逐物騖外支離蕪蔓之病而聖道于是乎復昭蓋良知者明德也致良知者明明德也明德具于吾心外吾心而求物理無所為物理也舍物理而求吾心吾心又何從見耶此仁者所以天地萬物為一體也明明德于天下致良知

而已矣致良知之極止至善而已矣性無不善故德無不明動于意而後有不善人心惟危也意雖有不善而明德之根于天良者未嘗不知也孟子曰人之所不學而知者良知也致其本明之良知于意則亦隨其意所在之物而正其不善以止于至善而知乃有據而意乃非虛君臣父子視聽言動無不皆然則物我無間至誠無息矣此之謂明善誠身此之謂精一執中聖門顏子有不善未嘗不知知之未嘗復行

蓋知行相為終始者也不終何以為始不行何以為知知行合一又何疑乎 問達幼不自揆見先生之文章而頌法焉聞先生之功業而向往焉積之二十年而後窺見先生之學其功業文章皆良知之實用根于心而無待于外燦然如日月經天而莫之掩也沛然如江河行地而莫之禦也浩浩乎如太和元氣之充周時行物生而不見化工之跡也夫先生豈有異于人哉操之于戒慎恐懼之微而放之于天下國家

之大先知先覺惟恐吾人不聞斯道而萬物一體之仁汲汲終身人徒見其大學古本之復知行合一之說格致誠正之論與朱子微有異同而遂詆之為禪今先生之書具在其果外人倫乎遺事物乎其空虛寂滅無裨用世乎動靜體用之學果有間于精一之旨明明德之傳乎夫聖道之在天下萬世當與天下萬世共明之豈一人一世之所得私況先生之學百世以俟聖人而不惑者哉蓋至于今日而亦信從者

衆矣 問達口頌心維手鈔目識竊附于私淑之後以俟同志者考而正焉亦以自見其生平學先生之學盡于是焉爾

時

康熙貳拾捌年歲次己巳秋七月江都後學張問達

序

之論，與朱子微有異同，而遂詆之爲禪。今先生之書具在，其果外人倫乎，遺事物乎？其空虚寂滅，無裨用世乎？動静體用之學，果有間於精一之旨、明明德之傳乎？夫聖道之在天下萬世，當與天下萬世共明之，豈一人一世之所得私。況先生之學，百世以俟聖人而不惑者哉。蓋至於今日，而亦信從者衆矣。

問達口頌心維，手鈔目識，竊附於私淑之後，以俟同志者考而正焉。亦以自見其生平學先生之學，盡於是焉爾。

時康熙貳拾捌年歲次己巳秋七月，江都後學張問達序。

陽明先生集要三編十五卷年譜一卷

明崇禎七至八年（1634—1635）王立準刻本

國家圖書館 T1511（善本）

明崇禎八年（1635）王志道《陽明先生三編序》

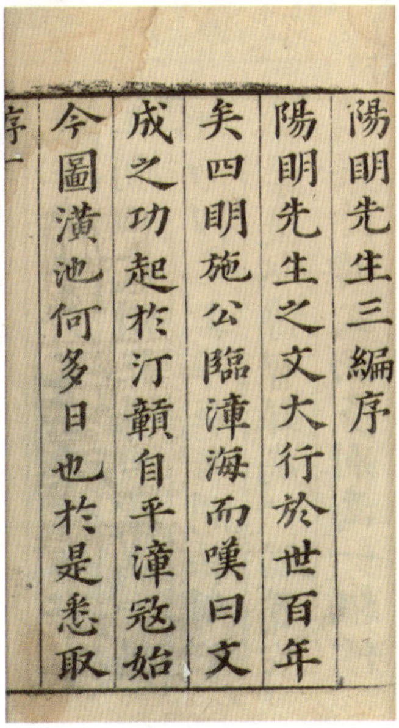
陽明先生三編序
陽明先生之文大行於世百年
矣四明施公臨漳海而嘆曰文
成之功起於汀贛自平漳寇始
今圖濆池何多日也於是悉取
序一

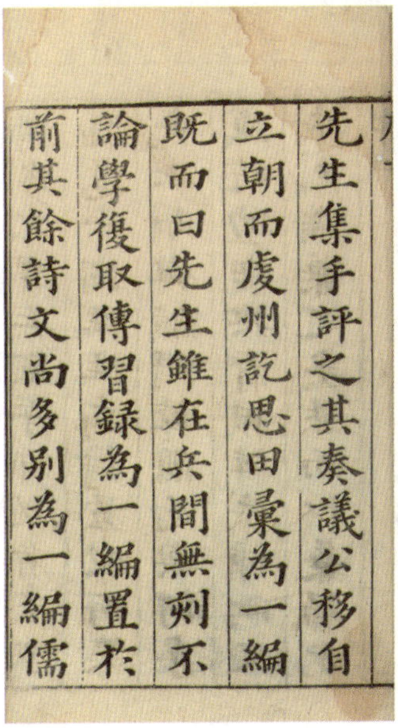
先生集手評之其奏議公移自
立朝而虔州訖思田彙為一編
既而曰先生雖在兵間無刻不
論學復取傳習録為一編置於
前其餘詩文尚多別為一編儒

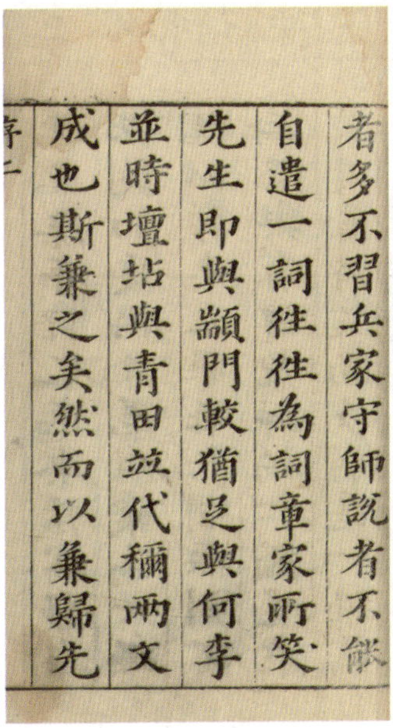
者多不習兵家守師説者不能
自遣一詞往往為詞章家所笑
先生即與顓門較猶足與何李
並時壇坫與青田並代稱兩文
成也斯兼之矣然而以兼歸先
序二

生先生不受也先生之言曰止
此良知更無餘事未發之中以
位以育立天下之大本而已何
三之與有曰良知即未發之中
乎曰良知知善知惡易知耳良

序三

知前無未發後無已發此處未
易信及疑良知有所不知必待
多學多識疑良知尚落知識別
求無聲無臭理學也經濟也文
章也其散皆求之良知之外至

於的然則已矣的然者迹也迹
豈能兼哉責絳灌文責隨陸武
其品固也謂功業如諸葛武侯
忠誠如司馬溫國猶為不著不
察是經濟盡無與乎理學謂濂

洛關閩軼唐絕漢而不能過胡
馬之南也理學復無與于經濟
歟學者方幸文成生乎開天靖
難之後以文臣擒叛王功在社
稷有體有用可無疑于天下後

序四

世然而持兩之疑無將之疑僞
學之禁亦同考亭異端之目推
及子靜其故何歟信心者不問
迹徇迹者難語心疑其功并疑
其學疑其學則一切立功立言

序五

吾將誰使正之故論學於有宋
諸儒之後不得不揭良知兩字
為千古聖賢滴骨血而今日又
欲以無已發未發處為良知滴
骨血知此者不言而信不易乎

世不成乎名無濟萬世之功無
加損焉其不知者豈惟宋之理
學無與經濟雖攝相三卿亦成
何事設使伊萊不生乎三代呂
散不過於今時天地間豈復有

完人哉爾来潼海多故亦向者
虔州一時四明公每過余焦然
談海以輙及桶岡浰頭時事因
舉文成在三浰有平山中賊易
平心中賊難之語遂相與劇論

文成之學其論文成學未嘗不
及宋諸儒先而尤反覆於紫陽
幾同幾異幾疑幾信蓋數十往
復然後相與釋然今評是編亦
其反求諸躬參諸行事論其世

然後詳說之非高談影悟鼓吹
先正苟讓當仁者比昔文成反
覆紫陽定論必求針芥於良知
而後已今四明公反覆陽明定
論究其指歸亦必求針芥於紫

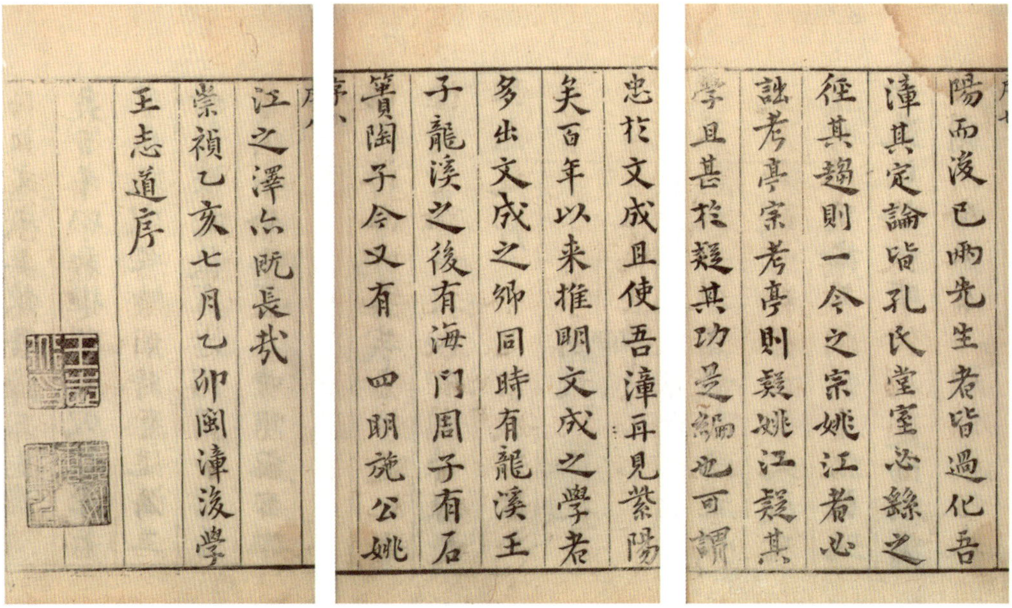
陽而後已兩先生者皆過化吾漳其定論皆孔氏堂室必繇之徑其趨則一今之宗姚江者必詆考亭宗考亭則疑姚江疑其學且甚於疑其功是編也可謂忠於文成且使吾漳再見紫陽矣百年以來推明文成之學者多出文成之鄉同時有龍溪王子龍溪之後有海門周子有石簣陶子今又有　四明施公姚江之澤亦既長哉

崇禎乙亥七月乙卯閩漳後學

王志道序

陽明先生之文大行於世百年矣。四明施公臨漳海而嘆曰：文成之功，起於汀、贛，自平漳寇始，今圖潢池，何多日也！於是悉取先生集手評之。其奏議、公移自立朝而虔州，訖思、田，彙爲一編。既而曰："先生雖在兵間，無刻不論學。"復取《傳習録》爲一編，置於前。其餘詩文尚多，別爲一編。

儒者多不習兵家，守師説者不能自遣一詞，往往爲詞章家所笑。先生即與顓門較，猶足與何李並時壇坫，與青田並代稱兩，文成也斯兼之矣。然而以兼歸先生，先生不受也。先生之言曰：止此良知，更無餘事。未發之中，以位以育，立天下之大本而已，何三之與有。

曰：良知即未發之中乎？

曰：良知知善知惡，易知耳。良知前無未發，後無已發，此處未易信，及疑良知有所不知，必待多學多識，疑良知尚落知識，别求無聲無臭。理學也，經濟也，文章也，其敝皆求之良知之外，至於的然則已矣。的然者，迹也，迹豈能兼哉！責絳、灌文，責隨、陸武，其品固也。謂功業如諸葛武侯，忠誠如司馬温國，猶爲不著不察，是經濟盡無與乎理學。謂濂、洛、關、閩軼唐絕漢，而不能遏胡馬之南也，理學復無與於經濟歟？

學者方幸文成生乎開天靖難之後，以文臣擒叛王，功在社稷，有體有用，可無疑於天下後世。然而持兩之疑，無將之疑，僞學之禁，亦同考亭異端之目，推及子静，其故何歟？信心者不問迹，狥迹者難語心，疑其功並疑其學，疑其學則一切立功立言，吾將誰使正之？故論學於有宋諸儒之後，不得不揭“良知”兩字，爲千古聖賢滴骨血，而今日又欲以“無已”發未發處，爲良知滴骨血。知此者不言而信，不易乎世，不成乎名，兼濟萬世之功無加損焉。其不知者，豈惟宋之理學無與經濟，雖攝相三卿，亦成何事？設使伊、萊不生乎三代，吕、散不遇於今時，天地間豈復有完人哉？

爾來漳海多故，亦向者虔州一時。四明公每過余，焦然談海上，輒及桶岡、浰頭時事，因舉文成在三浰有“平山中賊易，平心中賊難”之語，遂相與劇論文成之學。其論文成學，未嘗不及宋諸儒。先而尤反覆於紫陽，幾同幾異，幾疑幾信，蓋數十往復，然後相與釋然。今評是編，亦其反求諸躬，參諸行事，論其世，然後詳説之。非高談影悟，鼓吹先正，苟讓當仁者比。昔文成反覆紫陽定論，必求針芥於良知而後已。今四明公反覆陽明定論，究其指歸，亦必求針芥於紫陽而後已。

兩先生者，皆過化吾漳，其定論皆孔氏堂室必繇之徑，其趨則一。今之宗姚江者，必詘考亭；宗考亭，則疑姚江，疑其學且甚於疑其功。是編也，可謂忠於文成，且使吾漳再見紫陽矣。百年以來，推明文成之學者，多出文成之鄉。同時有龍溪王子，龍溪之後，有海門周子，有石簣陶子，今又有四明施公，姚江之澤，亦既長哉！

崇禎乙亥七月乙卯，閩漳浚學王志道序。

明崇禎八年（1635）黄道周《王文成集要三編序》

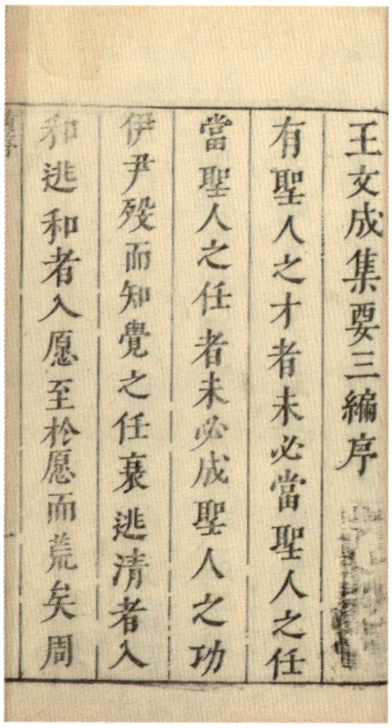
王文成集要三編序
有聖人之才者未必當聖人之任
當聖人之任者未必成聖人之功
伊尹殁而知覺之任衰逃清者入
和逃和者入愿至於愿而荒矣周

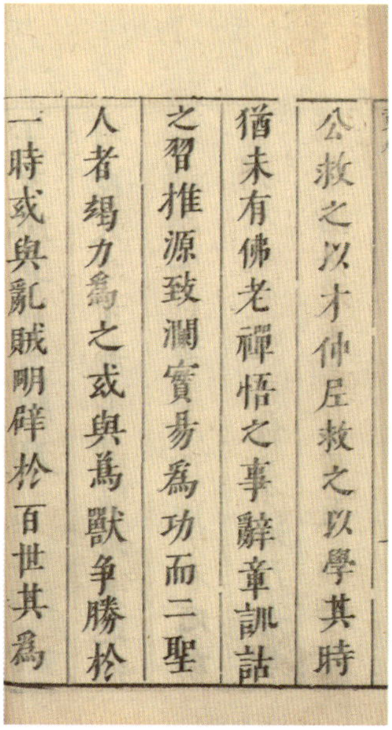
公救之以才仲尼救之以學其時
猶未有佛老禪悟之事辭章訓詁
之習推源致瀾賓易為功而二聖
人者竭力爲之或與爲獸爭勝於
一時或與亂賊明辟於百世其爲

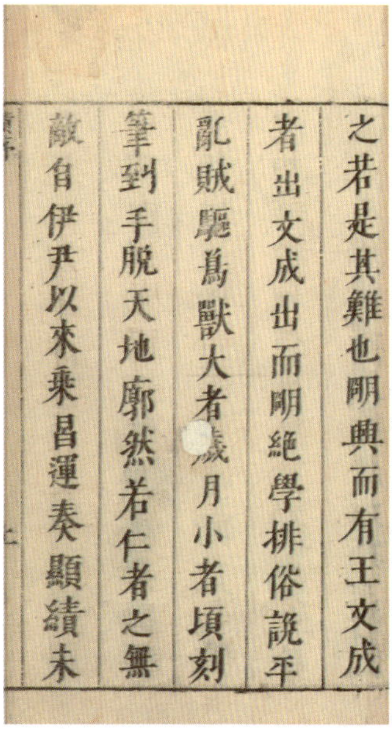
之若是其難也明興而有王文成
者出文成出而明絶學排俗說平
亂賊驅爲獸大者歲月小者頃刻
筆到手脫天地廓然若仁者之無
敵自伊尹以來乘昌運奏顯績未

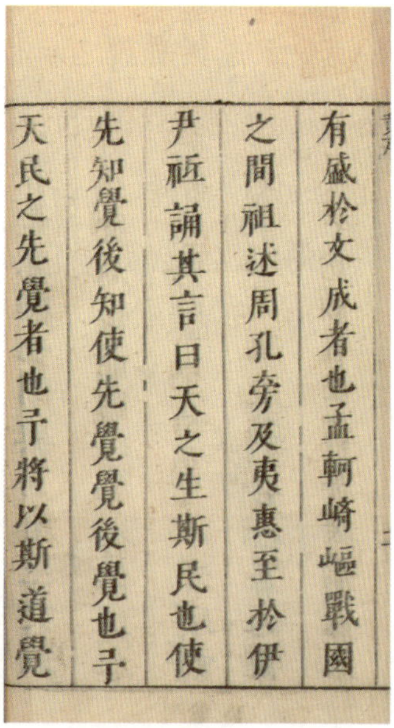
有盛於文成者也孟軻崎嶇戰國
之間祖述周孔旁及夷惠至於伊
尹祗誦其言曰天之生斯民也使
先知覺後知使先覺覺後覺也予
天民之先覺者也予將以斯道覺

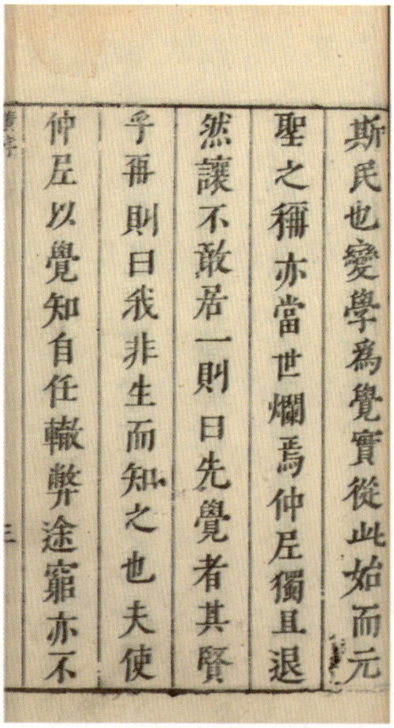
斯民也變學爲覺實從此始而元
聖之稱亦當世爛焉仲尼獨且退
然讓不敢居一則曰先覺者其賢
乎再則曰我非生而知之也夫使
仲尼以覺知自任轍轔途窮亦不

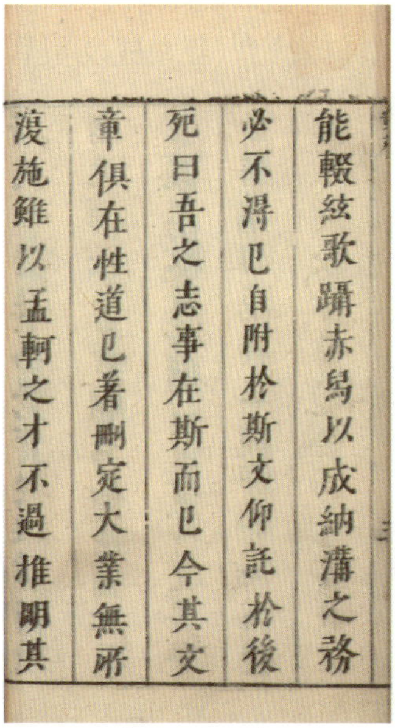
能輟絃歌躡赤舄以成納溝之務
必不得已自附於斯文仰託於後
死曰吾之志事在斯而已今其文
章俱在性道已著刪定大業無所
復施雖以孟軻之才不過推明其

說稍為宣暢無復發揮禪盖其下
則天下古今著述之故槩可知也
孟軻而後可二千年有陸文安文
安原本孟子別白義利震悚一時
其立教以易簡覺悟為主亦有耕

莘遺意然當其時南宗盛行單傳
直授遍於巖谷當世所藉意非為
此也善其施四明先生之言曰天
下病虛救之以實天下病實救之
以虛晦庵當五季之後禪喜繁興

豪傑皆溺於異說故宗程氏之學
窮理居敬以使人知所持循文成
當晦庵之後辭章訓詁汨沒人心
雖賢者猶安於帖括故明陸氏之
學易簡覺悟以使人知所反本雖

然朱氏學孔才不及孔以止於程
故其文章經濟亦不能逾程以至
於孔文成學孟才與孟等而進於
伊故其德業事功皆近於伊而進
於孟夫自孔顏授受至宋明道之

間主臣明聖人才華生蓋二千年
矣又五百年而文成始出陸文安
不值其時雖備伊尹之志負孟氏
之學而樹建邈然無復是稱今讀
四明先生所為集要三編反覆於

理學經濟文章之際喟然興歎於
伊孟朱陸相距之遠也子曰才難
不其然乎不其然乎崇禎乙亥
歲秋七月漳海治民黃道周書

有聖人之才者，未必當聖人之任；當聖人之任者，未必成聖人之功。伊尹殁而知覺之任衰；逃清者入和，逃和者入願，至於願而荒矣！周公救之以才，仲尼救之以學。其時猶未有佛老禪悟之事，辭章訓詁之習，推源致瀾，實易爲功。而二聖人者竭力爲之，或與鳥獸争勝於一時，或與亂賊明辟於百世，其爲之若是其難也！

明興而有王文成者出，文成出而明絶學，排俗説，平亂賊，驅鳥獸，大者歲月，小者頃刻，筆到手脱，天地廓然，若仁者之無敵。自伊尹以來，乘昌運，奏顯績，未有盛於文成者也。

孟軻崎嶇戰國之間，祖述周、孔，旁及夷、惠，至於伊尹，祇誦其言曰："天之生斯民也，使先知覺後知，使先覺覺後覺也。予，天民之先覺者也，予將以斯道覺斯民也。"變"學"爲"覺"，實從此始。而元聖之稱，亦當世爛焉。仲尼獨且退然，讓不敢居。一則曰："先覺者，其賢乎？"再則曰："我非生而知之也。"夫使仲尼以覺知自任，轍弊途窮，亦不能輟絃歌，躡赤舄，以成納溝之務。必不得已，自附於斯文，仰托於後死，曰："吾之志事，在斯而已。"今其文章俱在，性道已著，删定大業，無所復施，雖以孟軻之才，不過推明其説，稍爲宣暢，無復發揮，裨益其下，則天下古今著述之故，概可知也。

孟軻而後可二千年，有陸文安。文安原本孟子，别白義利，震悚一時。其立教以易簡覺悟爲主，亦有耕莘遺意。然當其時，南宗盛行，單傳直授，遍於嚴谷，當世所藉，意非爲此也。

善哉！施四明先生之言曰："天下病虚，救之以實；天下病實，救之以虚。"晦庵當五季之後，禪喜繁興，豪傑皆溺於異説，故宗程氏之學，窮理居敬，以使人知所持循。文成當晦庵之後，辭章訓詁，汩没人心，雖賢者猶安於帖括。故明陸氏之學，易簡覺悟，以使人知所反本。雖然，朱氏學孔，才不及孔，以止於程，故其文章、經濟，亦不能逾程以至於孔。文成學孟，才與孟等，而進於伊，故其德業事功，皆近於伊，而進於孟。夫自孔、顔授受，至宋明道之間，主臣明聖，人才輩生，蓋二千年矣。又五百年而文成始出，陸文安不值其時，雖修伊尹之志，負孟氏之學，而樹建邈然，無復足稱。今讀四明先生所爲《集要三編》，反覆於理學、經濟、文章之際，喟然興嘆於伊、孟、朱、陸相距之遠也。子曰：“才難，不其然乎？不其然乎？”

崇禎乙亥歲秋七月，漳海治民黃道周書。

明崇禎八年（1635）王立準《跋》

立準譾劣，叨令平和。和固文成公治兵閩、贛時所疏建邑也，規畫具在。頃，準初抵任時，道臺施公即敕縣創祠修祀事，並興復三團五隘之制，準禀奉惟謹。一日，出文成集示準，曰："此余所删定《三編》也。"一理學，一經濟，一文章，評釋丹鉛，纍纍貫珠。曰："公之精神在此矣。"準捧而讀之，如日月之行天，如河漢之無極。郭象注《莊》，蘇洵評《孟》，未易逾此。昔弇州謂此道理在孔門，若五百白牛乳，陽明先生於内點出醍醐，服之既久，仍以爲酪。迨龍溪王子再一提破，使人喉間作甘露快。今經公手定，乃遂一盤托出。《全集》取備，《三編》取要，公之教，盡文成之教，而點綴闡明，條分縷析，使上智一往入室，後學易於得門。則文成之教，又得公之教而益大明也。公功顧不更在龍溪上耶！

公莅漳先後八年，課士在日録，靖海在捷疏，著述在瑱銘，其於文成之理學、經濟、文章，業已身見之行事矣。誦説旂常，自有鴻撰，準末學下吏，何敢妄爲繪天！獨唯奉命壽梓以來，始甲戌冬，竣乙亥夏。中間見公所審定凡再四，如數語稍未愜衷，不憚既梓，悉易隻字，必期全美，無難飛檄洊更。始知聖賢用心之虚固如此。書成，奉以藏之文成祠中，和水湯湯，和山蒼蒼，□文成耶，施公耶？吾和視海内固先被姚江之澤於無疆矣。準不敏，何幸躬逢其盛，因告成事歲月而僭跋之。

崇禎捌年中元日，後學屬吏王立準謹跋。

門人曾宏中盥書。

跋

立準謭劣叨令平和和固
文成公治兵閩贛時所蹏建邑也覩画具在頃
準初抵任時
道臺施公郎勑縣剏祠脩祀事并興復三園五
隘之制準稟奉惟謹一日出　文成集示準
曰此余所删定三編也一理學一經濟一文

章評釋丹鉛彙纍貫珠曰公之精神在此矣
準捧而讀之如日月之行天如河漢之無極
郭象註莊蘇洵評孟未易逾此昔弇州謂此
道理在孔門若五百白牛乳　陽明先生於
内點出醍醐服之既久仍以爲酪迨龍溪王
子再一提破使人喉間作甘露快今經
公手定廼遂一盤托出全集取備三編取要

公之教盡文成之教而點綴闡明條分縷析
使上智一往入室後學易于得門剮　文成
之教又得　公之教而益大明也　公功頗
不更在龍溪上耶　公蒞漳先後八年課士
一在日録靖海在捷蹏著述在瑣銘其于　文
成之理學經濟文章業已身見之行事矣誦
說旂常自有鴻撰卑末學下吏何敢妄為繪

天獨唯奉命壽梓以來始甲戌冬竣乙亥夏
中間見　公所審定凡再四如數語稍未愜
衷不憚既梓悉易隻字必期全美無難飛擻
游更始知聖賢用心之虛圓如此書成奉以
藏之　文成祠中和水湯湯和山蒼蒼
文成耶
施公耶吾和視海内固先被嫓江之澤于無窮

矣準不敏何幸躬逢其盛因告成事歲月而
僭跋之
崇禎捌年中元日後學屬吏王立準謹跋
門人曾宏中盥書

林釬《王陽明先生集叙》

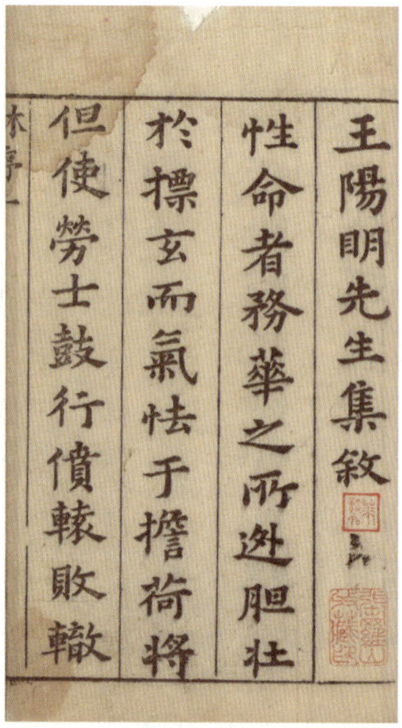
王陽明先生集敘
性命者務華之所迸胆壯
於標玄而氣怯于擔荷將
但使勞士鼓行僨轅敗轍
林序一

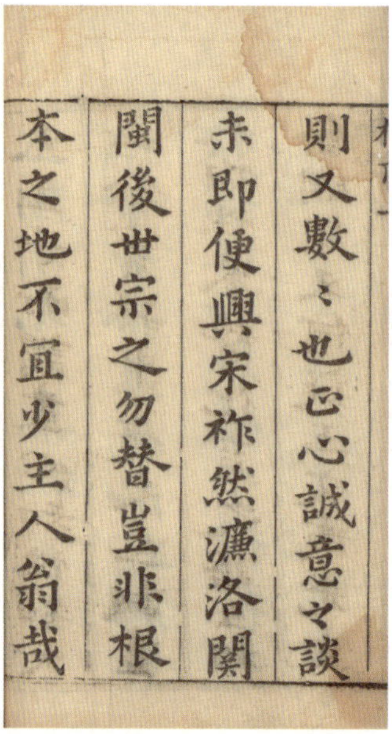
則又數〻也正心誠意之談
未即使興宋祚然濂洛關
閩後世宗之勿替豈非根
本之地不宜少主人翁哉
林序一

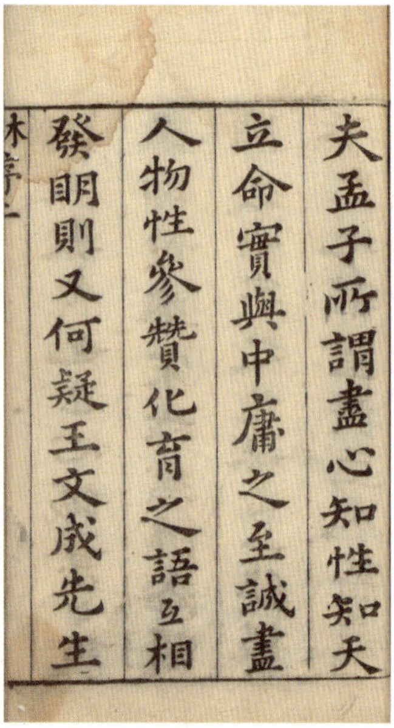
夫孟子所謂盡心知性知天
立命實與中庸之至誠盡
人物性參贊化育之語互相
發明則又何疑王文成先生
林序二

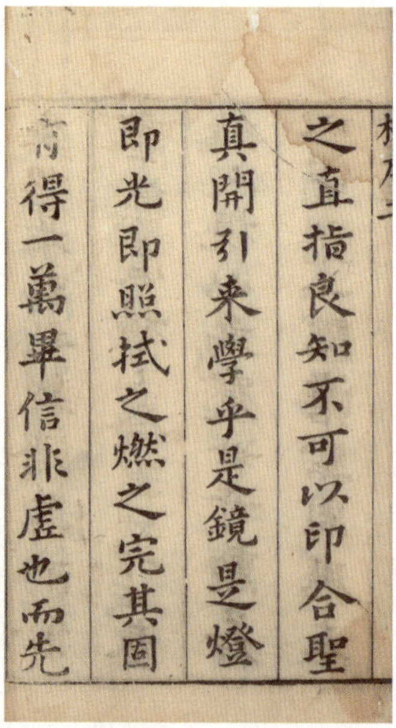
之直指良知不可以印合聖
真開引來學乎是鏡是燈
即光即照拭之燃之完其固
有得一萬畢信非虛也而先
林序二

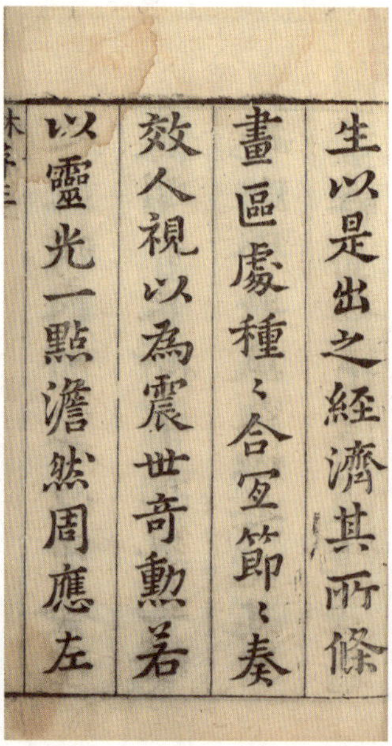
生以是出之經濟其所條
畫區處種〻合宜節〻奏
效人視以為震世奇勳若
以靈光一點澹然周應左
林序三

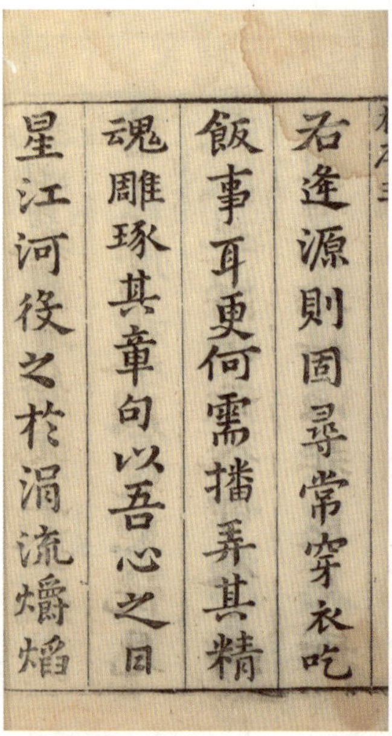
右逢源則固尋常穿衣吃
飯事耳更何需播弄其精
魂雕琢其章句以吾心之日
星江河役之於涓流爝熖
林序三

也者余幸得先生全編焚
香山寺中敬閱返照恍見
先生之所以示人即人〻所
自有而知何以非良〻知

何以不致孟子不言失其
本心耶中庸不言不誠無
物耶誠之至心之盡人世應
為難為之事業不可從穿

衣吃飯做耶因書數言以
質之四明施公祖盖四明公
蒞閩漳八年其冰心石畫
福庇於茲土者意學問

淵源有所從出宛肖而是
編即四明公轉別時取以
示余者乃今知之矣性無
岐分身有前後且得不重

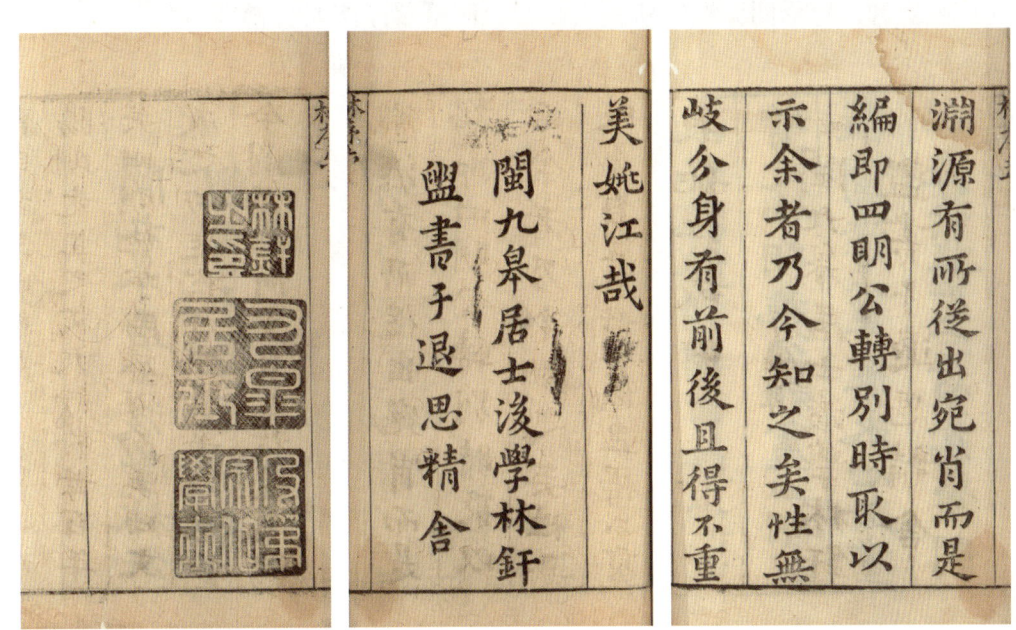

美姚江哉

閩九皐居士後學林釬
盥書于退思精舍

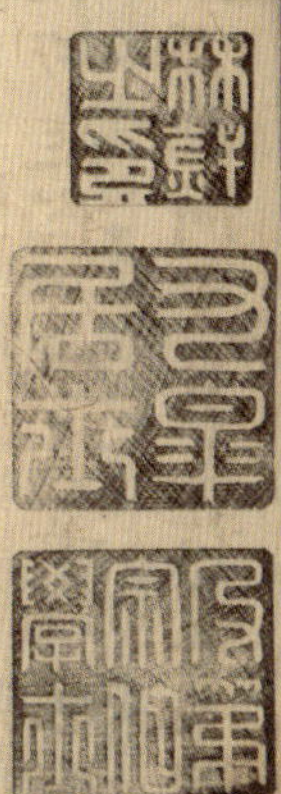

性命者，務華之所逃，膽壯於摽玄，而氣怯於擔荷，將但使勞士鼓行，僨轅敗轍，則又數數也。正心誠意之談，未即便興宋祚，然濂、洛、關、閩，後世宗之勿替，豈非根本之地不宜少主人翁哉！夫孟子所謂“盡心”“知性”“知天”“立命”，實與《中庸》之“至誠盡人物性”“參贊化育”之語互相發明，則又何疑？

王文成先生之直指良知，不可以印合聖真，開引來學乎？是镜是燈，即光即照，拭之燃之，完其固有，得一萬畢，信非虛也。而先生以是出之經濟，其所條畫區處，種種合宜，節節奏效，人視以爲震世奇勛。若以靈光一點，澹然周應，左右逢源，則固尋常穿衣吃飯事耳，更何需播弄其精魂，雕琢其章句，以吾心之日星江河，役之於涓流爝焰也者！

余幸得先生全編，焚香山寺中，敬閲返照，恍見先生之所以示人，即人人所自有，而知何以非良，良知何以不致。孟子不言，失其本心耶？《中庸》不言“不誠無物”耶？誠之至，心之盡，人世應爲難爲之事業，不可從穿衣吃飯做耶？因書數言，以質之四明施公祖。蓋四明公莅閩漳八年，其冰心石畫，福庇於兹土者，意學問淵源有所從出宛肖，而是編即四明公轉别時取以示余者，乃今知之矣。性無岐分，身有前後，且得不重美姚江哉。

閩九皋居士後學林釬盥書於退思精舍。

施邦曜《陽明先生文集叙》

陽明先生文集敘
自古稱不朽之業有三曰立德
立功立言然果如是之畫爲三
等如玄黃黑白之殊類乎非也
蓋人未嘗生而有功生而有言

惟此德命於天率於性明此者
謂之精誠此者謂之一惟明故
誠惟精故一是謂聖賢之學學
至於誠則有以立天下之本一
則有以盡天下之變德也者功

從此托根言從此受響者也惟
學之入德未至卽身奏一匡之
績祇成雜霸之勳名卽文起八
代之衰終屬詞章之小乘故上
下古今伊周之後無功六經之

外無言非無功與言也德之未
至卽功與言不足稱也先生從
學絕道喪之日獨悟良知之妙
蘊上接精一之心傳就不睹不
聞之中爲經綸參贊之用舉世

所謂殊猷偉烈微言奧論不必
分役其心而已實有其理將見
富有日新自然應時而發戡亂
定變人所視爲非常之原者先
生唾手立辦使世食其功而絕

不見搶攘之跡斯名世之大業
也創義竪詞人所稱獨擅制作
之林者先生未嘗過而問焉不
外日用之雅言而備悉夫繼往
開來之緒斯羽翼之眞傳也德

立而功與言一以貫之此先生
之獨成其不朽哉世於先生之
學未能窺其蘊奧故慕先生之
功若赫然可喜誦先生之言若
澹然無奇譬適滄𣴑者不望斗

杓爲準與波上下東西南北搖
靡向往無一或是而先生之爲
先生自若人惟學先生之學試
升其堂焉入其室焉而後知先
生之不可及也後知不可及者

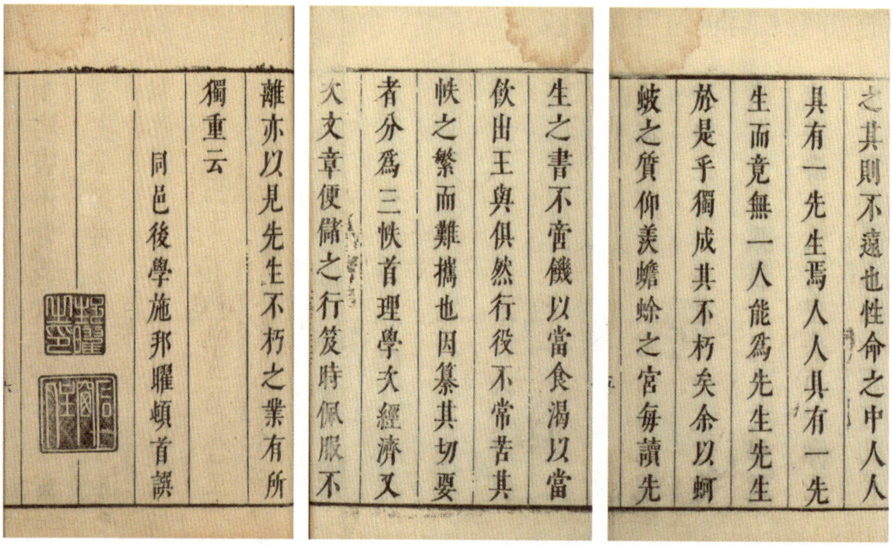
之其則不遠也性命之中人人
具有一先生焉人人具有一先
生而竟無一人能爲先生先生
於是乎獨成其不朽矣余以蜉
蝣之質仰羨蟾蜍之宮每讀先
生之書不啻饑以當食渴以當
飲由王輿俱然行役不常苦其
帙之繁而難攜也因纂其切要
者分爲三帙首理學次經濟又
次文章便儲之行笈時佩服不
離亦以見先生不朽之業有所
獨重云
同邑後學施邦曜頓首識

自古稱不朽之業有三，曰：立德、立功、立言。然果如是之畫爲三等，如玄黄黑白之殊類乎？非也。蓋人未嘗生而有功，生而有言，惟此德命於天，率於性，明此者謂之精，誠此者謂之一。惟明故誠，惟精故一，是謂聖賢之學。學至於誠，則有以立天下之本；一，則有以盡天下之變。德也者，功從此托根，言從此受響者也。惟學之入德未至，即身奏一匡之績，祇成雜霸之勛名；即文起八代之衰，終屬詞章之小乘。故上下古今，伊、周之後無功，《六經》之外無言。非無功與言也，德之未至，即功與言不足稱也。

先生從學絶道喪之日，獨悟良知之妙藴，上接“精一”之心傳，就不睹不聞之中，裕經綸參贊之用，舉世所謂殊猷偉烈，微言奥論，不必分役其心而已。實有其理，將見富有日新，自然應時而發。戡亂定變，人所視爲非常之原者，先生唾手立辦，使世食其功，而絶不見搶攘之迹，斯名世之大業也。創義豎詞，人所稱獨擅製作之林者，先生未嘗過而問焉，不外日用之雅言，而備悉夫繼往開來之緒，斯羽翼之真傳也。德立而功與言一以貫之，此先生之獨成其不朽哉！

世於先生之學，未能窺其藴奥，故慕先生之功，若赫然可喜，誦先生之言，若澹然無奇。譬適滄茫者，不望斗杓爲準，與波上下，東西南北，揣摩向往，無一或是，而先生之爲先生自若。人惟學先生之學，試升其堂焉，入其室焉，而後知先生之不可及也。後知不可及者，之其則不遠也。性命之中，人人具有一先生焉。人人具有一先生，而竟無一人能爲先生，先生於是乎獨成其不朽矣！

余以蚵蝂之質，仰羡蟾蜍之宫，每讀先生之書，不啻饑以當食，渴以當飲，出王與俱。然行役不常，苦其帙之繁而難攜也，因纂其切要者，分爲三帙。首理學，次經濟，又次文章。便儲之行笈，時佩服不離，亦以見先生不朽之業有所獨重云。

同邑後學施邦曜頓首撰。

施邦曜《識》（理學編卷二語録末）

先生之學，因議論與朱子有異，遂開人疑信之端。愚以爲實無異同也。二先生之言雖殊，衛道覺世之心則一。此非愚之敢以私意窺二賢而謬爲調停之説也。請還質之二先生之言。文成之言曰："吾説與晦庵時有不同者，爲入門下手處有毫釐千里之分，不得不辯，然吾之心未嘗有異。"夫孟子之好辯，專爲正人心，文成與晦庵之心既同矣，又焉用辯？是知先生非辯晦庵也，辯懼學晦庵而失其真者也。晦庵之言曰："吾之學非不求之内而求之外。蓋聖人設教，使人默識此心之靈，而端莊静一，以爲窮理之本，使人知有衆理之妙，而學問思辯以致盡心之功，巨細相涵，動静交養，無内外精粗之擇也。必以爲淺近，而欲藏形匿影，别爲幽深彷彿、艱難阻絶之論，使學者莽然措心於言語文字之外，則佛氏之詖淫邪遁耳。"是言也，晦庵之預爲後學慮，又何深且遠哉。因二先生之言，而推求其故。

晦庵當五季之後，虚無寂滅之教盈於天下，患在不知窮理也，故宗程氏之學，揭主敬窮理之教，使人知所持循。文成當晦庵之後，辭章訓詁之習没溺人心，患在徒事見聞也。故明陸氏之學，揭知行合一之旨，使人知所返本。二先生以爲道之苦心，不得已而爲補偏救敝之微權，非文成知内而不知外也，晦庵知外而不知内也，尚安得有異同哉？夫道一而已矣，自内觀之，而不睹不聞，涵天地萬物之理；自外觀之，而倫物事變，一根於身心性命之微。所謂性之德也，合内外之道也。君子亦惟學問、思辯、篤行以盡吾之性焉。二先生皆我師也，異同可弗問也。學者不得其心之同，而徒執其言之異，嘵嘵聚訟，將二先生必有戚然於廊廡者矣。愚暗汶，不足以知二先生，敢質之同志。

邦曜識。

此便是先生學問

問者、先生曰、此吾少時事有許多抗厲氣此氣不除欲以身任天下其何能濟或又問平寧藩、先生曰當時只合如此做但覺來尚有揮霍意使今日處之更別也

先生之學因議論與朱子有異遂開人疑信之端愚以爲實無異同也二先生之言雖殊衛道覺世之心則一此非愚之敢以私意窺二賢而謬爲調停之説也請還質之二先生之言文成之言曰吾説與晦庵時有不同者爲入門下手處有毫釐千里之分不得不辯然吾之心未嘗有異夫孟子之好辯專爲正人心文成與晦庵之心既同矣又焉用辯是知先生非辯晦庵也辯懼學晦庵而失其真者也晦庵之言曰吾之學非不求之內而求之外蓋聖人設教使人默識此心之靈而端莊靜一以爲窮理之本使人知有衆理之妙而學問思辯以致盡心之功巨細相涵動靜交養無內外精麄之擇也必以爲淺近而欲藏形匿影別爲幽深髣髴艱難阻絕之論使學者茫然措心於言語文字之外則佛氏之詖淫邪遁耳是言也晦庵之預爲後學慮又何深且遠哉因二先生之言而推求其故晦庵當五季之後虛無寂滅之教盈於天下患在不知窮理也故宗程氏之學揭主敬窮理之教使人知所持循文成當晦庵之後辭章訓詁之習汩溺人心患在徒事見聞也故明陸氏之學揭知行合一之旨使人知所返本二先生以爲道之苦心不得已而爲補偏救敝之微權非文成知內而不知外也晦庵知外而不知內也尚安得有異同哉夫道一而已矣自內觀之而不睹不聞涵天地萬物之理自外觀之而倫物事變一根於身心性命之微所謂性之德也合內外之道也君子亦惟學問思辯篤行以盡吾之性焉二先生皆我師也異同可弗問也學者不得其心之同而徒執其言之異嘵嘵聚訟將二先生必有戚然於廊廡者矣愚暗汶不足以知二先生敢質之同志 邦曜識

陽明先生集要三編十五卷年譜一卷

清乾隆五十二年（1787）濟美堂刻本

國家圖書館 23054（普通古籍）

明崇禎八年（1635）王志道《序》

見明崇禎七至八年（1634—1635）王立準刻本《陽明先生集要三編》十五卷《年譜》一卷。（索書號 t1511）

校記：

1. “其敝皆求之良知之外”，此本“敝”作“弊”。
2. “而不能遏胡馬之南也”，此本“胡馬”作“湖禡”。
3. “閩漳浚學王志道序”，此本“浚”作“後”。
4. “崇禎”，此本作“時崇禎”。

明崇禎八年（1635）黄道周《序》

見明崇禎七至八年（1634—1635）王立準刻本《陽明先生集要三編》十五卷《年譜》一卷。（索書號 t1511）

明崇禎八年（1635）王立準《原跋》

見明崇禎七至八年（1634—1635）王立準刻本《陽明先生集要三編》十五卷《年譜》一卷。（索書號 t1511）

校記：

1.“此余所删定《三編》也”，此本“删定”作“定”。

2.“崇禎捌年中元日”，此本“捌”作“八”。

林釬《原序》

見明崇禎七至八年（1634—1635）王立準刻本《陽明先生集要三編》十五卷《年譜》一卷。（索書號 t1511）

施邦曜《施四明先生原序》

見明崇禎七至八年（1634—1635）王立準刻本《陽明先生集要三編》十五卷《年譜》一卷。（索書號 t1511）

校記：

1.“如玄黄黑白之殊類乎”，此本“玄”避諱，作“元”。

施邦曜《識》（理學編卷二語録末）

見明崇禎七至八年（1634—1635）王立準刻本《陽明先生集要三編》十五卷《年譜》一卷。（索書號 t1511）

先生片楮隻字不曾彝鼎欽而著蔡肅之吾漳僻在海隅罕覩全書間拾殘篇僅竅一斑殊為恨事四明施公敏而好學公餘取先生全集而詮次焉分理學經濟文章凡十五卷付諸殺青與世共寶可謂姚江之功臣閩南之教主矣昔人稱德功言三不朽我朝名碩蔚起凋嶽其心麟鳳其釆者肯頂相望要以鳧短鶴長遂成鼎足若大函三為一則先生一人而已夫以先生之忠肝義膽偉畧殊勳雖善妬者不能掩其蛾眉獨學問未易窺測猶有堅白同異之疑甚有詆先生為偽學者嗟乎使先生之學為偽則荀鄭升

示余者乃今知之矣性無岐分身有前後且得不重美姚江哉闕九臯居士後學林釬盥書于退思精舍

王文成先生起東南倡學繼往開來得未曾有而以其學見之匡朝定國靖大難建大功亦得未曾有蓋明興二百年來一人也然先生之學如暗室一燈而同事者疑其學先生之功如擎天一柱而當事者忌其功乃先生不以此介介也越數年而妬口稍息始論次先生功錫康侯印如故事又數十年始表章先生學大者雍容儒俎稱素臣次亦不失庚桑之社于是先生學術始大被於天下矣今海內學士大夫得

堂揚雖入室矣今諸編具在試取一再讀之皆實理實事根命根性真足隼槳來彥冶鑄稗官至陰符之謀出天入地社稷之功震主驚人直先生之塵垢粃糠耳豈闕先生至極哉昔夫子之讃黃帝曰生而民得其利百年死而民畏其神百年亡而民用其教百年故稱三百年先生去今未百載而嚮利有德尊嚴若神者已遍於窮谷還既過此以往教化翔洽百世以俟聖人而不惑可也施公與先生同里閈知有自而先後莅漳鐵面氷心十年如一日每見其訓士論民及與縉紳大夫相切劘者皆原本道德之意而遣

水旱之厄撫字有方値寇盜之訌方圓並盡實與先生之安民和衆扶危定傾同一靈變詩云唯其有之是以似之公之於先生也蓋其似哉人但知公之飲氷茹蘗一塵不染而不知其自治郡以及分守潢池無日不弄兵其間經緯武文翕張操縱安反側之心而抄折衝于談笑者皆在不見不聞之地公不以告人未之或知也雖然有文成之人總無康侯之錫而文成自重公固學文成之學者也為名杜而有餘為韓范而無不足天下為己任之人卽志不在溫飽之人公不負所學必不負天子余以其生平所討論合

之服官所展布竊謂他日姚江當有兩文成冊云退然不勝衣軍旅未之學也賜進士文林郎侍經筵吏科都給事中前奉勅巡視城河工程持節冊封周府後學顏繼祖撰

陽明先生之文大行於世百年矣四明施公臨漳海而歎曰文成之功起於汀贛自平漳寇始今圖黃池何多日也於是悉取先生集手評之其奏議公移自立綱而虔州誌思田彙為一編旣而曰先生雖在兵間無刻不論學復取傳習錄為一編置於前其餘詩文尚多別為一編儒者多不習兵家守師說者不能

顔繼祖《序》

王文成先生起東南，倡學繼往開來，得未曾有，而以其學見之，匡朝定國，靖大難，建大功，亦得未曾有。蓋明興二百年來一人也。然先生之學，如暗室一燈，而同事者疑其學。先生之功，如擎天一柱，而當事者忌其功。乃先生不以此介介也。越數年而妒口稍息，始論次先生功，錫康侯印如故事。又數十年，始表章先生學，大者雍容樽俎，稱素臣，次亦不失庚桑之社。於是先生學術始大被於天下矣。今海内學士大夫，得先生片楮只字，不啻彝鼎，欽而著蔡肅之。吾漳僻在海隅，罕覩全書，間拾殘篇，僅啜一臠，殊爲恨事。四明施公敏而好学，公馀取先生全集而詮次焉，分理學、經濟、文章，凡十五卷，付諸殺青，與世共寶，可謂姚江之功臣，閩南之教主矣。

昔人稱德、功、言三不朽。我朝名碩蔚起，淵嶽其心，麟鳳其采者，背頂相望，要以鳧短鶴長，遂成鼎足，若夫函三爲一，則先生一人而已。夫以先生之忠肝義膽，偉略殊勛，雖善妒者不能掩其蛾眉，獨學問未易窺測，猶有堅白同異之疑甚，有詆先生爲僞學者，嗟乎！使先生之學爲僞，則荀卿升堂，揚雄入室矣。今諸編俱在，試取一再讀之，皆實理實事，根命根性，真足津梁來彥，冶鑄稗官。至陰符之謀，出天入地，社稷之功，震主驚人，直先生之塵垢粃糠耳，豈關先生至極哉？

昔夫子之贊黄帝曰：生而民得其利百年，死而民畏其神百年，亡而民用其教百年，故稱三百年。先生去今未百載，而嚮利有德，尊嚴若神者已遍於窮谷遐陬，過此以往，教化翔洽，百世以俟聖人而不惑可也。施公與先生同里，聞知有自，而先後莅漳，鐵面冰心，十年如一日。每見其訓士，論民及與縉紳大夫相切劘者，皆原本道德之意。而遭水旱之厄，撫字有方，值寇盜之訌，方圓並畫，實與先生之安民和衆，扶危定傾同一靈變。詩云：唯其有之，是以似之。公之於先生也，蓋其似哉。人但知公之飲冰茹蘗，一塵不染，而不知其自治郡以及分守潢池，無日不弄兵。其間經緯武文，翕張操縱，安反側之心，而妙折衝於談笑者，皆在不見不聞之地。公不以告，人未之或知也。雖然，有文成之人，總無康侯之錫，而文成自重。公固學文成之學者也，爲召杜而有餘，爲韓范而無不足。天下爲己任之人，即志不在温飽之人。公不負所學，必不負天子。余以其生平所討論合之服官所展布，竊谓他日姚江當有兩文成。毋云退然不勝衣，軍旅未之學也。

賜進士文林郎侍經筵吏科都給事中前奉勑巡視城河工程持節册封周府後學顔繼祖撰。

不肖惟才在諸生頗厭時趨而喜閱先正文集以想見生平若陽明先生文則尤旦夕不釋手蓋先生一書備三不朽故國朝稱盛德大業首推先生而不肖才家稽山望姚江一派在襟帶間興會所至讀其書不覺親切而有味也然自釋褐來風塵鞅掌于此編稍疎昨冬以莆李代漳事得日侍四明施公每論及文學政事輒極口先生文為第一義且出其手錄有理學經濟文章三集蒐覽之餘又加以精評其於良知之旨隨地闡照而若人人可以承當者不肖才既悉觀其全亦竊窺其蘊乃始喟然嘆曰天下有能讀先生之書者而諸生與當官有兩截乎哉則試問先生所見諸講究與見諸展布有兩先生乎哉夫木有根而不能不華也水有源而不能不瀾也理學經濟文章總一良知躍露無分彼此破得此義纔是善讀先生之書者今於先生且無論其他即在漳言漳而象湖之亂搗其巢四十二處剃頭之黠戮其黨九十二人及至平蘆溪而捌和邑以開千百年之治此豈僅空談道學所能耶迄今幽邃峻嶺皆勒先生之勳而凡官於此地者奉揚先烈皆嘖嘖曰此清漳一塊土何幸宋有紫陽而明又有先生也則從此之事新不獨漳之山水靈也凡誦紫陽而仰先生者皆良知靈也然而習俗滿諸履其任而覆餗敗事恐有司多不免乃後先生而起者有冰心鐵骨撐持海天之半壁如施公蒞漳且八載士沐其教民食其休者不能以盡筆而即今鎮門關樓銅山盧澳間一隘一要在在經畫是處金湯亦何異乎虔吉南昌之有先生哉然則是編之成非以其文也詩曰維其有之是以似之倘非生平析理如繭絲任事如庖解而閱此書何能贊一詞不肖才於今日愈有以知先生也愈有以知施公也大抵砭人膏肓振人痿痹而直從性靈發久大之義今而後雖日在風塵鞅掌而刻刻對姚江之水又不啻一新安矣旹甲戌秋八月莆陽李官會稽後學曹惟才謹序

予不肖憶束髮為書生時家大人授以姚江語錄吟詠月餘詰之曰陽明致良知之旨與紫陽格物致知之解有二乎無二乎退而思維徐應之曰格物格吾心之物無物非心也致知致吾心之知還不慮之良而止蓋從精一中來彼非以外遺內此非以內遺外兩先生均之明道以覺世曷二乎越兩年授以陽明全書讀而卒業瞿然曰有非常之人然後有非常之

明崇禎七年（1634）曹惟才序

不肖惟才在諸生頗厭時趨，而喜閲先正文集，以想見生平。若陽明先生文，則尤旦夕不釋手。蓋先生一書備三不朽，故國朝稱盛德大業首推先生。而不肖才家稽山，望姚江一派在襟帶間，興會所至，讀其書，不覺親切而有味也。然自釋褐來，風塵鞅掌，於此編稍疏。昨冬以莆李代漳事，得日侍四明施公。每論及文學政事，輒極口先生文爲第一義，且出其手録有理學、經濟、文章三集。蒐覽之餘，又加以精評，其於良知之旨，隨地圓照，而若人人可以承當者。不肖才既恣觀其全，亦密窺其蘊，乃始喟然嘆曰："天下有能讀先生之書者，而諸生與當官有兩截乎哉！則試問先生所見諸講究與見諸展布，有兩先生乎哉？"夫木有根而不能不華也，水有源而不能不瀾也。理學、經濟、文章，總一良知躍露，無分彼此。破得此義，纔是善讀先生之書者。

今於先生且無論其他，即在漳言漳，而象湖之亂，搗其巢四十二處，浰頭之黠，戮其黨九十二人，及至平蘆溪而創和邑，以開千百年之治，此豈僅空談道學所能耶？迄今幽壑峻嶺，皆勒先生之勛，而凡官於此地者，奉揚先烈，皆嘖嘖曰：此清漳一塊土，何幸宋有紫陽，而明又有先生也。則從此之聿新，不獨漳之山水靈也。凡誦紫陽而仰先生者，皆良知靈也。然而習俗滿淫，履其任而覆餗敗事，恐有司多不免，乃後先生而起者，有冰心鉄骨，撑持海天之半壁。如施公莅漳且八載，士沐其教，民食其休者，不能以盡筆。而即今鎮門關樓，銅山盧灣間，一隘一要，在在經畫，是處金湯，亦何異乎虔吉南昌之有先生哉？然則是編之成，非以其文也。詩曰："維其有之，是以似之。"倘非生平析理如繭絲，任事如庖解，而閲此書，何能贊一詞。不肖才於今日愈有以知先生也，愈有以知施公也。大抵砭人膏肓，振人痿痹，而直從性靈發久大之義，今而後雖日在風塵鞅掌，而刻刻對姚江之水，又不啻一新安矣。

時甲戌秋八月，莆陽李官會稽後學曹惟才謹序。

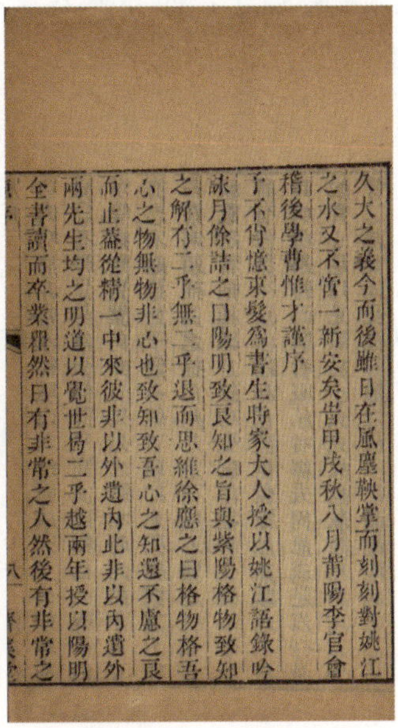
久大之義今而後雖日在風塵鞅掌而刻刻對姚江
之水又不啻一新矣旹甲戌秋八月莆陽李官會
稽後學胄惟才謹序
予不肖憶束髮爲書生時家大人授以姚江語錄吟
詠月餘詰之曰陽明致良知之旨與紫陽格物致知
之解有二乎無二乎退而思維徐應之曰格物格吾
心之物無物非心也致知致吾心之知還不慮之良
而止蓋從精一中來彼非以外遺內此非以內遺外
兩先生均之明道以覺世曷二乎越兩年授以陽明
全書讀而卒業瞿然曰有非常之人然後有非常之
原序　八　濟美堂

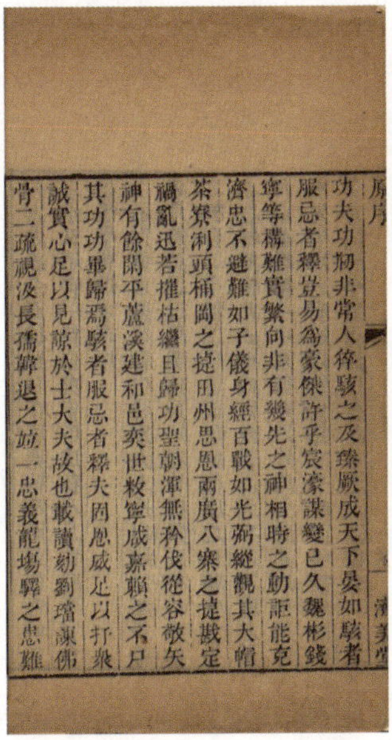
原序
功夫功烈非常人倖致之及臻厥成天下晏如駭者
服忌者釋豈易爲豪傑許乎宸濠謀變已久㱿彬錢
寧等構難實繁向非有幾先之神相時之動詎能克
濟忠不避難如子儀身經百戰如光弼縱觀其大帽
茶寮浰頭桶岡之捷田州思恩兩廣八寨之捷戡定
禍亂迅若摧枯纔且歸功塈朝渾無矜伐從容敬矢
神有餘閑平蘆溪建和邑奕世牧寧咸嘉賴之不尸
其功功畢歸爲駭者服忌者釋夫困思咸足以抒衆
誠實心足以見諒於士大夫故也載讀勅劉瑾諫佛
骨二疏視汲長孺韓退之竝一忠義龍場驛之患難
濟美堂

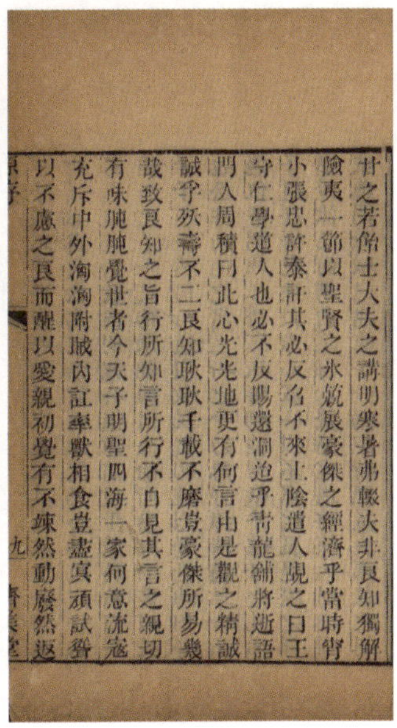
甘之若飴士大夫之講明學者弗輟夫非良知獨解
險夷一節以聖賢之冰兢展豪傑之經濟乎當時宵
小張忠許泰計其必反名不來上陰遣人覘之曰王
守仁學道人也必不反賜還洞迨乎靑龍鋪將逝語
門人周積曰此心光光地更有何言由是觀之精誠
誠乎殀壽不二良知耿耿千載不磨豈豪傑所易幾
哉致良知之旨行所知言所行不自見其言之親切
有味肫肫覺世者今天子明聖四海一家何意流寇
充斥中外洶洶附賊內訌率獸相食豈盡冥頑試發
以不慮之良而醒以愛親初覺有不竦然動廢然返
原序　九　濟美堂

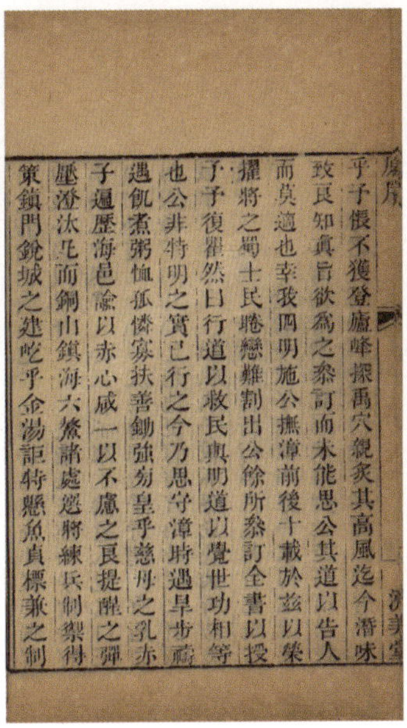
原序
乎予假不獲登廬峰探禹穴親炙其高風迄今潛味
致良知眞旨欲爲之參訂而未能思公其道以告人
而莫適也幸我四明施公撫漳前後十載於茲以榮
擢將之蜀士民睠戀難割出公餘所參訂全書以授
予予復瞿然曰行道以救民興明道以覺世功相等
也公非特明之實已行之今乃思守漳時遇旱步禱
遇飢煮粥恤孤憐寡扶善鋤強匍匐乎慈母之乳赤
子遍歷海邑諭以赤心咸一以不慮之良提醒之彈
壓澄汰屯而銅山鎮海六鰲諸處選將練兵制禦得
策鎭門銳城之建屹乎金湯詎特懸魚貞標兼之制
濟美堂

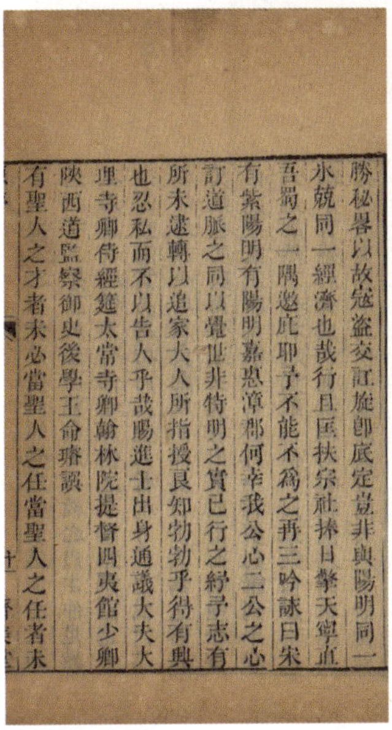
勝秘畧以故寇盜交訌旋即底定豈非與陽明同一
冰兢同一經濟也哉行且匡扶宗社捧日擎天寧直
吾蜀之一隅邀庇耶予不能不爲之再三吟詠曰宋
有紫陽明有陽明嘉惠漳郡何幸我公心二公之心
訂道脈之同以覺世非特明之實已行之紓予志有
所未逮轉以追家大人所指授良知勃勃乎得有興
也忍私而不以告人乎哉賜進士出身通議大夫大
理寺卿侍經筵太常寺卿翰林院提督四夷館少卿
陝西道監察御史後學王命璿譔
有聖人之才者未必當聖人之任當聖人之任者未
原序　廿　濟美堂

王命璿《序》

予不肖憶束髮爲書生，時家大人授以《姚江語録》。吟咏月餘，詰之曰：陽明致良知之旨與紫陽格物致知之解有二乎？無二乎？退而思維，徐應之曰：格物，格吾心之物。無物，非心也。致知，致吾心之知。還不慮之良而止，蓋從精一中來。彼非以外遺内，此非以内遺外，兩先生均之明道以覺世，曷二乎？

越兩年，授以《陽明全書》，讀而卒業，瞿然曰："有非常之人，然後有非常之功夫。"功創非常，人猝駭之，及臻厥成，天下晏如，駭者服，忌者釋，豈易爲豪傑許乎？宸濠謀變已久，魏彬、錢寧等構難實繁，向非有幾先之神，相時之動，詎能克？濟忠不避難如子儀，身經百戰如光弼，縱觀其大帽，茶寮、浰頭、桶岡之捷，田州、思恩、兩廣、八寨之捷，戡定禍亂，迅若摧枯，繼且歸功聖朝，渾無矜伐，從容敬矢，神有餘閑。平蘆溪，建和邑，奕世敉寧，咸嘉賴之，不尸其功，功畢歸焉。駭者服，忌者釋，夫固恩威足以扞衆，誠實心足以見諒於士大夫故也。

載讀劾劉瑾、諫佛骨二疏，視汲長孺、韓退之並一忠義。龍場驛之患難，甘之若飴；士大夫之講明，寒暑弗輟。夫非良知獨解險夷一節，以聖賢之冰兢，展豪傑之經濟乎。當時宵小張忠、許泰訐其必反，召不來，上陰遣人覘之，曰："王守仁，學道人也，必不反。"賜還洞，迨乎青龍鋪，將逝，語門人周積曰："此心光光地，更有何言？"由是觀之，精誠誠孚，殀壽不二，良知耿耿，千載不磨，豈豪傑所易幾哉？致良知之旨，行所知，言所行，不自見其言之親切有味，肫肫覺世者。

今天子明聖，四海一家，何意流寇充斥，中外汹汹，附賊内訌，率獸相食，豈盡冥頑？試聳以不慮之良，而醒以愛親初覺，有不竦然動，廢然返乎？予悵不獲登廬峰，探禹穴，親炙其高風，迄今潜味致良知真旨，欲爲之參訂而未能，思公其道以告人，而莫適也。幸我四明施公撫漳，前後十載於兹，以榮擢，將之蜀，士民睠戀難割，出公餘所參訂《全書》以授予。予復瞿然曰："行道以救民，與明道以覺世，功相等也。"公非特明之，實已行之。今乃思守漳時，遇旱步禱，遇飢煮粥，恤孤憐寡，扶善鋤强，旁皇乎慈母之乳赤子，遍歷海邑，諭以赤心，咸一以不慮之良提醒之；彈壓澄汰，凡而銅山、鎮海、六鰲諸處，選將練兵，製御得策，鎮門鋭城之建，屹乎金湯，詎特懸魚貞標，兼之製勝秘略，以故寇盜交訌，旋即底定，豈非與陽明同一冰兢，同一經濟也哉？行且匡扶宗社，捧日擎天，寧直吾蜀之一隅遨庇耶？予不能不爲之再三吟咏，曰："宋有紫陽，明有陽明，嘉惠漳郡，何幸我公心？"二公之心，訂道脉之同以覺世，非特明之，實已行之。紓予志有所未逮，轉以追家大人所指授良知，勃勃乎得有興也，忍私而不以告人乎哉？

賜進士出身通議大夫大理寺卿侍經筵太常寺卿翰林院提督四夷館少卿陝西道監察御史後學王命璿撰。

清乾隆五十二年（1787）徐坤《重刻陽明先生集要三編後序》

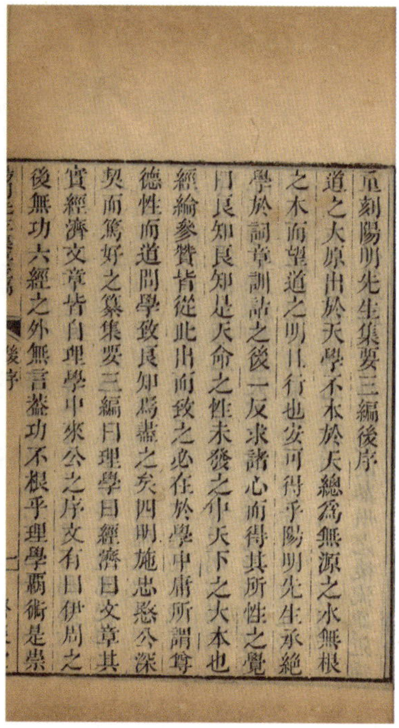
重刻陽明先生集要三編後序
道之大原出於天學不本於天總爲無源之水無根
之木而望道之明且行也安可得乎陽明先生承絕
學於詞章訓詁之後一反求諸心而得其所性之覺
曰良知良知是天命之性未發之中天下之大本也
經綸參贊皆從此出而致之必在於學中庸所謂尊
德性而道問學致良知焉盡之矣四明施忠愍公深
契而篤好之纂集要三編曰理學曰經濟曰文章其
實經濟文章皆自理學中來公之序文有曰伊周之
後無功六經之外無言蓋功不根乎理學霸術是崇

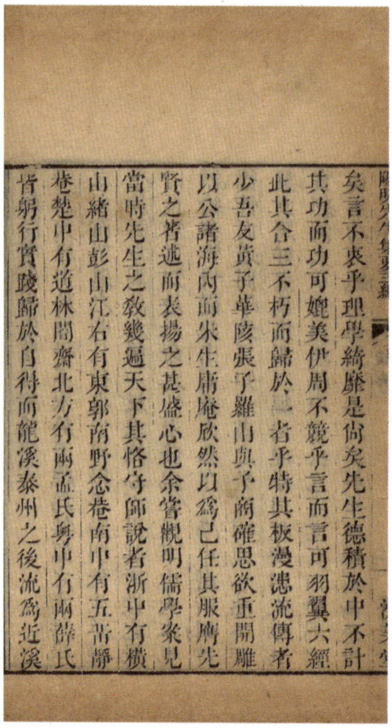
矣言不衷乎理學綺靡是尚矣先生德積於中不計
其功而功可媲美伊周不競乎言而言可羽翼六經
此其合三不朽而歸於一者乎特其板漫漶流傳者
少吾友黃子華陔張子羅山與予商確思欲重開雕
以公諸海内而朱生庸庵欣然以爲己任其服膺先
賢之者述而表揚之甚盛心也余嘗覩明儒學案見
當時先生之教幾遍天下其恪守師說者浙中有橫
山緒山彭山江右有東郭南野念菴南中有五嵩靜
菴楚中有道林闇齋北方有兩孟氏粵中有兩薛氏
皆躬行實踐歸於自得而龍溪泰州之後流爲近溪

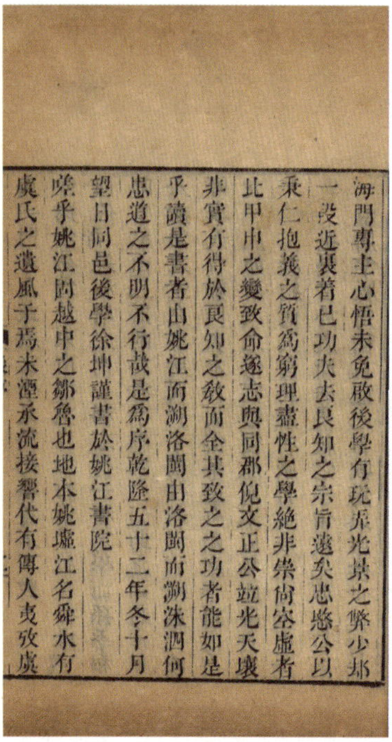
海門專主心悟未免啟後學有玩弄光景之弊少墟
一段近裏着己功夫去良知之宗旨遠矣忠愍公以
秉仁抱義之質爲窮理盡性之學絕非崇尚空虛者
比甲申之變致命遂志與同郡倪文正公並光天壤
非實有得於良知之教而全其致之之功者能如是
乎讀是書者由姚江而溯洛閩由洛閩而溯洙泗何
患道之不明不行哉是爲序乾隆五十二年冬十月
望日同邑後學徐坤謹書於姚江書院
嗟乎姚江固越中之鄒魯也地本姚墟江名舜水有
虞氏之遺風于焉未遠承流接響代有傳人夷攷虞

道之大，原出於天，學不本於天，總爲無源之水，無根之木，而望道之明且行也，安可得乎？陽明先生承絕學於詞章訓詁之後，一反求諸心，而得其所。性之覺曰良知，良知是天命之性，未發之中，天下之大本也。經綸參贊，皆從此出，而致之必在於學。《中庸》所謂"尊德性而道問學"，致良知焉，盡之矣。四明施忠愍公深契而篤好之，纂《集要》三編，曰理學，曰經濟，曰文章。其實經濟、文章皆自理學中來。公之序文有曰：伊周之後無功，六經之外無言。蓋功不根乎理學，霸術是崇矣；言不衷乎理學，綺靡是尚矣。

先生德積於中，不計其功，而功可媲美伊周；不競乎言，而言可羽翼六經，此其合三不朽而歸於一者乎？特其板漫漶流傳者少，吾友黃子華陔、張子羅山與予商確，思欲重開雕以公諸海内，而朱生庸庵欣然以爲己任，其服膺先賢之著述而表揚之，甚盛心也。余嘗觀《明儒學案》，見當時先生之教幾遍天下，其恪守師説者，浙中有横山、緒山、彭山，江右有東郭、南野、念庵，南中有五岳、静庵，楚中有道林、闇齋，北方有兩孟氏，粤中有兩薛氏，皆躬行實踐，歸於自得，而龍溪、泰州之後流，爲近溪、海門，專主心悟，未免啓後學有玩弄光景之弊，少却一段近裏着己功夫，去良知之宗旨遠矣。忠愍公以秉仁抱義之質，爲窮理盡性之學，絕非崇尚空虚者比。甲申之變，致命遂志，與同郡倪文正公並光天壤，非實有得於良知之教，而全其致之之功者，能如是乎？讀是書者由姚江而溯洛閩，由洛閩而溯洙泗，何患道之不明不行哉？是爲序。

乾隆五十二年冬十月望日，同邑後學徐坤謹書於姚江書院。

清乾隆五十二年（1787）黄璋《識》

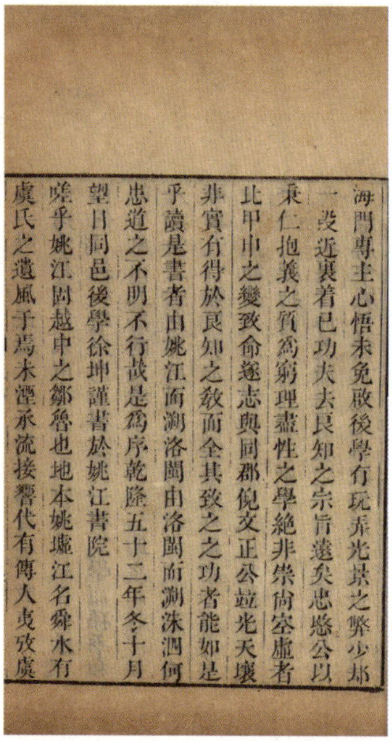
海門專主心悟未免啟後學有玩弄光景之弊少墟一洗近裏着已功夫去良知之宗旨遠矣忠愍公以秉仁抱義之質為窮理盡性之學絕非崇尚空虛者比甲申之變致命遂志與同郡倪文正公竝光天壤非實有得於良知之教而全其致之之功者能如是乎讀是書者由姚江而溯洛閩由洛閩而溯洙泗何患道之不明不行哉是為序乾隆五十二年冬十月望日同邑後學徐坤謹書於姚江書院

嗟乎姚江固越中之鄒魯也地本姚墟江名舜水有虞氏之遺風于焉未墜承流接響代有傳人貞孜虞

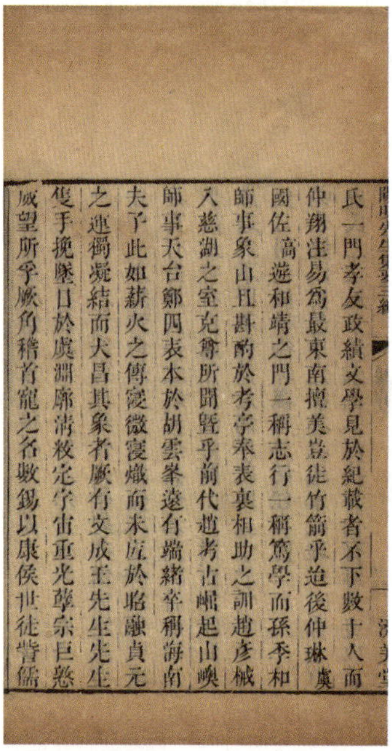
氏一門孝友政績文學見於紀載者不下數十人而仲翔注易為最東南擅美豈徒竹箭乎迨後仲琳虞國佐高遯和靖之門一稱志行一稱篤學而孫季和師事象山且斟酌於考亭本表裏相助之訓趙彥械入慈湖之室克尊所聞暨乎前代趙考古崛起山嶼師事天台鄭四表本於胡雲峯遠有端緒辛稱海南夫子此如薪火之傳寖微寖熾而未底於昭融貞元之運獨凝結而大昌其象者厥有文成王先生先生隻手挽墜日於虞淵廓清妖宄宇宙重光孽宗巨慝威望所孚厥角稽首寵之名數錫以康侯世徒皆儒

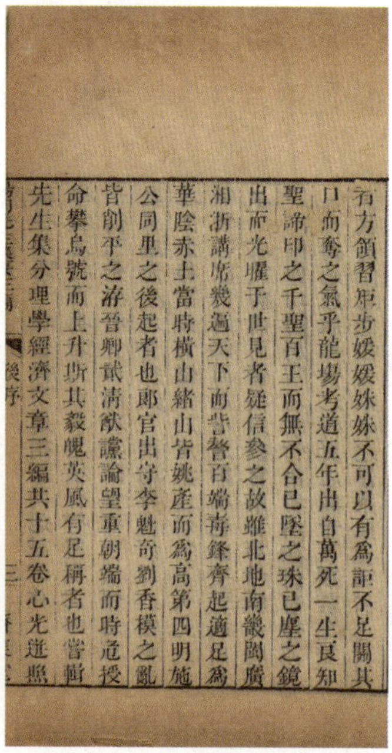
有方領習矩步媛媛姝姝不可以有為詎不足關其口而奪之氣乎龍場考道五年出自萬死一生良知聖諦印之千聖百王而無不合已墜之珠已塵之鏡出而光曜于世見者疑信參之故雖北地南畿閩廣湘浙講席幾遍天下而訾謷百端毒鋒齊起適足為華陰赤土當時橫山緒山皆姚產而為高第四明施公同里之後起者也郎官出守李魁奇劉香模之亂皆削平之濬晉卿貳清猷讜論望重朝端而時危授命攀烏號而上升斯其毅魄英風有足稱者也嘗觀先生集分理學經濟文章三編共十五卷心光逬照

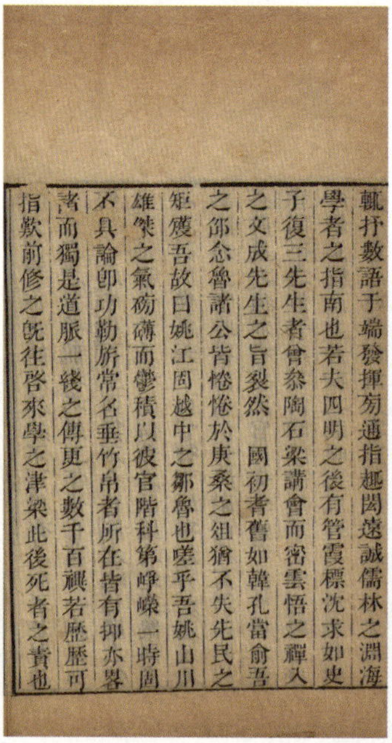
輒抒數語于端發揮旁通指趣閎遠誠儒林之淵海學者之指南也若夫四明之後有管霞標沈求如史子復三先生者曾叅陶石梁講會而密雲悟之禪入之文成先生之旨裂然　國初耆舊如韓孔當俞吾之邵念魯諸公皆惓惓於庚桑之俎猶不失先民之矩矱吾故曰姚江固越中之鄒魯也噫乎吾姚山川雄奘之氣磅礴而鬱積以彼官階科第崢嶸一時固不具論即功勳旂常名垂竹帛者所在皆有抑亦畧諸而獨是道脈一綫之傳更之數千百禩若歷歷可指歟前修之既往啓來學之津梁此後死者之責也

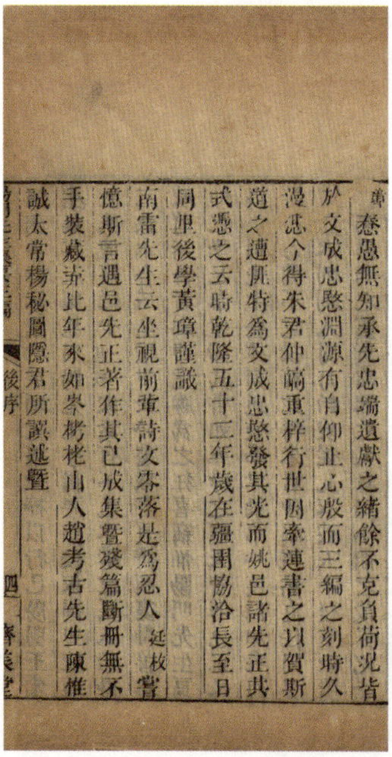
惷愚無知承先忠端遺獻之緒餘不克負荷况皆於文成忠愍淵源有自仰止心殷而三編之刻時久漫漶今得朱君仲繭重梓行世因牽連書之以賀斯道之遭且特為文成忠愍發其光而姚邑諸先正共式憑之云時乾隆五十二年歲在彊圉協洽長至日同里後學黃璋謹識

南雷先生云坐視前輩詩文零落是為忍人　廷枚嘗憶斯言遇邑先正著作其已成集暨殘篇斷冊無不手裝藏弆比年來如岑栲栳山人趙考古先生陳惟誠太常楊秘圖隱君所譔述暨

嗟乎，姚江固越中之鄒魯也。地本姚墟，江名舜水，有虞氏之遺風於焉未湮，承流接響，代有傳人。夷考虞氏一門，孝友、政績、文學見於紀載者，不下數十人，而仲翔注《易》爲最。東南擅美，豈徒竹箭乎？迨後仲琳虞、國佐高游和靖之門，一稱志行，一稱篤學。而孫季和師事象山，且斟酌於考亭，奉表裏相助之訓；趙彦械入慈湖之室，克尊所聞，暨乎前代；趙考古崛起山嶴，師事天台；鄭四表本於胡雲峰，遠有端緒，卒稱海南。夫子此如薪火之傳，寖微寖熾，而未庢於昭融貞元之運。獨凝結而大昌其象者，厥有文成王先生。

先生隻手挽墜日於虞淵，廓清粃定，宇宙重光；孽宗巨憝，威望所孚，厥角稽首；寵之名數，錫以康侯。世徒訾儒者方領習矩步，媛媛姝姝，不可以有爲，詎不足關其口而奪之氣乎！龍場考道，五年，出自萬死一生，良知聖諦，印之千聖百王而無不合。已墜之珠，已塵之镜，出而光曜於世。見者疑信參之，故雖北地南畿、閩廣湘浙，講席幾遍天下，而訾謷百端，毒鋒齊起，適足爲華陰赤土。當時横山、緒山皆姚産而爲高第。四明施公，同里之後起者也，郎官出守。李魁奇、劉香模之乱，皆削平之。洊晉卿貳，清猷讜論，望重朝端，而時危授命，攀烏號而上升，斯其毅魄英風，有足稱者也。嘗輯先生集，分理學、經濟、文章三編，共十五卷，心光迸照，輒抒數語於端，發揮旁通，指趣閎遠，誠儒林之淵海，學者之指南也。

若夫四明之後，有管霞標、沈求如、史子復三先生者，曾參陶石梁講會，而密云悟之，禪入之，文成先生之旨裂然。國初耆舊如韓孔當、俞吾之、邵念魯諸公，皆惓惓於庚桑之俎，猶不失先民之矩矱。吾故曰姚江固越中之鄒魯也。嗟乎！吾姚山川雄傑之氣磅礴而鬱積，以彼官階科第，崢嶸一時，固不具論；即功勒旂常，名垂竹帛者，所在皆有，抑亦略諸？而獨是道脉一綫之傳，更之數千百祀，若歷歷可指。嘆前修之既往，啓來學之津梁，此後死者之責也。

璋蠢愚無知，承先忠端遺獻之緒，不克負荷，况皆於文成忠愍，淵源有自，仰止心殷，而三編之刻，時久漫漶，今得朱君仲皜重梓行世，因牽連書之，以賀斯道之遭，匪特爲文成忠愍發其光，而姚邑諸先正共式憑之云。

時乾隆五十二年，歲在彊圉協洽長至日，同里後學黄璋謹識。

清乾隆五十二年（1787）張廷枚識

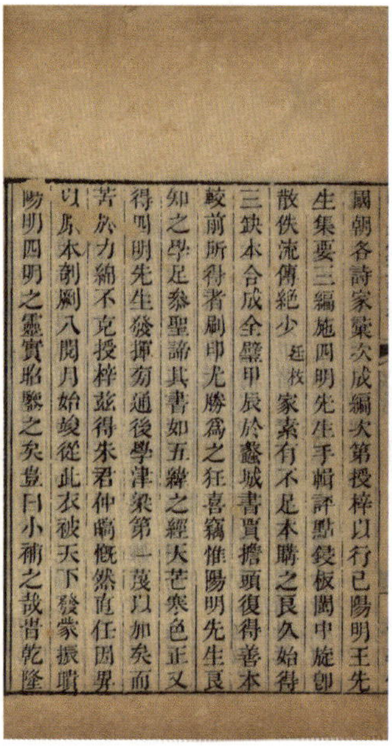

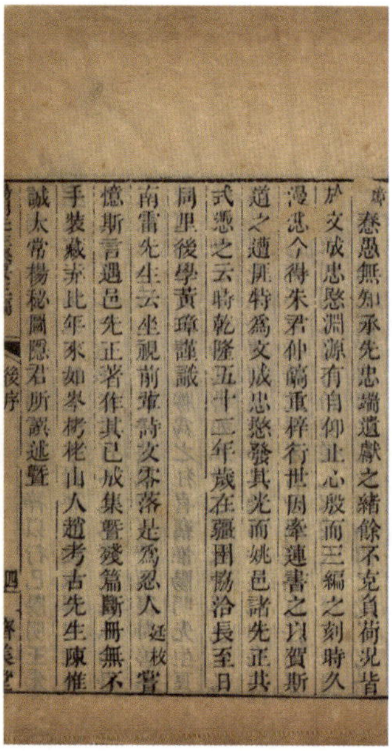

南雷先生云：坐視前輩詩文零落，是爲忍人。廷枚嘗憶斯言，遇邑先正著作，其已成集，暨殘篇斷册，無不手裝藏弆。比年來，如岑㮁栳山人、趙考古先生、陳惟誠太常、楊秘圖隱君所撰述，暨國朝各詩家，彙次成編，次第授梓以行已。《陽明王先生集要》三編，施四明先生手輯評點，鋟板閩中，旋即散佚，流傳絕少。廷枚家素有不足本，購之良久，始得三缺本，合成全璧。甲辰於蠡城書賈擔頭，復得善本，較前所得者刷印尤勝，爲之狂喜。竊惟陽明先生良知之學，足參聖諦，其書如五緯之經天，芒寒色正，又得四明先生發揮旁通，後學津梁第一蔑以加矣。而苦於力綿不克授梓，兹得朱君仲皜，慨然直任，因畀以原本，剞劂八閲月始竣。從此衣被天下，發蒙振聵，陽明、四明之靈實昭鑒之矣，豈曰小補之哉。

時乾隆丁未八月同里後學羅山張廷枚謹識。

陽明先生集要三編十五卷年譜一卷

清光緒五年（1879）黔南刻本

國家圖書館 85474（普通古籍）

明崇禎八年（1635）王志道序

見明崇禎七至八年（1634—1635）王立準刻本《陽明先生集要三編》十五卷《年譜》一卷。（索書號 t1511）

校記：

1. “其敝皆求之良知之外”，此本“敝”作“弊”。
2. “而不能過胡馬之南也”，此本“胡馬”作“湖禡”。
3. “疑其學且甚於疑其功”，此本“疑”誤作“後”。
4. “崇禎乙亥七月乙卯”，此本“崇禎”作“時崇禎”。

明崇禎八年（1635）王立準《原跋》

見明崇禎七至八年（1634—1635）王立準刻本《陽明先生集要三編》十五卷《年譜》一卷。（索書號 t1511）

校記：

1. “此余所删定《三編》也”，此本“删定”作“定”。
2. “崇禎捌年中元日”，此本“捌”作“八”。

明崇禎八年（1635）黄道周序

見明崇禎七至八年（1634—1635）王立準刻本《陽明先生集要三編》十五卷《年譜》一卷。（索書號 t1511）

林釪《原序》

見明崇禎七至八年（1634—1635）王立準刻本《陽明先生集要三編》十五卷《年譜》一卷。（索書號 t1511）

施邦曜《施四明先生原序》

見明崇禎七至八年（1634—1635）王立準刻本《陽明先生集要三編》十五卷《年譜》一卷。（索書號 t1511 ）

校記：

1.“如玄黄黑白之殊類乎”，此本“玄”避諱爲“元”。

理學編卷二語録末施邦曜《識》

見明崇禎七至八年（1634—1635）王立準刻本《陽明先生集要三編》十五卷《年譜》一卷。（索書號 t1511）

顔繼祖序

見清乾隆五十二年（1787）濟美堂刻本《陽明先生集要三編》十五卷《年譜》一卷。（索書號 23054 ）

校記：

1.“間拾殘篇”，此本“間”作“閑”。

2.“總無康侯之錫”，此本“總”作“縱”。

明崇禎七年（1634）曹惟才序

見清乾隆五十二年（1787）濟美堂刻本《陽明先生集要三編》十五卷《年譜》一卷。（索書號 23054 ）

王命璿序

見清乾隆五十二年（1787）濟美堂刻本《陽明先生集要三編》十五卷《年譜》一卷。（索書號 23054）

清乾隆五十二年（1787）徐坤《重刻陽明先生集要三編後序》

見清乾隆五十二年（1787）濟美堂刻本《陽明先生集要三編》十五卷《年譜》一卷。（索書號 23054）

清乾隆五十二年（1787）黄璋識

見清乾隆五十二年（1787）濟美堂刻本《陽明先生集要三編》十五卷《年譜》一卷。（索書號 23054）

校記：

1.“先生隻手挽墜口”，此本“挽”誤作“晚”。

清乾隆五十二年（1787）張廷枚識

見清乾隆五十二年（1787）濟美堂刻本《陽明先生集要三編》十五卷《年譜》一卷。（索書號 23054）

清光緒四年（1878）林肇元識

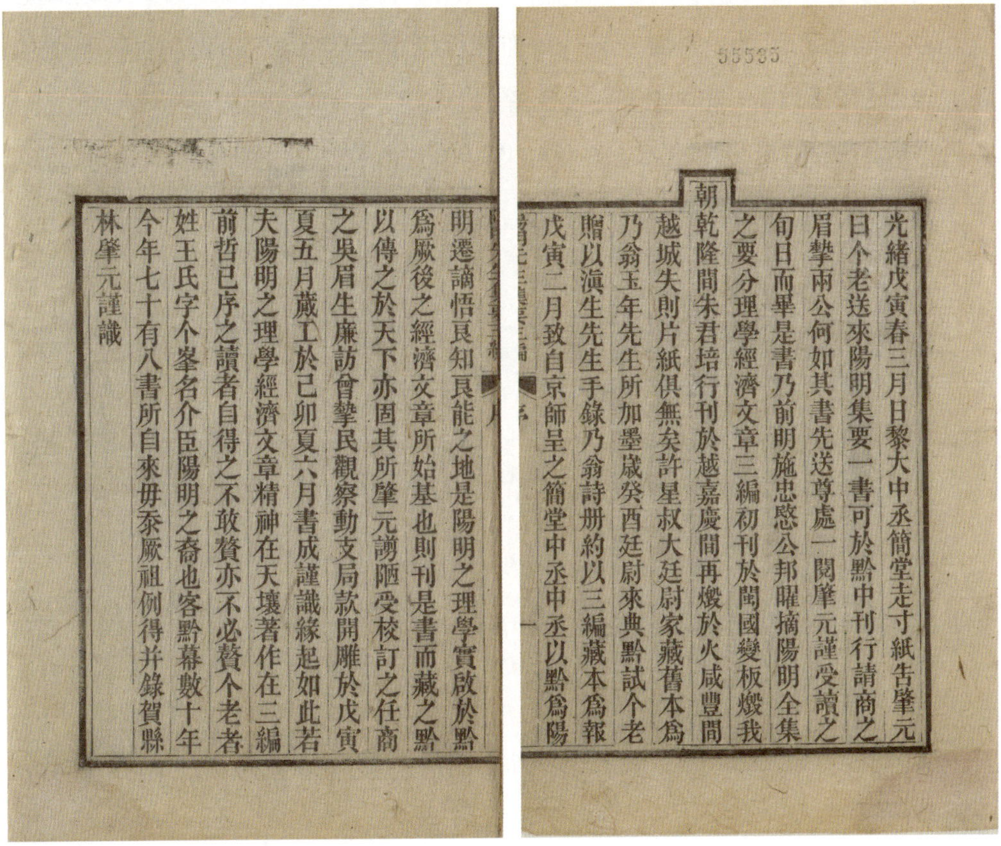

光緒戊寅春三月日黎大中丞簡堂走寸紙告肇元
曰个老送來陽明集要一書可於黔中刊行請商之
眉摯兩公何如其書先送尊處一閱肇元謹受讀之
旬日而畢是書乃前明施忠愍公邦曜摘陽明全集
之要分理學經濟文章三編初刊於閩國變板燬我
朝乾隆間朱君培行刊於越嘉慶間再燬於火咸豐間
越城失則片紙俱無矣許星叔大廷尉家藏舊本爲
乃翁玉年先生所加墨歲癸酉廷尉來典黔試个老
贈以滇生先生手錄乃翁詩册約以三編藏本爲報
戊寅二月致自京師呈之簡堂中丞中丞以黔爲陽
明遷謫悟良知良能之地是陽明之理學實啟於黔
爲厥後之經濟文章所始基也則刊是書而藏之黔
以傳之於天下亦固其所肇元謭陋受校訂之任商
之吳眉生廉訪曾摯民觀察動支局款開雕於戊寅
夏五月蕆工於己卯夏六月書成謹識緣起如此若
夫陽明之理學經濟文章精神在天壤著作在三編
前哲已序之讀者自得之不敢贅亦不必贅个老者
姓王氏字个峯名介臣陽明之裔也客黔幕數十年
今年七十有八書所自來毋忝厥祖例得并錄賀縣
林肇元謹識

光緒戊寅春三月日，黎大中丞簡堂走寸紙告肇元曰：个老送來《陽明集要》一書，可於黔中刊行，請商之眉、摯兩公，何如？其書先送尊處一閲。肇元謹受，讀之，旬日而畢。是書乃前明施忠愍公邦曜摘陽明《全集》之要，分理學、經濟、文章三編，初刊於閩，國變板毀。我朝乾隆間朱君培行刊於越，嘉慶間再毁於火，咸豐間越城失，則片紙俱無矣。許星叔大廷尉家藏舊本，爲乃翁玉年先生所加墨。歲癸酉，廷尉來典黔試，个老贈以滇生先生收録乃翁詩册，約以《三編》藏本爲報。戊寅二月，致自京師，呈之簡堂中丞，中丞以黔爲陽明遷謫悟良知良能之地，是陽明之理學實啓於黔，爲厥後之經濟文章所始基也，則刊是書而藏之黔，以傳之於天下，亦固其所。肇元譾陋，受校訂之任，商之吴眉生廉訪、曾摯民觀察，動支局款，開雕於戊寅夏五月，蕆工於己卯夏六月。書成，謹識緣起如此。

若夫陽明之理學、經濟、文章精神在天壤著作，在《三編》，前哲已序之。讀者自得之，不敢贅，亦不必贅。个老者，姓王氏，字个峰，名介臣，陽明之裔也，客黔幕數十年，今年七十有八。書所自來，毋忝（校:當作“忝”）厥祖，例得並録。

賀縣林肇元謹識。

陽明先生集要三編十五卷年譜一卷古本大學注一卷

清光緒三十二年（1906）鉛印本

國家圖書館 56593（普通古籍）

清光緒三十二年（1906）鄭孝胥《陽明先生集要三編序》

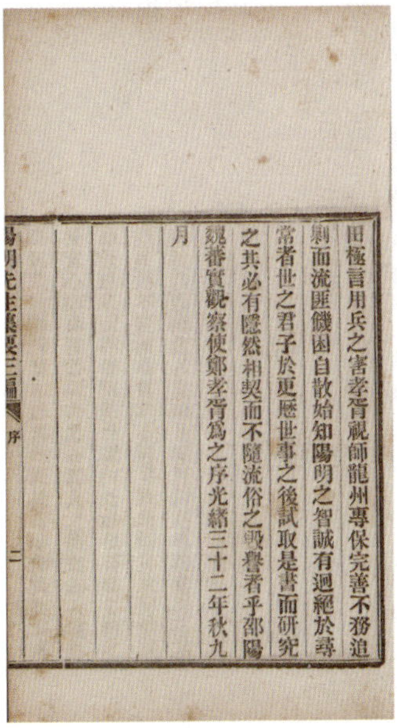
田極言用兵之害孝胥親師龍州專保完善不務追
剿而流匪饑困自散始知陽明之智誠有迥絕於尋
常者世之君子於更歷世事之後試取是書而研究
之其必有隱然相契而不隨流俗之毀譽者乎邵陽
魏蕃實觀察使鄭孝胥爲之序光緒三十二年秋九
月
陽明先生集要三編　序　二

於用智而所持良知之說無論上智下愚於立談之
間莫不震而服之信哉合羣動衆之道足以徹上下
而無阻者矣先生又言三代以下士之取盛名於時
者不過得鄉愿之似而已我在南都以前尙有鄉愿
之意既悟良知眞是眞非信手行去無所覆藏乃近
於狂者之胸次此非欺世之言也今世羣學哲學大
明於西土而日本士夫多宗陽明其功業樹立皆足
自見於當代獨中國之鉅公學子猶持鄉愿同流合
汙之術以媚壅敗之世嗚呼吾決其不足以自立爲
蟲爲沙必隨刼灰以澌滅而不可復振也陽明征思

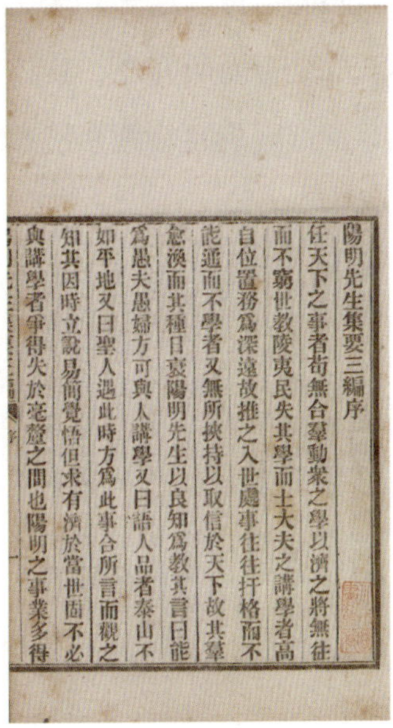
陽明先生集要三編序
任天下之事者苟無合羣動衆之學以濟之將無往
而不窮世教陵夷民失其學而士大夫之講學者高
自位置務爲深遠故推之入世處事往往扞格而不
能通而不學者又無所挾持以取信於天下故其羣
愈渙而其種日衰陽明先生以良知爲教其言曰能
爲愚夫愚婦方可與人講學又曰語人品者泰山不
如平地又曰聖人遇此時方爲此事合所言而觀之
知其因時立說易簡覺悟但求有濟於當世固不必
與講學者爭得失於毫釐之間也陽明之事業多得

任天下之事者，苟無合群動衆之學以濟之，將無往而不窮。世教陵夷，民失其學，而士大夫之講學者高自位置，務爲深遠，故推之入世處事，往往扞格而不能通；而不學者又無所挾持，以取信於天下，故其群愈涣，而其種日衰。

陽明先生以良知爲教，其言曰：能爲愚夫愚婦，方可與人講學。又曰：語人品者，泰山不如平地。又曰：聖人遇此時，方爲此事。合所言而觀之，知其因時立説，易簡覺悟，但求其濟於當世，固不必與講學者争得失於毫釐之間也。

陽明之事業多得於用智，而所持良知之説，無論上智下愚，於立談之間，莫不震而服之。信哉！合群動衆之道，足以徹上下而無阻者矣。先生又言，三代以下，士之取盛名於時者，不過得鄉願之似而已。我在南都以前，尚有鄉願之意，既悟良知，真是真非，信手行去，無所覆藏，乃近於狂者之胸次，此非欺世之言也。今世群學哲學大明於西土，而日本士夫多宗陽明，其功業樹立，皆足自見於當代。獨中國之巨公學子，猶持鄉願同流合污之術，以媚垂敗之世。嗚呼！吾決其不足以自立，爲蟲爲沙，必隨劫灰以澌滅，而不可復振也。

陽明征思田，極言用兵之害。孝胥視師龍州，專保完善，不務追剿，而流匪饑困自散，始知陽明之智，誠有迥絕於尋常者。世之君子，於更歷世事之後，試取是書而研究之，其必有隱然相契，而不隨流俗之毁譽者乎。

邵陽魏蕃實觀察使鄭孝胥爲之序。光緒三十二年秋九月。

光緒三十二年（1906）馬良《陽明先生集要三編序》

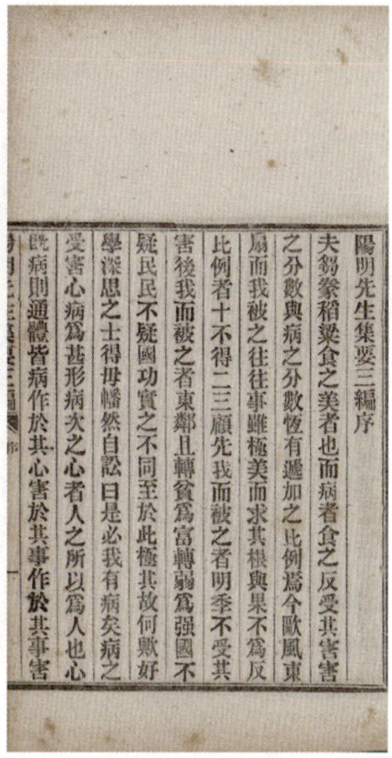
陽明先生集要三編序
夫芻豢稻粱食之美者也而病者食之反受其害害
之分數與病之分數恆有遞加之比例焉今歐風東
扇而我被之往往事雖極美而求其根與果不爲反
比例者十不得二三顧先我而被之者明季不受其
害後我而被之者東鄰且轉貧爲富轉弱爲强國不
疑民民不疑國功實之不同至於此極其故何歟好
學深思之士得毋皤然自訟曰是必我有病矣病之
受害心病爲甚形病次之心者人之所以爲人也心
既病則通體皆病作於其心害於其事作於其事害

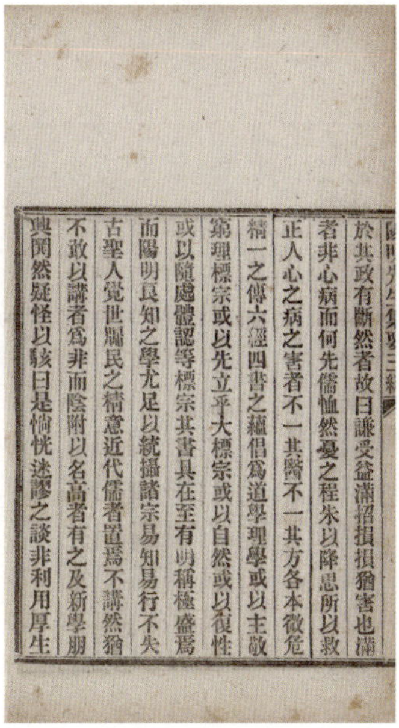
於其政有斷然者故曰謙受益滿招損損猶害也滿
者非心病而何先儒恤然憂之程朱以降思所以救
正人心之病之害者不一其醫不一其方各本微危
精一之傳六經四書之緼倡爲道學理學或以主敬
窮理標宗或以先立乎大標宗或以自然或以復性
或以隨處體認等標宗其書具在至有明稱極盛焉
而陽明良知之學尤足以統攝諸宗易知易行不失
古聖人覺世牖民之精意近代儒者置焉不講然猶
不敢以講者爲非而陰附以名高者有之及新學朋
興閧然疑怪以駭曰是惝恍迷謬之談非利用厚生

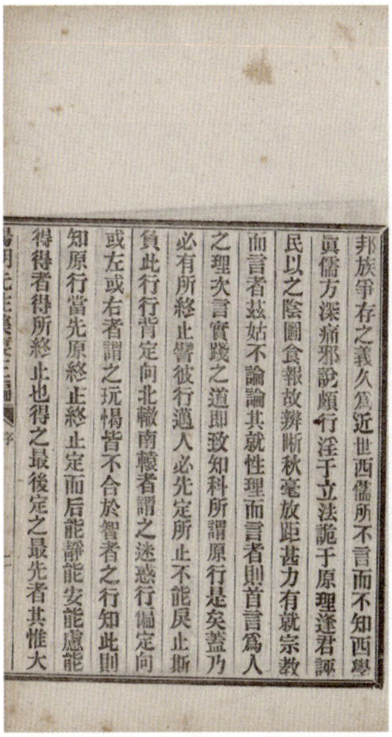
邦族爭存之義久爲近世西儒所不言而不知西學
眞儒方深痛邪說頗行淫于立法詭于原理逢君誣
民以之陰圖食報故辨斷秋毫放距甚力有就宗教
而言者茲姑不論論其就性理而言者則首言爲人
之理次言實踐之道即致知科所謂原行是矣蓋乃
必有所終止譬彼行邁人必先定所止不能戾止斯
負此行行背定向北轍南轅者謂之迷惑行偏定向
或左或右者謂之玩愒皆不合於智者之行知此則
知原行當先原終止終止定而后能靜能安能慮能
得得者得所終止也得之最後定之最先者其惟大

學所言至善足爲人所終止乎終止惟一至善亦惟
一無以上之之謂也有二則不得謂至謂終故曰天
下何思何慮天下同歸而殊塗一致而百慮慮者慮
此也慮以行之行以赴之毋或偏於左若右乃得謂
之智者智者能明理者也能辨是非者也能辨是非
乃能辨好惡而自主其行止能自主其行止乃有善
惡功罪之可言然使性分中無不可侵犯之名分則
行止何以自由故首言爲人之理可分爲八一原終
止人之有行也應否止於至善至善維何二原人行
其異於獸行者伊何原夫生之爲性從其小體人心

是矣形我也理義之性從其大體道心是矣神我也
一我一心一體一性而行有不同有屬於我而無待
於我者如血脈之流動是矣飢欲食渴欲飲其欲也
自性則然無待我願雖禽獸亦能之惟以禮食與不
以禮食則其權在我權在我者或從心所令謂以我
心之權施於視聽言動如以禮食是矣或從心所發
而僅囿於方寸之間者如上所言定靜安慮是矣今
所原行原其我有自主之權者耳而侵擾此權者內
之則情慾之感外之則威力之加故又連類及之三
原習惡人行之有善惡也以主觀言則心之官有二

曰明德愛德仁愛者心之德也以愛人爲大大學所
以繼明明德而曰親民者親猶愛也陽明子不改從
新民者以此心之官不蔽於物故明德愛德皆能止
於至善能止而不志焉能擇而不執焉於是有善有
不善善惡以客觀言之如怨天尤人之行斷非善悲
天憫人之行斷非惡此善惡之有定者也其無定者
則定之以志行所止一言以蔽之曰順乎秩敘則謂
善反是則謂惡故曰知所先後則近道矣而是以左
右我善惡者有三一在外性法是矣二在內曰良知
曰習能以故四原習能習有善惡因之德有吉凶凶

德之尤凡七而樞德有四并附焉五原性法有禁令有賞罰責人以從善避惡不啻十手十目之嚴就其未宣布言則名天理既宣布後則在良心故其爲物也乃天理留貽於人心者眞常不變而爲一切法令之淵源法令者必維持公益非禮非義非人才力所堪任者皆不得垂爲法令六原良知乃幽獨中辨知天理良心性法所禁與令者也事前之告戒事後之慊疚雖皆良知之功用今則止論臨事之因應陽明子有言曰良知之於節目事變猶規矩尺度之於方圓長短也節目事變之不可預定猶方圓長短之不

可勝窮也惟規矩誠立則不可欺以方圓而天下之方圓不可勝用矣尺度誠陳則不可欺以長短而天下之長短不可勝用矣良知誠致則不可欺以節目事變而天下之節目事變不可勝應矣然則良知者處事之準繩不可不從不可不致尤不可不戒慎恐懼學問思辨之有素也七原功罪言善惡之行有益有損有足報稱也以狹義言足報稱者須足以賞報以受益受損者非分所應受益不報賞損不報罰則非稱物平施之道矣若受之者而爲社會社衆則凡功罪之行加於社衆之一者猶加之社會加之社會

者猶加於社衆由是同社之功罪有相通之義焉社會而不知此觚哉觚哉若責報者行不善惡是問是梓匠輪輿之食功也原行所不論八原名分此天與便宜行事之權也無此權則善惡不能擔認人固一身善惡有不容推諉之責任者也則一身動作有不容侵犯之名分決矣設有侵犯理可力爭惟不得有傷社會之治安然其權不由人定譬若官骸之用人各受自性天性天豈由人定哉乃若其權之用則物主之權間可辭讓而財政之權則非執政者所可操縱以社會亦有相當之名分也以上八章章各條目

若干題系若干專行譯本尚不多見次言實踐之道者有二一言行己之職分二言合羣之職分職分者對於名分之稱有當盡之義務焉行己之職分凡三上對於天內對於己外對於人人己之交物主之權尤重大較已散見於詩書語錄而李二曲先生之會約及顧天約等於所以對於天者尤有合焉合羣之職分亦三言處家處國處天下以先天之理想澄結社之源流或推窮世變虛設案情如引例案之爲者務使事理一無遁形竊意春秋者殆即此類之案由判詞或僅口授或待質疑非即以經文爲讞語也如

此則春秋誠萬國寶書爲治家國天下交際之學者所不容數典而忘矣奈何後儒道在邇而求諸遠耶西儒以爲邇莫邇於吾心道學者心學也心學者學踐形也心爲一身之主不愛不欲則不能實踐不實踐非道學也實踐而無職分名分以維繫之則人道太苦職分者敬讓仁愛而已敬讓者義務之實不仁愛則敬讓亦僞名分者禮法而已無形之禮法非人人固有之良知乎故爲人之理與實踐之道在治其心修明明德愛德皆以至善爲歸而已矣天下之亂生於不愛不愛則離愛乃相翕孔子曰道二仁與不

仁而已矣謂人心之邪正無關於天下之治亂邦族之存亡者必自妄談西學者始西學云乎哉異端而已矣程朱以降陽明學與西儒爲最近於醫我國人心之病爲最宜病何在蓋不勝言亦不忍言無已則無勇其病根也根生果無恥其後果也惟無勇故見義不爲惟無恥故無所不爲人至無所不爲倘勝言哉倘忍言哉吾不敢謂爲禽獸而人面爲盜賊而衣冠而其爲狂爲惑爲病夫而諱醫滔滔者自欺欺人天下皆是矣爲舊學則挾惟恐見破之私意爲新學則又無從善服義之公心各懷妒嫉而不考情實苟

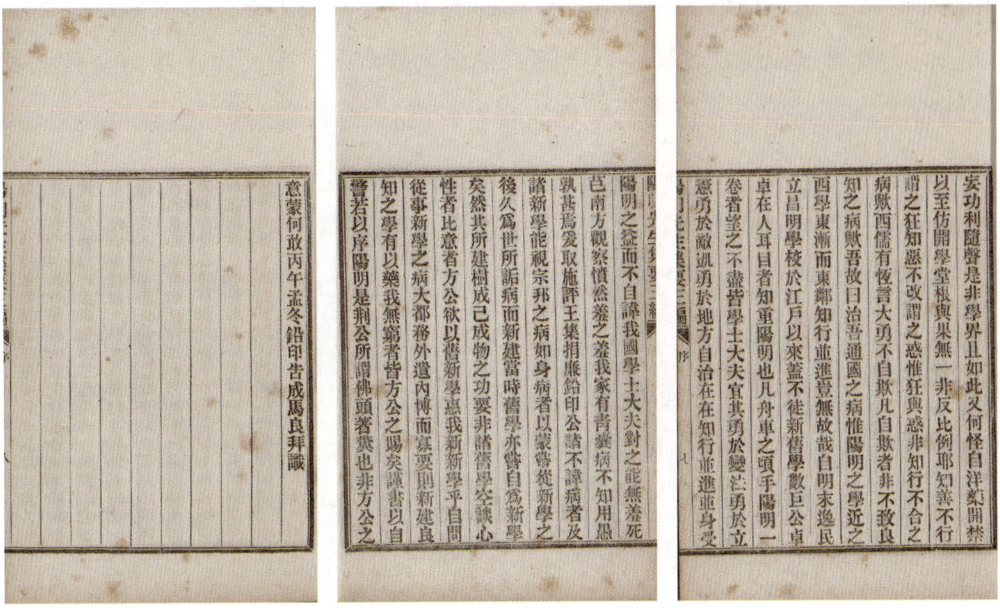

妄功利隨聲是非學界且如此又何怪自洋紮開禁以至仿開學堂根與果無一非反比例耶知善不行謂之狂知惡不改謂之惑惟狂與惑非知行不合之病歟西儒有恆言大勇不自欺凡自欺者非不致良知之病歟吾故曰治吾通國之病惟陽明之學近之西學東漸而東鄰知行並進豈無故哉自明末逸民立昌明學校於江戶以來蓋不徒新舊學數巨公卓卓在人耳目者知重陽明也凡舟車之頭手陽明一卷者望之不盡皆學士大夫宜其勇於變法勇於立憲勇於敵愾勇於地方自治在在知行並進並身受陽明之益而不自諱我國學士大夫對之能無羞死邑南方觀察憤然羞之羞我家有青囊病不知用愚孰甚焉爰取施評王集捐廉鉛印公諸不諱病者及諸新學能視宗邦之病如身病者以蒙醫從新學之後久爲世所詬病而新建當時舊學亦嘗自爲新學矣然其所建樹成已成物之功要非諸舊學空談心性者比意者方公欲以舊新學惡我新新學乎自問從事新學之病大都務外遺內博而寡要則新建良知之學有以藥我無窮者皆方公之賜矣讀書以自醫若以序陽明是荊公所謂佛頭著糞也非方公之意蒙何敢丙午孟冬鉛印告成馬良拜識

夫芻豢稻粱，食之美者也，而病者食之，反受其害。害之分數，與病之分數，恆有遞加之比例焉。今歐風東扇，而我被之，往往事雖極美，而求其根與果，不爲反比例者，十不得二三。顧先我而被之者，明季不受其害，後我而被之者，東鄰且轉貧爲富，轉弱爲强，國不疑民，民不疑國，功實之不同，至於此極，其故何歟？好學深思之士得毋皤然自訟曰：是必我有病矣。病之受害，心病爲甚，形病次之。心者，人之所以爲人也。心既病，則通體皆病。作於其心，害於其事；作於其事，害於其政。有斷然者，故曰謙受益，滿招損，損猶害也。滿者，非心病而何？先儒恤然憂之，程朱以降，思所以救正人心之病之害者不一。其醫不一，其方各本。微危精一之傳，六經四書之蘊，倡爲道學、理學，或以主敬窮理標宗，或以先立乎大標宗，或以自然，或以復性，或以隨處體認等標宗。其書具在，至有明稱極盛焉。而陽明良知之學，尤足以統攝諸宗，易知易行，不失古聖人覺世牖民之精意。近代儒者置焉不講，然猶不敢以講者爲非，而陰附以名高者有之。及新學朋興，哄然疑怪以駭曰：是惝恍迷謬之談，非利用厚生、邦族争存之義，久爲近世西儒所不言。而不知西學真儒方深痛邪説頗行，淫於立法，詭於原理，逢君誣民，以之陰圓食報，故辨晰秋毫，放距甚力。有就宗教而言者，玆姑不論。論其就性理而言者，則首言爲人之理，次言實踐之道，即致知科所謂原行是矣。蓋乃必有所終止，譬彼行邁人必先定所止，不能戾止，斯負此行。行背定向，北轍南轅者，謂之迷惑；行偏定向，或左或右者，謂之玩愒：皆不合於智者之行。知此則知原行當先原終止。終止定而後能静、能安、能慮、能得。得者，得所終止也。得之最後，定之最先者，其惟大學所言至善，足爲人所終止乎。終止惟一，至善亦惟一，無以上之之謂也，有二則不得謂至謂終。故曰："天下何思何慮，天下同歸而殊塗，一致而百慮。"慮者，慮此也。慮以行之，行以赴之。毋或偏於左若右，乃得謂之智者。智者，能明理者也，能辨是非者也。能辨是非，乃能辨好惡，而自主其行止。能自主其行止，乃有善惡功罪之可言。然使性分中無不可侵犯之名分，則行止何以自由。

故首言爲人之理可分爲八。一原終止，人之有行也，應否止於至善，至善維何。二原人行，其異於獸行者伊何。原夫生之爲性，從其小體，人心是矣，形我也。理義之性，從其大體，道心是矣，神我也。一我一心一體一性而行有不同，有屬於我而無待於我者，如血脉之流動是矣。飢欲食，渴欲飲，其欲也，自性則然，無待我願，雖禽獸亦能之。惟以禮食與不以禮食，則其權在我。權在我者，或從心所令，謂以我心之權施於視聽言動，如以禮食是矣。或從心所發，而僅囿於方寸之間者，如上所言定静安慮是矣。今所原行，原其我有自主之權者耳。而侵擾此權者，内之，則情欲之感；外之，則威力之加，故又連類及之。三原善惡。人行之有善惡也。以主觀言，則心之官有二，曰：明德、愛德。仁愛者，心之德也，以愛人爲大。大學所以繼"明明德"而曰"親民"者，親，猶愛也。陽明子不改從"新民"者，以此心之官不蔽於物，故明德、愛德皆能止於至善。能止而不志焉，能擇而不執焉，於是有善有不善。善惡以客觀言之，如怨天尤人之行，斷非善，悲天憫人之行，斷非惡。此善惡之有定者也。

其無定者，則定之以志行所止。一言以蔽之，曰順乎。秩叙則謂善，反是則謂惡，故曰“知所先後則近道矣”。而足以左右我善惡者有三。一在外，性法是矣；二在内，曰良知，曰習能。以故四原習能。習有善惡，因之德有吉凶。凶德之尤凡七，而樞德有四，並附焉。五原性法，有禁令，有賞罰。責人以從善避惡，不啻十手十目之嚴。就其未宣布言，則名天理，既宣布後，則在良心。故其爲物也，乃天地留貽於人心者，真常不變，而爲一切法令之淵源。法令者，必維持公益。非禮非義，非人才力所堪任者，皆不得垂爲法令。六原良知，乃幽獨中辨知天理良心性法所禁與令者也。事前之告戒，事後之慊疚，雖皆良知之功用，今則止論臨事之因應。陽明子有言曰：“良知之於節目事變，猶規矩尺度之於方圓長短也。節目事變之不可預定，猶方圓長短之不可勝窮也。惟規矩誠立則不可欺以方圓，而天下之方圓不可勝用矣。尺度誠陳則不可欺以長短，而天下之長短不可勝用矣。”良知誠致則不可欺以節目事變，而天下之節目事變不可勝應矣。然則良知者，處事之準繩，不可不從，不可不致，尤不可不戒慎恐懼，學問思辨之有素也。七原功罪，言善惡之行，有益有損，有足報稱也。以狹義言足報稱者，須足以責報。以受益受損者，非分所應受，益不報賞，損不報罰，則非稱物平施之道矣。若受之者，而爲社會社衆，則凡功罪之行加於社衆之一者，猶加之社會；加之社會者，猶加於社衆，由是同社之功罪有相通之義焉。社會而不知此，觚哉觚哉！若責報者行不善惡是問，是梓匠輪輿之食功也，原行所不論。八原名分，此天與便宜行事之權也，無此權則善惡不能擔認。人固一身善惡，有不容推諉之責任者也，則一身動作，有不容侵犯之名分決矣。設有侵犯，理可力争，惟不得有傷社會之治安。然其權不由人定。譬若官骸之用，人各受自性天性，天豈由人定哉。乃若其權之用，則物主之權，間可辭讓；而財政之權則非執政者所可操縱，以社會亦有相當之名分也。以上八章，章闕條目若干，題系若干，專行譯本，尚不多見。

次言實踐之道者有二：一言行己之職分，二言合群之職分。職分者對於名分之稱，有當盡之義務焉。行己之職分凡三：上對於天，内對於己，外對於人。

人已之交，物主之權尤重，大較已散見於詩書語録，而李二曲先生之會約及籲天約等，於所以對於天者，尤有合焉。合群之職分亦三，言處家、處國、處天下。以先天之理想澄結社之源流，或推窮世變，虛設案情。如引例案之爲者，務使事理一無遁形。竊意《春秋》者，殆即此類之案由判詞，或僅口授，或待質疑，非即以經文爲讞語也。如此則《春秋》誠萬國寶書，爲治家國天下交際之學者所不容，數典而忘矣，奈何後儒道在邇而求諸遠耶！西儒以爲邇莫邇於吾心。道學者，心學也。心學者，學踐形也。心爲一身之主，不愛不欲，則不能實踐，不實踐非道學也。實踐而無職分、名分以維繫之，則人道太苦。職分者，敬讓仁愛而已。敬讓者，義務之實，不仁愛則敬讓亦僞名分者，禮法而已。無形之禮法，非人人固有之良知乎。故爲人之理與實踐之道，在治其心。修明明德，愛德，皆以至善爲歸而已矣。天下之亂生於不愛，不愛則離，愛乃相翕。孔子曰：道二，仁與不仁而已矣。謂人心之邪正無關於天下之治亂，邦族之存亡者，必自妄談西學者始。西學云乎哉？異端而已矣。程朱以降，陽明學與西儒爲最近，於醫我國人心之病爲最宜。病何在？蓋不勝言，亦不忍言。無已，則無勇，其病根也。根生果，無耻，其後果也。惟無勇，故見義不爲。惟無耻，故無所不爲。人至無所不爲，尚勝言哉，尚忍言哉。吾不敢謂爲禽獸而人面，爲盜賊而衣冠，而其爲狂、爲惑、爲病夫而諱醫滔滔者，自欺欺人，天下皆是矣。爲舊學則挾惟恐見破之私意，爲新學則又無從善服義之公心，各懷妒嫉而不考情實，苟妄功利，隨聲是非，學界且如此，又何怪自洋藥開禁，以至仿開學堂，根與果無一非反比例耶？知善不行謂之狂，知惡不改謂之惑。惟狂與惑，非知行不合之病歟？西儒有恒言，大勇不自欺。凡自欺者，非不致良知之病歟？吾故曰：治吾通國之病，惟陽明之學。近之西學東漸，而東鄰知行並進，豈無故哉？自明末逸民立昌明學校於江户以來，蓋不徒新舊學數巨公，卓卓在人耳目者，知重陽明也。凡舟車之頃，手陽明一卷者，望之不盡，皆學士大夫。宜其勇於變法，勇於立憲，勇於敵凱，勇於地方自治。在在知行，並進並身，受陽明之益而不自諱。我國學士大夫對之能無羞死？芑南方觀察，憤然羞之。羞我家有青囊，病不知用，愚孰甚焉。爰取施評王集，捐廉鉛印，公諸諱病者及諸新學能視宗邦之病如身病者，以蒙嘗從新學之後，久爲世所詬病，而新建當時舊學，亦嘗自爲新學矣。然其所建樹成己成物之功，要非諸舊學空談心性者比意者。方公欲以舊新學惠我新新學乎！自問從事新學之病，大都務外遺内，博而寡要，則新建良知之學有以藥我無窮者，皆方公之賜矣。謹書以自警。若以序陽明，是荆公所謂佛頭著糞也，非方公之意，蒙何敢。

丙午孟冬鉛印告成，馬良拜識。

嚴復《陽明先生集要三編序》

陽明先生集要三編序

丙午長夏方君芑南魏君蒔實重刋陽明集要三編成議復爲之序自念如復不肖何足以序陽明之書故雖勉應之未有以報也冬日邂逅江上魏君又以爲言且曰非得序無以出書旣辭不獲則曰嗟乎陽明之書不待序也夫陽明之學主致良知而以知行合一必有事焉爲其功夫之節目其言旣詳盡矣又因緣際會以功業顯終明之世至於　昭代常爲學者宗師近世異學爭鳴一知半解之士方慢鄙薄程朱氏之意甚或謂吾國之積弱以洛閩學術爲之因獨陽明之學簡徑捷易高明往往喜之又謂日本維新數鉅公皆以王學爲向導則於是相與偃爾加崇拜焉然則陽明之學世固考之詳而信之篤矣何假不肖更序其書也哉雖然吾於是書固亦有心知其意而不隨衆人爲議論者可爲天下正告也蓋吾國所謂學自晚周秦漢以來大經不離言詞文字而已求其仰觀俯察近取諸身遠取諸物如西人所謂學於自然者不多遘也夫言詞文字者古人之言詞文字也乃專以是爲學故極其弊爲支離爲逐末旣拘於墟而束於教矣而課其所得或求諸吾心而不必安或放諸四海而不必準如是者轉不若屏除耳目之用收視返聽歸而求諸方寸之中輒恍然而有遇此達摩所以有廓然無聖之言朱子晚年所以恨盲廢之不早而陽明居夷之後亦專以先立乎其大者教人也惟善爲學者不然學於言詞文字以收前人之所已得者矣乃學於自然自然何內之身心外之事變精察微驗而所得或超於向者言詞文字外也則思想日精而人羣相爲生養之樂利乃由吾之新知而益備焉此天演之所以進化而世所以無退轉之文明也知者人心之所同具也理者必物對待而後形焉者也是故吾心之所覺必證諸物之見象而後得其符火之必然理歟顧使王子生於燧人氏之前將炰燔烹飪之宜未必求諸其一心而遂得也王子嘗謂吾心卽理而天下無心外之物矣又喩之曰若事父非於父而得孝之理也如事君非於君而得忠之理也是言也蓋用孟子萬物皆備之說而過不自知其言之有蔽也今夫水湍石礙而砰訇作焉求其聲於水與石者皆無當也觀於二者之衝擊而聲之所以然得矣故倫理者以對待而後形者也使六合曠然無一物以接於吾心當此之時心且不可見安得所謂理者哉是則不佞所竊願爲陽明諍友者矣雖然王子悲天憫人之意所見於答聶某之第一書者眞不佞所低徊流連翕然無間言者也世安得如斯人者出以當今日之世變乎魏君待吾言亟則拉雜率臆書以郵之侯官嚴復敬序

丙午長夏，方君芑南、魏君蕃實重刊《陽明集要三種》成，諉復爲之序。自念如復不肖，何足以序陽明之書？故雖勉應之，未有以報也。冬日邂逅江上，魏君又以爲言，且曰："非得序，無以出書。"既辭不獲，則曰："嗟乎！陽明之書，不待序也！"

夫陽明之學，主致良知。而以"知行合一""必有事焉"爲其功夫之節目。其言既詳盡矣，又因緣際會，以功業顯。終明之世，至於昭代，常爲學者宗師。近世異學争鳴，一知半解之士，方懷鄙薄程朱氏之意；甚或謂吾國之積弱，以洛、閩學術爲之因。獨陽明之學，簡徑捷易，高明往往喜之。又謂日本維新數巨公，皆以王學爲向導，則於是相與偃爾加崇拜焉。然則陽明之學，世固考之詳而信之篤矣，何假不肖更序其書也哉！

雖然，吾於是書，固亦有心知其意而不隨衆人爲議論者，可爲天下正告也。蓋吾國所謂學，自晚周、秦、漢以來，大經不離言詞文字而已。求其仰觀俯察，近取諸身，遠取諸物，如西人所謂學於自然者，不多遘也。夫言詞文字者，古人之言詞文字也，乃專以是爲學，故極其弊，爲支離，爲逐末，既拘於墟而束於教矣。而課其所得，或求諸吾心而不必安，或放諸四海而不必準。如是者，轉不若屏除耳目之用，收視返聽，歸而求諸方寸之中，輒恍然而有遇。此達摩所以有廓然無聖之言，朱子晚年所以恨盲（校：當作"盲"）廢之不早，而陽明居夷之後，亦專以先立乎其大者教人也。

惟善爲學者不然。學於言詞文字，以收前人之所已得者矣，乃學於自然。自然何？内之身心，外之事變，精察微驗，而所得或超於向者言詞文字外也。則思想日精，而人群相爲生養之樂利，乃由吾之新知而益備焉。此天演之所以進化，而世所以無退轉之文明也。知者，人心之所同具也；理者，必物對待而後形焉者也。是故吾心之所覺，必證諸物之見象，而後得其符。火之必然，理歟？顧使王子生於燧人氏之前，將炰燔烹飪之宜，未必求諸其一心而遂得也。王子嘗謂："吾心即理，而天下無心外之物矣。"又喻之曰："若事父，非於父而得孝之理也；如事君，非於君而得忠之理也。"是言也，蓋用孟子"萬物皆備之説”，而過不自知其言之有蔽也。今夫水湍石礙，而砰訇作焉，求其聲於水與石者，皆無當也；觀於二者之衝擊，而聲之所以然，得矣。故倫理者，以對待而後形者也。使六合曠然，無一物以接於吾心。當此之時，心且不可見，安得所謂理者哉？是則不佞所竊願爲陽明諍友者矣。雖然，王子悲天憫人之意，所見於答聶某之第一書者，真不佞所低徊流連，翕然無間言者也。世安得如斯人者出，以當今日之世變乎！

魏君待吾言亟，則拉雜率臆，書以鄭之。侯官嚴復敬序。

清光緒三十二年（1906）方碩輔《陽明先生集要三編序》

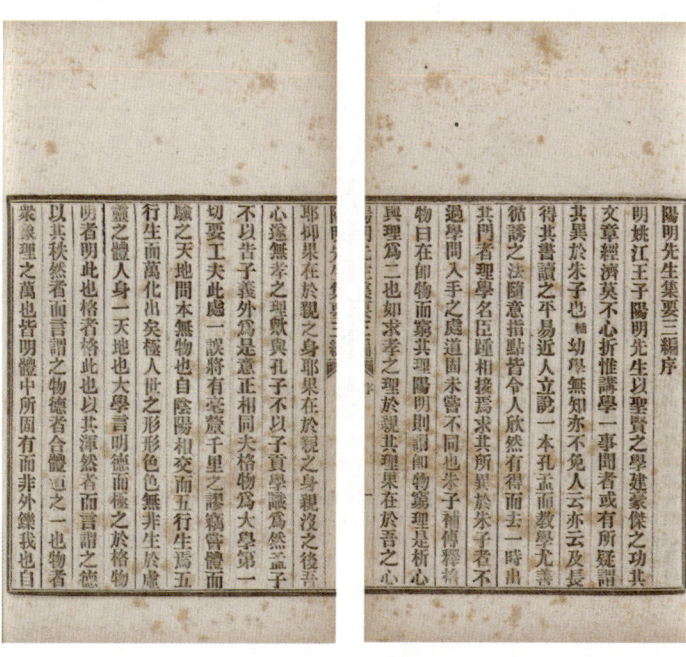

陽明先生集要三編序

明姚江王子陽明先生以聖賢之學建豪傑之功其
文章經濟莫不心折惟講學一事聞者或有所疑謂
其異於朱子也輔幼學無知亦不免人云亦云及長
得其書讀之平易近人立說一本孔孟而教學尤善
循誘之法隨意指點皆令人欣然有得而去一時出
其門者理學名臣踵相接焉求其所異於朱子者不
過學問入手之處道固未嘗不同也朱子補傳釋格
物曰在卽物而窮其理陽明則謂卽物窮理是析心
與理爲二也如求孝之理於親其理果在於吾之心

陽明先生集要三編 序 一

耶抑果在於親之身耶果在於親之身親沒之後吾
心遂無孝之理歟與孔子不以子貢學識爲然孟子
不以告子義外爲是意正相同夫格物爲大學第一
切要工夫此處一誤將有毫釐千里之謬竊嘗體而
驗之天地間本無物也自陰陽相交而五行生焉五
行生而萬化出矣極人世之形形色色無非生於虛
靈之體人身一天地也大學言明德而極之於格物
明者明此也格者格此也以其渾然者而言謂之德
以其秩然者而言謂之物德者合體適之一也物者
業象理之萬也皆明體中所固有而非外鑠我也自

來學者之患於外則患在體不能合才之所以無德
於內則患在體不能分德之所以無才格物者蓋卽
文王穆穆之體而默求其緝熙敬止之象如是其爲
君之仁也如是其爲臣之敬也如是其爲子之孝如
是其爲父之慈如是其爲與國人交之信也天然之
物則卽天然之人格大學示人格物亦各還其天然
之體而已此其意吾嘗於化學得之化學之於物也
始則求其原質繼則求其原點終則求其原理原理
者吾心天然之體物之無形者也求原理者以無形
之格綫格吾心無形之物以求通乎天下有形之物

陽明先生集要三編 序 二

也孔子於土而識羵羊於琴而遇文王固已早開今
日理化之門然理化之學心學也可於形聲驗之而
不必於形聲求之學者果以學化學之意通而用之
於心心卽化學之洪爐也取家國天下之身而置此
洪爐之中融而會之分而析之集十目十手而視指
之身非天下之原質乎復卽其身之所藏者推及其
不顯之意切之磋之琢之磨之必瑟僩赫諠而後快
亦質中之所以求點也迨至鑽研既深一旦而意境
洞闢如又新之日別開一光明之界萬善會歸則有
邦畿千里之象爲民之止皆吾之止也一善不遺則

有黃鳥邱隅之象爲鳥之止亦吾之止也靈源活潑
萬物在抱推此身於天下可以爲君亦可以爲臣可
以爲子亦可以爲父可以與國人交亦可以與異人
交一化學家化分之能也約天下於一身爲君而仁
必爲臣而敬爲子而孝必爲父而慈與國人交而信
必與異人交而亦信一化學家化合之妙也以一身
爲天下式使天下之爲君爲臣者皆如吾之仁敬爲
子爲父者皆如吾之孝慈與人交者皆如吾之止信
則無訟矣一化學家化合而無所不合之奇也然則
大學格物之學卽泰西理化之學理者在內之物物

陽明先生集要三編 序 三

者在外之理化之而爲規矩準繩則以格天下之方圓平直化之而爲仁敬孝慈則以格天下之君臣父子特吾人泥視夫物遂第知以物格物而不知以心格物一若苟無泰西之器卽一物莫能識者夫西人之器誠精矣西人之以器驗物誠神矣試思未有其器之先創之者爲誰之智既有其器之後新之者又誰之巧徒恃其器焉而已哉大抵西人之學無不從理想而來理想者西人之精神也而智巧出焉故以智巧爲精神不過爲今之離婁公輸使天下之人皆出其智巧之下以精神爲智巧則將爲古之帝堯帝

舜使天下之民皆在其精神之中此之謂大智此之謂大巧此民之所以大畏而知本之所以爲知至也大學以格致統於誠意而不別爲一傳蓋眞得孔子一貫之傳者試取古本讀之格致固未嘗亡也朱子作分傳而紊其序至晚年當亦自知其誤陽明體孟子良知之說會萬物皆備之旨不言格物而渾之曰致良知使格致之功兩而化一致知於內旣無課虛之弊致知於外亦無逐物之病合天下之高明沈潛悉歸陶鑄誠格致之金鍼學校之寶筏也故學者知大學所格之物則卽體卽用推之爲齊治均平之準

惜陽明所致之知則卽用卽體反之實明德止善之歸惜後世科舉功令惟以遵朱爲重其書遂不大顯於世春仲復旦學堂教長馬相伯先生歸自東瀛爲述日本學派多宗姚江而東鄉大將尤爲心悅誠服至有一生低首拜陽明之句刻諸印章而韋佩之噫陽明我中國大哲學也其學不明於中國而明於異域以三島小國師之而氣吞全俄眞所謂制梃而撻秦楚之堅甲利兵也陽明不大有造於日本哉中國懲於庚子之役興學圖強皇皇焉惟恐不及學校中亦莫不爭自奮發而務求其新誠中國一大轉機也

然徒新於外而不新於內即使廣購西書廣置西器今日所謂新者至明日而舊明日所謂新者至後日而又舊終年逐逐惟人是從曾無一心得之學化臭腐而出其何以舒文明之氣而爭上國之光乎日本事事仿之西法事事悉成我法西伯一戰全國威震蓋學以精神而不學以形式規矩從心變化自我其得力於陽明良知之教者蓋已多矣東鄉其最著也抑又思之學者之不明皆由於心爲氣役而所以爲之役者意之未誠亦良知之未致如是則學中學誤學西學亦誤若以陽明之書藥之中西學將兼資並

進而所學益精國初大儒孫夏峯先生有言曰少壯時與友鹿伯順讀諸儒書有扞格處取陽明語證之無不豁然立解陽明之巡撫南贛也越士王思輿語季本曰陽明此行必立事功本曰何以知之曰吾觸之不動矣蓋謂其良知之體也願讀是書者默有以驗其體毋徒汲汲於徵其效也光緒三十二年八月

方碩輔謹序

明姚江王子陽明先生，以聖賢之學，建豪傑之功，其文章經濟莫不心折。惟講學一事，聞者或有所疑，謂其異於朱子也。輔幼學無知，亦不免人云亦云。及長，得其書，讀之平易近人，立説一本孔孟，而教學尤善循誘之法，隨意指點，皆令人欣然有得而去。一時出其門者，理學名臣，踵相接焉。求其所異於朱子者，不過學問入手之處，道固未嘗不同也。朱子補傳釋“格物”曰：“在即物而窮其理。”陽明則謂即物窮理是析心與理爲二也。如求孝之理於親，其理果在於吾之心耶，抑果在於親之身耶？果在於親之身，親没之後吾心遂無孝之理歟？與孔子不以子貢學識爲然，孟子不以告子義外爲是，意正相同。夫格物爲《大學》第一切要工夫。此處一誤，將有毫釐千里之謬。竊嘗體而驗之。天地間本無物也。自陰陽相交，而五行生焉，五行生而萬化出矣。極人世之形形色色，無非生於虛靈之體，人身一天地也。《大學》言“明德”而極之於“格物”，明者明此也，格者格此也。以其渾然者而言謂之德，以其秩然者而言謂之物。德者，合體道之一也。物者，衆象理之萬也。皆明體中所固有而非外鑠我也。自來學者之患，於外則患在體不能合才，之所以無德。於内則患在體不能分德，之所以無才。格物者，蓋即文王穆穆之體而默求其緝熙敬止之象。如是其爲君之仁也，如是其爲臣之敬也，如是其爲子之孝，如是其爲父之慈，如是其爲與國人交之信也。天然之物則即天然之人，格,《大學》示人格物，亦各還其天然之體而已，此其意。吾嘗於化學得之。化學之於物也，始則求其原質，繼則求其原點，終則求其原理。原理者，吾心天然之體，物之無形者也。求原理者，以無形之格綫，格吾心無形之物，以求通乎天下有形之物也。

孔子於土而識羵羊，於琴而遇文王，固已早開今日理化之門。然理化之學，心學也。可於形聲驗之，而不必於形聲求之。學者果以學化學之意，通而用之於心，心即化學之洪爐也。取家國天下之身而置此洪爐之中，融而會之，分而析之，集十目十手而視指之，身非天下之原質乎。復即其身之所藏者，推及其不顯之意，切之，磋之，琢之，磨之，必瑟僩赫喧而後快，亦質中之所以求點也。迨至鑽研既深，一旦而意境洞闢，如又新之日，別開一光明之界，萬善會歸，則有邦畿千里之象焉，民之止皆吾之止也。一善不遺，則有黄鳥邱隅之象焉，鳥之止亦吾之止也。靈源活潑，萬物在抱。推此身於天下，可以爲君，亦可以爲臣；可以爲子，亦可以爲父；可以與國人交，亦可以與異人交。一化學家化分之能也，約天下於一身，爲君而仁，必爲臣而敬；爲子而孝，必爲父而慈；與國人交而信，必與異人交而亦信。一化學家化合之妙也，以一身爲天下式，使天下之爲君爲臣者皆如吾之仁敬，爲子爲父者皆如吾之孝慈，與人交者皆如吾之止信，則無訟矣。一化學家化合而無所不合之奇也。

然則《大學》格物之學，即泰西理化之學。理者在内之物，物者在外之理。化之而爲規矩準繩，則以格天下之方圓平直；化之而爲仁敬孝慈，則以格天下之君臣父子。特吾人泥視夫物，遂第知以物格物，而不知以心格物。一若苟無泰西之器，即一物莫能識者。夫西人之器誠精矣，西人之以器驗物誠神矣，試思未有其器之先，創之者爲誰之智？既有其器之後，新之者又誰之巧？徒恃其器焉而已哉。大抵西人之學，無不從理想而來。理想者，西人之精神也，而智巧出焉。故以智巧爲精神，不過爲今之離婁、公輸，使天下之人皆出其智巧之下；以精神爲智巧，則將爲古之帝堯、帝舜，使天下之民皆在其精神之中。此之謂大智，此之謂大巧，此民之所以大畏而知本，之所以爲知至也。《大學》以格致統於誠意而不别爲一傳，蓋真得孔子一貫之傳者。試取古本讀之，格致固未嘗亡也。朱子作分傳而紊其序，至晚年當亦自知其誤。陽明體孟子良知之説，會萬物皆備之旨，不言格物，而渾之曰“致良知”，使格致之功兩而化一。致知於内，既無課虚之弊；致知於外，亦無逐物之病。合天下之高明沈潛，悉歸陶鑄，誠格致之金鍼，學校之寶筏也。故學者知《大學》所格之物，則即體即用，推之爲齊治均平之準。悟陽明所致之知，則即用即體，反之實明德止善之歸。惜後世科舉功令，惟以遵朱爲重，其書遂不大顯於世。春仲，復旦學堂教長馬相伯先生歸自東瀛，爲述日本學派多宗姚江，而東鄉大將尤爲心悦誠服，至有“一生低首拜陽明”之句刻諸印章而韋佩之。噫！陽明，我中國大哲學也。其學不明於中國，而明於異域。以三島小國師之，而氣吞全俄，真所謂製梃而撻秦楚之堅甲利兵也。陽明不大有造於日本哉！中國懲於庚子之役，興學圖强，皇皇焉惟恐不及。學校中亦莫不争自奮發而務求其新，誠中國一大轉機也。

然徒新於外而不新於内，即使廣購西書，廣置西器，今日所謂新者至明日而舊，明日所謂新者至後日而又舊，終年逐逐，惟人是從，曾無一心得之，學化臭腐而出，其何以舒文明之氣而争上國之光乎！日本事事仿之西法，事事悉成我法。西伯一戰，全國威震，蓋學以精神而不學以形式。規矩從心，變化自我，其得力於陽明良知之教者，蓋已多矣，東鄉其最著也。抑又思之，學者之不明皆由於心爲氣役，而所以爲之役者，意之未誠，亦良知之未致。如是則學中學誤，學西學亦誤。若以陽明之書藥之，中西學將兼資並進，而所學益精。國初大儒孫夏峰先生有言曰："少壯時與友鹿伯順讀諸儒書，有扞格處，取陽明語證之，無不豁然立解。"陽明之巡撫南贛也，越士王思輿語李本曰："陽明此行必立事功。"本曰："何以知之。"曰："吾觸之不動矣。"蓋謂其良知之體也。願讀是書者默有以驗其體，毋徒汲汲於徵其效也。

光緒三十二年八月方碩輔謹序。

施邦曜《施四明先生原序》

見明崇禎七至八年（1634—1635）王立準刻本《陽明先生集要》三編》十五卷《年譜》一卷。（索書號 t1511）

校記：

1.“如玄黄黑白之殊類乎”，此本“玄”避諱爲“元”。

崇禎八年（1635）王立準《原跋》

見明崇禎七至八年（1634—1635）王立準刻本《陽明先生集要》三編》十五卷《年譜》一卷。（索書號 t1511）

校記：

1.“此余所删定《三編》也”，此本“删定”作“定”。

2.“崇禎捌年中元日”，此本“捌”作“八”。

崇禎八年（1635）王志道《原序》

見明崇禎七至八年（1634—1635）王立準刻本《陽明先生集要》三編》十五卷《年譜》一卷。（索書號 t1511）

校記：

1.“其敝皆求之良知之外”，此本“敝”作“弊”。

2.“而不能遏胡馬之南也”，此本“胡馬”作“湖禡”。

3.“疑其學且甚於疑其功”，此本“疑”誤作“後”。

4.“崇禎乙亥七月乙卯”，此本“崇禎”作“時崇禎”。

顔繼祖《原序》

見清乾隆五十二年（1787）濟美堂刻本《陽明先生集要三編》十五卷《年譜》一卷。（索書號 23054）

校記：

1.“間拾殘篇”，此本“間”作“閑”。

2.“背頂相望”，此本“頂”作“項”。

3.“總無康侯之錫”，此本“總”作“縱”。

明崇禎七年（1634）曹惟才《原序》

見清乾隆五十二年（1787）濟美堂刻本《陽明先生集要三編》十五卷《年譜》一卷。（索書號 23054）

王命璿《原序》

見清乾隆五十二年（1787）濟美堂刻本《陽明先生集要三編》十五卷《年譜》一卷。（索書號 23054）

崇禎八年（1635）黄道周《原序》

見明崇禎七至八年（1634—1635）王立準刻本《陽明先生集要三編》十五卷《年譜》一卷。（索書號 t1511）

林釪《原序》

見明崇禎七至八年（1634—1635）王立準刻本《陽明先生集要三編》十五卷《年譜》一卷。（索書號 t1511）

清乾隆五十二年（1787）徐坤《重刻陽明先生集要三編原後序》

見清乾隆五十二年（1787）濟美堂刻本《陽明先生集要三編》十五卷《年譜》一卷。（索書號 23054）

乾隆五十二年（1787）朱培行《重刻陽明先生集要三編後序》

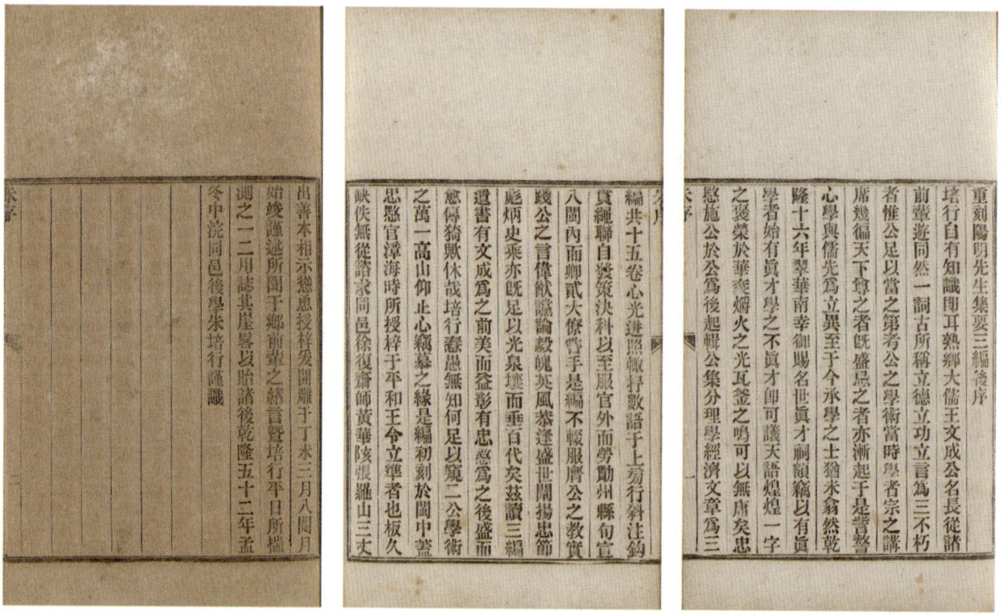
重刻陽明先生集要三編後序
培行自有知識即耳熟鄉大儒王文成公名長從諸
前輩遊同然一詞古所稱立德立功立言爲三不朽
者惟公足以當之第考公之學術當時學者宗之講
席幾徧天下尊之者既盛忌之者亦漸起于是訾謷
心學與儒先爲立異至于今承學之士猶未翕然乾
隆十六年翠華南幸御賜名世眞才祠額竊以有眞
學者始有眞才學之不眞才即可議天語煌煌一字
之褒榮於華袞爝火之光瓦釜之鳴可以無庸矣忠
愍施公於公爲後起輯公集分理學經濟文章爲三
編共十五卷心光迸照輒抒數語于上旁行斜注鉤
貫繩聯自發策決科以至服官外而勞勩州縣旬宣
八闔內而卿貳大僚嘗手是編不輟服膺公之教實
踐公之言偉猷讜論毅魄英風恭逢盛世闡揚忠節
彪炳史乘亦既足以光泉壤而垂百代矣茲讀三編
遺書有文成爲之前美而益彰有忠愍爲之後盛而
愈傳猗歟休哉培行蠢愚無知何足以窺二公學術
之萬一高山仰止心竊慕之緣是編初刻於閩中蓋
忠愍官漳海時所授梓于平和王令立準者也板久
缺佚無從諸家同邑徐復齋師黃華陔張繩山三丈
出善本相示慫恿授梓爰開雕于丁未三月八閱月
始竣謹述所聞于鄉前輩之緒言暨培行平日所揣
測之一二用誌其崖畧以貽諸後乾隆五十二年孟
冬中浣同邑後學朱培行謹識

培行自有知識，即耳熟鄉大儒王文成公名。長從諸前輩游，同然一詞，古所稱立德立功立言爲三不朽者，惟公足以當之。第考公之學術，當時學者宗之，講席幾遍天下。尊之者既盛，忌之者亦漸起，於是訾謷心學與儒先爲立異。至於今，承學之士猶未翕然。乾隆十六年，翠華南幸，御賜“名世真才”祠額。竊以有真學者始有真才，學之不真，才即可議。天語煌煌，一字之褒，榮於華衮；爝火之光，瓦釜之鳴，可以無庸矣。忠愍施公於公爲後起，輯公集，分理學、經濟、文章爲三編，共十五卷。心光迸照，輒抒數語，於上旁行斜注，鈎貫繩聯。自發策决科，以至服官，外而勞勩州縣，旬宣八閩；内而卿貳大僚，嘗手是編不輟。服膺公之教，實踐公之言，偉猷讜論，毅魄英風，恭逢盛世，闡揚忠節，彪炳史乘，亦既足以光泉壤而垂百代矣。兹讀《三編》遺書，有文成爲之前，美而益彰；有忠愍爲之後，盛而愈傳。猗歟休哉！培行蠢愚無知，何足以窺二公學術之萬一，高山仰止，心竊慕之。緣是編初刻於閩中，蓋忠愍官漳海時所授梓於平和王令立準者也。板久缺佚，無從諮求。同邑徐復齋師、黃華陔、張羅山三丈出善本相示，慫恿授梓。爰開雕於丁未三月，八閱月始竣。謹述所聞於鄉前輩之緒言，暨培行平日所揣測之一二，用志其崖略，以貽諸後。

乾隆五十二年孟冬中浣同邑後學朱培行謹識。

清乾隆五十二年（1787）張廷枚《重刻陽明先生集要三編後序》

見清乾隆五十二年（1787）濟美堂刻本《陽明先生集要三編》十五卷《年譜》一卷。（索書號 23054）

清光緒四年（1878）林肇元《三刻陽明先生集要三編序》

見清光緒五年（1879）黔南刻本《陽明先生集要三編》十五卷《年譜》一卷。（索書號 85474）

校記：

1. “咸豐間越城失則片紙俱無矣”，此本無“則”。

2. “許星叔大廷尉”，此本無“大”。

3. “个老者，姓王氏，字个峰，名介臣”，此本無“名介臣”。

4. “毋忝厥祖例”，此本“忝”作“忝”。

隆慶元年（1567）《誥命》

見明隆慶六年（1572）謝廷傑刻本《王文成公全書》三十八卷。（索書號 13925）

校記：

1.13925 作“隆慶二年十月十七日制誥之寶”，此本作“隆慶元年丁卯五月誥命”。

俞嶙《自公堂主人識》

昔華亭徐少師階督學江西，於士人家摹得先生燕居像二，朝衣冠像一，此則其朝像也。徐少師嘗語人云：此像於先生極肖。予於吾里所見廟像亦然。今後人仰慕先生，每有不見古人之恨。予特繪而傳之，使學者能於有象之面目求其無形之性情。則語言文字之外，當自有遇之者。

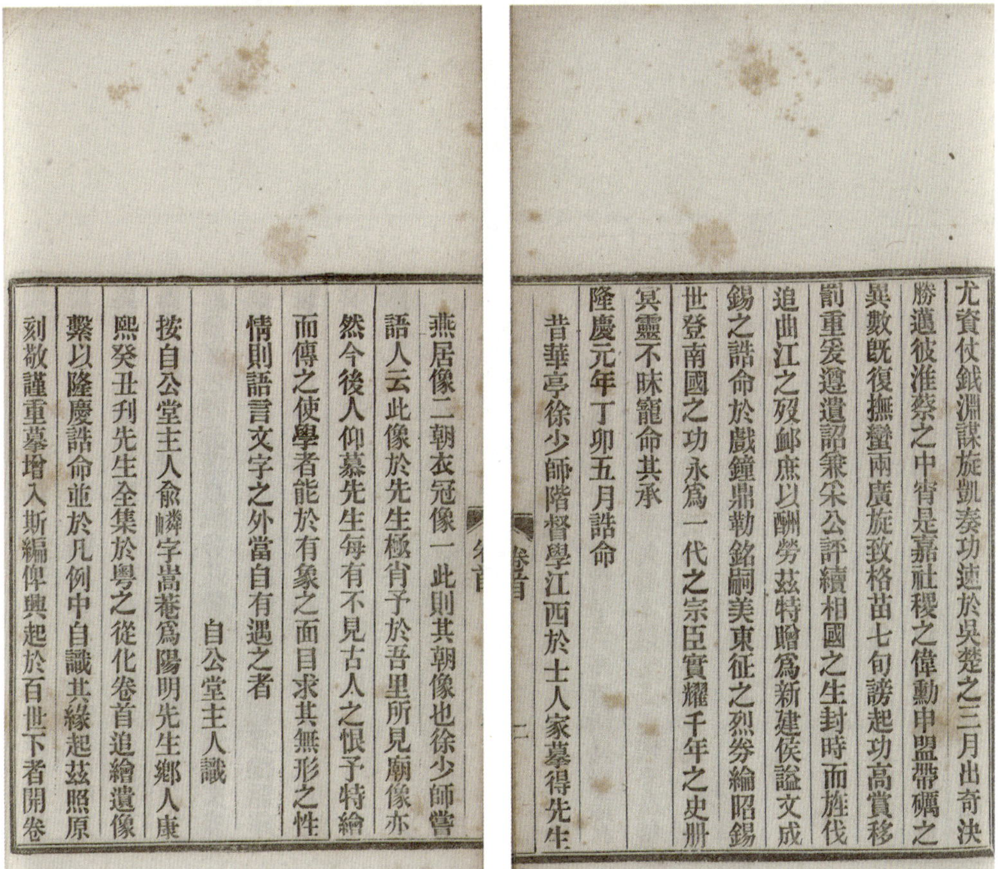

尤賚仗鉞淵謀旋凱奏功速於吳楚之三月出奇決勝邁彼淮蔡之中宵是嘉社稷之偉勳申盟帶礪之異數既復撫蠻兩廣旋致格苗七旬謗起功高賞移罰重爰遵遺詔案采公評續相國之生封時而旌伐追曲江之歿䘏庶以酬勞茲特贈爲新建侯謚文成錫之誥命於戲鐘鼎勒銘嗣美東征之烈劵綸昭錫世登南國之功永爲一代之宗臣實耀千年之史册冥靈不昧寵命其承

隆慶元年丁卯五月誥命

昔華亭徐少師階督學江西於士人家摹得先生燕居像二朝衣冠像一此則其朝像也徐少師嘗語人云此像於先生極肖予於吾里所見廟像亦然今後人仰慕先生每有不見古人之恨予特繪而傳之使學者能於有象之面目求其無形之性情則語言文字之外當自有遇之者

自公堂主人識

按自公堂主人俞嶙字嵩菴爲陽明先生鄉人康熙癸丑刋先生全集於粵之從化卷首追繪遺像繫以隆慶誥命並於凡例中自識其緣起茲照原刻敬謹重摹增入斯編俾輿起於百世下者開卷

光緒三十二年（1906）劉原道識

按自公堂主人俞嶙字嵩庵，爲陽明先生鄉人。康熙癸丑刊先生全集於粵之從化，卷首追繪遺像，繫以隆慶誥命，並於凡例中自識其緣起。茲照原刻敬謹重摹，增入斯編，俾興起於百世下者，開卷無異親炙云。光緒丙午閏四月皖巢後學劉原道謹志。

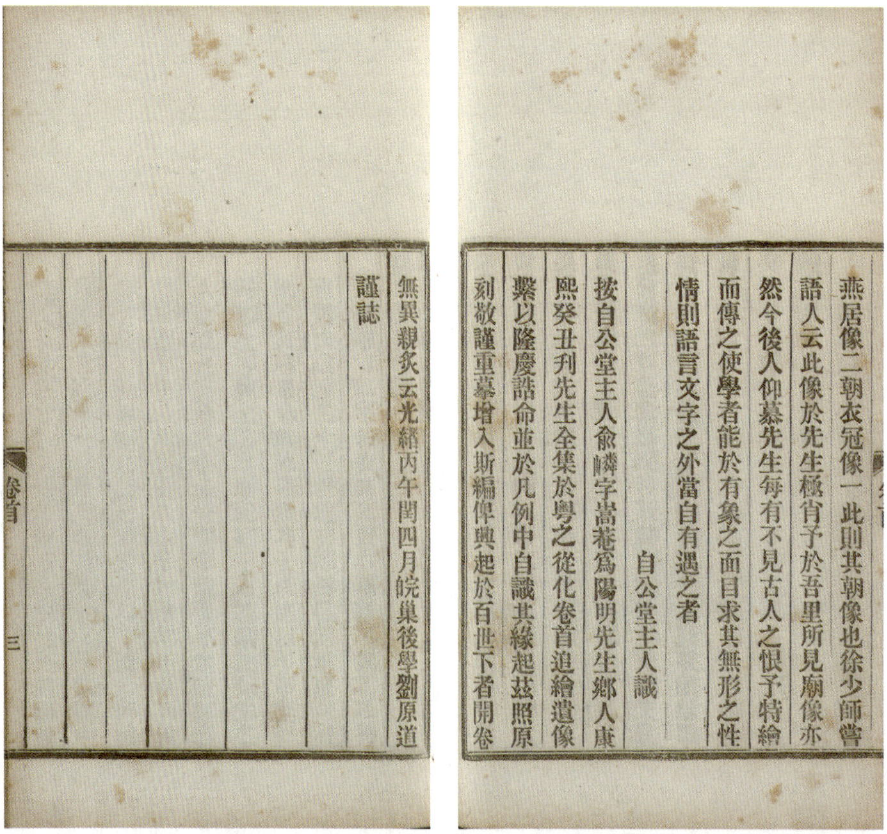

燕居像二朝衣冠像一此則其朝像也徐少師嘗
語人云此像於先生極肖予於吾里所見廟像亦
然今後人仰慕先生每有不見古人之恨予特繪
而傳之使學者能於有象之面目求其無形之性
情則語言文字之外當自有遇之者
自公堂主人識
按自公堂主人俞嶙字嵩菴爲陽明先生鄉人康
熙癸丑刊先生全集於粵之從化卷首追繪遺像
繫以隆慶誥命並於凡例中自識其緣起茲照原
刻敬謹重摹增入斯編俾興起於百世下者開卷
無異親炙云光緒丙午閏四月皖巢後學劉原道
謹誌

卷首 三

理學編卷二語録末施邦曜《識》

見明崇禎七至八年（1634—1635）王立準刻本《陽明先生集要三編》十五卷《年譜》一卷。（索書號 t1511）

方碩輔《後序》

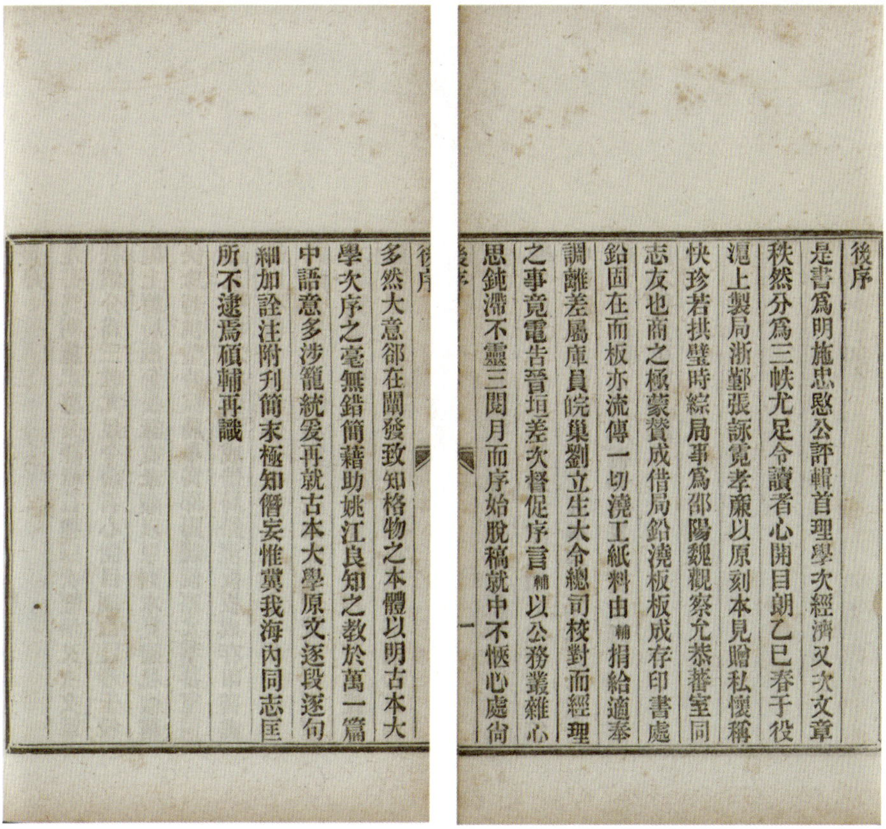
後序

是書爲明施忠愍公評輯首理學次經濟又次文章秩然分爲三帙尤足令讀者心開目朗乙巳春于役滬上製局浙鄞張詠霓孝廉以原刻本見贈私懷稱快珍若拱璧時綜局事爲邵陽魏觀察允恭藩室同志友也商之極蒙贊成借局鉛澆板板成存印書處鉛固在而板亦流傳一切澆工紙料由輔捐給適奉調離差屬庫員皖巢劉立生大令總司校對而經理之事竟電告晉垣差次督促序言輔以公務叢雜心思鈍滯不靈三閱月而序始脫稿就中不愜心處尚

後序 一

多然大意卻在闡發致知格物之本體以明古本大學次序之毫無錯簡藉助姚江良知之教於萬一篇中語意多涉籠統爰再就古本大學原文逐段逐句細加詮注附刊簡末極知僭妄惟冀我海內同志匡所不逮焉碩輔再識

是書爲明施忠愍公評輯，首理學，次經濟，又次文章，秩然分爲三帙，尤足令讀者心開目朗。乙巳春，於役滬上製局，浙鄞張咏霓孝廉以原刻本見贈，私懷稱快，珍若拱璧。時綜局事爲邵陽魏觀察允恭藩室，同志友也。商之極蒙贊成。借局鉛澆板，板成，存印書處，鉛固在而板亦流傳。一切澆工、紙料由輔捐給。適奉調離，差屬庫員皖巢劉立生大令總司校對，而經理之事竟，電告晉垣差次，督促序言。輔以公務叢雜，心思鈍滯不靈，三閱月而序始脱稿，就中不愜心處尚多，然大意部（校：當作“却”）在闡發致知格物之本體，以明古本大學次序之毫無錯簡，藉助姚江良知之教於萬一。篇中語意多涉籠統，爰再就古本大學原文，逐段逐句細加詮注，附刊簡末，極知僭妄，惟冀我海内同志匡所不逮焉。碩輔再識。

陽明先生集要三種十五卷年譜一卷古本大學注一卷

清光緒三十三年（1907）上海明明學社鉛印本

國家圖書館 16502（普通古籍）

清光緒三十二年（1906）鄭孝胥《陽明先生集要三種序》

見光緒三十二年（1906）鉛印本《陽明先生集要三種》十五卷《年譜》一卷《古本大學注》一卷。（索書號 56593）

光緒三十二年（1906）馬良《陽明先生集要三種序》

見光緒三十二年（1906）鉛印本《陽明先生集要三種》十五卷《年譜》一卷《古本大學注》一卷。（索書號 56593）

嚴復《陽明先生集要三種序》

見光緒三十二年（1906）鉛印本《陽明先生集要三種》十五卷《年譜》一卷《古本大學注》一卷。（索書號 56593）

清光緒三十二年（1906）方碩輔《陽明先生集要三種序》

見光緒三十二年（1906）鉛印本《陽明先生集要三種》十五卷《年譜》一卷《古本大學注》一卷。（索書號 56593）

施邦曜《施四明先生原序》

見明崇禎七至八年（1634—1635）王立準刻本《陽明先生集要三編》十五卷《年譜》一卷。（索書號 t1511）

校記：

1.“如玄黄黑白之殊類乎”，此本“玄”避諱爲“元”。

崇禎八年（1635）王立準《原跋》

見明崇禎七至八年（1634—1635）王立準刻本《陽明先生集要三編》十五卷《年譜》一卷。（索書號 t1511）

校記：

1.“此余所删定《三編》也”，此本“删定”作“定”。

2.“崇禎捌年中元日”，此本“捌”作“八”。

崇禎八年（1635）王志道《原序》

見明崇禎七至八年（1634—1635）王立準刻本《陽明先生集要三編》十五卷《年譜》一卷。（索書號 t1511）

校記：

1.“其敝皆求之良知之外”，此本“敝”作“弊”。

2.“而不能過胡馬之南也”，此本“胡馬”作“湖禡”。

3.“疑其學且甚於疑其功”，此本“疑”誤作“後”。

4.“崇禎乙亥七月乙卯”，此本“崇禎”作“時崇禎”。

顏繼祖《原序》

見清光緒五年（1879）黔南刻本《陽明先生集要三編》十五卷《年譜》一卷。

明崇禎七年（1634）曹惟才《原序》

見清乾隆五十二年（1787）濟美堂刻本《陽明先生集要三編》十五卷《年譜》一卷。（索書號 23054）

王命璿《原序》

見清乾隆五十二年（1787）濟美堂刻本《陽明先生集要三編》十五卷《年譜》一卷。（索書號 23054）

崇禎八年（1635）黄道周《原序》

見明崇禎七至八年（1635）王立準刻本《陽明先生集要三編》十五卷《年譜》一卷。（索書號 t1511）

林釬《原序》

見明崇禎七至八年（1635）王立準刻本《陽明先生集要三編》十五卷《年譜》一卷。（索書號 t1511）

清乾隆五十二年（1787）徐坤《重刻序》

見清乾隆五十二年（1787）濟美堂刻本《陽明先生集要三編》十五卷《年譜》一卷。（索書號 23054）

乾隆五十二年（1787）朱培行《重刻序》

見光緒三十二年（1906）鉛印本《陽明先生集要三編》十五卷《年譜》一卷《古本大學注》一卷。（索書號 56593 ）

清乾隆五十二年（1787）張廷枚《重刻序》

見清乾隆五十二年（1787）濟美堂刻本《陽明先生集要三編》十五卷《年譜》一卷。（索書號 23054）

清光緒四年（1878）林肇元《三刻陽明先生集要三編序》

見清光緒五年（1879）黔南刻本《陽明先生集要三編》十五卷《年譜》一卷。（索書號 85474）

校記：

1.“咸豐間越城失則片紙俱無矣”，此本無“則”。

2.“許星叔大廷尉”，此本無“大”。

3.“个老者，姓王氏，字个峰，名介臣”，此本無“名介臣”。

4.“毋忝厥祖例”，此本“忝”作“忝”。

隆慶元年（1567）《誥命》

見明隆慶六年（1572）謝廷傑刻本《王文成公全書》三十八卷。（索書號13925）

校記：

1.13925 作“隆慶二年十月十七日制誥之寶”，此本作“隆慶元年丁卯五月誥命”。

俞嶙《自公堂主人識》

見光緒三十二年（1906）鉛印本《陽明先生集要三編》十五卷《年譜》一卷《古本大學注》一卷。（索書號 56593）

光緒三十二年（1906）劉原道識

見光緒三十二年（1906）鉛印本《陽明先生集要三編》十五卷《年譜》一卷《古本大學注》一卷。（索書號 56593）

理學編卷二語録末施邦曜《識》

見明崇禎七至八年（1635）王立準刻本《陽明先生集要三編》十五卷《年譜》一卷。（索書號 t1511）

方碩輔《後序》

見光緒三十二年（1906）鉛印本《陽明先生集要三編》十五卷《年譜》一卷《古本大學注》一卷。（索書號 56593）

清光緒三十三年（1907）葛鍾秀《陽明先生集要三種跋》

《陽明先生集施纂集要三種》，方芑南、魏蕃實二觀察重刊於江南製造局，委友人劉大令笠僧監訂成。僕丙午秋旅滬，齊年張觀察楚寶界兵工學堂一役，暇與笠僧談知行合一學。笠僧出是集贈僕，披閱集中有錯脱約百字，用硃筆改補，笠僧隨將鉛板剜易。適明明學社主人以是集維世教，謀縮印小板，價較廉，便人購取，以廣傳也。同席張君子雍取僕改補者以資是社印本，復加校讐，信無魯魚亥豕之訛，善本也。鋟成屬跋，爰志其巔末。丁未夏五龍舒葛鍾秀謹撰。

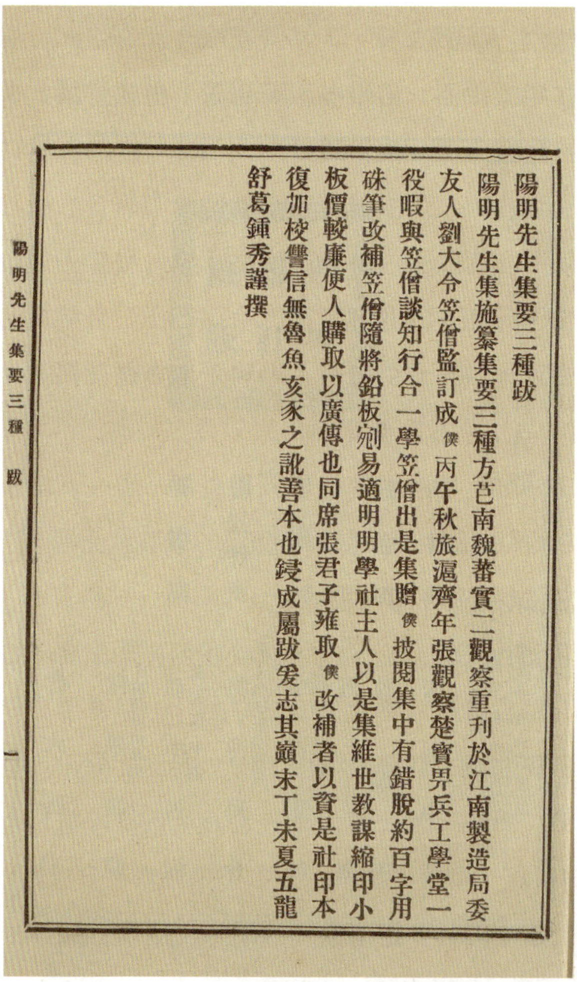
陽明先生集要三種跋
陽明先生集施纂集要三種方芑南魏蕃實二觀察重刊於江南製造局委
友人劉大令笠僧監訂成僕丙午秋旅滬齊年張觀察楚寶界兵工學堂一
役暇與笠僧談知行合一學笠僧出是集贈僕披閱集中有錯脱約百字用
硃筆改補笠僧隨將鉛板剜易適明明學社主人以是集維世教謀縮印小
板價較廉便人購取以廣傳也同席張君子雍取僕改補者以資是社印本
復加校讐信無魯魚亥豕之訛善本也鋟成屬跋爰志其巔末丁未夏五龍
舒葛鍾秀謹撰

陽明先生集要三種　跋　一

陽明先生集要三種十五卷年譜一卷古本大學注一卷

清宣統三年（1911）上海明明學社鉛印本

國家圖書館 57278（普通古籍）

明明學社主人識

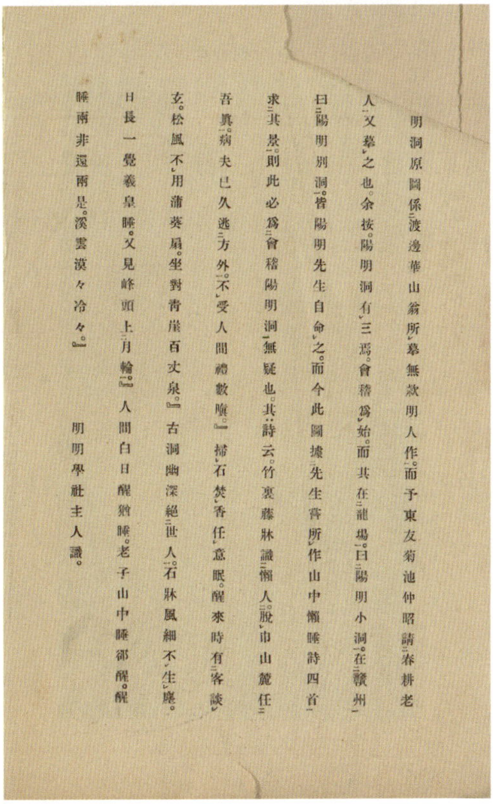
明洞原圖係渡邊華山翁所摹無款明人作。而予東友菊池仲昭請春耕老
人又摹之也。余按。陽明洞有三焉。會稽爲始。而其在龍場。曰陽明小洞。在贛州
曰陽明別洞。皆陽明先生自命之。而今此圖據先生嘗所作山中懶睡詩四首
求其景。則此必爲會稽陽明洞無疑也。其詩云。竹裏藤牀識懶人。脫巾山麓任
吾眞。病夫已久逃方外。不受人間禮數嗔。」掃石焚香任意眠。醒來時有客談
玄。松風不用蒲葵扇。坐對靑崖百丈泉。」古洞幽深絕世人。石牀風細不生塵。
日長一覺羲皇睡。又見峰頭上月輪。」人間白日醒猶睡。老子山中睡卻醒。醒
睡兩非還兩是。溪雲漠々冷々。」
明明學社主人識。

陽明洞原圖係渡邊華山翁所摹，無款，明人作。而予東友菊池仲昭請春耕老人又摹之也。余按：陽明洞有三焉。會稽爲始，而其在龍場曰陽明小洞，在

贛州曰陽明別洞，皆陽明先生自命之。而今此圖據先生嘗所作《山中懶睡詩》四首求其景，則此必爲會稽陽明洞無疑也。其詩云："竹裏藤牀識懶人，脱巾山麓任吾真。病夫已久逃方外，不受人間禮數嗔。""掃石焚香任意眠，醒來時有客談玄。松風不用蒲葵扇，坐對青崖百丈泉。""古洞幽深絕世人，石牀風細不生塵。日長一覺羲皇睡，又見峰頭上月輪。""人間白日醒猶睡，老子山中睡卻（校：當作'却'）醒。醒睡兩非還兩是，溪雲漠漠水（校：原文脱'水'字）泠泠。"

明明學社主人識。

清光緒三十二年（1906）鄭孝胥《陽明先生集要三種序》

見光緒三十二年（1906）鉛印本《陽明先生集要三編》十五卷《年譜》一卷《古本大學注》一卷。（索書號 56593）

光緒三十二年（1906）馬良《陽明先生集要三種序》

見光緒三十二年（1906）鉛印本《陽明先生集要三編》十五卷《年譜》一卷《古本大學注》一卷。（索書號 56593）

嚴復《陽明先生集要三種序》

見光緒三十二年（1906）鉛印本《陽明先生集要三編》十五卷《年譜》一卷《古本大學注》一卷。（索書號 56593）

清光緒三十二年（1906）方碩輔《陽明先生集要三種序》

見光緒三十二年（1906）鉛印本《陽明先生集要三編》十五卷《年譜》一卷《古本大學注》一卷。（索書號 56593）

施邦曜《施四明先生原序》

見明崇禎七至八年（1634—1635）王立準刻本《陽明先生集要三編》十五卷《年譜》一卷。（索書號 t1511）

校記：

1.“如玄黃黑白之殊類乎”，此本“玄”避諱爲“元”。

崇禎八年（1635）王立準《原跋》

見明崇禎七至八年（1634—1635）王立準刻本《陽明先生集要三編》十五卷《年譜》一卷。（索書號 t1511）

校記：

1.“此余所删定《三編》也”，此本“删定”爲“定”。

2.“崇禎捌年中元日”，此本“捌”爲“八”。

崇禎八年（1635）王志道《原序》

見明崇禎七至八年（1634—1635）王立準刻本《陽明先生集要三編》十五卷《年譜》一卷。（索書號 t1511）

校記：

1.“其敝皆求之良知之外”，此本“敝”爲“弊”。

2.“而不能遏胡馬之南也”，此本“胡馬”爲“湖禡”。

3.“疑其學且甚於疑其功”，此本“疑”誤爲“後”。

4.“崇禎乙亥七月乙卯”，此本“崇禎”爲“時崇禎”。

顔繼祖《原序》

見清光緒五年（1879）黔南刻本《陽明先生集要三編》十五卷《年譜》一卷。（書號 85474）

明崇禎七年（1634）曹惟才《原序》

見清乾隆五十二年（1787）濟美堂刻本《陽明先生集要三編》十五卷《年譜》一卷。（索書號 23054）

王命璿《原序》

見清乾隆五十二年（1787）濟美堂刻本《陽明先生集要三編》十五卷《年譜》一卷。（索書號 23054）

崇禎八年（1635）黄道周《原序》

見明崇禎七至八年（1634—1635）王立準刻本《陽明先生集要三編》十五卷《年譜》一卷。（索書號 t1511）

林釬《原序》

見明崇禎七至八年（1634—1635）王立準刻本《陽明先生集要三編》十五卷《年譜》一卷。（索書號 t1511）

清乾隆五十二年（1787）徐坤《重刻序》

見清乾隆五十二年（1787）濟美堂刻本《陽明先生集要三編》十五卷《年譜》一卷。（索書號 23054）

乾隆五十二年（1787）朱培行《重刻序》

見光緒三十二年（1906）鉛印本《陽明先生集要三編》十五卷《年譜》一卷《古本大學注》一卷。（索書號 56593 ）

清乾隆五十二年（1787）張廷枚《重刻序》

見清乾隆五十二年（1787）濟美堂刻本《陽明先生集要三編》十五卷《年譜》一卷。（索書號 23054）

清光緒四年（1878）林肇元《三刻陽明先生集要三編序》

見清光緒五年（1879）黔南刻本《陽明先生集要三編》十五卷《年譜》一卷。（索書號 85474）

校記：

1. “咸豐間越城失則片紙俱無矣”，此本無“則”。

2. “許星叔大廷尉”，此本無“大”。

3. “个老者，姓王氏，字个峰，名介臣”，此本無“名介臣”。

4. “毋忝厥祖例”，此本“忝”爲“忝”。

隆慶元年（1567）《誥命》

見明隆慶六年（1572）謝廷傑刻本《王文成公全書》三十八卷。（索書號 13925）

校記：

1.13925 作“隆慶二年十月十七日制誥之寶”，此本作“隆慶元年丁卯五月誥命”。

俞嶙《自公堂主人識》

見光緒三十二年（1906）鉛印本《陽明先生集要三編》十五卷《年譜》一卷《古本大學注》一卷。（索書號 56593 ）

光緒三十二年（1906）劉原道識

見光緒三十二年（1906）鉛印本《陽明先生集要三編》十五卷《年譜》一卷《古本大學注》一卷。（索書號 56593 ）

理學編卷二語録末施邦曜《識》

見明崇禎七至八年（1634—1635）王立準刻本《陽明先生集要三編》十五卷《年譜》一卷。（索書號 t1511 ）

方碩輔《後序》

見光緒三十二年（1906）鉛印本《陽明先生集要三編》十五卷《年譜》一卷《古本大學注》一卷。（索書號 56593 ）

清光緒三十三年（1907）葛鍾秀《陽明先生集要三種跋》

見光緒三十三年（1907）上海明明學社鉛印本《陽明先生集要三編》十五卷《年譜》一卷《古本大學注》一卷。（索書號 16502 ）

王文成公集要七卷觀感録一卷

清嘉慶三年（1798）原邑劉永宧刻本

國家圖書館 17494（普通古籍）

周元鼎《序》

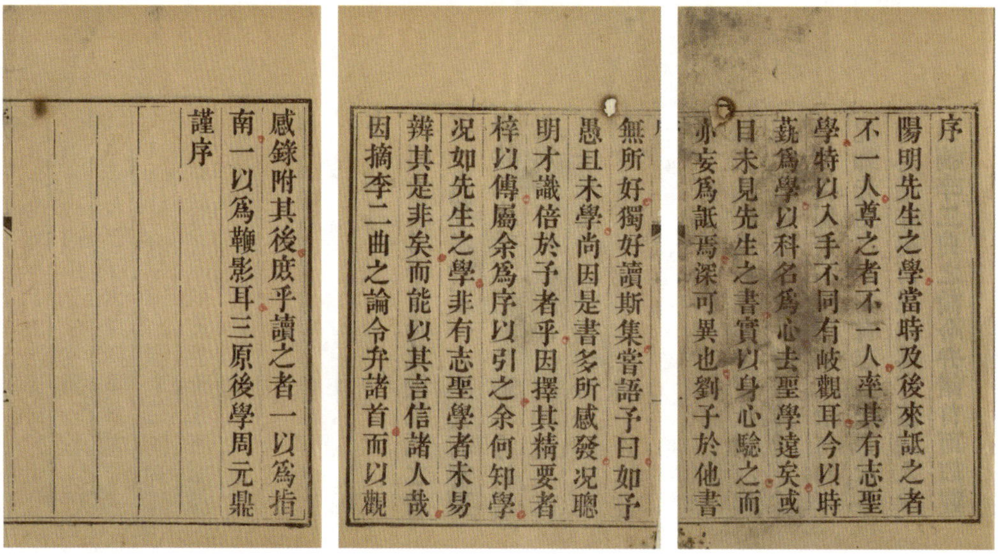
序
陽明先生之學當時及後來詆之者
不一人尊之者不一人率其有志聖
學特以入手不同有岐觀耳今以時
蓺爲學以科名爲心去聖學遠矣或
目未見先生之書實以身心驗之而
亦妄爲詆焉深可異也劉子於他書
無所好獨好讀斯集嘗語予曰如予
愚且未學尚因是書多所感發況聰
明才識倍於予者乎因擇其精要者
梓以傳屬余爲序以引之余何知學
況如先生之學非有志聖學者未易
辨其是非矣而能以其言信諸人哉
因摘李二曲之論令弁諸首而以觀
感錄附其後庶乎讀之者一以爲指
南一以爲鞭影耳三原後學周元鼎
謹序

陽明先生之學，當時及後來詆之者不一人，尊之者不一人，率其有志聖學，特以入手不同有岐觀耳。今以時蓺爲學，以科名爲心，去聖學遠矣。或目未見先生之書，實以身心驗之，而亦妄爲詆焉。深可異也。

劉子於他書無所好，獨好讀斯集。嘗語予曰："如予愚且未學，尚因是書多所感發，況聰明才識倍於予者乎？"因擇其精要者梓以傳，屬余爲序以引之。余何知學，況如先生之學，非有志聖學者未易辨其是非矣，而能以其言信諸人哉？因摘李二曲之論，令弁諸首，而以《觀感録》附其後，庶乎讀之者，一以爲指南，一以爲鞭影耳。

三原後學周元鼎謹序。

嘉慶三年（1798）劉永宧《序》

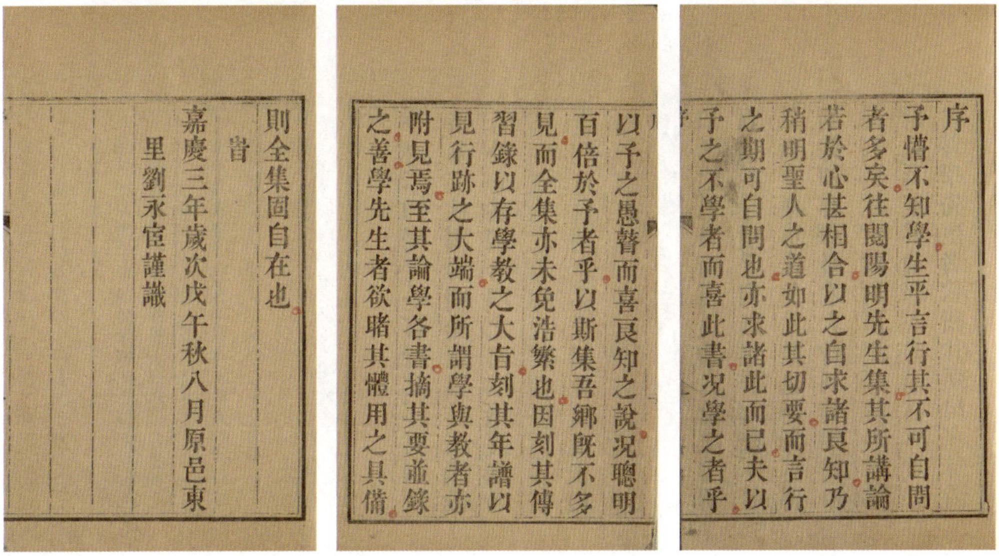
序
予懵不知學生平言行其不可自問
者多矣往閱陽明先生集其所講論
若於心甚相合以之自求諸良知乃
稍明聖人之道如此其切要而言行
之期可自問也亦求諸此而已夫以
予之不學者而喜此書況學之者乎
以予之愚瞽而喜良知之說況聰明
百倍於予者乎以斯集吾鄉既不多
見而全集亦未免浩繁也因刻其傳
習錄以存學教之大旨刻其年譜以
見行跡之大端而所謂學與教者亦
附見焉至其論學各書摘其要並錄
之善學先生者欲睹其體用之具備
則全集固自在也
旹
嘉慶三年歲次戊午秋八月原邑東
里劉永宧謹識

予懵不知學，生平言行其不可自問者多矣。往閲陽明先生集，其所講論，若於心甚相合。以之自求諸良知，乃稍明聖人之道如此其切要，而言行之期可自問也，亦求諸此而已。夫以予之不學者而喜此書，况學之者乎？以予之愚瞽而喜良知之説，况聰明百倍於予者乎？

以斯集吾鄉既不多見，而全集亦未免浩繁也，因刻其《傳習録》以存學教之大旨，刻其《年譜》以見行迹之大端，而所謂學與教者亦附見焉。至其論學各書，摘其要並録之，善學先生者欲睹其體用之具備，則全集固自在也。

時嘉慶三年歲次戊午秋八月，原邑東里劉永宧謹識。

李顒評

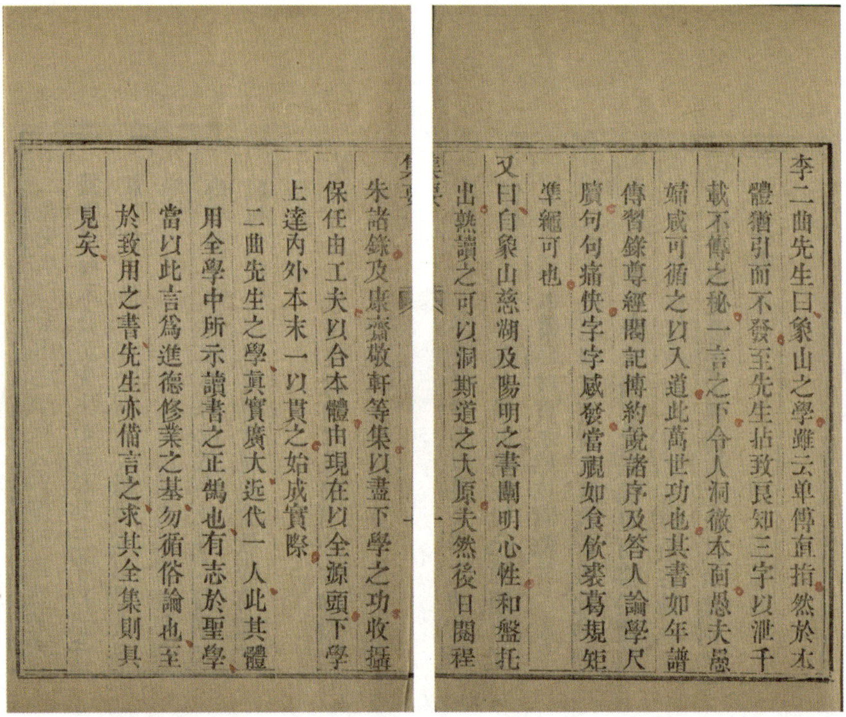
李二曲先生曰象山之學雖云单傳直指然於本
體猶引而不發至先生拈致良知三字以泄千
載不傳之秘一言之下令人洞徹本面愚夫愚
婦咸可循之以入道此萬世功也其書如年譜
傳習錄尊經閣記博約說諸序及答人論學尺
牘句句痛快字字感發當視如食飲裘葛規矩
準繩可也
又曰自象山慈湖及陽明之書闡明心性和盤托
出熟讀之可以洞斯道之大原夫然後日閱程
朱諸錄及康齋敬軒等集以盡下學之功收攝
保任由工夫以合本體由現在以全源頭下學
上達內外本末一以貫之始成實際
二曲先生之學真實廣大近代一人此其體
用全學中所示讀書之正鵠也有志於聖學
當以此言爲進德修業之基勿循俗論也至
於致用之書先生亦備言之求其全集則具
見矣

李二曲先生曰："象山之學，雖云單傳直指，然於本體猶引而不發。至先生拈'致良知'三字，以泄千載不傳之秘，一言之下，令人洞徹本面。愚夫愚婦咸可循之以入道，此萬世功也。其書如《年譜》《傳習録》《尊經閣記》《博約説》，諸序，及答人論學尺牘，句句痛快，字字感發，當視如食飲裘葛、規矩準繩可也。"

又曰："自象山、慈湖及陽明之書闡明心性，和盤托出，熟讀之可以洞斯道之大原。夫然後日閲程朱諸録，及康齋、敬軒等集，以盡下學之功。收攝保任，由工夫以合本體，由現在以全源頭，下學上達、内外本末一以貫之，始成實際。"

二曲先生之學，真實廣大，近代一人。此其《體用全學》中所示讀書之正鵠也。有志於聖學，當以此言爲進德修業之基，勿循俗論也。至於致用之書，先生亦備言之，求其全集則具見矣。

《舊序》(徐愛《傳習録序》)

見明刻本《傳習録》三卷《續録》二卷。(索書號 13300)

校記：

1. "使吾儕嘗在先生之門"，此本"嘗"作"常"。

陽明先生要書八卷《附録》五卷

明崇禎八年（1635）刻本

國家圖書館 56835（普通古籍）

崇禎五年（1632）陳龍正序（《陽明先生要書序》）

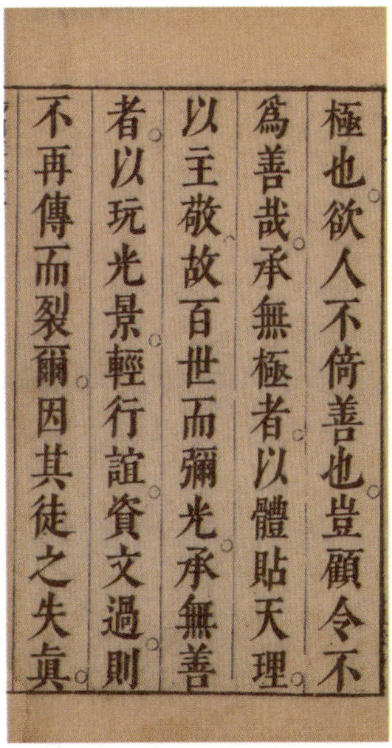
極也欲人不倚善也豈顧令不
爲善哉承無極者以體貼天理
以主敬故百世而彌光承無善
者以玩光景輕行誼賓文過則
不再傳而裂爾因其徒之失真

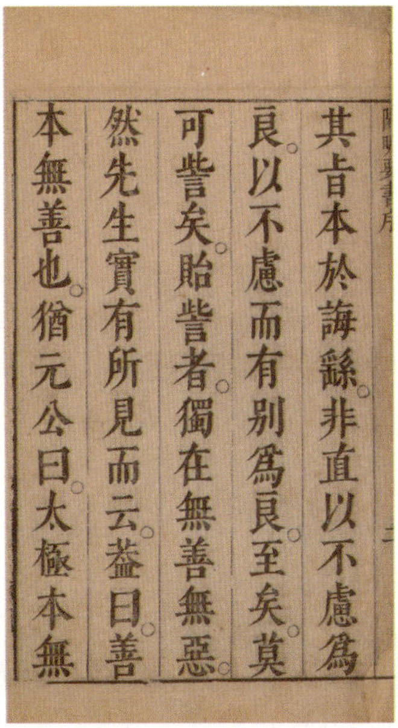
其旨本於誨繇非直以不慮爲
良以不慮而有別爲良至矣莫
可訾矣貽訾者獨在無善無惡
然先生實有所見而云蓋曰善
本無善也猶元公曰太極本無

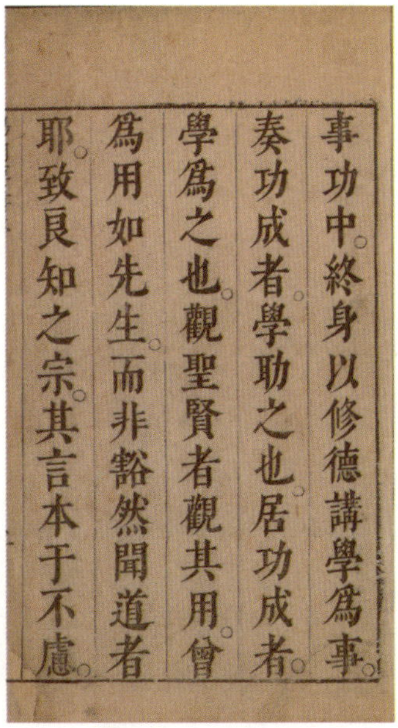
事功中終身以修德講學爲事
奏功成者學助之也居功成者
學爲之也觀聖賢者觀其用曾
爲用如先生而非豁然聞道者
耶致良知之宗其言本于不慮

使後人致憾于提宗之未慎先生之靈其恫已夫夫先生大悟者也存誠者也後人疑其教而因疑其學疑其學而終慕其猷略與文章至於慕其猷略文章而先生微矣天下無不悟而能誠無不誠而能神觀先生之身也口也手也耳目也兵革錢穀也潛魚棲鳥也畫堂貂冠也炎風毒霧也無不神也皆心所爲也則驅策指引之間先生亦惡乎往而不彰儒者致用無踰先生然先生正君心者念念蒼生者體仁也者致天下之太平也者非任智也者非定方隅之禍亂也者則猶是精才而龐用大才而小用全才而偏用疇謂講學封侯遂驚爲儒生不世之遭矣乎故天下艷先生之才與功而識者更致惜其遇天下傳先生之悟而善學者以爲不如法其身也先生口談無善身則失須臾不爲善夫惟孳孳爲善庶可以談無善矣嗚呼三代而下聖賢而奇才豪傑而好學微斯人吾誰與歸假以數年未之或知也彼且曰堯舜以上善無盡

崇禎壬申五月丁巳後學嘉善

陳龍正惕龍父題

陳龍正印

惕龍

甲戌進士

……（前缺一葉）事功中，終身以修德講學爲事。奏功成者，學助之也；居功成者，學爲之也。觀聖賢者觀其用，曾爲（按：應爲“謂”）用如先生，而非豁然聞道者耶？致良知之宗，其言本於不慮，其旨本於誨繇，非直以不慮爲良，以不慮而有别爲良。至矣，莫可訾矣。貽訾者，獨在無善無惡。然先生實有所見而云。蓋曰“善本無善也”，猶元公曰“太極本無極也”。欲人不倚善也，豈顧令不爲善哉？承無極者，以體貼天理，以主敬，故百世而彌光。承無善者，以玩光景、輕行誼、資文過，則不再傳而裂爾。因其徒之失真，使後人致憾於提宗之未慎，先生之靈，其恫已夫！

夫先生，大悟者也，存誠者也。後人疑其教而因疑其學，疑其學而終慕其猷略與文章，至於慕其猷略文章，而先生微矣。天下無不悟而能誠，無不誠而能神。觀先生之身也、口也、手也、耳目也、兵革錢穀也、潛魚棲鳥也、晝堂貂冠也、炎風毒霧也、無不神也，皆心所爲也。則驅策指引之間，先生亦惡乎往而不彰，儒者致用，無逾先生。然先生正君心者，念念蒼生者，體仁也者，致天下之太平也者，非任智也者，非定方隅之禍亂也者，則猶是精才而粗用，大才而小用，全才而偏用。疇謂講學封侯，遂驚爲儒生不世之遭矣乎？故天下艷先生之才與功，而識者更致惜其遇。天下傳先生之悟，而善學者以爲不如法其身也。先生口談無善，身則夫（按：應爲“無”）須臾不爲善。夫惟孳孳爲善，庶可以談無善矣。嗚呼，三代而下，聖賢而奇才，豪傑而好學，微斯人吾誰與歸！假以數年未之或知也。彼且曰“堯舜以上善無盡”。

崇禎壬申五月丁巳，後學嘉善陳龍正惕龍父題。

按，據崇禎葉紹顒刻清初印本所存陳正龍《陽明先生要書序》，缺葉文字應爲：余沉潛紬繹於文成之書者逾年，恍乎登其堂而聆其謦咳也。惜其書亂而少，次繁而反晦，剖類多而滋混，欲使人人讀而取益焉，乃纂爲《要書》。既成，爲之言曰：孟子而後，聖賢負大經濟者少矣，惟濂溪、明道有致太平之才；諸葛孔明而後，豪傑之識大本原者少矣，惟陽明先生終身在

王陽明詩集四卷

日本明治四十三年（1910）嵩山堂铅印本

國家圖書館 91260（普通古籍）

明治四十三年（宣統二年，1910）近藤元粹《緒言》

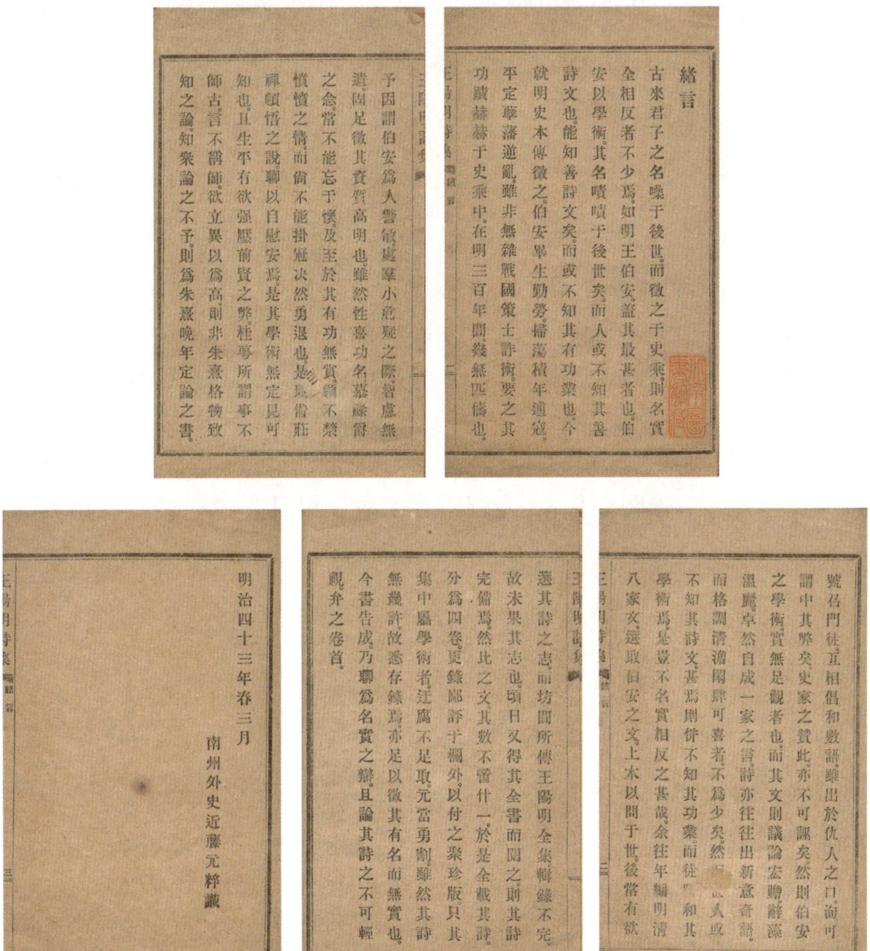

緒言

古來君子之名噪于後世。而徵之于史乘。則名實全相反者不少焉。如明王伯安。蓋其最甚者也。伯安以學術。其名嘖嘖于後世矣。而人或不知其善詩文也。能知善詩文矣。而或不知其有功業也。今就明史本傳徵之。伯安畢生勤勞。播蕩積年逋寇。平定孽藩逆亂。雖非無雜戰國策士詐術。要之其功績赫赫于史乘中。在明三百年間。幾無匹儔也。予因謂伯安爲人。警敏。處事小危疑之際。智慮無遺。固足徵其資質高明也。雖然性喜功名。慕祿爵之念。常不能忘于懷。及至於其有功無賞。輒不禁憤懣之情。而尚不能掛冠決然勇退也。是以借莊禪頓悟之說。聊以自慰安焉。是其學術無定見可知也。且生平有欲強壓前賢之弊。桂萼所謂事不師古。言不稱師。欲立異以爲高。則非朱熹格物致知之論。知衆論之不予。則爲朱熹晚年定論之書。號召門徒。互相倡和數語。雖出於仇人之口。詢可謂中其弊矣。史家之贊此。亦不可誣矣。然則伯安之學術。實無足觀者也。而其文則議論宏贍。辭藻溫麗。卓然自成一家之言。詩亦往往出新意奇語。而格調清澹閑肆可喜者。不爲少矣。然[illegible]人或不知其詩文。甚焉則併不知其功業。而徒[illegible]和其學術焉。是豈不名實相反之甚哉。余往年編明清八家文。選取伯安之文。上木以問于世。後嘗有欲選其詩之志。而坊間所傳王陽明全集輯錄不完。故未果其志也。頃日又得其全書而閱之。則其詩完備焉。然比之文。其數不當什一。於是全載其詩。分爲四卷。更錄鄙評于欄外。以付之棗珍版。只其集中屬學術者。迂腐不足取。元當勇削。雖然其詩無幾許。故悉存錄焉。亦足以徵其有名而無實也。今書告成。乃聊爲名實之辯。且論其詩之不可輕視。弁之卷首。

明治四十三年春三月　南州外史近藤元粹識

古來君子之名噪於後世，而徵之於史乘，則名實全相反者不少焉。如明王伯安，蓋其最甚者也。伯安以學術，其名嘖嘖於後世矣，而人或不知其善詩文也；能知善詩文矣，而或不知其有功業也。

今就《明史》本傳徵之。伯安畢生勤勞，掃蕩積年逋寇，平定孽藩逆亂，雖非無雜戰國策士詐術，要之其功迹赫赫於史乘中，在明三百年間，幾無匹儔也。予因謂伯安爲人警敏，處群小危疑之際，智慮無遺，固足徵其資質高明也。雖然性喜功名，慕禄爵之念，常不能忘於懷，及至於其有功無賞，頗不禁憒憒之情，而尚不能掛冠决然勇退也。是□借莊禪頓悟之説，聊以自慰安焉，是其學術無定見可知也。且生平有欲强壓前賢之弊，桂萼所謂“事不師古，言不稱師，欲立異以爲高”，則非朱熹格物致知之論。知衆論之不予，則爲《朱熹晚年定論》之書，號召門徒，互相倡和數語。雖出於仇人之口，洵可謂中其弊矣。史家之贊此，亦不可誣矣。

然則伯安之學術，實無足觀者也。而其文則議論宏贍，辭藻温麗，卓然自成一家之言。詩亦往往出新意奇語，而格調清澹閑肆可喜者，不爲少矣。然而世人或不知其詩文，甚焉則並不知其功業，而徒附和其學術焉。是豈不名實相反之甚哉。

余往年編明清八家文，選取伯安之文，上木以問於世，後常有欲選其詩之志。而坊間所傳《王陽明全集》，輯録不完，故未果其志也。頃日又得其《全書》而閲之，則其詩完備焉，然比之文，其數不啻什一。於是全載其詩，分爲四卷，更録鄙評於欄外，以付之聚珍版。只其集中屬學術者，迂腐不足取，元當勇割。雖然其詩無幾許，故悉存録焉，亦足以徵其有名而無實也。

今書告成，乃聊爲名實之辯，且論其詩之不可輕視，弁之卷首。

明治四十三年春三月，南州外史近藤元粹識。

王文成公書牘一卷

民國三年（1914）上海圖書局石印本

國家圖書館 35745（普通古籍）

無序跋

王陽明尺牘一卷

民國十年（1921）上海文明書局石印《明清十大家尺牘》本

國家圖書館 102599:1（普通古籍）

無序跋

王陽明年譜節本一卷傳習録節本一卷

民國十六年（1927）中華平民教育促進總會鉛印本

國家圖書館 56087（普通古籍）

民國十六年（1927）陳筑山《序》

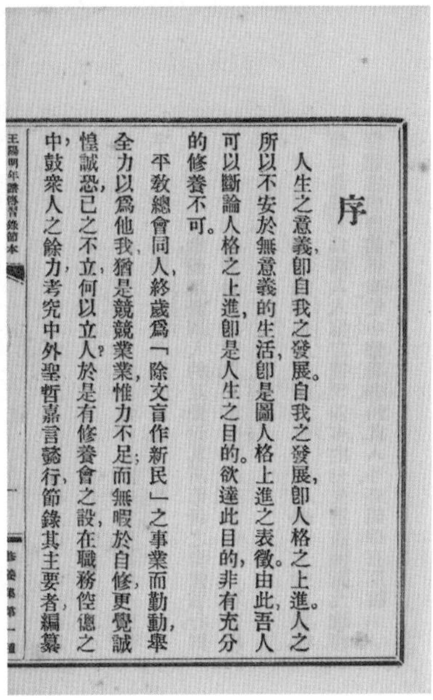
王陽明年譜傳習錄節本 一 修養集第一種

序

人生之意義，卽自我之發展。自我之發展，卽人格之上進。人之所以不安於無意義的生活，卽是圖人格上進之表徵。由此，吾人可以斷論人格之上進，卽是人生之目的。欲達此目的，非有充分的修養不可。

平教總會同人，終歲爲「除文盲作新民」之事業而勤動，舉全力以爲他我，猶是競競業業，惟力不足；而無暇於自修，更覺誠惶誠恐，己之不立，何以立人？於是有修養會之設，在職務倥傯之中，鼓衆人之餘力，考究中外聖哲嘉言懿行，節錄其主要者編纂

王陽明年譜傳習錄節本 二 修養集第一種

成集，非有著作之目的，專爲心田之灌漑，冀彼此的人格得藉此以深滋長養，使他我自我同時上進，庶乎有化相對的無數之小我，而爲絕對的整個之大我；達到痛癢相關的世界，萬物一體的宇宙之望焉？是卽修養集之所由來也。

本集之發端，雖起於同人的互勵；然其所節錄之聖哲言行，對於世之有志修養而少閒暇者，其或略有補益。故每成一種，並印行以供採閱。

本集開首所以選王陽明年譜及傳習錄之故，以先生之言行，簡切眞誠，實爲導人入聖之捷徑，並多由先生遭遇困阨及政務倥傯之中，磨鍊得來。忙中修養者，由此入手，必能確有所獲。

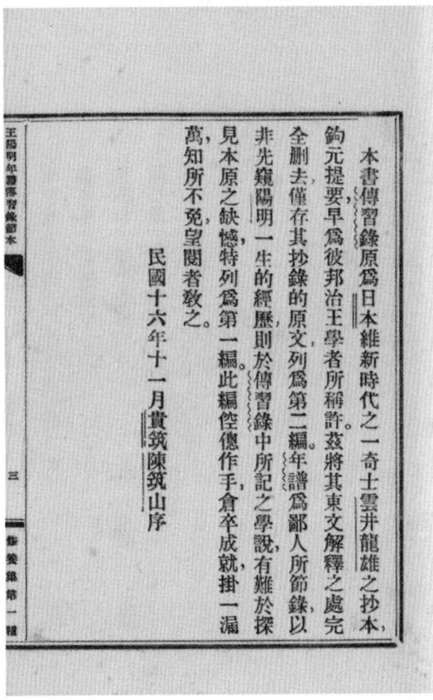
王陽明年譜傳習錄節本 三 修養集第一種

本書傳習錄原爲日本維新時代之一奇士雲井龍雄之抄本，鈎元提要，早爲彼邦治王學者所稱許。茲將其東文解釋之處完全刪去，僅存其抄錄的原文，列爲第二編。年譜爲鄙人所節錄，以非先窺陽明一生的經歷，則於傳習錄中所記之學說，有難於探見本原之缺憾，特列爲第一編。此編倥傯作手，倉卒成就，掛一漏萬，知所不免，望閱者教之。

民國十六年十一月貴筑陳筑山序

人生之意義，即自我之發展。自我之發展，即人格之上進。人之所以不安於無意義的生活，即是圖人格上進之表徵。由此，吾人可以斷論人格之上進，即是人生之目的。欲達此目的，非有充分的修養不可。

平教總會同人，終歲爲“除文盲作新民”之事業而勤動，舉全力以爲他我，猶是競競業業，惟力不足；而無暇於自修，更覺誠惶誠恐，己之不立，何以立人？

於是有修養會之設，在職務倥偬之中，鼓衆人之餘力，考究中外聖哲嘉言懿行，節録其主要者，編纂成集，非有著作之目的，專爲心田之灌溉，冀彼此的人格得藉此以深滋長養，使他我自我同時上進，庶乎有化相對的無數之小我，而爲絶對的整個之大我，達到痛癢相關的世界，萬物一體的宇宙之望焉？是即《修養集》之所由來也。

本集之發端，雖起於同人的互勵；然其所節録之聖哲言行，對於世之有志修養而少閑暇者，其或略有補益。故每成一種，並印行以供采閲。

本集開首所以選王陽明《年譜》及《傳習録》之故，以先生之言行，簡切真誠，實爲導人入聖之捷徑，並多由先生遭遇困厄及政務倥偬之中，磨鍊得來。忙中修養者，由此入手，必能確有所獲。

本書《傳習録》原爲日本維新時代之一奇士云井龍雄之抄本，鈎元提要，早爲彼邦治王學者所稱許。茲將其東文解釋之處完全删去，僅存其抄録的原文，列爲第二編。《年譜》爲鄙人所節録，以非先窺陽明一生的經歷，則於《傳習録》中所記之學説，有難於探見本原之缺憾，特列爲第一編。此編倥偬作手，倉卒成就，掛一漏萬，知所不免，望閲者教之。

民國十六年十一月貴筑陳筑山序。

王陽明集一卷

明嘉靖隆慶間刻《盛明百家詩》本

國家圖書館 7858（善本）

嘉靖四十四年（1565）俞憲識

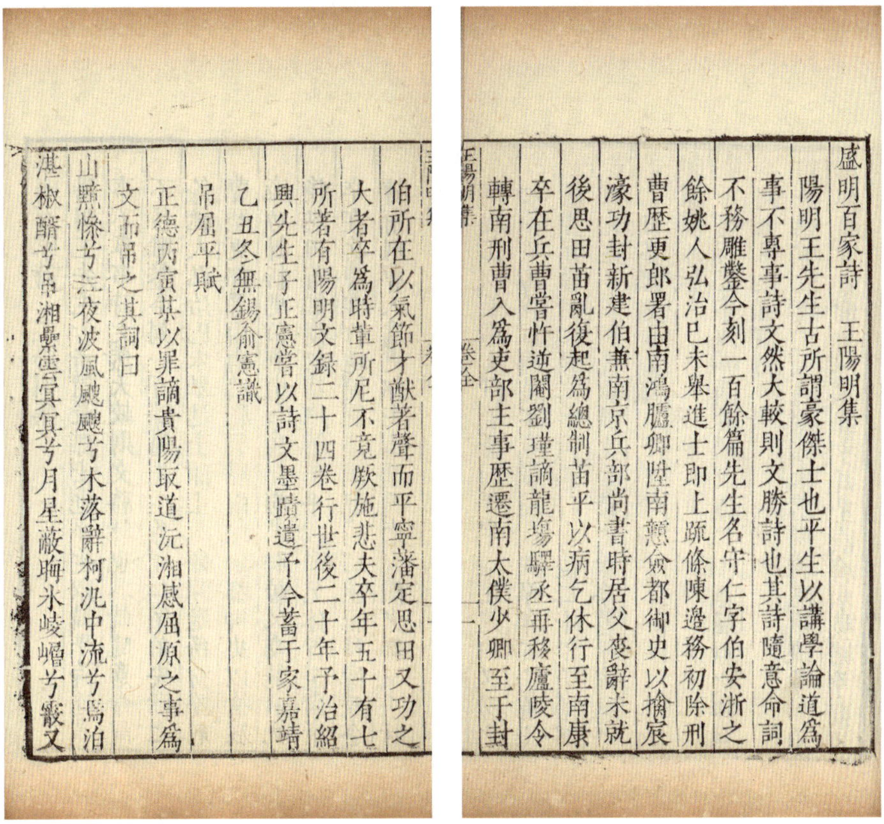

盛明百家詩　王陽明集

陽明王先生古所謂豪傑士也平生以講學論道爲事不專事詩文然大較則文勝詩也其詩隨意命詞不務雕鑿今刻一百餘篇先生名守仁字伯安浙之餘姚人弘治己未舉進士即上疏條陳邊務初除刑曹歷吏郎署由南鴻臚卿陞南贛僉都御史以擒宸濠功封新建伯兼南京兵部尚書時居父喪辭未就後思田苗亂復起爲總制苗平以病乞休行至南康卒在兵曹嘗忤逆閹劉瑾謫龍場驛丞再移廬陵令轉南刑曹入爲吏部主事歷遷南太僕少卿至于封

王陽明集　卷全　一

伯所在以氣節才猷著聲而平寧藩定思田又功之大者卒爲時輩所厄不竟厥施悲夫卒年五十有七所著有陽明文録二十四卷行世後二十年予治紹興先生子正憲嘗以詩文墨蹟遺予今蓄于家嘉靖乙丑冬無錫俞憲識

弔屈平賦

正德丙寅某以罪謫貴陽取道沅湘感屈原之事爲文而弔之其詞曰

山黮慘兮江夜波風颸颸兮木落辭柯汎中流兮焉泊湛椒醑兮弔湘纍雲冥冥兮月星蔽晦冰崚嶒兮霰又

陽明王先生，古所謂豪傑士也，平生以講學論道爲事，不專事詩文，然大較則文勝詩也。其詩隨意命詞，不務雕鑿，今刻一百餘篇。

先生名守仁，字伯安，浙之餘姚人，弘治己未舉進士，即上疏條陳邊務。初除刑曹，歷吏郎署，由南鴻臚卿升南戆（編者按，應爲“贛”）僉都御史，以擒宸濠功封新建伯兼南京兵部尚書，時居父喪，辭未就。後思田苗亂，復起爲總制，苗平，以病乞休，行至南康，卒。在兵曹嘗忤逆閹劉瑾，謫龍場驛丞，再移廬陵令，轉南刑曹，入爲吏部主事，歷遷南太僕少卿，至於封伯。所在以氣節才猷著聲，而平寧藩、定思田，又功之大者，卒爲時輩所尼，不竟厥施，悲夫。卒年五十有七，所著有《陽明文録》二十四卷行世。

後二十年，予治紹興，先生子正憲嘗以詩文墨迹遺予，今蓄於家。

嘉靖乙丑冬無錫俞憲識。

王陽明稿一卷

明末陳氏石雲居刻《國朝大家制義》本

國家圖書館 2942（善本）

陳名夏《王陽明先生制義序》

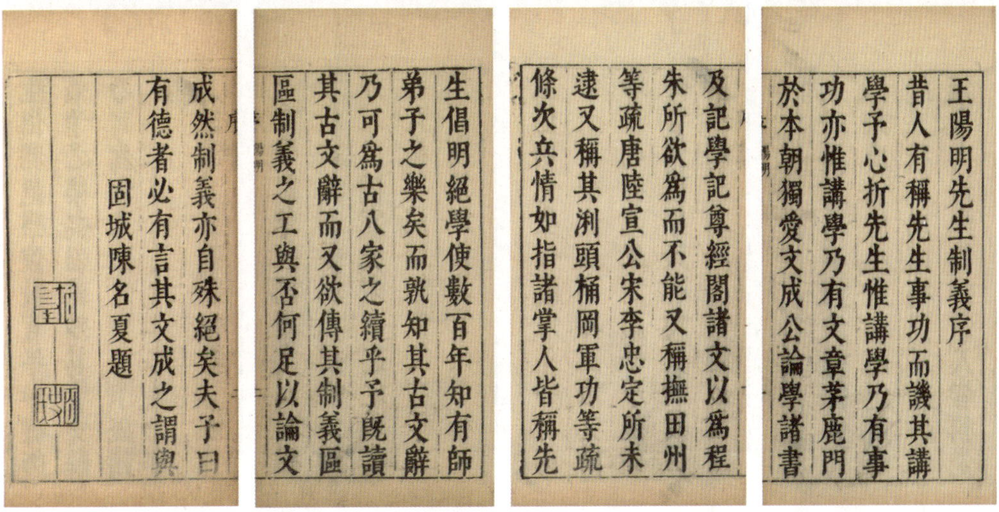

王陽明先生制義序
昔人有稱先生事功而譏其講
學予心折先生惟講學乃有事
功亦惟講學乃有文章茅鹿門
於本朝獨愛文成公論學諸書
及記學記尊經閣諸文以爲程
朱所欲爲而不能又稱撫田州
等疏唐陸宣公宋李忠定所未
逮又稱其浰頭桶岡軍功等疏
條次兵情如指諸掌人皆稱先
生倡明絕學使數百年知有師
弟子之樂矣而孰知其古文辭
乃可爲古八家之續乎予既讀
其古文辭而又欲傳其制義區
區制義之工與否何足以論文
成然制義亦自殊絕矣夫子曰
有德者必有言其文成之謂與
固城陳名夏題

昔人有稱先生事功而譏其講學。予心折先生，惟講學乃有事功，亦惟講學乃有文章。茅鹿門於本朝，獨愛文成公論學諸書及記學、記尊經閣諸文，以爲程朱所欲爲而不能。又稱撫田州等疏，唐陸宣公、宋李忠定所未逮。又稱其浰頭桶岡軍功等疏，條次兵情如指諸掌。人皆稱先生倡明絕學，使數百年知有師弟子之樂矣，而孰知其古文辭乃可爲古八家之續乎？予既讀其古文辭，而又欲傳其制義。區區制義之工與否？何足以論文成？然制義亦自殊絕矣。夫子曰：有德者必有言。其文成之謂與？

固城陳名夏題。

王陽明稿不分卷

清康熙可儀堂刻《可儀堂一百二十名家制義》令德堂印本

國家圖書館 91851（普通古籍）

俞長城《題王陽明稿》

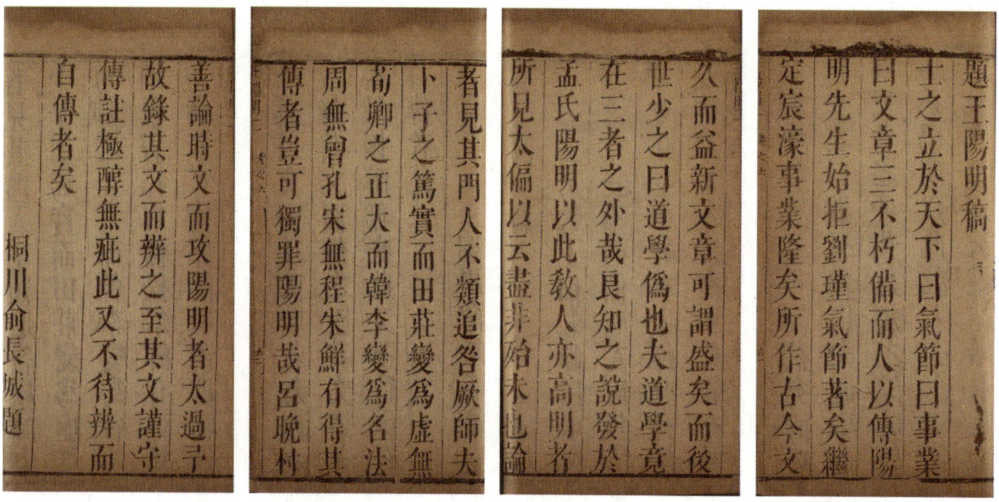
題王陽明稿

士之立於天下曰氣節曰事業曰文章三不朽備而人以傳陽明先生始拒劉瑾氣節著矣繼定宸濠事業隆矣所作古今文久而益新文章可謂盛矣而後世少之曰道學僞也夫道學竟在三者之外哉良知之説發於孟氏陽明以此教人亦高明者所見太偏以云盡非殆未也論者見其門人不類追咎厥師夫卜子之篤實而田莊變爲虛無荀卿之正大而韓李變爲名法周無曾孔宋無程朱鮮有得其傳者豈可獨罪陽明哉呂晚村善論時文而攻陽明者太過予故録其文而辨之至其文謹守傳註極醇無疵此又不待辨而自傳者矣

桐川俞長城題

士之立於天下，曰氣節、曰事業、曰文章，三不朽備而人以傳。陽明先生始拒劉瑾，氣節著矣；繼定宸濠，事業隆矣；所作古今文，久而益新，文章可謂盛矣。而後世少之曰：道學，僞也，夫道學竟在三者之外哉？良知之説發於孟氏，陽明以此教人，亦高明者所見，太偏以云盡非，殆未也。論者見其門人不類，追咎厥師。夫卜子之篤實而田莊變爲虛無，荀卿之正大而韓、李變爲名法，周無曾、孔，宋無程、朱，鮮有得其傳者，豈可獨罪陽明哉？吕晚村善論時文，而攻陽明者太過，予故録其文而辨之。至其文，謹守傳注，極醇無疵，此又不待辨而自傳者矣。

桐川俞長城題。

王陽明稿不分卷

清乾隆三年（1738）文盛堂、懷德堂刻《可儀堂一百二十名家制義》本

國家圖書館 35970（普通古籍）

俞長城《題王陽明稿》

見清康熙可儀堂刻《可儀堂一百二十名家制義》令德堂印本《王陽明稿》。（索書號 91851）

王陽明先生集不分卷

清康熙洪洞范鄗鼎五經堂刻道光五年（1825）洪洞張恢重修《廣理學備考》本

國家圖書館 14399（普通古籍）

范鄗鼎識語

鼎按：先生全書世刻不一，新建謝公廷傑彙刻三十八卷，紹興黃公綰編定二十四卷，兩板大略則同，惟黃編少《傳習録》。鼎合而讀之，竊嘆先生之大，無所不有。馮少墟曰："事功、節義、文章三者不可必，可必者理學耳。"若先生之節義、之事功、之文章，自有明以來幾三百年，有出其右者乎？即曰議論，間殊程朱，有爲先生疑者，讀陳幾亭之序，當自知之。鄗鼎識。

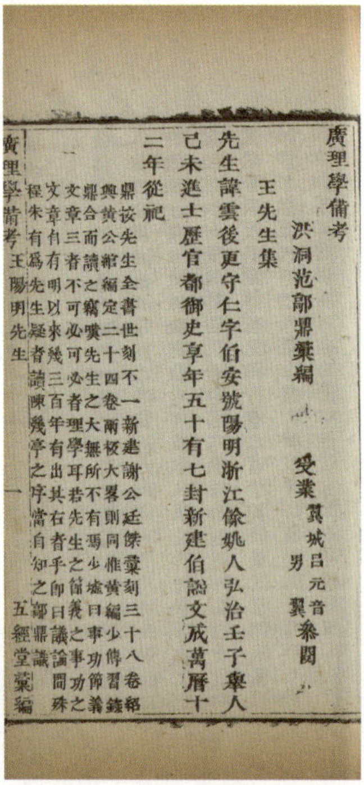
廣理學備考　洪洞范鄗鼎彙編　受業翼城呂元音　男翼　參閱

王先生集

先生諱雲後更守仁字伯安號陽明浙江餘姚人弘治壬子舉人己未進士歷官都御史享年五十有七封新建伯謚文成萬曆十二年從祀

鼎按先生全書世刻不一新建謝公廷傑彙刻三十八卷紹興黃公綰編定二十四卷兩板大畧則同惟黃編少傳習録鼎合而讀之竊嘆先生之大無所不有馮少墟曰事功節義文章三者不可必可必者理學耳若先生之節義之事功之文章自有明以來幾三百年有出其右者乎即曰議論間殊程朱有爲先生疑者讀陳幾亭之序當自知之鄗鼎識

廣理學備考　王陽明先生　一　五經堂彙編

王陽明文選二卷

清乾隆二十九年（1764）刻《元明八大家古文選》本

國家圖書館 91606（普通古籍）

劉肇虞《王陽明文選引》

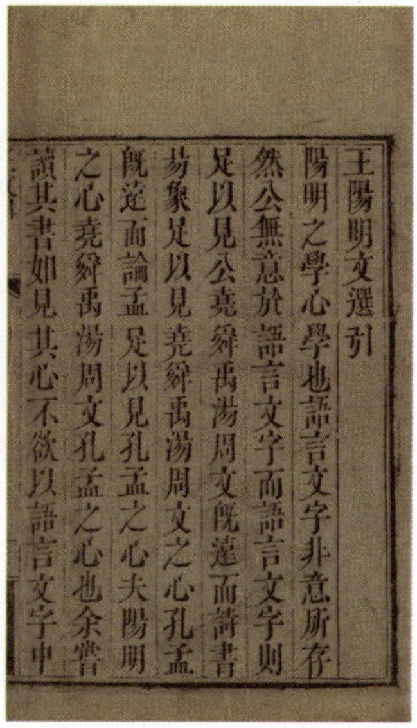
王陽明文選引
陽明之學心學也語言文字非意所存
然公無意於語言文字而語言文字則
足以見公堯舜禹湯周文旣遠而詩書
易象足以見堯舜禹湯周文之心孔孟
旣遠而論孟足以見孔孟之心夫陽明
之心堯舜禹湯周文孔孟之心也余嘗
讀其書如見其心不欲以語言文字中

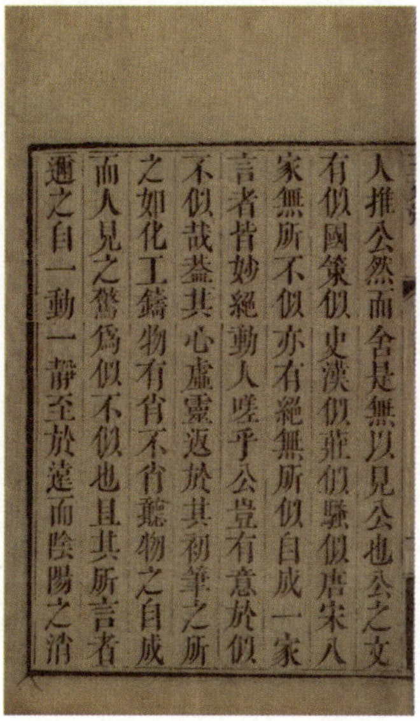
人推公然而舍是無以見公也公之文
有似國策似史漢似莊似騷似唐宋八
家無所不似亦有絕無所似自成一家
言者皆妙絕動人嗟乎公豈有意於似
不似哉蓋其心虛靈返於其初筆之所
之如化工鑄物有肖不肖態物之自成
而人見之旣爲似不似也且其所言者
週之自一動一靜至於遠而陰陽之消

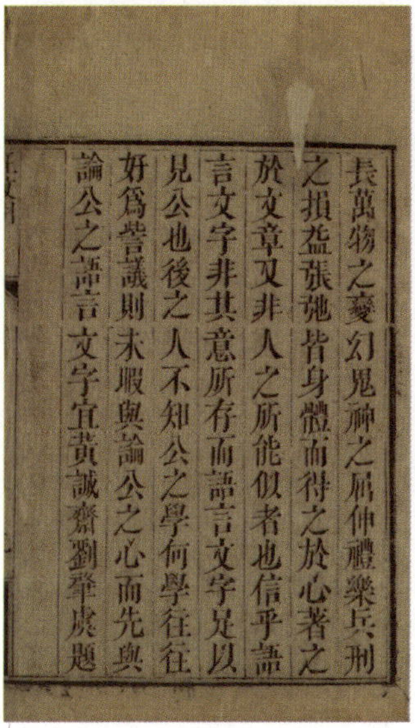
長萬物之變幻鬼神之屈伸禮樂兵刑
之損益張弛皆身體而得之於心著之
於文章又非人之所能似者也信乎語
言文字非其意所存而語言文字足以
見公也後之人不知公之學何學往往
好爲訾議則未暇與論公之心而先與
論公之語言文字宜黃誠齋劉肇虞題

陽明之學，心學也，語言文字非意所存，然公無意於語言文字，而語言文字則足以見公。堯、舜、禹、湯、周文既遠，而《詩》《書》《易象》足以見堯、舜、禹、湯、周文之心；孔、孟既遠，而《論》《孟》足以見孔、孟之心。夫陽明之心，堯、舜、禹、湯、周文、孔、孟之心也。

余嘗讀其書，如見其心，不欲以語言文字中人推公，然而舍是無以見公也。公之文有似《國策》、似《史》《漢》、似《莊》、似《騷》、似唐宋八家，無所不似，亦有絕無所似，自成一家言者，皆妙絕動人。嗟乎，公豈有意於似不似哉？蓋其心虚靈，返於其初，筆之所之，如化工鑄物，有肖不肖，聽物之自成，而人見之，驚爲似不似也。且其所言者，邇之自一動一静，至於遠而陰陽之消長、萬物之變幻、鬼神之屈伸、禮樂兵刑之損益張弛，皆身體而得之於心，著之於文章，又非人之所能似者也。信乎，語言文字非其意所存，而語言文字足以見公也。後之人不知公之學何學，往往好爲訾議，則未暇與論公之心，而先與論公之語言文字。

宜黄誠齋劉肇虞題。

王陽明文集一卷

清道光八年（1828）刻《明八家文選》本

國家圖書館 T4449（善本）

無序跋

王陽明先生文選七卷

清道光二十五年（1845）刻《金元明八大家文選》本

國家圖書館 80817（普通古籍）

李祖陶叙録

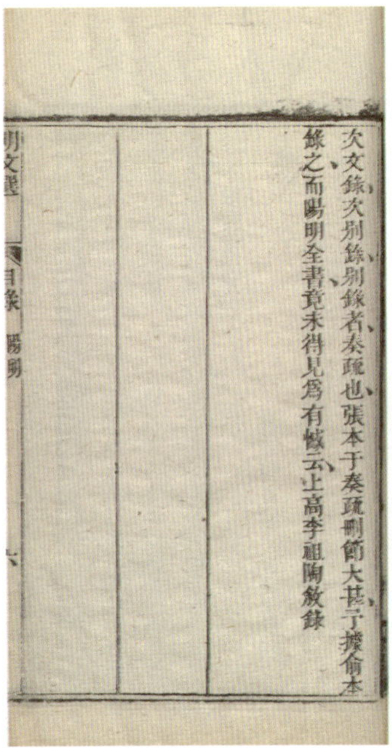
次文錄次別錄別錄者奏疏也張本于奏疏刪節大甚予據俞本
錄之而陽明全書竟未得見爲有憾云止高李祖陶敘錄

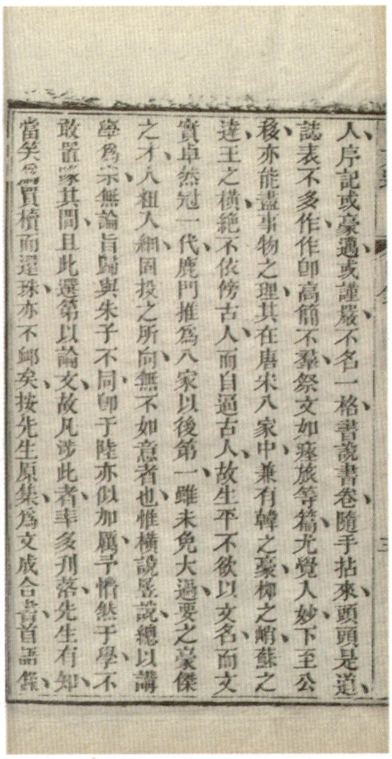
人序記或豪邁或謹嚴不名一格書讀書卷隨手拈來頭頭是道
誌表不多作作即高簡不羣祭文如瘞旅等篇尤覺入妙下至公
移亦能盡事物之理其在唐宋八家中兼有韓之豪柳之峭蘇之
達王之横絶不依傍古人而自通古人故生平不欲以文名而文
實卓然冠一代鹿門推爲八家以後第一雖未免大過要之豪傑
之才入粗入細固投之所向無不如意者也惟横說竪說總以講
學爲宗無論旨歸與朱子不同即于陸亦似加厲予惜然于學不
敢置喙其間且此選第以論文故凡涉此者率多刊落先生有知
當笑予買櫝而還珠亦不鄙矣按先生原集爲文成全書首語錄

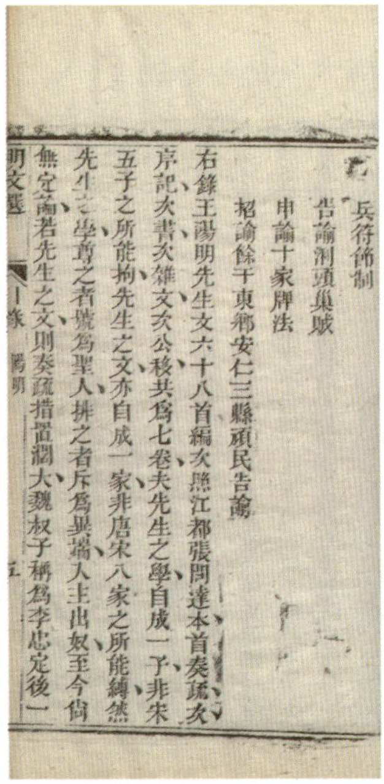
兵符佈制
告諭浰頭巢賊
申諭十家牌法
招諭餘干東鄉安仁三縣頑民告諭
右錄王陽明先生文六十八首編次照江都張問達本首奏疏次
序記次書次雜文次公移共爲七卷夫先生之學自成一子非宋
五子之所能拘先生之文亦自成一家非唐宋八家之所能縛然
先生之學尊之者號爲聖人排之者斥爲異端人主出奴至今尚
無定論若先生之文則奏疏措置闊大魏叔子稱爲李忠定後一

右録王陽明先生文六十八首，編次照江都張問達本。首奏疏、次序記、次書、次雜文、次公移，共爲七卷。

夫先生之學，自成一子，非宋五子之所能拘。先生之文，亦自成一家，非唐宋八家之所能縛。然先生之學，尊之者號爲聖人，排之者斥爲異端，人主出奴，至今尚無定論。若先生之文，則奏疏措置闊大，魏叔子稱爲李忠定後一人；

序記或豪邁或謹嚴，不名一格；書、説、書卷，隨手拈來，頭頭是道；志、表不多作，作即高簡不群；祭文如《瘞旅》等篇，尤覺入妙；下至公移，亦能盡事物之理。其在唐宋八家中，兼有韓之豪、柳之峭、蘇之達、王之横，絕不依傍古人，而自逼古人。故生平不欲以文名，而文實卓然冠一代。鹿門推爲八家以後第一，雖未免大過，要之豪傑之才，入粗入細，固投之所向，無不如意者也。惟横説豎説，總以講學爲宗，無論旨歸與朱子不同，即於陸亦似加厲。予懵然於學，不敢置喙其間，且此選第以論文，故凡涉此者，率多刊落。先生有知，當笑爲買櫝而還珠，亦不邺矣。

按先生原集，爲文成合書，首語録、次文録、次别録。别録者，奏疏也。張本於奏疏删節大甚，予據俞本録之，而《陽明全書》竟未得見，爲有憾云。

上高李祖陶叙録。

王陽明集節録一卷

清光緒八至九年（1882—1883）邛州伍肇齡刻《陳氏叢書》本

國家圖書館 9202（普通古籍）

無序跋

傳習則言一卷

明嘉靖三十三年（1554）鄭梓刻《明世學山》本

國家圖書館 A02846（善本）

無序跋

傳習則言一卷

明萬曆刻《百陵學山》本

國家圖書館 9969（善本）

無序跋

傳習則言一卷陽明先生保甲法一卷陽明先生鄉約法一卷

清道光十一年（1831）晁氏木活字印《學海類編》本

國家圖書館 A02846（善本）

無序跋

[王子] 語録不分卷

清康熙抄《讀書筆録》本

國家圖書館 T3094:6（善本）

無序跋

傳習録鈔一卷

日本昭和二年（1927）日本大阪積善館株式會社鉛印《漢文新選諸子鈔》本

國家圖書館　56562:1（普通古籍）

無序跋

大學古本旁釋一卷大學古本問一卷

明萬曆刻《百陵學山》本

國家圖書館 9969（普通古籍）

王文禄《大學中庸古本幾先》

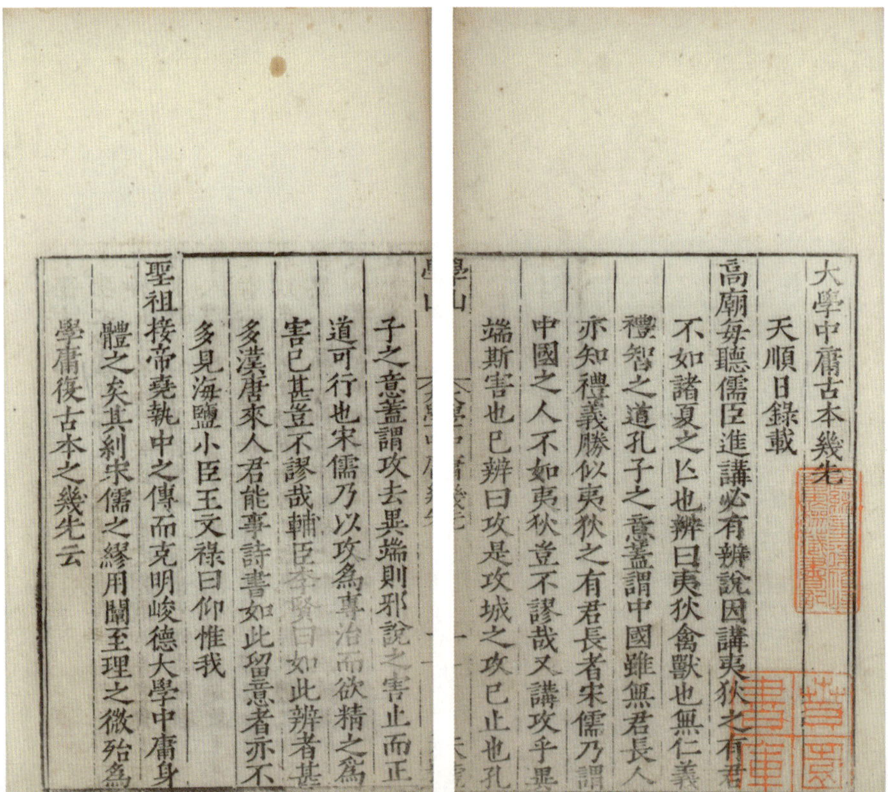
大學中庸古本幾先
天順日錄載
高廟每聽儒臣進講必有辨說因講夷狄之有君
不如諸夏之亡也辨曰夷狄禽獸也無仁義
禮智之道孔子之意蓋謂中國雖無君長人
亦知禮義勝似夷狄之有君長者宋儒乃謂
中國之人不如夷狄豈不謬哉又講攻乎異
端斯害也已辨曰攻是攻城之攻已止也孔
子之意蓋謂攻去異端則邪說之害止而正
道可行也宋儒乃以攻為專治而欲精之為
害已甚豈不謬哉輔臣李賢曰如此辨者甚
多漢唐來人君能事詩書如此留意者亦不
多見海鹽小臣王文祿曰仰惟我
聖祖接帝堯執中之傳而克明峻德大學中庸身
體之矣其糾宋儒之繆用闢至理之微殆為
學庸復古本之幾先云

《天順日録》載：高廟每聽儒臣進講，必有辨説。因講“夷狄之有君，不如諸夏之亡也”。辨曰：“夷狄，禽獸也，無仁義禮智之道。孔子之意，蓋謂中國雖無君長，人亦知禮義，勝似夷狄之有君長者。宋儒乃謂中國之人不如夷狄，豈不謬哉！”又講“攻乎異端，斯害也已。”辯曰:“攻，是攻城之攻。已，止也。孔子之意，蓋謂攻去異端，則邪説之害止，而正道可行也。宋儒乃以攻爲專治而欲精之，爲害已甚，豈不謬哉！”輔臣李賢曰：如此辨者甚多。漢唐來，人君能事詩書如此留意者，亦不多見。海鹽小臣王文禄曰：仰惟我聖祖接帝堯執中之傳，而克明峻德,《大學》《中庸》身體之矣。其糾宋儒之繆用，闡至理之微，殆爲《學》《庸》復古本之幾先云。

王文禄跋

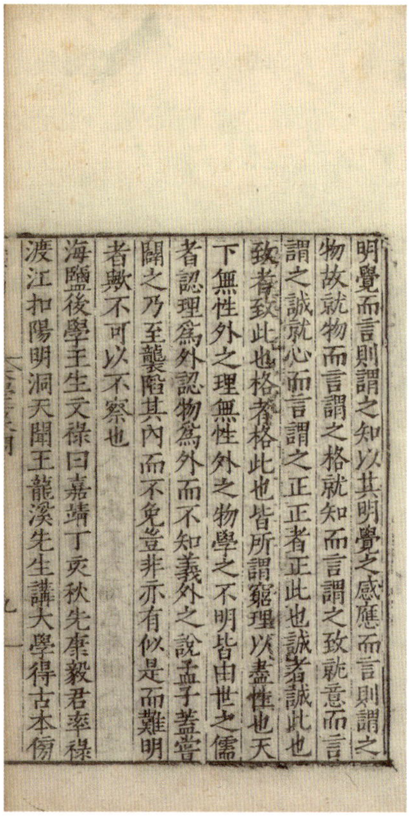
明覺而言則謂之知以其明覺之感應而言則謂之
物故就物而言謂之格就知而言謂之致就意而言
謂之誠就心而言謂之正正者正此也誠者誠此也
致者致此也格者格此也皆所謂窮理以盡性也天
下無性外之理無性外之物學之不明皆由世之儒
者認理爲外認物爲外而不知義外之說孟子蓋嘗
闢之乃至襲陷其內而不免豈非亦有似是而難明
者歟不可以不察也
海鹽後學王生文祿曰嘉靖丁亥秋先康毅君率祿
渡江扣陽明洞天聞王龍溪先生講大學得古本傍

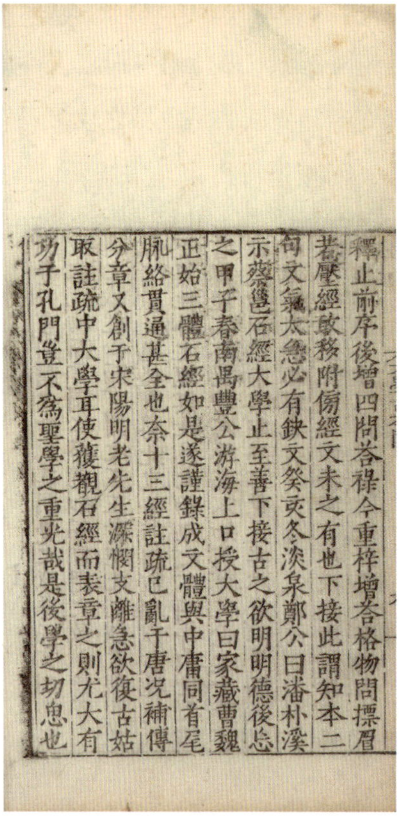
釋止前序後增四問荅祿今重梓增荅格物問摽眉
若壓經敢移附傍經文未之有也下接此謂知本二
句文氣太急必有鈌文癸亥冬淡泉鄭公曰潘朴溪
示蔡邕石經大學止至善下接古之欲明明德後忘
之甲子春南禺豐公游海上口授大學曰家藏曹魏
正始三體石經如是遂謹錄成文體與中庸同首尾
脉絡貫通甚全也柰十三經註疏已亂于唐況補傳
分章又創于宋陽明老先生深憫支離急欲復古姑
取註疏中大學耳使獲覩石經而表章之則尤大有
功于孔門豈不爲聖學之重光哉是後學之切思也

海鹽後學王生文禄曰：嘉靖丁亥秋，先康毅君率禄渡江，扣陽明洞天。聞王龍溪先生講《大學》，得《古本傍釋》，止前序。後增四問答。禄今重梓，增答格物問。摽眉若壓經，敢移附傍。經文“未之有也”下接“此謂知本”二句，文氣太急，必有缺文。癸亥冬，淡泉鄭公曰：潘朴溪示蔡邕石經，《大學》“止至善”下接“古之欲明明德”，後忘之。甲子春，南禺豐公游海上，口授《大學》，曰家藏曹魏正始三體石經。如是遂謹録成文。體與《中庸》同，首尾脉絡貫通，甚全也。奈十三經注疏已亂於唐，況補傳分章又創於宋。陽明老先生深憫支離，急欲復古。姑取注疏中《大學》耳。使獲覩石經而表章之，則尤大有功於孔門，豈不爲聖學之重光哉？是後學之切思也。

征藩功次一卷

清順治李際期刻清重修《説郛》本

國家圖書館 10402（普通古籍）

無序跋

大學古本旁注一卷

清乾隆綿州李調元刻函海本

國家圖書館 37618:26（普通古籍）

王守仁《序》

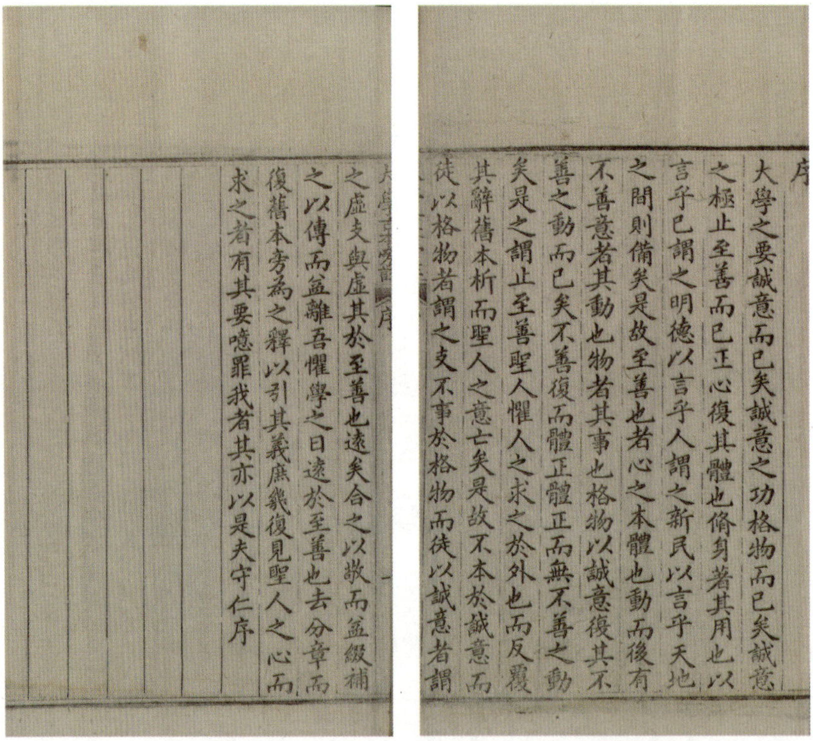
序
大學之要誠意而已矣誠意之功格物而已矣誠意
之極止至善而已正心復其體也脩身著其用也以
言乎已謂之明德以言乎人謂之新民以言乎天地
之間則備矣是故至善也者心之本體也動而後有
不善意者其動也物者其事也格物以誠意復其不
善之動而已矣不善復而體正體正而無不善之動
矣是之謂止至善聖人懼人之求之於外也而反覆
其辭舊本析而聖人之意亡矣是故不本於誠意而
徒以格物者謂之支不事於格物而徒以誠意者謂
之虛支與虛其於至善也遠矣合之以敬而益綴補
之以傳而益離吾懼學之日遠於至善也去分章而
復舊本旁為之釋以引其義庶幾復見聖人之心而
求之者有其要噫罪我者其亦以是夫守仁序

《大學》之要，誠意而已矣。誠意之功，格物而已矣。誠意之極，止至善而已。正心，復其體也；修身，著其用也。以言乎已，謂之明德；以言乎人，謂之新民；以言乎天地之間，則備矣。是故至善也者，心之本體也。動而後有不善。意者，其動也；物者，其事也。格物以誠意，復其不善之動而已矣。不善復而體正，體正而無不善之動矣。是之謂止至善。聖人懼人之求之於外也，而反覆其辭，舊本析而聖人之意亡矣。是故不本於誠意而徒以格物者，謂之支；不事於格物而徒以誠意者，謂之虛；支與虛，其於至善也遠矣。合之以敬而益綴，補之以傳而益離。吾懼學之日遠於至善也，去分章而復舊本，旁爲之釋，以引其義。庶幾復見聖人之心，而求之者有其要。噫！罪我者，其亦以是夫！守仁序。

李調元《序》

見清刻本《大學古本旁注一卷》。(索書號 3139)

陽明理學集三卷

民國二十一年（1932）至德周氏師古堂刻《古訓粹編》本

國家圖書館 16129:4（普通古籍）

無序跋

陽明先生年譜三卷

明嘉靖四十三年（1564）周相、毛汝麒刻本

國家圖書館 2691（善本）

嘉靖四十二年（1563）胡松《刻陽明先生年譜序》

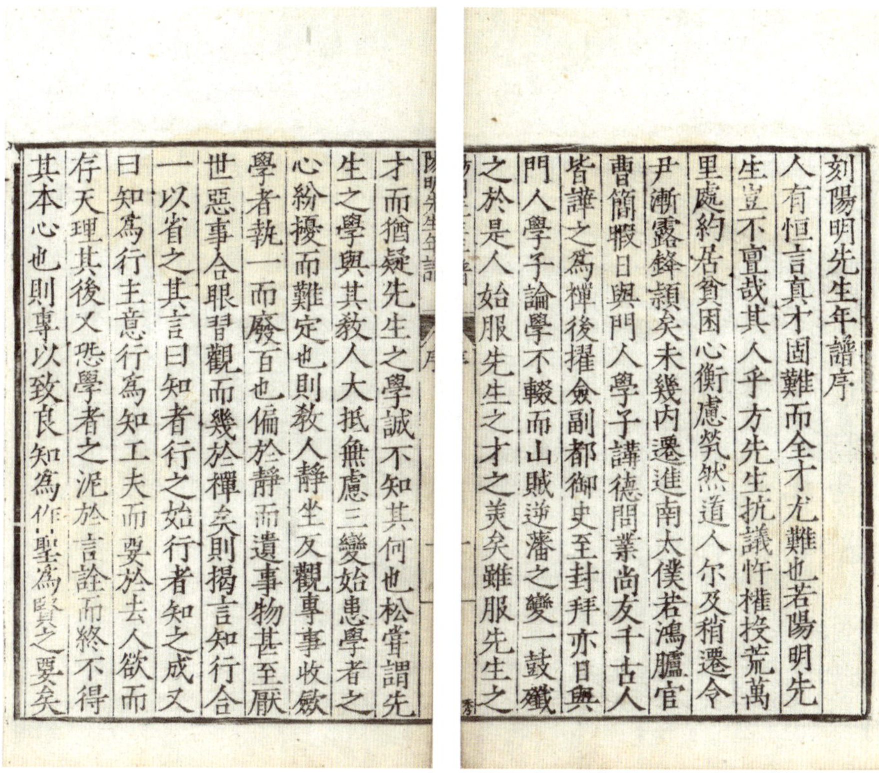
刻陽明先生年譜序
人有恒言眞才固難而全才尤難也若陽明先
生豈不亶哉其人乎方先生抗議忤權投荒萬
里處約居貧困心衡慮犖然道入尒及稍遷令
尹漸露鋒頴矣未幾内遷進南太僕若鴻臚官
曹簡暇日與門人學子講德問業尚友千古人
皆譁之爲禪後擢僉副都御史至封拜亦日與
門人學子論學不輟而山賊逆藩之變一鼓殲
之於是人始服先生之才之美矣雖服先生之
才而猶疑先生之學誠不知其何也松嘗謂先
生之學與其教人大抵無慮三變始患學者之
心紛擾而難定也則教人靜坐反觀專事收斂
學者執一而廢百也偏於靜而遺事物甚至厭
世惡事合眼習觀而幾於禪矣則揭言知行合
一以省之其言曰知者行之始行者知之成又
曰知爲行主意行爲知工夫而要於去人欲而
存天理其後又恐學者之泥於言詮而終不得
其本心也則專以致良知爲作聖爲賢之要矣

不知者與未信者則又病良知之不足以盡道而羣然吠焉豈知良知即良心之别名是知也維天高明維地廣博雖無聲臭萬物皆備古今千聖萬賢天下百慮萬事誰能外此知者而致之爲言則篤行固執允廸實際服膺弗失而無所弗用其極益舉之矣豈專守靈明用智而自私耶專守靈明用智自私而不能流通著察于倫物云爲之感而或牽引轉移於情染伎倆之私雖名無不周徧而實難與研慮雖稱莫之信

果而實近於蕩恣甚至藐兢業而病防檢私徒與而挾悻嫉廢人道而羣鳥獸此則禪之所以病道者尓先生之學則豈其然乎故其當大事决大疑夷大難不動聲色不喪匕鬯而措斯民於衽席之安皆其良知之推致而無不足而非有所襲取於外他日讀書竊疑孔子之言而曰我戰則克祭則受福夫聖非誇也非嘗習爲戰與鬬也又非有祝詛厭勝之術也而云必克與福得無殆於誣歟是未知天人之心之理之一

也夫君子齋戒以養心恐懼而慎事則與天合德而聰明睿知文理密察溥博淵泉而時出之矣則何福之不獲何戰之弗克而又奚疑焉不然傳何以曰明乎郊社之禮禘嘗之義治國其如視諸掌乎夫郊社禘嘗之禮則何與於治國之事也夫道一而已矣心亦一而已矣通則皆通塞則皆塞文豈爲文武豈爲武盖尚父之鷹揚本於敬義而周公之東征破斧寔哀其人而存之彼依托之徒呼喝叱詫豪蕩弗檢自詭爲

道與學而欲舉天下之大事祇見其勞而敝矣緒山錢子先生高第弟子也編有先生年譜舊矣而猶弗自信泝錢塘踰懷玉道臨川過洪都適吉安就正於念菴諸君子念菴子爲之删繁舉要潤飾是正而補其闕軼信乎其文則省其事則增矣計爲書四卷既成則謂予曰君滁人先生盖嘗過化而今繼居其官且與討論君宜敘而刻之余謝不敢而又弗克辭也則以竊所聞於諸有道者論次如左俾後世知先生之才

之全盖出於其學如此必就其學而學焉庶幾可以弗畔矣夫

嘉靖癸亥夏日巡撫江西等處地方兼理軍務兵部右侍郎兼都察院右僉都御史滁上後學

胡松序

人有恒言：真才固難，而全才尤難也。若陽明先生，豈不亶哉！其人乎？方先生抗議忤權，投荒萬里，處約居貧，困心衡慮，煢然道人尔。及稍遷令尹，漸露鋒穎矣。未幾内遷，進南太僕若鴻臚，官曹簡暇，日與門人學子講德問業，尚友千古。人皆嘩之爲禪。後擢僉副都御史，至封拜，亦日與門人學子論學不輟，而山賊逆藩之變，一鼓殲之。於是人始服先生之才之美矣。雖服先生之才，而猶疑先生之學，誠不知其何也。

松嘗謂先生之學與其教人，大抵無慮三變。始患學者之心紛擾而難定也，則教人静坐反觀，專事收歛。學者執一而廢百也，偏於静而遺事物，甚至厭世惡事，合眼習觀，而幾於禪矣，則揭言“知行合一”以省之。其言曰：“知者行之始，行者知之成。”又曰：“知爲行主意，行爲知工夫。”而要於去人欲而存天理。其後，又恐學者之泥於言詮，而終不得其本心也，則專以“致良知”爲作聖爲賢之要矣。不知者與未信者，則又病“良知”之不足以盡道，而群然吠焉。豈知“良知”即“良心”之别名。是“知”也，維天高明，維地廣博，雖無聲臭，萬物皆備。古今千聖萬賢，天下百慮萬事，誰能外此“知”者。而“致”之爲言，則篤行固執，允迪實際，服膺弗失，而無所弗用其極，並舉之矣。豈專守靈明，用智而自私耶？專守靈明，用智自私，而不能流通著察於倫物云爲之感，而或牽引轉移於情染伎倆之私，雖名無不周遍，而實難與（按：應爲“於”）研慮，雖稱莫之信果，而實近於蕩恣，甚至藐兢業而病防檢，私徒與而挾悻嫉，廢人道而群鳥獸，此則禪之所以病道者尔！先生之學則豈其然乎？故其當大事，决大疑，夷大難，不動聲色，不喪匕鬯，而措斯民於衽席之安，皆其“良知”之推致而無不足，而非有所襲取於外。

他日讀書，竊疑孔子之言，而曰：“我戰則克，祭則受福。”夫聖非誇也，非嘗習爲戰與鬥也，又非有祝詛厭勝之術也，而云必克與福，得無殆於誣歟？是未知天人之心之理之一也。夫君子齋戒以養心，恐懼而慎事，則與天合德，而聰明睿知，文理密察，溥博淵泉，而時出之矣。則何福之不獲，何戰之弗克，而又奚疑焉？不然，《傳》何以曰：“明乎郊社之禮，禘嘗之義，治國其如視諸掌乎？”夫郊社、禘嘗之禮，則何與於治國之事也？夫道一而已矣，心亦一而已矣，通則皆通，塞則皆塞。文豈爲文，武豈爲武，蓋尚父之鷹揚本於敬義，而周公之東征破斧，寔哀其人而存之。彼依托之徒，呼喝叱詫，豪蕩弗檢，自詭爲道與學，而欲舉天下之大事，秖（按：應爲“祇”）見其勞而敝矣。

緒山錢子，先生高第弟子也，編有先生《年譜》，舊矣，而猶弗自信，泝錢塘，逾懷玉，道臨川，過洪都，適吉安，就正於念庵諸君子。念庵子爲之删繁舉要，潤飾是正，而補其闕軼，信乎？其文則省，其事則增矣。計爲書四卷，既成，則謂予曰：“君滁人，先生盖嘗過化，而今繼居其官，且與討論，君宜叙而刻之。”余謝不敢，而又弗克辭也，則以竊所聞於諸有道者論次如左，俾後世知先生之才之全，盖出於其學。如此必就其學而學焉，庶幾可以弗畔矣夫。

嘉靖癸亥夏日巡撫江西等處地方兼理軍務兵部右侍郎兼都察院右僉都御史滁上後學胡松序。

嘉靖四十二年（1563）羅洪先《陽明先生年譜考訂序》

嘉靖戊申，先生門人錢洪甫聚青原，言《年譜》，僉以先生事業多在江右，而直筆不阿，莫洪先若，遂舉丁丑以後五年相属。又十六年，洪甫携《年譜》稿二三册來，謂之曰："戊申青原之聚，今幾人哉！洪甫懼，始堅懷玉之留。"明年四月，《年譜》編次成書，求踐約，會滁陽。胡汝茂巡撫江右，擢少司馬，且行，刻期入梓，敬以旬日畢。事已而即工稍緩，復留月餘。自始至卒，手自更正，凡八百數十條。其見聞可據者，删而書之。歲月有稽，務盡情實，微涉揚詡，不敢存一字。大意貴在傳信，以俟將來。而提督歸安陸汝成梓於贛。是時亦有南京少司馬命《年譜》適傳。

洪先因訂《年譜》，反覆先生之學，如適途者顛仆沉迷泥淖中，東起西陷，亦既困矣，然卒不爲休也。久之，得小蹊徑，免於沾途，視昔之險道有異焉。

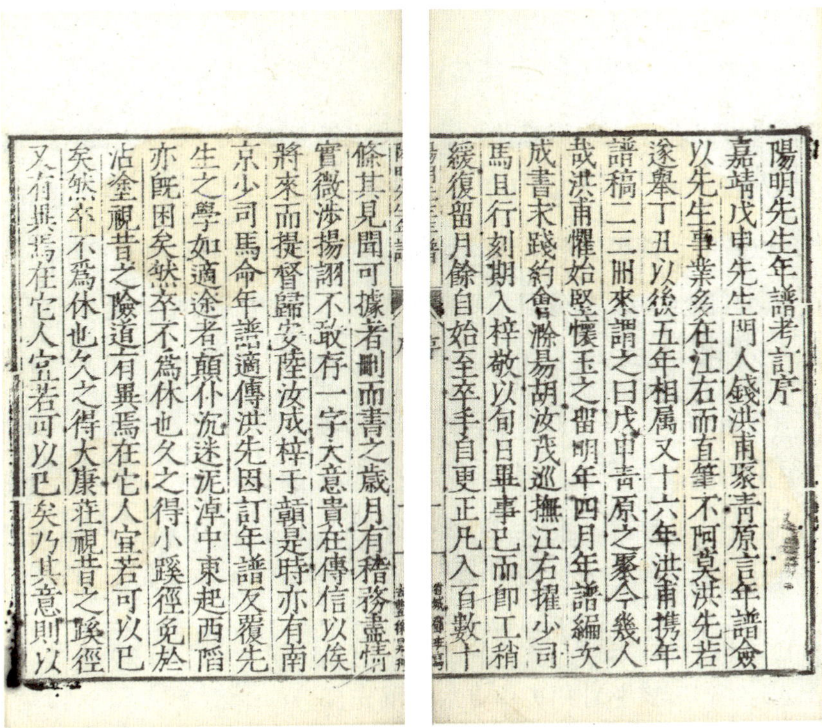

陽明先生年譜考訂序
嘉靖戊申先生門人錢洪甫聚青原言年譜僉
以先生事業多在江右而直筆不阿莫洪先若
遂舉丁丑以後五年相屬又十六年洪甫携年
譜稿二三册來謂之曰戊申青原之聚今幾人
哉洪甫懼始堅懷玉之留明年四月年譜編次
成書求踐約會滁陽胡汝茂巡撫江右擢少司
馬且行刻期入梓敬以旬日畢事已而即工稍
緩復留月餘自始至卒手自更正凡八百數十
條其見聞可據者删而書之歲月有稽務盡情
實微涉揚詡不敢存一字大意貴在傳信以俟
將來而提督歸安陸汝成梓于贛是時亦有南
京少司馬命年譜適傳洪先因訂年譜反覆先
生之學如適途者顛仆沉迷泥淖中東起西陷
亦既困矣然卒不爲休也久之得小蹊徑免於
沾塗視昔之險道有異焉在宅人宜若可以已
矣然卒不爲休也久之得大康莊視昔之蹊徑
又有異焉在宅人宜若可以已矣乃其意則以

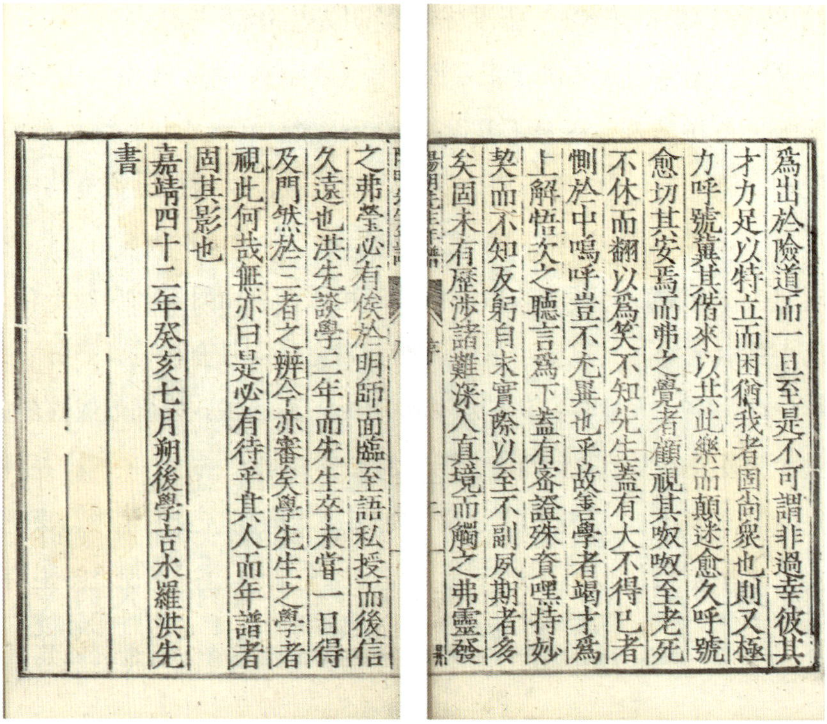

爲出於險道而一旦至是不可謂非過幸彼其才力足以特立而困猶我者固尚衆也則又極力呼號冀其偕來以共此樂而顛迷愈久呼號愈切其安焉而弗之覺者顧視其呶呶至老死不休而翻以爲笑不知先生蓋有大不得已者惻於中嗚呼豈不尤異也乎故善學者竭才爲上解悟次之聽言爲下蓋有密證殊資嘿持妙契而不知反躬自求實際以至不副夙期者多矣固未有歷涉諸難深入真境而觸之弗靈發之弗瑩必有俟於明師面臨至語私授而後信久遠也洪先談學三年而先生卒未嘗一日得及門然於三者之辨今亦審矣學先生之學者視此何哉無亦曰是必有待乎其人而年譜者固其影也

嘉靖四十二年癸亥七月朔後學吉水羅洪先書

在它人宜若可以已矣，然卒不爲休也。久之，得大康莊，視昔之蹊徑又有異焉。在它人宜若可以已矣，乃其意則以爲出於險道，而一旦至是，不可謂非過。幸彼其才力足以特立，而困猶我者固尚衆也，則又極力呼號，冀其偕來以共此樂，而顛迷愈久，呼號愈切。其安焉？而弗之覺者，顧視其呶呶，至老死不休，而翻以爲笑。不知先生蓋有大不得已者惻於中。嗚呼！豈不尤異也乎？故善學者竭才爲上，解悟次之，聽言爲下。蓋有密證殊資，嘿持妙契，而不知反躬自求實際，以至不副夙期者多矣。固未有歷涉諸難，深入真境，而觸之弗靈，發之弗瑩，必有俟於明師面臨，至語私授，而後信久遠也。洪先談學三年，而先生卒，未嘗一日得及門。然於三者之辨，今亦審矣。學先生之學者視此何哉？無亦曰是必有待乎其人，而《年譜》者固其影也。

嘉靖四十二年癸亥七月朔後學吉水羅洪先書。

嘉靖四十二年（1563）陸穩《陽明王公年譜跋》

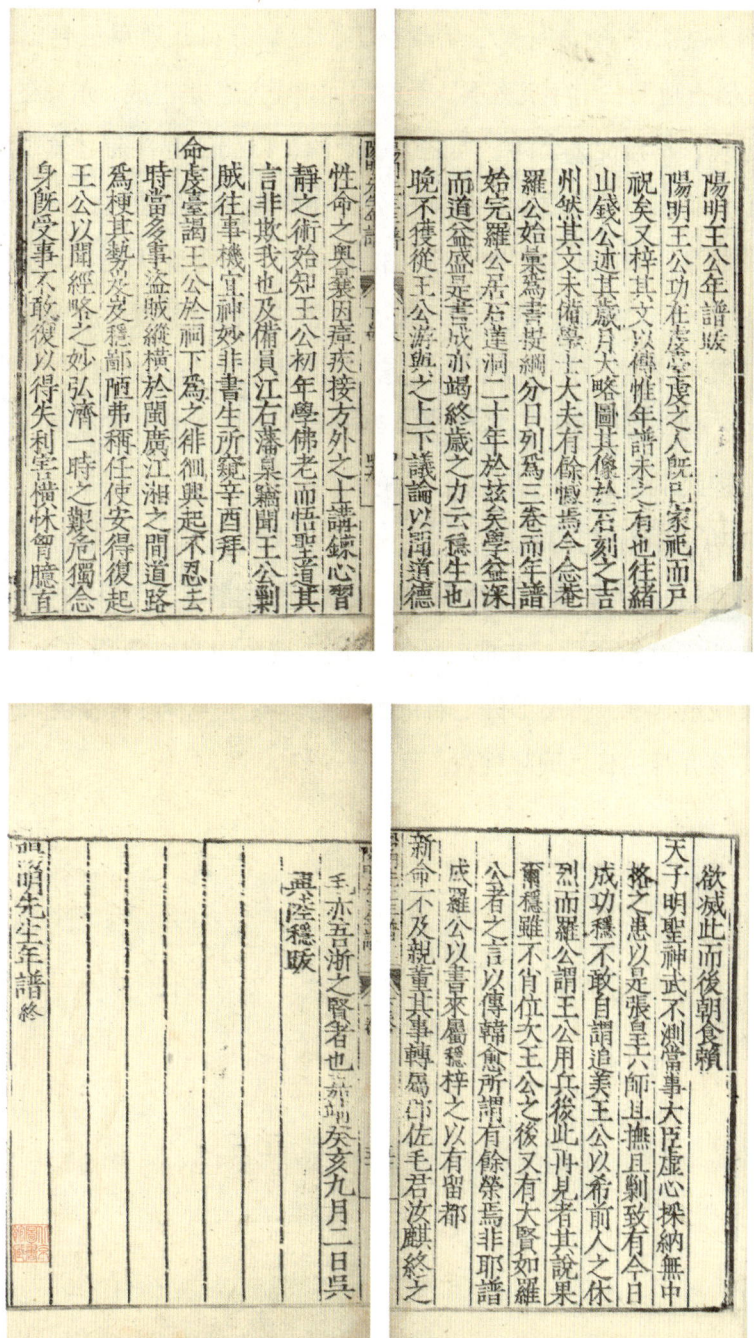

陽明王公年譜跋
陽明王公功在虔臺處之人既已家祀而尸
祝矣又梓其文以傳惟年譜未之有也往緒
山錢公述其歲月大略圖其像於石刻之吉
州然其文未備學士大夫有餘憾焉今念菴
羅公始彙爲書提綱分日列爲三卷而年譜
始完羅公居石蓮洞二十年於玆矣學益深
而道益盛是書成亦竭終歲之力云穩生也
晚不獲從王公游與之上下議論以聞道德
性命之奧曩因瘴疾接方外之士講鍊心習
靜之術始知王公初年學佛老而悟聖道其
言非欺我也及備員江右藩臬竊聞王公剿
賊往事機宜神妙非書生所窺辛酉拜
命虔臺謁王公於祠下爲之徘徊興起不忍去
時當多事盜賊縱横於閩廣江湖之間道路
爲梗其勢岌岌穩鄙陋弗稱任使安得復起
王公以聞經畧之妙弘濟一時之艱危獨念
身既受事不敢復以得失利害横怵胷臆直
欲滅此而後朝食賴
天子明聖神武不測當事大臣虛心採納無中
格之患以是張皇六師且撫且剿致有今日
成功穩不敢自謂追美王公以希前人之休
烈而羅公謂王公用兵後此再見者其說果
爾穩雖不肖亦王公之後又有大賢如羅
公者之言以傳韓愈所謂有餘榮焉非耶譜
成羅公以書來屬穩梓之以有留都
新命不及親董其事轉屬邵佐毛君汝麒終之
壬亦吾浙之賢者也嘉靖癸亥九月二日吳
興陸穩跋

陽明先生年譜終

陽明王公功在虔臺，虔之人既已家祀而户祝矣，又梓其文以傳，惟《年譜》未之有也。往緒山錢公述其歲月大略，圖其像於石，刻之吉州，然其文未備，學士大夫有餘憾焉。今念庵羅公始彙爲書，提綱分目，列爲三卷，而《年譜》始完。羅公居石蓮洞二十年於兹矣，學益深而道益盛。是書成，亦竭終歲之力云。

穩生也晚，不獲從王公游，與之上下議論，以聞道德性命之奥。曩因瘴疾，接方外之士，講鍊心習静之術，始知王公初年學佛老而悟聖道，其言非欺我也。及備員江右藩臬，竊聞王公剿賊往事，機宜神妙，非書生所窺。辛酉拜命虔臺，謁王公於祠下，爲之徘徊，興起不忍去。時當多事，盗賊縱横於閩廣江湘之間，道路爲梗，其勢岌岌，穩鄙陋弗稱任使。安得復起王公，以聞經略之妙，弘濟一時之艱危？獨念身既受事，不敢復以得失利害横怵胸臆，直欲滅此而後朝食。賴天子明聖神武不測，當事大臣虚心采納，無中格之患，以是張皇六師且撫且剿，致有今日成功。穩不敢自謂追美王公，以希前人之休烈，而羅公謂“王公用兵後，此再見者”，其説果爾。穩雖不肖，位次王公之後，又有大賢如羅公者之言以傳，韓愈所謂有餘榮焉，非耶？《譜》成，羅公以書來屬穩梓之，以有留都新命，不及親董其事，轉屬郡佐毛君汝麒終之。毛亦吾浙之賢者也。

嘉靖癸亥九月二日吴興陸穩跋。

嘉靖四十三年（1564）周相《刻陽明先生年譜引》

嘉靖戊子春正月，相以知臨川縣被召選試河南道監察御史。二月奏疏，請皇上稽古修德，以答天眷。端好尚，杜佞幸。咎涉浚恆，落職謫嶺表。時陽明先生正有討田州之役，閱得相報，亟檄促我曰：“平田州易，集衆思善後難。檄至輒行。”又曰：“俗心以謫官事事爲俗吏，余謂此正俗吏之談，全不省如何是俗，如何是不俗，道眼能自得之。”相被檄矍然，遂就道。及豐城，而報先生卒南安矣，

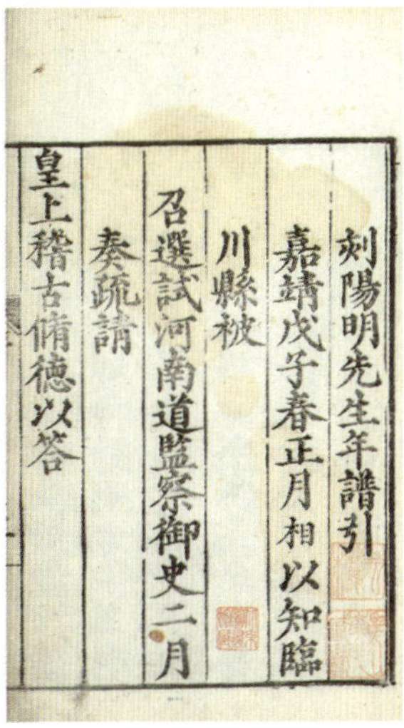
刻陽明先生年譜引
嘉靖戊子春正月相以知臨
川縣被
召選試河南道監察御史二月
奏疏請
皇上稽古脩德以答

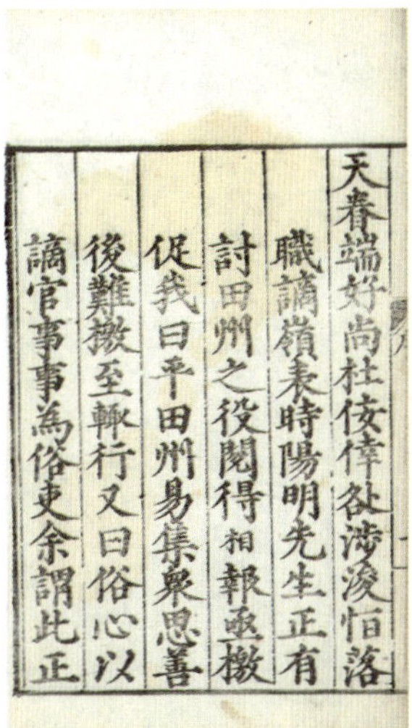
天眷端好尚杜佞倖咎涉浚恒落
職謫嶺表時陽明先生正有
討田州之役閱得相報亟檄
促我曰平田州易集衆思善
後難檄至輒行又曰俗心以
謫官事事爲俗吏余謂此正

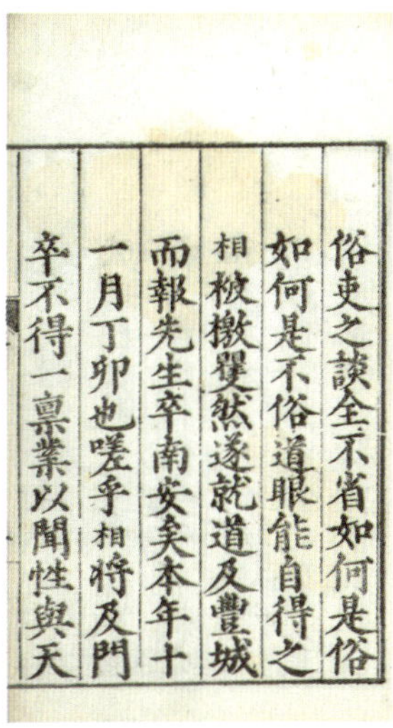
俗吏之談全不省如何是俗
如何是不俗道眼能自得之
相被檄矍然遂就道及豐城
而報先生卒南安矣本年十
一月丁卯也嗟乎相將及門
卒不得一稟業以聞性與天

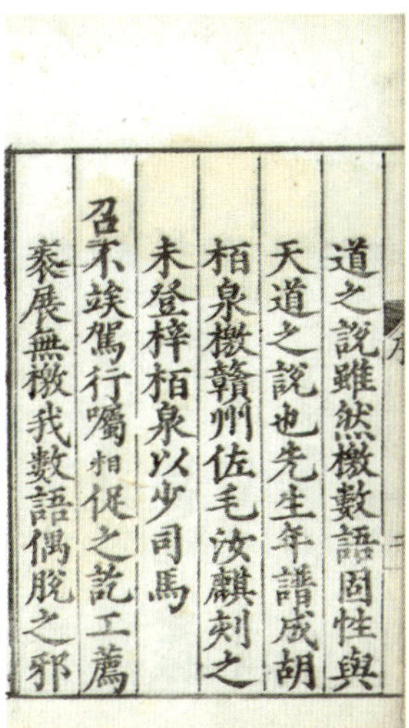
道之說雖然檄數語固性與
天道之說也先生年譜成胡
栢泉檄贛州佐毛汝麒刻之
未登梓栢泉以少司馬
召不俟駕行囑相從之訖工薦
奏展無檄我數語偶脫之邪

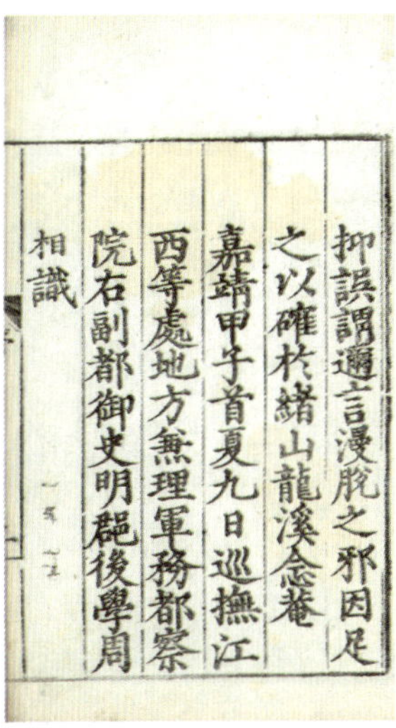
抑誤謂適言漫脫之邪因足
之以確於緒山龍溪念菴
嘉靖甲子首夏九日巡撫江
西等處地方兼理軍務都察
院右副都御史明磓後學周
相識

本年十一月丁卯也。嗟乎！相將及門，卒不得一稟。業以聞性與天道之説，雖然檄數語，固性與天道之説也。先生《年譜》成，胡栢泉檄贛州，佐毛汝麒刻之。未登梓，栢泉以少司馬召，不俟駕行，囑相促之。訖工，薦袠展，無“檄我”數語，偶脱之邪？抑誤謂邇言漫脱之邪？因足之，以確於緒山、龍溪、念庵。

嘉靖甲子首夏九日巡撫江西等處地方兼理軍務都察院右副都御史明郡後學周相識。

陽明先生年譜一卷

明萬曆三十七年（1609）武林繼錦堂刻《陽明先生道學鈔》本

國家圖書館 15883（善本）

李贄《陽明先生年譜後語》

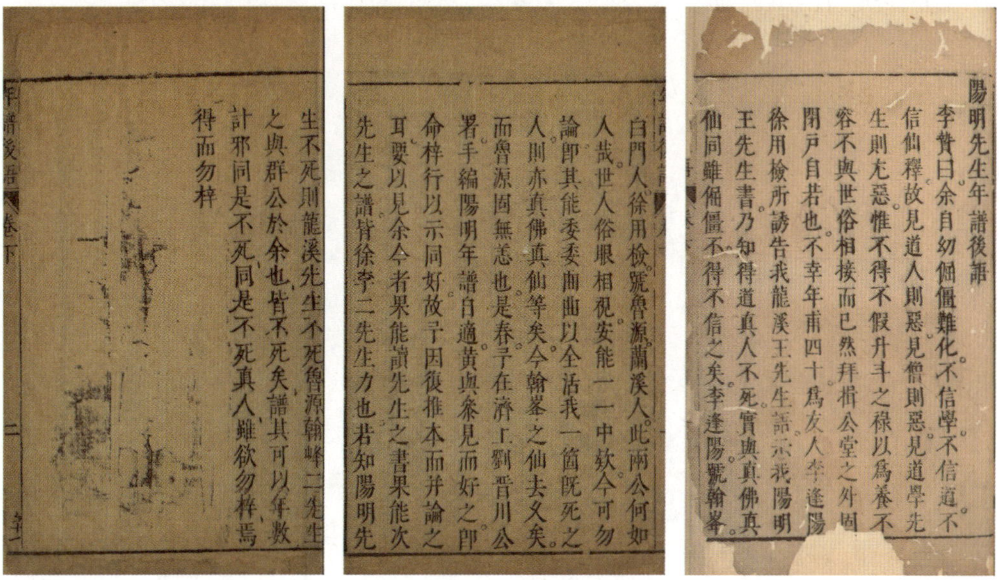
陽明先生年譜後語
李贄曰余自幼倔僵難化不信學不信道不信仙釋故見道人則惡見僧則惡見道學先生則尤惡惟不得不假升斗之祿以爲養不容不與世俗相接而已然拜揖公堂之外固閉戶自若也不幸年甫四十爲友人李逢陽徐用檢所誘告我龍溪王先生語示我陽明王先生書乃知得道真人不死實與真佛真仙同雖倔僵不得不信之矣李逢陽號翰峯白門人徐用檢號魯源蘭溪人此兩公何如人哉世人俗眼相視安能一一中款今可勿論即其能委委曲曲以全活我一箇既死之人則亦真佛真仙等矣今翰峯之仙去久矣而魯源固無恙也是春予在濟上劉晋川公署手編陽明年譜自適黄與參見而好之即命梓行以示同好故予因復推本而并論之耳要以見余今者果能讀先生之書果能次先生之譜皆徐李二先生力也若知陽明先生不死則龍溪先生不死魯源翰峯二先生之與群公於余也皆不死矣譜其可以年數計耶同是不死同是不死真人雖欲勿梓焉得而勿梓

李贄曰：“余自幼倔僵（按：應爲“强”）難化，不信學，不信道，不信仙釋，故見道人則惡，見僧則惡，見道學先生則尤惡。惟不得不假升斗之禄以爲養，不容不與世俗相接而已。然拜揖公堂之外，固閉户自若也。不幸年甫四十，爲友人李逢陽、徐用檢所誘，告我龍溪王先生語，示我陽明王先生書，乃知得道真人不死，實與真佛、真仙同，雖倔僵（按：應爲“强”），不得不信之矣。

李逢陽，號翰峰，白門人。徐用檢，號魯源，蘭溪人。此兩公何如人哉？

世人俗眼相視，安能一一中款？今可勿論。即其能委委曲曲以全活我一個既死之人，則亦真佛真仙等矣。今翰峰之仙去久矣，而魯源固無恙也。

是春，予在濟上劉晉川公署，手編《陽明年譜》自適，黄與參見而好之，即命梓行以示同好，故予因復推本而並論之耳。要以見余今者，果能讀先生之書，果能次先生之《譜》，皆徐、李二先生力也。若知陽明先生不死，則龍溪先生不死，魯源、翰峰二先生之與群公，於余也，皆不死矣。《譜》其可以年數計邪（按：應爲“耶”）？同是不死，同是不死真人，雖欲勿梓，焉得而勿梓！（按:此本“若知陽明先”後脱，據普通古籍23055《陽明先生道學鈔》明萬曆三十七年（1609）武林繼錦堂刻後印本補）

二、王陽明碑刻題跋

王守仁七律詩

各地 577（拓片）

明嘉靖三十年（1551）吴天壽跋

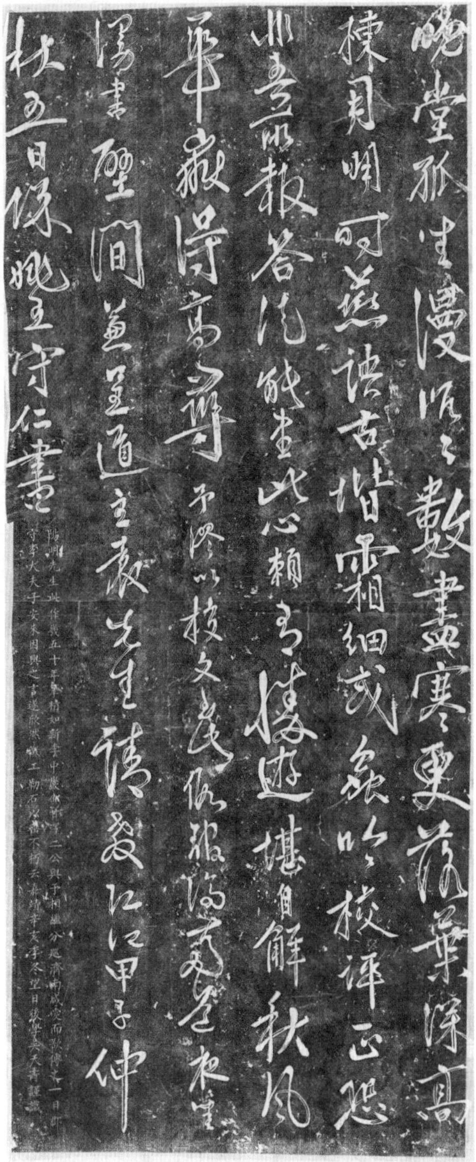

陽明先生此作，幾五十年，筆精如新。李中巖、邵甘澤二公與予相繼分巡濟南，咸愛而欲傳之。一日郡/守李大夫子安來，因與之言，遂欣然徵工勒石，以垂不朽云。嘉靖辛亥季冬望日，後學吴天壽謹識。

大伾山賦

各地 12450（拓片）

明嘉靖四十二年（1563）宋岳跋

右賦乃吾鄉先達陽明先生以使事至黎陽時所作也。按郡志，濬人王公越由御史累官兵部尚書，屢立奇勛，賜爵威寧伯，謚襄敏，嘗遺言屬其子曰："吾寶劍得［之］/ 夢，待某年餘姚王某謁墓，若授之。"乃先生甫登第，即奉命爲公營葬事，取劍如券，既而平逆討叛，論功封爵，與威寧埒，而先生尤以文章道德爲世所宗。余晚進，/ 不及師事先生，顧今飭兵茲土，登大伾之麓，誦先生之文，則見其天藻神馳、游情於宇宙古今之外，功業所就，固緒餘耳。茲文先生手筆，横刻於山房之壁，歲久漸剝，余懼其弗能永也，宛而摹之，樹石高明之堂，以諗夫海内之士，庶幾有聞風而興者。

嘉靖癸亥春日，中憲大夫河南按察司副使餘姚宋岳伯鎮識。

王子遊於大伾之麓二三子從焉秋雨霽野寒聲在松經龍居之窈窕升佛嶺之穹窿天高而景下木落而山空感魯衛之故迹
吊長河之遺蹤倚清秋而遠望寄遐想於飛鴻於是開觴雲石灑酒危峰高歌振於岩壑餘響邁於悲風二三子嘅然太息曰夫子
之至於斯也而仆右之之二三走偶獲供焉茲山之常存固夫子之名無窮也而若走者襲榮枯於朝菌與蟪蛄而始終吁嗟乎亦
何怪於牛山峴首之沾胸王子曰嘻二三子尚未喻於向之與尔感嘆而吊悲者乎當魯衛之會於茲也車馬玉帛之繁衣冠文物
之盛其獨百倍於吾儕之聚於斯而已耶而其囿於麋鹿宅於狐狸也既已不待今日而知矣是固盛衰之必然尔尚未睹夫長河
之決龍門下底柱以放於茲土乎吞山吐壑奔濤萬里固千古之經瀆也而且平爲禾黍之野崇爲邑井之墟吁嗟乎流者而有湮
峙者其能無夷則斯山之不蕩爲沙塵而化爲煙霧者幾希矣況吾與子集露草而隨風葉曾木石之不可期奚忌其飄忽之質
而欲較久暫於錙銖者哉吾姑與子達觀於宇宙可乎二三子曰何如王子曰山河之在天地也不猶毛髮之在吾軀乎千載之於
一元也不猶一日之於須臾乎然則久暫奚容於定執而小大未可以一隅也而吾與子固將齊千載於喘息等山河於一芥遨遊
八極之表而往來造物之外彼人事之倏然又烏足爲吾人之芥蒂者乎二三子喜乃復飲已而夕陽入於西壁童仆候於巖阿忽
有歌聲自谷而出曰高山兮深谷嵯峨兮將胼胝是師兮胡爲乎蹉跎悔可追兮追恤其他王子曰夫歌爲吾也蓋急起而從之其
人已入於煙蘿矣

大明弘治己未重陽餘姚王守仁伯安賦并書

大伾山賦

各地 20026（拓片）

張檟跋

右賦乃陽明王先生作也，隆慶戊辰春，予巡歷淮茲一方，事竣，登大伾山，詢求昔賢題咏，則見先生是作刻在楹間，[反復]/ 讀之，其豁視今古、達觀宇宙，復繼之以蹉跎追 [悔] 之句，竊深有感焉，檟生也晚，恨不能親炙，與二三子同列，然期游亦有不 [偶] 然者，且懼□久漸圮也，遂命有司重鐫之。

後學盱江張檟謹識。

王守仁像

畫像 141（拓片）

清咸豐五年（1855）黄彭年跋

儼然朝服而端坐者，明王文成公遺象也。七梁之冠戴雉尾者，侯冠也；翼而張者，籠巾也；赤而上指者，立筆也；四折四柱，冠之制也；香草四段，冠之文也。其服赤，其獸麒麟，侯服也；緣，青也，中單，白也，/ 笏，象也，帶，玉也，韠，皁也。公卒以嘉靖七年，贈侯以隆慶二年，讒人死、公道彰也。象蓋公子孫祠祀，作於明代，故衣冠符明制也。公謫黔，黔人慕公，猶鄒魯之於孔孟，象之來非偶也。嘉慶中傅潢 / 建議祠公於螺山，始出此象者，敖薌坪也，敖得之雲貴總督百齡也；橅此象以成螺山祠雕象者，吾父也；此象存螺山祠，散失市肆，復得而返之者，王玥也；沐浴齋戒，敬考而志者，黄彭年也。時 / 大清咸豐五年冬十有二月也。

清咸豐六年（1856）黄彭年跋

《明史·輿服志》公侯駙馬繡白澤、麒麟。此繡龍，《志》所謂大紅蟒也，不得因此疑象之訛，記者當時偶未詳檢耳，書以志過。六年二月上丁又記。

客座私祝

各地 3155（拓片）

首題下劉宗周正書跋：

山川毓秀，挺生斯文，居仁由義，萬古高風。山陰劉宗周。

尾咸豐七年（1857）周爾墉正書跋：

文成理學事功彪炳宇宙，人知公晚業之宏毅，而不知始基 / 所造，即於斯文仰窺入手之正。先大父南岸公屬叔祖蒼梧公 / 楷書一通，刊之家塾，此刻至今尚存，然公之手書此篇，今日始得 / 拜觀，不可謂非幸也。

丁巳九月十四日，蘭坡方伯攜以見示，後學周爾墉謹題。

尾咸豐七年（1857）瑛棨正書跋：

秉乾坤之正氣，别涇渭之分流，斯字斯文，並垂千古！

咸豐丁巳中秋，長白瑛棨敬識。

尾文元發草書跋：

公之斯文，若□乾坤正氣，春温秋肅，受者皆生；又如千仞壁立，截斷衆流。天下父 / 兄，苟不慾其子弟［之不］肖，皆當家書一通，塾置一本。此爲公手書，凜然正色，在行墨間，/ 尤不可褻觀［也。福州］陳氏寶之，出求題識，遂得著墨楮間，何如樂耶！

長洲文元發浣手敬識。

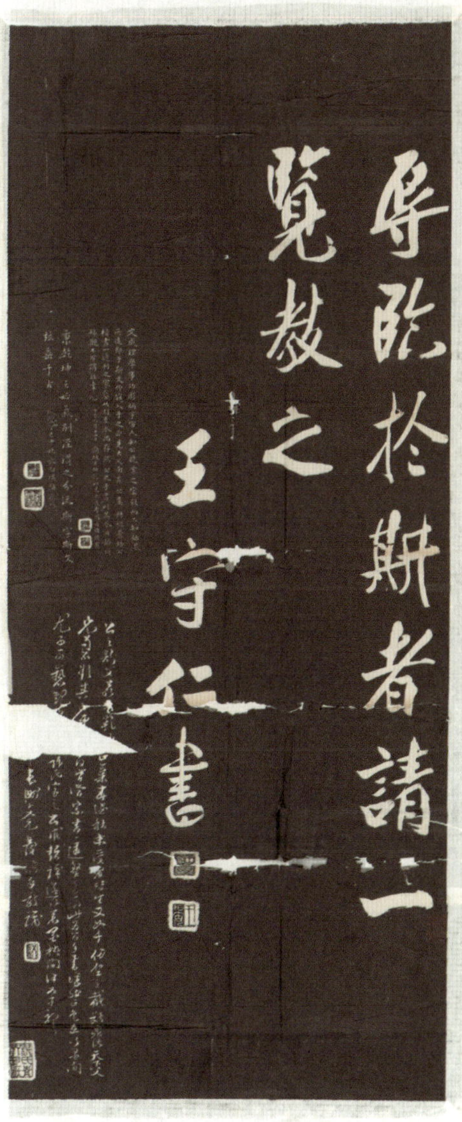
尋臨於斯者請一
覽教之
王守仁書

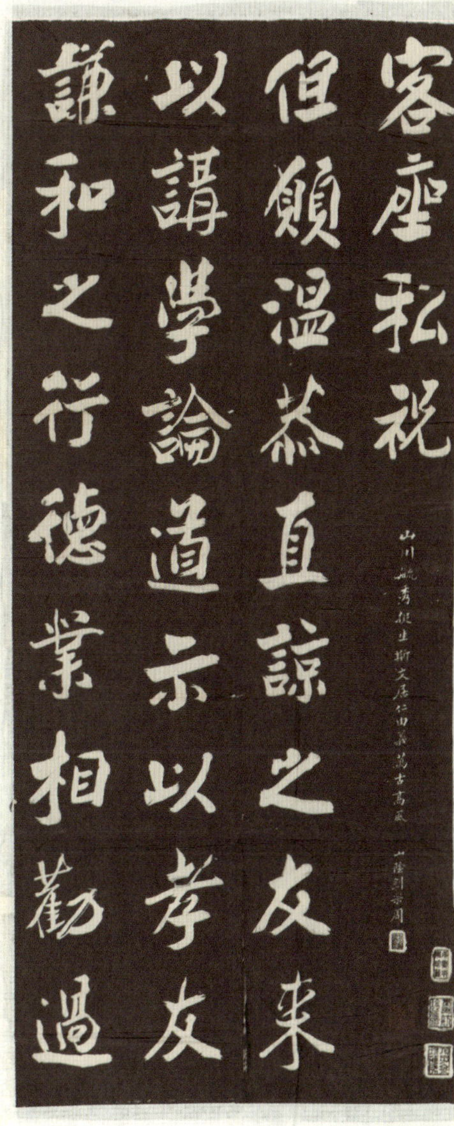
客座私祝
但願温恭直諒之友来
以講學論道示以孝友
謙和之行德業相勸過

客座私祝

各地 8862（拓片）

首題下劉宗周正書跋：

山川毓秀，挺生斯文，居仁由義，萬古高風。山陰劉宗周。（刻“劉宗周”印）。

尾彭聚星行書跋：

右王文成公《客座私祝》，自京師石刻既亡，世鮮流傳。此幀得之順德幕中，蓋任信成重刻於保定者，每幅四行，行九字，以石之長短廣狹不中 / 度，故易之。末有信成跋暨文元發跋，以石無餘地，不及録。光緒二十八年冬十二月，夔州彭聚星雙鈎，遂寧何今雨刻石，以貽蜀人，何君年六十九矣，目 / 力猶强，奏刀精審，無毫髮爽，尤可愛玩，顧爲父兄子弟者家置一通，掛之高堂素壁，朝夕觀省，知所以擇交之道，其有功於身心性命甚 / 巨，若徒以書之，雄偉奇峭賞之，是猶買櫝而還其珠也，刻成。聚星識並書。

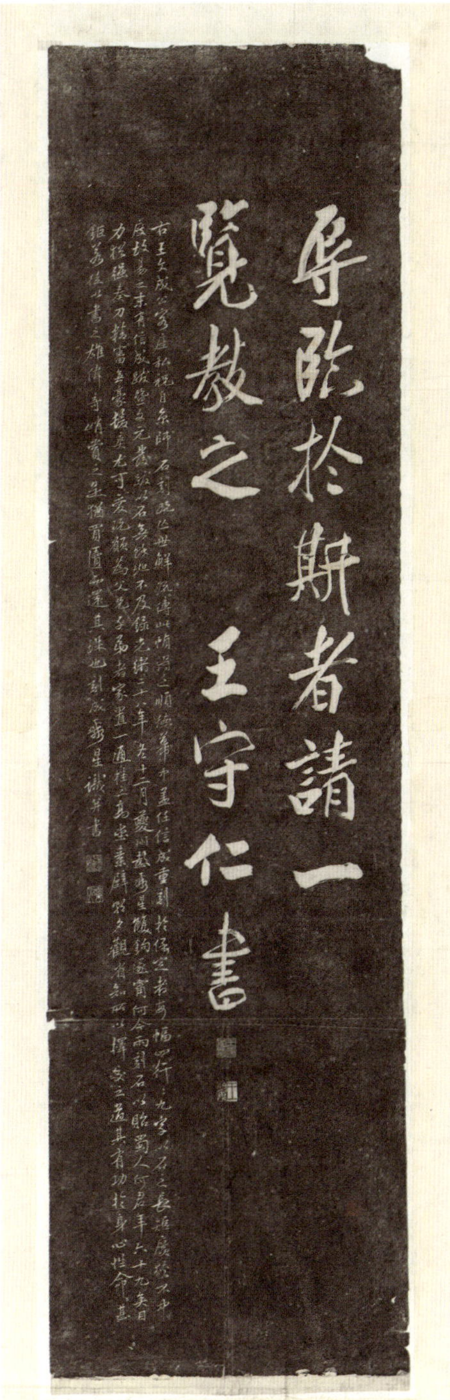
辱臨於斯者請一
覽教之　王守仁書

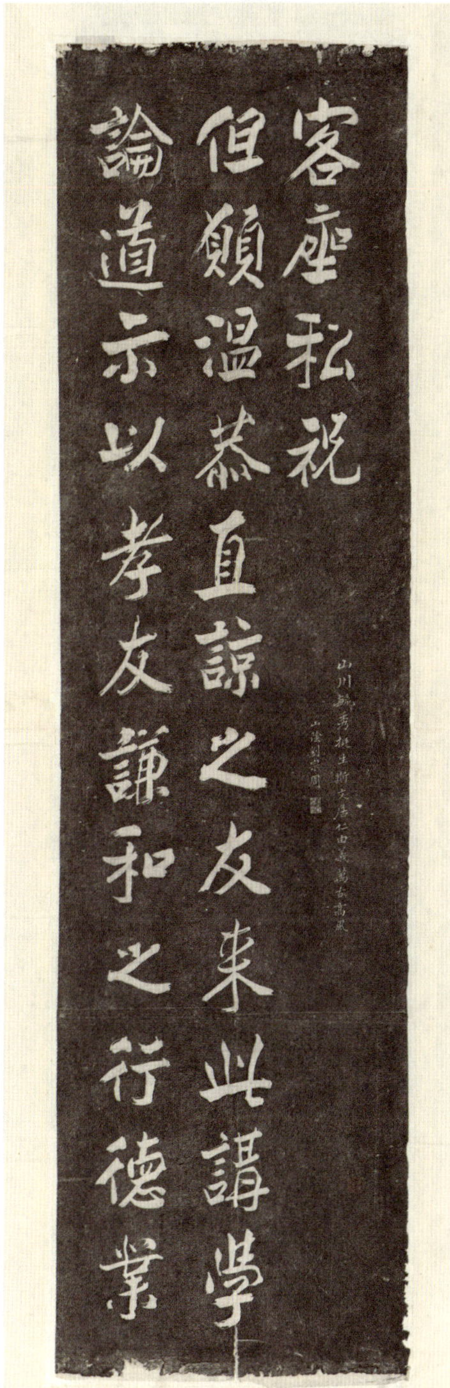
客座私祝
但願溫恭直諒之友來此講學
論道示以孝友謙和之行德業